全国高等院校医学实验教学规划教材

大体形态学实验教程

主　编　江会勇　车向新

副主编　傅文学　张学军　温切木·买买提

主　审　杨耀防

编　者　（以姓氏汉语拼音排序）

曹小明（九江学院基础医学院）　车向新（九江学院基础医学院）

陈　惠（九江学院基础医学院）　程功文（九江学院临床医学院）

傅文学（九江学院基础医学院）　黄小林（九江学院基础医学院）

江洪涛（九江学院基础医学院）　江会勇（九江学院基础医学院）

李立新（九江学院基础医学院）　梁向新（九江学院临床医学院）

廖家万（井冈山大学医学院）　涂腊根（广州医学院护理学院）

王　琦（九江学院基础医学院）　温切木·买买提（新疆维吾尔医学专科学校）

向维聂（九江学院基础医学院）　徐　建（九江学院基础医学院）

余修贵（九江学院基础医学院）　张腊喜（九江学院临床医学院）

张学军（九江学院临床医学院）　赵　岩（九江学院基础医学院）

科学出版社

北　京

内　容　简　介

本书以指导学生通过尸体解剖、标本及模型的观察,培养和提高学生操作、观察和逻辑思维能力。编写内容注重知识的更新,反映学科的动态;注重吸收国内外大体形态学教学的经验,密切联系临床;注重学生自学能力的培养,激发学生的思维创新;注重避免知识的重复,充分体现教材的特色,即"思想性、科学性、启发性、先进性和实用性"。全书分为系统解剖学、局部解剖学、断面解剖学、口腔解剖学四篇,每一章节都按照实验目的、实验器材、实验方法、临床链接、注意事项、思考题等内容进行编写。

本书在内容编排上以"菜单式"编写为准则,主要适用于临床医学、口腔医学、影像医学、中西医结合医学、检验医学、护理学等专业。

图书在版编目(CIP)数据

大体形态学实验教程 / 江会勇,车向新主编. —北京:科学出版社,2011.6
(全国高等院校医学实验教学规划教材)
ISBN 978-7-03-031495-6

Ⅰ.大… Ⅱ.①江… ②车… Ⅲ.大体形态学-实验-医学院校-教材 Ⅳ.R32-33

中国版本图书馆CIP数据核字(2011)第111039号

责任编辑:许贵强　王佳家 / 责任校对:包志虹
责任印制:刘士平 / 封面设计:范璧合

科学出版社 出版
北京东黄城根北街16号
邮政编码:100717
http://www.sciencep.com

天时彩色印刷有限公司 印刷
科学出版社发行　各地新华书店经销

*

2011年6月第 一 版　开本:787×1092　1/16
2011年6月第一次印刷　印张:19 1/2
印数:1—4 000　字数:484 000

定价:59.00元

(如有印装质量问题,我社负责调换)

前　言

人体解剖学是一门形态学科，也是一门实践性很强的学科。随着现代医学技术的不断深入发展，医学教学理念也发生了根本的变化。教师在传授知识的过程中，更注重学生动手能力的培养，尤其是在人体解剖学的教学过程中。为适应这一教学理念，我们编写了《大体形态学实验教程》教材。本书以指导学生通过尸体解剖、标本及模型的观察，培养和提高学生操作、观察和逻辑思维能力，同时也是医学院校培养解剖学师资、教辅人员的参考教材。

本教材主要适用于临床医学、口腔医学、影像医学、中西医结合医学、检验医学、护理学等专业。全书分系统解剖学、局部解剖学、断面解剖学、口腔解剖学四篇。其编写内容注重知识的更新，反映学科的动态；注重吸收国内外大体形态学教学的经验，密切联系临床；注重学生自学能力的培养，激发学生的思维创新；注重避免知识的重复，充分体现教材的特色（思想性、科学性、启发性、先进性和实用性）。

本教材在内容编排上以“菜单式”编写为准则，因此各院校在使用过程中，可灵活应用。第一篇系统解剖学分运动系统、内脏学、脉管学、感觉器、神经系统、内分泌系统6章；第二篇局部解剖学分头部、颈部、胸部、腹部、盆部与会阴、脊柱区、上肢、下肢8章；第三篇断面解剖学分头部、胸部、腹部、盆部、脊柱区、四肢6章；第四篇口腔解剖学分上下颌骨及相关颅骨、颞下颌关节和头部肌、颌面口腔主要血管、神经和腮腺、颌面口腔局部解剖、颈部局部解剖、颌面部表面解剖标志与应用6章。每一章节都按照实验目的、实验器材、实验方法、临床链接、注意事项、思考题等内容进行编写。每篇后还附有主要参考书目。

本教材在编写过程中，承蒙科学出版社的大力支持和指导，同时还得到了参编院校的支持，在此表示衷心的感谢！尽管我们力求“语言精练、措辞严谨、内容够用、注重特色”，努力使其符合教学的要求；但由于编写时间仓促，编者水平有限，书中会存在错误和不妥之处，恳求同行和其他读者不吝指正并提出宝贵意见，以便再版时修改和补充。

编者

2010年12月

前言

[illegible]

目　录

第一篇　系统解剖学

第二篇　局部解剖学

第三篇　断面解剖学

第四篇　口腔解剖学

第一篇　系统解剖学

人体解剖学是按人体器官系统，阐述人体器官形态结构的科学。是一门实验性很强的学科。学习人体解剖学，通过标本观察和实验，不仅可以获得人体结构的基础知识，而且还能培养学生观察、思维、表达和创造能力。只有正确认识人体的形态结构，才能正确地认识并理解人体的生理功能，才能对异常的病理过程做出判断，以便对疾病实施正确的诊断和治疗。

第一章　运动系统

第一节　骨学概论

【实验目的】

掌握内容：人体骨骼的总数及各部骨的数目。骨的形态分类。

熟悉内容：骨的构造。

【实验器材】

1. 完整骨架与模型。

2. 示骨松质、骨密质的长骨干纵切面标本；示骨膜、骨髓腔、骨髓的湿标本；煅烧骨和脱钙骨；长骨、短骨、扁骨和不规则骨。

【实验方法】

骨是一种器官，主要由骨组织（包括骨细胞、胶原纤维和基质等）构成。

正常成人共有206块骨，其中：

躯干骨（椎骨、胸骨及肋）	51块
颅骨（包括3对听小骨）	29块
上肢骨	64块
下肢骨	62块
共计	206块

1. 骨的形态（图1-1）

(1) 长骨：呈长管状，分布于四肢，有一体两端。体又称骨干，围成骨髓腔，两端膨大称骺，游离面有一光滑的关节面。

(2) 短骨：形似立方体，多成群分布于连结

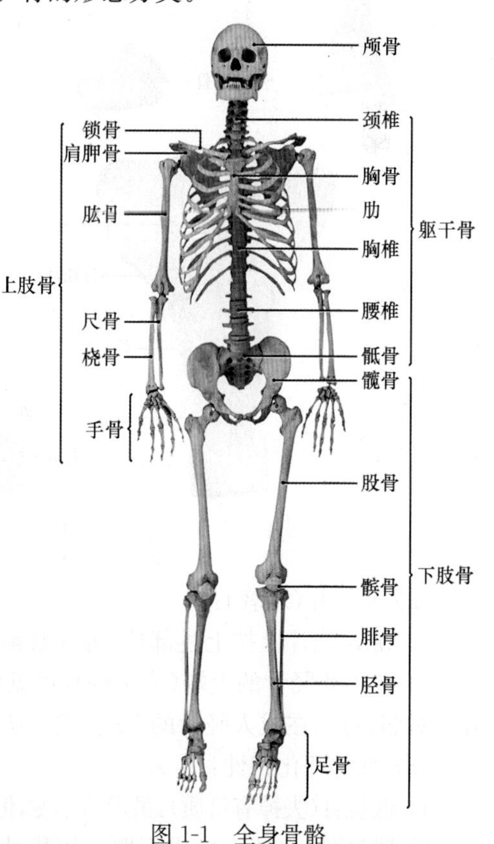

图1-1　全身骨骼

牢固且较灵活的部位,如腕骨和跗骨。

(3) 扁骨:呈板状,主要构成颅腔、胸腔和盆腔的壁,如颅盖骨和肋骨。

(4) 不规则骨:形态不规则,如椎骨。

2. 骨的形态和构造

(1) 骨密质、骨松质、骨膜和骨髓腔的观察:取一湿的长骨标本,可见在骨的外表覆有一层纤维性膜,即为骨膜(图 1-2)。再取一长骨纵剖标本观察和新鲜猪骨观察,在骨干中央有一空腔称骨髓腔,观察其腔内的黄骨髓。其周围及两端骺外层的骨质,质地致密称骨密质,长骨骺内部的骨质结构疏松,呈海绵状为骨松质,其内为红骨髓。

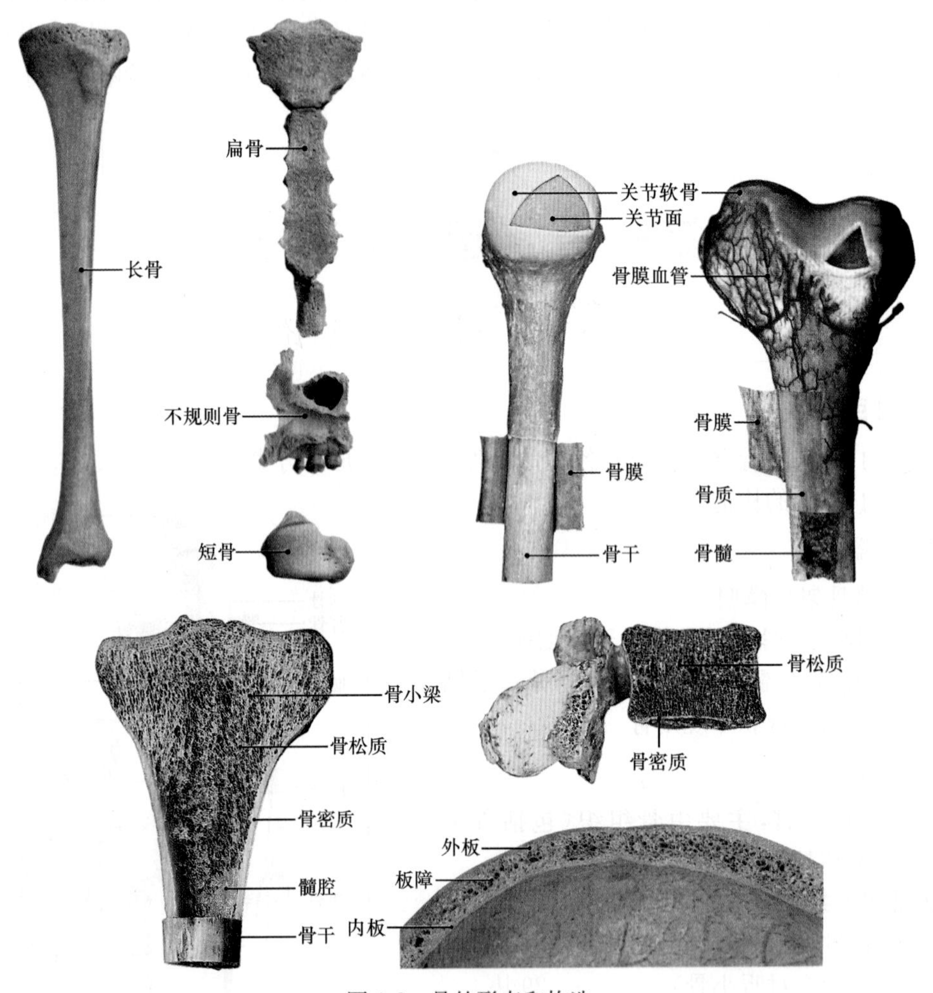

图 1-2 骨的形态和构造

(2) X 线片(示教):

1) 在 X 线片上按上述部位,可观察到骨密质、骨松质和骨髓腔。

2) 在小儿胫骨的上端(或下端),可见到有不显影的带状或线状部分称骺软骨。与成人胫骨对照,可见在成人胫骨的上端(或下端)有一均匀一致的白线称骺线。

(3) 骨的理化特性:

1) 煅烧骨(去掉有机质):虽形状不变,但脆而易碎。取煅烧骨一段,用手轻压,观察其结果。

2) 脱钙骨(去掉无机质):取一用稀盐酸浸泡过的骨,仍具有骨的原形,但柔软而有弹性,可打"结"。

3) 再取未经处理的骨,与上述两者比较,观察其物理特性,并说明理由。

【注意事项】

1. 观察骨膜时应用镊子轻轻夹起,不要夹损或撕脱。
2. 观察煅烧骨应轻拿轻放。
3. X线片示教,只需了解其大概,不必深究。

【思考题】

1. 名词解释

(1) 骺 (2) 骺软骨

2. 问答题

(1) 骨的形态分哪几类,各主要分布在哪里?

(2) 骨的构造主要包括哪些?

第二节 躯 干 骨

【实验目的】

掌握内容:躯干骨的名称、数目、位置及各骨的主要形态结构。

熟悉内容:躯干骨的骨性标志。

【实验器材】

1. 完整骨架与模型。
2. 胸骨、肋骨、骶骨和游离椎骨(包括一般颈椎、寰椎、枢椎、隆椎、胸椎和腰椎)。
3. 串联椎骨标本。

【实验内容】

躯干骨有51块。包括椎骨26块(颈椎7块、胸椎12块,腰椎5块、骶骨1块、尾骨1块),胸骨1块,肋骨24块。

1. 椎骨

(1) 椎骨的一般形态:取胸椎标本观察(图1-3)。

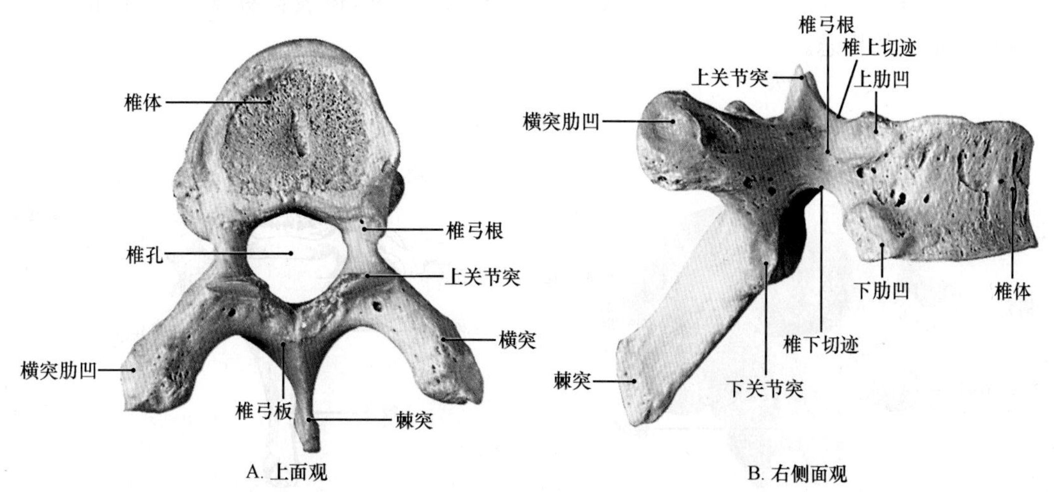

图1-3 胸椎

椎骨由椎体、椎弓及椎弓伸出的 7 个突起构成。椎体在椎骨前份，呈短圆柱状；椎弓为椎体后方，呈弓形的骨板；椎体与椎弓围成椎孔。全部椎孔贯通，构成容纳脊髓的椎管。椎弓与椎体相连接的部分较细，称椎弓根。两侧椎弓根向后内扩展变宽，称椎弓板，椎弓根的上、下缘各有一切迹，相邻椎骨的上、下切迹共同围成椎间孔，内有脊神经和血管通过。椎弓上伸出 7 个突起，即向两侧伸出的一对横突，向上伸出的一对上关节突，向下伸出一对下关节突，向后伸出单一棘突。

(2) 各部椎骨的特点：

1) 颈椎(图 1-4)：共有 7 个，其中第 1、2、7 颈椎形态特殊。

一般颈椎的特点：椎体较小，椎孔较大，呈三角形，横突上有孔，称横突孔，内有椎动脉、静脉通过。第 2～6 颈椎的棘突较短，末端分叉。

特殊颈椎的特点：

第 1 颈椎：又名寰椎(图 1-5)。呈环形，无椎体、棘突和关节突，由前弓、后弓和两侧的侧块构成。侧块上、下有关节面分别与枕髁和第 2 颈椎相关节，前弓的后面有齿突凹，与枢椎的齿突相关节。

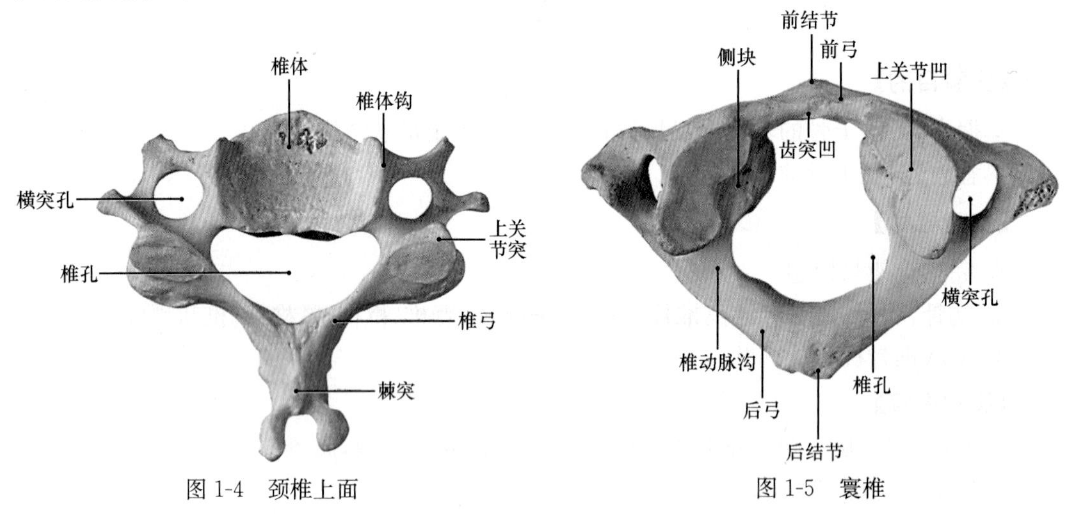

图 1-4　颈椎上面　　图 1-5　寰椎

第 2 颈椎：又名枢椎(图 1-6)。特点是椎体向上伸出齿突。与寰椎的齿突凹相关节。

第 7 颈椎：又名隆椎(图 1-7)。棘突特别长，末端不分叉，体表容易摸认，是临床计数椎骨和针灸取穴的标志。

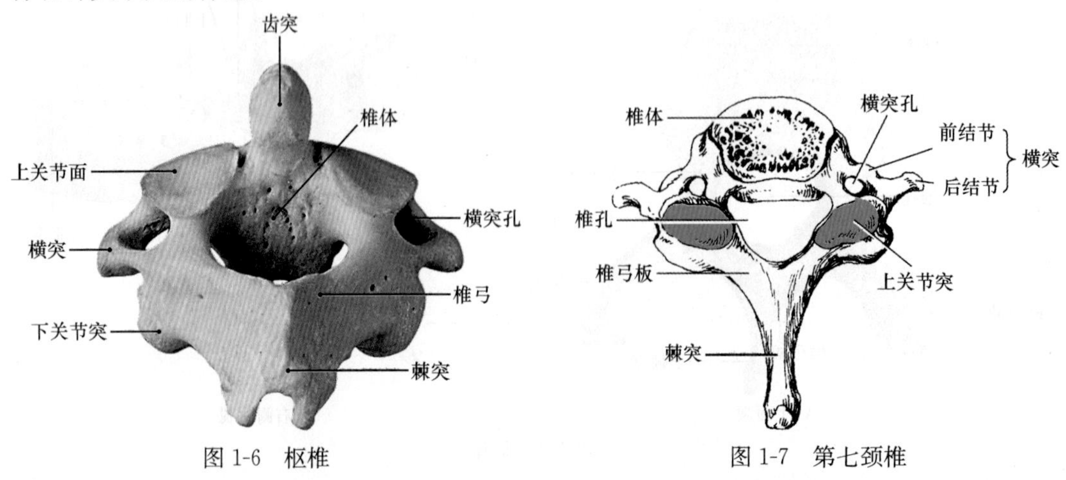

图 1-6　枢椎　　图 1-7　第七颈椎

2）胸椎：共12个，其主要特点是椎体两侧和横突上有与肋骨相关节的肋凹。棘突较长，斜向后下，彼此掩盖，呈叠瓦状。

3）腰椎：共5个，特点为椎体粗大，棘突短宽，呈板状，水平伸向后方，故相邻棘突之间的间隙较大。临床上可在此处作腰椎穿刺术（图1-8）。

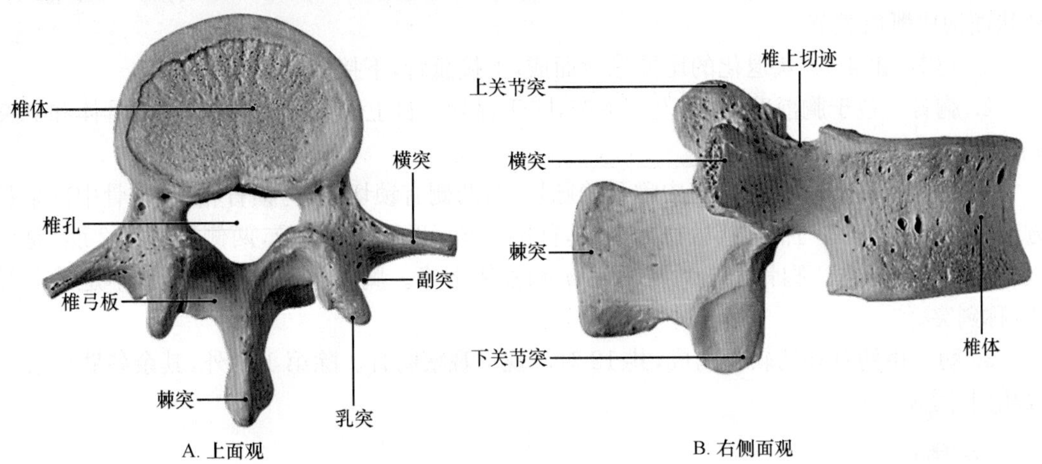

图1-8 腰椎

4）骶骨：成人骶骨（图1-9）由5块骶椎融合而成，因此骶骨有些结构与椎骨相似，有的则是椎骨愈合后的遗迹。

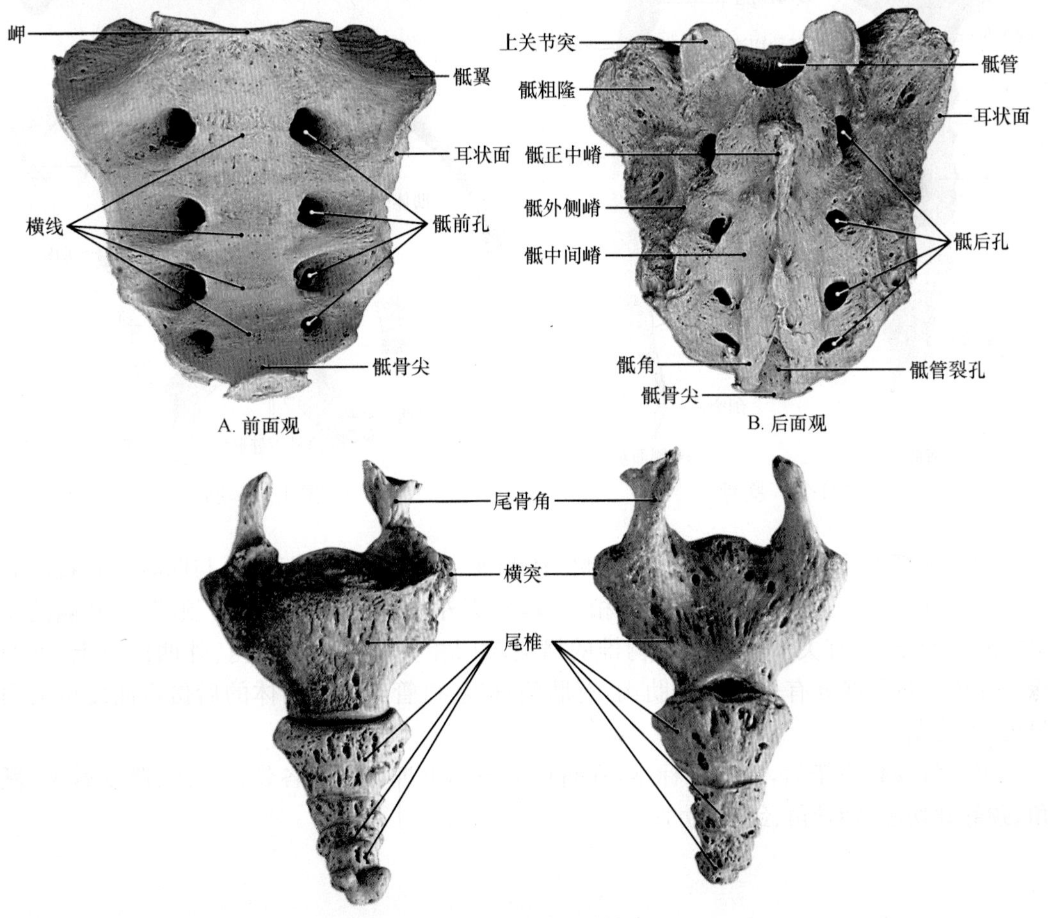

图1-9 骶骨和尾骨

骶骨呈三角形，底向上，尖向下，前面光滑微凹，上缘中份向前隆凸粗糙，称岬。中部有4条横线，是椎体融合的痕迹。横线两端有4对骶前孔。背面隆凸粗糙，有4对骶后孔。骶前、后孔均与骶管相通，有骶神经前后支通过。骶管上连椎管，下端的开口称骶管裂孔，裂孔两侧有向下突出的骶角，骶管麻醉常以此作为标志。骶骨两侧的上份有耳状面与髂骨的耳状面构成骶髂关节。

5）尾骨：由4～5块退化的尾椎融合而成，上接骶骨，下接游离为尾骨尖。

2. 胸骨　位于胸前壁正中，上宽下窄，属于扁骨。自上而下分为胸骨柄、胸骨体和剑突3部分(图1-10)。

胸骨柄上缘有3个切迹，正中称颈静脉切迹，两侧有锁切迹，与锁骨相接；胸骨中部呈长方形，称胸骨体。体与柄连接处微向前突，称胸骨角，可在体表扪及，两侧平对第2肋，是计数肋骨的重要标志。胸骨角向后平对第4胸椎体下缘。胸骨体下端为一形状不定的薄骨片，称剑突。

3. 肋　由肋骨和肋软骨构成，共12对。现只观察肋骨。除第1肋外，其余各肋形态大致相同(图1-11)。

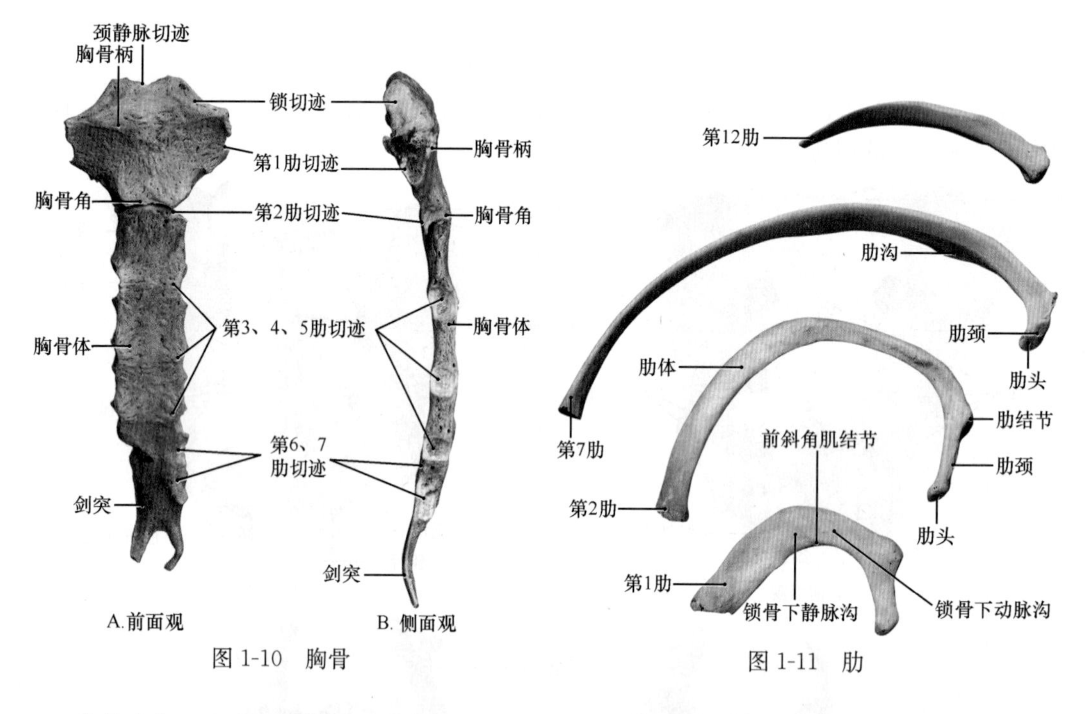

图1-10　胸骨

图1-11　肋

肋骨为细而长的弓状扁骨，分为中部的体和前、后两端。前端稍宽，与肋软骨相接。后端膨大，称肋头，有关节面与胸椎肋凹相关节，肋头外侧的狭细部分称肋颈，肋颈外侧的粗糙突起称肋结节，有关节面与相应胸椎的横突肋凹相关节。肋体有内、外两面及上、下两缘。在内面近下缘处有一线沟称肋沟，有肋间神经、血管经过。肋体的后份弯曲度更为明显处，称肋角。

躯干骨观察完毕后，应对照标本，在自己的身体上摸认下列各骨性标志：隆椎棘突、骶角、颈静脉切迹、胸骨角、剑突、肋骨。

临床链接：

大量失血或重度贫血时，黄骨髓可转化为红骨髓，恢复造血功能。在椎骨、髂骨、肋骨、胸骨、肱骨和股骨的近侧端松质内，终生都是红骨髓。因此，临床常选髂前上棘等处进行骨髓穿刺，检查骨髓象。腰椎棘突板状水平向后，可在L3-4或4-5棘突之间，此做腰穿。骶管裂孔是骶管麻醉的部位，骶角是确定骶管裂孔的标志。

【注意事项】

1. 观察标本时，应参照教材插图，把标本放在解剖位置，分清其上、下、前、后、左、右各方位，遇有疑难问题，可对照完整骨架解决。

2. 重要骨性标志需在活体上摸认。

【思考题】

1. 名词解释

(1) 椎间孔 (2) 椎管 (3) 骶管裂孔 (4) 胸骨角

2. 问答题

(1) 试述成人椎骨的数目与各部椎骨的主要特征。

(2) 试述第1、2、7颈椎的主要特征。

第三节 颅 骨

【实验目的】

掌握内容：颅骨的名称、数目。鼻旁窦的名称、位置及开口。颅骨整体观以及颅底内面观的主要孔、裂。

熟悉内容：颅骨的重要骨性标志。新生儿颅骨的特征。

【实验器材】

1. 完整的颅骨、分离的颅骨、颅盖、颅底骨、颅矢状切面和婴儿颅标本。

2. 放大彩色颅骨和筛骨、颞骨、蝶骨模型。鼻腔外侧壁模型。

【实验内容】

颅骨共29块，分脑颅骨8块，面颅骨15块。另6块听小骨将在下篇论述。

1. 脑颅骨 位于颅的后上部，围成颅腔，容纳脑(图1-12、图1-13)。

(1) 额骨：1块，位于颅的前上部。

(2) 顶骨：2块，位于颅盖部中线两侧，介于额骨与枕骨之间。

(3) 枕骨：1块，位于颅的后下部。

(4) 颞骨：2块，位于颅的两侧，参与颅底和颅腔侧壁的构成。其中参与颅底构成的部分，称颞骨岩部，其内含有前庭蜗器。

(5) 蝶骨：1块，位于颅底中部，枕骨的前方，形似蝴蝶(图1-14、图1-15)。

(6) 筛骨：1块，位于颅底，在蝶骨的前方及左右两眶之间。通过放大的筛骨模型观察，筛骨额状切面呈“巾”字形，分为3部分(图1-16)。

1) 筛板：呈水平位，构成鼻腔的顶，板上有许多小孔，称筛孔。

2) 垂直板：居正中矢状位，构成骨性鼻中隔的上部。

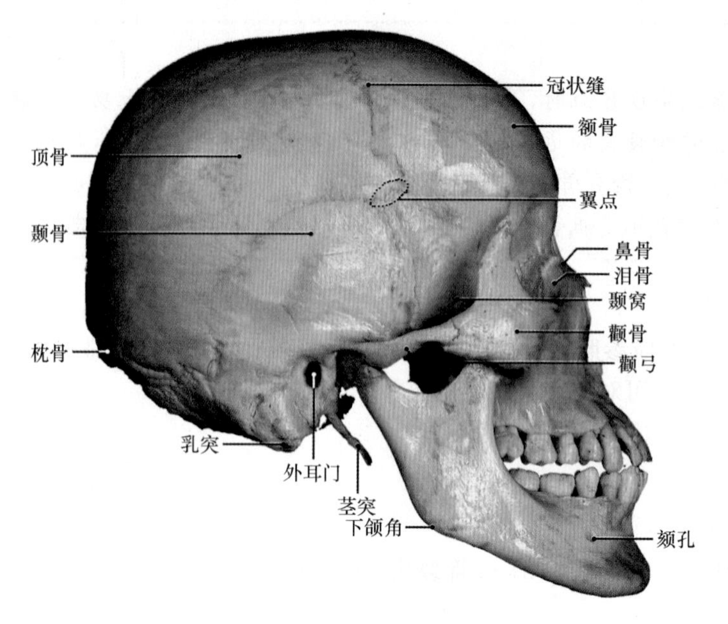

图 1-12 颅的侧面观

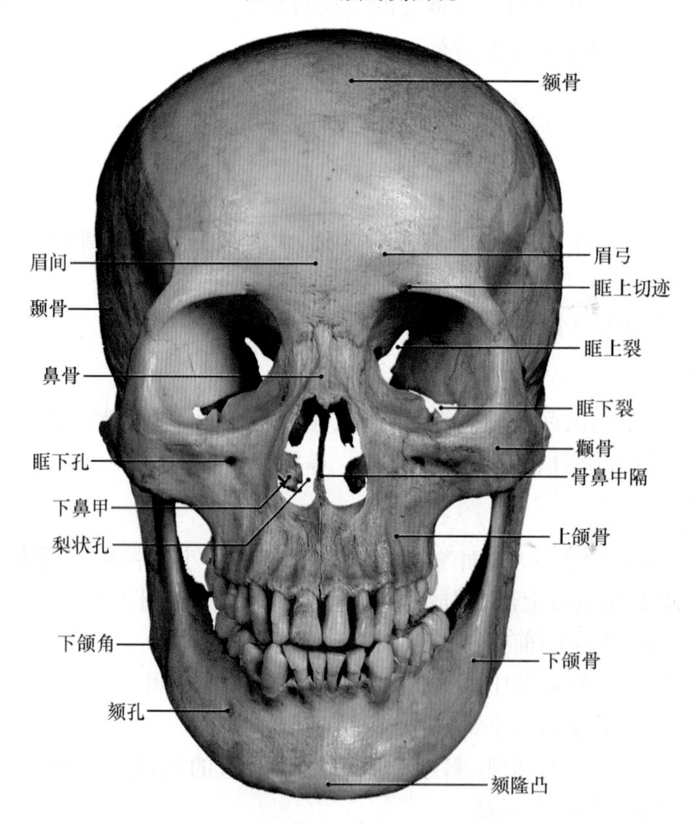

图 1-13 颅的前面观

3）筛骨迷路：位于垂直板的两侧，骨含筛窦；迷路内侧壁上有两个卷曲的小骨片，即上鼻甲和中鼻甲。

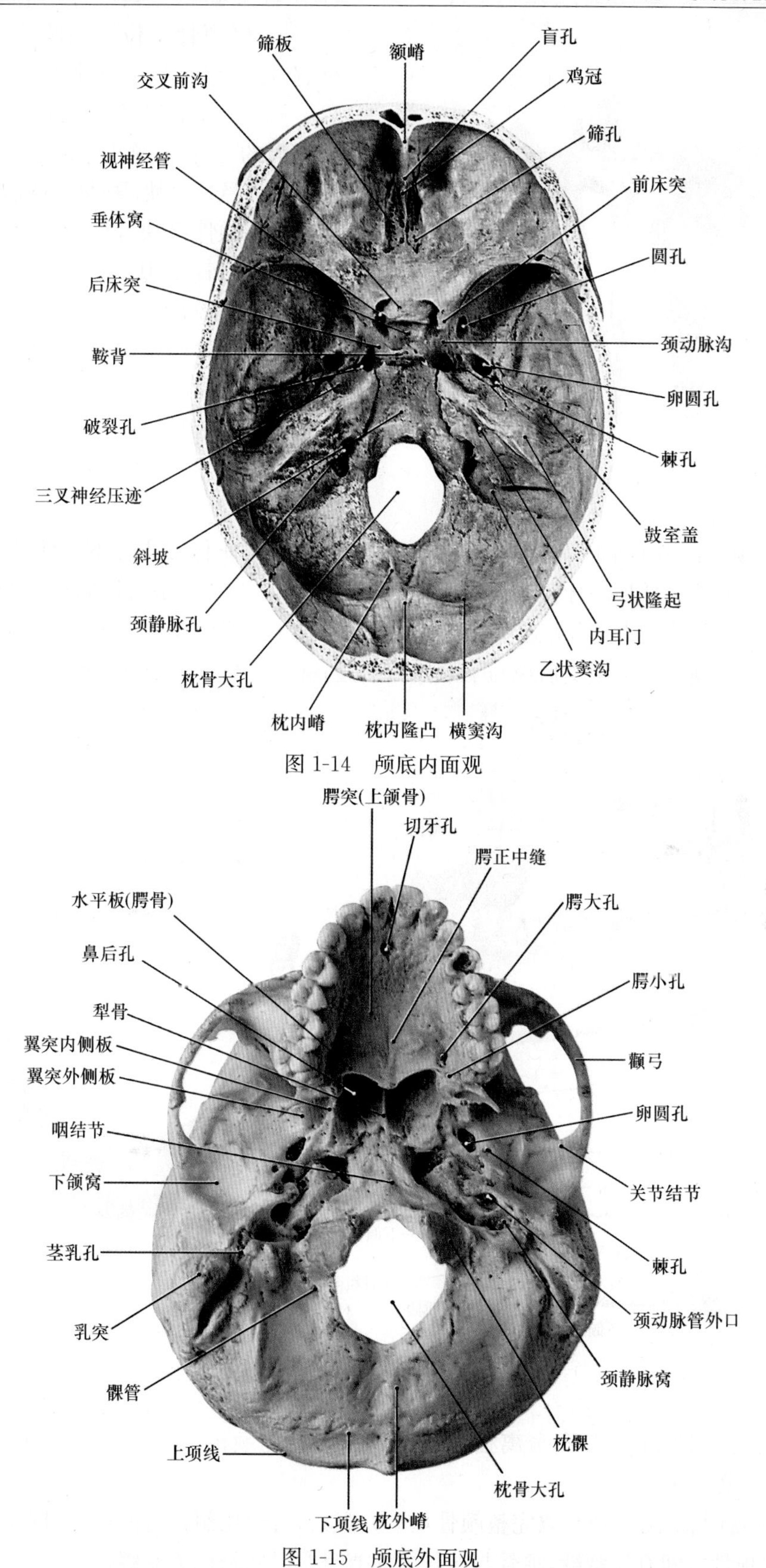

图 1-14　颅底内面观

图 1-15　颅底外面观

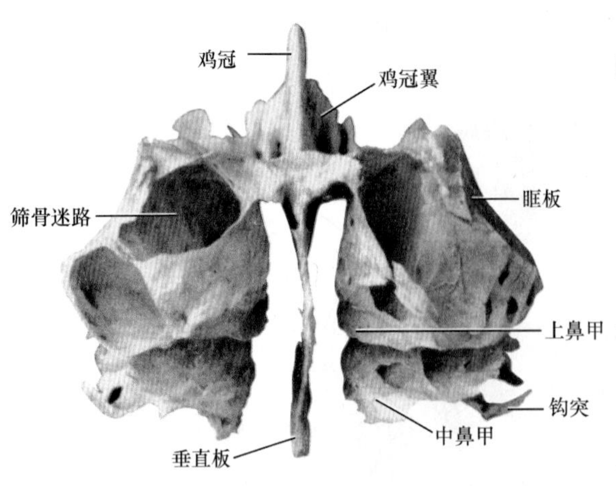

图 1-16 筛骨

2. 面颅骨 位于颅的前下部，构成眶、鼻腔、口腔和面部的骨性支架。

(1) 上颌骨：2 块，位于面颅的中央。内有大的含气腔，称上颌窦。

(2) 鼻骨：2 块，居两眶之间，构成鼻背。

(3) 颧骨：2 块，位于上颌骨的外上方。

(4) 泪骨：2 块，为一小而薄的骨片，构成眶内侧壁的前部。

(5) 腭骨：2 块，位于上颌骨的后方。

(6) 下鼻甲骨：2 块，为附着于鼻腔外侧壁的一对卷曲薄骨片。

(7) 犁骨：1 块，为垂直位斜方形骨板，构成骨性鼻中隔的后下部。

(8) 下颌骨：1 块(图 1-17)，位于面部的前下部，可分为 1 体 2 支。下颌体居中央，呈马蹄形，上缘有容纳下牙根的牙槽。体的前外侧面有颏孔。下颌支是由体向后方伸出的方形骨板，其上缘有两个突起，前为冠突，后为髁突。髁突上端膨大，称下颌头，与下颌窝相关节，变细处为下颌颈。下颌支后缘与下颌体相交处，称下颌角。下颌支内面中有下颌孔。

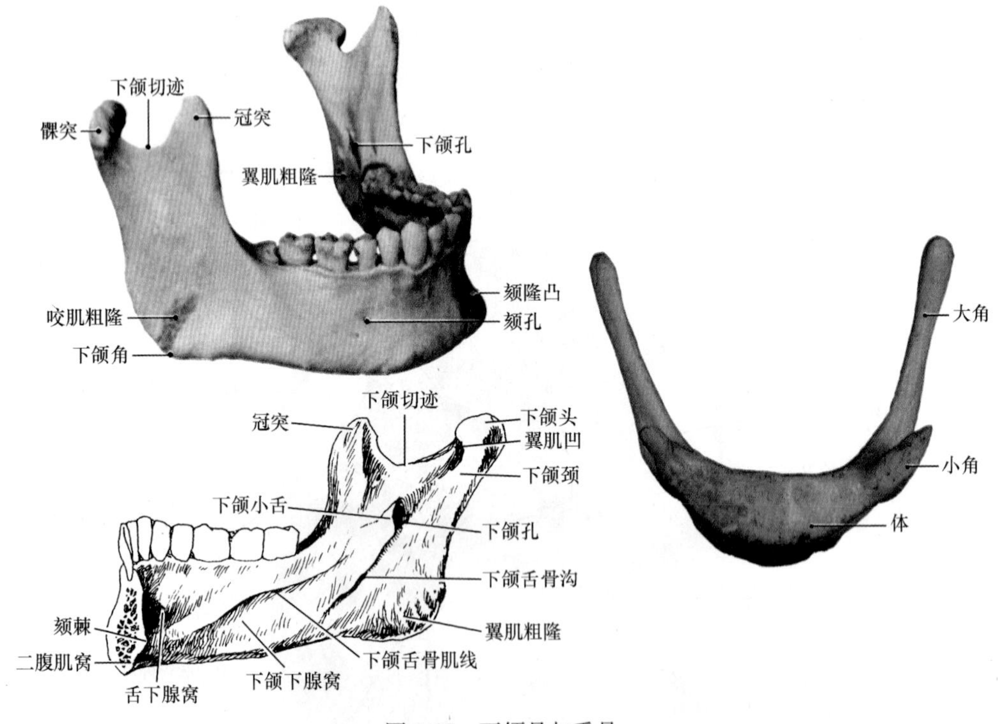

图 1-17 下颌骨与舌骨

(9) 舌骨：1 块，呈“U”形，分离独立(借肌肉和韧带与颅相连)，位于下颌骨的下方。

3. 颅的整体观

(1) 颅盖面观(图 1-18)：取完整颅骨从上方观察，可看见额骨与顶骨之间有横行的冠状缝，左右两顶骨之间有矢状缝，顶骨与枕骨之间有呈“人”字形的人字缝。

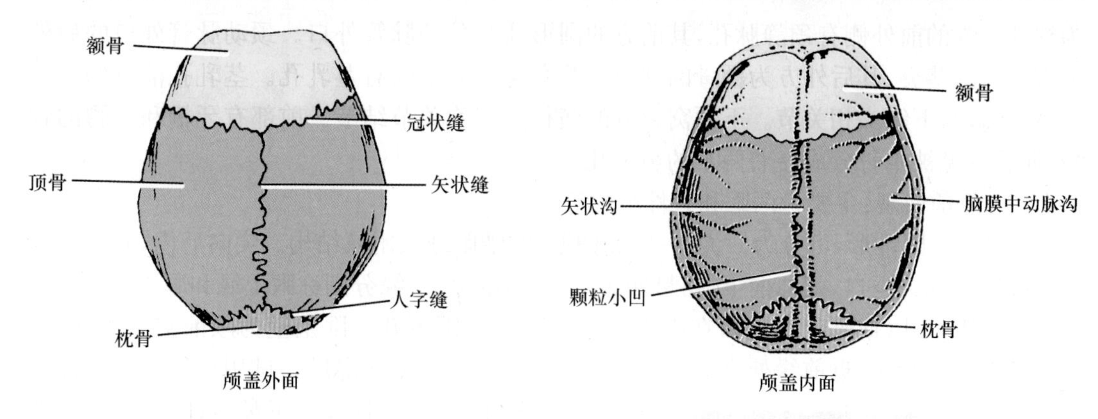

图 1-18　颅盖

新生儿的颅：取婴儿颅观察，可见颅顶各骨之间的间隙较大，有结缔组织膜填充，称囟(图 1-19)。其中最大的囟为前囟(额囟)，呈菱形，位冠状缝与矢状缝会合部。在矢状缝和人字缝相交处，有三角形的后囟(枕囟)。

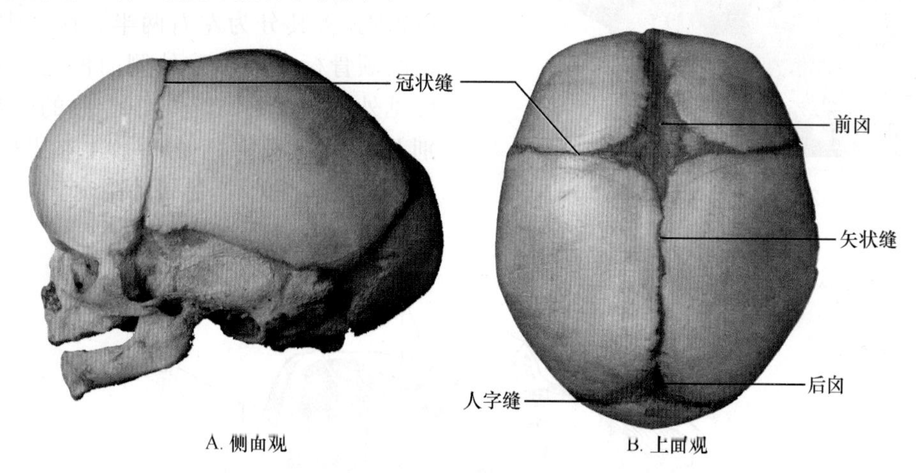

图 1-19　新生儿颅骨

(2) 颅底面观：

1) 颅底内面观：取颅底骨标本，可见颅底内面高低不平，由前向后呈阶梯状排列着 3 个凹陷，分别称颅前窝、颅中窝和颅后窝。窝内有许多孔、裂，它们大都与颅外相通。故观察时，应查看它们在颅外的位置。

颅前窝：由额骨、筛骨和蝶骨构成，窝中央低凹部分是筛骨的筛板，板上有许多筛孔，有嗅丝通过。

颅中窝：主要由蝶骨和筛骨构成。中央是蝶骨体，体上面有容纳垂体的垂体窝。窝前两侧有视神经管，管外有眶上裂，它们都通入眶腔。蝶骨体两侧，自前向后依次为圆孔、卵圆孔和棘孔。自棘孔有脑膜中动脉沟向外上走行。

颅后窝：主要由枕骨和颞骨岩部构成。窝内有枕骨大孔，孔前方有斜坡。孔的前外缘上有舌下神经管。孔的后上方有枕内隆凸，隆凸两侧有横行的横窦沟，横窦沟折向前下续为乙状窦沟，末端终于颈静脉孔。在颞骨岩部的后面有内耳门，由此通入内耳道。

2) 颅底外面观：后部中央有枕骨大孔，孔的后上方有枕外隆凸，孔两侧有椭圆形关节面为枕髁。髁的前外侧有颈静脉孔，其前方的圆形孔为颈动脉管外口。颈动脉管外口的后外侧有细长的茎突，其后外方为颞骨的乳突。茎突与乳突之间有茎乳孔。茎乳孔前方的凹陷为下颌窝，与下颌头相关节。下颌窝前方的横行隆起称关节结节。前部有牙槽和硬腭的骨板，向后可见被犁骨分成左右两半的鼻后孔。

(3) 颅前面观：主要为两眶和骨性鼻腔等。

1) 眶：呈圆锥形，可分为一尖、一底和四壁，容纳眼球及附属结构。尖向后内，有视神经管通颅腔。底为眶口，朝向前下，略呈四边形，眶口的上、下缘分别称眶上缘和眶下缘。眶上缘上可见眶上孔(或眶上切迹)，在眶下缘中份下方有眶下孔。眶上壁为颅前窝的底；眶内侧壁邻鼻腔和筛窦，近前缘处有泪囊窝，向下续为鼻泪管，通入鼻腔。试用探针从泪囊窝经鼻泪管，可通达鼻腔下鼻道；眶下壁为上颌窦的顶；外侧壁与上、下壁交界处后份各有眶上裂和眶下裂，内有血管、神经通过。

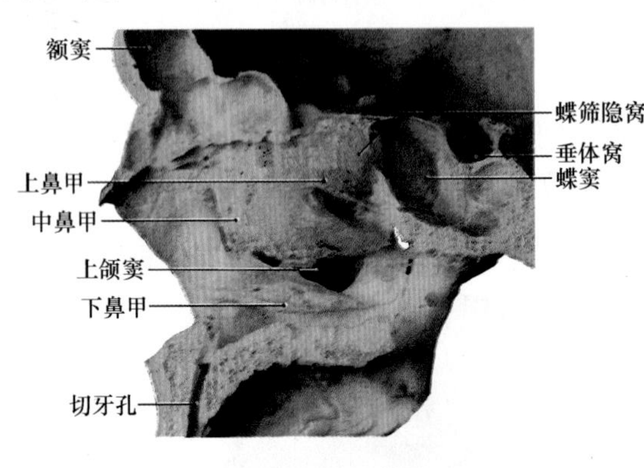

图 1-20　骨性鼻腔外侧壁(一)

2) 骨性鼻腔(图 1-20、图 1-21)：位于面颅中央，由犁骨和筛骨垂直板构成的骨性鼻中隔，将其分为左右两半。在正中矢状切面颅骨标本或鼻腔外侧面模型上观察，可见外侧壁上有 3 个向下卷曲的骨片，分别上鼻甲、中鼻甲、下鼻甲。上鼻甲后上方与蝶骨之间的间隙，称蝶筛隐窝。

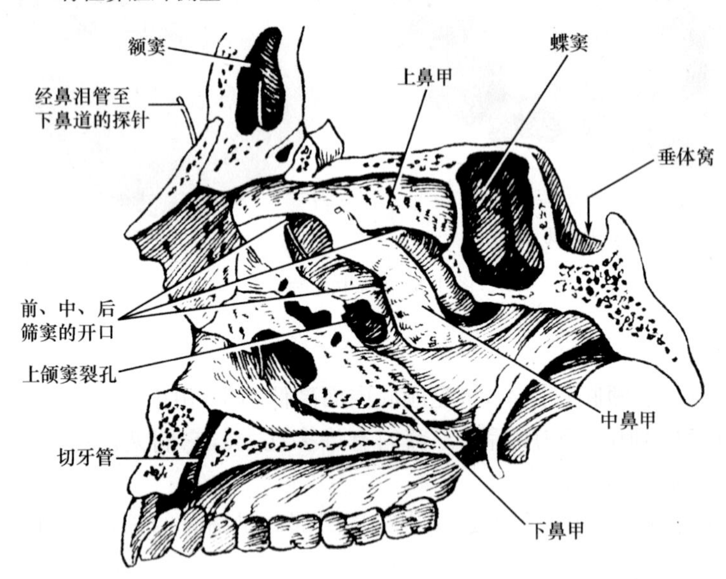

图 1-21　骨性鼻腔外侧壁(切开鼻甲)(二)

3) 鼻旁窦：共 4 对，为额骨、上颌骨、筛骨和蝶骨内的含气骨腔，位于鼻腔周围并开口于鼻腔。额窦位于额骨内，开口于中鼻道；上颌窦最大，位于上颌骨内，开口于中鼻道，其窦口高于窦底，故直立位时不易引流；筛窦位于筛骨迷路内，由许多不规则的小房组成，可分为前、中、后 3 群，其中前、中群开口于中鼻道，后群开口于上鼻道；蝶窦位于蝶骨体内，开口于上鼻甲后上方的蝶筛隐窝。

（4）颅侧面观：通过完整颅骨侧面观察，可见中部有一骨性孔为外耳门，外耳门后方是乳突，前方为颧弓。颧弓上方的凹陷为颞窝。在颞窝区内，额、顶、蝶、颞4骨交汇处称翼点。此处骨质薄弱，外伤和骨折时，易损伤其内面的脑膜中动脉前支，引起颅内硬膜外血肿。

颅骨观察完毕后，对照颅骨标本，在自己的身体上认真摸认下列骨性标志：乳突、枕外隆凸、下颌角、下颌头和颧弓。

临床链接：

翼点颅骨内面有脑膜中动脉通过，骨折易造成硬膜外血肿。新生儿颅囟为软组织，故出现颅内高压时颅囟隆起而缓解压力，并不出现头疼，易误诊。

【注意事项】

1. 颅骨某些部位骨质薄而易碎，观察时要轻拿轻放。

2. 观察分离颅骨时，应随时对比完整颅骨，以便了解分离颅骨及其重要结构在完整颅上的位置。

3. 观察标本时，要参考书中的插图，帮助寻找结构。在观察颅底外面时要特别注意解剖位置。

【思考题】

1. 名词解释

（1）翼点　（2）鼻旁窦　（3）颅囟

2. 问答题

（1）颅底内面观能见到哪些重要的孔、裂、沟？

（2）骨性鼻腔外侧壁上有哪些重要结构？

（3）鼻旁窦有哪些？分别写出它们的位置和开口。

（4）写出脑颅骨、面颅骨的名称和数目。

第四节　上　肢　骨

【实验目的】

掌握内容：上肢骨的组成；肩胛骨、锁骨、肱骨、桡骨及尺骨的形态和主要结构。

熟悉内容：上肢骨的重要骨性标志。手部骨的分部，位置和排列。

【实验器材】

1. 全套上肢骨。

2. 完整骨架。

3. 成人手骨的X线片。

【实验内容】

1. 锁骨（图1-22）　左右各一，位于胸廓前上方，呈“～”形，内侧端粗大称胸骨端，与胸骨柄相关节；外侧端扁平称肩峰端，与肩峰相

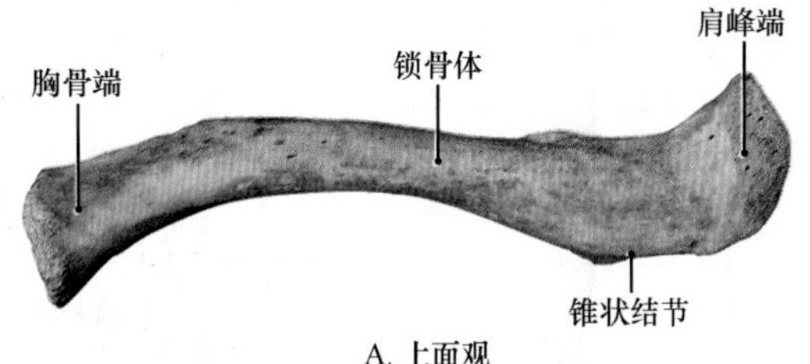

A. 上面观

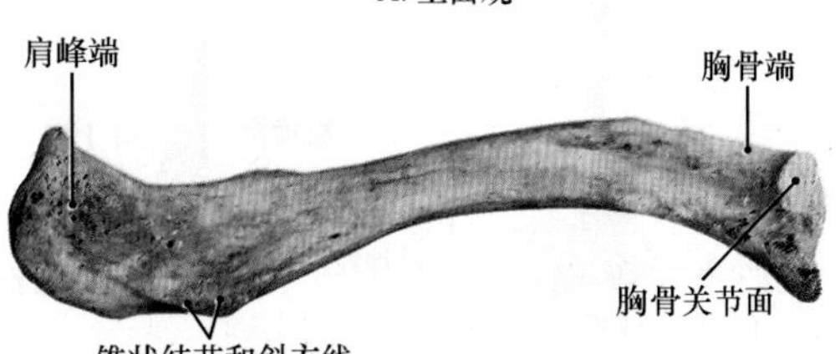

B. 下面观

图1-22　锁骨

关节。锁骨对于固定上肢、支撑肩胛骨、便于上肢灵活运动起重要作用。其全长均可在体表摸到，是重要的体表标志。

2. 肩胛骨(图 1-23、图 1-24)　左右各一为一三角形扁骨，位于胸廓后外侧的上份，介于第 2～7 肋之间，可分为三缘、三角和两面。上缘的外侧部有一弯曲的指状突起，称喙突。内侧缘较薄，靠近脊柱，又能称脊柱缘；外侧缘肥厚邻近腋窝，又称腋缘。上角在内上方，平对第 2 肋。下角平第 7 肋水平，体表易于摸到，为计数肋骨的标志。外侧角膨大，有朝向外面的关节面，称关节盂，与肱骨头相关节，前面与胸廓相对，为一大的浅窝，称肩胛下窝。后面被一向前外上突出的骨嵴肩胛冈分为冈上窝和冈下窝。肩胛冈向外侧延伸的扁平突起，称肩峰，是肩部的最高点。

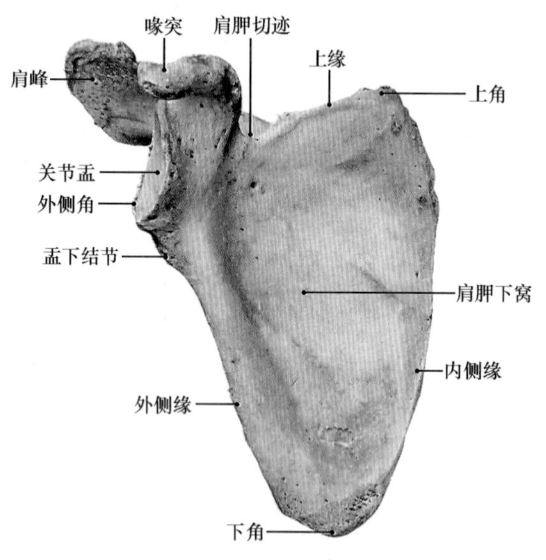

图 1-23　肩胛骨(前面观)

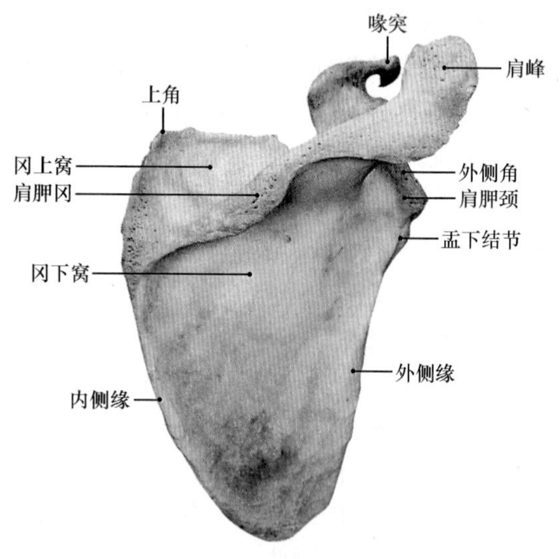

图 1-24　肩胛骨(后面观)

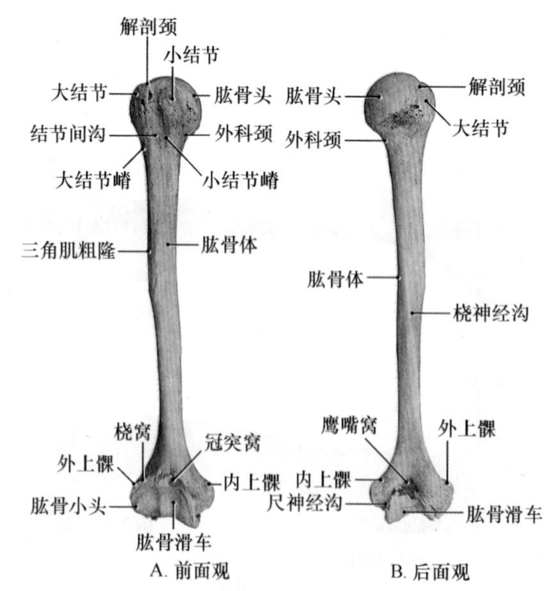

图 1-25　肱骨

3. 肱骨(图 1-25)　左右各一，位于上臂，是典型的长骨，可分为一体两端。

上端有呈半球形的肱骨头，与肩胛骨的关节盂相关节。头周围的环形浅沟，称解剖颈。大、小结节之间有结节间沟。上端与体交界处称为外科颈。

肱骨体中份外侧面有一粗糙隆起称三角肌粗隆，为三角肌附着处。在粗隆的后内侧有一由内上斜行向外下的浅沟称桡神经沟，内有桡神经经过。肱骨中部骨折可能伤及桡神经。

肱骨下端外侧有一半球形的肱骨小头，与桡骨头上面的关节面构成关节。内侧部为形如滑车状的滑车切迹，与尺骨滑车切迹构成关节。滑车的后上方有一深窝，称鹰嘴窝。小头的外侧和滑车内侧各有一突起，分别称为外上髁和内上髁。内上髁的后下方有尺神经沟，内上髁骨折或肘关节脱位时，有可能伤及沟内的尺神经。

4. 桡骨(图 1-26)　左右各一，位于前臂的外侧，分一体两端。上端稍膨大称桡骨头，上面的关节凹，与肱骨小头形成肱桡关节。头的周围为环状关节面，与尺骨桡切迹形成桡尺近侧关节。头下方稍细，称桡骨颈，颈的内下侧有突起的桡骨粗隆。桡骨下端粗大，外侧有突向下的锥形突起，称桡骨茎突，为骨性标志。下端的内侧面有与尺骨相关节的尺切迹，下面有腕关节面与腕骨形成腕关节。

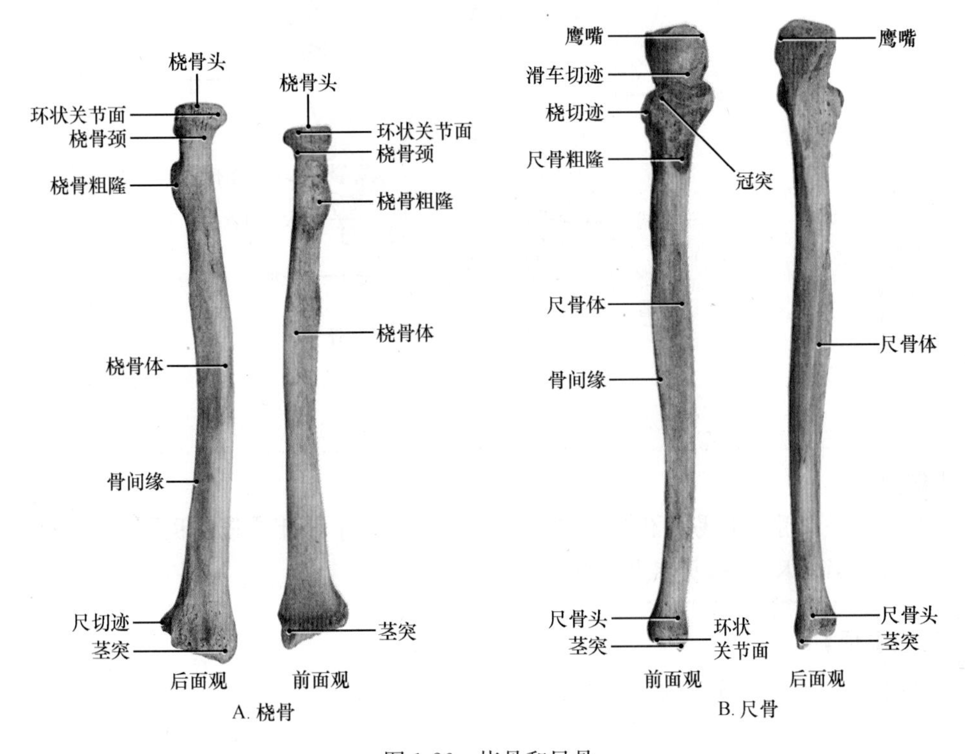

图 1-26　桡骨和尺骨

5. 尺骨　左右各一，位于前臂的内侧，分一体两端。上端的前面有一大的凹陷关节面，称滑车切迹(半月切迹)，与肱骨滑车相关节，滑车切迹的上、下方各有一突起。冠突的外侧面有桡切迹，与桡骨头相关节。尺骨下端称尺骨头，其后内侧向下的突起称尺骨茎突。

6. 手骨　分为腕骨、掌骨和指骨(用串连的手骨标本并结合手部 X 线片观察)(图 1-27)。

(1) 腕骨：由 8 块小的短骨组成，它们排列成远侧、近侧两列，每列 4 块。由桡侧向尺侧，近侧列依次为手舟骨、月骨、三角骨和豌豆骨；远侧列为大多角骨、小多角骨、头状骨和钩骨。手舟骨、月骨和三角骨近端共同形成一椭圆形的关节面，与桡骨的腕关节面及尺骨下端的关节盘构成桡腕关节。所有腕骨在掌面形成一凹陷的腕骨沟。

(2) 掌骨：5 块，由桡侧向尺侧，依次称第 1～5 掌骨。掌骨分一体、两端、近侧端称底，远侧端称头，底与头之间部分为体。

(3) 指骨：有 14 块，除拇指为两节外，其余各指为 3 节。

上肢骨观察完毕后，应对照标本，在自己的身体上摸认下列各骨性标志：锁骨全长、肩胛骨上角、肩胛骨下角、肩峰、肩胛冈、肱骨大结节、肱骨小结节、尺骨茎突、桡骨茎突。

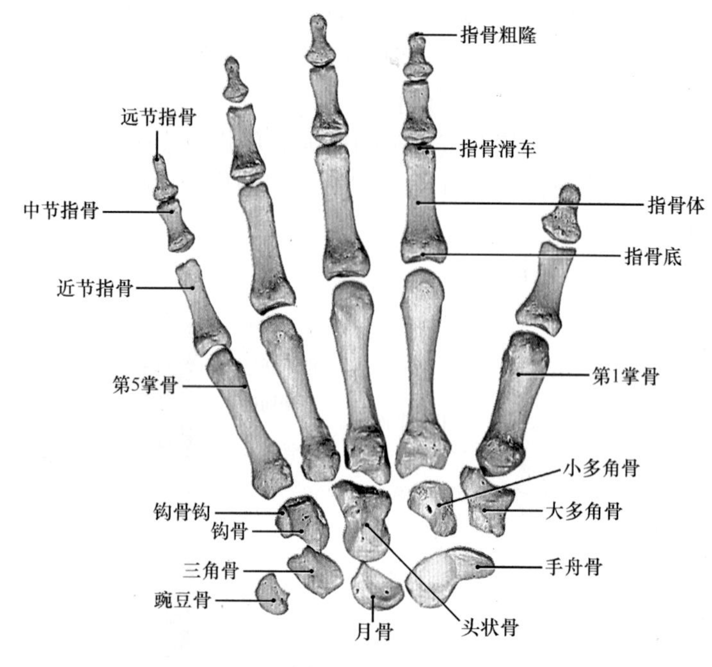

图 1-27　手骨

临床链接：

肱骨外科颈骨折时易损伤腋神经，肱骨中、下 1/3 骨折时易损伤桡神经，肱骨内侧髁骨折时易损伤尺神经，引起相应的临床症状。

【注意事项】

1. 观察时，首先要按实验内容的描述，把骨标本放在解剖位置，注意分清前、后和左、右关系。
2. 要反复对照完整骨架观察，熟悉各骨的结构、位置。

【思考题】

1. 名词解释

(1) 三角肌粗隆　(2) 桡神经沟　(3) 尺神经沟

2. 问答题

(1) 试述肩胛骨、肱骨、桡骨、尺骨的主要结构。

(2) 在活体上能摸到上肢骨的哪些重要的体表标志？

(3) 试描述肩胛骨的形态和主要结构。

第五节　下　肢　骨

【实验目的】

掌握内容：下肢骨的组成；髋骨、股骨、胫骨、腓骨的形态和主要结构。

熟悉内容：足部骨的分部，位置和排列。下肢骨的重要骨性标志。

【实验器材】

1. 全套下肢骨。

2. 完整骨架。

3. 成人足骨的X线片。

4. 小儿髋骨的X线片。

【实验内容】

1. 髋骨(图1-28)　左右各一,属于不规则骨,幼年时的髋骨由髂骨、耻骨和坐骨借软骨连接而成(可在小儿髋骨标本上观察),15岁左右软骨骨化,三骨融合成一骨。在融合部位的外侧面有一深窝,称髋臼。坐、耻骨之间围成闭孔。

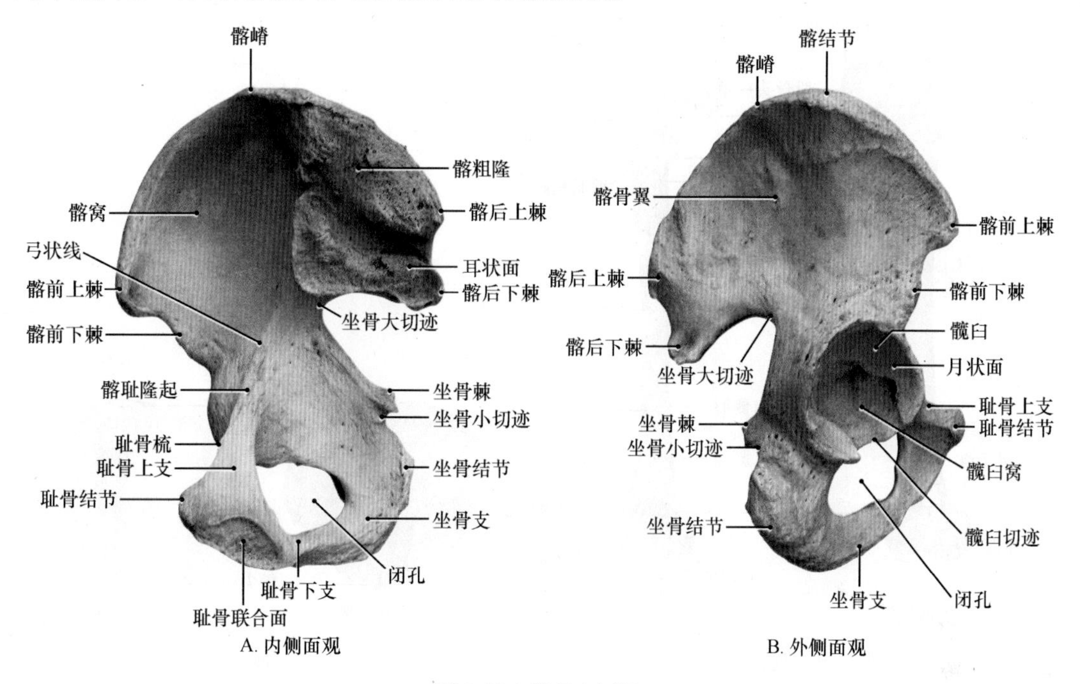

图1-28　髋骨(右侧)

(1) 髂骨:构成髂骨的后上部,分为肥厚的髂骨体和扁阔的髂骨翼。翼的上缘肥厚,称髂嵴。髂嵴的前、中1/3交界处向外侧突出称髂结节,为一重要的骨性标志,临床常在此进行骨髓穿刺,抽取红骨髓检查其造血功能。两侧髂嵴的最高点连线,约平第4腰椎棘突,是临床确定椎骨序数的方法之一。髂嵴前端为髂前上棘,后端为髂后上棘。在髂前、后上棘的下方各有一突起,分别为髂前下棘和髂后下棘。髂骨的内面光滑凹陷,称髂窝。髂窝的下界有圆钝的骨嵴,称弓状线。窝的后部骨面粗糙不平,有一耳状关节面,称耳状面。与骶骨的耳状面相关节。

(2) 坐骨:构成髋骨的后下部,分坐骨体和坐骨支。体后缘有一尖锐的突起,称坐骨棘,棘下方为坐骨小切迹。坐骨棘与髂后下棘之间为坐骨大切迹。坐骨体下后部延伸为较细的坐骨支,其末端与耻骨下支结合。体与支移行处的后部是肥厚而粗糙的坐骨结节,为坐骨的最低点,体表可触及。

(3) 耻骨:构成髋骨的前下部,分为体和上、下支。耻骨体和髂骨体结合处骨面粗糙隆起,称髂耻隆起。自体向前延伸出耻骨上支,其末端急转向下,成为耻骨下支。耻骨上支的上缘锐薄,称耻骨梳。耻骨梳向前终于耻骨结节。耻骨上下支相互移行处内侧的椭圆形粗糙面,称耻骨联合面。

2. 股骨　左右各一,上端有球形的股骨头,与髋臼相关节,头的外下方较细部分为股骨颈,体与颈交界处有2个隆起,上外侧为大转子(同学们用手掌贴在股上部的外侧,并旋转下肢,可以感受到大转子手掌下转动),下内侧的较小为小转子。大、小转子之间,在后方有隆起的转子间嵴,在前面以转子间线相连。股骨体后面有纵行的骨嵴,称粗线。此线上端分叉,向外上延伸为臀肌粗隆。股骨下端有两个向下后的膨大,分别称内侧髁和外侧髁。两髁侧面突起处,分别为内上髁和外上髁(图1-29)。

3. 髌骨　左右各一,位于股骨下端的前面,股四头肌腱内,上宽下尖,前面粗糙,后面为光滑的关节面,与股骨髌面形成关节。髌骨可在体表摸到(图1-30)。

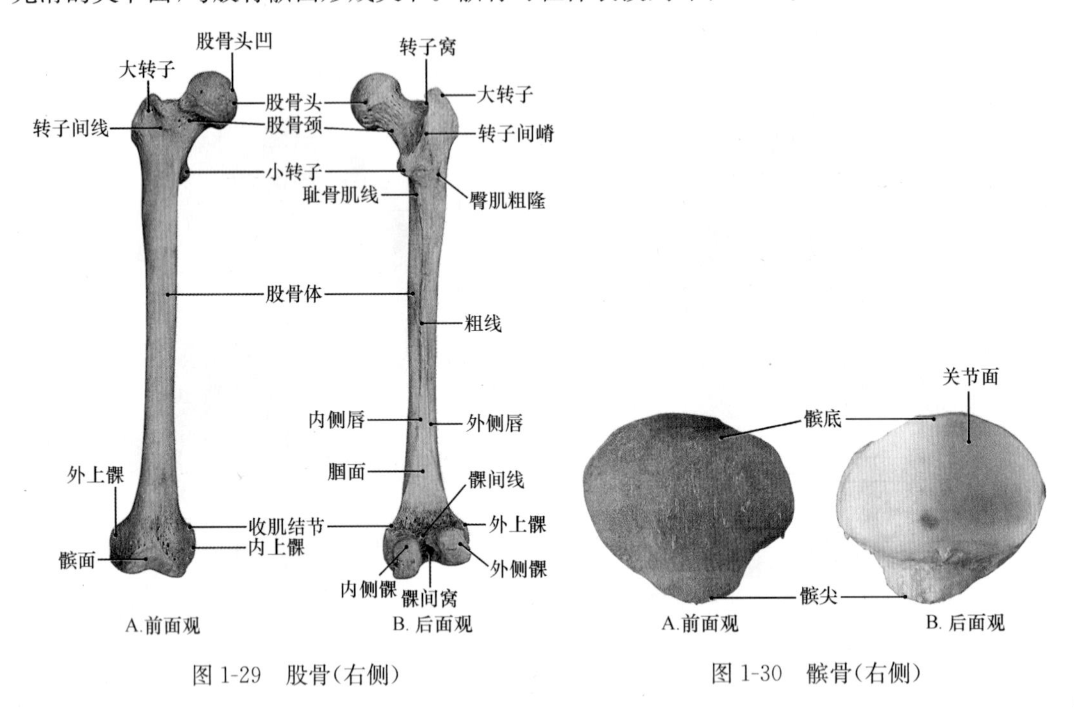

图1-29　股骨(右侧)

图1-30　髌骨(右侧)

4. 胫骨　左右各一,位于小腿内侧,对支持体重起重要作用,故较粗壮,分一体两端。上端膨大,向两侧突出,形成内侧髁和外侧髁。两髁之间有向上的隆起,称髁间隆起。为前后交叉韧带的附着处。上端与体移行处的前面有粗糙的隆起,称胫骨粗隆。是股四头肌腱的附着处。胫骨体呈三棱形,其前缘和内侧面在体表可摸到。下端内侧向下突出称内踝(图1-31)。

5. 腓骨　左右各一,位于小腿外侧,细而长。上端略膨大称腓骨头,头下方变细称腓骨颈,下端膨大称为外踝。腓骨头浅居皮下,是重要的骨性标志。

6. 足骨　可分为跗骨、跖骨及趾骨(用串连的足骨标本并结合足部X线片进行观察)(图1-32)。

1) 跗骨:共7块,排成前、中、后3列,后列为跟骨和距骨,跟骨后部粗糙隆起称跟骨结节。距骨上面有前宽后窄的距骨滑车,与胫、腓骨下端相关节。中列为足舟骨,前列为内侧楔骨、中间楔骨、外侧楔骨和骰骨。

2) 跖骨:共5块,由内侧向外侧依次为第1～5跖骨。其后端为底,中间为体,前端为头。

3) 趾骨:有14块,除跗趾为两节外,其余各趾为3节。

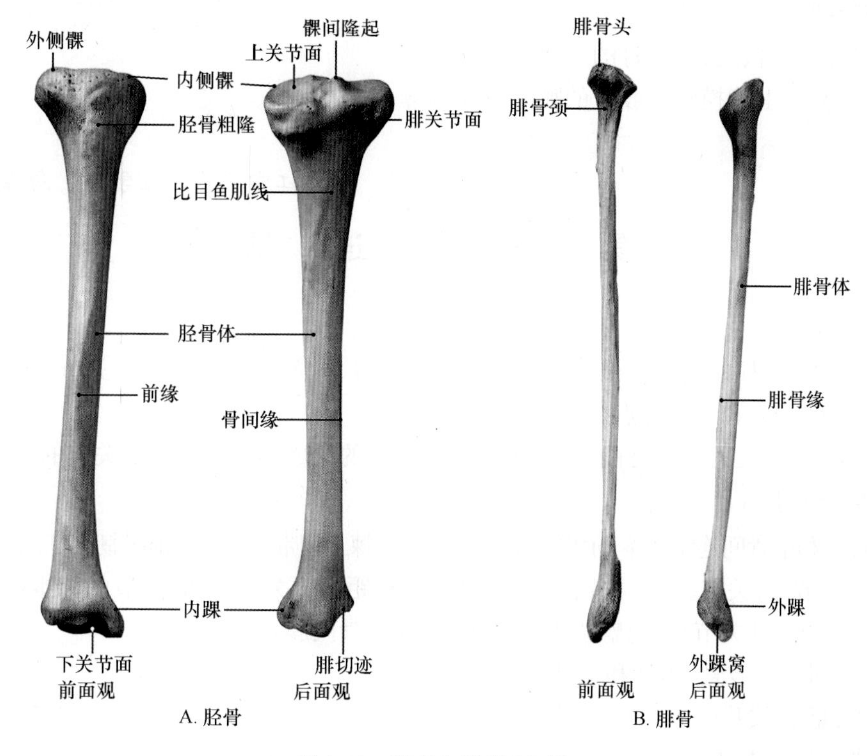

图 1-31 胫骨和腓骨(右侧)

下肢骨观察完毕后,应对照标本,在自己的身体上摸认下列骨性标志:髂嵴、髂前上棘、髂后上棘、坐骨结节、耻骨结节、股骨大转子、股骨内外侧髁、股骨内上髁、股骨外上髁、髌骨、胫骨内外侧髁、胫骨粗隆、腓骨头、内踝、外踝、跟骨结节。

临床链接:

股骨颈为人体重要的骨连结点和下肢活动的轴心,而老年人容易骨质疏松,股骨颈更加脆弱;髋周肌肉萎缩无力,保护反应迟钝,固易发生股骨颈骨折。

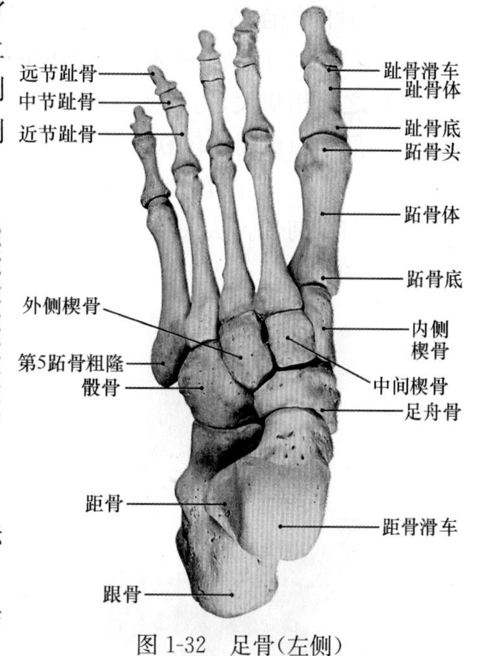

图 1-32 足骨(左侧)

【注意事项】

1. 观察时,首先要按实验内容的描述,把骨标本放在解剖位置,注意分清前、后和左、右关系。

2. 要反复对照完整骨架观察,熟悉各骨的结构、位置。

【思考题】

1. 名词解释

(1) 胫骨粗隆 (2) 大转子 (3) 髂嵴

2. 问答题

(1) 试述髋骨、股骨、胫骨的主要结构。

(2) 在活体上能摸到下肢骨的哪些重要的体表标志?

(九江学院基础医学院 向维聂)

第六节 骨 连 结

【实验目的】

掌握内容:脊柱的组成和椎骨间的连结。肩关节、肘关节、腕关节、指关节、距小腿关节及下颌关节的组成和结构特点。

熟悉内容:脊柱的生理弯曲、胸廓的构成。骨盆的组成、分部,手与足关节的组成。

【实验器材】

1. 脊柱和椎骨间连结标本(示椎间盘、棘间韧带、棘上韧带、黄韧带、前纵韧带、后纵韧带)。

2. 肩关节、肘关节、桡腕关节、髋关节、膝关节、距小腿关节、下颌关节的标本(打开和未打开关节囊的两种关节)。前臂骨连结标本(示前臂骨间膜)。

3. 躯干骨、四肢骨、颅骨和完整骨架标本。

4. 手、足X线片。

5. 骨盆的标本、模型。

【实验内容】

1. 椎骨间的连结

(1) 椎体间的连结:椎体之间借椎间盘及前、后纵韧带相连。取椎骨连结湿标本观察,可见椎体之间稍膨大,此即连结相邻椎体的椎间盘。在椎间盘横断的标本上观察,可见椎间盘中央部为白色而质较软的髓核,周围部为多层以同心圆排列的纤维环。颈腰部椎间盘前厚后薄,而胸部椎间盘则相反。同时,注意观察椎间孔的位置。在椎体和椎间盘的前面有纵行的前纵韧带。从去椎弓标本上观察,可见椎体和椎间盘的后面有纵行的后纵韧带(图1-33、图1-34)。

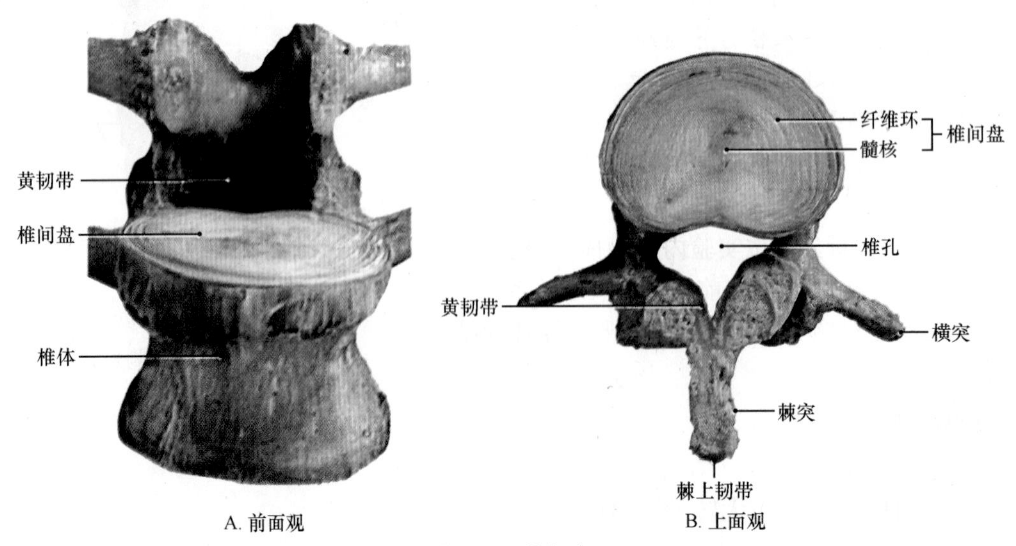

图1-33 椎间盘

(2) 椎弓间的连结：包括椎弓板、棘突、横突间的韧带连结和上、下关节突之间的关节连结。取正中线纵剖的脊柱标本观察，可见连于棘突尖端纵行的棘上韧带。连于两棘突之间较短的棘间韧带。连于相邻两椎弓板之间的为黄韧带(弓间韧带)。

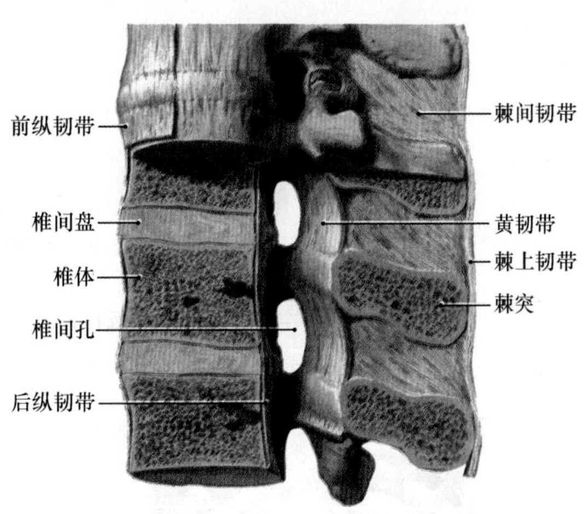

图 1-34　椎骨间的连结

2. 脊柱　在完整骨架上观察，可见脊柱位于背部正中，构成人体的中轴。脊柱由 24 块椎骨、1 块骶骨和 1 块尾骨及其连结组成(图 1-35)。

从侧面观察，脊柱呈"S"形，有颈、胸、腰、骶 4 个生理弯曲。其中颈曲、腰曲凸向前，胸曲、骶曲凸向后。从后面观察，脊柱在后正中线上有棘突。颈椎棘突较短，近水平位；胸椎棘突较长，斜向后下，呈叠瓦状，相互掩盖；腰椎棘突呈水平位，棘突之间间隙较大。

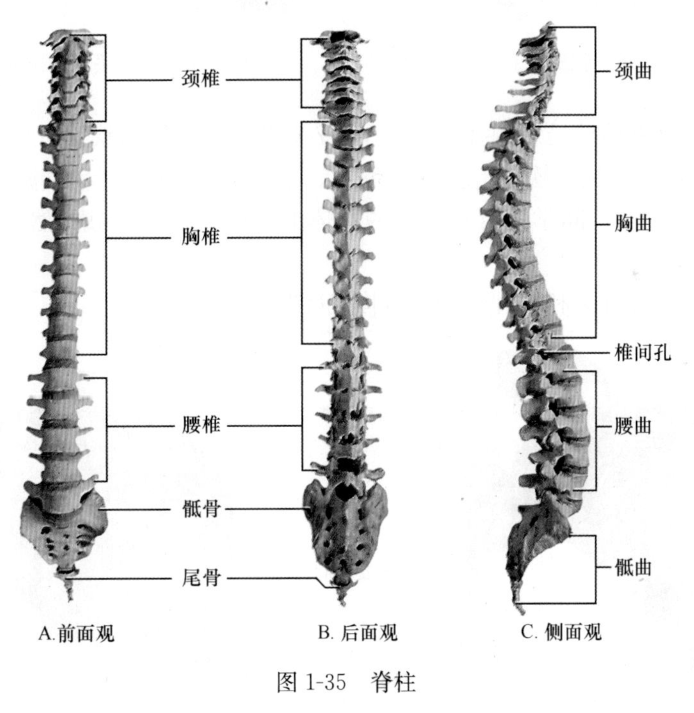

图 1-35　脊柱

3. 胸廓　在完整骨架上观察，可见胸廓由 12 个胸椎、12 对肋、1 块胸骨连结而成(图 1-36、图 1-37)。

成人胸廓呈前后略扁，上窄下宽的圆锥形。新生儿的胸廓横径与前后径大致相等，近似桶状。胸廓有上、下两口。胸廓上口较小，向前下方倾斜，由第 1 胸椎、第 1 对肋骨和胸骨柄上缘围成，是胸腔与颈部的通道。胸廓下口宽而不整齐，由第 12 胸椎，第 11、12 对肋骨，左右肋弓和剑突围成。相邻两肋之间的间隙称肋间隙。

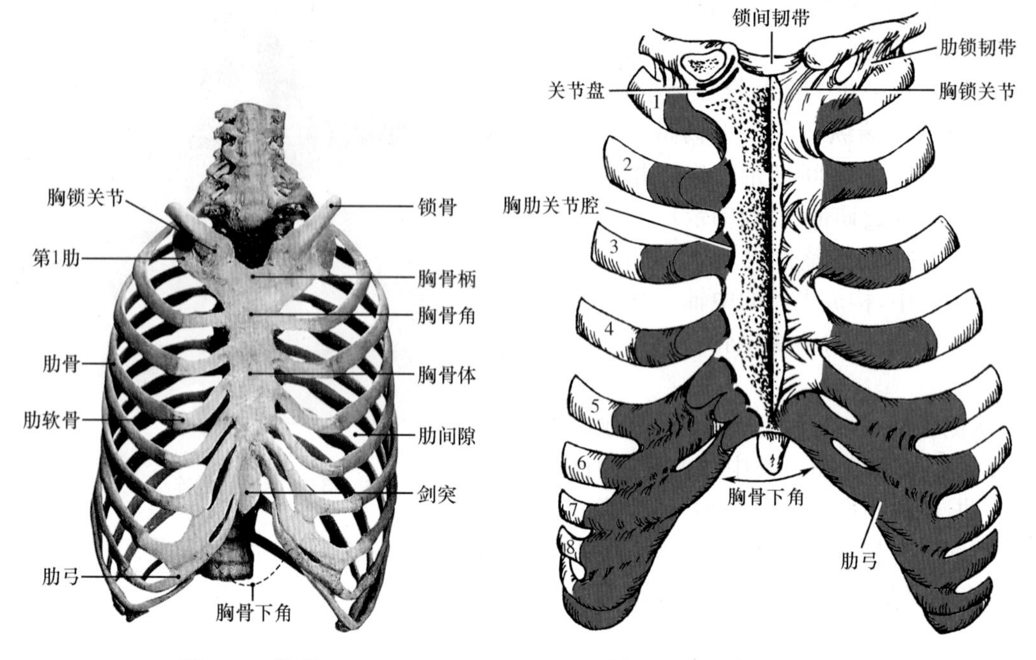

图 1-36　胸廓　　　　图 1-37　胸肋关节和胸锁关节

从前面观察，胸廓前壁最短，胸骨居正中，上 7 对肋骨前端借助软骨与胸骨相连。第 8、9、10 对肋骨前端依次与上位肋软骨相连，形成肋弓。第 11、12 对肋软骨前端游离于腹壁肌中。

观察完胸廓标本后，同学们可在自己的身体上，用手掌紧贴胸廓，然后深呼吸，体会肋前端的移动情况。

4. 肩关节　由肱骨头和肩胛骨关节盂构成(图 1-38)。

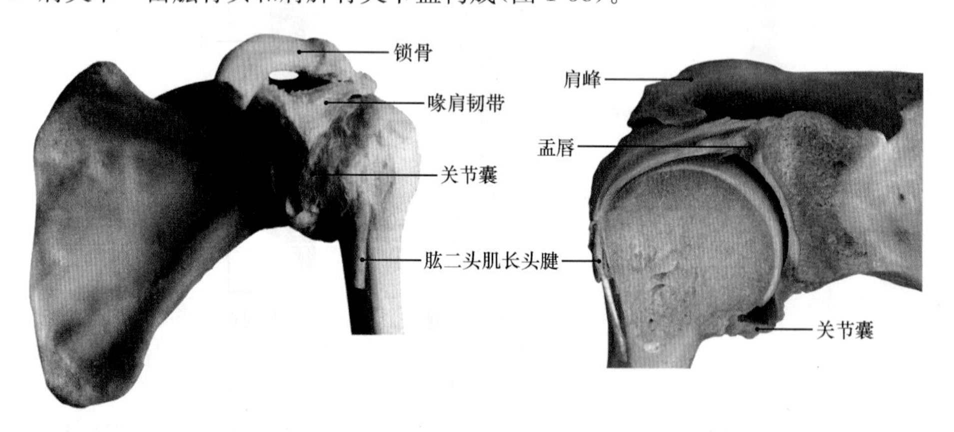

图 1-38　肩关节和肩锁关节

(1) 先取未打开肩关节囊的标本观察。可见关节囊向上附着于肩胛骨关节盂的周缘，向下止于肱骨的解剖颈。关节囊上部较紧，下部松弛。在肩关节的上方，有横架于肩胛骨喙突和肩峰之间的喙肩韧带，从上方保护肩关节。在肱骨结节间沟内有肱二头肌长头腱自关节囊内穿出。此外，肩关节的前、后、上方有许多腱跨过，均有加强关节囊的作用，但关节囊的前下方没有腱和韧带加强，是关节囊的薄弱点。

（2）再取打开肩关节囊的标本观察。可见关节面因有关节软骨覆盖。从关节面形状上看，可见肱骨头的凸面大大超过关节盂的凹面。在关节盂的周围还可见到一圈颜色较深由纤维软骨构成的盂唇加深关节窝。最后观察关节囊的内、外表面，可见其内表面光滑（滑膜层），外面粗糙（纤维层）。

（3）以肩关节为例，在活体上进行关节运动方式观察。同学甲解剖姿势站立，同学乙用一手固定同学甲的肩胛骨，另一手握住同学甲的上肢（注意使上肢保持伸直），并做下列运动。

屈，使臂向前；伸，使臂向后；外展，使臂远离正中矢状面；内收，使臂靠向矢状面；旋内，使臂的前面转向前内侧；旋外，使臂的前面转向后外侧；环转，是屈、展、伸、收依次结合的连续运动，运动时全骨正好绘出一圆锥形轨迹。

5. 肘关节（图 1-39）

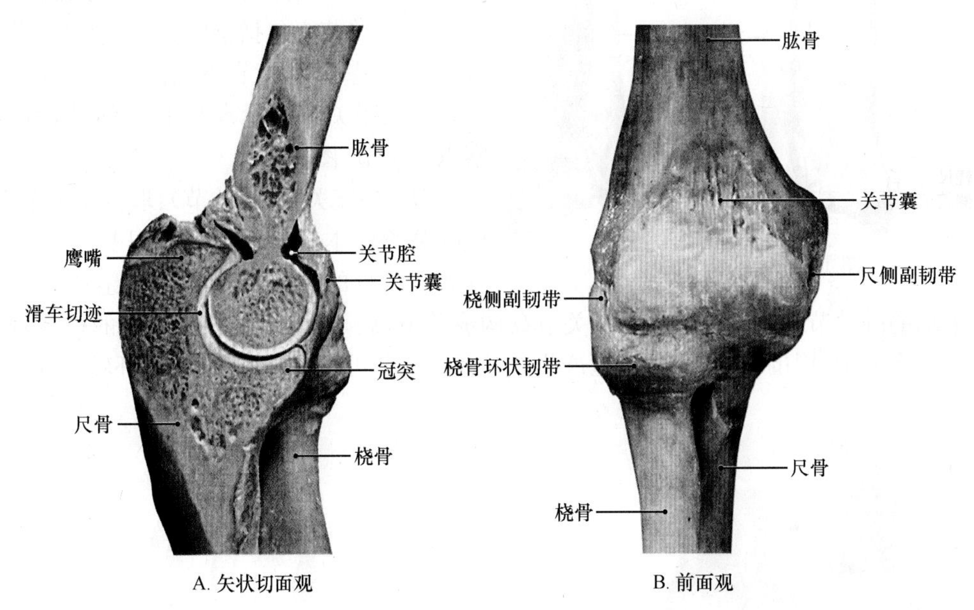

A. 矢状切面观　　B. 前面观

图 1-39　肘关节（右侧）

（1）取已打开肘关节囊的标本（结合骨标本）观察肘关节组成，可见肘关节包括 3 个关节。

1）肱尺关节：由肱骨滑车与尺骨的滑车切迹构成。

2）肱桡关节：由肱骨小头与桡骨头的关节凹构成。

3）桡尺近侧关节：由桡骨头环状关节面与尺骨的桡切迹构成。

（2）再取未打开肘关节囊的标本观察。可见关节囊前、后壁薄而松弛，后壁尤为薄弱，关节囊的两侧壁厚而紧张，分别形成桡侧副韧带和尺侧副韧带。此外，关节囊环绕在桡骨头周围的部分也增厚，形成桡骨环状韧带，可防止桡骨头脱出。

（3）肘关节的运动方式，主要有屈、伸运动。

（4）在活体上观察屈肘和伸肘时肱骨内、外上髁与尺骨鹰嘴三者之间的位置关系。肘关节伸直时，肱骨内、外上髁与尺骨鹰嘴三点可连成一条直线。关节屈至 90°时，这三点的连线组成一等腰三角形。

6. 前臂骨连结

（1）前臂骨间膜：为连结桡、尺骨之间的坚韧致密结缔组织膜。取前臂骨连结标本，观

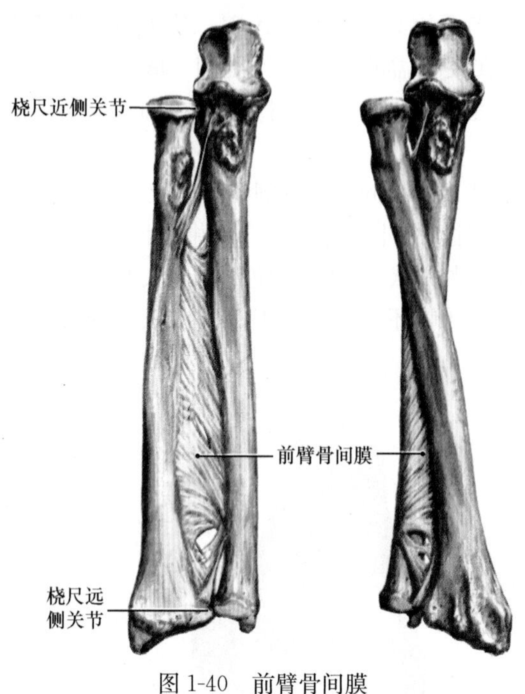

图 1-40 前臂骨间膜

察前臂处于旋前或旋后位时骨间膜的紧张度(图 1-40)。

(2) 桡尺近侧关节:在肘关节中已观察。

(3) 桡尺远关节:取已打开关节囊的腕关节标本观察。可见此关节由桡骨下端的尺切迹与尺骨头环状关节面连同尺骨头下面的关节盘构成。关节盘为三角形纤维软骨板,将尺骨头与腕骨隔开。

(4) 前臂骨的运动:同学们自己向上做前臂旋转运动,并结合串联的桡、尺骨观察。

7. 手关节 包括桡腕关节、腕骨间关节、腕掌关节、掌骨间关节、掌指关节和指骨间关节。利用手关节湿标本和手 X 线片,重点观察以下关节(图 1-41)。

(1) 桡腕关节(腕关节):取打开关节囊的桡腕关节标本观察关节面。可见手舟骨、月骨和三角骨的近侧关节面共同组成关节头,桡骨下端的腕关节面和尺骨头下方的关节盘构成关节窝。再取未打开关节囊的标本观察,可见关节囊松弛,周围有韧带加强,但这些韧带紧贴关节可作屈、伸、收、展和环转运动。

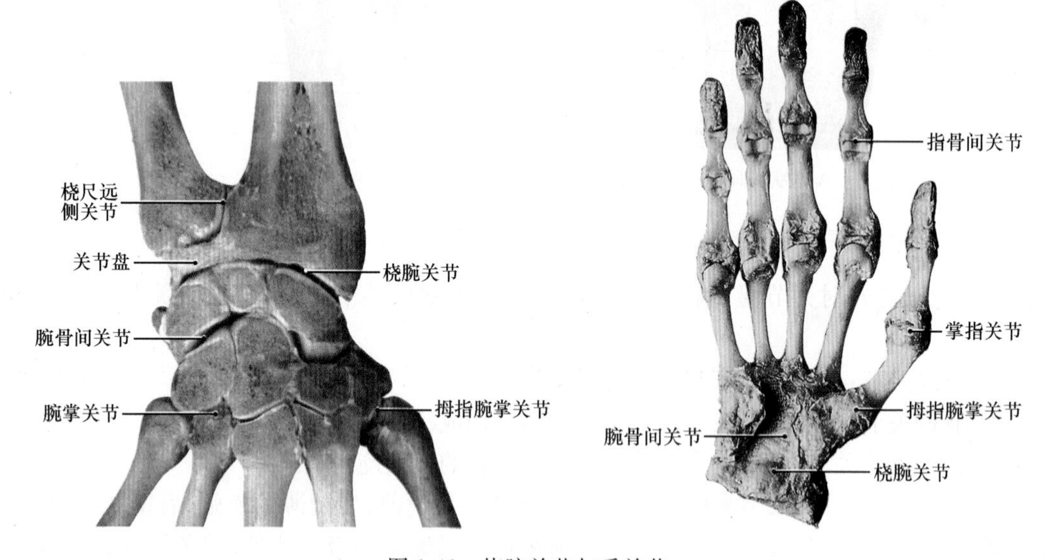

图 1-41 桡腕关节与手关节

(2) 腕掌关节:由远侧列腕骨与 5 个掌骨底构成。除拇指和小指的腕掌关节外,其余各指的腕掌关节运动范围极小。其中大多角骨与第 1 掌骨底构成的拇指腕掌关节则活动性大,可以灵活做屈、伸、展、环绕和对掌运动。对掌运动是人类进行握持和精细操作时所必需的主要动作。

8. 骨盆 取骨盆湿标本(或模型)观察,可见骨盆由左右髋骨、骶骨、尾骨以及所属韧带构成。两髋骨在前方正中线借耻骨联合相连;后方两髋骨的耳状面与骶骨两侧的耳状面连结成稳固的骶髂关节；尾骨则附于骶骨尖的下方，整个骨盆形成一稳定而牢固的骨环(图 1-42、图 1-43)。

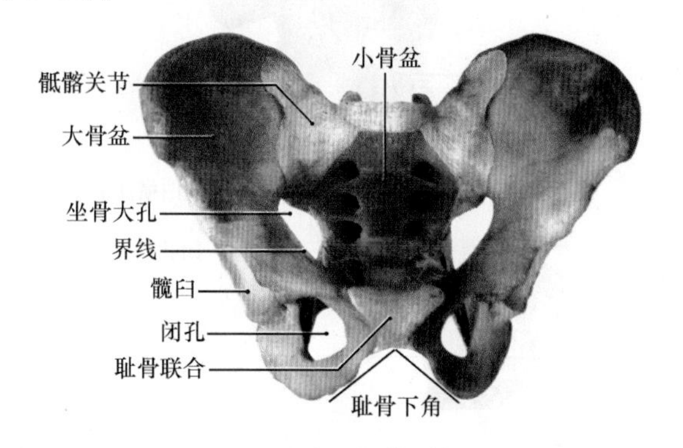

图 1-42　骨盆的韧带(前面观)

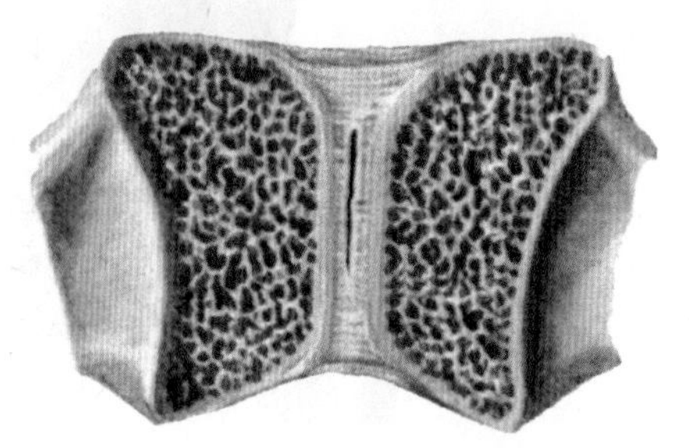

图 1-43　耻骨联合(冠状切面)

在骶髂关节后下方，骶、尾骨与坐骨之间有两条韧带相连(图 1-44)。

1）骶结节韧带：从骶、尾骨的外侧缘至坐骨结节。

2）骶棘韧带：位于骶结节韧带的前方，从骶、尾骨的外侧缘连至坐骨棘。骶棘韧带与坐骨大切迹围成坐骨大孔，骶棘韧带、骶结节韧带和坐骨小切迹围成坐骨小孔。

骨盆的分部：从骶骨岬向两侧经弓状线、耻骨梳、耻骨结节至耻骨联合上缘连成的环形界线以此分为上部的大骨盆和下部的小骨盆。临床所指骨盆系指小骨盆。小骨盆有上、下两口。骨盆上口由上述界线围成。骨盆下口由尾骨尖、骶结节韧带、坐骨结节和耻骨弓围成。耻骨弓为两侧耻骨相连形成的骨性弓。骨盆上、下口之间的腔称骨盆腔。

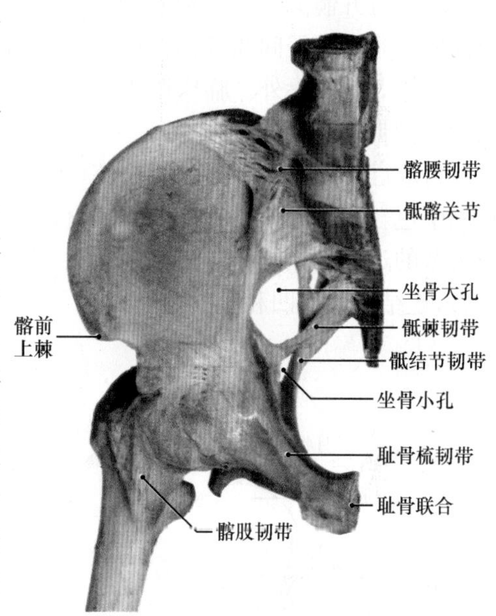

图 1-44　骨盆的韧带(后面观)

骨盆的性别差借助男、女骨盆模型(图 1-45)，比较两者上口的大小、形状以及耻骨弓的角度。

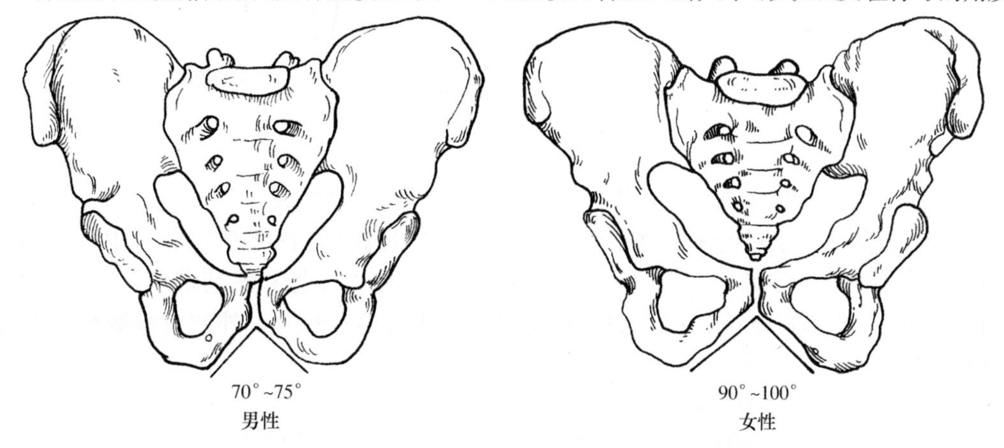

图 1-45　男、女性骨盆

9. 髋关节　由髋臼及股骨头构成(图 1-46)。

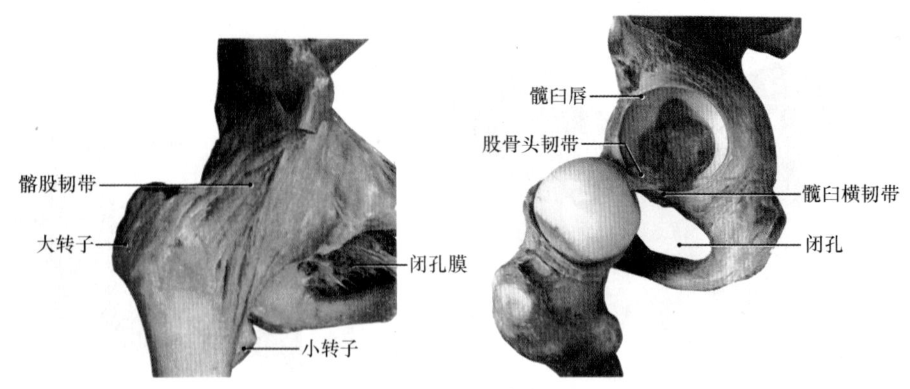

图 1-46　髋关节

取未打开髋关节囊的标本观察。可见髋关节的关节囊厚而坚韧,向上附于髋臼周缘,前面向下附于转子间线,后向下附着于股骨颈内侧 2/3,故股骨颈的前面全部包在囊内,后面外侧 1/3 露在囊外。临床股骨颈骨折有囊内骨折、囊外骨折和混合性骨折之分。关节囊周围有韧带加强。

再取已打开髋关节囊的髋关节(图 1-47)标本观察,可见髋臼为一较深的窝,周缘附有一圈颜色较深的纤维软骨环即髋臼唇,增加髋臼的深度。髋臼可容纳股骨头的 2/3,限制了髋关节的运动范围,但增加了关节的稳固性(与肩关节标本比较)。髋关节囊内可见股骨头韧带,连结股骨头凹和髋臼之间。

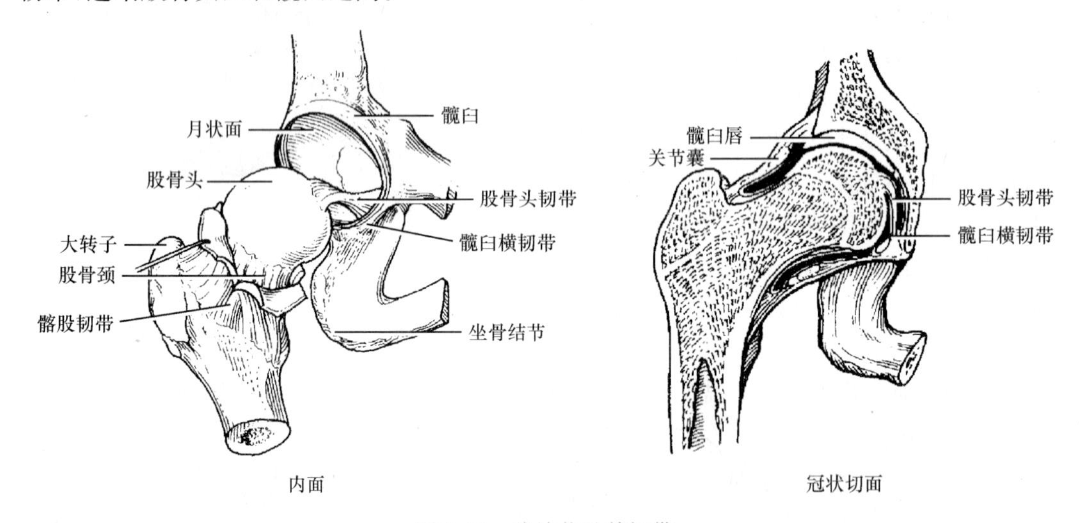

图 1-47　髋关节及其韧带

10. 膝关节　由股骨内、外侧髁,胫骨内、外侧髁以及髌骨组成(图 1-48)。

取未打开膝关节囊的标本观察。可见关节囊宽阔而松弛,各部厚薄不一,附于各关节面周缘。囊周围有许多韧带加强。关节囊前壁不完整,前方髌骨和髌韧带填补。髌韧带扁平而强韧,从髌骨下端向下止于胫骨粗隆,为股四头肌腱的一部分。外侧有腓侧副韧带,内侧有胫侧副韧带。

取已打开膝关节囊的标本(图 1-49)观察。可见在股骨和胫骨的关节面之间有内侧半月板和外侧半月板(图 1-50)。在关节内的中央部稍后方找寻到两条连结于股骨和胫骨之间的前交叉韧带、后交叉韧带。

11. 距小腿关节(又称踝关节)　取下肢骨标本观察,此关节由胫骨和腓骨下端组成的上关节面和由距骨滑车构成的本关节面(注意此关节面前宽后窄)构成(图 1-51)。

再取距小腿关节湿标本观察(图 1-52、图 1-53),可见关节囊的前、后壁薄而松弛,而内侧有韧带加强。内侧韧带(或称三角韧带)为坚韧的三角形纤维束,自内踝尖向下,扇形止于足舟骨、距骨和跟骨。外侧韧带较薄弱,由不连续的 3 条独立的韧带组成。

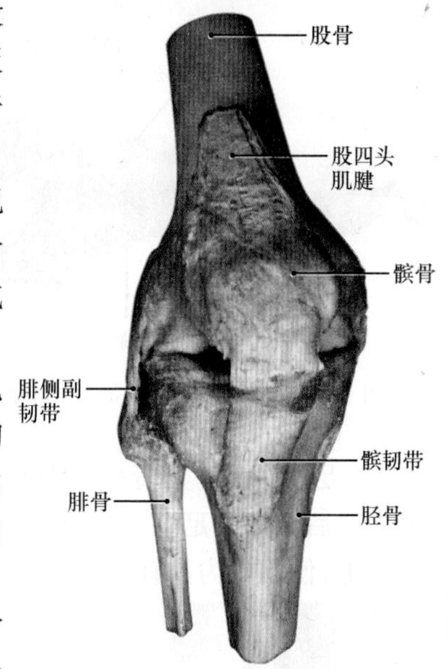

图 1-48　膝关节(前面)

下肢除上述关节外,在跗骨之间有跗骨间关节,跗骨与跖骨之间有跗跖关节,跖骨与趾骨之间有趾跖关节,趾骨与趾骨间有趾骨间关节。上述关节可在骨标本上大致了解,不必深究。跗骨间关节比较复杂,主要可做足内翻和外翻运动。足底面朝向内侧为足内翻,足底面朝向外侧称足外翻。

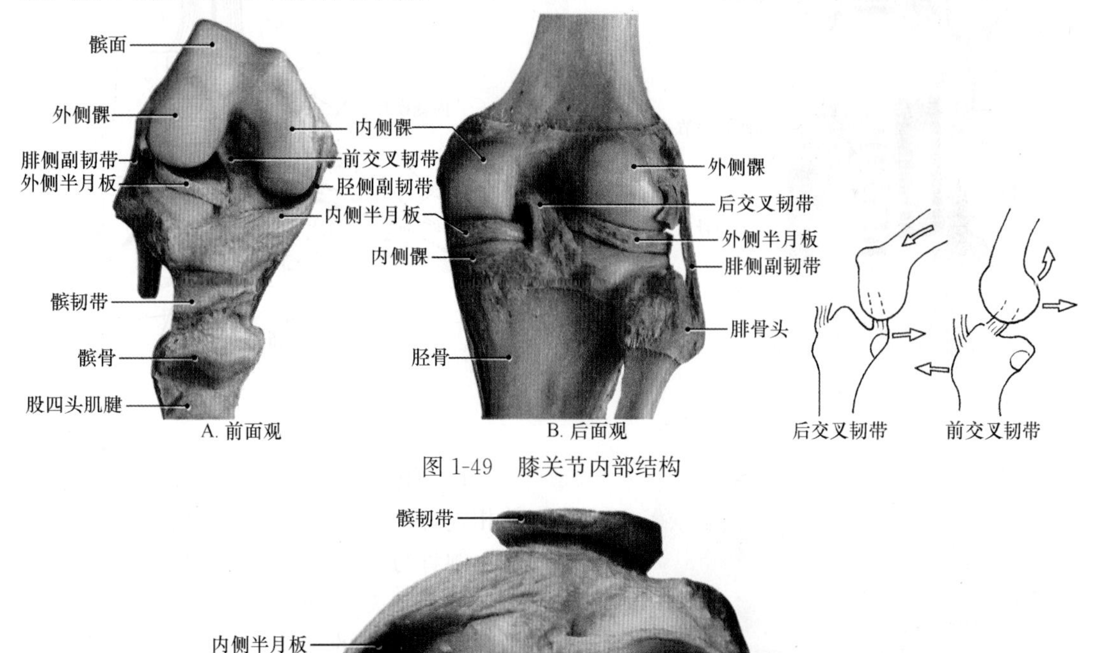

图 1-49　膝关节内部结构

图 1-50　膝关节的半月板(上面观)

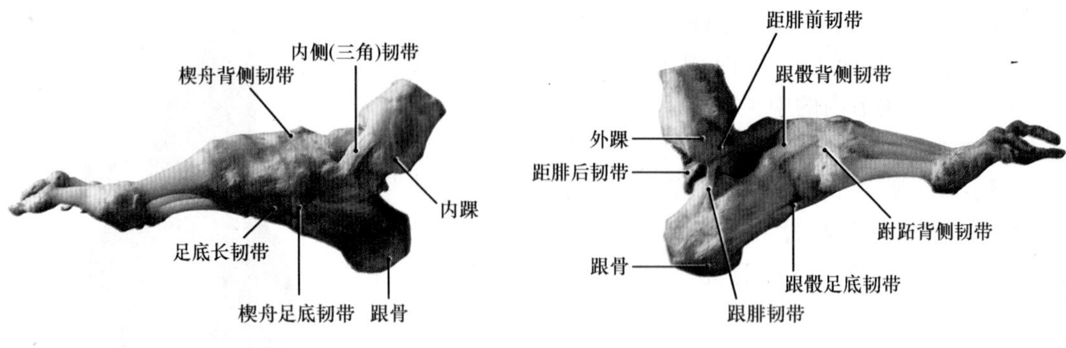

图 1-51 踝关节周围韧带(内侧面)

图 1-52 踝关节周围韧带(外侧面)

12. 足弓 取下肢骨标本观察。可见足弓是跗骨和跖骨借其连结形成的凸向上的弓。可分为前后方向的足纵弓和内外方向的足横弓。站立时,足以跟骨结节及第 1、第 5 跖骨头三点着地,使足成为具有弹性的“三脚架”(图 1-54)。

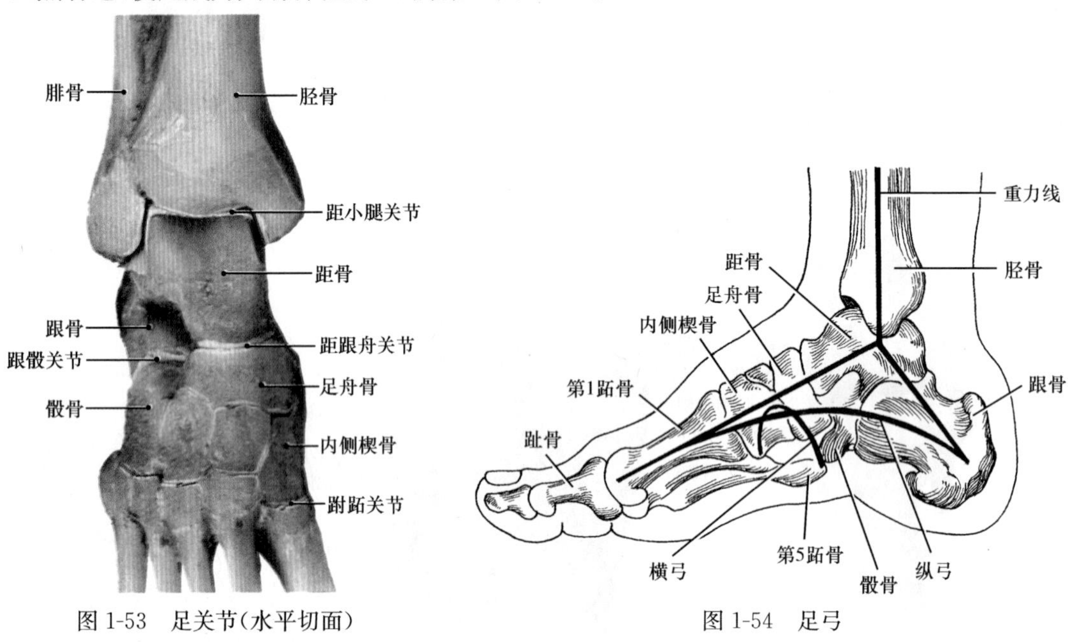

图 1-53 足关节(水平切面)

图 1-54 足弓

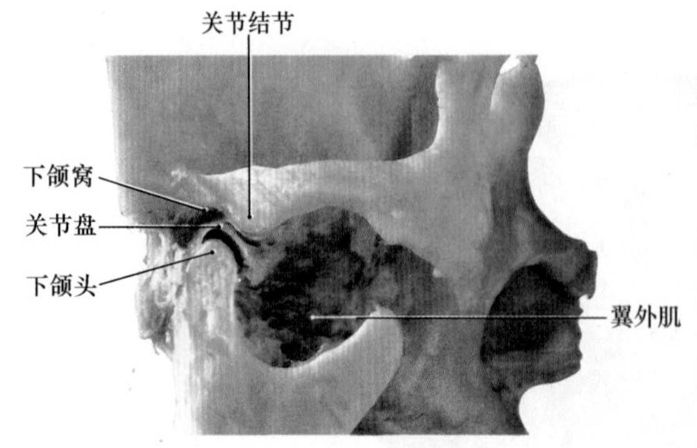

图 1-55 颞下颌关节

13. 颅骨的连结 各颅骨之间大多借缝相连,颅底个别部分具有软骨结合。只有下颌骨与颞骨之间构成颞下颌关节。

颞下颌关节:又名下颌关节(图 1-55),是颅骨间唯一的关节。先取颅骨观察,可见下颌窝和下颌头构成。然后取颞下颌关节湿标本(配合模型)观察,可见关节囊松弛,前部较薄弱,外侧有韧带加强。再观察打开关节囊的标本,在关节腔内有一纤维软骨构成的关节盘,将关节腔分隔为上下两部分。运动下颌时,两侧下颌关节联合运动。可做开口、闭口、前进、后退及侧方运动。

临床链接：

肩关节周围前上后均有肌肉和韧带保护，只有下方缺乏保护，所以易向前下脱位。幼儿时期桡骨头发育不完全，肘关节的关节囊和桡骨环状韧带均较松弛，易发生桡骨头半脱位。处理前臂骨折时，应将前臂固定于半旋前或半旋后位，以防骨间膜挛缩，影响愈后前臂的旋转功能。半月板使关节面适合，既增大了关节窝的深度，使膝关节稳固，又可同股骨髁一起对胫骨作旋转运动；缓冲压力，吸收震荡，起弹性垫作用。由于半月板随着膝关节的运动而移动。因此，在强力骤然动作时，易造成损伤或撕裂。

【注意事项】

1. 学生第一次接触湿标本，在实验时要克服怕“脏”的思想，大胆接触标本。
2. 观察标本要仔细。

【思考题】

1. 名词解释

（1）骨连结 （2）椎间盘 （3）旋前和旋后

2. 问答题

（1）简述关节的基本结构。
（2）试述椎体间连结结构的名称、位置和作用。
（3）试述脊柱的组成、生理弯曲和运动方式。
（4）试述骨盆的组成、分部及男女性骨盆的区别。
（5）试比较肩关节和髋关节的结构特点和运动方式。
（6）试述桡腕关节的组成、结构特点和运动方式。
（7）试述膝关节的组成、结构特点和运动方式。

第七节 骨 骼 肌

【实验目的】

掌握内容：胸大肌、胸锁乳突肌、三角肌、肱二头肌、肱三肌、臀大肌、股四头肌、小腿三头肌的位置、起止；膈的形态、位置、孔裂和作用。

熟悉内容：斜方肌、背阔肌、咬肌、颞肌的位置、起止；腹肌前外侧群的名称、层次及肌纤维方向；竖脊肌的位置和作用；躯干、头颈部、四肢的重要肌性标志。

【实验器材】

1. 完整躯干肌标本；膈专用标本；颈部肌和头面部肌标本或模型。
2. 四肢肌标本（包括浅层及深层），前臂的旋前肌和旋后肌标本。
3. 手部肌标本（包括骨间肌及蚓状肌）或模型。
4. 四肢骨标本。

【实验内容】

1. 背肌（图 1-56）

（1）背浅层肌：重点观察斜方肌和背阔肌。

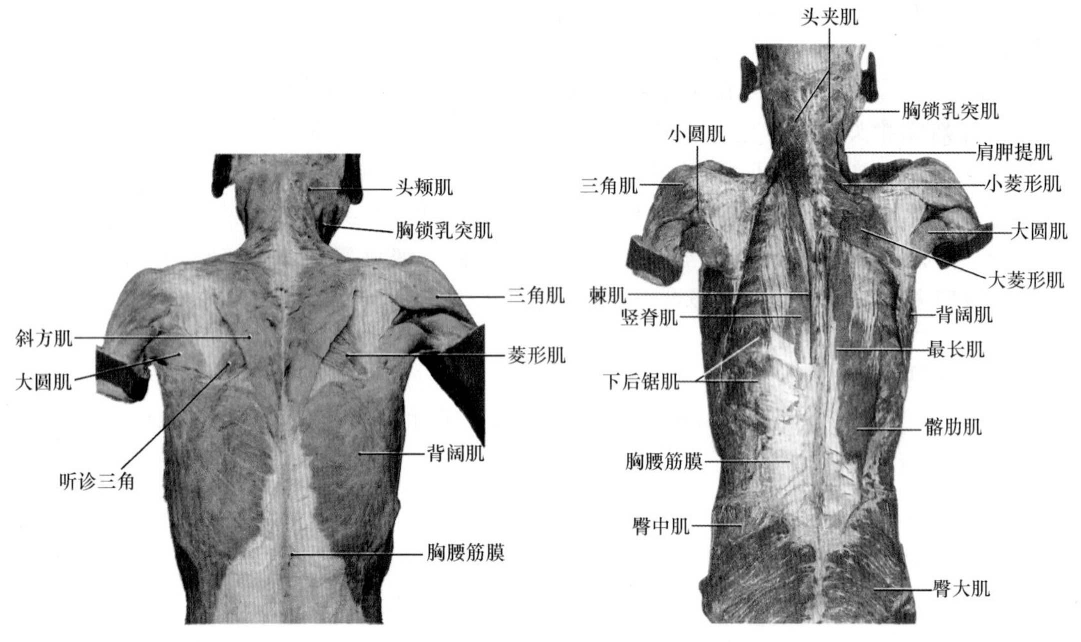

图 1-56 背肌

1）斜方肌：位于项部和背上部，一侧呈三角形，两侧合起来为斜方形。该肌起自枕外隆凸、项韧带和全部胸椎棘突，止于肩峰、肩胛冈及锁骨的肩峰端。注意观察上、中、下部肌束的纤维方向。

2）背阔肌：观察时应将臂外展。该肌位于背下部和胸侧壁，是全身最大的阔肌。以腱膜起自下 6 个胸椎的棘突、全部腰椎棘突及髂嵴后部，肌束向外上方集中，以扁腱止于肱骨小结节嵴。

（2）背深层肌：在脊柱两侧排列，分长肌和短肌。此处只观察竖脊肌。

竖脊肌（骶棘肌）：为背肌中最长、最大的肌，纵列于两侧脊柱沟内。起自骶骨背面和髂嵴的后部，向上分出多条肌束，沿途止于椎骨和肋骨，向上可到达颞骨乳突。

2. 胸肌（图 1-57）

（1）胸上肢肌：重点观察胸大肌。

1）胸大肌：位于胸廓前上部的皮下，宽而厚，呈扇形覆盖胸廓前壁的上部。该肌起自锁骨的内侧半、胸骨和上部肋软骨，肌束向外汇集，止于肱骨大结节嵴。

2）胸小肌：位于胸大肌的深面。

3）前锯肌：（图 1-58）紧贴胸廓外侧壁。

（2）胸固有肌：

1）肋间外肌：位于肋间隙的浅层，起自上一肋骨的下缘，肌纤维斜向前下，止于下一肋骨的上缘。

2）肋间内肌：位于肋间外肌的深面，翻起肋间外肌便可见到。其肌纤维方向与肋间外肌相反。起自下一肋骨的上缘，肌纤维斜向内上，止于上一肋骨的下缘。在肋角以后为肋间内膜代替。

3. 膈（图 1-59） 膈肌观察，可见膈位于胸、腹腔之间，构成胸腔的底和腹腔的顶，呈穹隆形封闭胸廓下口。周围为肌性部，起自胸廓下口的内面和腰椎的前面，各部肌束向中央集

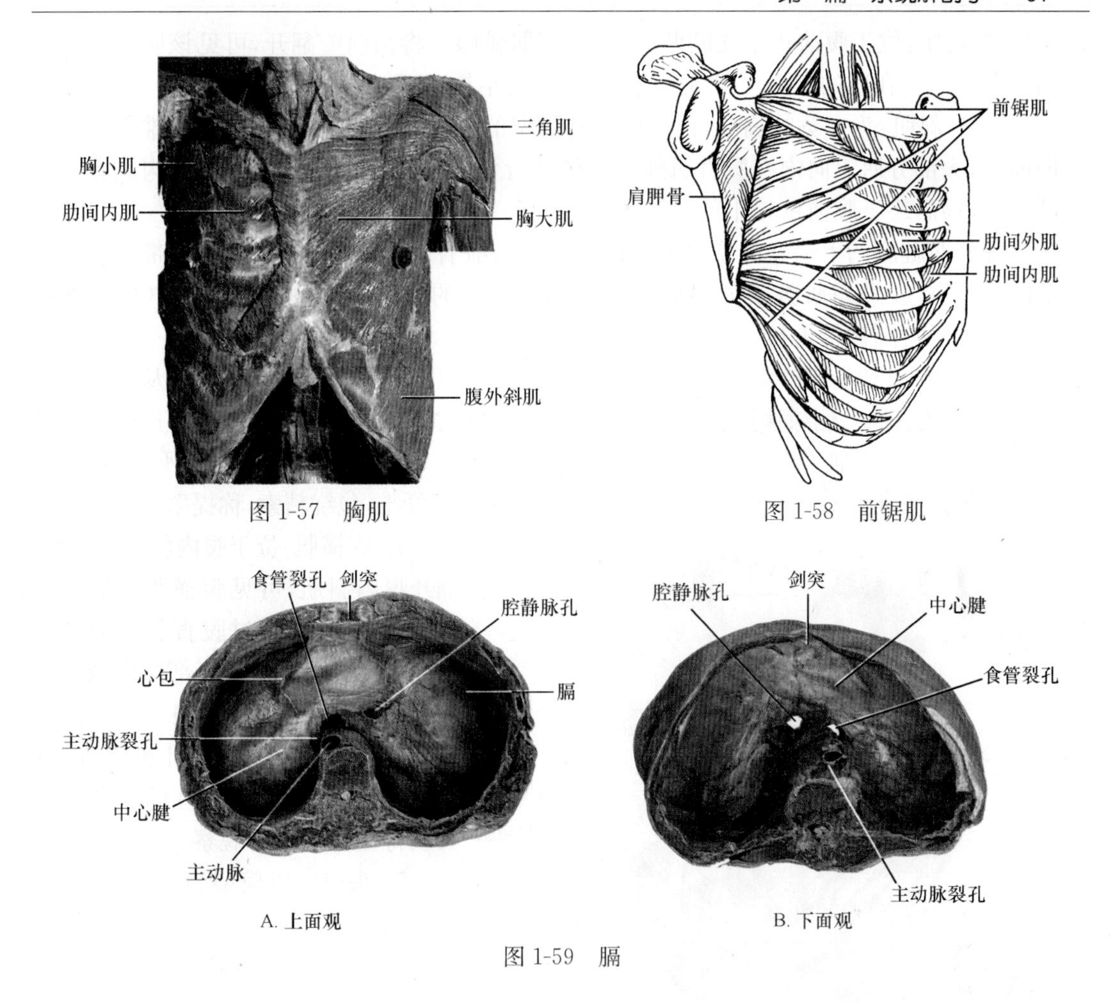

图 1-57　胸肌

图 1-58　前锯肌

A. 上面观　　B. 下面观

图 1-59　膈

中移行于中心腱。膈上有 3 个裂孔。

(1) 主动脉裂孔：约在第 12 腰椎水平、膈与脊柱之间，有主动脉和胸导管通过。

(2) 食管裂孔：在主动脉裂孔的前上方，约平第 10 胸椎高度，有食管和迷走神经通过。

(3) 腔静脉孔：位于食管裂孔右前方的中心腱内，约平第 8 胸椎高度，有下腔静脉通过。

4. 腹肌

(1) 前外侧群(图 1-60、图 1-61)：

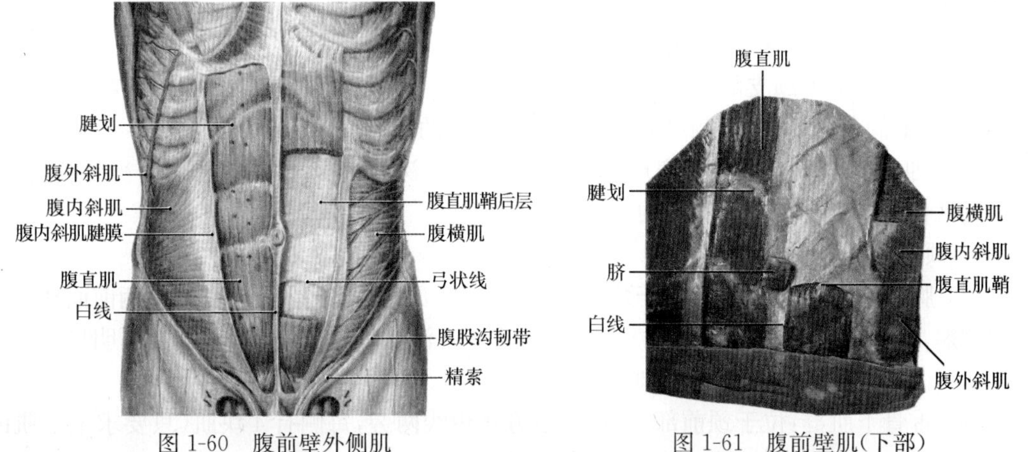

图 1-60　腹前壁外侧肌

图 1-61　腹前壁肌(下部)

1）腹直肌：位于腹前正中线的两旁，居腹直肌鞘内。将鞘前壁翻开，可见该肌为上宽下窄的带形腹肌。在肌的表面可见3～4条横行的腱结构，称腱划。

2）腹外斜肌：为一宽阔扁肌，位于腹前外侧壁的浅层。起端呈锯齿状，肌纤维由后外上斜向前下，大部分肌束向内在腹直肌外侧缘处移行为腱膜，经腹直肌前面，参与构成腹直肌鞘的前层，最后终于腹前壁正中的白线。

腹外斜肌腱膜的下缘卷曲增厚连于髂前上棘与耻骨结节之间，称腹股沟韧带。在耻骨结节的外上方，腹外斜肌腱膜分裂形成一近似三角形的裂隙，称腹股沟管浅环（皮下环）。内有精索或子宫圆韧带走行。

3）腹内斜肌：位于腹外斜肌的深面。将腹外斜肌翻开，可见该肌纤维大部分从外下方斜向前上方，近腹直肌外侧缘移行为腱膜，分成前后两层包裹腹直肌，分别参与腹直肌鞘前层和后层的组成。腹内斜肌下缘游离成弓形，下部的部分腱膜与腹横肌腱膜结合止于耻骨梳内侧，称联合腱（或称腹股沟镰）。腹内斜肌最下部的一些细散肌纤维，包绕精索，称提睾肌。

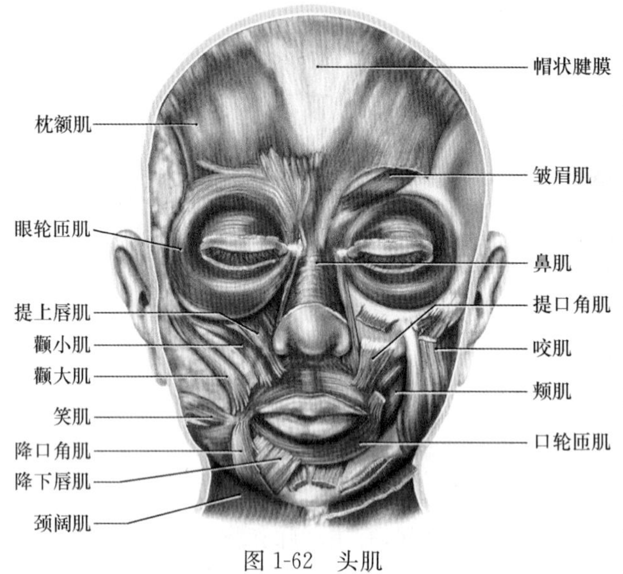

图1-62　头肌

4）腹横肌：位于腹内斜肌的深面。翻开腹内斜肌，可见腹横肌的肌束横行向内，其腱膜越过腹直肌后面参与组成腹直肌鞘后层。下部肌束及其腱膜分别参与构成腹股沟镰和提睾肌。

（2）后群：有腰大肌和腰方肌。腰方肌位于腹后壁，脊柱的两侧。腰大肌将在下肢肌中观察。

5. 头肌　以模型为主，配合标本观察（图1-62）。

（1）面肌（表情肌）：

1）颅顶肌：左右各有一块枕额肌，由前面的额腹、后面的枕腹和两腹之间的帽状腱膜构成。

2）眼轮匝肌：位于眼裂周围，收缩时使眼裂闭合。

3）口轮匝肌：位于口裂周围，收缩时使口裂闭合。

4）颊肌：在面颊的深部，此肌紧贴口腔侧壁的黏膜，收缩时可使唇、颊紧贴牙齿，帮助咀嚼和吸吮。

（2）咀嚼肌：有4对，现只观察咬肌和颞肌（图1-63）。

1）咬肌：位于下颌支的外侧面，呈方形，起自颧弓，止于下颌骨外面的咬肌粗隆。当牙咬紧时，在下颌角的前上方，颧弓的下方可摸到坚硬的隆起。

2）颞肌：起自颞窝，肌束呈扇形向下集中，经颧弓深面，止于下颌骨冠突。当牙咬紧时，在颞窝区颧弓的上方可摸到坚硬的隆起。

6. 颈肌

（1）胸锁乳突肌（图1-64）：位于颈部两侧，是一重要的肌性标志。起自胸骨柄前面和锁骨的内侧端，两头会合斜向后上方，止于颞骨的乳突。在活体，当头向一侧转动时，可明显看到从前下方斜向后上方扁长条状的肌隆起。

（2）舌骨下肌群：位于颈前部，在舌骨下方正中线两旁，每侧有4块肌（只要求了解肌的

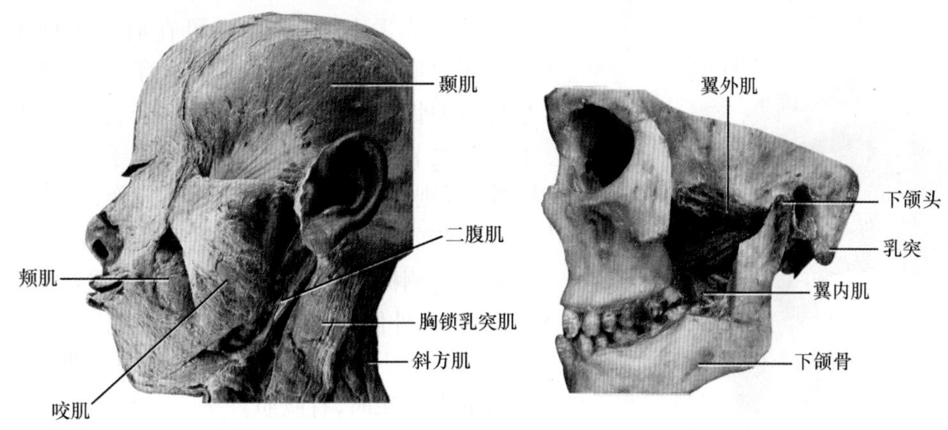

图 1-63　咀嚼肌

名称和位置)。包括胸骨舌骨肌、胸骨甲状肌、甲状舌骨肌、肩胛舌骨肌。

7. 上肢肌(图 1-65、图 1-66)

(1) 肩肌:位于肩关节周围,能运动肩关节,并增强肩关节的稳固性。包括三角肌、肩胛下肌、冈上肌、冈下肌、大圆肌、小圆肌。现重点观察三角肌。

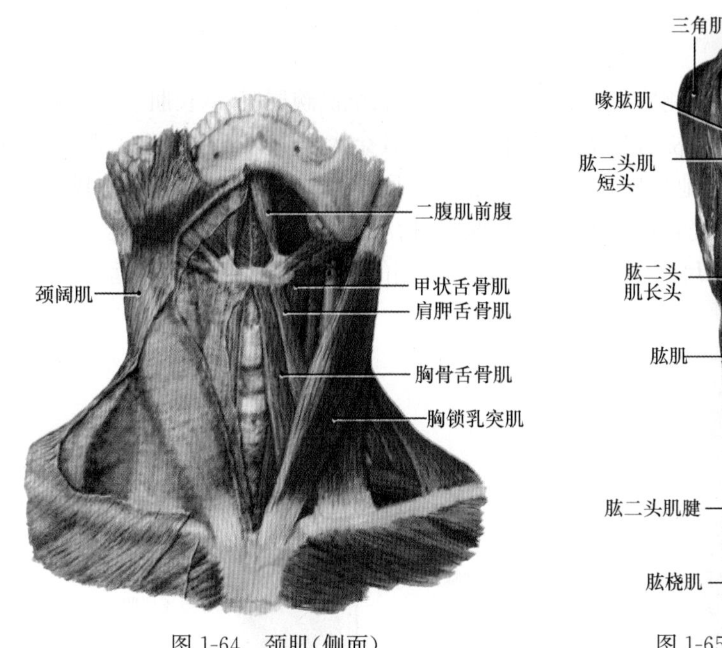

图 1-64　颈肌(侧面)

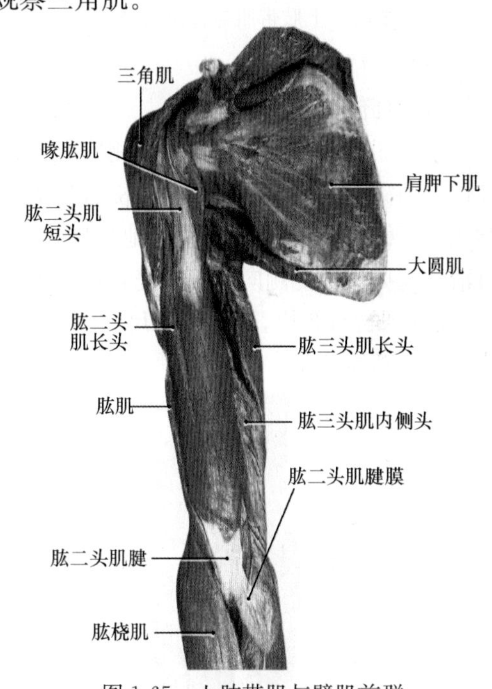

图 1-65　上肢带肌与臂肌前群

1) 三角肌:在肩部外侧面观察,该肌覆盖在肩关节的前、外、后三面,呈三角形。三角肌与肱骨头使肩部形成圆隆的外形。此肌近端宽大,起自锁骨的外侧端、肩峰及肩胛冈,远侧端集中成三角的尖,止于三角肌粗隆。

2) 肩胛下肌:位于肩胛骨的前面,冈上肌位于冈上窝内。在肩胛冈以下分别为冈下肌、小圆肌和大圆肌。

(2) 臂肌:

1) 前群:肱二头肌位于臂前面,肌腹呈梭形,有长、短两头。长头靠外侧,以一长腱起自

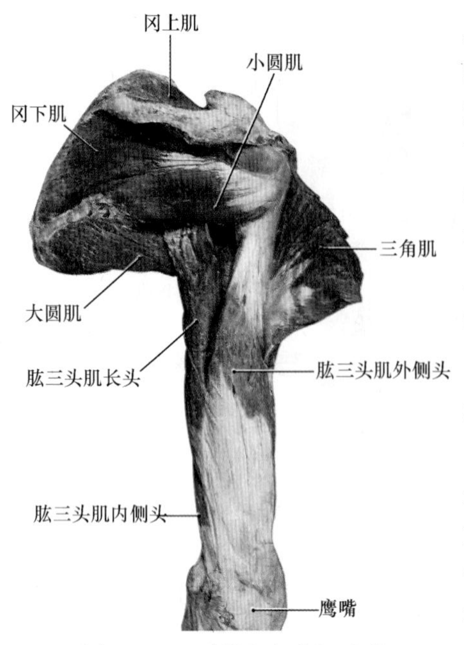

图 1-66　上肢带肌与臂肌后群

肩胛骨关节盂上方(此起点可在肩关节标本上见到),通过肩关节囊,经结节间沟穿出;短头在内侧起自肩胛骨喙突。两头在臂中部合为一个肌腹,向下经肘关节前方,止于桡骨粗隆(用于屈肘 90°使前臂旋后,则肱二头肌在臂前面明显隆起,其腱亦可在肘关节前面中份摸到,为重要的肌性标志)。肱二头肌内侧称肱二头肌内侧沟,内有重要的血管及神经通过;外侧称为肱二头肌外侧沟。

在肱二头肌短头的后内方,有喙肱肌。在肱二头肌下半的深面,有肱肌。

2) 后群:肱三头肌位于上臂后面,起端有 3 个头,即长头、内侧头和外侧头。长头起自肩胛骨关节盂的下方,向下行于大、小圆肌之间;外侧头起自肱骨后面桡神经沟外上方的骨面;内侧头起自桡神经沟内下方。3 个头汇合成一个肌腹。以扁腱通过肘关节后面,止于尺骨鹰嘴。

(3) 前臂肌

1) 前群(图 1-67):

浅层肌:有 6 块,从桡侧向尺侧依次为肱桡肌、旋前圆肌、桡侧腕屈肌、掌长肌、尺侧腕屈肌和位于稍深面的指浅屈肌。除肱桡肌起于肱骨外上髁外,其余大部分起于肱骨内上髁。旋前圆肌止于桡骨体中部外侧面,其他分别止于腕、掌、指骨。同学们试用力握拳屈腕,在腕掌面,可清楚地见到从桡侧向尺侧有桡侧腕屈肌腱、掌长肌腱、指浅屈肌腱和尺侧腕屈肌腱。

深层肌:有 3 块,包括位于尺侧的指深屈肌,位于桡侧的拇长屈肌,位于前臂远侧上述两肌深面的旋前方肌。

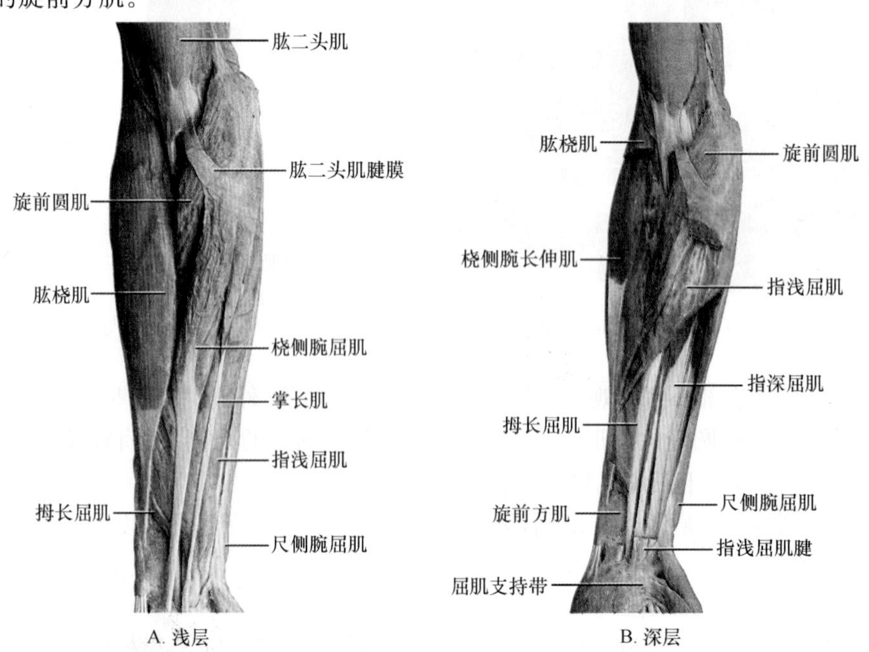

图 1-67　前臂肌前臂肌前群

2）后群(图 1-68)：位于前臂的后面，主要作用是伸腕、伸指和使前臂旋后，故称伸肌群。共 11 块肌，分浅、深 2 层排列。

浅层肌：有 6 块，自桡侧向尺侧依次为桡侧腕长伸肌、桡侧腕短伸肌、指伸肌、小指伸肌和尺侧腕伸肌及其后方的肘肌。

深层肌：有 5 块，观察时将浅层肌拉开，由近侧向远侧(从上至下)依次为旋后肌、拇长展肌、拇短伸肌、拇长伸肌和示指伸肌。

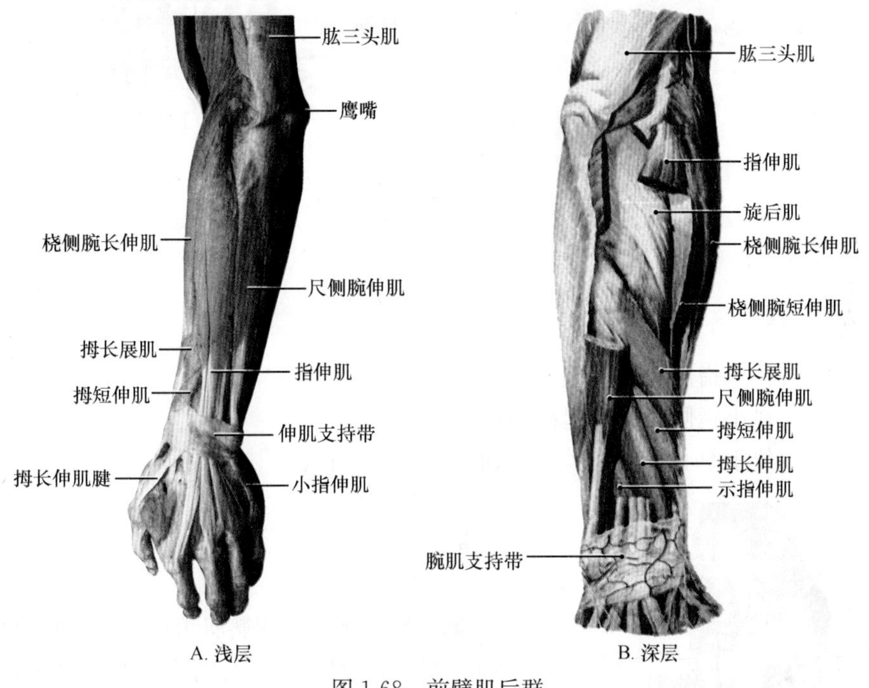

图 1-68　前臂肌后群

当伸腕、伸拇指并外展时，同学们在腕的背面可清楚见到从桡侧向尺侧有拇长展肌腱、拇短伸肌腱、拇长伸肌腱和指伸肌腱。

(4) 手肌(图 1-69)：

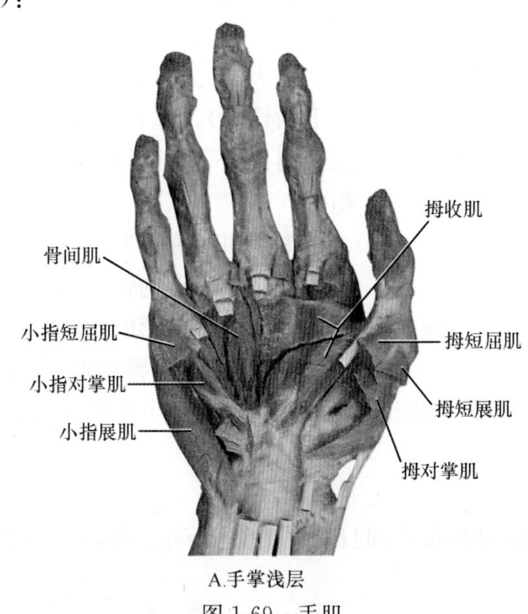

图 1-69　手肌

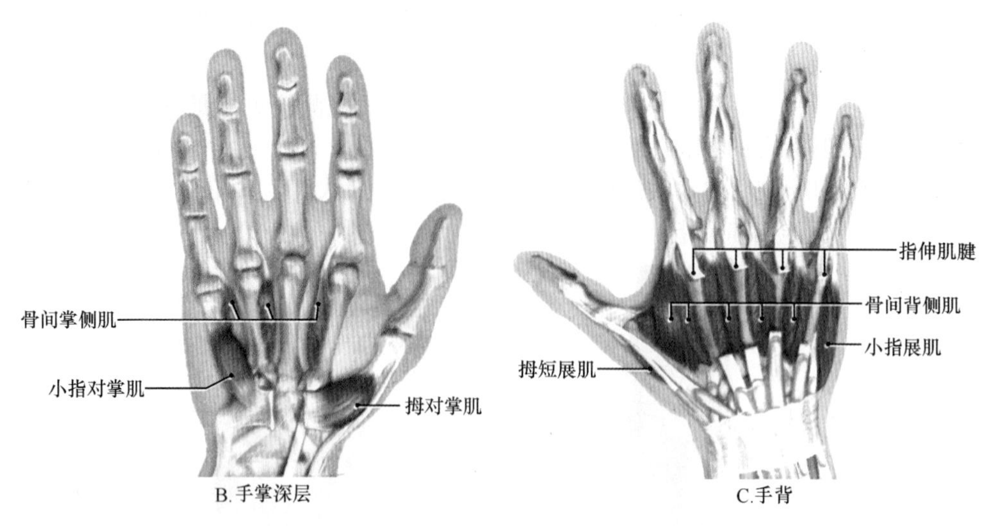

图 1-69(续) 手肌

1) 外侧群:在拇指侧构成隆起称鱼际。

2) 内侧群:在小指侧形成隆起称小鱼际。

3) 中间群:位于掌心,包括 4 块蚓状肌和 4 块骨间肌。

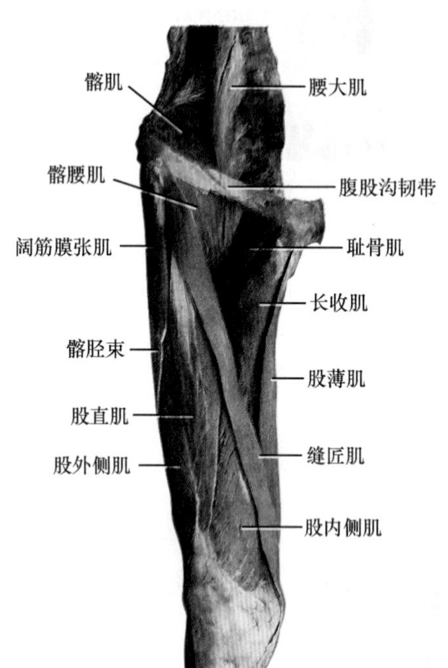

图 1-70 髋肌、大腿肌前群和内侧群(前面观)

8. 下肢肌

(1) 髋肌:

1) 前群:

髂腰肌由腰大肌和髂肌组成。腰大肌起自腰椎体侧面和横突,髂肌位于腰大肌的外侧,起自髂窝,两肌会合向下经腹股沟韧带深面,止于股骨小转子(图 1-70)。

阔筋膜张肌位于大腿上部的前外侧,肌腹在阔筋膜(大腿深筋膜)两层之间。

2) 后群:有臀大肌、臀中肌、臀小肌和梨状肌等(图 1-71)。

臀大肌:为臀部浅层一块大而肥厚的肌(多数标本上已切断)。起自髂骨外面和骶骨背面,肌纤维由内上斜向外下,经髋关节的后面,止于股骨的臀肌粗隆。

臀中肌和臀小肌:翻开臀大肌,可见其深面有一块纤维略呈扇形的臀中肌。再翻开臀中肌,可见其深面另有一块呈扇形的臀小肌。

梨状肌:位于臀中肌的内下方,起自盆内骶骨前面,纤维向外穿坐骨大孔达臀部,将坐骨大孔分为梨状肌上孔和梨状肌下孔,止于股骨大转子。

(2) 大腿肌:

1) 前群:

缝匠肌:在大腿前面,呈扁带状,起自髂前上棘,斜向下内,止于胫骨上端内侧面。

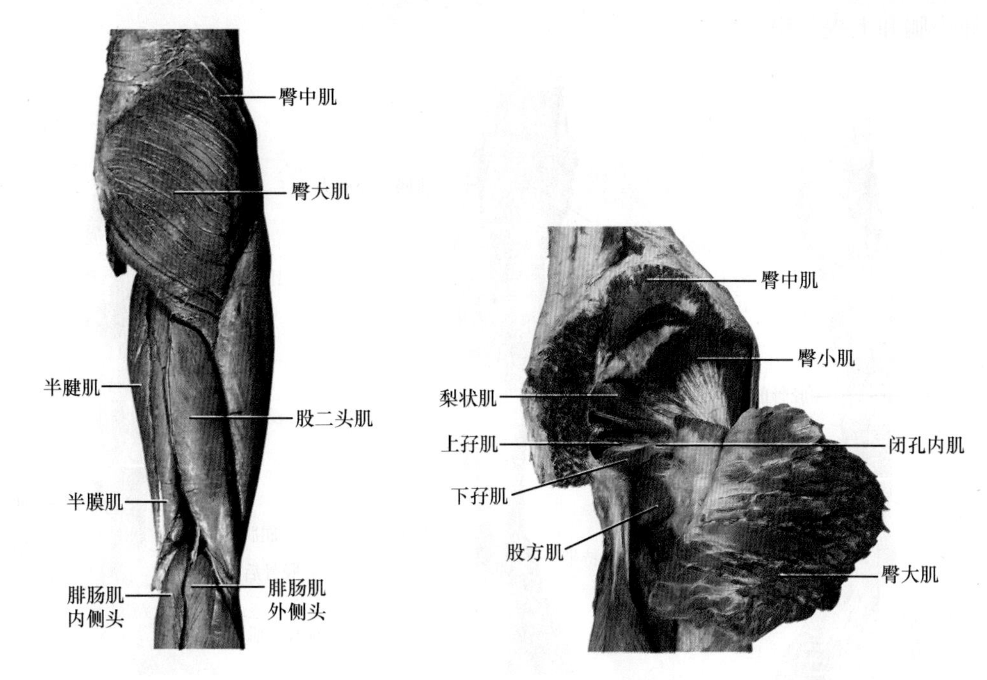

图 1-71　髋肌、大腿肌后群(后面观)

股四头肌:为股部前面最强大的肌。包括股直肌、股内侧肌、股外侧肌和股中间肌 4 个头。股直肌在大腿前面起自髂前下棘;股内侧肌位于大腿前内侧部,起自股骨粗隆内侧;股外侧肌位于大腿的外侧,起自股骨粗隆外侧;股中间肌在股直肌深面,起自股骨体的前面。4 头向下合并为 1 腱。包绕髌骨的前面和两侧,向下续为髌韧带,止于胫骨粗隆。

2) 内侧群:在缝匠肌的内侧,共 5 块肌,分层排列。浅层自外侧向内侧依次为耻骨肌、长收肌、股薄肌。深层有短收肌和大收肌。

3) 股三角:在大腿前面的上部,腹股沟韧带下方,为一底朝上,尖向下的三角形区域。上界为腹股沟韧带,内侧界为长收肌的内侧缘,外侧界为缝匠肌的内侧缘。股三角内有神经、血管和淋巴结等。

4) 后群:有 3 块肌,居内侧的有半腱肌及其深面的半膜肌;居外侧的为股二头肌。3 块肌均起自坐骨结节,经髋、膝关节的后方,止于胫骨和腓骨的上端。

(3) 小腿肌:

1) 前群:在小腿前面观察。可见胫骨前缘外侧有 3 块肌,在距小腿关节前方较易辨认,自内侧向外侧分别为胫骨前肌、䟴长伸肌、趾长伸肌。3 肌均起自胫、腓骨上端和骨间膜,向下经距小腿关节前方,止于跖骨、趾骨背面(图 1-72)。

2) 外侧群:在小腿外侧观察,浅层为腓骨长肌,深层为腓骨短肌,两肌的腱经外踝后方绕至足底,长肌止于第 1 跖骨,短肌止于第 5 跖骨。

3) 后群(图 1-73):

浅层:有强大的小腿三头肌,由腓肠肌及其深面的比目鱼肌合成。

腓肠肌:位于小腿后面最浅层,腓肠肌的内、外侧头分别起自胫骨内、外侧髁的后面。

比目鱼肌:在腓肠肌的深面,形如比目鱼状,起自胫、腓骨上端的后面。

三个头会合成一肌腹,在小腿的上部形成膨隆的小腿肚,向下续为跟腱,止于跟骨。作用是屈小腿和上提足跟。

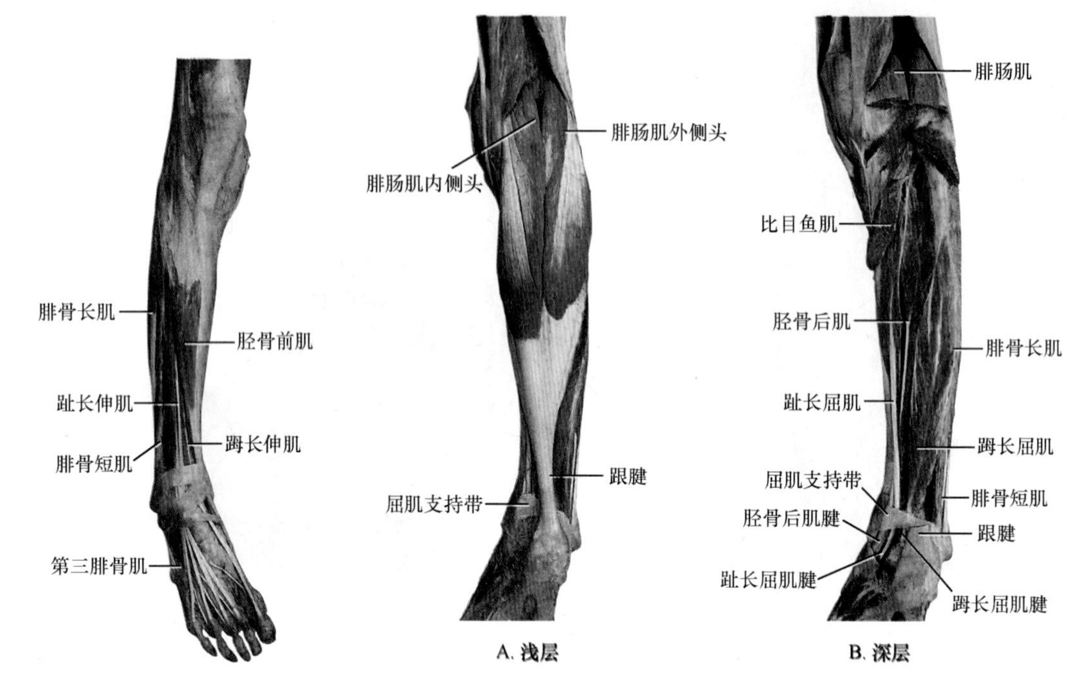

图 1-72　小腿肌(前面及侧面观)

图 1-73　小腿肌后群

深层:有 3 块肌,翻开比目鱼肌观察,可见深层由内侧向外侧依次为趾长屈肌、胫骨后肌和踇长屈肌。此 3 肌起于胫、腓骨后面和骨间膜,向下移行为腱,经内踝后方转至足底,分别止于跗骨和趾骨。

临床链接:

腹股沟管是腹壁下部的薄弱区。在病理情况下,腹腔内容物若经腹股沟管腹环进入腹股沟管,经皮下环突出,降入阴囊,构成腹股沟斜疝。髂腰肌被髂腰筋膜覆盖,此筋膜与髂窝和脊柱腰部共同形成一骨性筋膜鞘,患腰椎结核或腰大肌脓肿时,脓液可沿此鞘流入髂窝和大腿根部。

【注意事项】

1. 每个学生都要亲自动手对尸体标本进行认真观察。

2. 为了理解肌的作用,同学们在实验中应注意观察肌的起止点及附着在骨的部位。该肌跨过关节的哪一面,对关节的运动起何重要作用以及肌纤维方向等。

3. 要爱护标本,实验时勿将肌纤维撕扯损坏。观察肌的起止点时,可将骨放在一边做对照,避免因观察肌的起止点而将标本撕脱。标本观察完后应立即用塑料布或湿布盖好。

4. 实验前需复习骨性标志。

【思考题】

1. 名词解释

(1) 腹股沟韧带　(2) 腹直肌鞘　(3) 股三角

2. 问答题

(1) 参与呼吸的肌有哪些，各有什么作用？

(2) 试述膈的位置和形态。

(3) 参与桡腕关节运动（屈、伸、收、展）分别是哪些肌或肌群？

(4) 参与运动足关节（距小腿关节及跗骨间关节）的肌或肌群有哪些？

(5) 参与髋关节屈、伸、收、展分别是什么肌或肌群？

(6) 在三角肌止点以上或以下发生骨折，骨折的断端分别向何处移位，为什么？

(7) 试述腹前、外侧壁肌的名称、肌纤维方向和作用。

（新疆维吾尔医学专科学校　温切木·买买提）

第二章 内 脏 学

第一节 消 化 管

【实验目的】

掌握内容：咽峡的组成；腮腺的位置及腮腺管的开口部位；咽的形态、位置、分部；腭扁桃体的位置；食管的位置及三个狭窄的部位；胃的形态、分部和位置；阑尾的位置及其根部的体表投影。

熟悉内容：口腔的构成和分部；下颌下腺与舌下腺的位置及导管开口部位；咽的分部和交通；直肠的位置、弯曲及肛管的结构。

【实验器材】

1. 头颈部正中矢状切面标本(示口腔、牙、舌、涎腺、食管等)。

2. 游离的舌、胃、小肠、大肠(包括肛管)标本。

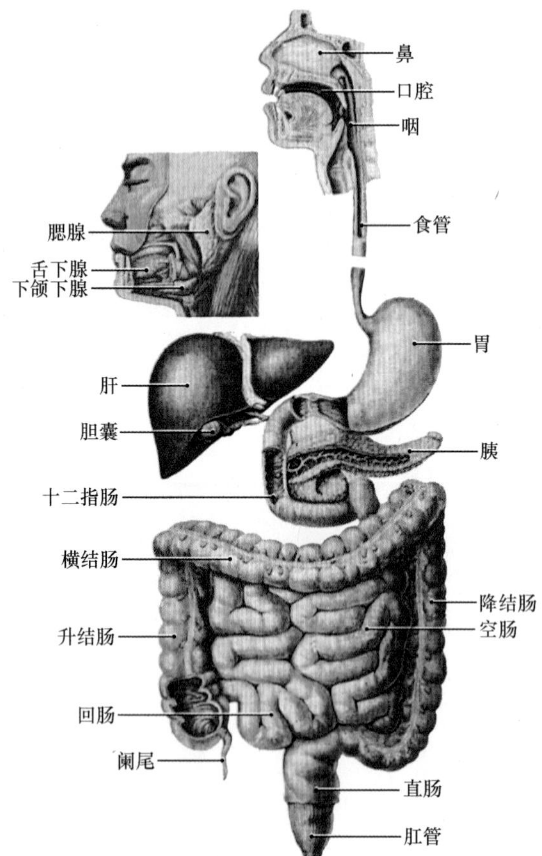

图 2-1 消化系统概况

3. 切开的空、回肠标本；盆腔矢状切面标本(示直肠、肛管的结构)及模型。

4. 打开的胸、腹、盆腔标本(示消化管各器官的位置及毗邻关系)。

5. 半身人模型。

【实验方法】

消化管是从口唇到肛门的一条管道，包括口腔、咽、食管、胃、小肠、大肠等部(图 2-1)。在临床工作中，通常把从口腔到十二指肠的一段称为上消化道；空肠以下的部分称下消化道。

1. 口腔　取头部正中矢状切面标本并结合用小圆镜对照活体进行观察。口腔前壁为唇，两侧壁为颊，上壁为腭，下壁为口腔底。向前以口裂通向外界，向后经咽峡通咽腔。

(1) 口唇和颊：上唇表面正中线上有一浅沟称人中，其上、中 1/3 交界处为人中穴。颊与上唇之间的浅沟称鼻唇沟。

(2) 腭：在头正中矢状切面标本上观察。腭为口腔上壁，前 2/3 为硬腭，后 1/3 为软腭。软腭由黏膜及肌构成，前与硬腭相续，后缘游离而下垂，其中央向下的指状突起称腭垂。腭垂两侧各有前、后两条弓形皱襞，前方的一条叫腭舌弓，向下续于舌根；后方一条叫腭咽弓，止于咽的侧壁，前、后两弓之间有腭扁桃体。腭垂、左、右两侧腭舌弓和舌根共同围成咽峡。

(3) 牙：取牙模型与头正中矢状标本观察。每个牙可分为3部分，露于口腔的部分称牙冠，在牙冠的表面，有一层洁白的釉质；埋在牙槽内的部分称牙根，牙根尖部有一小孔，称牙尖孔；牙冠和牙根交界处称牙颈。牙嵌入上、下颌骨牙槽内，分别排列成上牙弓和下牙弓。乳牙共20个，包括切牙、尖牙和乳磨牙；恒牙共32个，包括切牙、尖牙、前磨牙和磨牙。

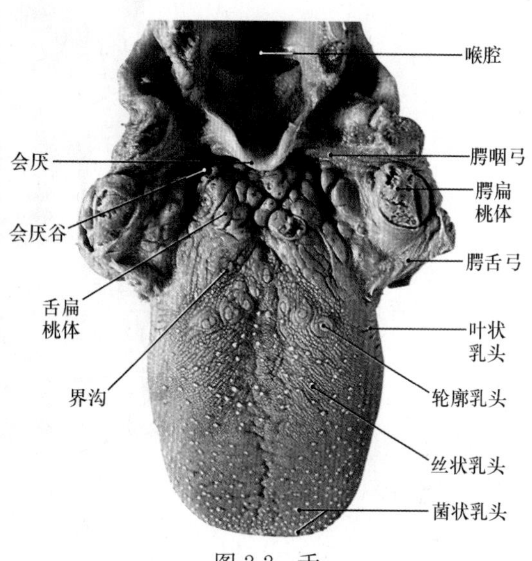

图 2-2　舌

(4) 舌：取游离舌标本观察。舌位于口腔底，为表面被覆黏膜的肌性器官。舌分为上、下两面，上面可见一人字形的界沟，将舌分成前2/3的舌体和后1/3的舌根。舌体的前端称舌尖(图2-2)。舌下面正中线处有一黏膜皱襞称舌系带，在舌系带根部的两侧各有一小黏膜隆起，称舌下阜。由舌下阜向两侧延伸，形成一黏膜隆起称舌下襞，其深面有舌下腺。

1) 舌黏膜：取小圆镜活体观察。舌黏膜被覆于舌的上、下面，舌上面的黏膜有许多小突起为舌乳头。按其形状可分丝状乳头、菌状乳头和轮廓乳头等。丝状乳头数量最多，遍布舌背；菌状乳头数量较少而体积较大，为红色钝圆形小突起，散在丝状乳头之间；轮廓乳头最大，有7～11个，排列于界沟前方。

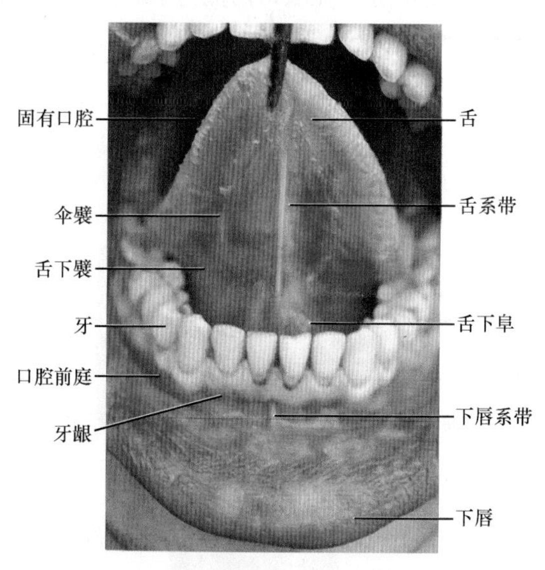

图 2-3　口腔底及舌下面

2) 舌肌：取头部正矢状切面标本观察。舌内肌起止点均在舌内，其肌纤维有纵、横和垂直3种(不必观察)。舌外肌中主要观察颏舌肌，起于下颌体后面中央的颏棘，肌纤维向后上方呈扇形分散，止于舌内。

(5) 涎腺：取头部正矢状切面标本观察。涎腺有3对，即腮腺、下颌下腺和舌下腺(图2-3、图2-4)。其中最大者为腮腺，位于耳郭的前下方，外表略呈三角形。腮腺导管由腮腺的前缘发出，在颧弓下方约一横指处，向前横过咬肌表面，再穿过颊肌，开口于平对上颌第2磨牙的颊黏膜处。

2. 咽　取头颈部正中矢状切面标本，并结合切开咽后壁的咽肌标本观察。咽是一漏斗形肌性管道，上起颅底，下至食管上端(平第6颈椎体下缘)，后面紧邻颈椎，前面与鼻腔、口腔及喉腔相通。因此，可将咽分鼻咽，口咽和喉咽3部分(图2-5)。

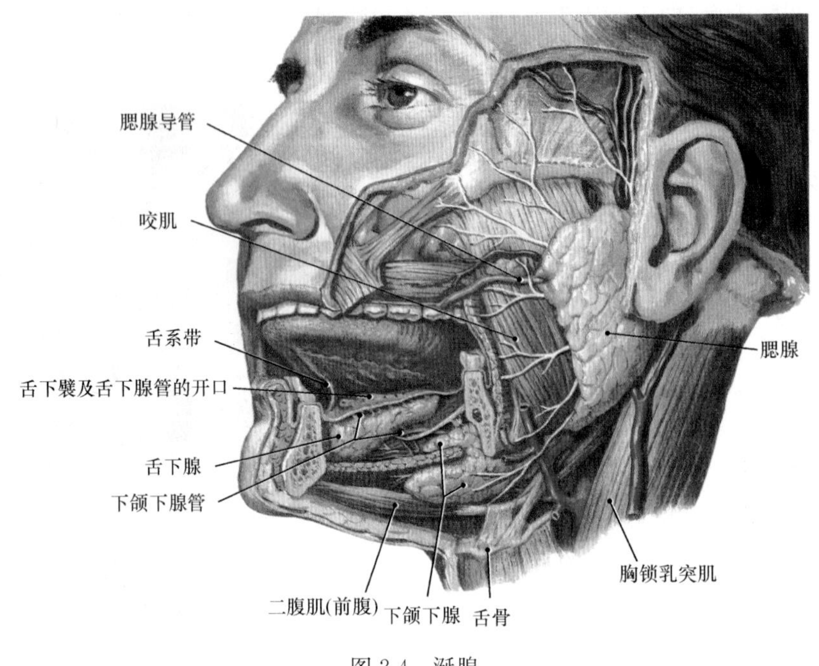

图 2-4　涎腺

(1) 鼻咽:是鼻腔向后的直接延续。上达颅底,下至软腭平面。在鼻咽两侧壁上,正对下鼻甲的后方 1.0cm 处,可见咽鼓管圆枕,咽鼓管圆枕后方与咽后壁之间有纵行凹陷称咽隐窝。

(2) 口咽:上续鼻咽,下连喉咽,向前经咽峡通口腔。

(3) 喉咽:位于喉口和喉的后方,是咽腔比较狭窄的部分。在喉口两侧与咽腔壁之间有一个梨状隐窝(图 2-6)。

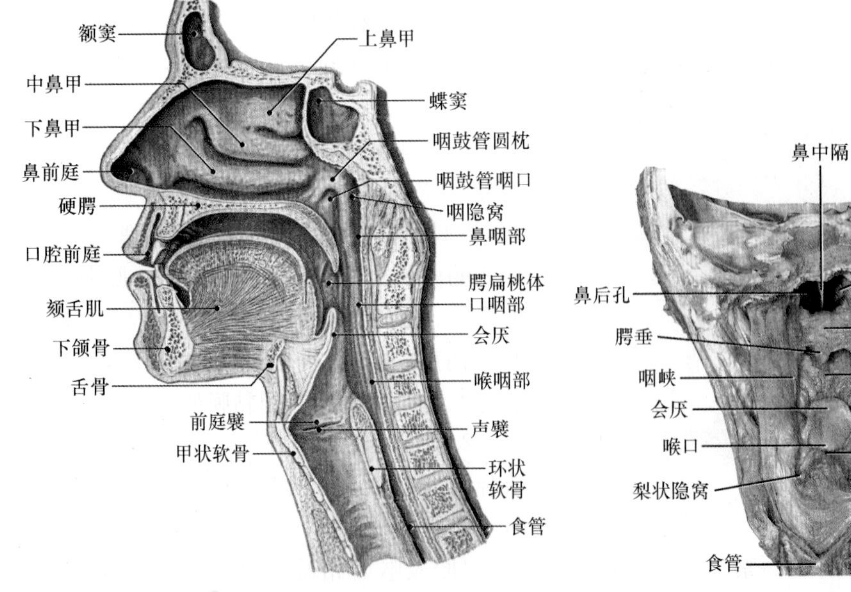

图 2-5　鼻腔、口腔、咽和喉的正中矢状切面

图 2-6　喉腔(后壁切开)

3. 食管　在半身人模型上观察。食管是一前后略扁的肌性管道。成人长约25cm,上端平对第 6 颈椎体下缘处与咽相接,为食管的第 1 狭窄处;第 4、5 胸椎之间高度,与左主支气管交叉,此处为食管的第 2 狭窄处;在平第 10 胸椎水平穿膈肌食管裂孔处,为第 3 狭窄处;入腹腔后,在第 11 胸椎左侧接胃的贲门(图 2-7)。

4. 胃　从打开腹腔标本上观察胃的位置。胃空虚时一般位于左季肋区及腹上区;胃的形态,从游离胃标本观察(图 2-8)。

(1) 两口:入口称贲门,与食管相接;出口称幽门,约在第 1 腰椎右侧,与十二指肠相接。

(2) 两壁:胃前壁朝向前上方;胃后壁朝向下方。

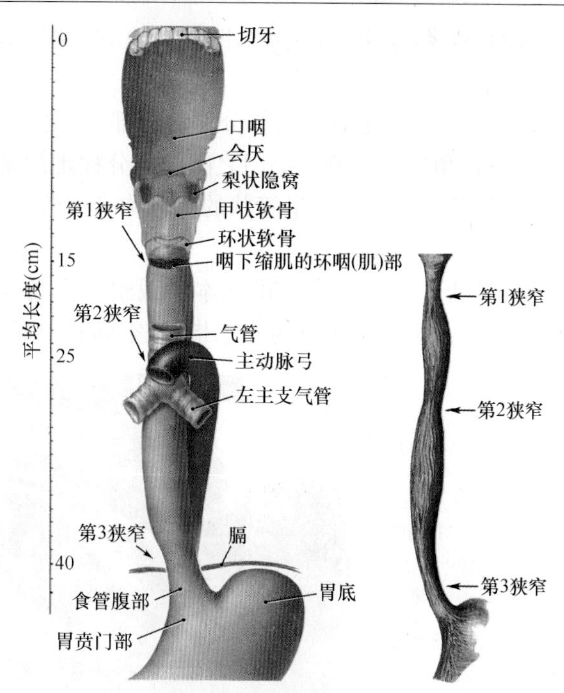

图 2-7　食管位置及三个狭窄

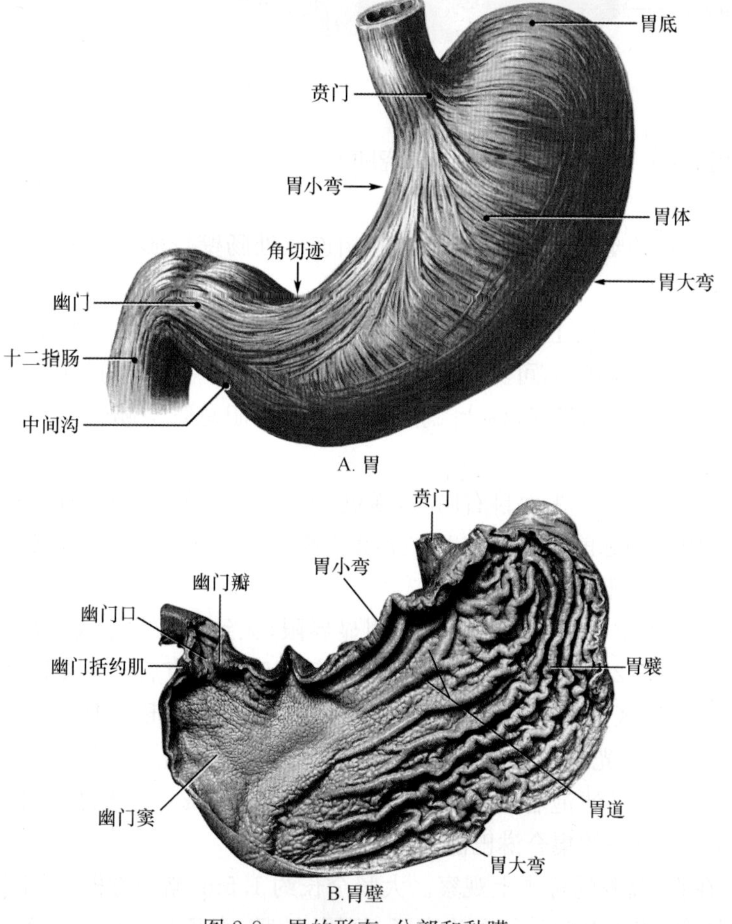

图 2-8　胃的形态、分部和黏膜

(3) 两缘：上缘称胃小弯，凹向右上方，在近幽门处折弯成角称角切迹；下缘称胃大弯，凸向左下方。

(4) 四部：靠近贲门的部分称贲门部；高处贲门平面以上的部分称胃底；胃的中间大部称胃体；在角切迹右侧至幽门之间的部分称幽门部。幽门部又可分为幽门管和幽门窦两部分。幽门部紧接幽门而呈管状的部分称幽门管；幽门管向左至角切迹之间稍膨大的部分称幽门窦。

5. 小肠　在切开腹腔的标本上观察。小肠全长 5～7m，盘曲于腹部。上起胃的幽门，下接盲肠，从上至下可分为十二指肠、空肠和回肠三部分(图 2-9)。

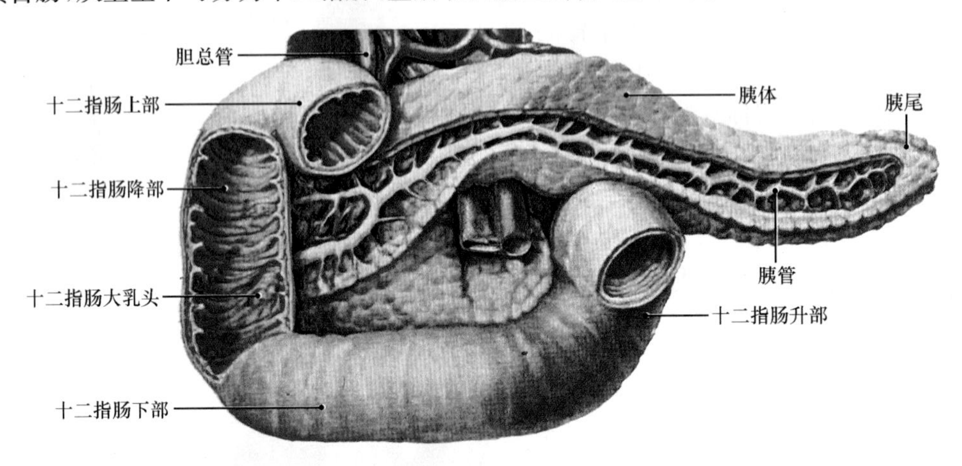

图 2-9　十二指肠和胰腺

(1) 十二指肠：十二指肠呈“C”字形包绕胰头，长约 25cm。可分为上部、降部、水平部和升部。

1) 上部：起自胃的幽门，上部左侧与幽门相连接处肠壁较薄，黏膜光滑无环状襞，称十二指肠球部。

2) 降部：起于十二指肠上部，沿第 1～3 腰椎的右侧下降，达第 3 腰椎体下缘处急转向左，移行于水平部。剖开降部，可见降部中份后内侧壁上有一纵行的黏膜皱襞，称十二指肠纵襞；此襞下端有一乳头状隆起，称十二指肠大乳头，是胆总管与胰管的共同开口。十二指肠大乳头距离中切牙约 75cm。

3) 水平部：在第 3 腰椎平面自右向左，横过下腔静脉和腹主动脉前面，移行于升部。

4) 升部：自腹主动脉前方斜向左上方至第 2 腰椎左侧，再向前下转折续于空肠，转折处形成弯曲称十二指肠空肠曲。

(2) 空肠和回肠：空肠与回肠之间并无明显界限，大致空肠位于腹腔的左上方，回肠占右下方，两者长度比约 2∶3。空肠与回肠均由小肠系膜连于腹后壁。在切开的空肠与回肠标本上观察内部结构区别。空肠壁厚，回肠壁薄；空肠内面环形襞大而多，回肠则小且少。将其展平拿起来对着亮光进行观察，可以看到很多散在不透光点，像芝麻样大小的孤立淋巴滤泡，仅有此孤立淋巴滤泡者则为空肠。回肠末端除有孤立淋巴滤泡外，尚有成片的椭圆形不透光区，大小不一的集合淋巴滤泡(图 2-10)。

6. 大肠　在腹、盆腔的标本上观察。大肠全长约 1.5m，略呈方框形，围绕在空、回肠的周围。起自右髂窝，终于肛门。可分为盲肠、阑尾、结肠、直肠和肛管 5 部分。盲肠和结肠外

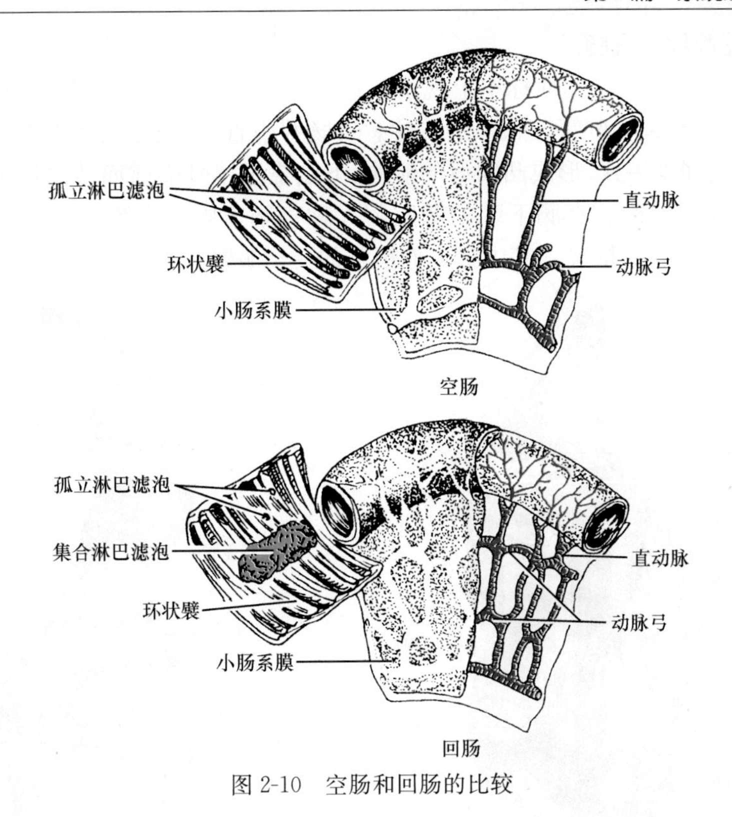

图 2-10　空肠和回肠的比较

形具有 3 个主要特点(取一段离体结肠标本观察)。

结肠带:是肠管表面的 3 条纵带。

结肠袋:是由肠壁上的许多横沟隔开而成的环形囊袋状突起。

肠脂垂:为结肠带附近许多大小不等的脂肪突起。

(1) 盲肠和阑尾:盲肠为大肠的起始部,下端以膨大的盲端开始,一般位于右髂窝内,向上连于结肠(图 2-11)。在切开标本上观察盲肠的内部结构,可见其左后上方有回肠末端的开口,此口称为回盲口。口的上、下缘各有一半月形的黏膜皱襞,称回盲瓣。在回盲瓣的下方约 2cm 处,有阑尾的开口;阑尾上端连通盲肠后内壁,下端游离。3 条结肠带都汇集于阑尾根部,故沿结肠带向下追踪,是寻找阑尾的可靠方法。阑尾根部的体表投影通常在脐与右髂前上棘连线的中、外 1/3 交界处,此点称麦氏点。急性阑尾炎时,此点可有压痛。

(2) 结肠:在打开腹腔的整体标本观察。按其位置和形态,可分为升结肠、横结肠、降结肠及乙状结肠 4 部分。

1) 升结肠:是盲肠上升至结肠右曲的部分。

2) 横结肠:介于结肠右曲至结肠左曲的部分。

3) 降结肠:由结肠左曲下降至左侧髂嵴处的一段。

4) 乙状结肠:平左髂嵴处接降结肠,呈乙字形弯

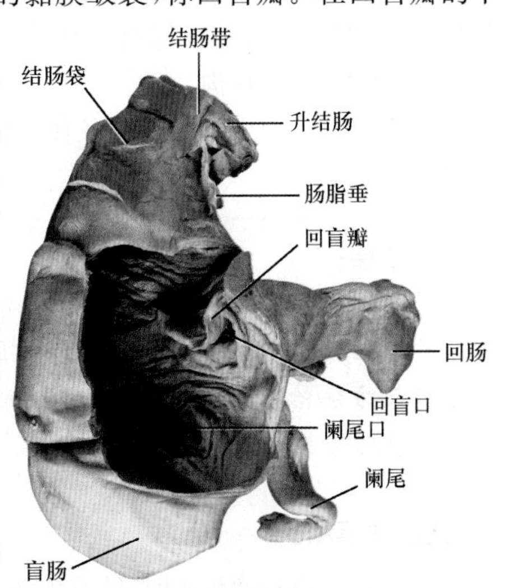

图 2-11　盲肠和阑尾

曲，向下进入盆腔续于直肠。

(3) 直肠：在盆腔矢状切面标本上观察。直肠位于盆腔内，上端平第3骶椎水平接乙状结肠，下端至盆膈处续于肛管(图2-12)。注意直肠并不直，在矢状切面上有两个弯曲，其上部与骶骨前面的曲度一致，形成凸向后的骶曲；下端绕过尾骨尖前面转向后下方，形成一凸向前的会阴曲(图2-13)。直肠下端的肠腔膨大称直肠壶腹。直肠壶腹内面的黏膜，形成2～3个半月形襞称直肠横襞。其中最大而恒定的一个皱襞在壶腹上份，距肛门约7cm。

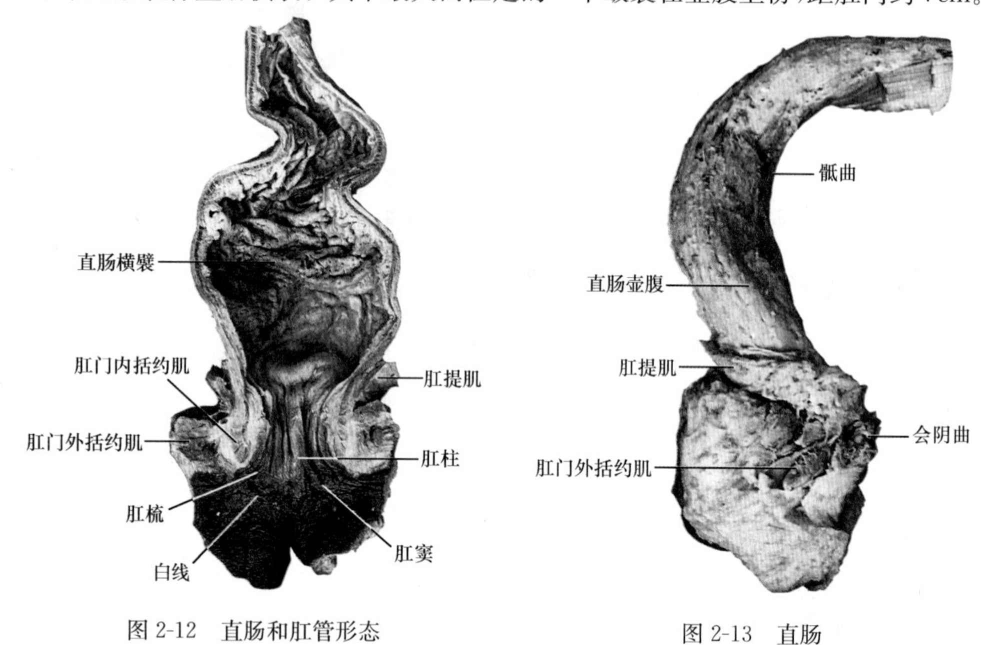

图2-12　直肠和肛管形态　　图2-13　直肠

(4) 肛管：取游离直肠至肛门矢状切面标本观察。肛管为大肠的末段，长3～4cm，上端连于直肠，下端开口于肛门。肛管上段的黏膜形成6～10条纵行皱襞称肛柱。各肛柱下端之间有半月形黏膜皱襞相连称肛瓣。相邻肛柱下端与肛瓣围成袋状小陷窝称肛窦。肛瓣和肛柱的下端连成一锯齿状的环形称为齿状线。齿状线以下有一宽约1cm表面光滑的环状带，称为肛梳。肛梳下缘有一环状线称白线，此线恰为肛门内、外括约肌的交界处，活体指诊时可触到一环状沟。

肛管环形肌层增厚，形成肛门内括约肌。围绕在肛门内括约肌周围的骨骼肌构成肛门外括约肌。

临床链接：

用阑尾代替尿道是治疗尿道狭窄的新方法。由于阑尾壁的结构和尿道壁相似，有完整的黏膜和环形肌、纵行肌，并且阑尾根部的环形肌比较厚，有类似括约肌的作用。通过此方法治疗后，由于吻合口狭窄而导致尿路再度狭窄等不良现象比用膀胱黏膜、大隐静脉等材料较少见。

【注意事项】

1. 观察内脏游离标本时，请首先注意将标本按解剖姿势放好，然后按一定顺序仔细观察。
2. 切忌用锐器损坏标本，也不要过分牵拉以免损坏正常结构及各部位置关系。

3. 进行活体观察时，态度要严肃认真。

【思考题】

1. 名词解释

(1) 咽峡　(2) 齿状线　(3) 麦氏点

2. 问答题

(1) 食管有几个生理狭窄？各位于何处？有何临床意义？

(2) 试述胃的位置、形态和分部。

(3) 试述阑尾根部的体表投影。

第二节　消　化　腺

【实验目的】

掌握内容：肝的形态、位置及体表投影；胆囊的形态、分部、位置及胆囊底的体表投影；胰的位置和形态。

熟悉内容：输胆管道的组成及开口的部分；胰管的开口部位。

【实验器材】

1. 游离肝和胰标本。
2. 打开腹腔的整体标本。示肝、胰的位置及肝外胆道。
3. 肝、胰的模型。
4. 半身人模型。

【实验方法】

消化腺包括口腔腺、肝、胰及消化管壁内的许多小腺体。

1. 肝

(1) 肝的形态：用离体的肝标本、肝模型配合观察。肝呈楔形，可分上、下两面和前、后两缘及左、右两叶。肝上面隆凸，贴于膈穹隆之下称为膈面(图 2-14)，借镰状韧带分为左、右两叶。肝下面凹凸不平与许多内脏接触称脏面(图 2-15)，脏面朝向下后方，有排列呈"H"形的左、右纵沟和横沟。左纵沟窄而深，沟前部有肝圆韧带，后半有静脉韧带；右纵沟阔而浅，前部有胆囊窝，后部有下腔静脉由此通过。横沟为肝门，是肝门静脉、肝固有动脉、肝左、右管、淋巴管和神经等出入肝的门户。

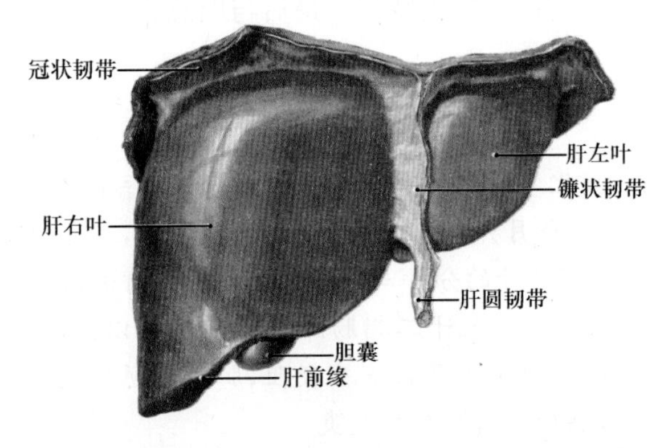

图 2-14　肝的膈面

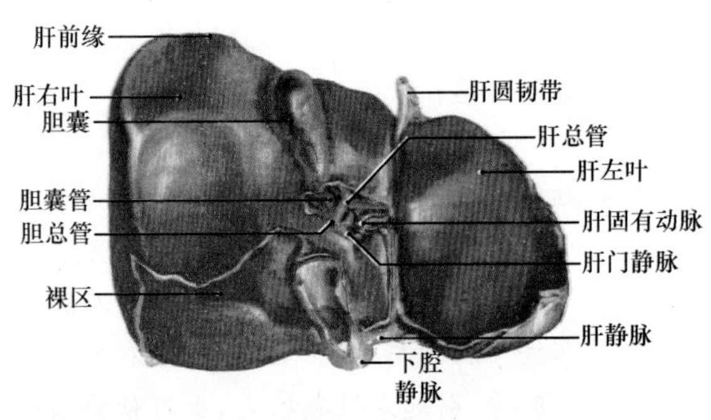

图 2-15　肝的脏面

（2）肝的位置：在打开腹腔的整体标本上并配合半身人模型观察。肝大部分位于右季肋区和腹上区，小部分位于左季肋区。肝的上界与膈穹隆一致，在右锁骨中线平第5肋，在左锁骨中线平第5肋骨间隙。肝下界的右侧与右肋弓大体一致，腹上区在剑突下3～4cm。正常成人肝的下界在右肋弓下一般不能触及，剑突下可触及。3岁以下的幼儿，由于肝的体积相对较大，肝的下界可低于右肋弓下缘1～2cm，7岁以后儿童右肋弓下已不能摸到肝。

2. 胆囊和胆道系　取肝、胆囊离体标本与模型观察。胆囊位于肝下面的胆囊窝内，呈鸭梨形。分为胆囊底、胆囊体、胆囊颈和胆囊管（图2-16）。胆囊管弯曲，向下与左侧的肝总管会合成胆总管。胆总管位于肝门静脉的右前方，与胰管汇合，共同开口于十二指肠大乳头。胆总管和胰管汇合处形成肝胰壶腹，在肝胰壶腹的管壁内，有环形平滑肌称为肝胰壶腹括约肌，可控制胆汁的排出和防止十二指肠内容物逆入胆总管和胰管内。

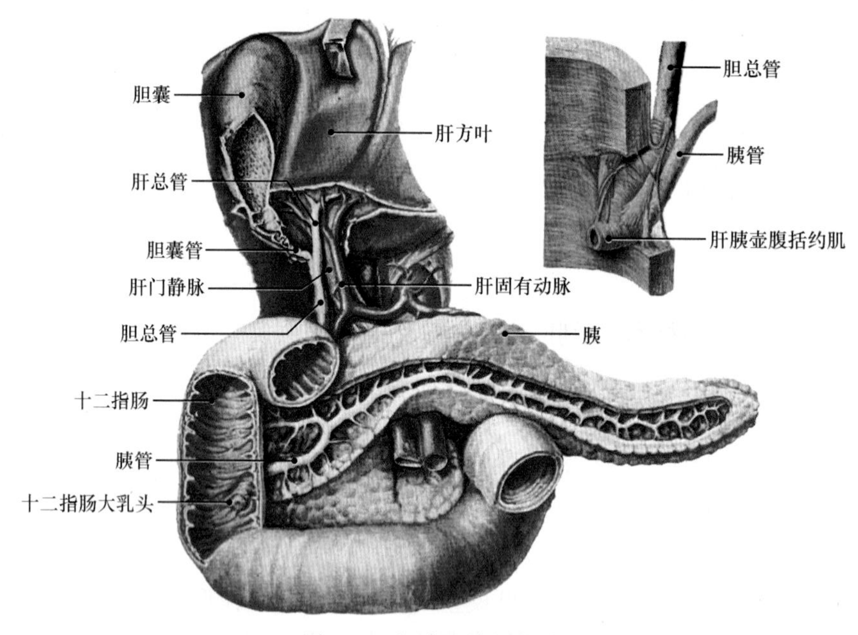

图2-16　胆囊及输胆管道

3. 胰　在腹腔的整体标本与胰十二指肠离体标本上观察。胰横行，位于胃后方，第1、2腰椎前方，分头、体、尾3部分。胰头在右方，有十二指肠包绕，胰体横跨第1腰椎及下腔静脉和腹主动脉前面；胰的左端是胰尾，胰尾较细，与脾门接触。在胰的实质内偏后方，有一条与胰的长轴平行，起自胰尾向右横贯其全长的主排泄管，称胰管。最后与胆总管汇合，共同开口于十二指肠大乳头。

临床链接：

肝有较强的生长和增殖能力，当肝因感染、化学物质损伤或部分肝切除后，存留肝细胞则快速分裂增殖。其再生期约在切肝后一个月开始，存留肝细胞明显增加，半年后能够恢复原状态，13个月后增殖停止。肝还有另外的分叶与分段方法，据此，可做肝叶、肝段切除术。据统计，胆总管与胰管两者会合后进入十二指肠降部者占81%以上，形成了胆汁与胰液“共同通道”。如有结石、肿瘤、狭窄等原因发生梗阻，胆汁可逆行流入胰腺，引起急性胰腺炎，也可使胰液逆行流入胆总管，引起胆囊炎。

【注意事项】

1. 肝、胆、胰标本易损坏,实习时要注意爱护。

2. 观察标本时要注意各器官的解剖位置。

【思考题】

1. 名词解释

(1) 肝门　(2) 胆囊三角　(3) 小网膜

2. 问答题

(1) 试述胆汁的产生及排出途径。

(2) 简述胆囊的位置、分部及胆囊底的体表投影。

第三节　呼吸道、肺、胸膜、纵隔

【实验目的】

掌握内容:呼吸系统的组成,上、下呼吸道概念。鼻甲、鼻道、鼻中隔的位置。喉的位置,主要喉软骨的名称,弹性圆锥的位置。气管的位置。肺的形态结构。壁胸膜、脏胸膜和胸膜腔的概念。

熟悉内容:固有鼻腔黏膜的分部。喉的分部。左右主气管的形态区别。肺的位置和体表投影。壁胸膜的分部和肋膈隐窝的概念,胸膜的体表投影。

【实验器材】

1. 头颈部正中矢状切面标本。

2. 颅骨矢状切面,显示骨性鼻腔与鼻旁窦。

3. 游离喉、喉软骨、气管与支气管标本。

4. 游离肺标本。

5. 胸膜示教标本。

6. 喉软骨模型。

7. 肺模型。

8. 纵隔模型。

9. 半身人模型。

【实验方法】

1. 呼吸道　呼吸道包括鼻、咽、喉、气管和各级支气管(图 2-17)。

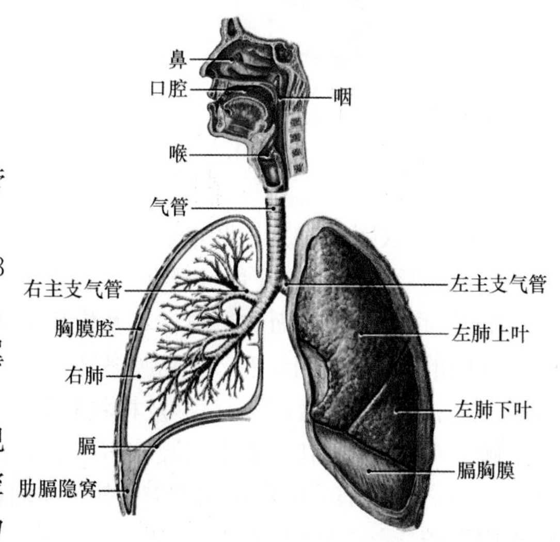

图 2-17　呼吸系统全貌

(1) 鼻:鼻分为外鼻、鼻腔和鼻旁窦 3 部分。

1) 外鼻:外鼻有鼻根、鼻背、鼻尖及鼻翼等部,外鼻下端有鼻孔。

2) 鼻腔:在头部正中矢状切面标本观察。鼻腔由鼻中隔分为左右两腔,每侧鼻腔又分前为鼻前庭和后为固有鼻腔。鼻前庭为鼻翼所围成的空腔,内面衬以皮肤,生有鼻毛。固有鼻腔由骨性鼻腔被覆以黏膜构成。外侧壁上有上鼻甲、中鼻甲及下鼻甲，各鼻甲下方分别形成上鼻道、中鼻道和下鼻道。固有鼻腔的黏膜可因其结构和功能不同，分为嗅区和呼吸区 2 部分。

3）鼻旁窦：见第一章第三节。

（2）咽：见本章第一节消化管。

（3）喉：

1）喉的位置：在整体标本与半身人模型上观察。喉位于颈前正中，位置表浅，上连于舌骨、下接气管，两侧有颈部大血管、神经和甲状腺侧叶。

2）喉的结构：观察喉软骨的游离标本和模型。

喉软骨(图 2-18)：主要包括甲状软骨、环状软骨、会厌软骨和一对杓状软骨。甲状软骨是最大的喉软骨，由左右对称的 2 个方形软骨板构成，两板前缘彼此融合成直角，其上端向前突出称喉结。两板后缘有 2 对突起，分别为上方的一对为上角，下方的一对为下角。环状软骨在甲状软骨的下方，形如指环。前部低窄呈弓形，称环状软骨弓，后部高宽呈板状，称环状软骨板。杓状软骨位于环状软骨板上方，左右各一，呈三棱锥体形。尖朝上，底朝下，杓状软骨底有向前的突起称声带突。会厌软骨附着于甲状软骨前角的后面，形似树叶，下端狭细，上端宽阔，游离于喉口上方，前面凸，后面凹。

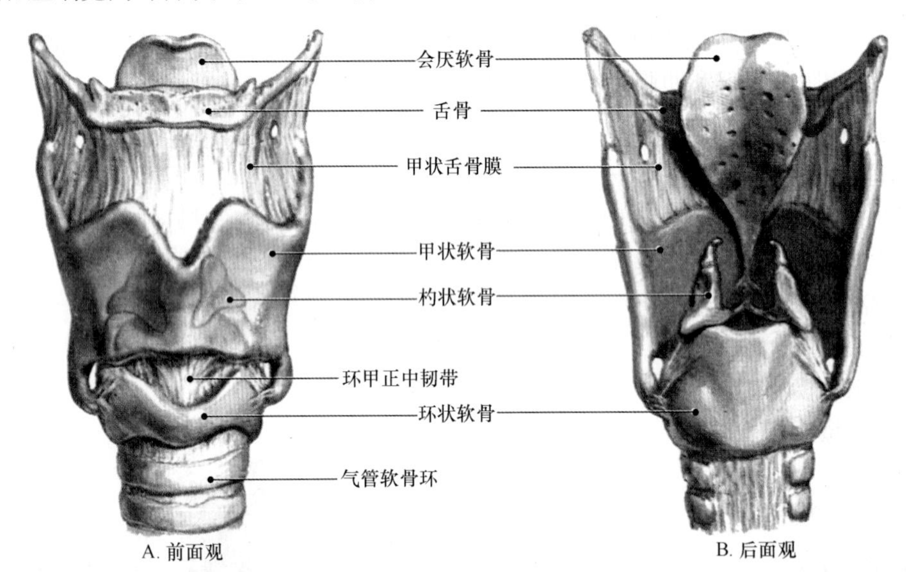

图 2-18　喉软骨及连结

弹性圆锥(图 2-19)：为圆锥形纤维膜，其下缘附着于环状软骨上缘；上缘游离，位于甲状软骨前角后面与杓状软骨声带突之间，称声韧带。

喉腔：在喉矢状切面和游离标本及模型上观察(图 2-20)。

喉腔的两侧壁有上、下 2 对黏膜皱襞。上方的 1 对称前庭襞，两侧前庭襞的裂隙称前庭裂；下方的 1 对称声襞，两侧声襞及杓状软骨间的裂为声门裂；声门裂是喉腔最狭窄的部位。

喉腔可分为喉前庭、喉中间腔和声门下腔 3 部分。前庭裂以上的部分称喉前庭；前庭裂和声门裂之间的部分称喉中间腔；喉中间腔向两侧突出的隐窝称喉室；声门裂以下的部分称声门下腔。

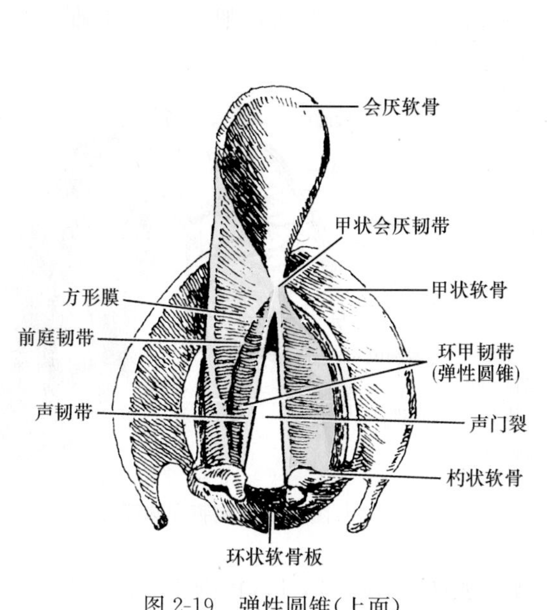

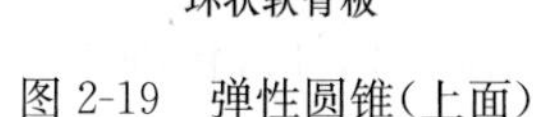
图 2-19　弹性圆锥(上面)

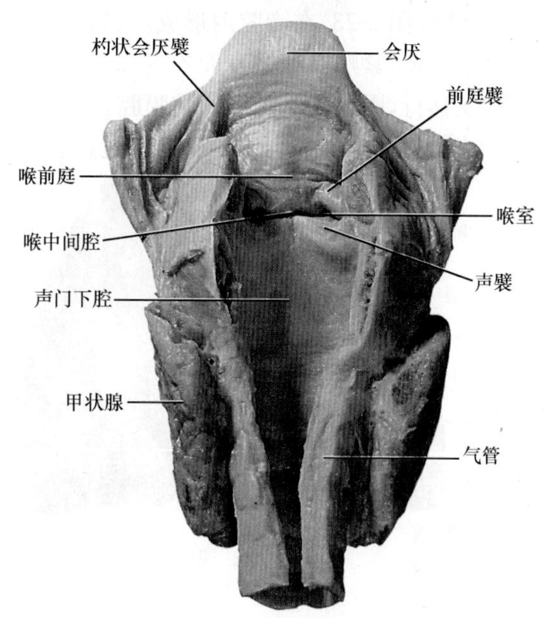

图 2-20　喉冠状切面

(4) 气管和主支气管:在整体及游离标本并配合半身人模型观察。

1) 气管:为前后略扁的圆筒状管道,主要由 14～16 个“C”形气管软骨构成,其间由结缔组织连结,后壁无软骨,由平滑肌和结缔组织所封闭,并紧邻食管。气管上端平第 6 颈椎体下缘与喉相连,向下至第 4、5 胸椎之间平面,分为左、右主支气管,分叉处称气管叉(图 2-21)。

2) 主支气管:由气管叉至肺门之间的管道,左、右各 ,分别称为左主支气管和右主支气管。左主支气管细、长而较水平;右主支气管粗、短而垂直。

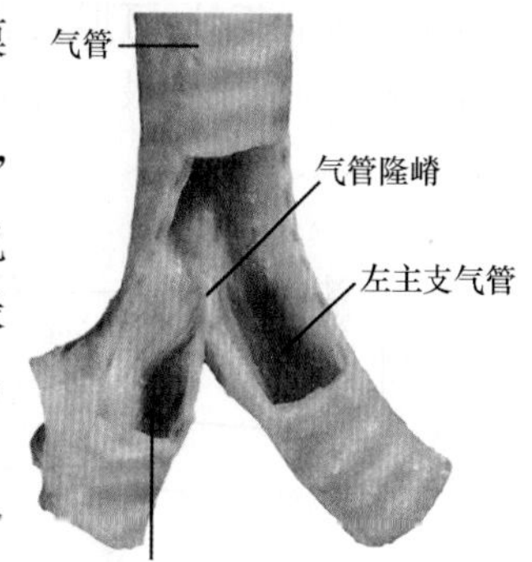

图 2-21　气管隆嵴

2. 肺　肺实质呈海绵状,富有弹性,表面被有脏胸膜。肺位于胸腔内,左、右各一,居纵隔两侧,膈的上方。

肺位于胸腔内,纵隔的两侧(整体标本并配合半身人模型观察)。左肺狭长,被斜裂分为上、下两叶,即为左肺上叶与左肺下叶;右肺宽短,被斜裂和右肺水平裂分为右肺上叶、右肺中叶和右肺下叶 3 叶。

肺可分为一尖、一底、两面、三缘。肺尖呈钝圆形,高出锁骨内侧段上方 2～3cm。肺底位于膈的上方。肋面广阔凸,贴近肋和肋间肌,内侧面贴近纵隔和脊柱。此面中央凹陷处称肺门,出入肺门的结构有主支气管、肺动脉、肺静脉、淋巴管及神经等。这些结构由结缔组织和胸膜包绕成束,称肺根。肺的前缘锐利,左肺前缘下半有一明显缺口称心切迹(图 2-22),切迹下方有一向前向内的舌状突起,称左肺小舌。肺的后缘圆钝,贴于脊柱的两旁,肺的下缘也较锐利,伸向膈与胸壁之间。

3. 胸膜(示教)　胸膜为浆膜,分为脏胸膜和壁胸膜两部分。脏胸膜被覆于肺表面,与肺实质难以分离,并深入肺裂内。壁胸膜贴附于胸壁内面、纵隔和膈的上面。

胸膜(图 2-23)在胸腔内形成左、右两个密闭的腔。胸膜分为壁胸膜与脏胸膜。脏胸膜亦称肺胸膜,紧贴在肺的表面不易张开,壁胸膜贴在胸壁内面。胸膜的脏壁两层在肺根周围相互移行,围成完全封闭的胸膜腔。

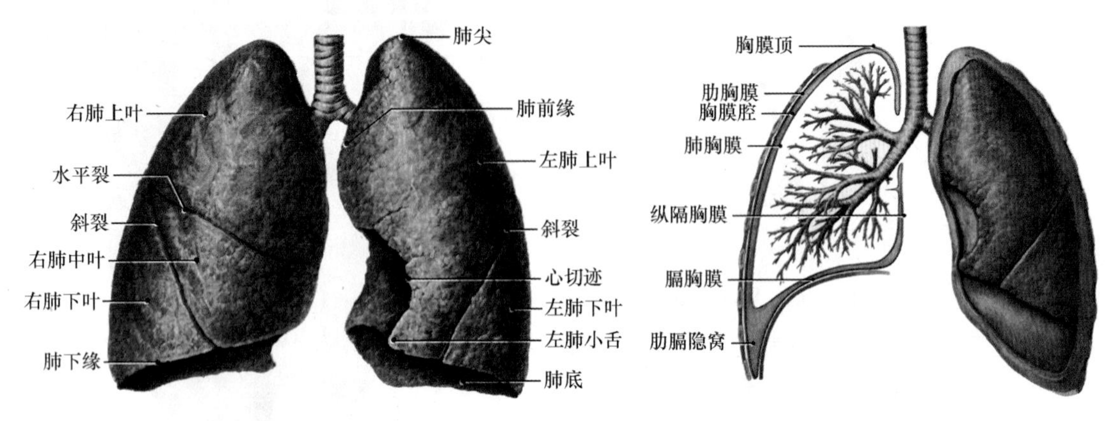

图 2-22　肺　　　图 2-23　胸膜和胸膜腔

壁胸膜由于部位不同,又可分为 4 部分。胸膜顶为突出胸廓上口,包围肺尖的部分;肋胸膜贴在肋及肋间肌内面;膈胸膜覆盖于膈上面的部分;纵隔胸膜衬附在纵隔两侧的部分。在各部胸膜转折处,可形成潜在的间隙,其中最重要的间隙位于肋胸膜与膈胸膜转折处称肋膈隐窝,为胸膜腔最低部位。

4. 纵隔　在开胸的整体标本与纵隔模型配合观察。

纵隔是两侧纵隔胸膜之间所有器官和组织结构的总称。前界为胸骨,后界为脊柱胸段,两侧界为纵隔胸膜,上界达胸廓上口,下界为膈。纵隔通常以通过胸骨角和第 4 胸椎下缘平面将其分为上纵隔和下纵隔(图 2-24)。下纵隔再以心包为界分为前纵隔、中纵隔和后纵隔 3 部分。

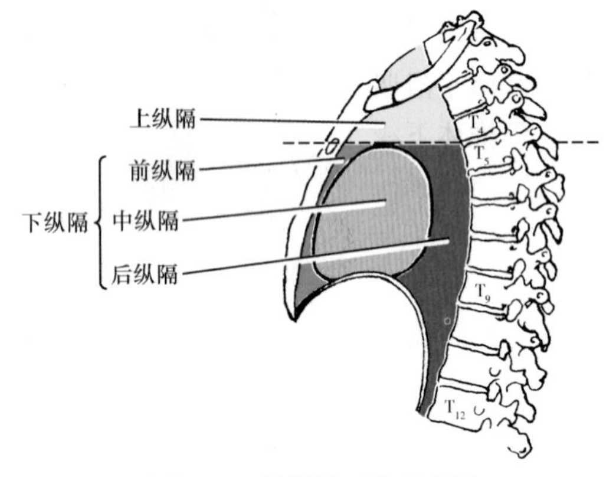

图 2-24　纵隔的区分示意图

纵隔主要包括心、心包、大血管、气管、主支气管、食管、胸导管、奇静脉、迷走神经、交感神经、淋巴结等。

临床链接:

鼻腔黏膜炎症时,常引起鼻窦炎,以上颌窦多见。由于上颌窦的开口高于窦底,所以上颌窦炎化脓时,会引流不畅。又因上颌窦的窦底邻近上颌磨牙牙根,牙根感染常波及上颌窦,引起牙源性上颌窦炎。

【注意事项】

1. 爱护标本及模型。
2. 呼吸系统器官的结构比较小,实验时必须仔细观察。
3. 观察标本时动作要轻,以免损坏标本。

【思考题】

1. 名词解释

(1) 肺门　(2) 肋膈隐窝　(3) 声门裂

2. 问答题

(1) 试述鼻旁窦的名称、开口与临床意义。

(2) 简述喉腔的分部及分部的根据。

(3) 试述肺尖位置和肺与胸膜下界的体表投影。

第四节　肾、输尿管、膀胱、女性尿道

【实验目的】

掌握内容:肾的形态、位置。输尿管的分段及3个狭窄的部位。膀胱的形态、膀胱三角概念。女性尿道外口的开口部位。

熟悉内容:肾的内部结构;膀胱的位置;女性尿道结构特点。

【实验器材】

1. 腹后壁示肾的被膜及肾蒂的标本。
2. 游离男、女性泌尿生殖系统标本。
3. 男、女性盆腔正中矢状切面标本。
4. 肾额状切面标本。
5. 示膀胱三角的标本。
6. 男、女性泌尿生殖器模型。
7. 肾冠状切面模型。
8. 男、女性盆腔矢状切面模型。

【实验方法】

1. 肾　肾为实质性器官,左、右各一。

(1) 外形:在游离肾标本观察。肾外形似"蚕豆",分上、下两端,前后、两面和内、外侧两缘。内侧缘中部凹陷称为肾门,有血管、神经、淋巴管及肾盂等出入,这些结构被结缔组织包裹成束称肾蒂。由肾门深入肾实质之间腔隙称肾窦。

(2) 位置:在整体标本观察。肾位于脊柱两侧,紧贴腹后壁,为腹膜外位器官。左肾上端平第11胸椎下缘,下端平第2腰椎下缘(图2-25),右肾较左肾低半个椎体。

(3) 被膜:在整体标本观察。肾的被膜由内向外依次为纤维囊、脂肪囊和肾筋膜(图2-26)。

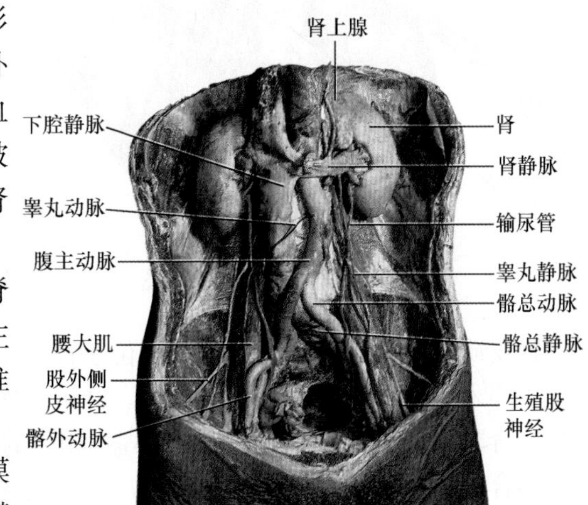

图2-25　肾的位置

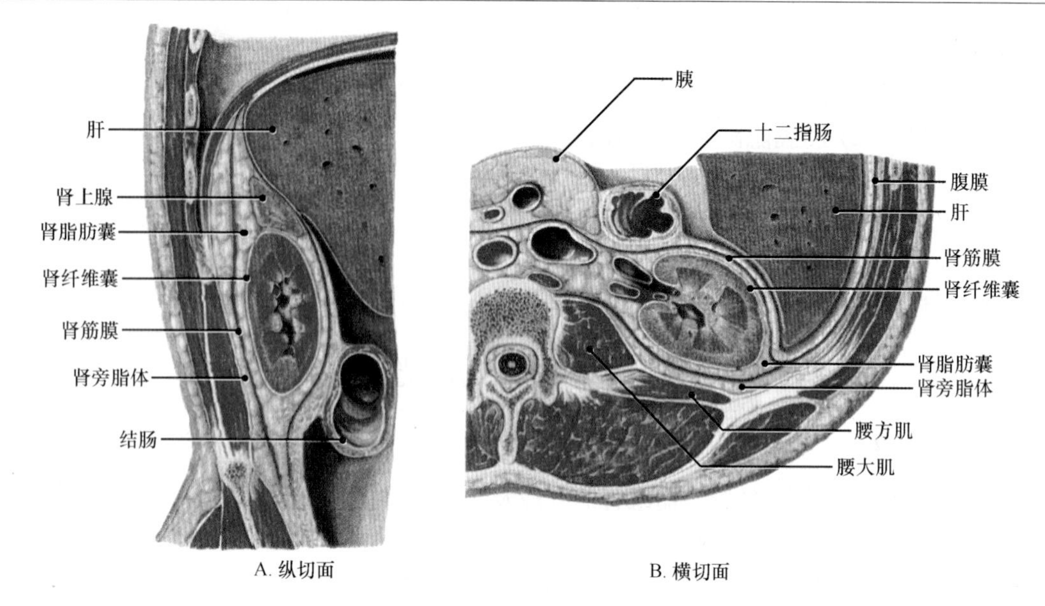

A. 纵切面　　B. 横切面

图 2-26　肾的被膜

(4) 肾内部结构:在肾的冠状切面(图 2-27)标本和模型观察。肾实质分为边缘的肾皮质及深部的肾髓质 2 部。

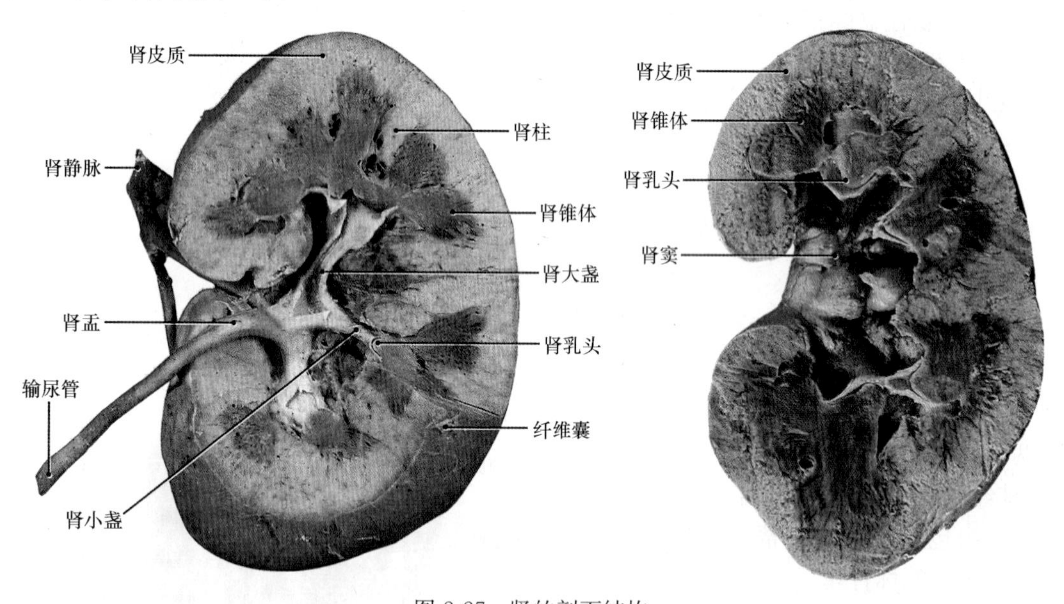

图 2-27　肾的剖面结构

肾皮质新鲜时呈红褐色。肾髓质位于肾实质深部,由 15～20 个圆锥形的肾锥体组成,肾皮质伸入肾锥体之间的部分称肾柱。肾锥体底朝向皮质,尖端钝圆,朝向肾门称肾乳头。围绕在肾乳头周围的膜状小管称肾小盏,相邻的 2～3 个肾小盏合成一个肾大盏。2～3 个肾大盏合成一个漏斗状的肾盂。肾盂出肾门后逐渐变细,移行为输尿管。

2. 输尿管　输尿管(图 2-28)起于肾盂,终于膀胱的肌性管道,长 20～30cm。输尿管先位于腹部,后进入盆腔,最后穿膀胱壁开口膀胱。其全程有 3 个生理性狭窄,第 1 个狭窄在起始部,第 2 个狭窄越过小骨盆入口或髂血管处,第 3 个狭窄在膀胱壁内。

3. 膀胱　膀胱是暂时储存尿液的肌性囊状器官。

(1) 形态:在游离标本上观察。膀胱空虚时为锥体形,分尖、体、底、颈 4 部分。尖端较小,朝向前上方称膀胱尖。底部膨大似三角形朝向后下方称膀胱底。尖与底之间称膀胱体。膀胱的下部,近前列腺或尿生殖膈处称膀胱颈(图 2-29)。

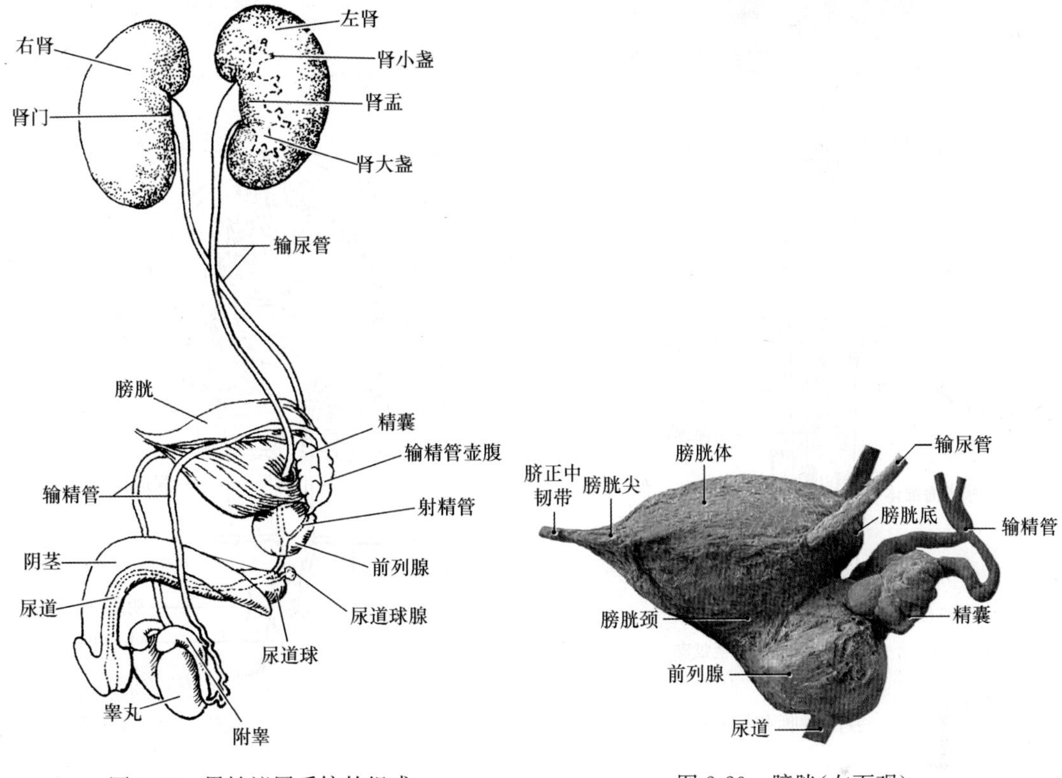

图 2-28　男性泌尿系统的组成

图 2-29　膀胱(左面观)

(2) 位置:在盆腔矢状切面标本观察。成人膀胱位于小骨盆的前部,耻骨联合后方。空虚时,膀胱尖不超过耻骨联合上缘;尿液充盈时,膀胱尖则高出耻骨联合上缘。当膀胱充盈时,膀胱上面的腹膜也随之上移,临床上在耻骨联合上方,经腹前壁进行膀胱穿刺或膀胱手术,可不经腹膜腔而直达膀胱。

膀胱内面靠底部有光滑的三角形区域称为膀胱三角,此三角恰好位于 2 个输尿管口和尿道内口(图 2-30)三者之间的连线内。膀胱三角在剖开的游离膀胱内观察。

4. 尿道　在女性盆腔矢状切标本与模型上观察。女性尿道短、宽、直,长 3～5cm,直径约 0.6cm,上端起自尿道内口,下端开口于阴道前庭。该口称为尿道外口,位于阴道口的前方,距阴蒂约 2.5cm(图 2-31)。

临床链接:

膀胱炎是泌尿系统一种常见的尿路感染性疾病。其典型的症状是尿频、尿急、尿痛。因女性尿道比男性尿道短、宽、直,易造成逆行感染,故膀胱炎多发生于女性。

【注意事项】

1. 爱护标本及模型。

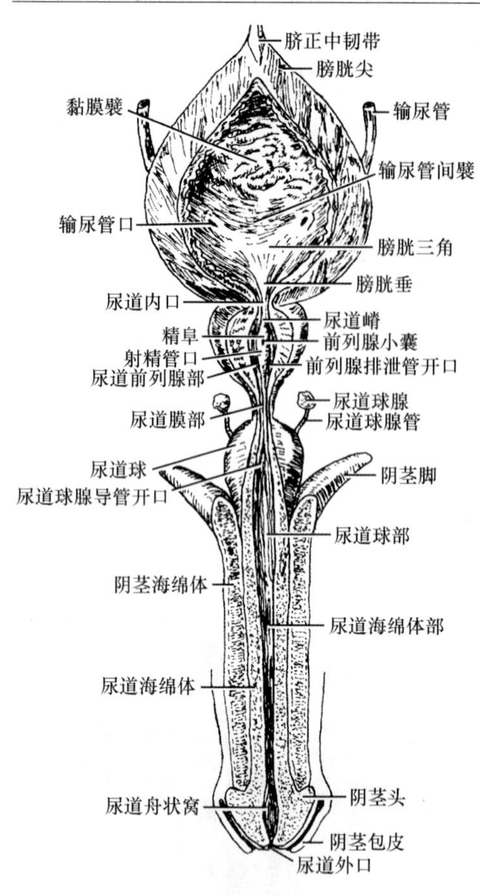

图 2-30 男性膀胱和尿道

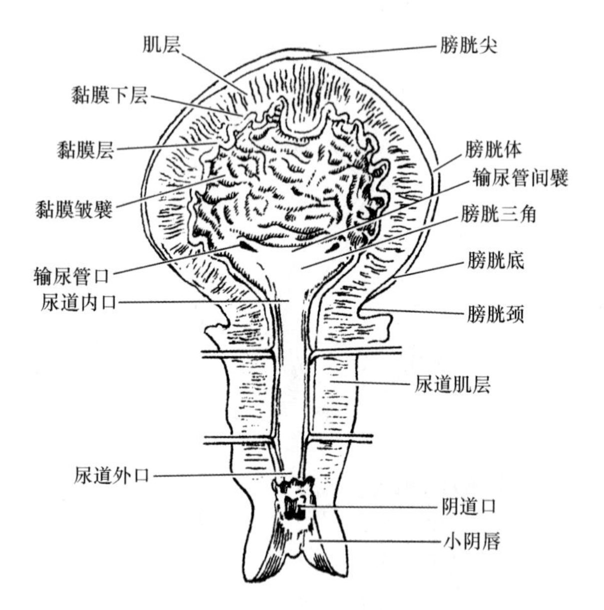

图 2-31 女性膀胱与尿道冠状切面(前面观)

2. 男性尿道在生殖系统学习。

3. 观察时应将各器官放置原位。

【思考题】

1. 名词解释

(1) 肾门 (2) 膀胱三角 (3) 肾蒂 (4) 肾窦 (5) 肾区

2. 问答题

(1) 简述输尿管的行程及 3 个生理狭窄的部位。

(2) 试述膀胱的位置、形态及男、女性膀胱的毗邻。

(3) 试述女性尿道的结构特点。

(4) 试述男性尿道 3 个生理狭窄的部位? 有何临床意义?

(5) 试述尿液的产生与排出途径。

(九江学院基础医学院 赵 岩)

第五节 男性生殖器

【实验目的】

掌握内容:睾丸的位置和形态;前列腺的位置、形态和分叶;男性尿道的分部、狭窄及弯曲。

熟悉内容：精索的位置及其组成；输精管道的组成；阴茎的分部和结构。

【实验器材】

1. 男性泌尿生殖器游离标本。
2. 男性盆腔矢切标本。
3. 男性盆腔标本。
4. 男性泌尿生殖器整体标本（示精索、外生殖器）。
5. 男性泌尿生殖器模型。
6. 男性盆腔矢状切模型。
7. 男性内、外生殖器解剖模型。

【实验方法】

男性生殖系统包括内生殖器和外生殖器。内生殖器由睾丸、输精管道和附属腺组成。睾丸是男性的生殖腺，输精管道包括附睾、输精管、射精管和男性尿道，附属腺包括精囊、前列腺和尿道球腺。外生殖器包括阴茎和阴囊。

1. 男性内生殖器

（1）睾丸：

1）位置及形态：在男性泌尿生殖器整体标本观察。睾丸位于阴囊内，左、右各一个。睾丸呈橄榄形，分内、外两侧面，前、后两缘和上、下两端（图 2-32）。

2）构造：在剖开的游离睾丸标本上观察（图 2-33）。睾丸内部由许多睾丸小叶组成，每个小叶含有 2～4 条比头发还细的精曲小管（用镊子在睾丸小叶内轻轻挑起精曲小管进行观察）。睾丸表面包有一层坚韧的致密结缔组织膜称睾丸白膜。睾丸白膜在睾丸后缘较厚，并突入睾丸内形成睾丸纵隔，由睾丸纵隔发出睾丸小隔将睾丸实质分成 200～300 个睾丸小叶。

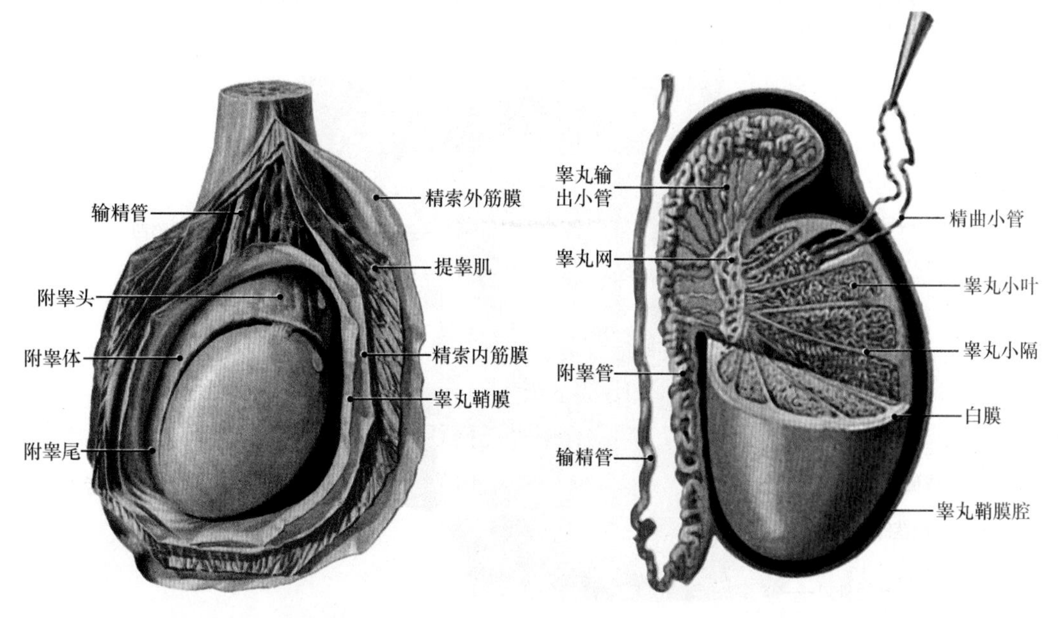

图 2-32　睾丸和附睾　　　　图 2-33　睾丸及附睾的结构

(2) 附睾:是贴附在睾丸上端和后缘的一长条形结构,分为三部。上部膨大为附睾头,中部为附睾体,下部变细为附睾尾。附睾尾向上移行为输精管。

(3) 输精管:是一条细长的管道,左右各一条,每条全长约 40cm,按行程可分为 4 部分。

1) 睾丸部:起自附睾尾,沿睾丸后缘和附睾内侧上升至附睾头。

2) 精索部(皮下部):位于附睾头与腹股沟管浅环之间,位置表浅,易触及,是男性绝育手术结扎输精管部位。

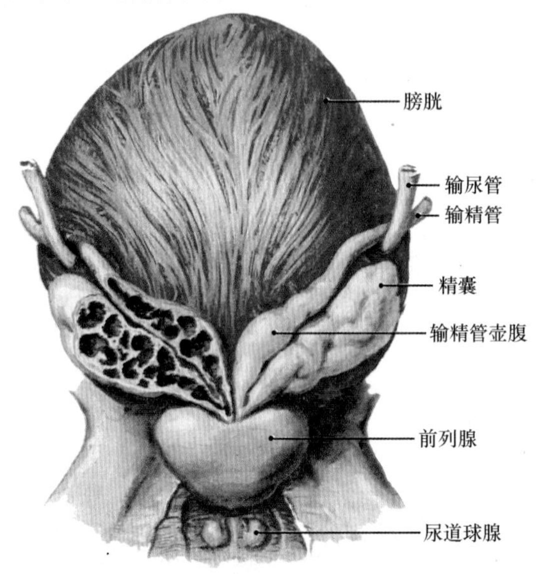

图 2-34　前列腺、精囊的位置及毗邻(后面观)

3) 腹股沟管部:位于腹股沟管内。

4) 盆部:自腹股沟管深环向内下入骨盆腔,经输尿管末端前上方至膀胱的后面,两侧输精管膨大形成输精管壶腹,其末端与精囊的排泄管会合。

(4) 精索:是柔软的圆索状结构,由腹股沟深环延至睾丸上端。精索的主要结构为输精管、睾丸动脉、蔓状静脉丛、神经丛和淋巴管等,其表面有被膜包裹。

(5) 射精管:在男性盆腔矢状切标本与模型观察,由输精管壶腹末端与精囊排泄管汇合而成,开口于尿道前列腺部(图 2-34)。

(6) 男性尿道:在男性盆腔矢状切面标本观察(图 2-35)。男性尿道起自膀胱的尿道内口,终于阴茎头的尿道外口,全长 16～22cm。分为前列腺部、膜部和海绵体部。前列腺部是尿道穿过前列腺的部分,内有射精管的开口;膜部是尿道穿过尿生殖膈的部分,当骨盆骨折或会阴骑跨伤时,易损伤此部;海绵体部是尿道穿过尿道海绵体的部分,长 12～17cm。前列腺部和膜部临床称后尿道,海绵体部称前尿道。男性尿道全长有 3 个狭窄,分别位于尿道内口、膜部和尿道外口处。有 2 个弯

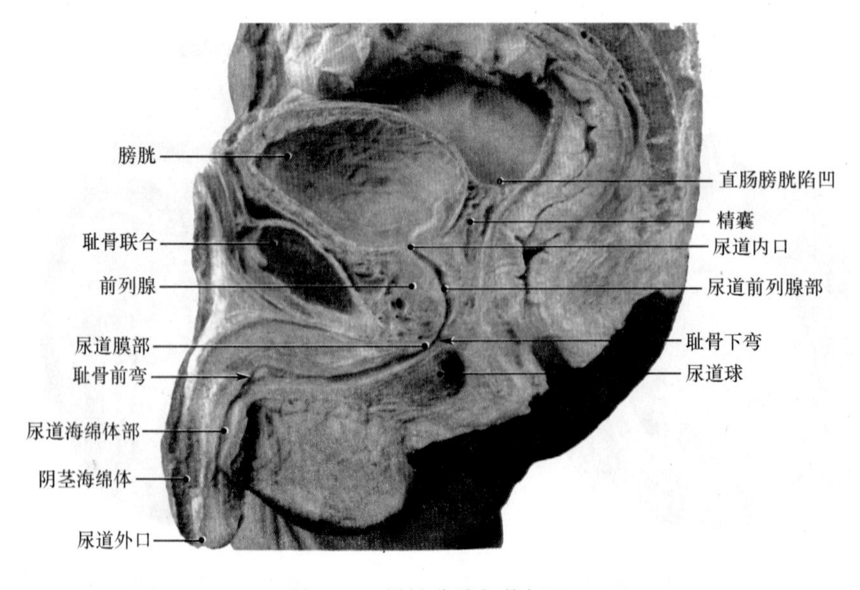

图 2-35　男性盆腔矢状切面

曲，一个为耻骨下弯，位于耻骨联合的下方，此弯恒定；另一个弯曲为耻骨前弯，位于耻骨联合前下方，此弯不恒定。

（7）精囊：位于膀胱底与直肠之间，是一对长椭圆形囊状器官。下端为排泄管，与输精管末端汇合成射精管。

（8）前列腺：

1）位置及形态：是单一的实质性器官，位于膀胱底与尿生殖膈之间，呈板栗状。上端宽大，称前列腺底，与膀胱颈相邻；下端尖细，称膀胱尖，位于尿生殖膈之上；底与尖之间是体，体的后面正中有一纵行的浅沟称前列腺沟，前列腺肥大时此沟消失。

2）结构：在剖开的游离前列腺标本上观察。前列腺的腺实质一般分为五叶，前叶、中叶、后叶和两侧叶。老年人前列腺肥大常发生在中叶，压迫尿道，引起排尿困难。后叶是前列腺肿瘤的好发部位。

（9）尿道球腺（略）。

2. 男性外生殖器

（1）阴囊：为耻骨联合下方的一皮肤囊袋，由皮肤、肉膜、提睾肌和精索筋膜组成。肉膜可调节阴囊内温度，并形成阴囊中隔，将阴囊分为左右两腔，两腔分别容纳左右睾丸、附睾和部分精索。

（2）阴茎：呈圆柱形，分头、体、根 3 部分。后部为阴茎根，固定在耻骨联合和尿生殖膈之间，中部为阴茎体，在耻骨联合前下方，尖端膨大为阴茎头。阴茎头与体交界体处有一环状沟称阴茎颈，又称冠状沟。阴茎的皮肤薄，易伸展，在阴茎头处反折而形成双层环形襞称阴茎包皮；在阴茎腹侧，包皮与尿道外口之间有一纵行的皮肤皱襞，称包皮系带（图 2-36）。

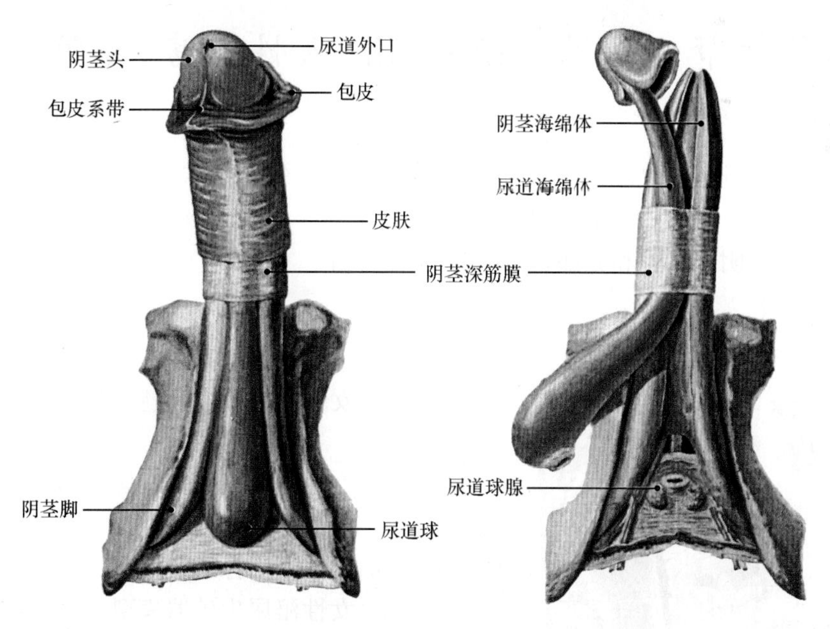

图 2-36　阴茎的结构

阴茎由一条尿道海绵体和两条阴茎海绵体构成，从阴茎横断面标本与海绵体分离标本上进行观察。

临床链接：

男性尿道有2个弯曲，一个为耻骨下弯，位于耻骨联合的下方，凹向前上方，此弯曲为固定部。另一个弯曲为耻骨前弯，位于耻骨联合前下方，凹向前下，在阴茎根与体之间，此弯曲为活动部。当向男性患者尿道内插入导管或器械时，应先将阴茎上提，使耻骨前弯消失后，再插入导管或器械。

【注意事项】

1. 观察内脏游离标本时，请首先注意将标本按解剖姿势放好，然后按一定顺序仔细观察。

2. 切忌用锐器损坏标本，也不要过分牵拉以免损坏正常结构及各部位置关系。

3. 实验时同学们应严肃认真，爱护标本及模型。

【思考题】

1. 名词解释

(1) 射精管 (2) 精索 (3) 后尿道

2. 问答题

(1) 试述男性生殖器的组成。

(2) 给男性患者导尿时，依次要经过哪些狭窄和弯曲？

(3) 试述男性尿道的结构特点。

(4) 精子由何处产生？需经过哪些途径排出体外？

第六节 女性生殖器（附：女性乳房、会阴）

【实验目的】

掌握内容：卵巢的位置、形态；输卵管的形态、位置和分部；子宫的位置和形态、结构；阴道的位置和阴道穹；女性乳房的结构。

熟悉内容：会阴的位置和分部；坐骨肛门窝的位置。

【实验器材】

1. 游离女性生殖器标本。

2. 女性盆腔标本（腹膜完整无损）并显示外生殖器。

3. 女性盆腔正中矢状切面标本与模型。

4. 乳房标本及模型。

5. 女性会阴标本及模型。

6. 女性泌尿生殖器模型。

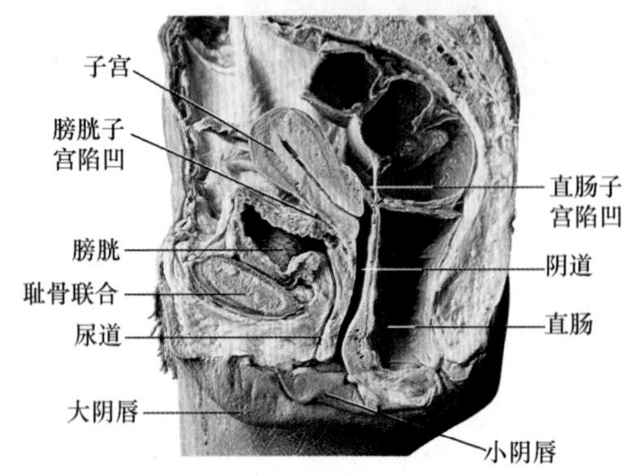

图 2-37 女性盆腔正中矢状切

【实验方法】

女性生殖系统由内生殖器和外生殖器组成。内生殖器包括生殖腺（卵巢）和生殖管道（输卵管、子宫和阴道），外生殖器即女阴（图 2-37）。

1. 女性内生殖器

(1) 卵巢：在女性盆腔标本与游离女性生殖标本上观察。卵巢左、右各一，为椭圆形实质性器官，位于小骨盆侧壁，髂内、外动脉起始部之间的夹角处(图 2-38)。可分为上、下两端，内、外侧两面和前、后两缘。上端为输卵管端，借卵巢悬韧带与盆壁相连，下端为子宫端，借卵巢固有韧带连于子宫底的外侧端。

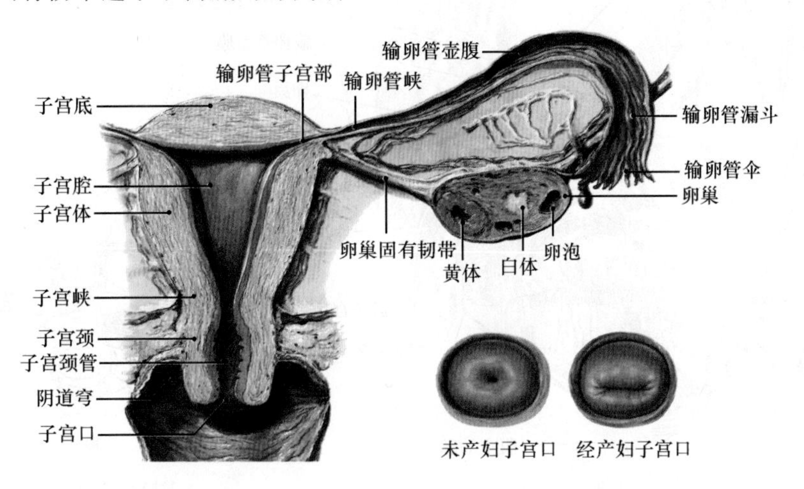

图 2-38　女性内生殖器

(2) 输卵管：为成对的肌性管道，长 10～14cm，包裹在子宫阔韧带上缘内。有两端，外侧端游离，内侧端连于子宫底的外侧端。输卵管自内侧自外侧分为 4 部分。

1) 输卵管子宫部：为贯穿子宫壁的一段，以输卵管子宫口，开口于子宫腔。

2) 输卵管峡：短而狭窄，行输卵管结扎术多在此进行。

3) 输卵管壶腹：此段管腔膨大成壶腹状，约占输卵管全长的 2/3，卵子通常在此受精。

4) 输卵管漏斗：为输卵管的外侧端膨大成漏斗状的部分，以输卵管腹腔口开口于腹膜腔，其边缘有许多不规则的突起称输卵管伞，输卵管伞是临床识别输卵管的标志。

(3) 子宫：

1) 形态：成年未产妇的子宫呈前后略扁，倒置的鸭梨状。子宫与输卵管相连的部分称子宫角。子宫从上而下可分为底、体、颈 3 部分，两侧输卵管子宫口连线以上的子宫顶部为子宫底，子宫下端狭窄部分称子宫颈，其下端(下 1/3)突入阴道内称为子宫颈阴道部，子宫颈其余部分位于阴道上方，称子宫颈阴道上部。子宫颈与子宫底之间的部分，称子宫体。子宫体与子宫颈阴道上部连接的部位，稍狭细称子宫峡(在非妊娠期此部不明显)；产科常在此处进行剖宫取胎。子宫与输卵管相连的部位称子宫角。

子宫内腔狭窄(女性内生殖器矢状切面标本上观察)，可分为子宫腔和子宫颈管 2 部。子宫腔在子宫体内，系前后扁平的三角形腔隙，底向上，尖向下，两端各有输卵管开口。子宫颈管在子宫颈内，上下两端狭窄，中间稍宽，呈梭形，上口通子宫腔，下口通阴道，称子宫口。子宫口的前、后缘分别称为前唇和后唇。后唇稍长，位置较高。

2) 子宫的位置：在女性盆腔矢状切面标本观察。子宫位于骨盆腔中央，前面朝向膀胱，后面邻直肠。成年女子子宫正常为前倾、前屈。前倾是指子宫和阴道之间形成一定向前开放的角度，稍大于 90°。前屈为子宫体与子宫颈之间形成一定的角度，约 170°。

3) 子宫的固定：主要靠盆膈承托，子宫的正常位置主要依靠下列 4 对韧带维持(图 2-39)。

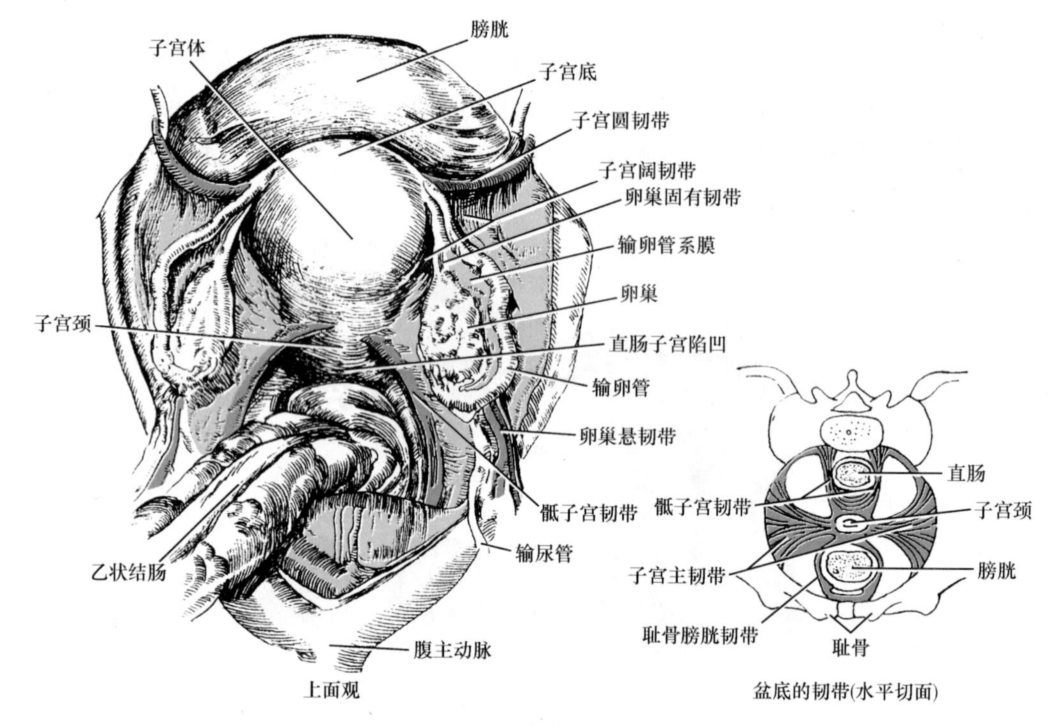

图 2-39 子宫的固定装置

子宫阔韧带：为被覆在子宫前、后面的腹膜，在子宫外侧缘移行为两层腹膜皱襞，并延伸到骨盆侧壁，主要防止子宫左右摆动。子宫阔韧带内包有卵巢、输卵管、卵巢固有韧带和子宫圆韧带及血管、淋巴管、神经等。

子宫圆韧带起自子宫角下方，行走在子宫阔韧带中，从内侧向前外方，跨过骨盆侧壁，经腹环入腹股沟管出皮下环，止于大阴唇和阴阜皮下，作用是维持子宫前倾。

子宫主韧带防止子宫下垂。

子宫骶韧带维持子宫前屈。

(4) 阴道：阴道为前后扁平的肌性管道，连接子宫与外生殖器。

阴道上端绕子宫颈下部，与子宫颈之间形成环形腔隙称阴道穹。阴道穹分前穹、后穹和 2 个侧穹，分别位于子宫颈阴道部的前、后和两侧。阴道穹后部深而宽广，与直肠子宫陷凹相邻，阴道下端以阴道口开口于阴道前庭。处女的阴道口周围有皱襞称处女膜。

2. 女性外生殖器　在完整女性标本观察。女性外生殖器又称女阴。主要包括阴阜、大阴唇、小阴唇、阴道前庭、阴蒂等(图 2-40)。

附：女性乳房和会阴

1. 女性乳房　乳房不属于生殖器官，但在功能上与生殖器官关系密切，故习惯在教学中与女性生殖器一并观察(在乳房解剖标本上观察)。乳房左、右各一，呈半球形，位于胸前部。乳房的中央的突起称乳头，其表面有输乳管的开口，乳头周围有一颜色较深的环形区域，称乳晕。

乳房主要由皮肤、纤维组织、脂肪组织、乳腺构成(图 2-41)。每侧的乳腺由 15～20 个乳腺叶组成，周围被脂肪组织和纤维组织包绕。每个乳腺叶内含有一排泄管称输乳管；输乳管呈放射状排列，均向乳头集中，其末端变细以输乳孔开口于乳头乳腺周围的纤维组织

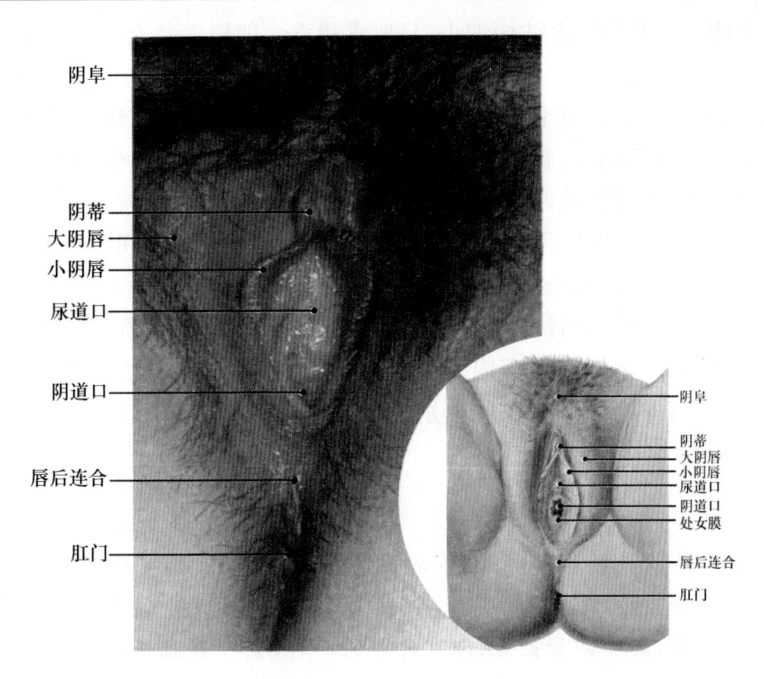

图 2-40　女性外生殖器

向胸筋膜和皮肤发出许多纤维束，这些纤维束称乳房悬韧带(Cooper ligament)，它们对乳房有固定作用。

2. 会阴

(1) 位置和分部：广义的会阴是指封闭骨盆下口的全部软组织。前为耻骨联合下缘，后为尾骨尖，两侧为耻骨、坐骨和骶结节韧带。

由两侧坐骨结节之间的连线可将会阴分为前、后两部，前部为尿生殖区(尿生殖三角)，后部为肛区(肛门三角)。临床上，常将肛门和外生殖器之间的软组织称会阴，即狭义的会阴(图 2-42)。

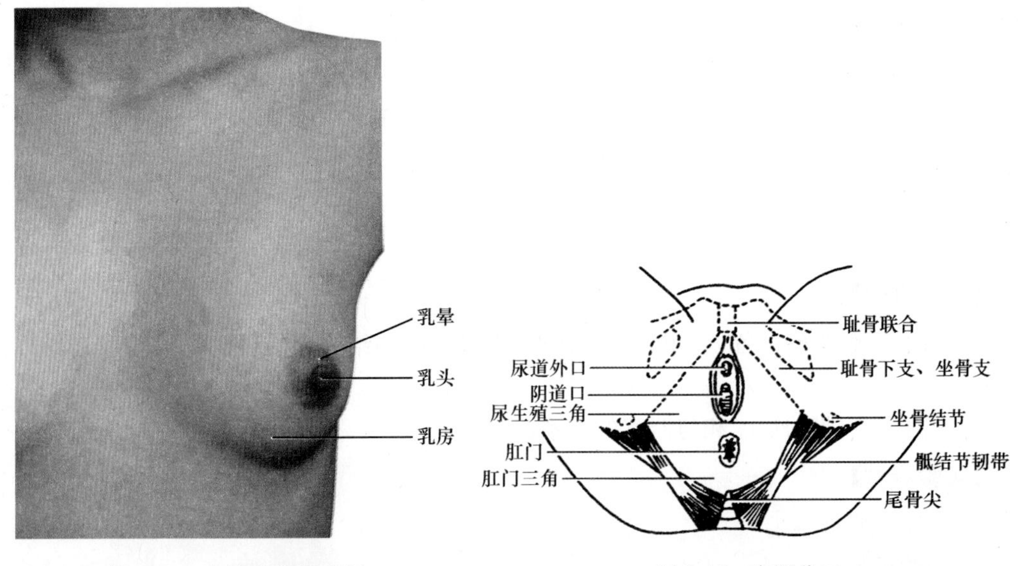

图 2-41　女性乳房模式图　　　　图 2-42　会阴分区

(2) 层次结构:会阴的层次结构细小,只要求建立一般概念。会阴的层次可分为浅层和深层。

会阴浅层结构在尿生殖区和肛区基本相同,均由皮肤、浅筋膜和浅层肌构成。会阴深层的主要结构为尿生殖膈和盆膈,两膈共同封闭整个骨盆下口。尿生殖膈位于尿生殖区最深部,由尿生殖膈上、下筋膜及两层筋膜间的横纹肌构成。男性有尿道膜部穿过,女性有尿道和阴道穿过。盆膈位于肛区深部,由盆膈上、下筋膜及两层筋膜间的肛提肌构成,其中央有肛管穿过坐骨肛门窝,又名坐骨直肠窝。

主要观察标本、模型。坐骨肛门窝为成对的楔形腔隙,位于肛管与坐骨之间,盆膈下方在额状面上呈三角形。坐骨肛门窝内充填大量脂肪组织,阴部内动脉、阴部内静脉和阴部神经贴于坐骨肛门窝的外侧壁。在此分别发出肛动脉、肛静脉和肛神经,分布于肛门外括约肌及其附近结构。

临床链接:

女性输卵管壶腹是卵子受精处,受精卵再经输卵管峡、输卵管子宫部,达子宫腔,植入子宫内膜。如因输卵管炎导致管径狭窄,受精卵不能通过输卵管峡进入子宫腔,留在输卵管内发育,即输卵管妊娠,即宫外孕的一种,会导致流产或输卵管破裂而引起大出血。

【注意事项】

1. 观察内脏游离标本时,请首先注意将标本按解剖姿势放好,然后按一定顺序仔细观察。
2. 切忌用锐器损坏标本,也不要过分牵拉以免损坏正常结构及各部位置关系。
3. 实验时同学们应严肃认真,爱护标本及模型。

【思考题】

1. 名词解释

(1) 阴道穹 (2) 子宫狭 (3) 子宫角 (4) 尿生殖区 (5) 肛区

2. 问答题

(1) 女性内生殖器包括哪些器官?

(2) 简述输卵管的分部,受精和结扎的常用部位。

(3) 简述子宫的位置和姿势如何?固定子宫的韧带主要有哪些?

(4) 试述女性乳房的构成、乳腺脓肿切开排脓时应注意什么?

第七节 腹 膜

【实验目的】

掌握内容:腹膜的位置、分布与结构特点;腹膜形成的结构,包括网膜、系膜和韧带以及陷凹。

熟悉内容:腹膜的功能和与器官的关系。

【实验器材】

1. 完整腹膜标本。
2. 腹膜模型。

3. 男、女性盆腔矢状切面标本。

【实验方法】

腹膜是覆盖在腹、盆壁的内面和腹、盆腔内各脏器表面的浆膜。

1. 腹膜的配布　腹膜分为衬于腹、盆壁内表面的壁腹膜和贴覆于脏器表面的脏腹膜，脏、壁两层腹膜互相移行，共同围成腹膜腔(图 2-43)。男性腹膜腔是完全封闭，与外界不通。而女性腹膜腔则借输卵管腹腔口经输卵管、子宫和阴道与外界间接相通。

2. 腹膜与脏器的关系　腹、盆腔内的器官依其被腹膜覆盖的程度不同，可分为 3 类(图 2-44)。

(1) 腹膜内位器官：此类器官的各面均被腹膜包裹，其移动性大。如胃、十二指肠上部、空肠、回肠、盲肠、阑尾、横结肠、脾、卵巢和输卵管。

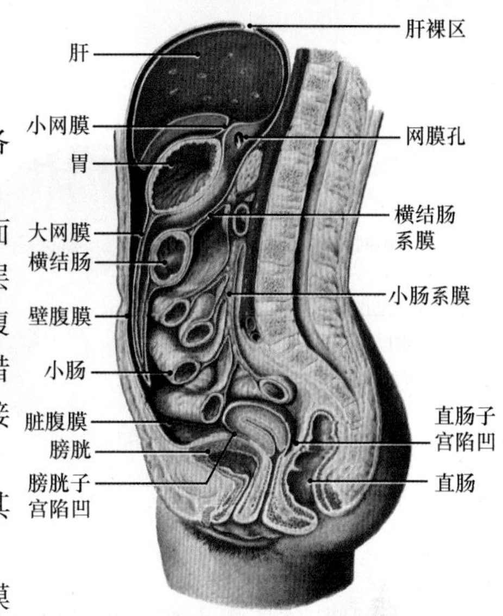

图 2-43　腹腔矢状切面模式图(女性)

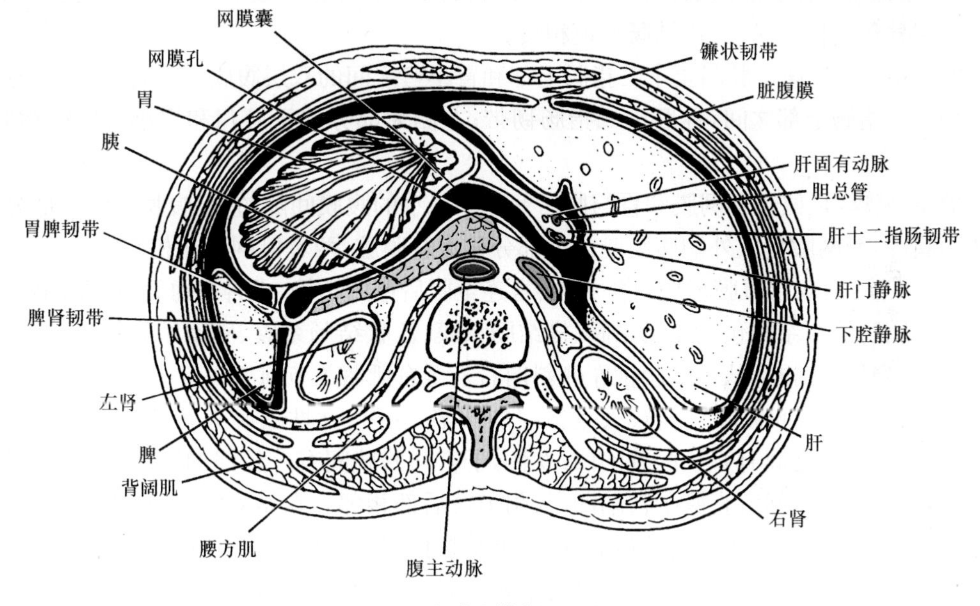

图 2-44　腹膜腔横断面(下面观)

(2) 腹膜间位器官：此类器官的三面或大部分被腹膜包裹，其位置较固定。如肝、胆囊、升结肠、降结肠、直肠上段、充盈的膀胱和子宫。

(3) 腹膜外位器官：此类器官仅一面被腹膜覆盖，其位置固定。如十二指肠降部和水平部、直肠中下段、肾上腺、肾、输尿管和空虚的膀胱。某些腹膜外位器官的手术，可以不损伤腹膜而在腹膜外进行，以避免手术后可能出现的腹膜感染或脏器间粘连。

3. 腹膜形成的结构

(1) 网膜：在完好腹膜标本、模型上观察。网膜是指与胃相连的腹膜结构，包括大网膜和小网膜(图 2-45)。

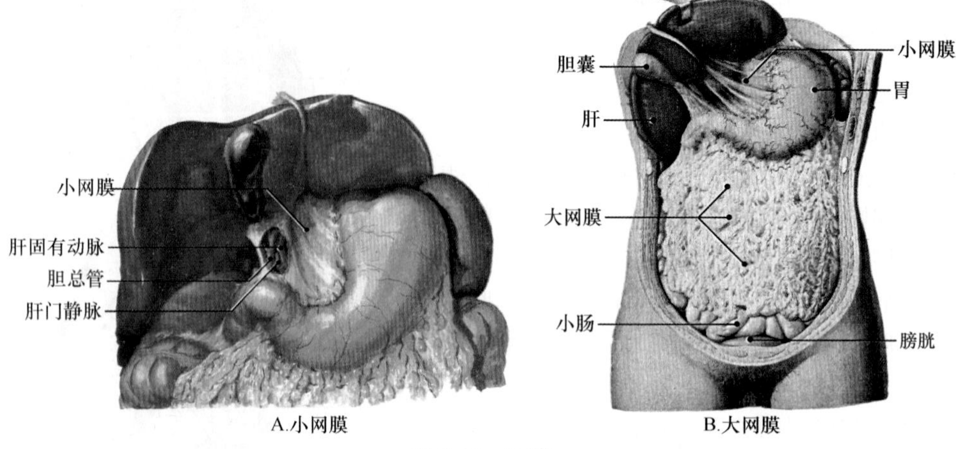

图 2-45　网膜

1）大网膜：连于胃大弯和横结肠之间，像围裙一样垂挂于横结肠、空肠、回肠前面。大网膜由 4 层腹膜组成，前两层自胃大弯和十二指肠上部向下悬垂至骨盆上缘，再返折向上形成后两层并包裹横结肠，与横结肠系膜相续。

2）小网膜：为连于肝门至十二指肠上部和胃小弯之间的双层腹膜。其右侧小部分连于肝门和十二指肠上部之间，称肝十二指肠韧带；左侧大部分连于肝门和胃小弯之间称肝胃韧带。

3）网膜囊：是位于小网膜和胃与腹后壁之间扁窄的腹膜间隙，它是腹膜腔的一部分，又称小腹膜腔，而网膜囊以外的腹膜腔的大部分称大腹膜腔，两者以网膜孔相通。

（2）系膜：由双层腹膜形成，将一些器官连至腹后壁的结构，内含有血管、神经、淋巴管，淋巴结和脂肪等。系膜包括小肠系膜、横结肠系膜、乙状结肠系膜、阑尾系膜等。其中肠系膜最长，呈扇形，其根部从第 2 腰椎左侧斜向右下至右骶髂关节前方。

（3）陷凹：是腹膜皱襞之间较大且恒定的凹陷，在男、女性盆腔矢状切面标本上观察。男性，膀胱与直肠之间有直肠膀胱陷凹；女性，子宫与膀胱间有一较浅的腹膜陷凹为膀胱子宫陷凹，直肠与子宫间有直肠子宫陷凹，与阴道穹后部相邻。在站立时，男性直肠膀胱陷凹和女性直肠子宫陷凹是腹膜腔的最低部位，也是腹膜腔液体易于存积的部位。

（4）韧带：是连于腹壁与脏器之间或相邻脏器之间的腹膜结构。主要的韧带有肝胃韧带、肝十二指肠韧带、镰状韧带、冠状韧带、胃脾韧带、脾肾韧带等。

临床链接：

大网膜有重要的防御功能，当腹腔器官有炎症时，如阑尾炎和胃、肠穿孔时，其下垂部分常向炎症部位移动，并将病灶包裹，限制炎症蔓延，故有腹腔卫士之称。在腹部手术时，可根据大网膜移位情况，探查病变的部位。小儿的大网膜较短，当下腹部器官有炎症时，不易被大网膜包裹，因此炎症扩散的机会较多。

【注意事项】

1. 实习时切忌用镊子去翻动腹膜及腹膜形成的结构，否则腹膜极易撕破。

2. 用手指放入网膜孔时，切忌用猛力以免损坏标本，也不要过分牵拉以免损坏正常结构及各部位置关系。

3. 实验时同学们应严肃认真，爱护标本及模型。

【思考题】

1. 名词解释

（1）腹膜　（2）小网膜

2. 问答题

（1）女性盆腔内的腹膜陷凹及其临床意义？

（2）腹膜外位器官主要包括哪些，有何临床意义？

（九江学院基础医学院　陈　惠）

第三章 脉 管 学

第一节 心 脏

【实验目的】

掌握内容:心血管系组成。心的位置和形态;结合活体触摸心尖搏动位置;结合标本描述心脏各腔结构。心传导系组成及各部所在位置;结合标本说出心的动脉名称、起始、行程、分布。

熟悉内容:大、小循环的概念。在活体上画出心的体表投影;心包的构成,解释心包腔、心包窦的概念。在标本上指出冠状窦位置及其主要属支。

【实验器材】

1. 显露胸腔结构的尸体解剖标本及模型。
2. 离体心的解剖标本及模型。
3. 打开胸部及左、右心室的尸体解剖标本。
4. 显示心的冠状动脉及分支、冠状窦及属支的标本。
5. 牛或羊心标本。
6. 显示传导系统窦房结,房室结,房室束,左、右束支标本及模型。
7. 心的血管铸型标本、心冠状血管注色的离体心脏标本。
8. 保留心脏整体外形,沿心脏下缘及左、右缘切开心包的离体心脏标本。
9. 显示左、右房室口,肺动脉口,主动脉口周围的纤维环标本。
10. 心壁构造标本。

【实验内容】

1. 心的位置与外形(图 3-1) 在打开胸前壁的尸体标本上观察。可见心位于纵隔内,

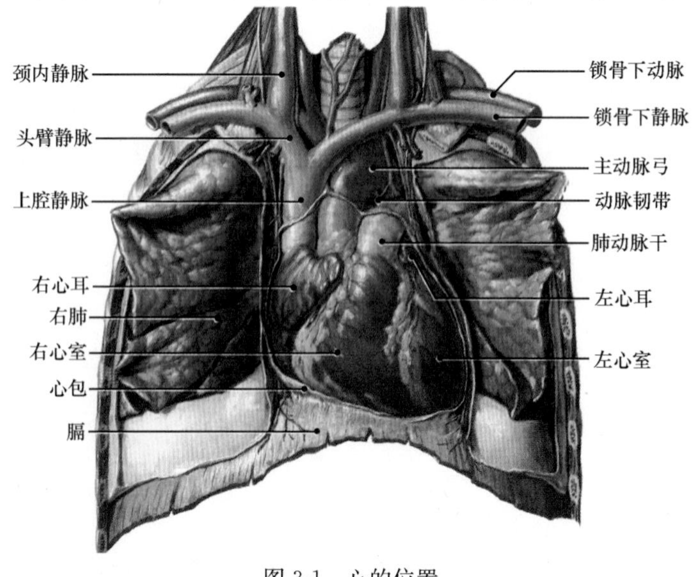

图 3-1 心的位置

居两肺之间。其外包裹以心包。翻开心包的前份，即见心呈圆锥形，约2/3在身体正中矢状面的左侧，1/3在正中矢状面的右侧。将离体完整心放在解剖位置，配合心模型观察。

取离体心标本，观察心的外形，一尖、一底、两面、三缘、三条沟(图3-2)。心形似倒置的圆锥体，其指向左前下方突出部分为心尖；朝向右后上方为心底，与出入心的大血管干相连；前面朝向前上方，称胸肋面，后下贴于膈上，称膈面(图3-3)。心的右缘较锐利，左缘钝圆，下缘近水平位。心表面近心底处有一几乎呈环形的冠状沟。此沟将心分为上、下2部，上部较小为心房，下部较大的为心室。冠状沟是心房和心室的表面分界。心室的前、后面各有一条纵沟，分别称前室间沟和后室间沟。前、后室间沟是左、右心室的表面分界。在打开胸腔尸体解剖标本上观察心的位置，于中纵隔内(前纵隔下部)，膈上方、被心包包裹，大部分于中线左侧，心尖朝向左前下方。观察心与胸前壁的对应关系。

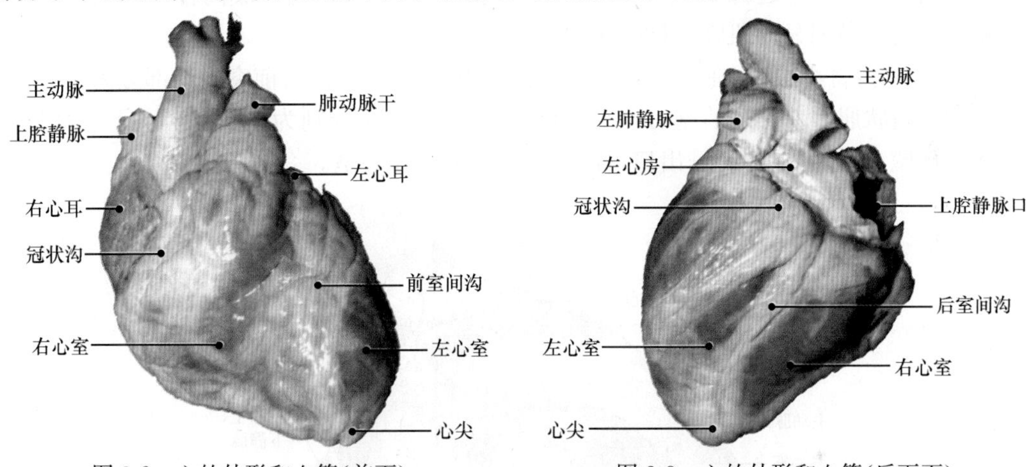

图3-2 心的外形和血管(前面)　　图3-3 心的外形和血管(后下面)

2. 心的各腔与内部结构(图3-4、图3-5) 取切开心壁暴露心腔的标本或模型观察心腔内部结构。心有4个腔，即左心房、右心房、左心室和右心室。左、右心房间有房间隔；左、右心室之间有室间隔。心房与心室之间的开口称房室口。把切开的离体心或心模型放在解剖位置上，分别观察右心房、右心室、左心房和左心室的内部结构。

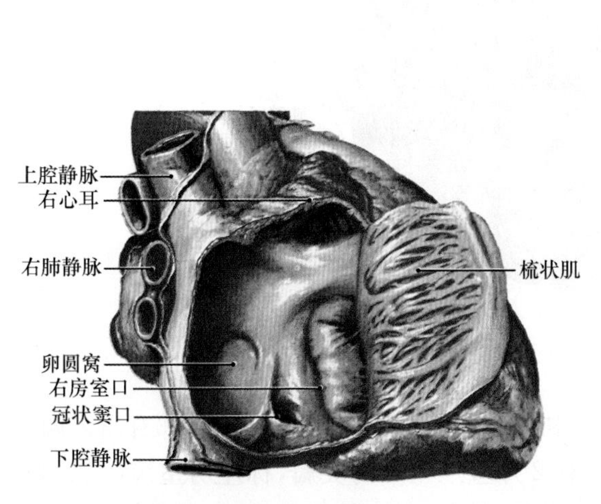

图3-4 右心房内部结构

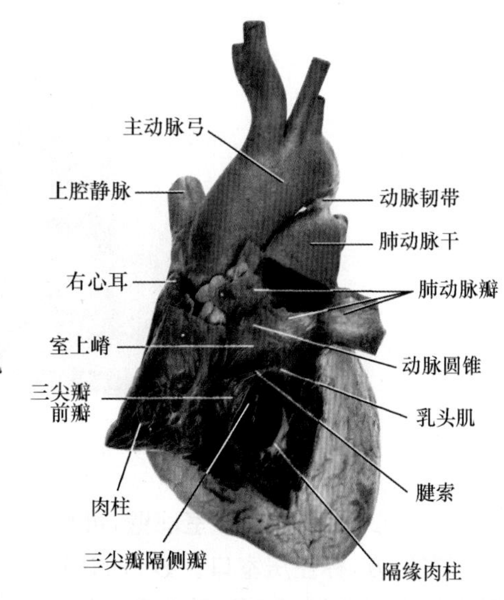

图3-5 右心室内部结构

(1) 右心房:其向左前方突出的部分,称右心耳。心耳内有梳状肌。翻开房壁,可见其壁薄,内面光滑。观察右心房三个入口,一个出口,其后上方的入口为上腔静脉口;后下方的入口为下腔静脉口;前下方的出口为右房室口,此口通右心室。在下腔静脉口与右房室口之间,有较小的冠状窦口。在房间隔的下部有一卵圆形浅窝,称卵圆窝。

(2) 右心室:将右心室前壁揭开,可见其室腔呈倒置的圆锥形。有出入两口,入口在后上方,即右房室口,在出口的周缘附有 3 片呈三角形的尖瓣,称右房室瓣(三尖瓣)。在右心室内面,有锥体形的肌隆起称乳头肌。在乳头肌尖端有腱索相连,分 3 组连至三个尖瓣相对缘。右心室腔向左上方伸延的部分,形似倒置的漏斗形,称动脉圆锥。动脉圆锥的上端即右心室的出口,称肺动脉口。在出口的周围附有 3 片呈半月形的瓣膜,称肺动脉瓣。房室口与动脉口之间有肌性隆起称室上嵴。心室壁内交错排列的肌隆起形成肉柱,连于右心室前壁与室间隔间一条明显的肌隆起称隔缘肉柱。

(3) 左心房:将心翻转,在心底处找到左心房(图 3-6)。其向右前突出的部分为左心耳,左心耳内有梳状肌。左心房后壁有 4 个入口,左、右各 2 个,分别为左、右肺上、下静脉的入口。揭开房壁,可见前下部有一出口,称左房室口,通向左心室。

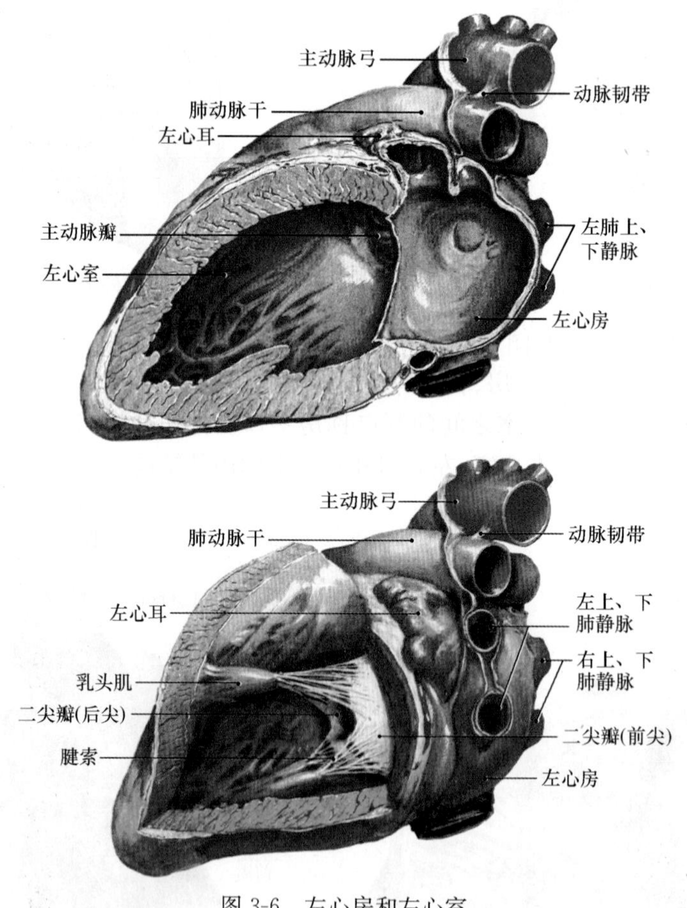

图 3-6　左心房和左心室

(4) 左心室:翻开左心室前壁,可见左心室内腔亦呈倒置的圆锥形,其底部有出入两口,入口在左后方,称左房室口。该口的周缘附有 2 片呈三角形的尖瓣,称左房室瓣(二尖瓣)。借腱索连于乳头肌,腱索、乳头肌,均较右室明显、粗大,出口位于右前方,称主动脉口。通向主动脉，主动脉口周缘也有3片半月形瓣膜，称主动脉瓣。

在观察人的心脏标本后，学生亦可分组解剖动物（羊或猪）心脏，观察内部结构，以加深认识。

3. 心壁的构造　观察已切开的心，辨认心壁由内向外可分为心内膜、心肌层和心外膜三层（图3-7）。

（1）心内膜：衬贴于心房、心室的内面，薄而光滑。在房室口，动脉口处注意观察由心内膜形成的瓣膜。

（2）心肌层：由心肌组成，心室肌比心房肌发达，注意观察在不同部位心肌的厚度，请比较左、右心室肌的厚度和功能关系。

（3）心外膜：被覆于心肌表面，为浆膜心包的脏层。

4. 心的传导系统（示教）（图3-8）　传导系由特殊的心肌纤维构成，包括窦房结、房室结和房室束及其分支等。取显示心传导系统标本及模型观察，传导系统的组成、位置。

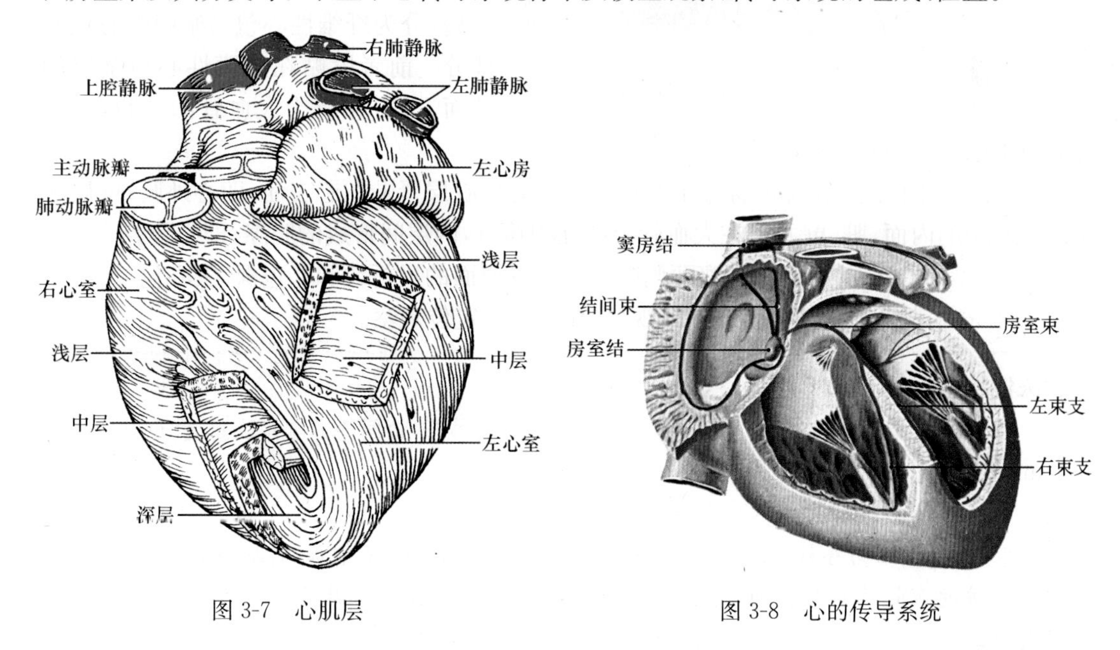

图3-7　心肌层　　　　图3-8　心的传导系统

（1）窦房结：位于上腔静脉根部与右心耳之间的心外膜深面。

（2）房室结：在打开右心房的标本上观察，房间隔前下部右心房面，位于冠状窦口与右房室口之间的心内膜深面，相当于冠状窦口前上方。

（3）房室束：由房室结发出，入室间隔分为左、右两支，在室间隔两侧心室面观察。右束支较细，在室间隔右侧心内膜深面下降；左束支沿室间隔左侧心内膜深面下行。左、右两支在心室内逐渐分为许多细小分支，最后形成浦肯野纤维网，与一般心室肌纤维相连。

5. 心的血管　用离体心标本、冠状血管注色标本、铸型标本配合模型观察。注意左、右冠状动脉的起始部位，主要分支、分布范围，冠状窦的位置、收集的心大、中、小静脉。

（1）动脉：营养心本身的动脉，有左、右冠状动脉。

1）左冠状动脉：起自升主动脉根部左侧，经左心耳与肺动脉之间左行，即分为前室间支和旋支。前室间支沿着前室间沟走向心尖；旋支沿冠状沟向左行，绕过心左缘至心的膈面。

2）右冠状动脉：起自升主动脉根部右侧，经肺动脉与右心耳之间沿冠状沟向右行，绕心右缘至冠状沟后部，其中一支沿后室间沟向下前行，称后室间支。

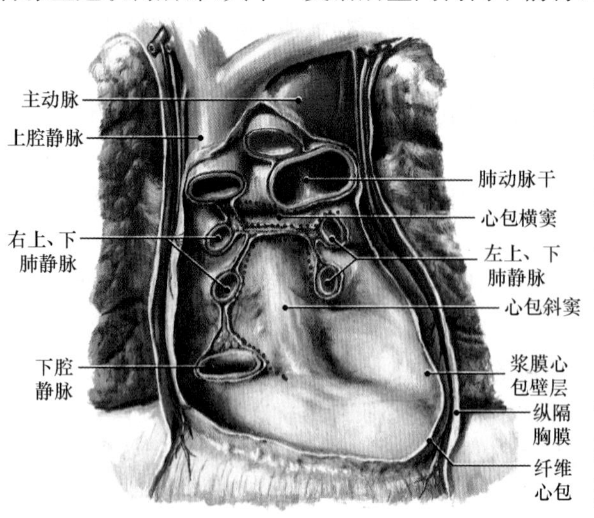

图 3-9　心包(心脏和心包前壁已除去)

(2) 静脉：在心的膈面观察，在左心房与左心室之间的冠状沟内，有一短粗静脉干，称冠状窦，它收集与前室间支伴行的心大静脉、与后室间支伴行的心中静脉和自心前面绕心右缘至冠状沟后部的心小静脉的血液，经冠状窦口注入右心房。

6. 心包(图 3-9)

(1) 在未切开心包的标本上观察心包在心的外面及大血管根部包被的情况。心包为包裹心和大血管根部的锥形囊，分为纤维性心包与浆膜性心包两部分。前者紧贴在浆膜性心包壁层的外面，上方移行为大血管的外膜，下方与膈肌上筋膜相附着。后者又分为脏层和壁层。

(2) 在剪开心包的离体心标本上观察。浆膜心包脏层紧贴在心表面，即心外膜；壁层贴于纤维心包的内面，脏、壁两层在大血管根部互相移行，两层间形成的腔隙，即心包腔。

(3) 在掀开胸壁的尸体上观察两侧胸膜在纵隔前面的反折线和心包裸区、心包。

7. 心的体表投影　结合整体标本观察，在活体上定位观察。

临床链接：

临床急救病人时进行心内注射，在左侧第 4 或第 5 肋间隙，胸骨左缘旁开 0.5～1cm 处穿刺。

临床抢救心脏骤停病人时经常使用胸外心脏按压术，正确的按压部位应在胸骨下 2/3 部，将心脏压向脊柱，使血液从心室排出，放松时胸腔负压增加，静脉血向心回流。

心脏的血管称为冠状血管，由其引起的病称为冠心病。临床上由于冠状动脉堵塞而引起的心肌缺血、坏死即心肌梗死是一种严重威胁病人生命的疾病。

心包的内表面光滑，减少心跳时的摩擦，既可限止心脏过度扩张，并使心脏位置恒定，有利于血液正常流动，还可有效地防止附近脏器感染波及心脏。此外尚有报道心包可分泌心钠素。

【注意事项】

1. 一定要把心标本放在解剖位置后再进行观察。

2. 心形态结构较复杂，必须对照教材插图，密切联系功能学习，这样才能易于理解和记忆。

【思考题】

1. 名词解释

(1) 血液循环　(2) 心包腔　(3) 卵圆窝　(4) 冠状窦　(5) 窦房结

2. 问答题

(1) 简述心的位置和外形。

(2) 心的传导系包括哪些结构?

(3) 试述体、肺循环各自的途径、特点。

(4) 试述心脏各腔入口、出口的名称和瓣膜的功能。

(5) 心房与心室及左、右心室的表面分界标志是什么?

第二节　动　　脉

【实验目的】

掌握内容:肺动脉干的位置、起始,动脉韧带的位置;肺循环动脉血管名称、分支。主动脉的分段和重要分支的走行、分布及其主要分支的分布范围。

熟悉内容:常用的动脉在体表压迫止血部位。

【实验器材】

1. 打开胸腹腔显示心脏大血管根部、显示主动脉干和各部分支及躯干后壁的主动脉走行、分布、分支的标本。

2. 头、面部动脉分支分布标本。

3. 头颈动脉主干与上肢及胸廓内动脉分支分布标本。

4. 胸、腹腔器官动脉分支分布标本。

5. 盆腔器官与下肢动脉分支分布标本。

6. 保留出入心脏大血管的离体心脏标本。

7. 保留肝十二指肠韧带中三个重要结构位置关系的离体标本。

8. 心脏及出入心脏大血管模型,打开胸腹腔前壁的半身人体模型。

9. 全身动脉模型。

【实验内容】

1. 肺循环的动脉　在打开胸前壁的尸体标本和离体心的标本上观察。肺动脉一短干起自右心室,称肺动脉干。它沿主动脉前方上升,至主动脉弓下方分为左、右肺动脉,分别经左、右肺门入肺。在肺动脉分叉处,其与主动脉弓下缘之间,有一短纤维索相连,称动脉韧带。是胚胎时期动脉导管闭锁后的遗迹。

2. 体循环的动脉(图 3-10)　在打开胸、腹前壁的尸体标本,观察主动脉由左心室发出之后,先向右上方斜行随即弯向左后方至脊柱的左侧下行,经膈的主动脉裂孔入腹腔,达第4腰椎水平分为左、右髂总动脉。观察躯干后壁动脉标本,分辨主动脉的分布及各分支;注意其走行至分支右、左髂总动脉。

(1) 升主动脉:配合离体心脏心底连有大血管的标本观察。升主动脉起自左心室主动脉口,向右前上方斜行达右侧第2胸肋关节处,移行为主动脉弓。左、右冠状动脉发自升主动脉根。

(2) 主动脉弓:是升主动脉的延续,弓形弯向左后方,至第4胸椎水平,移行为降主动脉。在主动脉弓的凸侧发出营养头、颈和上肢的血管,从右至左依次为头臂干、左颈总动脉和左锁骨下动脉。头臂干在右胸锁关节后方,亦分为右颈总动脉和右锁骨下动脉。

(3) 降主动脉:是主动脉弓的延续,以主动脉裂孔为界,又分为胸主动脉和腹主动脉。

(4) 颈总动脉:取头颈部动脉标本,观察颈总动脉分支,颈内、外动脉的位置,颈外动脉上行的路径及颈部分支、穿腮腺内分支、分布(图 3-11)。

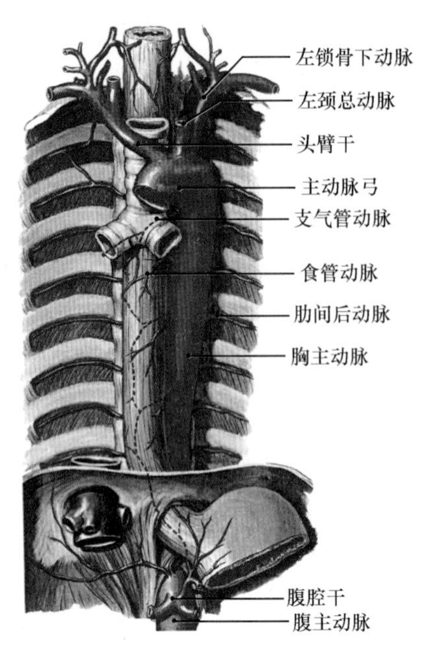

图 3-10　主动脉的分支

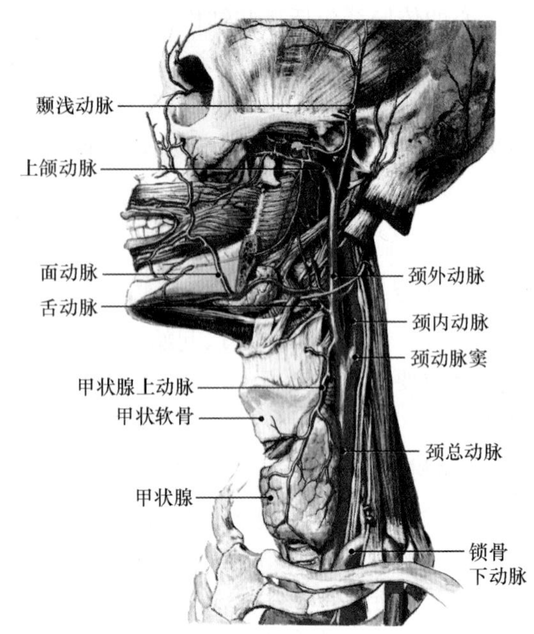

图 3-11　颈外动脉及其分支

1）颈总动脉：左、右各一，右侧起自头臂干、左侧起自主动脉弓，两者都经胸廓上口入颈部，至甲状软骨上缘处分为颈内动脉和颈外动脉。在颈总动脉分叉处有两个重要结构，即颈动脉窦和颈动脉小球。颈动脉窦为颈内动脉起始部的膨大部分。颈动脉小球位于颈内、外动脉分叉处的后方，为红褐色的麦粒大小的椭圆形结构（示教）。

2）颈外动脉：由颈总动脉发出后，经胸锁乳突肌深面上行，至颞下颌关节附近，分为颞浅动脉和上颌动脉 2 个终支。颈外动脉分布于颈部、头面部和硬脑膜等，其主要分支有：

甲状腺上动脉：自颈外动脉起始部前面发出，向前下方至甲状腺上端，分支营养甲状腺及喉。

面动脉：起自颈外动脉，通过下颌下腺的深面，在咬肌前缘绕下颌骨下缘达面部，再经口角和鼻翼外侧纡曲向上，至眼内眦，改名为内眦动脉。

颞浅动脉：为颈外动脉终支之一，在耳屏前方上升，越过颧弓根至颞部，分支营养腮腺、眼轮匝肌、额肌和头顶颞部的浅层结构。

上颌动脉：是颈外动脉另一个终支，在下颌颈部起自颈外动脉。向前行达上颌骨后面，沿途分布于下颌牙齿、咀嚼肌、鼻腔、腭扁桃体等。其中还分出 1 支到颅内，称脑膜中动脉。它自棘孔入颅，分布于硬脑膜（示教）。

3）颈内动脉：由颈总动脉发出后，向上经颅底颈内动脉管入颅腔，分支营养脑和视器。

（5）锁骨下动脉（图 3-12）：左侧起自主动脉弓，右侧起自头臂干。左、右锁骨下动脉都贴于肺尖的内侧绕胸膜顶，出胸廓上口，在锁骨下方越过第 1 肋骨，进入腋窝，改名为腋动脉。其主要分支如下：

1）椎动脉：为锁骨下动脉最内侧一个较粗的分支，向上穿第 6 至第 1 颈椎横突孔，经枕骨大孔入颅，营养脑和脊髓。

2）胸廓内动脉（图 3-13）：起自锁骨下动脉的下面，与椎动脉的起始处相对，在第 1～6

肋软骨后面下行，其终支进入腹直肌鞘内，改名为腹壁上动脉，沿途分支至肋间肌、乳房、心包、膈和腹直肌。

3）甲状颈干：短而粗，起自锁骨下动脉。其主要分支有甲状腺下动脉，横过颈总动脉等后面，至甲状腺下端的后方，分数支进入腺体。

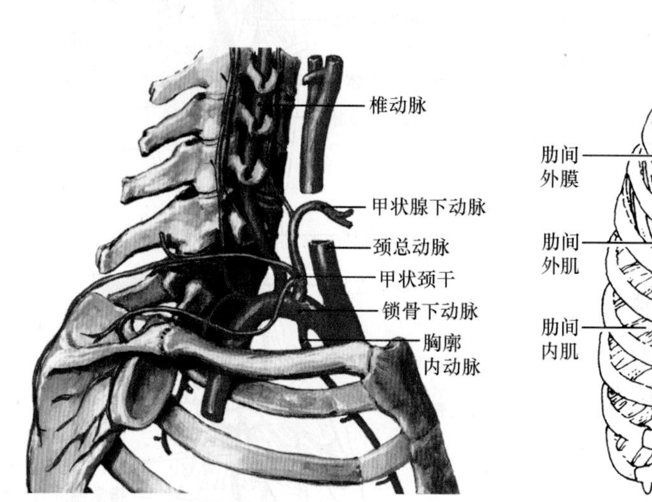

图 3-12　锁骨下动脉及其分支

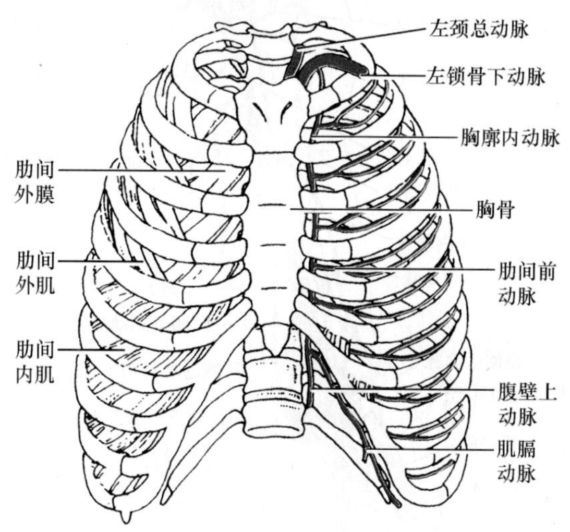

图 3-13　胸廓内动脉及其分支

（6）上肢的动脉：取上肢动脉标本观察锁骨下动脉、腋动脉、肱动脉、桡动脉、尺动脉的走行、分支、分布，掌浅、深弓的构成。

1）腋动脉（图 3-14）：在第 1 肋外缘续于锁骨下动脉，经腋窝至背阔肌下缘改名为肱动脉，腋动脉内侧有腋静脉伴行，周围有臂丛包绕。腋动脉主要分支分布于胸肌、背阔肌和乳房等处。

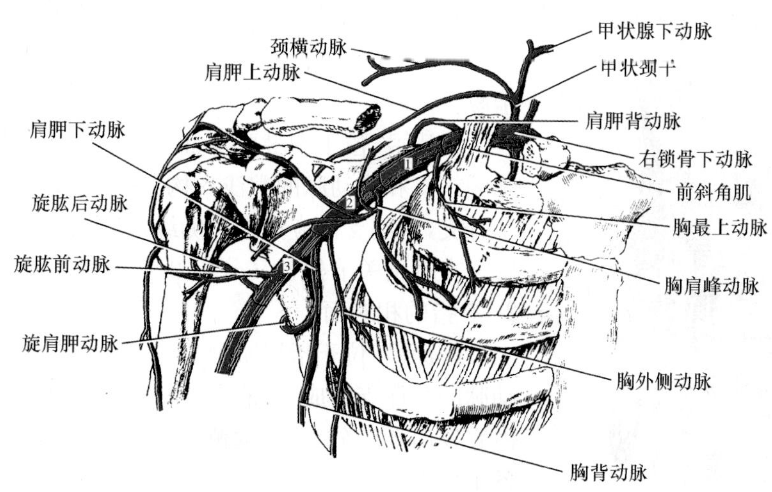

图 3-14　腋动脉及其分支

1，2，3 为腋动脉三段；2 为胸小肌深面的一段

2）肱动脉（图 3-15）：是腋动脉的直接延续，沿肱二头肌内侧沟与正中神经伴行，向下至肘窝深部，平桡骨颈处分为桡动脉和尺动脉（图 3-16）。

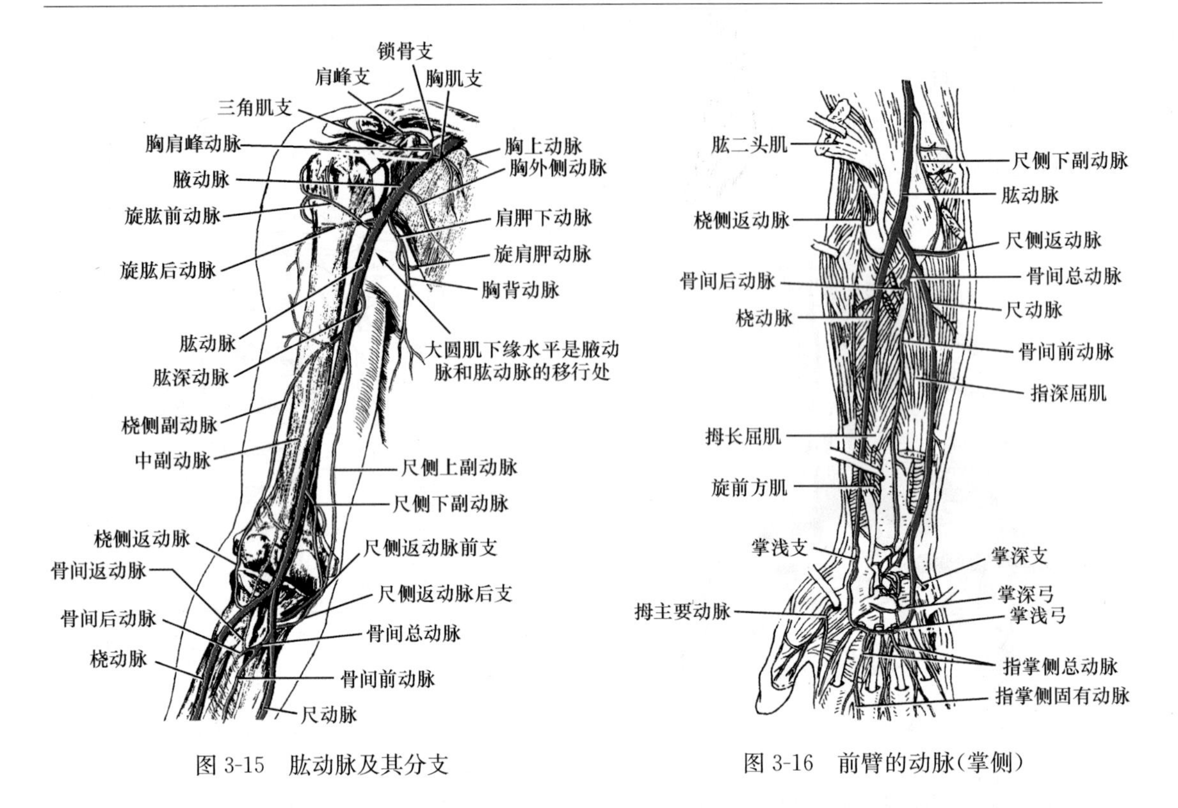

图 3-15　肱动脉及其分支　　　　图 3-16　前臂的动脉(掌侧)

3) 桡动脉：为肱动脉终支之一，经肱桡肌与旋前圆肌之间，继在肱桡肌与桡侧腕屈肌之间下行至桡腕关节处绕到手背，然后穿第 1 掌骨间隙至手掌深面，与尺动脉的掌深支吻合，构成掌深弓。

4) 尺动脉：斜越肘窝，在尺侧腕屈肌和指浅屈肌间下行，至桡腕关节处，经豌豆骨的外侧入手掌，其终支与桡动脉的掌浅支吻合形成掌浅弓。

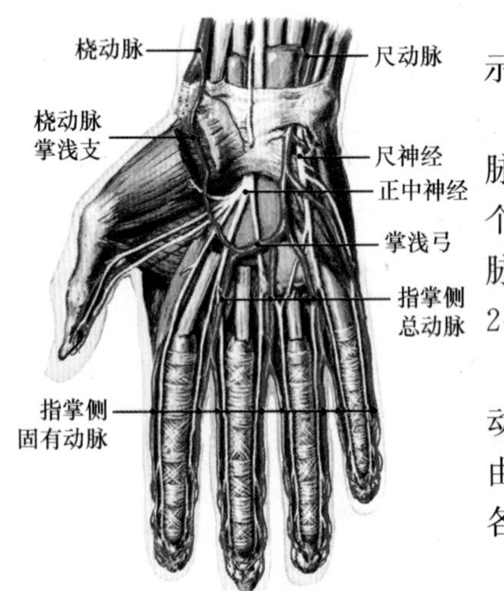

图 3-17　手的动脉

5) 掌浅弓与掌深弓(图 3-17)：利用掌浅、深弓标本示教。

掌浅弓：位于掌腱膜深面，指屈肌腱的浅面，由尺动脉的终支和桡动脉的掌浅支构成。自掌浅弓向前发出 4 个分支，内侧支供应小指尺侧缘，其余 3 个为指掌侧总动脉。在掌指关节处各又分为 2 支指掌侧固有动脉，供应 2～5 指的相对面。

掌深弓：位于指屈肌腱的深面，由桡动脉的终支和尺动脉的掌深支构成，血液主要来自桡动脉。掌深弓很细，由它发出 3 个分支，向远侧至掌骨头附近注入掌浅弓的各个分支。

(7) 胸部的动脉(图 3-18)：在打开胸前壁的胸腹部动脉标本上观察。胸主动脉位于脊柱的左前方，上平第 4 胸椎高度续于主动脉弓，向下斜行至脊柱前面，在第 8、9 胸椎水平同食管交叉(在食管之后)，向下平第 12 胸椎处穿膈的主动脉裂孔，进入腹腔，延续为腹主动脉。胸主动脉的主要分支有壁支和脏支。

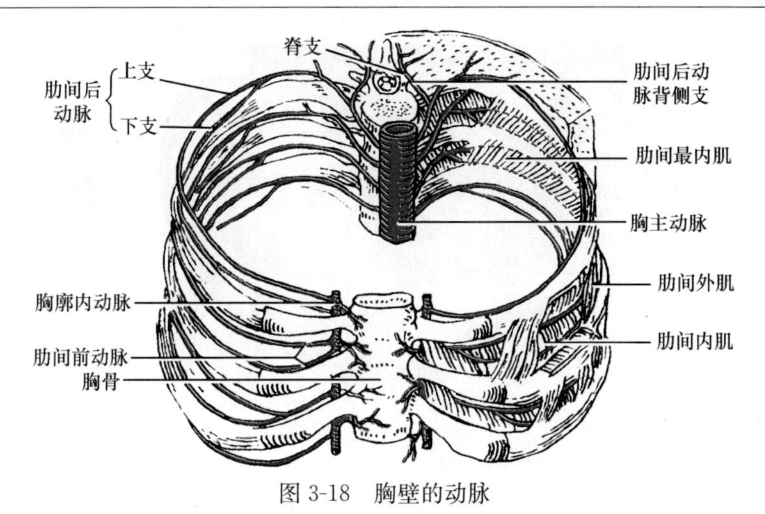

图 3-18　胸壁的动脉

1）壁支：主要为肋间后动脉，共 9 对，走在第 3～11 肋骨间隙中，位于相应肋骨的肋沟内，还有 1 对肋下动脉沿第 12 肋骨下缘走行，壁支主要分布到胸、腹壁的肌和皮肤。

2）脏支：细小，主要有支气管动脉和食管动脉，各有 2～3 支，营养同名器官。

(8) 腹部的动脉(图 3-19)：先在腹腔深层标本上观察腹主动脉的分支，可见腹主动脉在脊柱的左前方下行，约在第 4 腰椎高度分为左、右髂总动脉。腹主动脉分支有脏支和壁支，壁支有 4 对腰动脉自腰椎前方向两侧走行。主要观察成对脏支：肾上腺中动脉、肾动脉、睾丸(卵巢)动脉。不成对脏支：腹腔干、肠系膜上、下动脉，及其至腹腔单个器官的分支走行。注意观察胃的动脉来源、分布，胰头部动脉分支，胆囊动脉来源、进入胆囊的路径。

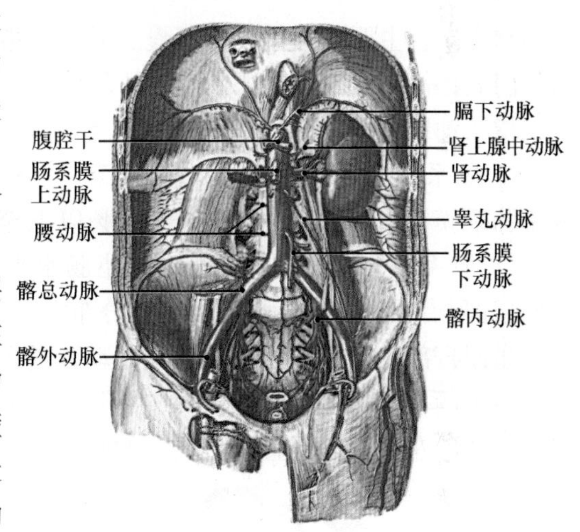

图 3-19　腹主动脉及其分支

1）腹腔干(图 3-20)：短而粗，自腹主动脉起始部发出，立即分为胃左动脉、肝总动脉和

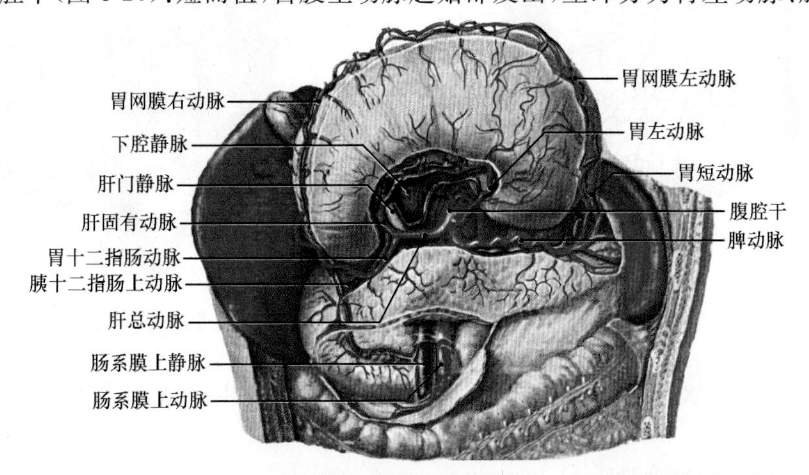

图 3-20　腹腔干及其分支

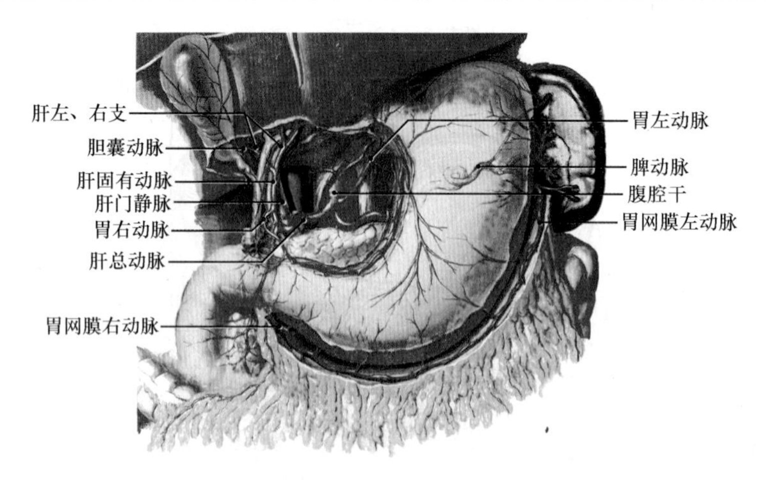

图 3-20(续)　腹腔干及其分支

脾动脉 3 支。主要营养胃、肝、胆囊、胰、十二指肠和食管腹段等处。胃左动脉向左上行至胃的贲门处再沿胃小弯向右下行,与胃右动脉吻合。肝总动脉向右行,分为肝固有动脉和胃十二指肠动脉。脾动脉,轻轻把胃向上翻起,可见脾动脉沿胰的上缘向左行至脾门。

2) 肠系膜上动脉(图 3-21):约平第 1 腰椎水平起自腹主动脉,经胰和十二指肠之间进入小肠系膜根内,分支分布于十二指肠以下至结肠左曲之间的肠管。轻轻把小肠向左翻起,可见肠系膜上动脉经胰头与十二指肠水平部之间进入小肠系膜根内,斜向右侧髂窝行至回盲部,沿系膜发出十数条肠动脉分布空肠,向右侧发出 2～3 分支分布至右半结肠,终末支分布回盲部及阑尾。注意观察阑尾动脉进入阑尾系膜的位置。

3) 肠系膜下动脉(图 3-22):约平第 3 腰椎起自腹主动脉,向左下方行走,分 2～3 支分布于横结肠左曲以下至直肠上 2/3 的肠管。其重要分支有直肠上动脉。

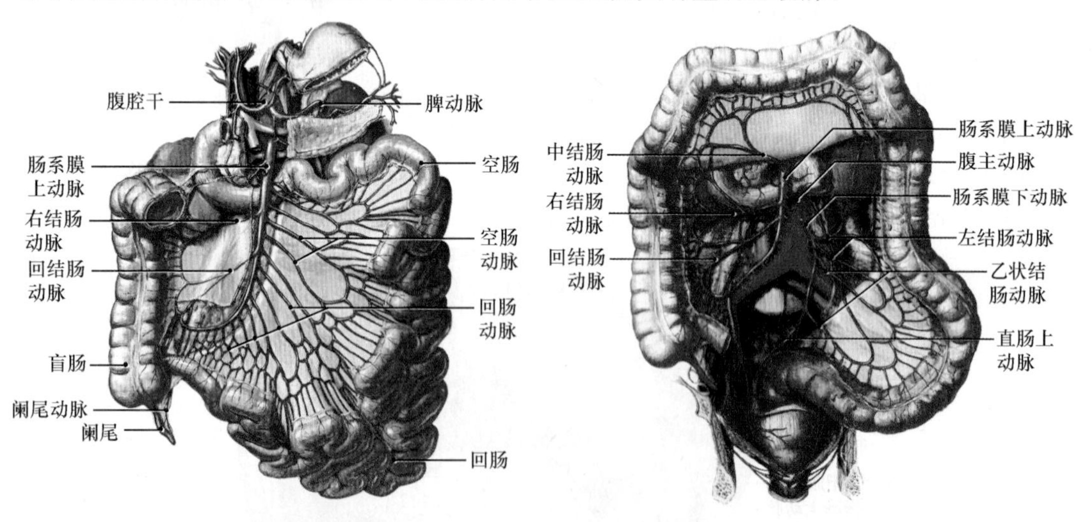

图 3-21　肠系膜上动脉及其分支　　　图 3-22　肠系膜下动脉及其分支

4) 肾动脉:为一对粗大的动脉,约平第 2 腰椎处发自腹主动脉,水平横向外侧,经肾门入肾。

5) 睾丸动脉(卵巢动脉)。

6）肾上腺中动脉。

(9) 盆部的动脉(图 3-23)：取盆部及下肢动脉标本观察髂总动脉在骶髂关节前方分为2支，下降入盆腔即髂内动脉，分支至盆壁和盆腔器官。观察其主要脏支：膀胱下动脉。直肠下动脉、女性子宫动脉、阴部内动脉；壁支：闭孔动脉、臀上、下动脉。沿腰大肌内侧缘下行的为髂外动脉，经腹股沟中点稍内侧后方至股部，移行为股动脉。注意观察髂外动脉分支的腹壁下动脉及其与闭孔动脉的吻合支。

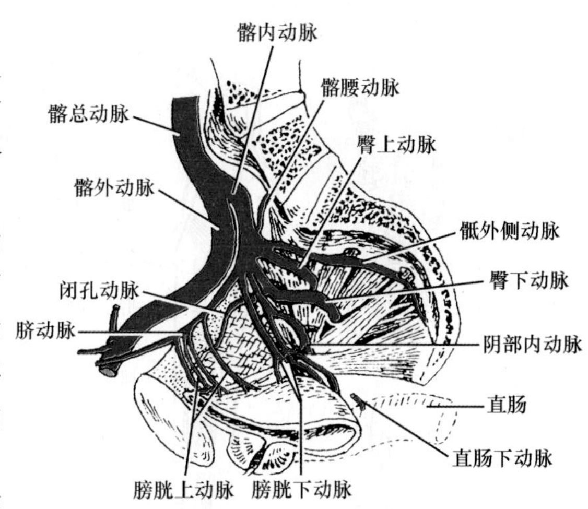

图 3-23　盆部的动脉及其分支(男性，右侧)

1）髂总动脉：腹主动脉平对第4腰椎处分为左、右髂总动脉。髂总动脉向外侧行至骶髂关节处又分为髂内动脉和髂外动脉。

2）髂内动脉：是一短干，向下进入盆腔，分支分布于盆内脏器及盆壁。示教下列动脉：直肠下动脉、子宫动脉、阴部内动脉。

3）髂外动脉：是输送血液至下肢的主干。它沿腰大肌内侧缘下降，经腹股沟韧带深面至股部，移行为股动脉。髂外动脉在腹股沟韧带上方发出腹壁下动脉，行向上内穿入腹直肌鞘后层，与腹直肌之间上行。

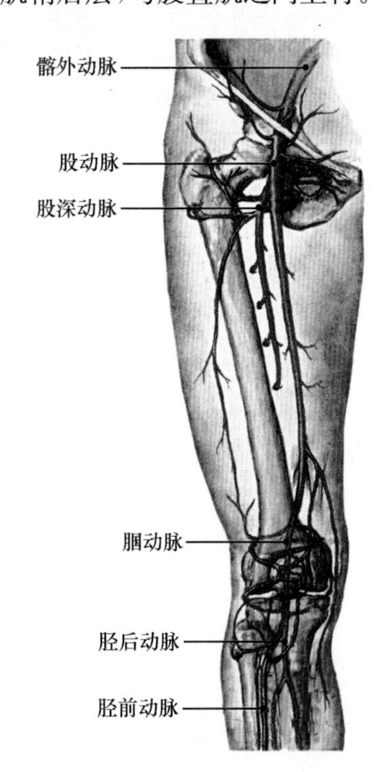

图 3-24　股部、膝部的动脉及其分支

(10) 下肢的动脉(图 3-24)：取盆部及下肢动脉标本观察，髂外动脉在腹股沟韧带下方穿出移行为股动脉，在股三角处分支股深动脉后穿收肌管入腘窝移行腘动脉，继而发出胫前、后动脉，分别延续为足背动脉和足底内、外侧动脉，观察其走行及分布。

1）股动脉：在腹股沟韧带中点深面续髂外动脉，向下穿收肌腱裂孔达腘窝，改名为腘动脉。在股三角内，股动脉居中，其内侧有股静脉，外侧有股神经。股动脉较大的分支为股深动脉。它行向后内下方，分数支穿动脉和股内、外侧动脉营养大腿诸肌。

2）腘动脉：位于腘窝深部，为股动脉的延续，向下至腘窝下角处分为胫前动脉和胫后动脉。

3）胫后动脉(图 3-25)：是动脉终支之一，行于小腿后群肌深、浅两层之间，向下经内踝与跟腱之间达足底，分为足底内侧动脉和足底外侧动脉。胫后动脉分布于小腿后群肌、外侧群肌和足底肌。

4）胫前动脉(图 3-26)：发出后向前穿小腿骨间膜至小腿前群肌之间下行，经距小腿关节前方移行为足背动脉。

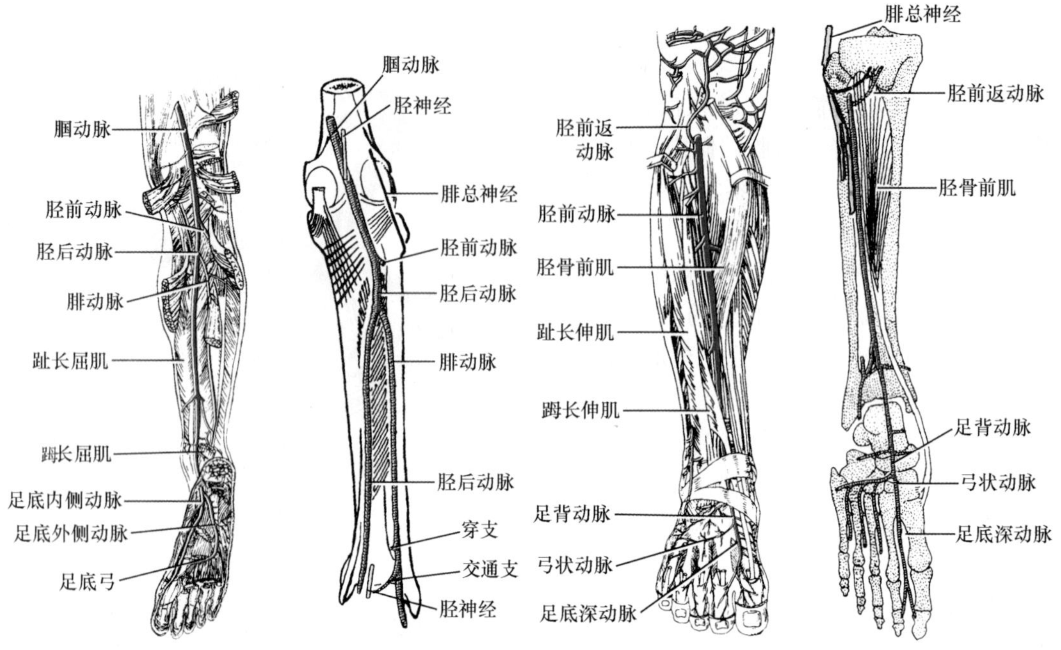

图 3-25 小腿后部和足底的动脉(右侧)　　图 3-26 小腿前部和足背的动脉(右侧)

临床链接:

临床常用压迫止血点有:颈总动脉、面动脉、颞浅动脉、股动脉、足背动脉、肱动脉等。例:当头颈部外伤出血时可在平环状软骨弓的侧方,向后内将动脉压至第6颈椎横突上以达止血目的;当面部出血时,可在咬肌前缘、下颌角前方约3cm处压迫面动脉止血。

【注意事项】

1. 注意在标本上区别动脉、静脉。

2. 观察时动作要轻巧,不要用力牵拉,以免将血管扯断。观察后要将血管放回原解剖位置上。

【思考题】

1. 名词解释

(1) 颈动脉窦　(2) 颈动脉小球　(3) 动脉韧带　(4) 掌浅弓　(5) 掌深弓

2. 问答题

(1) 治疗某心肌炎患者,臂肌注射药物,问该药经何途径到达患处?

(2) 口服药物治疗腹泻,试述药物到达结肠的途径。

(3) 试述在体表可摸到搏动的动脉及其临床意义。

(九江学院基础医学院　江会勇)

第三节　静　　脉

【实验目的】

掌握内容:上腔静脉、下腔静脉的位置、组成、收纳范围和汇入点。肝门静脉系的组成、位置、收纳范围及侧支循环。头面部、上肢和下肢主要浅静脉的位置、走行、特点、收集范围和汇入点。

熟悉内容:全身主要静脉的起始、走行、位置及汇入点和静脉角概念。

【实验器材】

1. 显示全身主要浅静脉标本。

2. 显示静脉瓣标本。

3. 切开胸、腹前壁去除肺,保留腹腔脏器,显露上腔静脉、奇静脉、半奇静脉、副半奇静脉、椎外静脉丛,髂内、髂外静脉、髂总静脉、下腔静脉、肝门静脉及其属支的标本。

4. 肝门静脉系组成及其与上、下腔静脉吻合途径的电动模型。

5. 全身静脉模型。

【实验内容】

1. 肺循环的静脉　肺静脉是运送肺内血液返回左心房的血管。在离体肺标本上观察肺静脉位于肺门前份出肺门。在离体心的后面观察,左、右肺静脉均开口于左心房的后壁,每侧各有 2 条。

2. 体循环的静脉　在整体标本上观察全身主要静脉主干走行。

(1) 上腔静脉系(图 3-27):由上腔静脉及其属支组成,收集头颈、上肢及胸部(心除外)的静脉血,注入右心房。

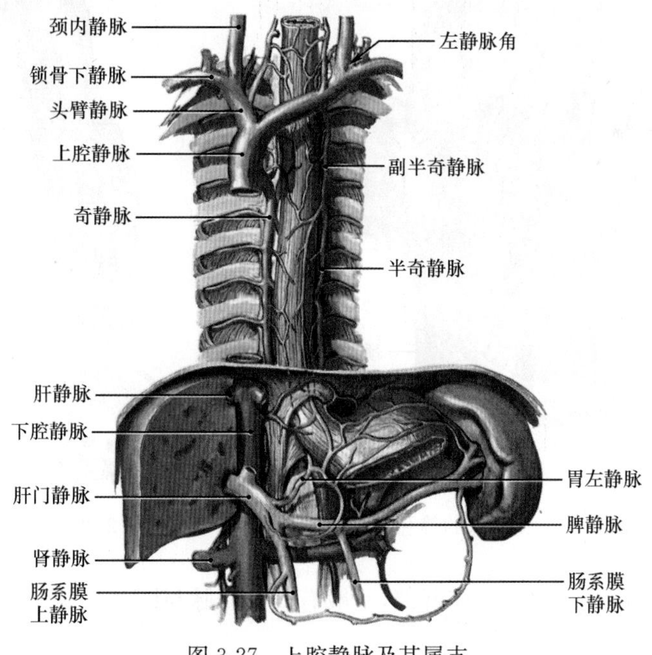

图 3-27　上腔静脉及其属支

上腔静脉为一条短而粗的静脉干,于右侧第 1 肋骨的后面,由左、右头臂静脉汇合而成,沿升主动脉右侧垂直下降,注入右心房。

头臂静脉是由同侧颈内静脉和锁骨下静脉,在胸锁关节后汇合而成,其汇合处形成的夹角称静脉角。

1) 头颈部的静脉(图 3-28):

颈内静脉:是头、颈部的静脉主干。上端起自颅底颈静脉孔,收集颅内静脉血,沿颈内动脉和颈总动脉外侧下行，在胸锁关节的后方与锁骨下静脉汇合成头臂静脉。颈内静脉的属支分为颅内属支与颅外属支。主要观察颅外属支：静脉，起自眼内眦（内眦静脉）与面动脉伴行，在下颌角附近与下颌后静脉前支汇合，下行注入颈内静脉；下颌后静脉由颞浅静脉与上颌静脉汇合而成，注入颈内静脉。

颈外静脉：起自下颌角附近，沿胸锁乳突肌表面下降，注入锁骨下静脉。颈外静脉为一浅静脉干，一般在活体透过皮肤可见。

2）上肢的静脉：有深、浅两种，浅静脉居皮下，深静脉与动脉伴行。

浅静脉：手背皮下的浅静脉形成手背静脉网，由此网汇集成头静脉的贵要静脉。头静脉起自手背静脉网的桡侧，沿前臂桡侧和肱二头肌外侧沟上行，至三角肌和胸大肌之间注入腋静脉或锁骨下静脉。贵要静脉起自手背静脉网的尺侧，沿前臂尺侧和肱二头肌内侧沟上行，注入肱静脉或腋静脉。肘正中静脉位于肘窝内，是连接头静脉与贵要静脉的一条短干（图 3-29）。

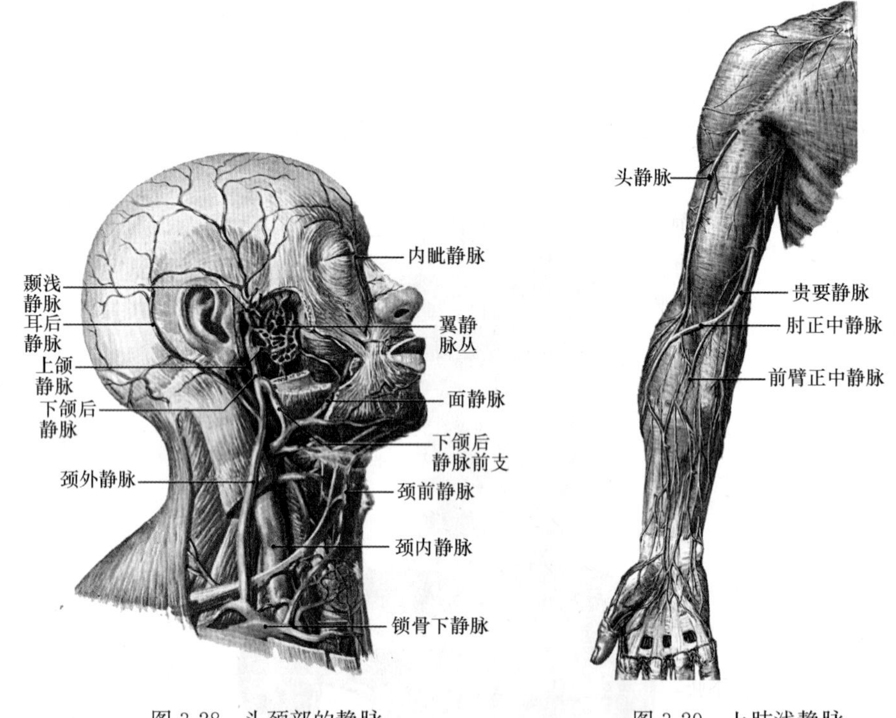

图 3-28　头颈部的静脉

图 3-29　上肢浅静脉

深静脉：与同名动脉伴行，在前臂部，一般有 2 条静脉与同名动脉伴行。

3）胸部的静脉：

奇静脉（图 3-30）：在除去胸腔脏器的标本上观察，可见奇静脉在椎体右侧上行，至第 4 或第 5 胸椎水平向前弯，绕过右肺根上方，注入上腔静脉。奇静脉收集右侧肋间后静脉、食管静脉、支气管静脉及半奇静脉的血液。

胸廓内静脉：与同名动脉伴行，注入头臂静脉。

（2）下腔静脉系（图 3-31）：下腔静脉系由下腔静脉及其属支组成，收集下肢、盆部、腹部等处的静脉血，注入右心房。下腔静脉是一条粗大的静脉干，约在第 5 腰椎体右侧，由左、右髂总静脉汇合而成，沿腹主动脉右侧上升，经肝的腔静脉窝，穿膈的腔静脉孔入胸腔，注入右心房。

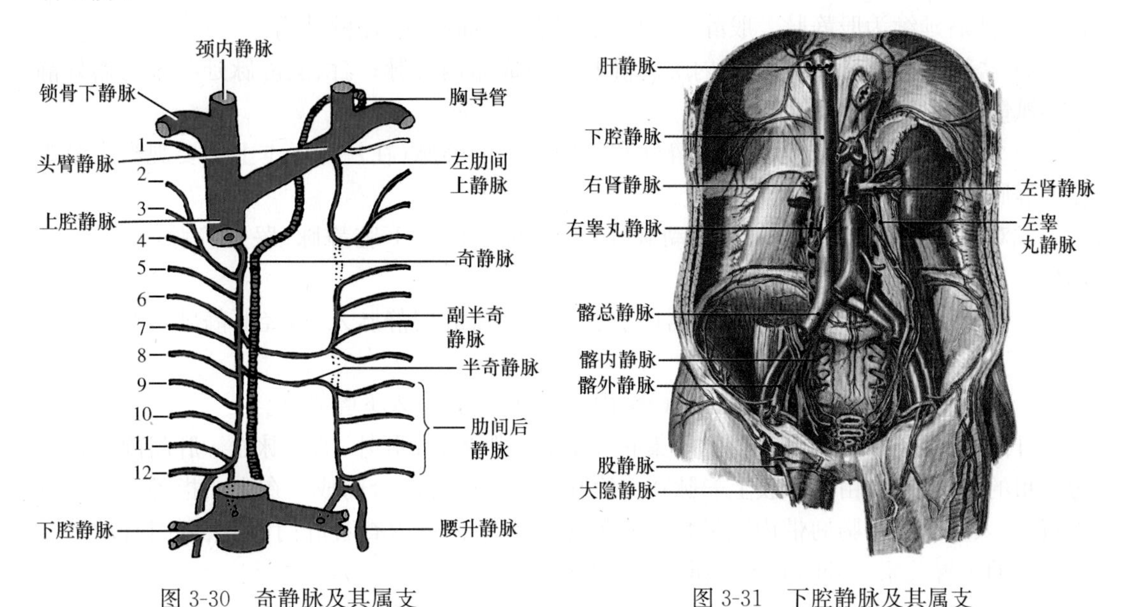

图 3-30　奇静脉及其属支　　　　图 3-31　下腔静脉及其属支

1）下肢的静脉：可分浅静脉和深静脉两类。

浅静脉：下肢的浅静脉在皮下组织内构成静脉网，其中有 2 条较恒定的静脉，即大隐静脉、小隐静脉（图 3-32、图 3-33）。小隐静脉在足外侧起自足背静脉弓。经外踝后方上升，沿小腿后面正中线行至腘窝，注入腘静脉。大隐静脉是全身最长的皮下静脉，起自足背静脉弓的内侧，经内踝前方，沿小腿和大腿内侧上行，至隐静脉裂孔注入股静脉。大隐静脉在注入股静脉之前还收纳腹壁浅静脉及股内、外侧浅静脉的静脉血。

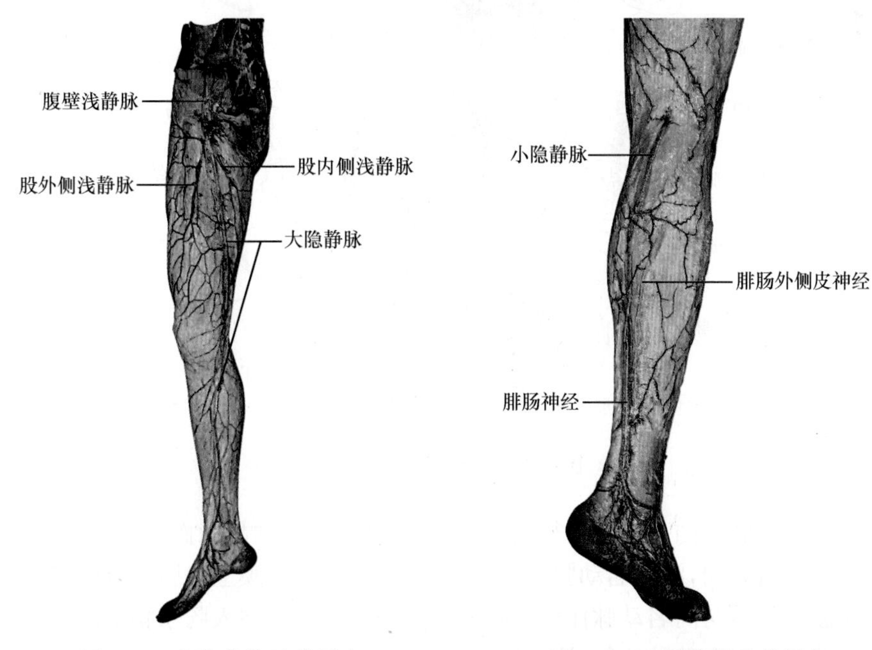

图 3-32　大隐静脉及其属支　　　　图 3-33　小隐静脉及其属支

深静脉：与同名动脉伴行，在小腿以下的动脉有 2 条同名静脉伴行，到腘窝处合成一条腘静脉，然后延续为股静脉。股静脉经腹股沟韧带深面延续为髂外静脉。

2）盆部的静脉：盆壁和盆腔内脏的静脉汇集成髂内静脉；与由股静脉延续来的髂外静脉在骶髂关节处合成髂总静脉。

3）腹部的静脉：可分为腹壁的静脉和腹腔内脏的静脉（在尸体标本上主要观察腹腔脏器的静脉）。

成对脏器的静脉：肾静脉与肾动脉伴行，成直角注入下腔静脉；睾丸静脉，卵巢动脉（略）。

不成对脏器的静脉：不成对脏器的静脉先汇集成肝门静脉入肝，经肝静脉再注入下腔静脉。

肝静脉：有 2～3 支，由腔静脉沟（窝）内穿出肝实质，汇入下腔静脉。

肝门静脉（图 3-34）：肝门静脉收集腹腔不成对脏器（除肝外）的静脉血。肝门静脉是一短而粗的静脉干，多由肠系膜上静脉和脾静脉在胰头后方汇合而成。在十二指肠上部后方上行，进入肝十二指肠韧带内至肝门。在肝十二指肠韧带内查看肝门静脉、肝固有动脉和胆总管的位置关系。肝门静脉的属支有：

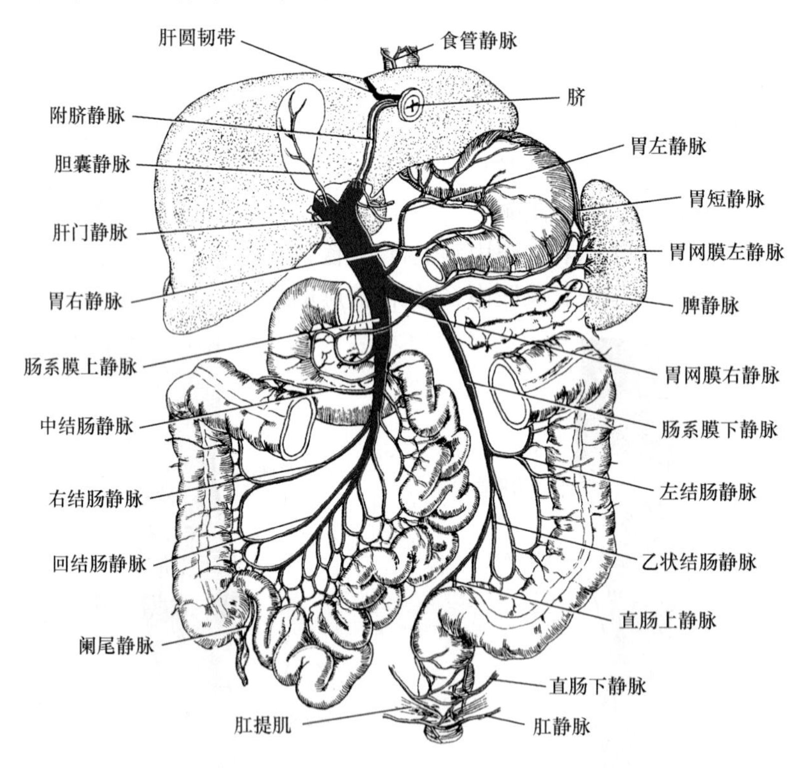

图 3-34　肝门静脉及其属支

- 肠系膜上静脉沿同名动脉上行，收集同名动脉分布区的静脉血。
- 脾静脉起自脾门，沿同名动脉右行，至胰头后方与肠系膜上静脉汇合肝门静脉。
- 肠系膜下静脉与同名动脉伴行，通常注入脾静脉，有时注入肠系膜上静脉。
- 胃左静脉与胃左动脉伴行，注入肝门静脉。
- 附脐静脉起自脐周静脉网，沿肝圆韧带上行至肝门，注入肝门静脉。

临床链接：

肝门静脉与上、下腔静脉之间有丰富的吻合支相交通，正常情况下，吻合支细小，血流量较少，各自汇入所属静脉。当肝硬化、肝肿瘤、血吸虫病及其他一些原因致使肝门静脉回流受阻时，肝门静脉内的压力增高(门脉高压症)，其血液就可通过上述吻合建立侧支循环，吻合部位小静脉的血流量剧增，造成静脉的曲张甚至破裂出血，食管静脉丛的静脉曲张破裂可引起呕血，直肠静脉丛的静脉曲张破裂可引起便血，脐周静脉丛曲张可出现腹壁静脉曲张，门脉高压症还可造成脾肿大和腹水。

【注意事项】

1. 注意在标本上区别动脉、静脉。

2. 观察时动作要轻巧，不要用力牵拉，以免将血管扯断。观察后要将血管放回原解剖位置上。

3. 深静脉多与动脉伴行，故制作标本时，有些静脉可能被切除，可根据同名动脉观察。

4. 静脉的变异较多，尤为浅静脉变异更多，观察时应特别注意。

【思考题】

1. 名词解释

(1) 静脉瓣　(2) 静脉角

2. 问答题

(1) 下肢浅静脉干的起始、行程与注入有何临床意义？

(2) 试述肝门静脉的组成、收纳和主要属支。

(3) 面部鼻根至两侧口角的三角区内发生感染后，切忌挤压，为什么？

(4) 某夜盲症患者口服鱼肝油，试述药物到达眼球的途径。

(5) 从肘正中静脉注入葡萄糖酸钙后，随之舌感觉发热，试述药物到达病处的途径。

第四节　淋巴系统

【实验目的】

掌握内容：淋巴系的组成；胸导管的起始、走行位置、收纳范围和汇入点。右淋巴导管的组成、收纳范围和汇入点。各淋巴干的名称、收纳范围及主要功能。下颌下、颈外、锁骨上、腋、腹股沟各淋巴结群的位置、收纳范围及其回流。

熟悉内容：脾的位置、形态。胸、腹、盆腔器官的淋巴结群位置，左右腰干、肠干的形成，支气管纵隔干的形成。

【实验器材】

1. 全身浅表淋巴结标本和模型。

2. 胸导管及右淋巴导管解剖灌注标本。

3. 胸、腹、盆腔淋巴结标本和模型。

【实验内容】

1. 胸导管、乳糜池和右淋巴导管(图 3-35)

(1) 胸导管：是全身最长最粗的淋巴导管，长 30～40cm。在示胸导管标本上轻轻提起食管的胸段，即可在胸主动脉和奇静脉之间见到胸导管，再向下、向上追索观察其位置及行程。胸导管在第 4、5 胸椎处，移向左侧，出胸廓上口至颈根部，呈弓状弯曲注入左静脉角。胸导管收集左侧上半身和整个下半身的淋巴（图 3-36）。

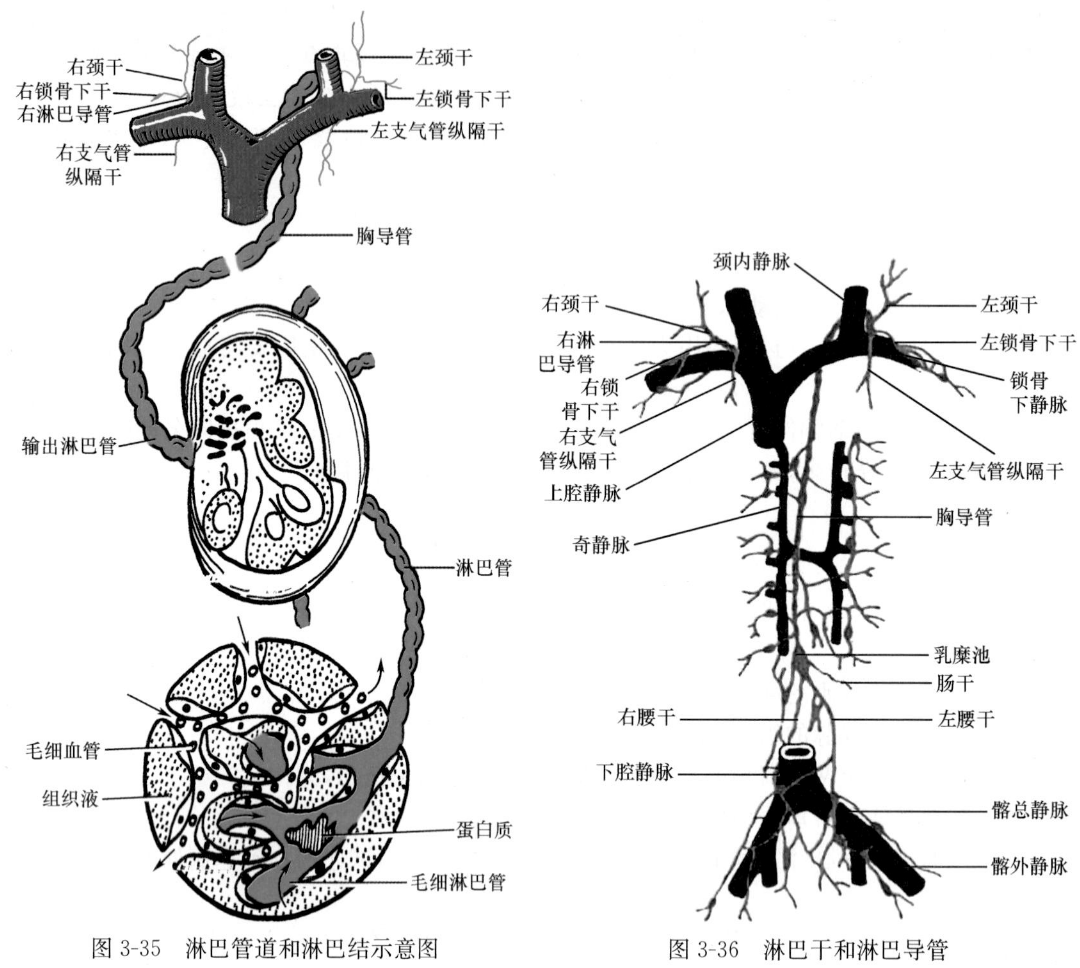

图 3-35　淋巴管道和淋巴结示意图

图 3-36　淋巴干和淋巴导管

图 3-37　头颈部浅淋巴结

（2）乳糜池：胸导管的下端膨大处，通常位于第 1 腰椎体前面，由左腰干、右腰干和肠干汇合而成。

（3）右淋巴导管：在标本或模型上观察，右淋巴导管为一短干，长约 1.5cm，它收集右上半身的淋巴，在右静脉角处可见多条管道注入，色较深，内有瓣膜。

2. 全身主要浅表淋巴结

（1）下颌下淋巴结（图 3-37）：位于下颌下腺附近，收纳面部等处的浅、深淋巴，此淋巴结的输出管注入颈外侧深淋巴结。

（2）颈淋巴结（图 3-38）：可分为浅、深两组。

1）颈外侧浅淋巴结位于颈部皮下，沿颈外静脉排列，收纳耳后、枕部及颈浅部的淋巴，其输出管注入颈外侧深淋巴结。

2）颈外侧深淋巴结沿颈内静脉排列成一条纵行淋巴结链，直接或间接地收集头、颈部淋巴，其输出管汇集成颈干。

（3）腋淋巴结（图 3-39）：位于腋窝内的血管周围，有 15～20 个，按其排列位置可分 5 群。

1）外侧淋巴结沿腋静脉排列，收纳上肢大部分淋巴管。

2）胸肌淋巴结位于胸小肌下缘，收纳胸、腹前外侧壁和乳房外侧和中央的浅、深淋巴管。

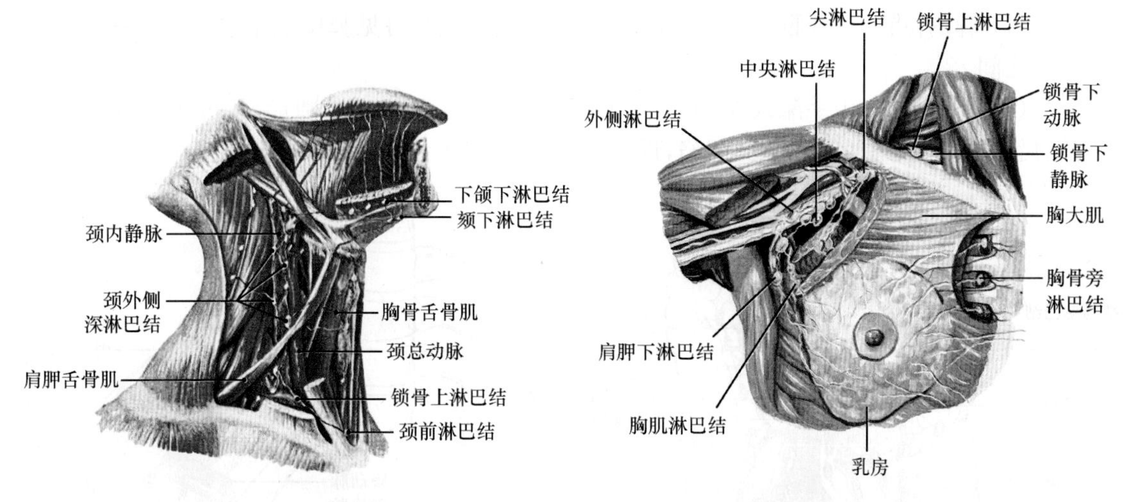

图 3-38　颈深淋巴结

图 3-39　腋淋巴结和乳房的淋巴管

3）肩胛下淋巴结沿背阔肌外缘、肩胛下血管排列，收纳项背部淋巴。

4）中央淋巴结位于腋窝底部脂肪内，接受前述三群淋巴结的输出管。

5）尖淋巴结位于腋尖部，主要收集上肢、胸壁和乳房等处的淋巴管，其输出管大部分组成锁骨下干，少部分注入锁骨上淋巴结。

（4）腹股沟淋巴结（图 3-40）：可分浅、深两群。浅群位于腹股沟韧带下方及大隐静脉上段周围的阔筋膜浅面；深群位于阔筋膜的深面，股静脉根部的周围。收集下肢、会阴、外生殖器、臀部和脐以下的腹前壁淋巴，其输出管经髂外淋巴结、腰淋巴结。

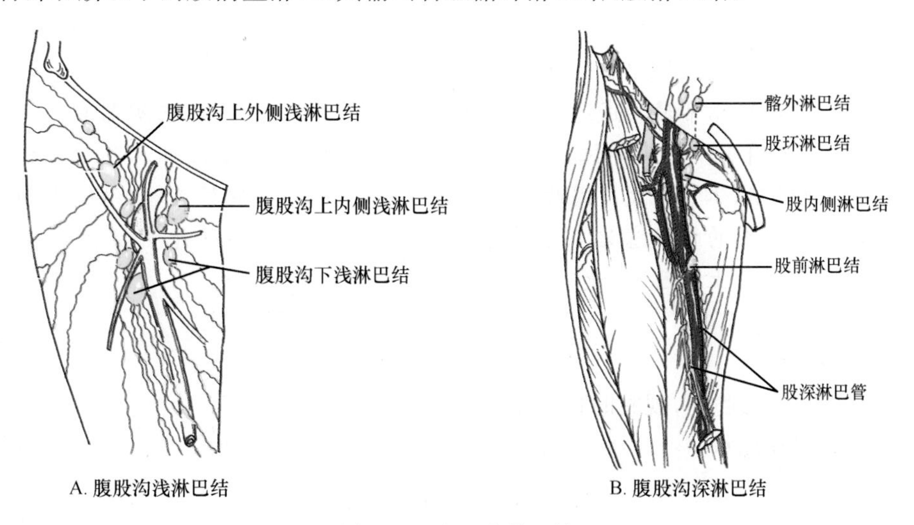

图 3-40　腹股沟淋巴结

(5) 腹部淋巴结(图 3-41):大致观察即可。

1) 腰淋巴结:位于腰椎体前面,沿腹主动脉及下腔静脉排列,其输出管汇合一对腰干,注入乳糜池。

2) 腹腔淋巴结:位于腹腔干周围,其输出管入肠干。

3) 肠系膜上、下淋巴结:分别沿肠系膜上、下动脉根部周围排列,其输出管均入肠干。

3. 脾(图 3-42)

(1) 脾的位置:打开腹前壁,将胃及大网膜向右上翻起可见脾位于左季肋区,在第9～11肋骨之间。

(2) 脾的形态:用手深入左侧膈下,触摸观察,脾略呈长扁椭圆形,可分为膈、脏两面,前、后两端和上、下两缘。脏面凹陷,近中央处为脾门,上缘较锐,有2～3 个脾切迹。

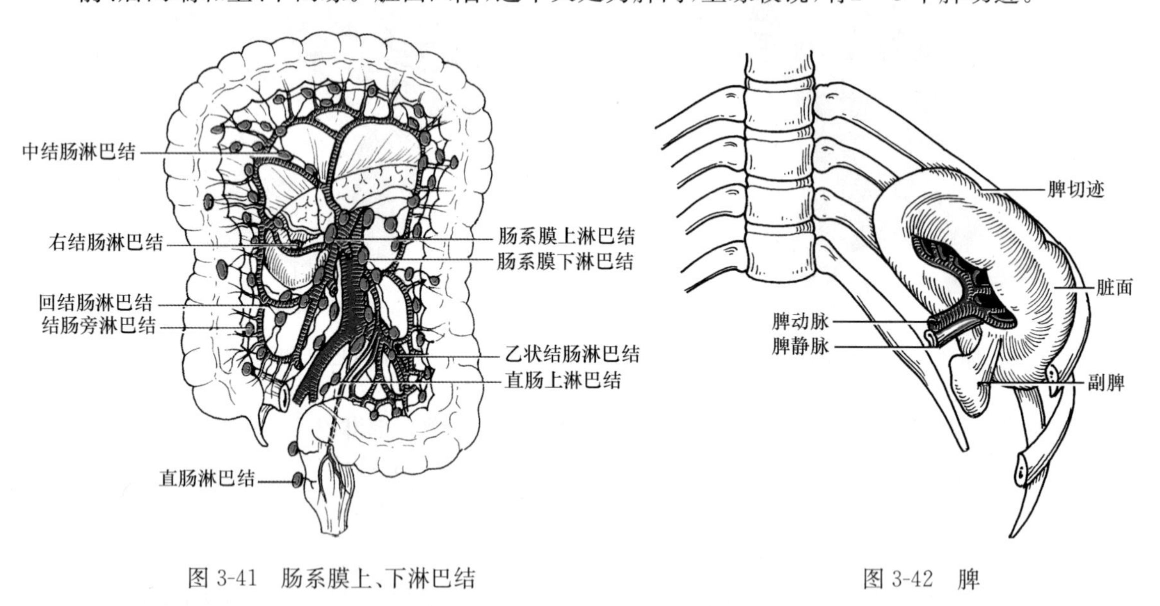

图 3-41 肠系膜上、下淋巴结

图 3-42 脾

临床链接:

胸导管或乳糜池阻塞时,可引起肾的淋巴管压力增高而破裂,来自肠干的乳糜状淋巴液进入肾盂,出现乳糜尿。

临床意义:淋巴结常聚集成群,分布于四肢关节的屈侧或窝内、内脏器官的门附近或较大血管分支周围。当某部位、器官发生炎症或肿瘤时,收集该部淋巴回流的淋巴结中细胞迅速增殖,体积增大。因此,了解人体局部淋巴结群的位置、收纳范围和其输出管的流向,有重要的临床意义。胃癌或食管癌时,癌细胞可经胸导管上行,逆流入左颈干,转移到左锁骨上淋巴结,使其肿大,称威尔啸(Wirchow)结。

【注意事项】

1. 胸导管结构很脆弱,观察时切莫用镊子拉扯,以免拉断损坏。
2. 爱护模型和标本。

【思考题】

1. 名词解释

（1）胸导管　（2）乳糜池

2. 问答题

（1）淋巴系统的组成。

（2）9 条淋巴干和 2 条淋巴导管的名称、收集范围及注入部位。

（3）简述胸导管的起止、行程与收集范围。

（4）脾位于何处？其功能如何？

（九江学院基础医学院　江洪涛）

第四章　感　觉　器

第一节　视　　器

【实验目的】

掌握内容：眼球壁各层的名称、位置、分部及主要形态结构。

熟悉内容：房水、晶状体、玻璃体的位置和形态结构；眼底的形态结构；结膜的位置与分部；眼睑、泪器、眼球外肌和眼血管的位置和形态。

【实验器材】

1. 猪眼、牛眼(已解剖的和未解剖的)。
2. 眼睑、泪器、眼肌、眼的血管标本。
3. 眼球模型，可分解的眼眶的结构模型。
4. 眼球外肌的解剖标本及模型。

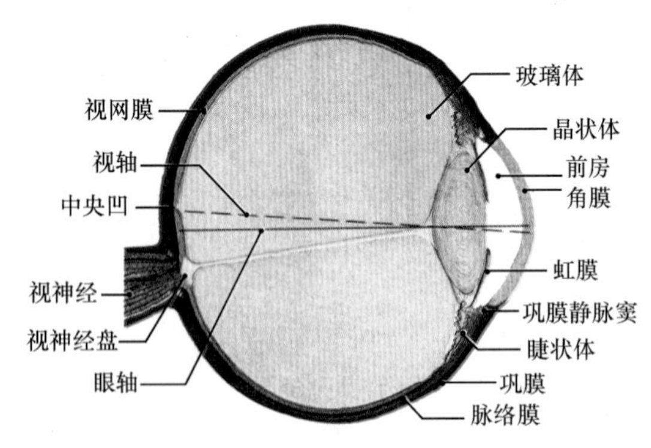

图 4-1　眼球横切面示意图

【实验方法】

视器由两部分组成，即眼球和眼副器(图 4-1)。眼球能接受光波的刺激，并将刺激转变为神经冲动，最后传到大脑皮质的视觉中枢产生视觉。

1. 眼球　使用水平切或冠状切牛眼和模型，并对照活体观察以下结构。

(1) 眼球壁：由外向内可分为 3 层。

1) 眼球纤维膜：可分为角膜和巩膜两部分。

角膜为眼球纤维膜的前 1/6，无色透明，约呈圆形，向前突出；

巩膜为眼球纤维膜的后 5/6，呈乳白色，活体上看到的“白眼球”就是巩膜的一部分。巩膜厚而坚韧，后部有视神经穿出。

2) 眼球血管膜：在眼球纤维膜内面，此膜由于含大量色素细胞，在标本上颜色较深，从前向后可分为虹膜、睫状体和脉络膜 3 部分。

虹膜为眼球血管膜的最前部。中国人呈棕色，中央有一圆形的瞳孔。在活体上通过角膜可见。虹膜与角膜周缘形成的夹角，称虹膜角膜角。

睫状体是眼球血管膜环形增厚的部分，在虹膜的后方，内有平滑肌，称睫状肌。

脉络膜占眼球血管膜的后方大部，贴于巩膜内面。

3) 视网膜：为眼球壁最内层的薄膜。可分两层，易于剥脱下来的神经层；紧密贴在中膜内面者为色素上皮层。在视网膜后部的视神经起始处，有一圆盘状的结构，称视神经盘。在视神经盘的外侧，有一带黄色的斑点，称黄斑。其中央凹陷，称中央凹(图 4-2)。

(2) 眼球内容物：包括房水、晶状体和玻璃体。主要观察：

1）晶状体：位于虹膜和玻璃体之间，外形像一个双凸透镜，无色透明，解剖牛眼时可见。

2）玻璃体：充填于晶状体后面的眼球内，为无色透明的胶状物质。解剖牛眼时可见。

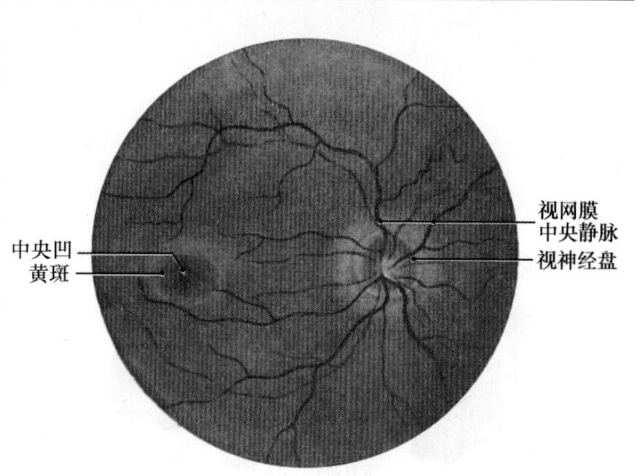

图 4-2　眼底示意图

2. 眼副器　包括眼睑、结膜、泪器和眼球外肌等结构，在标本或活体上观察。

1）眼睑：俗称眼皮，分上睑和下睑，两睑之间的裂隙称睑裂。睑裂内、外侧两端，分别称内眦和外眦。翻转上、下睑，透过结膜，可见致密坚硬、呈半月形的结构，称睑板（图 4-3）。

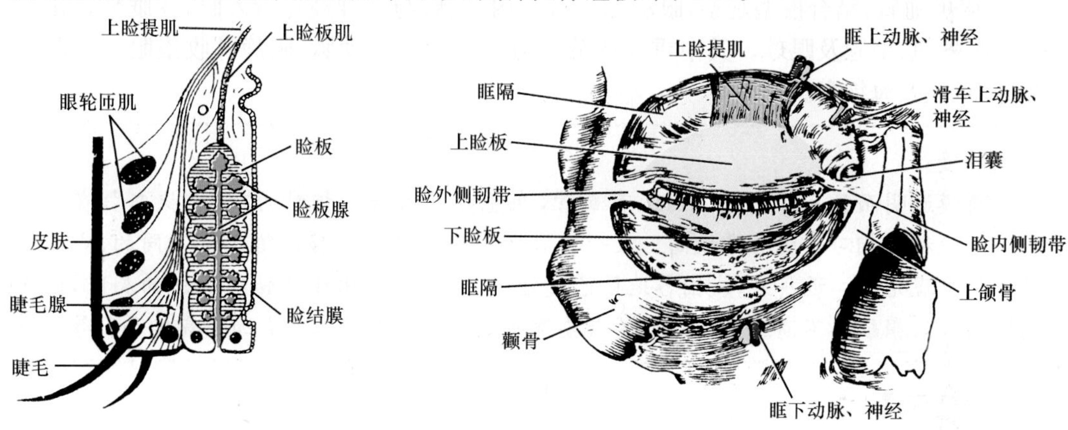

图 4-3　眼睑及睑板

2）结膜：翻转眼睑观察，结膜为睑内面与眼球前部的薄而透明的黏膜，依其所处部位可分为睑结膜、球结膜和结膜穹隆 3 部分。

3）泪器：由泪腺和泪道组成。泪腺在标本上观察，泪腺位于眶前部上外方；泪道由泪点、泪小管、泪囊和鼻泪管组成（图 4-4）。

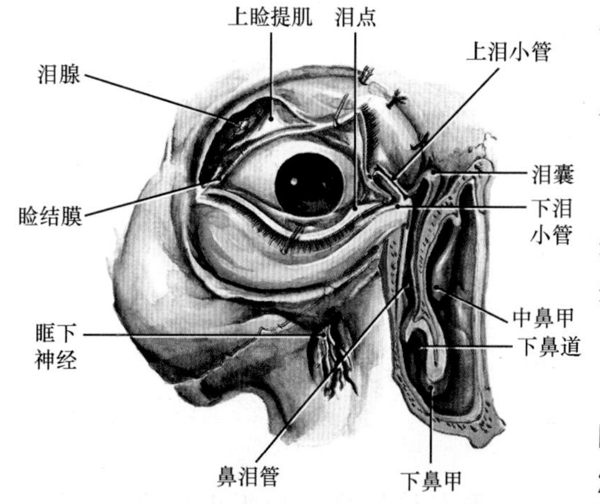

图 4-4　泪器

泪点在活体上观察，在上、下睑缘内侧端各有一个小突起，其顶端的小孔，称泪点。

泪小管在标本上难以观察。

泪囊在标本上观察，泪囊为膜性囊，位于泪囊窝内，其上部为盲端，下部移行为鼻泪管。

鼻泪管在颅骨标本上观察骨性鼻泪管。

4）眼球外肌：位于眶内，分别运动眼球和眼睑。在标本上观察运动眼球的 4 条直肌和 2 条斜肌。同学们在模型上观察上述 6 条肌的位置与走向（图 4-5）。

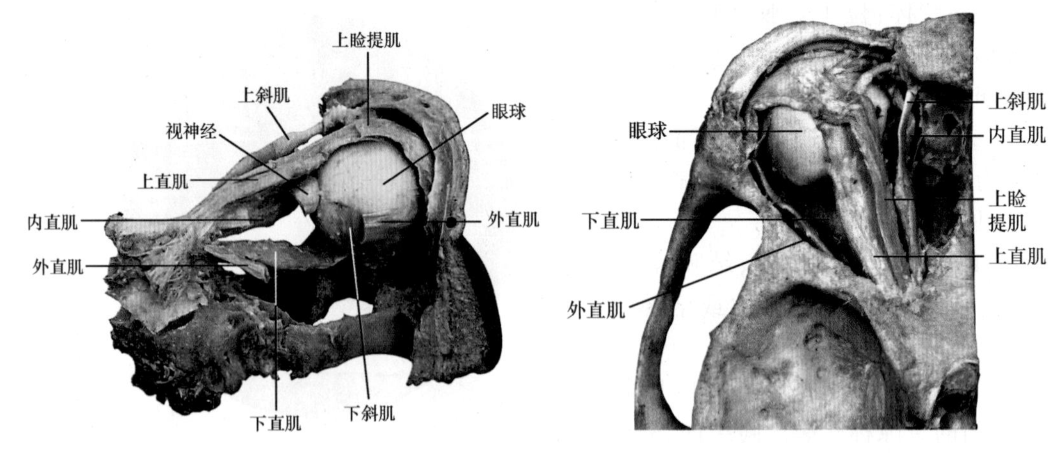

图 4-5 眼球外肌

5）眼的血管：结合模型观察，眼动脉起自颈内动脉，与视神经伴行入眶，在眶部发出分支营养眼外肌、泪腺及眼球。其中重要的分支有视网膜中央动脉、眼静脉收集眼球及眼副器静脉血，注入海绵窦。

临床链接：

角膜透明而且有屈光性。因没有血管，在免疫学上处于相对的"赦免状态"，在临床上角膜移植相对的成功率较高。且一位供者的角膜可分割移植给几位不同的患者，使他们重现光明。近年来，我国各地区已相继建立眼库，但由于受传统观念的局限，眼角膜的身后捐献率不高。角膜捐献的重要意义需要我们医务工作者加强宣传和引导。

【注意事项】

1. 实习时要配合标本和模型，尽量在活体上观察，活体观察时要严肃认真。
2. 注意眼肌的位置与作用。
3. 此次实习标本小，要注意配合模型，观察时一定要将其放在解剖位置上仔细观察和体会。

【思考题】

1. 名词解释

（1）瞳孔 （2）视神经盘 （3）巩膜静脉窦 （4）黄斑 （5）中央凹 （6）虹膜角膜角

2. 问答题

（1）简述眼球壁的分部。

（2）简述房水的产生和循环途径。

（3）当视物时，晶状体的曲度是如何调节的？

第二节 前庭蜗器

【实验目的】

掌握内容：前庭蜗器的组成和分部；鼓膜的位置、形态与分部；3 块听小骨的名称及连结；内耳迷路的组成、分部及主要形态结构。

熟悉内容：耳郭的外形、中耳的位置；鼓室六壁及毗邻；咽鼓管位置与功能；小儿咽鼓管形态特点。

【实验器材】

1. 外耳与中耳标本。

2. 内耳特制标本。

3. 锯开鼓室的颞骨，雕出骨半规管、前庭、耳蜗的标本。

4. 显示外、中、内耳整套的耳模型，显示鼓室放大的颞骨模型，游离的听小骨（锤骨、砧骨、镫骨）、颞骨与鼓室模型。

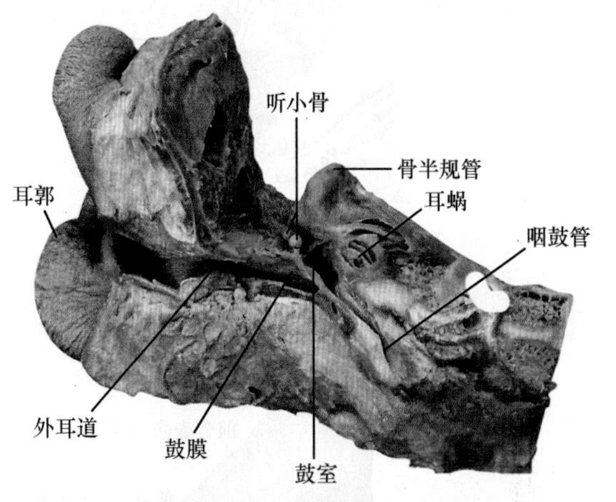

图 4-6　前庭蜗器

【实验方法】

前庭蜗器包括外耳、中耳和内耳 3 部分（图 4-6）。

1. 外耳　包括耳郭、外耳道和鼓膜 3 部分。

(1) 耳郭：在人体上对照教材及插图互相观察。

(2) 外耳道：结合模型观察。外耳道是外耳门至鼓膜之间长约 2.5cm 的弯曲管道。注意外耳道的分部和弯曲。

(3) 鼓膜：在模型和湿标本上观察。可见鼓膜位置倾斜，与水平面成 45°。鼓膜可分为上 1/4 的松弛部和下 3/4 的紧张部。松弛部活体呈红色。紧张部活体呈灰白色，其前下方有一三角形反光区，称光锥。鼓膜凸面对向鼓室，与锤骨柄紧密附着，凹面对向外耳道，凹面中心为鼓膜脐(图 4-7)。

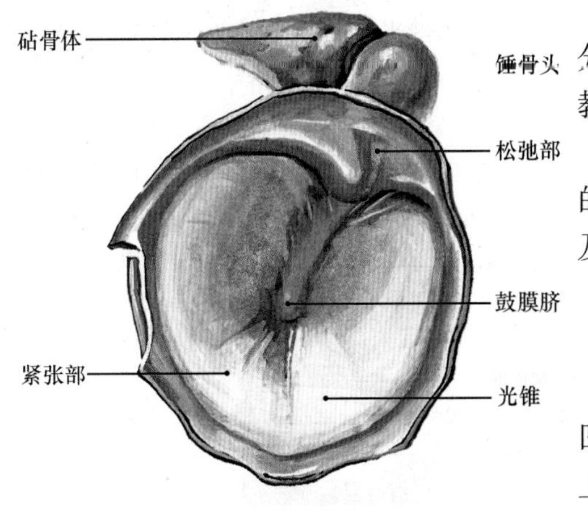

图 4-7　鼓膜的形态和结构示意图

2. 中耳　包括鼓室、咽鼓管、乳突小房 3 部分。在模型及锯开的颞骨标本上对照观察或示教，注意它们的解剖位置。

(1) 鼓室：是颞骨岩部内的一个形状不规则的含气腔隙。室壁覆有黏膜，此黏膜与咽鼓管及乳突小房内的黏膜相续。

1) 鼓室的 6 个壁：主要示教内、外侧壁。

外侧壁：又称鼓膜壁，以鼓膜与外耳道相隔。

内侧壁：又称迷路壁，即内耳外侧壁，此壁凹凸不平，中部有圆形隆起，名鼓岬。鼓岬的后上方有卵圆形小孔，名蜗窗。在活体上有膜封闭，称为第二鼓膜。

2) 鼓室内容物：主要为听小骨。3 块听小骨分别称锤骨、砧骨和镫骨(图 4-8)，在游离标本上观察 3 骨的形态大小，在模型上观察 3 块听小骨的连接。

(2) 咽鼓管：对照模型观察，咽鼓管为沟通中耳鼓室和鼻咽的管道。

(3) 乳突小房：为颞骨乳突内的许多含气小腔，在锯开的颞骨标本上观察，可见这些小腔互相交通，向前经乳突窦与鼓室相通。

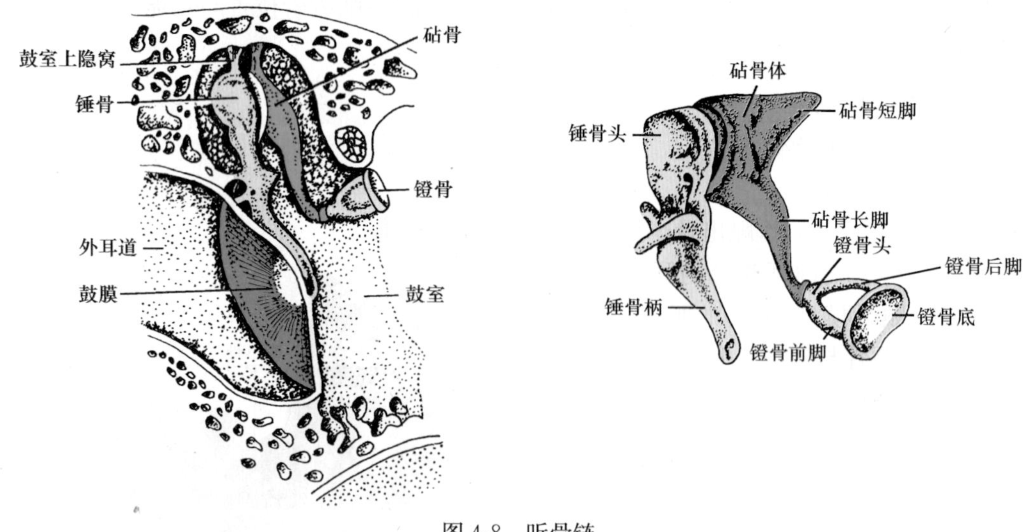

图 4-8　听骨链

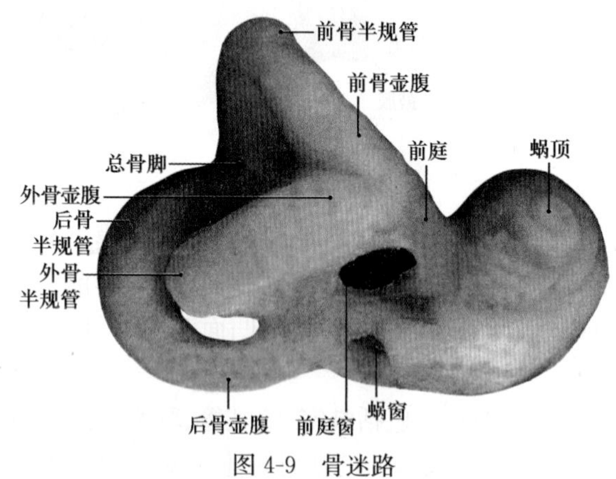

图 4-9　骨迷路

3. 内耳　内耳埋藏在颞骨岩部骨质内。由骨迷路和膜迷路构成。

(1) 骨迷路:在模型和显示内耳的标本上观察。可见骨迷路是颞骨岩部骨质中曲折的隧道。按形态、部位可分骨半规管、前庭和耳蜗 3 部分(图 4-9)。

1) 骨半规管:为 3 个半环形的小管,分别称前骨半规管、后骨半规管和外骨半规管。3 个半规管互相垂直排列在 3 个平面上。3 个骨半规管以 5 个脚与前庭相通。

2) 前庭:为骨迷路中部较大的椭圆形结构,外侧壁有前庭窗和蜗窗。

3) 耳蜗:形如蜗牛壳,由一骨性蜗螺旋管环绕蜗轴(耳蜗中心的骨轴)旋转两圈半构成。蜗壳的尖端称蜗顶,朝向前外方。基底部称蜗底,有蜗神经穿出(图 4-10)。

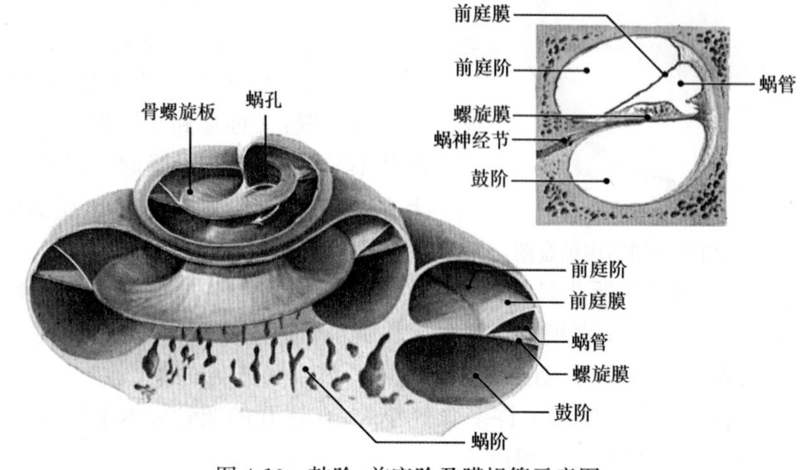

图 4-10　鼓阶、前庭阶及膜蜗管示意图

(2) 膜迷路　是套在骨迷路内的膜性管和囊,可分为椭圆囊、球囊、膜半规管和蜗管。观察位置、分部及连通关系(图 4-11)。

临床链接:

声波传至内耳的途径有二:①气传导。声波经外耳道引起鼓膜震动,再经听小骨链和前庭窗进入内耳。气传导是正常情况下听觉产生的主要途径。②骨传导。声波直接引起颅骨的振动,继而引起颞骨内的内淋巴振动,刺激听觉感受器产生听觉。正常情况下骨传导的敏感性比气传导要差得多。临床上可通过检查患者气传导和骨传导的受损情况,判断听觉异常的原因。

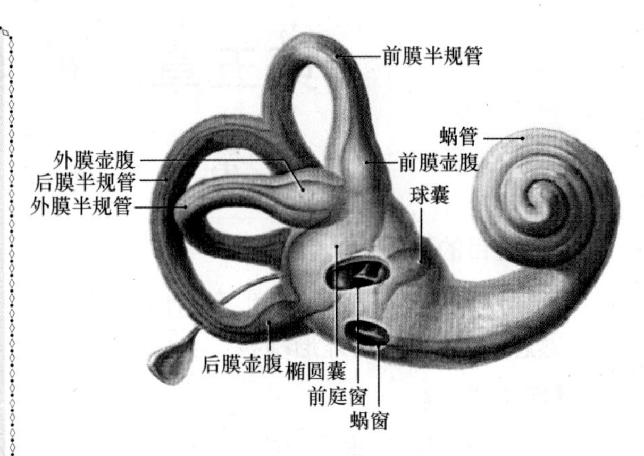

图 4-11　膜迷路

【注意事项】

1. 实验时要配合标本和模型,尽量在活体上观察,活体观察时要严肃认真。

2. 此次实习标本小,要注意配合模型,观察时一定要将其放在解剖位置上仔细观察和体会。

3. 要仔细观察内耳结构,特别要注意解剖学的位置关系。

【思考题】

1. 名词解释

(1) 光锥　(2) 螺旋器　(3) 咽鼓管　(4) 第二鼓膜　(5) 听骨链

2. 问答题

(1) 简述前庭蜗器的组成。

(2) 简述鼓膜的位置和形态。

(3) 简述骨迷路的分部和形态。

(4) 简述内耳的组成和位置。

(5) 简述膜迷路的分部和形态。

(6) 一个化脓性中耳炎患者,若未及时治疗,感染有可能蔓延到哪些部位?

(7) 声波如何由外界传到听觉感受器?

(九江学院基础医学院　徐　建)

第五章 神经系统

第一节 脊 髓

【实验目的】

掌握内容:脊髓的灰质的形态结构。

熟悉内容:脊髓的外形结构。

【实验器材】

1. 脊髓标本,离体脊髓和去椎管后壁的标本及椎管横断(示脊神经)标本。
2. 脊髓切片放大照片,脊髓外形和脊髓横切面模型,脊髓和脊神经挂图。

【实验方法】

脊髓起自于胚胎时期神经管的尾部,保留了神经管的基本结构,因而不同层面的内部结构呈现一致性。脊髓通过脊神经及脊髓内部的上、下行传导束,与周围神经和脑的高级中枢产生广泛的联系,完成各种感觉和运动信息的传导。同时脊髓功能活动的许多规律也适用于脑。

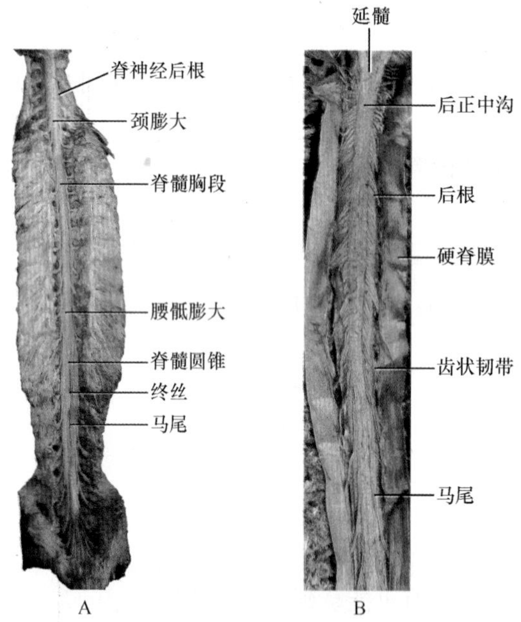

图 5-1　脊髓的外形

1. 脊髓外形

(1) 脊髓位于椎管内,呈前后稍扁的圆柱形。上端延髓相续(已切断),下端缩细呈圆锥形,称脊髓圆锥。自圆锥的尖端向下延伸为一根细丝,称终丝。脊髓全长有 2 个梭形膨大部分,上方的称颈膨大,由此发出的神经支配上肢;下方的称腰骶膨大,由此发出的神经支配下肢(图 5-1)。

(2) 脊髓表面有前正中裂和后正中沟,恰好把脊髓分为左右对称的两半。在脊髓两侧分别有前外侧沟和后外侧沟。在前、后外侧沟内有成对的根丝出入,按位置分为前根和后根。每一对脊神经的前、后根丝在椎间孔处合成脊神经。在合并之前,后根上有一个膨大的部分是脊神经节。

(3) 观察去椎板后的脊柱标本:成人脊髓下端达第 1 腰椎水平(新生儿可达第 3 腰椎水平)。由此可见,脊髓比椎管短。因此,脊神经根丝在颈部几乎是横行穿椎间孔,在颈部以下的脊神经根丝则下行一段才达相应的椎间孔,腰、骶、尾段的神经根在出相应的椎间孔之前,在椎管内垂直下降,围绕终丝形成马尾(图 5-2)。

(4) 脊神经出椎间孔后，分为前、后 2 支。前支较粗，走向前方，除第 2～11 对胸神经前支外，都在一定的部位相互汇合与分支构成神经丛，计有颈丛、臂丛、腰丛和骶丛。与脊髓相连的脊神经有 31 对，故脊髓也相应地分为 31 个脊髓节段：即 8 个颈段、12 个胸段、5 个腰段、5 个骶段、1 个尾段。各个节段并非等长。从标本上看脊髓胸段最长，骶尾段最短。

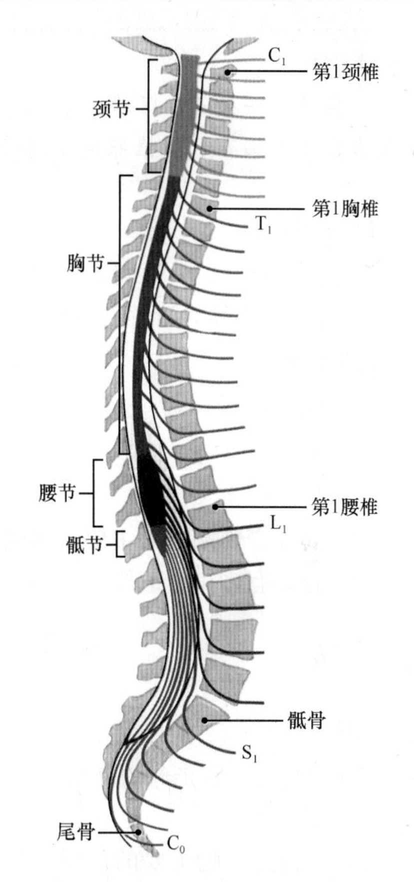

图 5-2　脊髓节段与椎骨节段的关系模式图

2. 内部结构　在脊髓的横断面厚片上或脊髓放大图上观察。根据横径、前后径及前正中裂和正中沟，首先确定方位，再观察内部结构，切面上中间颜色较浅部分是灰质，周围颜色较深的部分是白质(在新鲜标本上灰质颜色灰暗，白质鲜亮发白)(图 5-3)。

(1) 灰质：居脊髓中央部，略呈"H"形，"H"形的中央部分称灰质连合。其中央有一小孔是脊髓中央管的横断面，灰质的外侧前端扩大的部分为前角，向后突出的部分称后角。前、后角之间的移行部分称中间带。在第 1 胸节段到第 3 腰节段，中间带向外侧突形成侧角。

(2) 白质：位于灰质外周，每侧被脊髓的沟裂分成 3 部。在前正中裂与前外侧沟之间的部分称为前索；位于前、后外侧沟之间的部分称外侧索；位于后正中沟与后外侧沟之间的部分称为后索。前正中裂与灰质连合之间的白质称白质前连合。

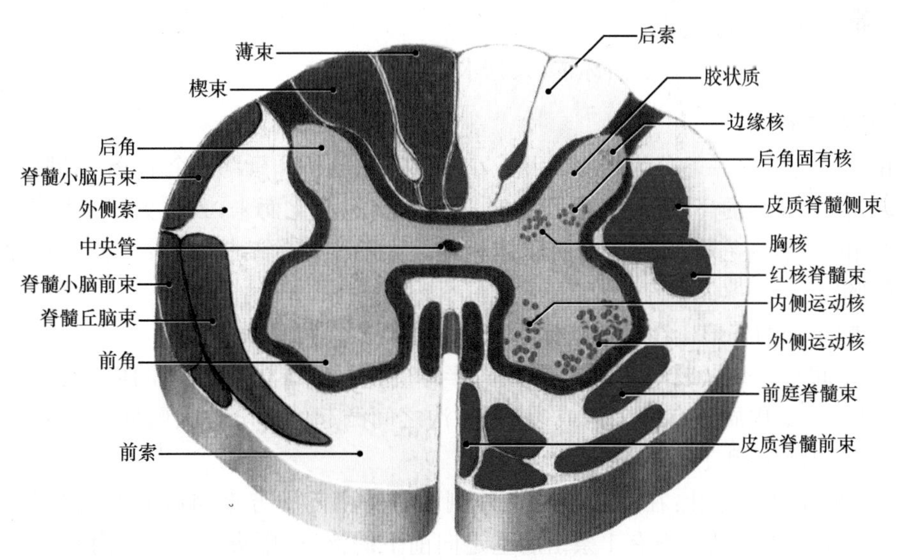

图 5-3　脊髓上、下行纤维束分布模式图

临床链接：

在成人一般第1腰椎以下无脊髓，只有马尾漂在蛛网膜下隙的终池内，故临床上常在第3、4或第4、5腰椎棘突之间进行腰椎穿刺，抽取脑脊液或麻醉，不致损伤脊髓。

【注意事项】

1. 注意爱护标本，脊髓结构柔嫩脆弱，严禁用锐利工具夹持和撕拉。
2. 观察时必须弄清解剖方位。

【思考题】

1. 名词解释

(1) 神经节　(2) 马尾

2. 问答题

(1) 简述脊髓灰质中主要核团的名称及位置。

(2) 脊髓有多少个节段？分多少个部，各部有多少个节段？

第二节　端　　脑

【实验目的】

掌握内容：大脑半球的外部形态结构、分叶，主要沟、回、裂、基底核的概念和构成；内囊的位置、分部。

熟悉内容：大脑重要的皮质中枢（躯体运动中枢、躯体感觉中枢、视觉中枢、听觉中枢）的位置。

【实验器材】

1. 全脑、脑的分离标本。
2. 大脑、脑的正中矢状切面标本，大脑水平（示内囊）标本和模型。

【实验方法】

脑位于颅腔内。一般分为端脑、间脑、小脑、中脑、脑桥和延髓6个部分。端脑包括左右两个大脑半球，是脑的高级部位，由胚胎时期的前脑泡演化而来；人类大脑半球高度发育，遮盖间脑和中脑，左右大脑半球借胼胝体相连。大脑半球的结构包括：大脑皮质、髓质、基底核和侧脑室。

1. 大脑半球的外形　在完整脑标本和模型上观察。可见大脑由左、右2个大脑半球构成，2个半球间有大脑纵裂，裂底有连结两个半球的横行纤维构成的胼胝体。大脑半球表面为大脑皮质，大脑皮质上有许多沟或裂，沟与沟之间凸起的部分称大脑回。每个半球可分为上外侧面、内侧面和下面。

(1) 大脑半球的分叶：在大脑半球上外侧面有一由前下方走向后上方的深沟，称外侧沟。自半球上缘中点稍后方有1条由后上走向前下的沟，称中央沟。半球内侧面后部由前下方走向后上方的深沟，称顶枕沟。根据上述3条沟可将大脑半球区分为5叶，即额叶、顶叶、枕叶、颞叶、岛叶（图5-4、图5-5）。

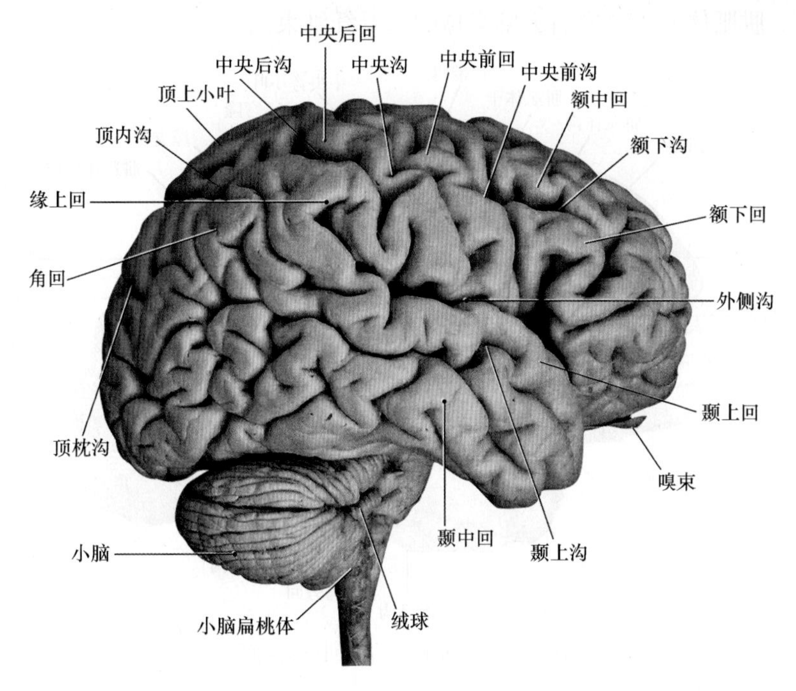

图 5-4　大脑半球的沟回(背外侧面)

(2) 大脑半球上外侧面的沟和回:在大脑半球上外侧面标本和模型上观察,在中央沟之前有中央前沟,两者之间为中央前回。在中央前回的前方,有额上回、额中回、额下回。在中央沟之后有中央后沟,两者之间为中央后回。隐藏在外侧沟深处下壁上的 2～3 个横行短回,称颞横回。

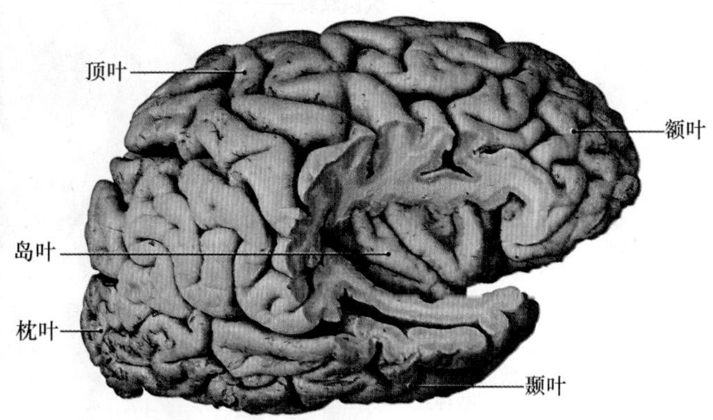

图 5-5　大脑半球的岛叶

(3) 大脑半球内侧面的沟和回:在大脑半球内侧面标本和模型上观察在胼胝体的上缘有胼胝体沟,此沟上方有一沟称扣带沟。扣带沟与胼胝体沟之间的脑回称扣带回。胼胝体后下方有弓形走向枕叶后端的沟称距状沟。位于颞叶内侧的脑回称海马旁回。海马旁向前弯成钩状称钩。胼胝体和背侧丘脑的前端之间有室间孔,是侧脑室与第三脑室相通的孔道。扣带回、海马旁回及钩,它们呈半环形,位于大脑与间脑边缘处,故称边缘叶(图 5-6)。

(4) 大脑半球的下面:在整脑模型上观察,由前部的额叶、中部的颞叶和后部的枕叶构成。在额叶下面前内侧有一椭圆形的嗅球,它的后端变细为嗅束(图 5-7)。

2. 大脑半球的内部结构

(1) 大脑皮质和髓质:大脑半球上部的水平切面标本上观察,可见其周边部分颜色较深,为大脑皮质;中央部分颜色较浅为大脑髓质,此处髓质主要由胼胝体纤维所构成。在大脑半球较低水平切面标本上观察,可见胼胝体纤维大部横行,在前后端则呈钳状走向两侧额极及枕极。胼胝体为连合左右大脑半球的主要纤维束。

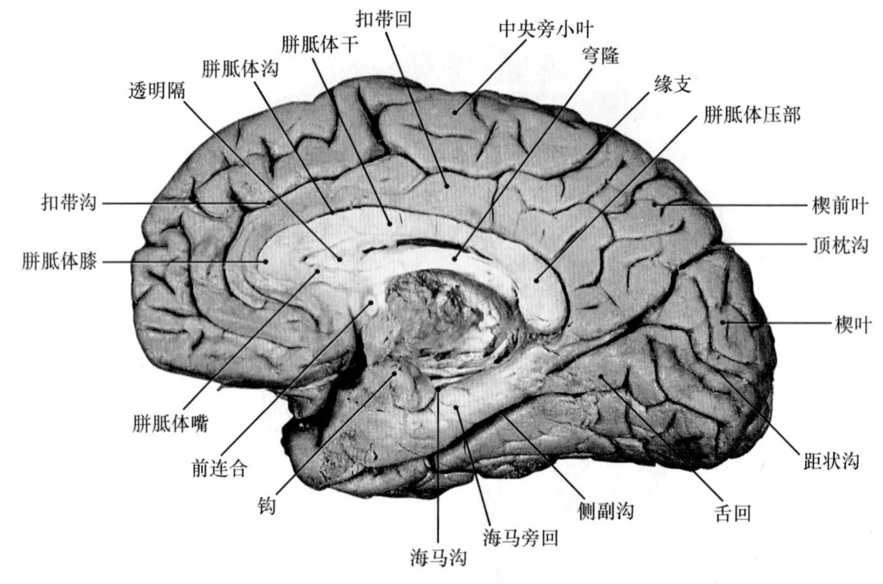

图 5-6　大脑半球的沟回(内侧面)

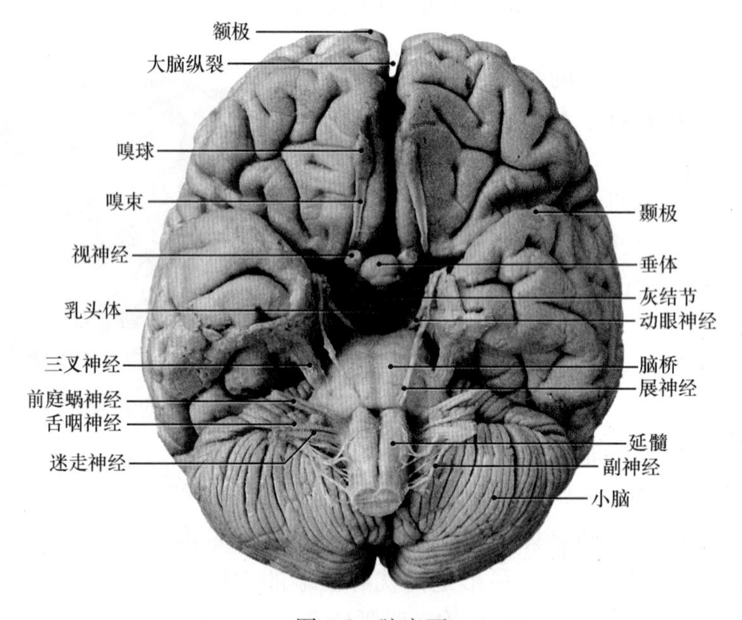

图 5-7　脑底面

(2) 基底核与内囊:在大脑半球中部的水平切面标本上观察,可见髓质中包埋着灰质团块。它们靠近大脑底部,故名基底核。借助大脑分离标本和电动脑干模型观察,可见位于背侧丘脑前、上、外、后方的尾状核和在背侧丘脑外侧的豆状核。

在脑的水平切面标本上,位于尾状核、背侧丘脑与豆状核间有“＞＜”形的白质区,称内囊。内囊由前向后分为内囊前肢、内囊膝和内囊后肢(图 5-8、图 5-9)。

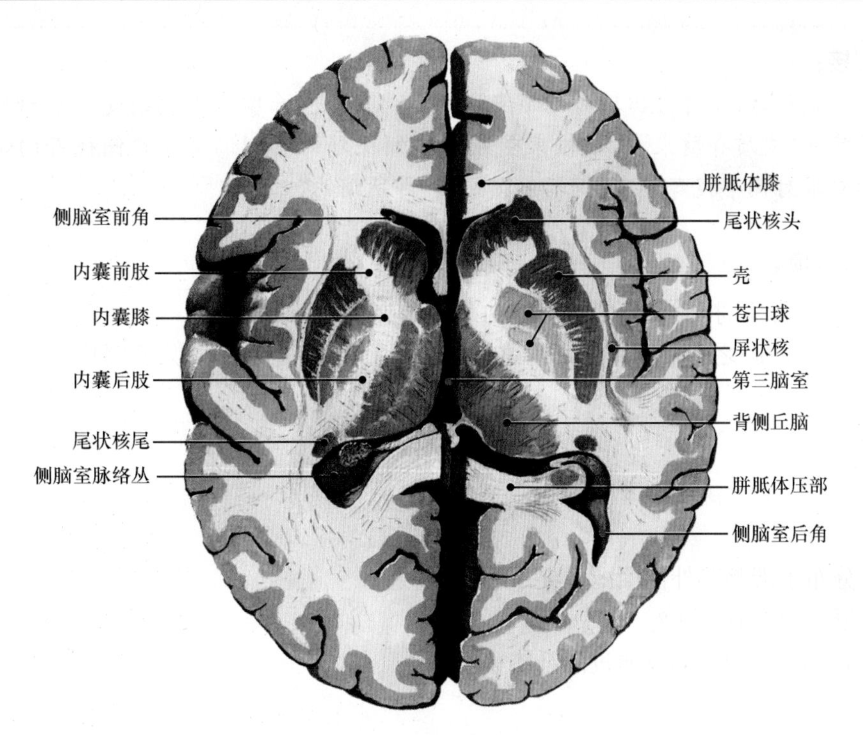

图 5-8　大脑横断面

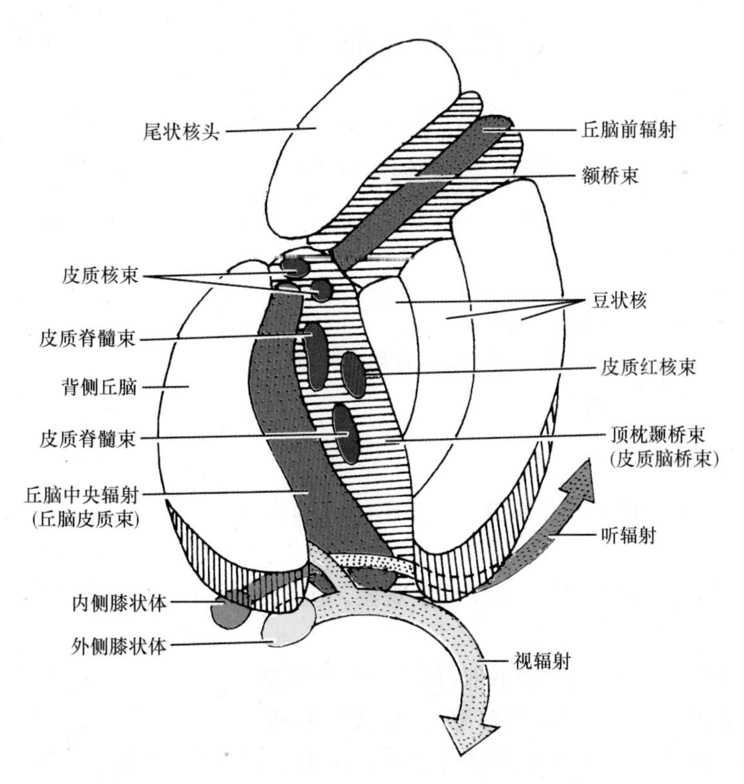

图 5-9　右侧内囊主要成分模式图

临床链接：

内囊损伤时，患者可出现对侧半身浅、深感觉丧失（丘脑中央辐射受损）；对侧半身痉挛性瘫痪（皮质脊髓束、皮质核束受损）；伤侧视野的鼻侧偏盲和健侧视野的颞侧偏盲或称双眼对侧半视野偏盲（视辐射损伤）。即所谓的“三偏症”。

【注意事项】

1. 观察脑标本时要小心和爱护，切勿用镊子夹持，要轻拿轻放。
2. 端脑与间脑之间及间脑各部分之间的分界和范围不易看清，观察时应注意。

【思考题】

1. 名词解释

(1) 内囊 (2) 新纹状体 (3) 基底核

2. 问答题

(1) 分布于端脑背外侧面的主要中枢有哪些？

(2) 语言中枢有哪些？

(3) 简述内囊的分部及通过的纤维束。

（九江学院基础医学院 傅文学）

第三节 脑 干

【实验目的】

掌握内容：脑干的主要外部形态和脑神经核的名称、位置和性质。

熟悉内容：非脑神经核的名称、位置。

【实验器材】

1. 全脑、脑干标本和脑的分离标本。
2. 脑干的放大模型（显示脑干外形结构和内部神经核）。
3. 电动脑干模型（示脑干神经核）。

【实验方法】

通常将延髓、脑桥和中脑合称脑干。脑干的上端为间脑，脑干的下端为脊髓，脑干的后面是小脑。

1. 脑干的外形 在脑干标本或模型上观察。脑干自下而上依次为延髓、脑桥和中脑共由3部分组成（图5-10、图5-11）。

(1) 延髓：延髓位于脑干的最下部，形似倒置的圆锥体。

1) 在脑干的腹侧面上，其上部略膨大，借延髓脑桥沟与脑桥分隔，下部较细，通过枕骨大孔续于脊髓。在延髓腹侧面的正中线上有前正中裂，与脊髓的前正中裂相接续，裂的两侧各有1纵行隆起，称锥体。皮质脊髓束的纤维大部分在锥体下方进行左、右交叉，称锥体交叉。在锥体的外侧有1纵行沟，称前外侧沟。内有舌下神经根丝穿出。在延髓侧面纵沟内，自上而下有舌咽神经、迷走神经和副神经的根丝附着。

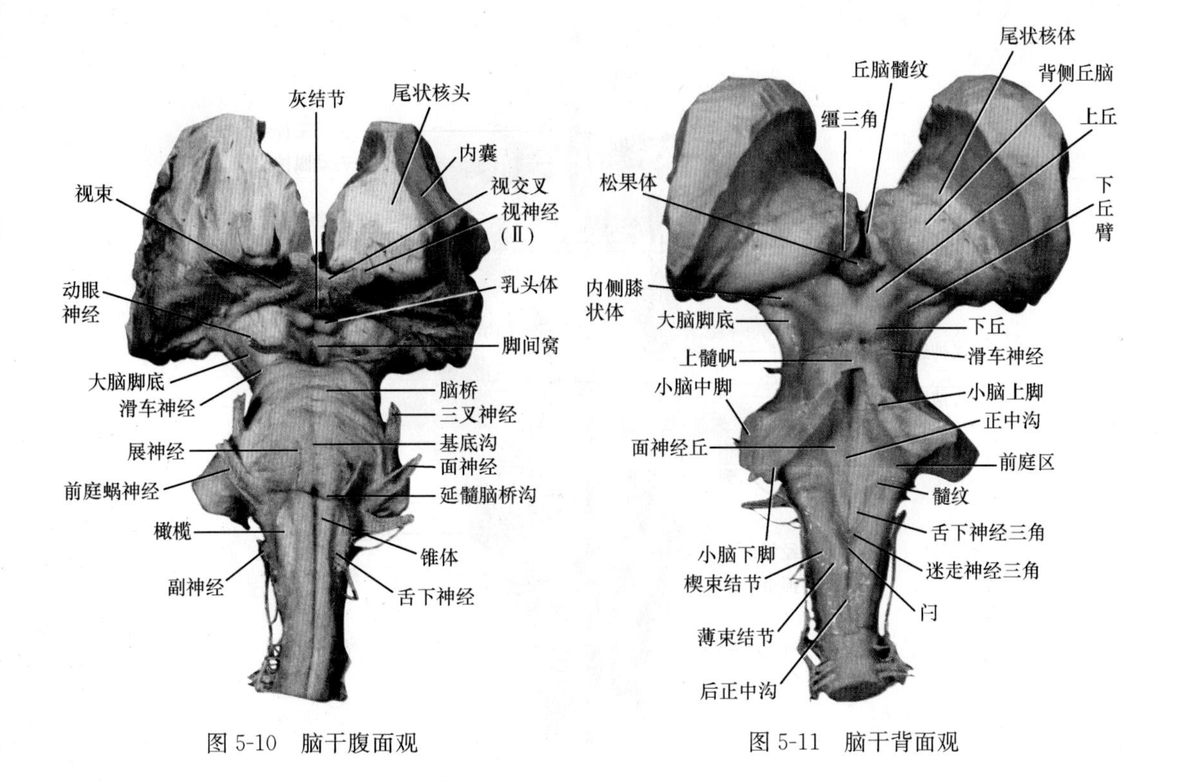

图 5-10　脑干腹面观　　　　图 5-11　脑干背面观

2) 在延髓的背侧面,上部为第四脑室底菱形窝的下部,下部有 2 个膨大的隆起分别为薄束结节和楔束结节。楔束结节外上方的隆起为小脑下脚。

(2) 脑桥:腹侧面圆隆而宽阔,称为基底部。脑桥基底部向两侧逐渐变窄,移行为小脑中脚。基底部与小脑中脚交界处可见三叉神经的根丝附着。在基底部的正中线上有 1 纵行浅沟,称基底沟。内有基底动脉经过。在延髓脑桥沟内由内侧向外侧依次有展神经、面神经、前庭蜗神经的根丝附着。

脑桥背侧面形成第四脑室底的上部。第四脑室底呈菱形故称菱形窝。菱形窝的外上界为小脑上脚。

(3) 中脑:腹侧面上界为视束,下界为脑桥上缘,主要有两条纵行的柱状结构,称大脑脚,内有锥体束等经过。两脚间的深窝称脚间窝,由脚间窝穿出 1 对动眼神经。中脑的背面,有两对圆形隆起,称四叠体或顶盖。上方 1 对隆起为上丘,下方的 1 对为下丘。在下丘的下方,有较细的滑车神经穿出脑干,它绕大脑脚走向腹侧。

2. 脑干的内部结构　主要在电动脑干模型上观察(示教)(图 5-12)。

临床链接:

黑质贯穿中脑全长,当黑质发生病变时,多巴胺含量下降,背侧丘脑向大脑运动区传递的兴奋性冲动减少,患者可表现肌肉强直,运动受限、减少,并出现震颤,即震颤麻痹(帕金森病)。

【注意事项】

1. 观察脑标本时要小心和爱护,切勿用镊子夹持,要轻拿轻放。

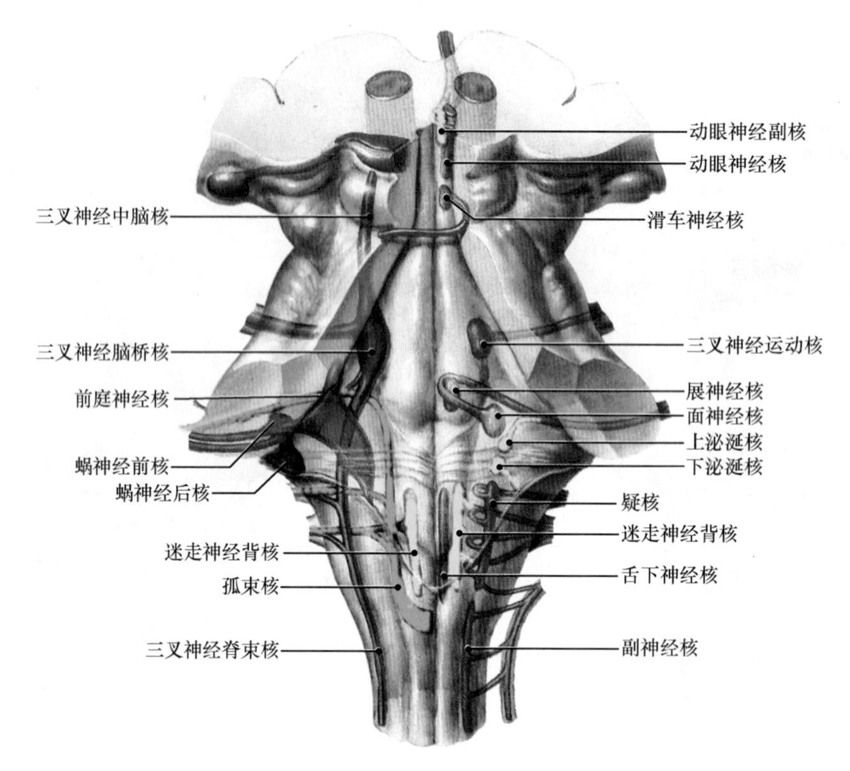

图 5-12 脑神经核在脑干背面的投影

2. 观察标本和模型要结合不同标本和模型体会各结构立体概念。

【思考题】

1. 名词解释

(1) 灰质 (2) 白质 (3) 神经核 (4) 锥体交叉

2. 问答题

(1) 脑干内一般内脏运动核有哪些?

(2) 脑干内特殊内脏运动核有哪些?

(3) 脑干内躯体运动核有哪些?

第四节 小 脑

【实验目的】

掌握内容:小脑的分叶及小脑核。

熟悉内容:小脑的功能。

【实验器材】

1. 全脑、脑的分离标本。

2. 小脑和小脑横切面标本及模型(示小脑核)。

【实验方法】

1. 小脑的位置 小脑位于颅后窝,借 3 对小脑脚与脑干相连,小脑中脚在外侧,小脑下脚在居中，小脑上脚在内侧。小脑上脚比较平坦，借小脑幕与大脑半球枕叶相隔；下部中间凹陷，容纳延髓和脑桥的下半。小脑与脑干之间的腔隙为第四脑室。

2. 小脑的结构　在脑模型和脑的正中矢状切面标本上观察。小脑位于颅后窝内，由两侧隆起的小脑半球和中间缩窄的小脑蚓组成。小脑半球下面近靠小脑蚓的椭圆形隆起部分，称小脑扁桃体。其位置恰好在枕骨大孔上方。在小脑横切面标本上观察其表面为灰质，称小脑皮质。内部色浅为白质，称小脑髓质。白质内埋藏有灰质块，称小脑核。包括顶核、球状核、栓状核、齿状核 4 对，其中最大的为状核(图 5-13、图 5-14)。

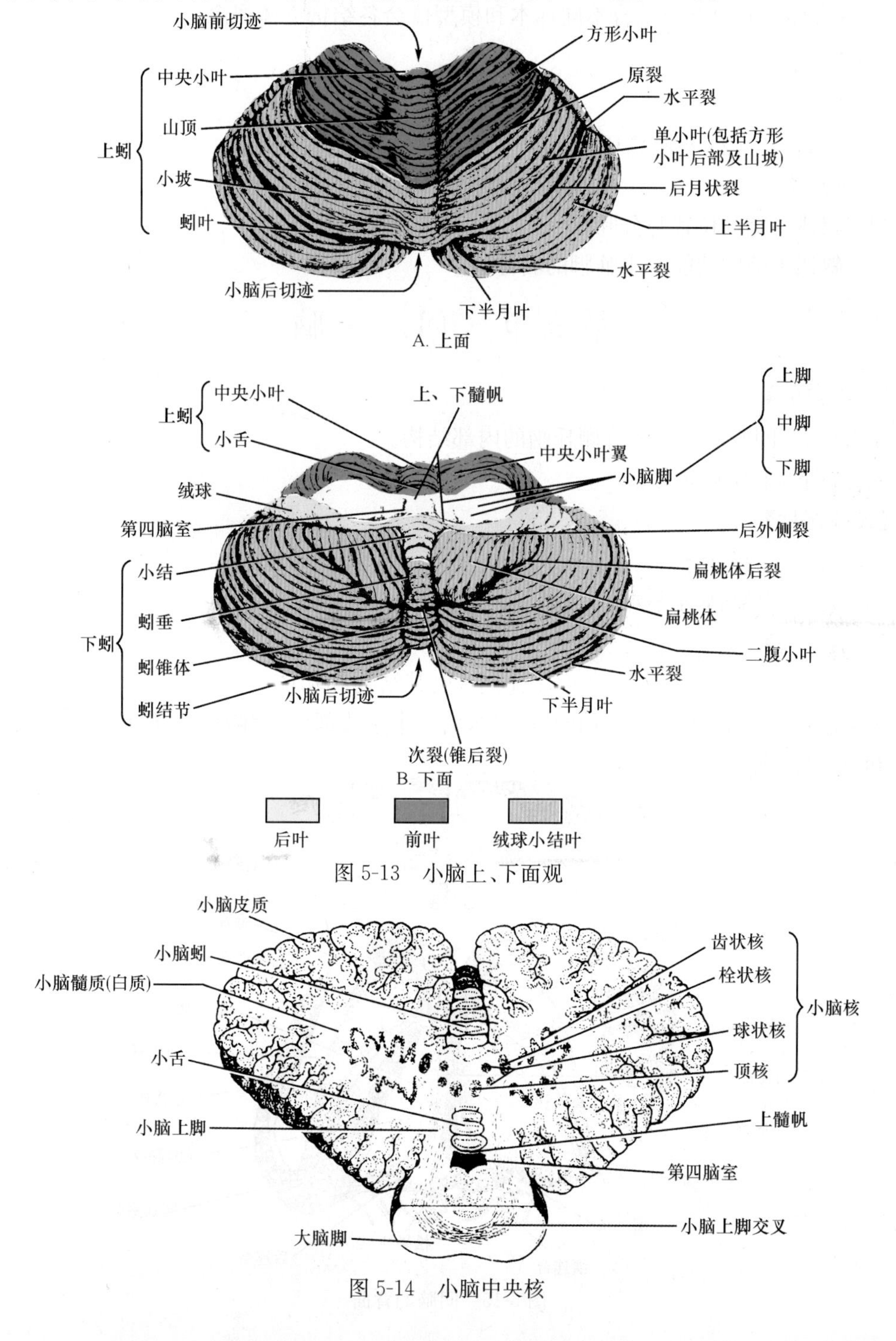

图 5-13　小脑上、下面观

图 5-14　小脑中央核

临床链接：

当颅内压增高时，小脑扁桃体可嵌入枕骨大孔，形成小脑扁桃体疝，压迫脑干，生命中枢受压，可危及生命。

【注意事项】

1. 观察脑标本时要小心和爱护，切勿镊子夹持，要轻拿轻放。
2. 观察标本和模型要结合不同标本和模型体会各结构立体概念。

【思考题】

1. 名词解释

（1）中间核　（2）小脑扁桃体

2. 问答题

（1）叙述小脑的位置与分叶。

（2）叙述小脑的功能及小脑脚的名称。

第五节　间　　脑

【实验目的】

掌握内容：间脑的分部及背侧丘脑的内部结构。

熟悉内容：下丘脑的功能。

【实验器材】

1. 全脑、脑的分离标本。
2. 间脑的模型（显示核群）。

【实验方法】

间脑位于两侧大脑半球之间，体积较小，但其结构和功能十分复杂。间脑与端脑边界不如其他脑部清楚。根据其位置和功能可分为5个主要部分：背侧丘脑、后丘脑、底丘脑、上丘脑和下丘脑（图5-15、图5-16）。

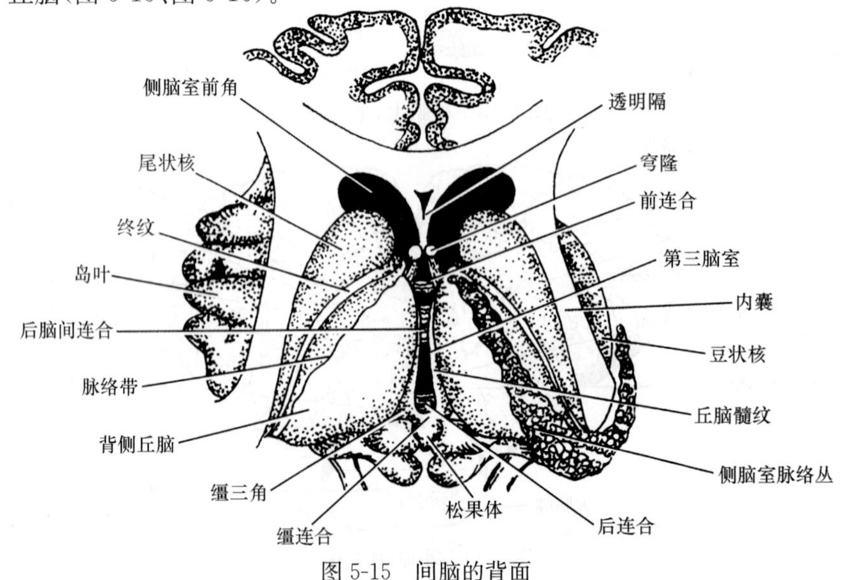

图5-15　间脑的背面

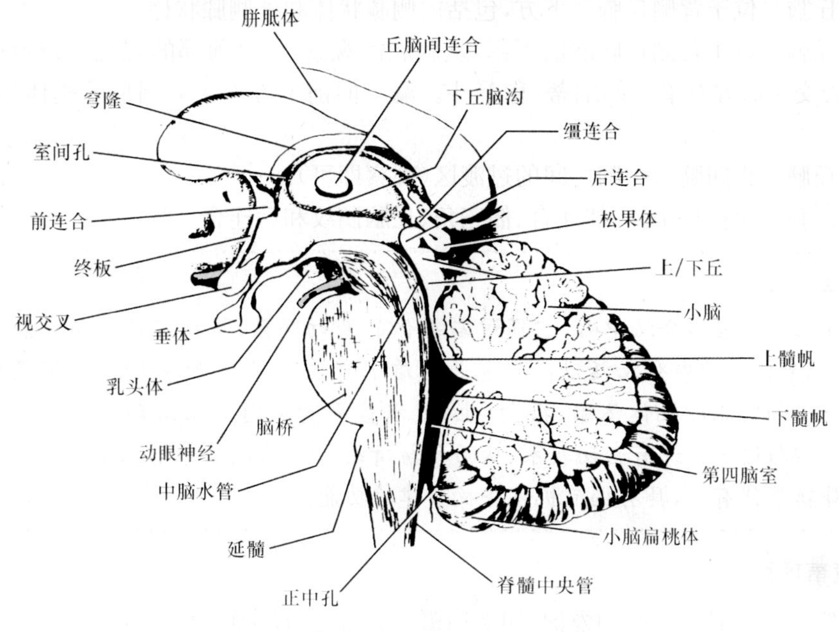

图 5-16 脑干的正中矢状面

在脑模型和脑正中矢状切面的标本和脑干标本上观察。间脑位于端脑和中脑之间绝大部分被大脑半球掩盖,间脑中间有 1 矢状裂隙称为第三脑室。

1. 背侧丘脑 是间脑的最大部分,从脑干标本和模型上观察,可见它位于中脑上方,为卵圆形的灰质块,其外侧紧贴内囊,内侧面为第三脑室侧壁的一部分,前下方邻接下丘脑。两者之间以下丘脑沟为界(图 5-17)。

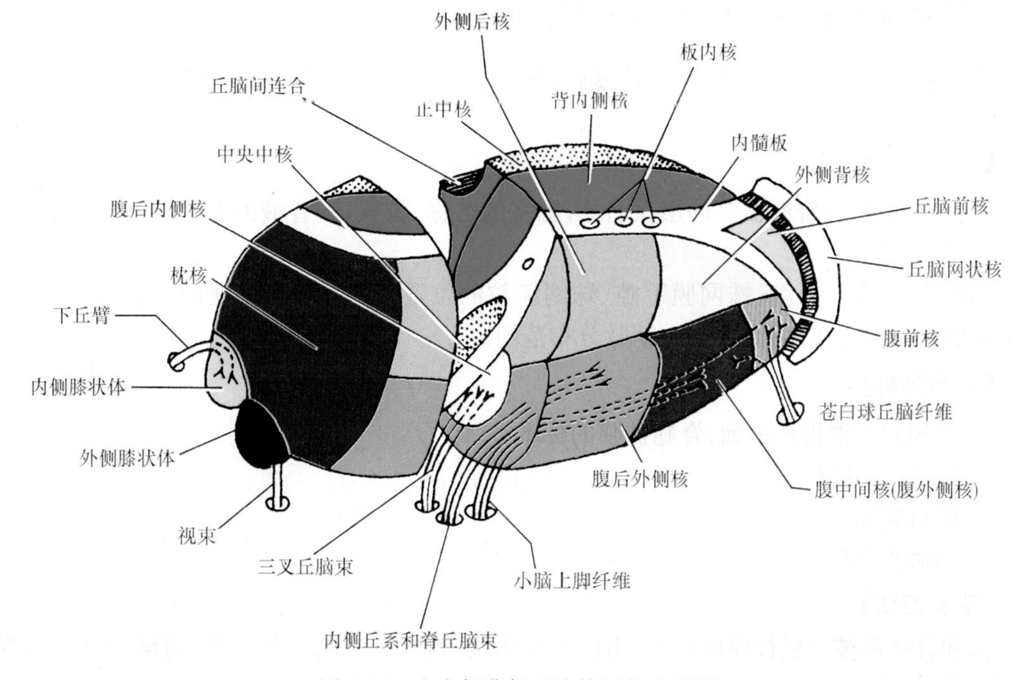

图 5-17 人右侧背侧丘脑核团的立面图

2. 后丘脑　位于背侧丘脑后下方，包括内侧膝状体和外侧膝状体。

3. 下丘脑　位于背侧丘脑的前下部，从脑底面观察，可见前部的视交叉及行向后外方的视束。视交叉后方有单一的细蒂，称漏斗。漏斗向前下方连于卵圆形的垂体（重要的内分泌腺）。

4. 底丘脑　指间脑与中脑之间的过渡区（观察即可）。

5. 上丘脑　包括松果体、僵连合、僵三角、丘脑髓纹和后连合。

临床链接：

下丘脑是神经内分泌中心，它通过与垂体的密切联系，将神经调节与体液调节融为一体，调节机体的内分泌活动。它也是皮质下自主神经活动高级中枢，涉及的功能极为广泛。如它能对机体体温、摄食、生殖、水盐平衡和内分泌活动等进行广泛地调节。下丘脑与边缘系统有密切联系，从而参与情绪行为的调节。下丘脑的视交叉上核与人类昼夜节律有关，具有调节机体昼夜节律的功能。

【注意事项】

1. 观察脑标本时要小心和爱护，切勿用镊子夹持，要轻拿轻放。
2. 端脑与间脑之间及间脑各部分之间的分界和范围不易看清，观察时应注意。

【思考题】

1. 名词解释

(1) 后丘脑　(2) 第三脑室

2. 问答题

(1) 简述间脑的分部。

(2) 在丘脑腹后核内有哪些主要的传导束换元?

第六节　脑和脊髓的被膜、脑室和脑脊液、脑的血管

【实验目的】

掌握内容：脑和脊髓被膜的层次名称；脑室的名称、位置；脑脊液的循环途经；大脑动脉环的位置、组成。

熟悉内容：硬膜外隙、蛛网膜下隙、蛛网膜粒的位置；硬脑膜窦、终池的概念；颈内动脉和椎动脉的主要分支名称；大脑中动脉分布范围。

【实验器材】

1. 开颅和去椎板显示脑、脊髓被膜的标本。
2. 游离硬脑膜标本。
3. 脑血管标本。
4. 脑血管模型。

【实验方法】

脑和脊髓都被三层被膜所包裹，由浅入深依次为硬膜、蛛网膜和软膜，对脑和脊髓有保护、支持的作用。

1. 脊髓、脑的被膜　取已开颅和去掉椎板的标本以及离体脑膜标本观察。

（1）硬膜：可分为硬脑膜和硬脊膜。

1）硬脑膜：可见贴附在颅骨内面，为一层较厚且坚韧而致密的膜，即为硬脑膜。此膜外面粗糙，内面光滑。在颞部撕开硬脑膜对光亮处观察，可见脑膜中动脉的分支。硬脑膜在相当于矢状缝处有一形如镰刀状向下垂的皱襞称大脑镰，伸入大脑纵裂中；在相当于横窦沟处的硬脑膜伸入大、小脑之间，称小脑幕。硬脑膜在某些部位两层分开，其内面衬以内皮，静脉血可在其中，形成硬脑膜窦。主要有上矢状窦，位于大脑镰的上缘；直窦在大脑镰与小脑幕连接处；横窦位于颅骨横窦沟内；乙状窦位于乙状窦沟内（图 5-18）。

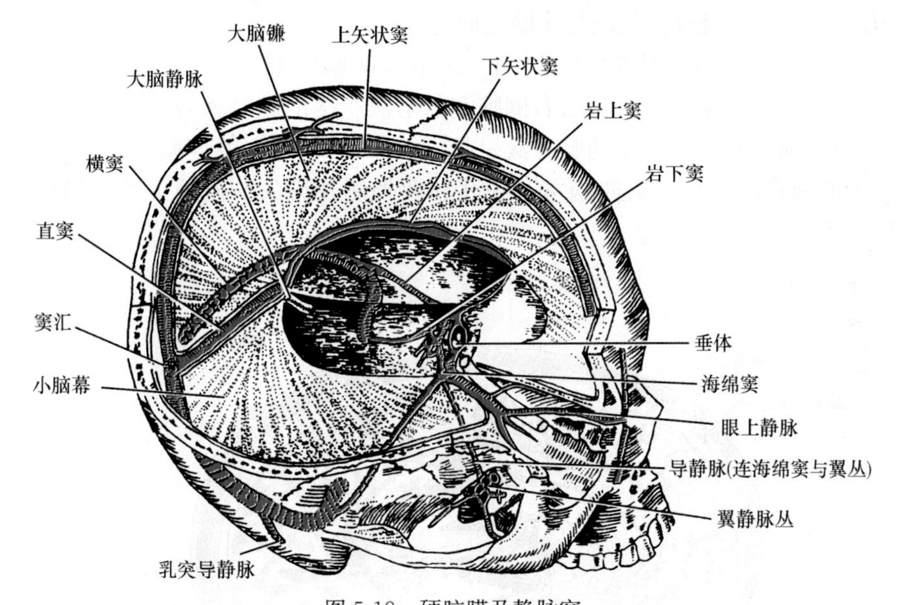

图 5-18　硬脑膜及静脉窦

2）硬脊膜：是脊髓最外面的一层被膜，上端附于枕骨大孔的边缘，与硬脑膜相续；下端于第 2 骶椎水平以下变细，包裹终丝，附于尾骨。硬脊膜与椎管内骨膜之间的腔隙称硬膜外隙。

（2）蛛网膜：位于硬膜的深面，是一层透明的薄膜，跨越脑和脊髓的沟裂。在上矢状窦两旁，蛛网膜部分向上矢窦突入，形成蛛网膜粒。蛛网膜与软膜间的空隙称蛛网膜下隙。此腔隙在脊髓末端与第 2 骶椎水平之间的一段称终池（图 5-19）。

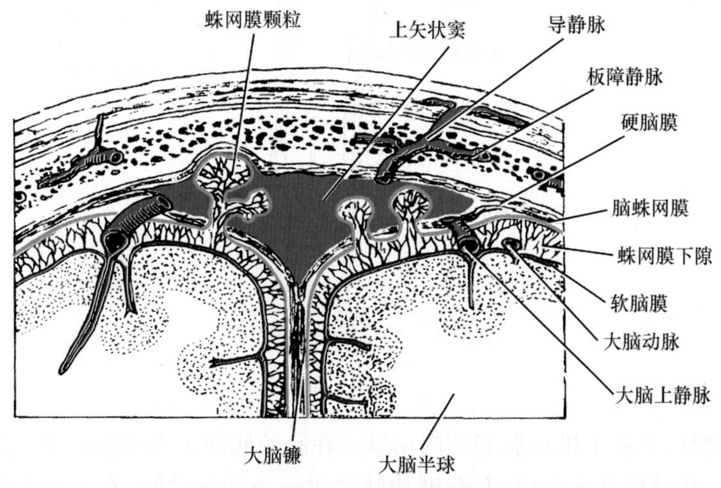

图 5-19　蛛网膜颗粒与硬脑膜窦

(3) 软膜:紧贴于脑和脊髓表面,并伸入沟裂之间,分别称软脑膜和软脊膜。软脑膜还参与构成脉络丛;在侧脑室、第三脑室和第四脑室等处可见到脉络丛。

2. 脑室和脑脊液

(1) 脑室:为脑内的腔隙,包括侧脑室、第三脑室和第四脑室。

1) 侧脑室:位于大脑半球内,左右各一分为 4 部分:中央部在顶叶内;前角伸入额叶内;后角伸入枕叶内;下角伸入颞叶。

2) 第三脑室:为两背侧丘脑、下丘脑之间的裂隙。

3) 第四脑室:位于脑桥、延髓与小脑之间。

(2) 脑脊液:由各脑室内脉络丛产生,其中以侧脑室脉络丛产生脑脊液量最多(约95%)。脑脊液的循环途径如下:左、右侧脑室脉络丛产生的脑脊液,经左、右室间孔流入第三脑室,与第三脑室脉络丛产生的脑脊液一起,经中脑水管流入第四脑室,然后与第四脑室脉络丛产生的脑脊液一起经第四脑室正中孔和两外侧孔流入蛛网膜下隙。最后经蛛网膜粒渗入硬脑膜窦中(图 5-20)。

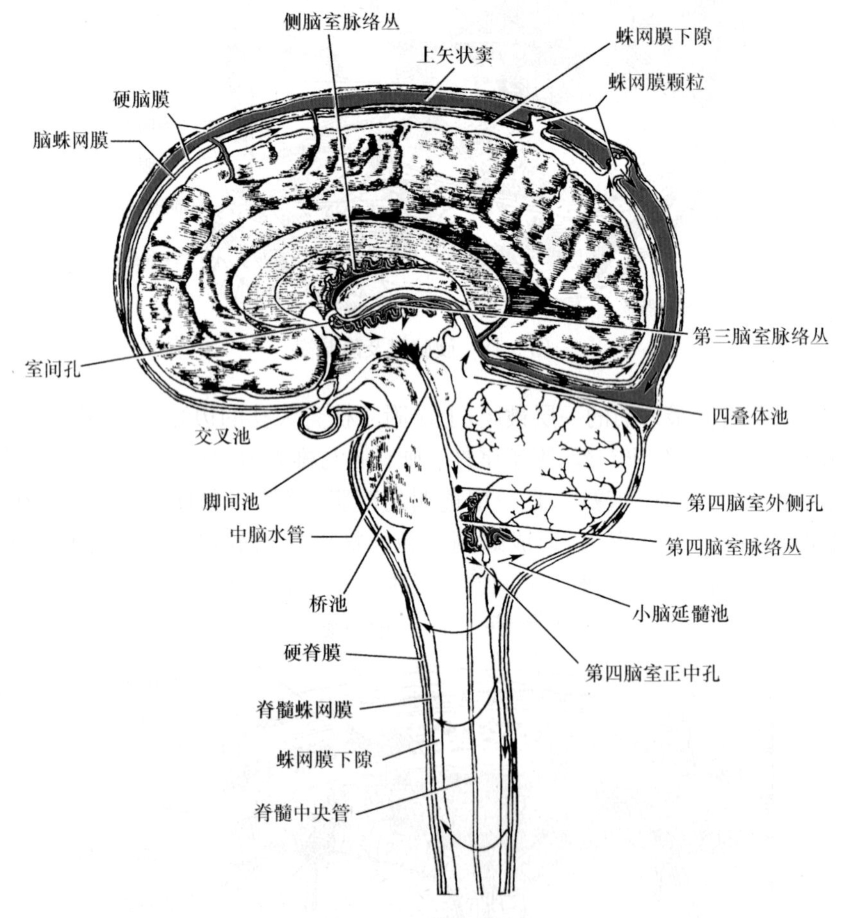

图 5-20 脑脊液循环模式图

3. 脑的血管

(1) 脑的动脉:来源于椎动脉和颈内动脉。在脑的底面标本或脑模型上观察。

1) 椎动脉:在脑桥基底沟内,左右椎动脉合成一条基底动脉,在脑桥上缘发出左、右大脑后动脉，分布于枕叶和颞叶。

2) 颈内动脉：经颈动脉管进入颅腔，在视交叉两侧分为大脑前动脉和大脑中动脉。轻轻拨开大脑额叶处的半球间裂，可见大脑前动脉行于其内，并可见连于两者之间的小动脉，为前交通动脉。大脑中动脉行于大脑外侧沟。在颈内动脉与大脑后动脉之间有后交通动脉。

大脑后动脉、后交通动脉、颈内动脉、大脑前动脉、前交通动脉在脑底共同围成环状，故称大脑动脉环(图 5-21)。

(2) 脑的静脉：可分浅、深两种。浅静脉位于脑的表面，收集皮质及皮质下白质的静脉血；深静脉收集大脑深部的静脉血，两种静脉均注入附近的硬脑膜窦(图 5-22)。

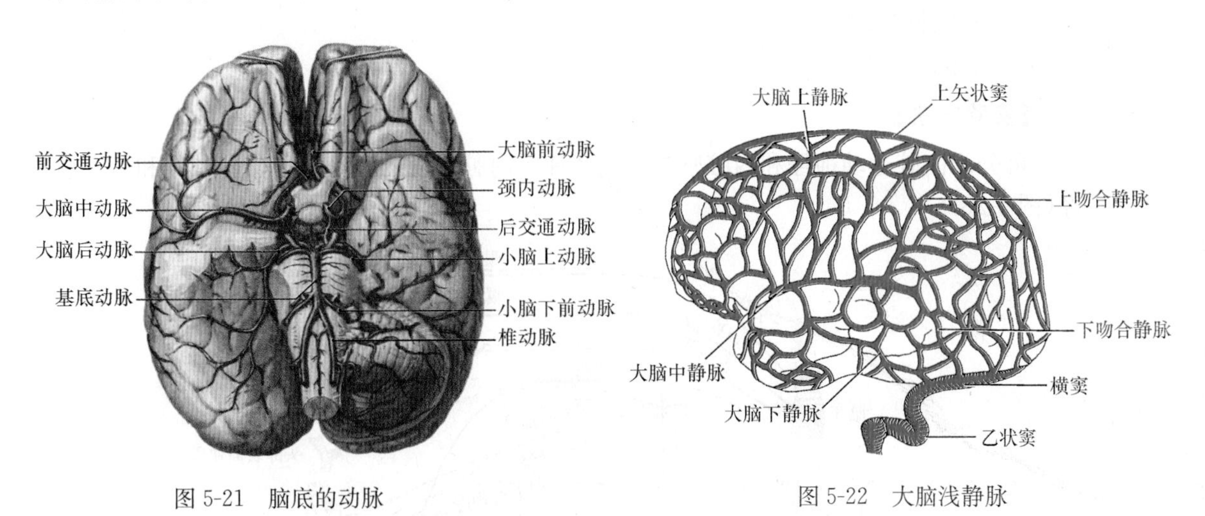

图 5-21　脑底的动脉　　　　图 5-22　大脑浅静脉

临床链接：

小脑幕切迹上方有海马旁回和钩，当小脑幕以上有占位病变时，颅内压增高，引起海马旁回和钩向下移位并嵌入小脑幕切迹，即形成小脑幕切迹疝。因压迫了动眼神经和大脑脚，可产生同侧瞳孔散大、同侧动眼神经支配的眼外肌瘫痪(眼外下斜视)和对侧肢体瘫痪等症状，若挤压严重，造成损伤中脑形成“植物人”。

【注意事项】

本次实验的标本容易损坏，应特别注意保护，观察血管切忌用力牵拉。

【思考题】

1. 名词解释

(1) 硬膜外隙　(2) 蛛网膜粒　(3) 大脑动脉环　(4) 蛛网膜下隙

2. 问答题

(1) 脑和脊髓的被膜由外向内依次是什么？

(2) 试述脑脊液的产生及其循环。

(3) 简述脑的动脉来源及主要分布范围。

(4) 各脑室位于何处？相互间经何处交通？

(九江学院基础医学院　傅文学)

第七节 内脏神经

【实验目的】

掌握内容:内脏神经系统的区分及分布;交感和副交感神经低级中枢的位置。

熟悉内容:内脏运动神经和躯体运动神经的区别;灰、白交通支、交感干的位置和组成。

【实验器材】

1. 交感神经标本;第Ⅲ、Ⅶ、Ⅸ、Ⅹ对脑神经标本。
2. 自主神经模型。
3. 自主神经挂图。

【实验方法】

可分为内脏运动神经和内脏感觉神经2种。内脏运动神经又分为交感神经和副交感神经(图5-23)。

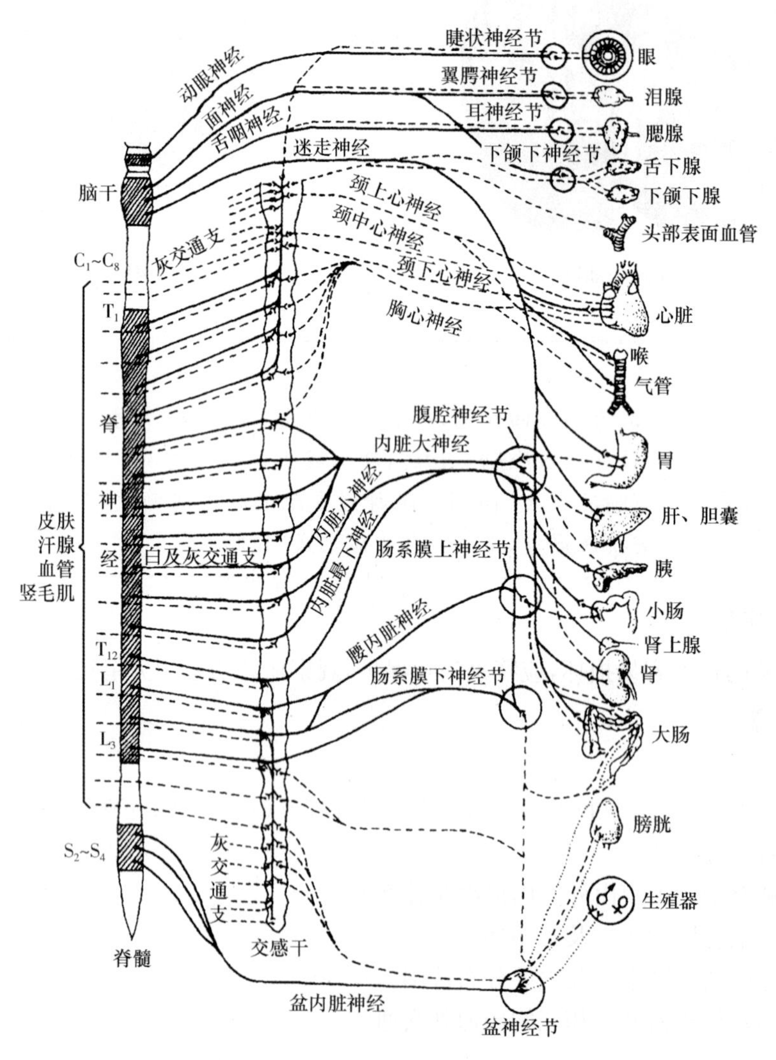

图 5-23 内脏运动神经概况

1．交感神经

（1）中枢部：在内脏神经模型上观察，交感神经的低级中枢位于脊髓第 1 胸段至第 3 腰段（$T_1 \sim L_3$）侧角内。

（2）周围部：

1）交感神经节：可分为椎旁节（借节间支连成交感干）和椎前节。交感干成对，位于脊柱的两侧，呈串珠状。上起颅底，下至尾骨的前面两干合并，终于一个奇神经节。每条交感干各有 22～24 个椎旁节借节间支相连而成。椎旁节可分为颈部、胸部、腰部、骶部和尾部。其中颈部有 3 对颈神经节，胸部有 10～12 对胸神经节，腰部有 4～5 对腰神经节，骶部有 2～3 对骶神经节，尾部有 1 个奇神经节（图 5-24）。

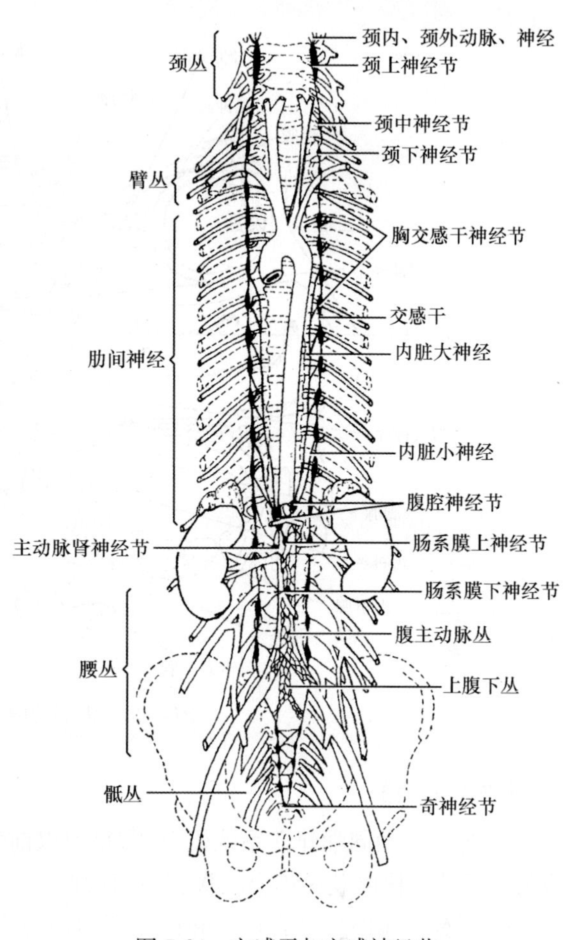

图 5-24　交感干与交感神经节

2）节前纤维和节后纤维：交通支第 1 胸段至第 3 腰段（$T_1 \sim L_3$）脊神经发出白交通支与该段椎旁节相连，各椎旁节均发出白交通支与该段椎旁节相连，各椎旁节均发出灰交通支与第 1 胸段到第 3 腰段（$T_1 \sim L_3$）脊神经相连；内脏大神经由第 6～9 胸交感神经节穿出的节前纤维，向下合并而成。此神经向下穿过膈，终于腹腔神经节；内脏小神经由第 10～11（或 12）胸交感神经节穿出的节前纤维，斜向下合并而成。此神经向下穿过膈，终于主动脉肾神经节。

2．副交感神经

（1）中枢部：在内脏神经模型和脑干电动模型上观察，副交感神经的低级中枢分为颅部和骶部。其中颅部位于脑干内，骶部位于脊髓第 2 至第 4 骶段（$S_2 \sim S_4$）。

（2）周围部：

1）副交感神经节：可分为器官旁和器官内节。

2）节前纤维和节后纤维：在内脏神经模型和脑干电动模型上观察，颅部副交感神经的节前纤维和节后纤维，分别随第 3、7、9、10 对脑神经走行（同学可观察和复习上述 4 对脑神经标本）。骶部副交感神经的节前纤维随骶神经前支出骶前孔组成盆内脏神经，参加盆丛（图 5-25）。

临床链接：

心绞痛以发作性胸痛为主要临床表现。疼痛的特点为：①发作部位：主要在胸骨体上段或中段之后，可波及心前区。常放射至左肩、左臂内侧达无名指和小指。②发作性质：常为压迫、发闷或紧缩性，也可有烧灼感，但不尖锐，偶伴濒死的恐惧感觉。③发作诱因：体力劳动、情绪激动、饱食、寒冷、吸烟等。④发作持续时间：3～5 分钟，含亚硝酸甘油几分钟内可缓解。可多日发作一次，也可一日发作多次。

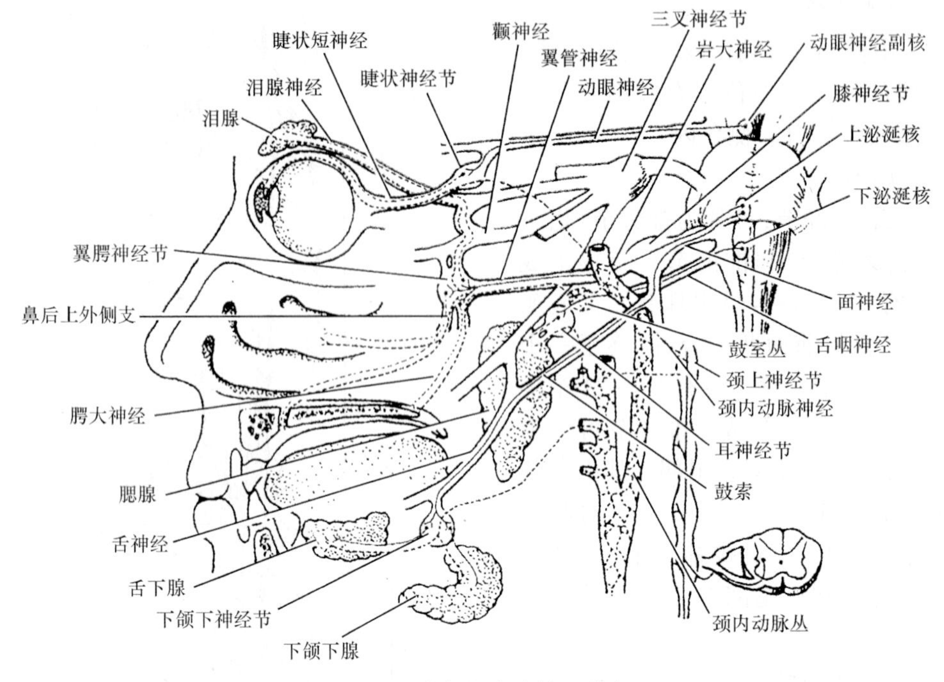

图 5-25 头部的内脏神经分布

【注意事项】

1. 为了帮助同学建立系统概念,需复习以前学习过的有关内容,如脊髓的侧角、脑干内的副交感神经核以及第Ⅲ、Ⅶ、Ⅸ、Ⅹ对脑神经。

2. 观察标本时要结合模型和插图帮助理解。

【思考题】

1. 名词解释

(1) 交感干 (2) 节前神经元 (3) 器官旁节

2. 问答题

(1) 交感神经的低级中枢位于何处? 交感神经节有哪些?

(2) 副交感神经的低级中枢位于何处? 副交感神经节有哪些?

第八节 脊 神 经

【实验目的】

掌握内容:臂丛、腰丛、骶丛的组成和位置;膈神经、尺神经、正中神经、桡神经、腋神经、肌皮神经、股神经、坐骨神经、腓总神经和胫神经的走行位置和分布。

熟悉内容:颈丛的组成和位置,肋间神经、闭孔神经、阴部神经和隐神经等的走行、位置及主要分布。

【实验器材】

1. 脊神经标本。

2. 示颈丛、臂丛、腰丛、骶从、膈神经、肋间神经标本以及整体标本(主要示上、下肢神经)。

3. 脊神经挂图。

【实验方法】

脊神经共31对，分颈神经8对，胸神经12对，腰神经5对，骶神经5对和尾神经1对。脊神经出椎间孔后分为前、后2支（图5-26）。后支较小，走向后方，分布于枕、项、背、腰和臀部的皮肤及深层肌。前支粗大，除大部分胸神经前支外，其余各支分别交织成有颈丛、臂丛、腰丛、骶丛。在头颈、上肢和下肢或完整尸体标本上观察。

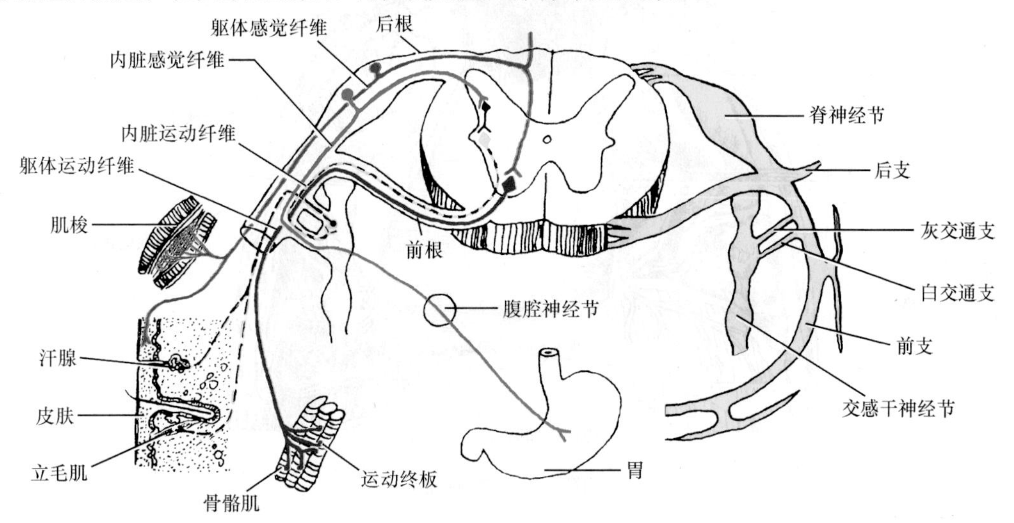

图5-26　脊神经的组成和分支分布图

1. 颈丛　翻开胸锁乳突肌，可见第1～4颈神经前支组成的颈丛及其分支。

（1）皮支：有枕小神经、耳大神经、颈横神经和锁骨上神经。它们经胸锁乳突肌后缘中点浅出，分布于枕部、耳部、颈前区和肩部的皮肤（图5-27）。

（2）肌支：其中重要的膈神经。膈神经是颈丛中最长的一支，由第3～5颈神经前支组成。在胸锁乳突肌的深面，沿前斜角肌表面下行，经胸廓上口入胸腔（由锁骨下动、静脉之间通过），沿心包两侧、肺根前方下行至膈。支配膈的运动和管理胸膜、心包等感觉。右侧的感觉纤维还分布到肝和胆囊等处（图5-28）。

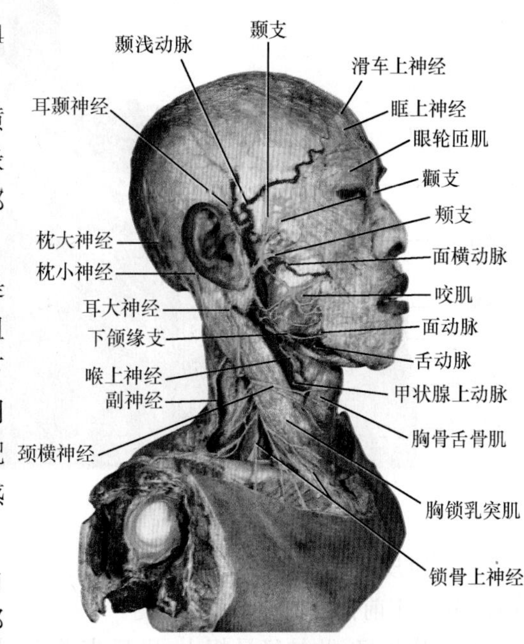

图5-27　颈丛皮支

2. 臂丛　在上1/4标本上观察，臂丛由第5～8颈神经前支及第1胸神经前支大部分组成，行于锁骨下动脉的后上方，经锁骨之后进入腋窝，在腋窝内围绕腋动脉形成内侧束、外侧束及后束。由各束发出数条神经，主要分布到肩、臂、前臂及手的肌和皮肤（图5-29）。

（1）尺神经：由内侧束发出，伴肱动脉下行，向下经肘关节后方紧贴尺神经沟下行，渐至前臂前面，伴尺动脉走行，达腕部经掌腱膜的深面入手掌。尺神经在前臂发出分支支配尺

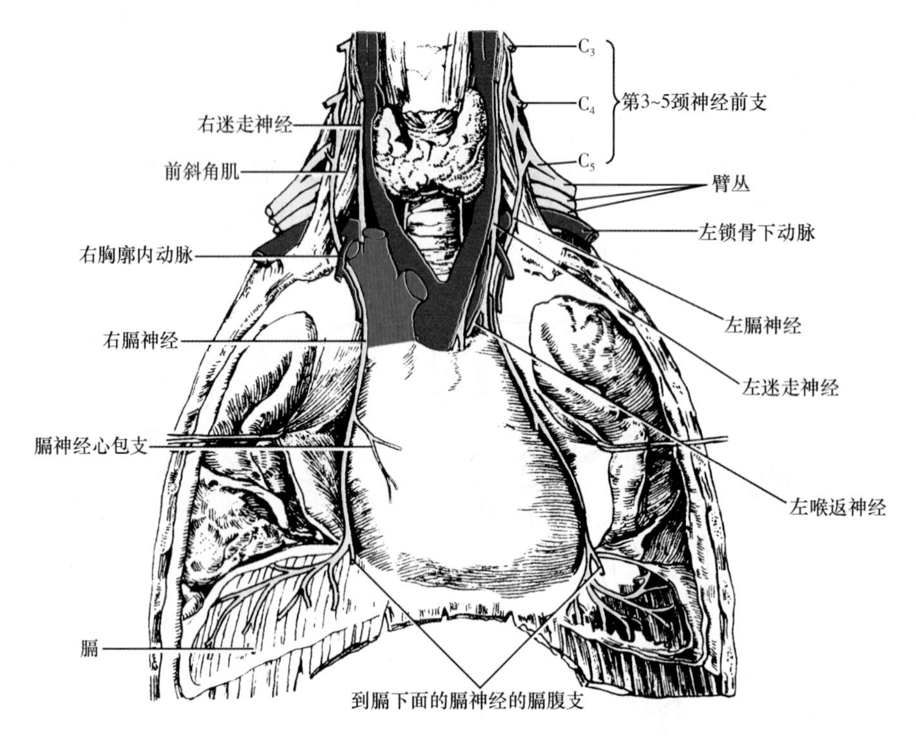

图 5-28 膈神经

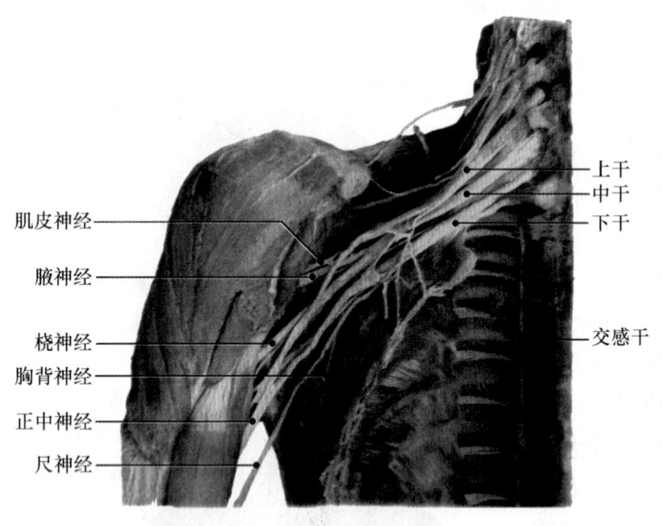

图 5-29 臂丛及其分支

侧腕屈肌和指深屈肌尺侧半，入手掌发出分支支配小鱼际肌、拇收肌、第 3、4 蚓状肌和骨间肌等。皮支分布手掌尺侧 1/3 区及尺侧 1 个半手指的皮肤，手背面尺侧 1/2 及尺侧 2 个半指的皮肤（第 3、4 指相邻侧只分布于近节）。

（2）正中神经：由外侧束和内侧束各发出 1 个根会合而成。在腋动脉前方寻找该神经，可见其两根与尺神经、肌皮神经之间呈“M”形。该神经伴肱动脉下行至肘窝，并穿过旋前圆肌向下经指浅、深屈肌之间，再经腕部达手掌。

（3）肌皮神经：由外侧束发出，其肌支支配臂前群肌的肱二头肌等，皮支为前臂外侧皮神经，分布于前臂外侧皮肤。

（4）桡神经：此神经最粗大，由后束发出，其主干行肱骨后面，紧贴桡神经沟走向外下，在肱骨外上髁前方分深、浅两支。深支穿旋后肌至前臂的后面，支配前臂后群肌；浅支伴桡动脉下行至前臂远端背面，分布于手背桡侧。

（5）腋神经：起自后束，在腋窝后壁处，可见腋神经向后穿四边孔，绕肱骨外科颈，主要支配三角肌（图 5-30、图 5-31）。

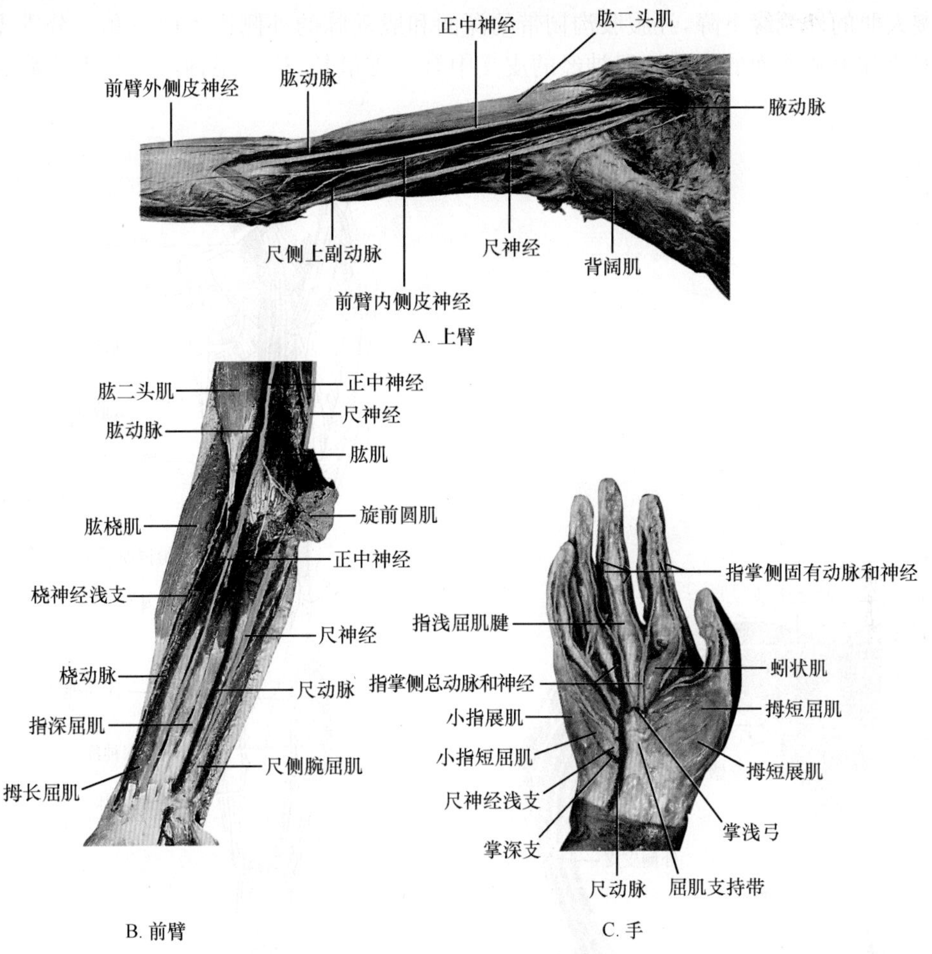

图 5-30 上肢前面的神经

(6) 胸神经前支：可在胸后壁或离体肋间神经标本上寻找。胸神经前支共 12 对。第1～11 对各自位于相应的肋间隙内，称肋间神经。第 12 对胸神经前支位于第 12 肋骨下方，故名肋下神经。上 6 对肋间神经分布于相应的肋间肌、胸壁皮肤及壁胸膜；下 5 对肋间神经和肋下神经除分布相应的肋间肌、胸壁皮肤、壁胸膜外，还进一步向前下斜行进入腹壁，走在腹内斜肌与腹横肌之间，支配腹前外侧壁的肌、皮肤以及壁腹膜(图 5-32)。

3. 腰丛 在暴露腹后壁的标本上观察。翻开腰大肌，于腰椎横突前方可见腰丛。它由第 12 胸神经前支的一部分和第 1～3 腰神经前支及第 4 腰神经前支的一部分组成。主要分支有：

(1) 股神经：是腰丛的最大分支。此神

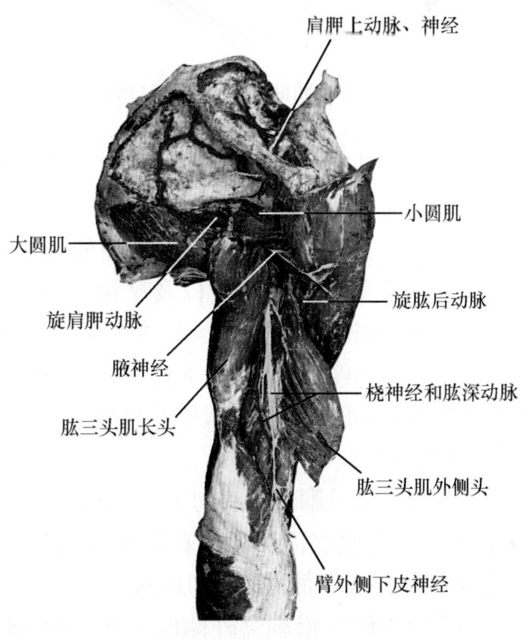

图 5-31 上肢后面的神经

经沿腰大肌的外侧缘下降，经腹股沟韧带的深面和股动脉的外侧进入股三角。分支支配大腿前群肌和大腿前面的皮肤。股神经的皮支中有 1 支最长，称为隐神经。与大隐静脉伴行（图 5-33）。

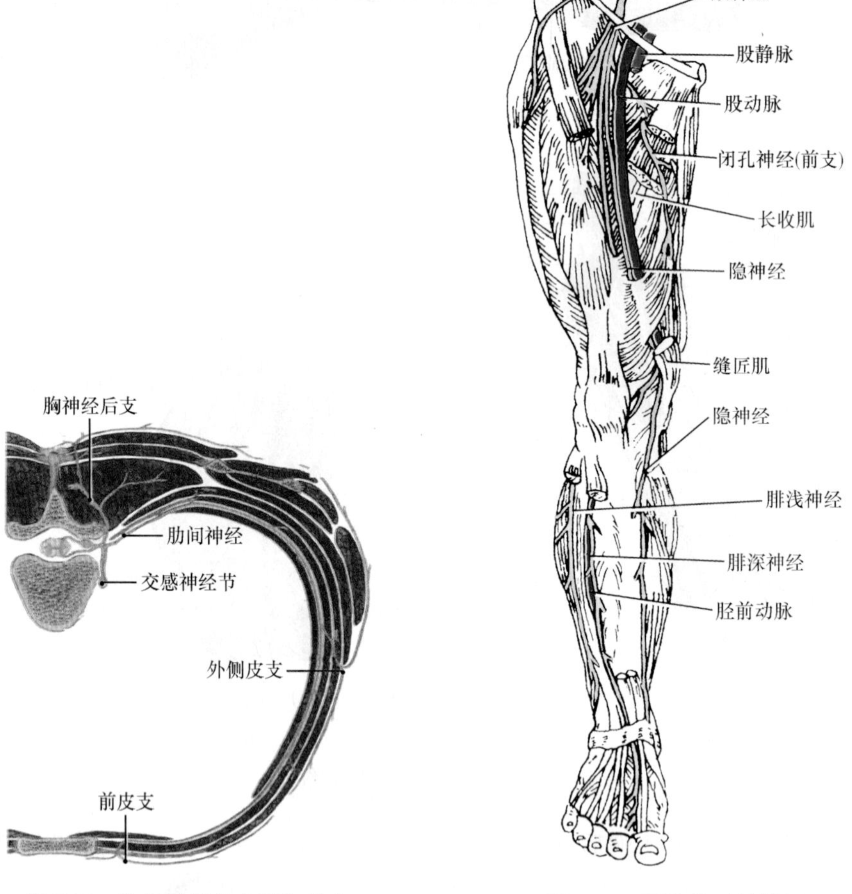

图 5-32　肋间神经的走行与分支

图 5-33　下肢前面的神经

（2）闭孔神经：沿腰大肌的内侧向下穿过闭孔至大腿内侧，分布于大腿内侧群肌和大腿内侧的皮肤。

4. 骶丛　可在带有骨盆矢状切面的标本上观察。它由第 4 腰神经前支一部分、第 5 腰神经前支和全部骶神经前支以及尾神经前支组成，位于小骨盆腔内，紧贴梨状肌的前面。由骶丛发出的神经可在下 1/4 标本上观察，主要有：

（1）坐骨神经：从梨状肌下孔出骨盆，至臀大肌深面，在坐骨结节和股骨大转子之间下行至大腿后面，沿途分支到大腿后群肌。坐骨神经一般在腘窝上角分为胫神经和腓总神经两终支（图 5-34）。

1）胫神经：沿腘窝中线向下，在小腿后面的浅、深层肌之间伴胫后动脉下行，通过内踝后方至足底，分足底内侧神经和足底外侧神经。胫神经肌支分布于小腿后群肌和足底肌，皮支分布于小腿后面及足底的皮肤。

2）腓总神经：沿腘窝外侧向外下，绕过腓骨颈，达小腿前面，分腓深神经和腓浅神经。

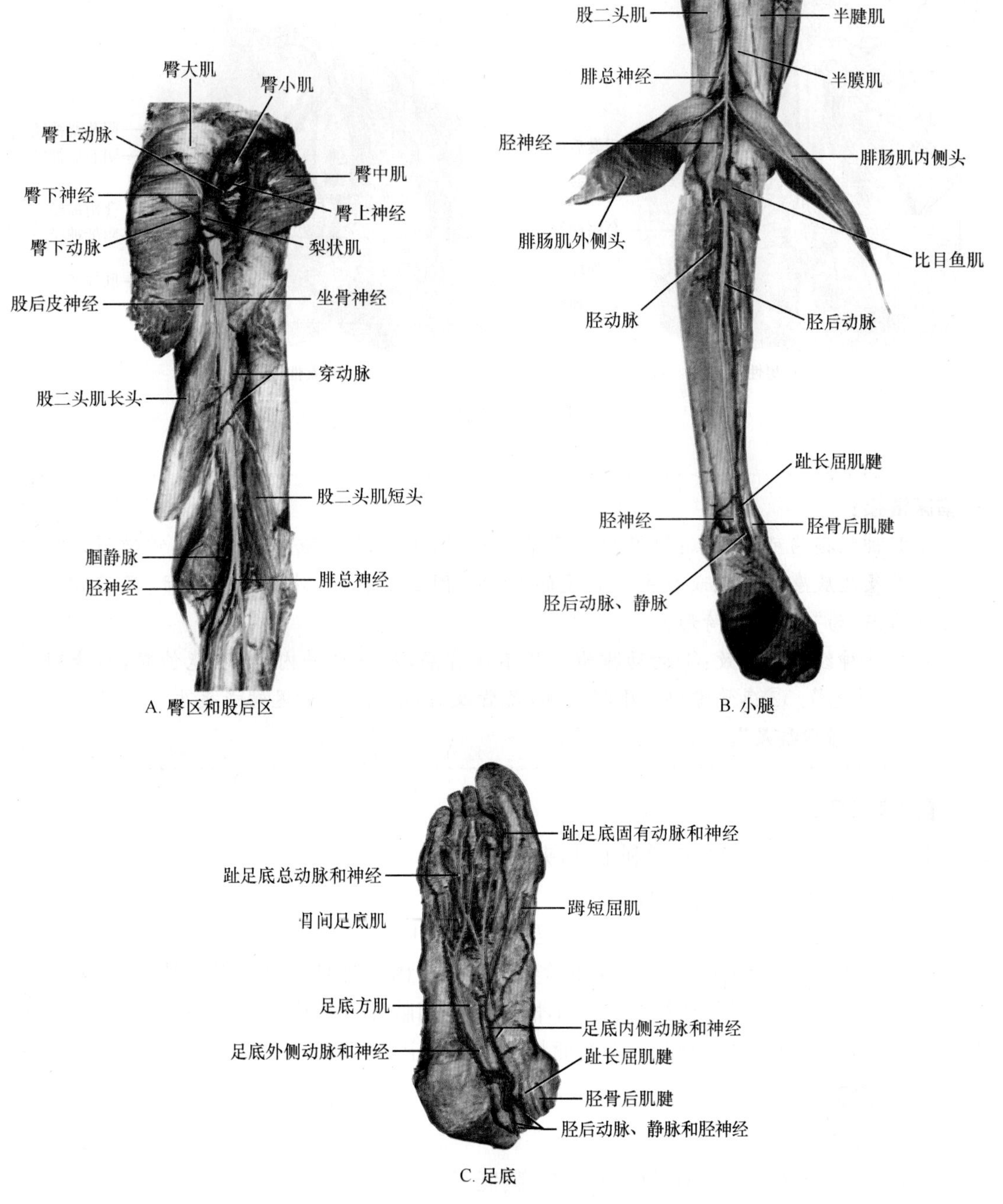

A. 臀区和股后区

B. 小腿

C. 足底

图 5-34 下肢后面的神经

腓深神经伴胫前动脉下降，支配小腿前群肌及足背肌等。腓浅神经行于小腿外侧肌群内，并支配该群肌。腓浅神经于小腿下部 1/3 处穿出深筋膜，分布于小腿外侧、足背及趾背的皮肤。

(2) 阴部神经：经梨状肌下孔出骨盆，再经坐骨小孔至坐骨肛门窝，沿窝的外侧壁向前（图 5-35）。

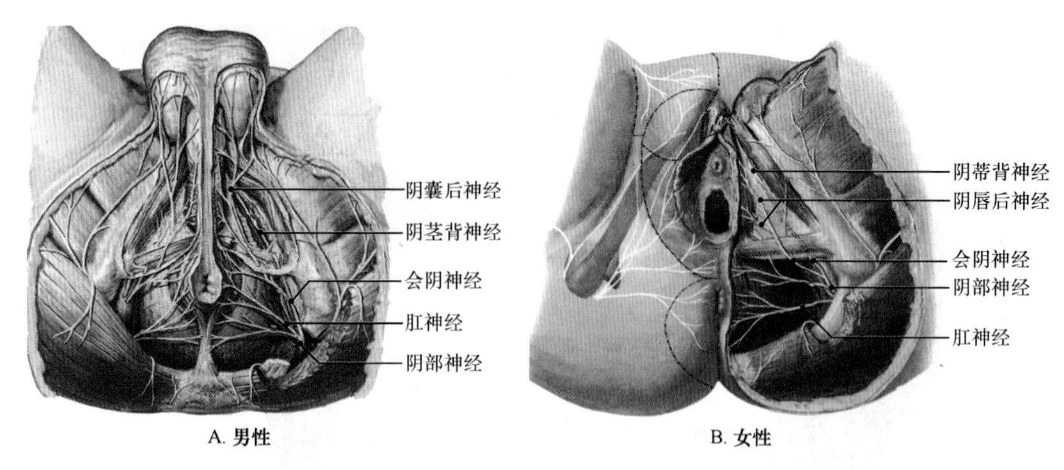

图 5-35　阴部神经

临床链接：

胫神经损伤可致：①运动障碍。足不能跖屈，不能屈趾和内翻。②感觉障碍。小腿后面及足底感觉迟钝或丧失。③足的畸形。因小腿肌前、外侧群的牵拉，足呈背屈外翻状态，为“钩状足”畸形。

腓总神经损伤可致：①运动障碍。足不能背屈，足下垂并内翻，不能伸趾，行走时呈“跨阈步态”。②感觉障碍。小腿外侧，足背及趾背皮肤感觉迟钝或丧失。③足的畸形。呈“马蹄内翻足”。

【注意事项】

1. 注意爱护标本，严禁用锐利工具，夹持和撕拉。

2. 观察时必须弄清解剖方位。

3. 在学习上、下肢的神经时，应结合复习上、下肢肌。

4. 示教与总结强调临床应用，以便学生了解肱骨内上髁骨折易损伤尺神经；肱骨中段骨折易损伤桡神经；肱骨外科颈骨折或不恰当地使用腋杖可损伤腋神经；根据胸神经节段性分布特点，临床借此判断脊髓损伤断面与麻醉平面定位的关系。

【思考题】

1. 名词解释

(1) 脊神经前根　(2) 脊神经节　(3) 腰骶干

2. 问答题

(1) 为什么说脊神经是混合神经？

(2) 试述膈神经的行程和分布范围。

(3) 臂丛的组成、位置及主要分支有哪些？

(4) 腰丛的组成、位置、主要分支及分布范围如何？

(5) 坐骨神经的组成、分支、走行及分布范围？

（九江学院基础医学院　曹小明）

第九节　脑　神　经

【实验目的】

掌握内容:脑神经的数目、名称;动眼神经、三叉神经、面神经、迷走神经、舌下神经的主要分布范围及其功能。

熟悉内容:脑神经出入颅的部位;视神经、滑车神经、展神经和副神经的主要分布范围。

【实验器材】

1. 去颅盖骨的颅骨标本,取脑保留有硬脑膜的头矢状切面标本;去眶上壁的眶内结构标本(含睫状神经节)。

2. 舌咽神经、副神经及舌下神经标本(头部矢状切标本);三叉神经、面神经、迷走神经(头、颈、胸部)标本及模型。

3. 脑干模型、三叉神经模型、头面部神经模型。颞骨和耳模型。

【实验方法】

分别在不同的标本和模型上观察12对脑神经,同时配合颅底内面观标本观察脑神经出入颅的部位(图5-36)。

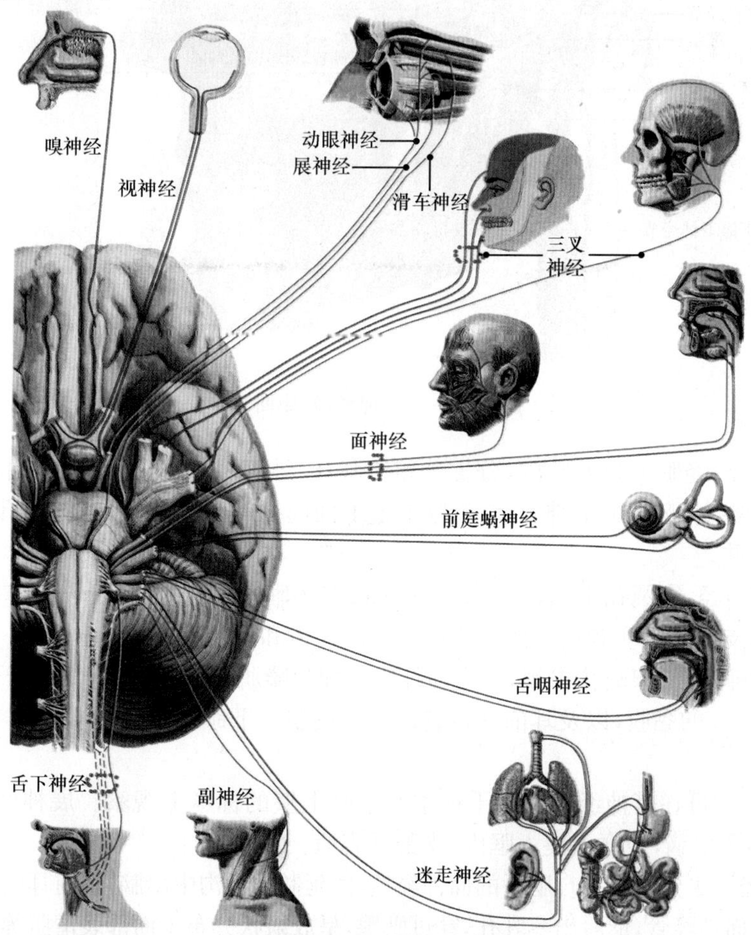

图5-36　脑神经概观

1. 嗅神经　在保留鼻中隔的头部矢状切面标本上观察。可见鼻中隔的上部和上鼻甲突起部的黏膜内有 15～20 条嗅丝，向上穿筛孔，终于嗅球。

2. 视神经　在去眶上壁的标本上观察。可见眼球后极偏内侧有粗大的视神经穿出眼球，经视神经管入颅腔。

3. 动眼神经　在脑干的模型或附有脑神经根的脑干标本上观察。可见动眼神经自中脑腹侧的脚间窝穿出。换去眶上壁和外侧壁的标本观察，可见动眼神经穿眶上裂入眶达眼的上直肌、下直肌、内直肌、下斜肌、上睑提肌、瞳孔括约肌和睫状肌。

4. 滑车神经　用同上的标本观察。可见由中脑背侧下丘下方发出的滑车神经，绕大脑脚至腹侧，向前经海绵窦穿眶上裂入眶内，支配上斜肌。

5. 三叉神经　取三叉神经标本和模型观察。可见三叉神经连于脑桥，往前行于颞骨岩部，在硬脑膜下方有膨大的三叉神经节，从节上发出 3 支(图 5-37)。

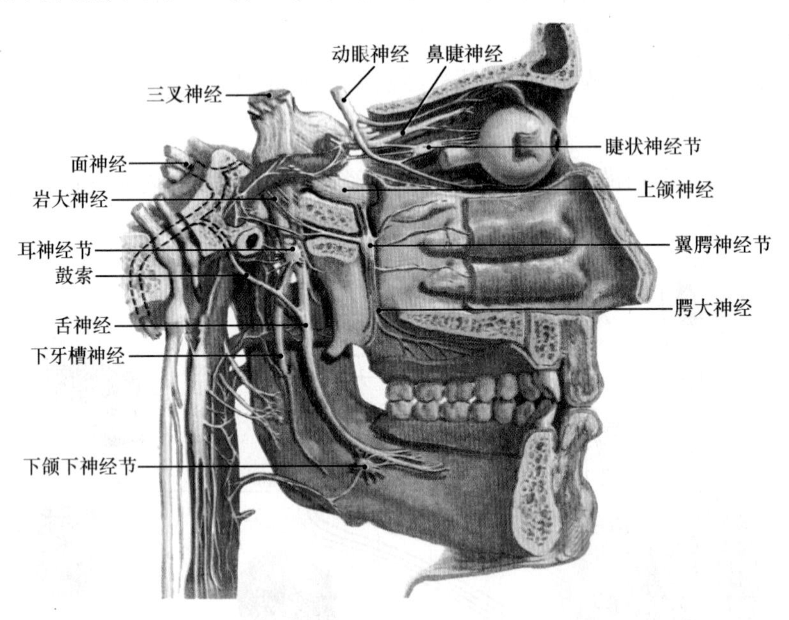

图 5-37　三叉神经(外侧面)

(1) 眼神经：经眶上裂入眶内，分支分布于眼球、结膜、角膜、泪腺、鼻腔黏膜以及鼻背。眼神经的 1 个终支，名为眶上神经，它沿眶上壁下面前行经眶上切迹(或眶上孔)，分布于上睑和额顶部皮肤。

(2) 上颌神经：穿圆孔出颅，经眶下裂入眶改名为眶下神经，分布于眼裂、口裂之间的皮肤。沿途还分支至上颌窦和鼻腔的黏膜以及上颌牙齿和牙龈等处。

(3) 下颌神经：经卵圆孔出颅，其运动纤维支配咀嚼肌；感觉纤维则分布于下颌牙齿、牙龈、颊和舌前 2/3 的黏膜，以及耳前和口裂以下的皮肤。下颌神经的主要分支有：下牙槽神经、舌神经。

6. 展神经　可在带神经根的脑干标本和去眶上壁的标本上观察。展神经由延髓脑桥之间正中线两旁出脑，经眶上裂入眶内，支配外直肌。

7. 面神经　主要纤维发自脑桥的面神经核，由延髓脑桥沟中出脑，入内耳门(在颞骨模型观察)，经颞骨面神经管，最后出茎乳孔，穿过腮腺，呈放射状分布于面部表情肌等(在面神经和头面部神经模型上观察)。此外，面神经还分布到舌前 2/3 的黏膜、泪腺和部分涎腺(图 5-38)。

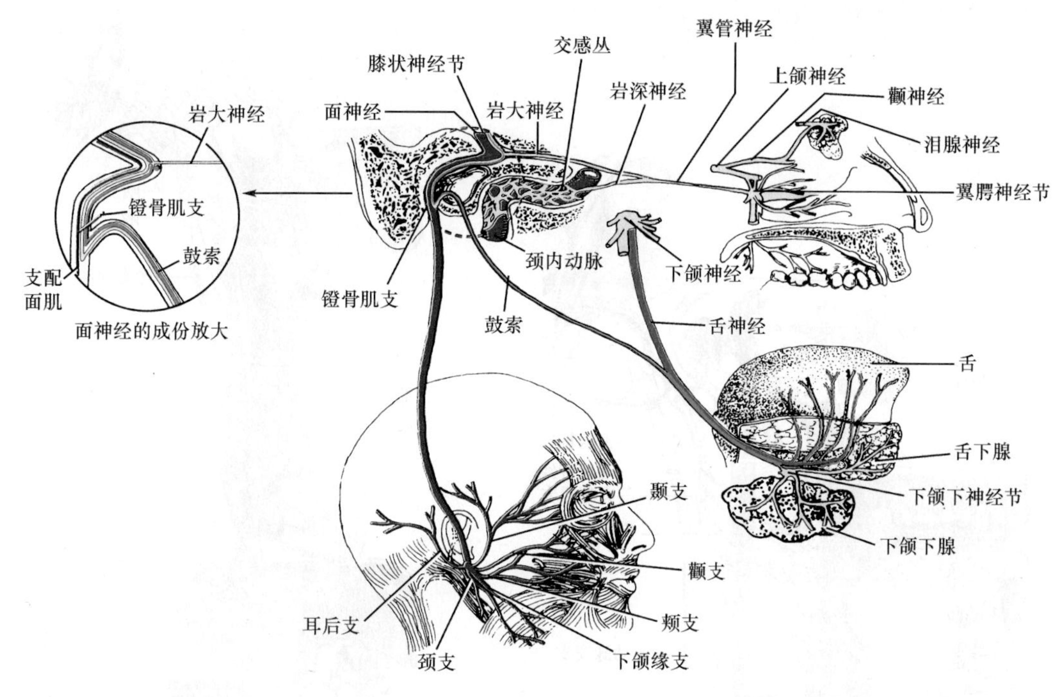

图 5-38　面神经的成分及分布

8. 前庭蜗神经　包括传导听觉的纤维和传导平衡觉的纤维。在耳模型和内耳透明标本上观察，可见此神经与面神经同行入内耳门，分布到内耳(前庭和耳蜗)(图 5-39)。

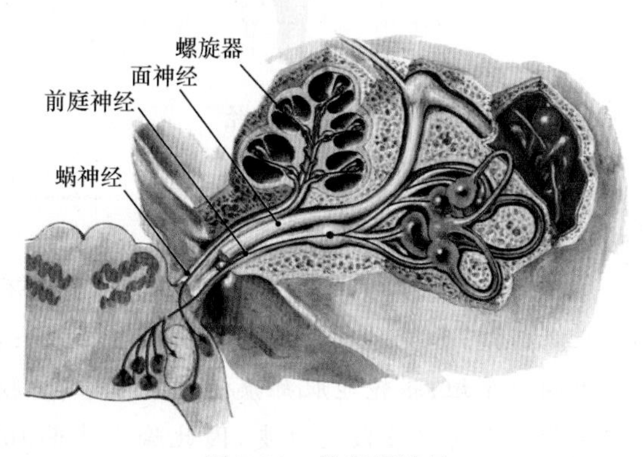

图 5-39　前庭蜗神经

9. 舌咽神经　此神经由延髓侧面发出后，经颈静脉孔出颅达咽及舌后 1/3。此神经的重要分支是窦神经(颈动脉窦支)，沿颈内动脉下行，达颈动脉窦及颈动脉小球(图 5-40)。

10. 迷走神经　在头、颈、胸部的标本上观察。此神经在延髓侧面离开脑干，经颈静脉孔出颅的颈部走在颈总动脉与颈内静脉之间的后方，经胸廓上口入胸腔，通过肺根的后面沿食管下降，经膈肌食管裂孔入腹腔。行程中发出许多分支。这里只观察喉返神经，左侧喉返神经勾绕主动脉弓，右侧喉返神经勾绕锁骨下动脉。回返向上，行于食管和气管间沟内至咽下缩肌下缘，改称喉下神经。分布于大部分喉肌和声门裂以下的喉黏膜(图 5-41)。

11. 副神经　翻开胸锁乳突肌向上，其深面相连该肌的神经即副神经。此神经在延髓侧面离开脑干，经颈静脉孔出颅，支配胸锁乳突肌和斜方肌。

12. 舌下神经　在颈部深层标本上观察。首先找到颈外动脉下部于该动脉前面跨过，连于舌的神经即舌下神经，该神经由延髓锥体外侧离开脑干，经舌下神经管出颅，支配舌肌。

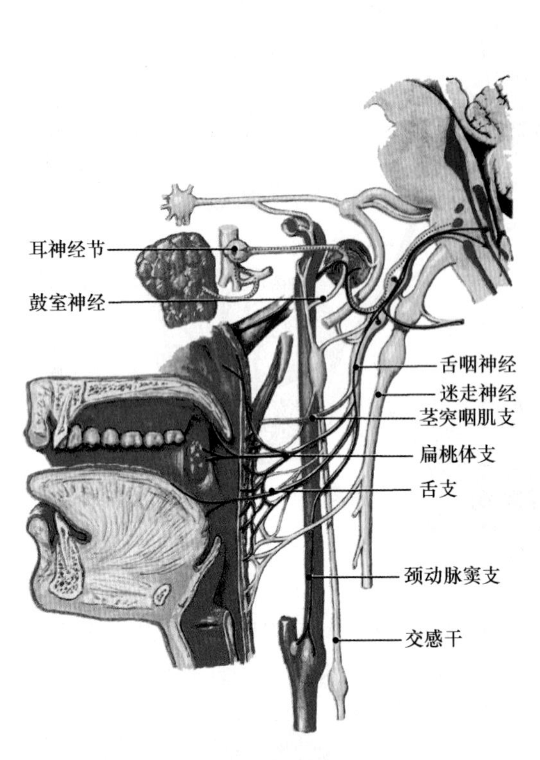

图 5-40　舌咽神经

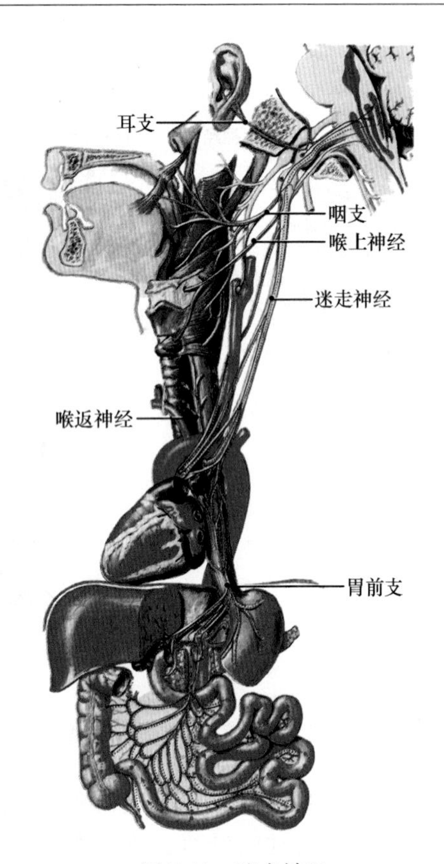

图 5-41　迷走神经

临床链接：

面神经在面神经管内和管外损伤的表现不同。①面神经管外损伤，表现为损伤侧表情肌瘫痪，如笑时口角偏向健侧、不能鼓腮；说话时唾液从口角流出；伤侧额纹消失、鼻唇沟变平坦；眼轮匝肌瘫痪使闭眼困难、角膜反射消失等症状。②面神经管内损伤，同时伤及面神经管段的分支，因此除上述面肌瘫痪症状外，还出现听觉过敏、舌前 2/3 味觉障碍、泪腺和涎腺分泌障碍等症状。

【注意事项】

1. 注意爱护标本，严禁用锐利工具，夹持和撕拉。

2. 观察时必须弄清解剖方位。

3. 脑神经比较复杂，为了学好，首先应复习颅骨的解剖结构，如颅前窝的筛孔；颅中窝的视神经管、眶上裂、圆孔、卵圆孔、三叉神经压迹；颅后窝的内耳门、颈静脉孔、舌下神经管；以及茎乳孔、眶上切迹、眶下孔、颏孔、下颌孔等。

4. 1 对脑神经有时不能在一个标本上完全看到，需在不同标本或模型上配合观察。

【思考题】

1. 名词解释

三叉神经节

2. 问答题

(1) 眼外肌有哪些？各受何神经支配？

(2) 面部皮肤感觉、表情肌和咀嚼肌的运动各受何神经支配？

(3) 12 对脑神经中，哪几对含有内脏运动神经纤维？这些纤维分别来自什么神经核？

第十节 神经传导通路

【实验目的】

掌握内容：躯干和四肢浅感觉的传导通路、躯干和四肢意识性的本体感觉传导通路、视觉传导通路；运动传导通路。

熟悉内容：听觉、平衡觉传导通路。

【实验器材】

1. 运动和感觉传导通路电动模型。

2. 运动和感觉传导通路挂图。

【实验方法】

神经系统传导通路包括感觉传导通路和运动传导通路。感觉传导通路是指机体将接受到的各种刺激转换为神经冲动，并传递到各级中枢、直至大脑皮质，产生相应的感觉，为上行传导通路。大脑皮质对信息进行分析整合后，由锥体细胞的神经纤维将其指令下传到脑干和脊髓的运动神经元，由其纤维到达所支配的效应器，产生相应的运动，为下行传导通路。皮肤、黏膜的痛、温度觉、触压觉为浅感觉；肌、肌腱、关节等运动器官自身在不同状态（运动或静止）时产生的感觉，称深感觉或本体感觉，包括位置觉、运动觉和震动觉。深感觉传导路又分为意识性本体感觉传导路和非意识性本体感觉传导路。前者传导到大脑皮质，产生意识性感觉；后者传导到小脑，仅反射性调节骨骼肌的运动和肌张力，维持身体的平衡，称非意识性本体感觉传导路。

1. 感觉传导通路

(1) 躯干、四肢意识性的本体觉传导通路：在传导通路模型上观察。该通路由 3 级神经元组成(图 5-42)。

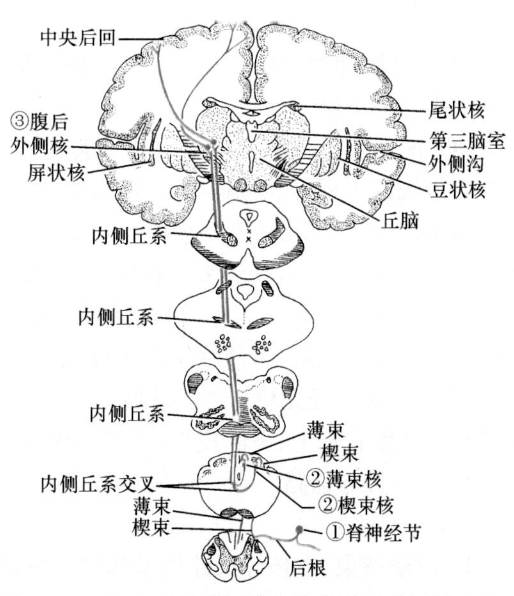

图 5-42 躯干、四肢意识性本体感觉和精细触压觉传导通路(①②③为 3 级神经元胞体)

1) 第 1 级神经元的胞体位于脊神经内。其周围突发布至躯干和四肢的本体感受器和皮肤的精细触觉感觉器。中枢突经后根进入脊髓同侧后索中上行(其中来自脊髓第 4 胸节以下的纤维形成薄束，来自第 4 胸节以上的纤维形成楔束)至延髓。

2) 第 2 级神经元分别于薄束核和楔束核。它们发出的纤维在中线上交叉，称内侧丘系交叉。交叉后的纤维(称内侧丘系)在中央管两侧上行止于背侧丘脑。

3) 第 3 级神经元位于背侧丘脑。它们发出的纤维组成丘脑皮质束，经内囊后肢股射到中央后回的上 2/3 和中央旁小叶的后部。

(2) 躯干、四肢的浅感觉传导通路：在传导通路模型上观察。该通路亦由 3 级神经元组成(图 5-43)。

1) 第 1 级神经元是脊神经节细胞。其周围突出分布至躯干和四肢的感受器，中枢突经后根进脊髓灰质后角。

2) 第 2 级神经元位于脊髓灰质后角。由它们发出的纤维上升 1～2 个节段经白质前连合交叉到对侧。其中一部分纤维进入外侧索上行(脊髓丘脑侧束)，另一部分纤维进入前索(脊髓丘脑前束)上行，两束向上经延髓、脑桥和中脑止于背侧丘脑。

3) 第 3 级神经元位于背侧丘脑。由它们发现的纤维组成丘脑皮质束，经内囊后肢投射至中央后回上 2/3 和中央旁小叶的后部。

(3) 头面部的浅感觉传导通路：在传导通路模型上观察。该通路亦由 3 级神经元组成。

1) 第 1 级神经元的胞体位于三叉神经节内。其周围突分布于头面部皮肤和黏膜的感受器，中枢突经三叉神经根入脑桥止于三叉神经脑桥核和三叉神经脊束核。

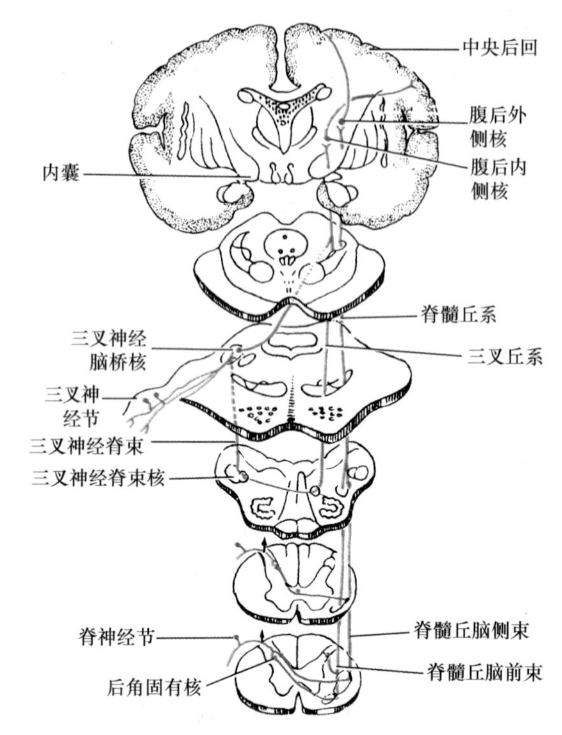

图 5-43 痛温觉、粗略触压觉传导通路

2) 第 2 级神经元位于三叉神经脑桥核和三叉神经脊束核。由它们发出的纤维交叉至对侧组成三叉丘系，向上止于背侧丘脑。

3) 第 3 级神经元位于背侧丘脑。由它们发出的纤维组成丘脑皮质束，经内囊后肢，投射到中央后回下部。

(4) 视觉传导通路：用视觉传导通路模型，结合视觉传导通路图观察。视觉传导通路的感受器为视网膜视锥和视杆细胞(图 5-44)。

1) 第 1 级神经元和第 2 级神经元分别是视网膜中的双极细胞和神经节细胞，神经节细胞的轴突组成视神经，其中来自视网膜鼻侧半的纤维在视交叉处内交叉到对侧；而来自视网膜颞侧半的纤维在视交叉处不交叉走向同侧，与对侧视交叉过来的纤维共同组成视束。视束纤维绕过大脑脚，多数纤维终于外侧膝状体。

2) 第 3 级神经元位于外侧膝状体。由外侧膝状体发出的纤维组成视辐射经内囊后肢，投射到枕叶距状沟上、下的皮质，即视觉中枢。

2. 运动传导通路

(1) 锥体系：

1) 皮质核束：在传导通路模型和脑干电动模型上观察。可见中央前回下部的锥体细胞轴突集合组成皮质核束。在大脑水平切面上，皮质核束的纤维经内囊膝部下行至脑干。其中一部分纤维终止两侧的躯体运动核(动眼神经核、滑车神经核、展神经核、三叉神经运动

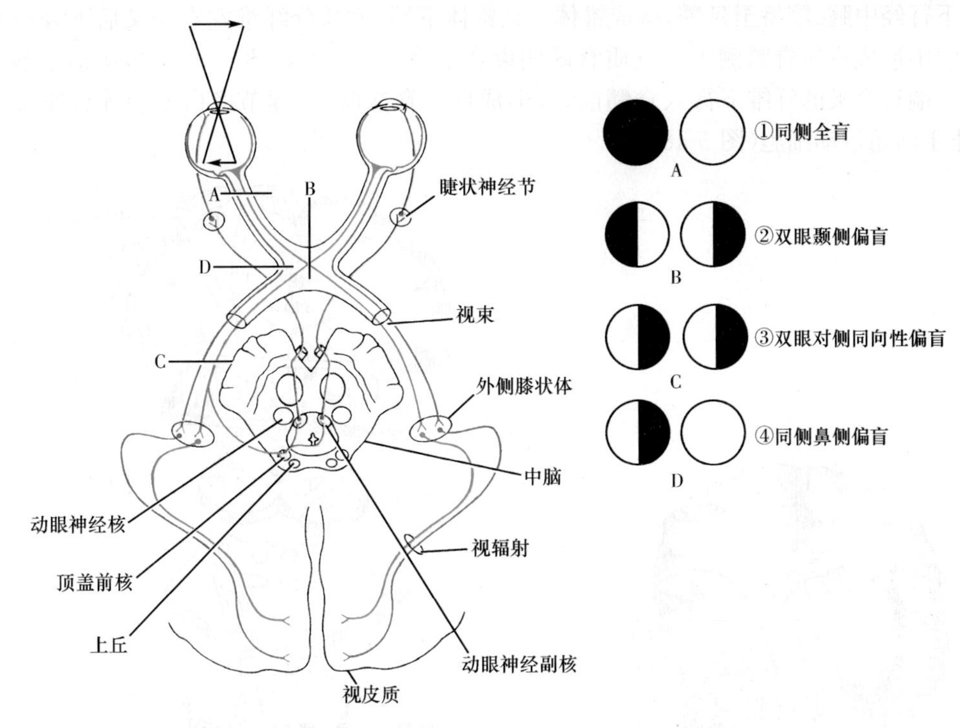

图 5-44　视觉传导路和瞳孔对光反射通路

核、面神经核的上部、疑核和副神经核）。另一束纤维下行至脑桥下部，止于对侧的面神经核下部和舌下神经核（图 5-45、图 5-46 和图 5-47）。

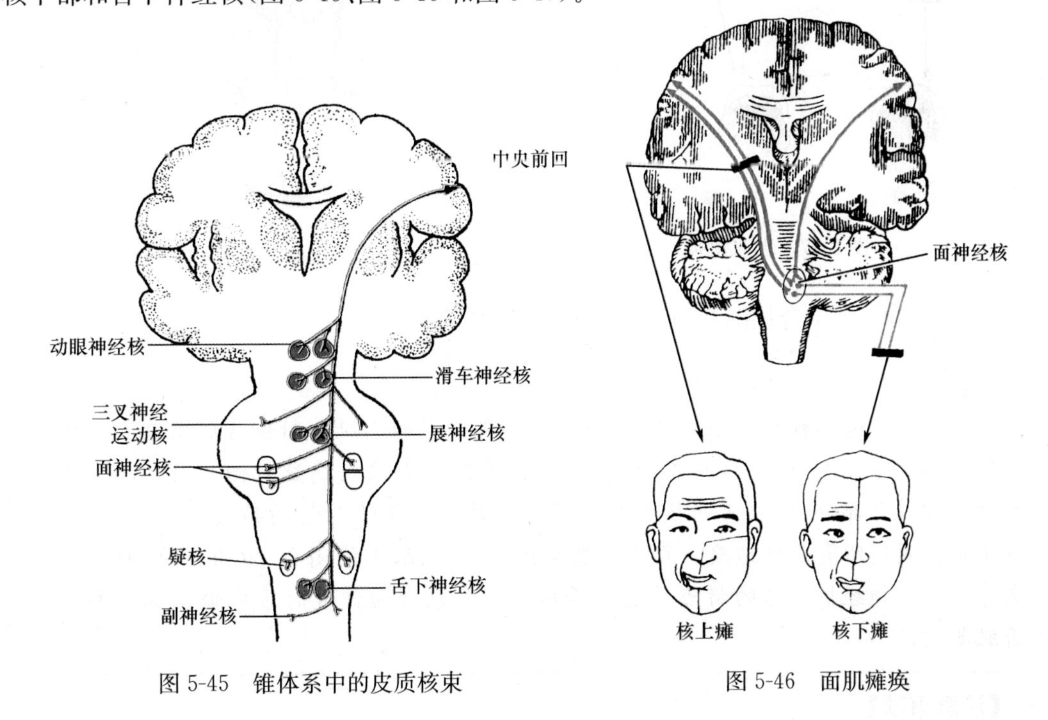

图 5-45　锥体系中的皮质核束　　图 5-46　面肌瘫痪

2）皮质脊髓束：在传导通路模型上观察。可见中央前回上、中部和中央旁小叶前部皮质的锥体细胞的轴突集合组成皮质脊髓束。在大脑水平切面上，皮质脊髓束的纤维经内囊后肢下行经中脑、脑桥至延髓，构成锥体。在锥体下端，大部分纤维左右交叉后下降至脊髓外侧索中形成皮质脊髓侧束。皮质脊髓侧束在下降中陆续止于各节的前角运动细胞。在锥体下端有交叉的纤维下行入脊髓前索，形成皮质脊髓前束，逐节经白质前连合交叉至对侧，止于前角运动细胞(图 5-48)。

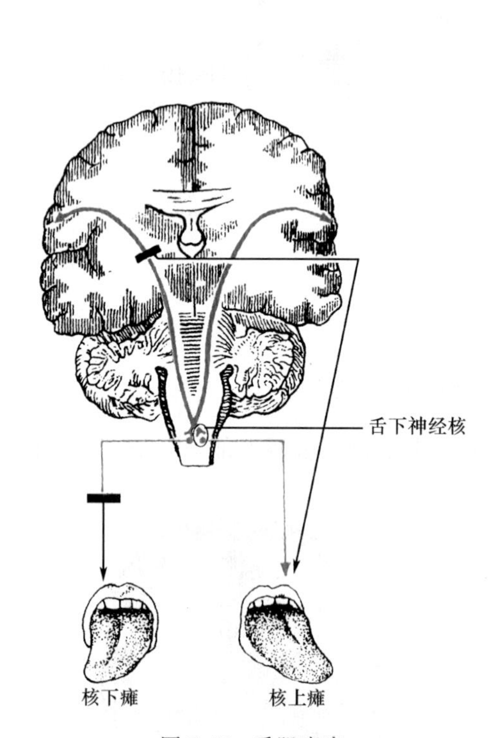

图 5-47　舌肌瘫痪

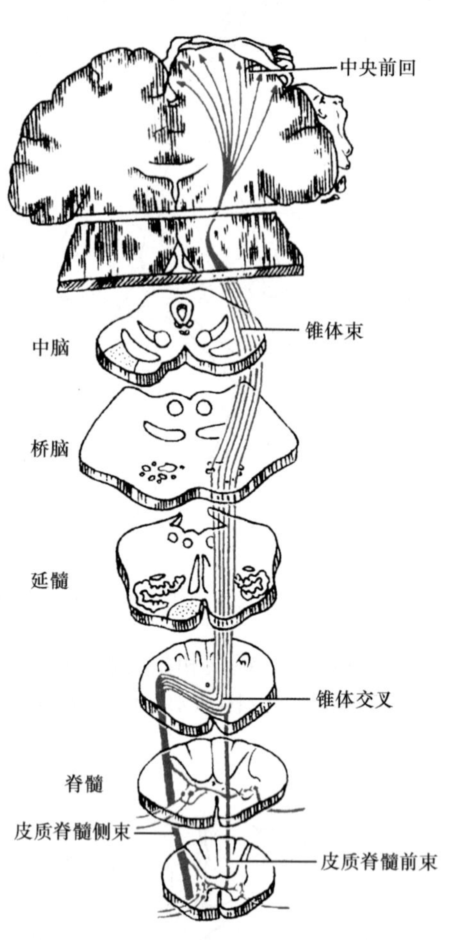

图 5-48　锥体系中的皮质脊髓束

(2) 锥体外系：结合挂图和模型，认识锥体外系的组成。

临床链接：

当一侧上运动神经元受损，可产生对侧眼裂以下的面肌和对侧舌肌瘫痪。表现为对侧鼻唇沟变浅或消失、口角歪向病灶侧，伸舌时舌尖偏向病灶对侧。因病损发生在脑神经核以上部位，所以又叫核上瘫。下运动神经元损伤引起的瘫痪为核下瘫，其特点是损伤同侧所有面肌瘫痪。表现为患侧额纹消失、眼不能闭合、口角下垂、鼻唇沟消失等。舌下神经核下瘫的特点是患侧舌肌瘫痪。表现为伸舌时舌尖偏向病灶侧并有舌肌萎缩。

【注意事项】

1. 各个传导通路模型切面所代表的部位。
2. 各传导通路换神经元的位置。

3. 传导束是否交叉和交叉部位。

4. 为了帮助同学建立系统概念,需复习以前学习过的有关内容,如脊髓的侧角、脑干内的副交感神经核以及第Ⅲ、Ⅶ、Ⅸ、Ⅹ对脑神经。

5. 观察标本时要结合模型和插图帮助理解。

【思考题】

1. 名词解释

(1) 内侧丘系交叉　(2) 上运动神经元

2. 问答题

(1) 针刺足底皮肤引起疼痛反应,请用箭头表示其神经传导到达痛觉中枢的详细过程?

(2) 以视觉传导通路为依据,试述视交叉纤维损伤可出现哪些症状?为什么?

(3) 试述上运动神经元损伤(核上瘫)和下运动神经元损伤(核下瘫)后的主要表现及原因?

(4) 一侧内囊损伤有何临床表现?为什么?

(九江学院基础医学院　车向新)

第六章　内分泌系统

【实验目的】

掌握内容：内分泌器官和内分泌组织的基本概念和甲状腺、肾上腺及垂体的形态与位置。

熟悉内容：甲状旁腺、胸腺和松果体的形态及位置；内分泌腺的功能与神经系统的关系。

【实验器材】

1. 保留有脑垂体、松果体的整脑标本。
2. 已解剖出甲状腺、甲状旁腺、胸腺、肾上腺、胰腺、性腺的童尸标本(男、女)。
3. 头颈部矢状切面标本(示垂体)。
4. 半身人体模型(显示脑垂体、甲状腺、肾上腺、胰腺等)

【实验方法】

内分泌系统是神经系统以外的一个重要调节系统，包括内分泌腺和内分泌组织。人体的内分泌腺和内分泌组织有垂体、甲状腺、甲状旁腺、肾上腺、胰岛、胸腺、松果体和性腺等。内分泌腺又称无管腺，分泌的物质为激素，直接进入血液，通过血液循环运送至全身，作用于特定的靶器官。内分泌系统的主要功能是对机体的新陈代谢、生长发育和生殖等进行体液调节，保持机体内环境的稳定(图 6-1)。

1. 甲状腺　在头颈部标本上观察。可见在颈前部及两侧一呈"H"形的器官，这就是甲状腺。甲状腺由左叶、右叶及甲状腺峡组成。有些个体在甲状腺峡上方有锥状叶(图 6-2)。

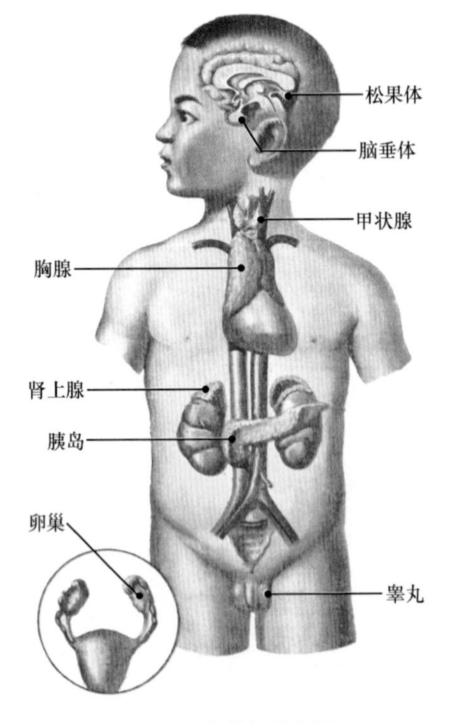

图 6-1　内分泌腺概况

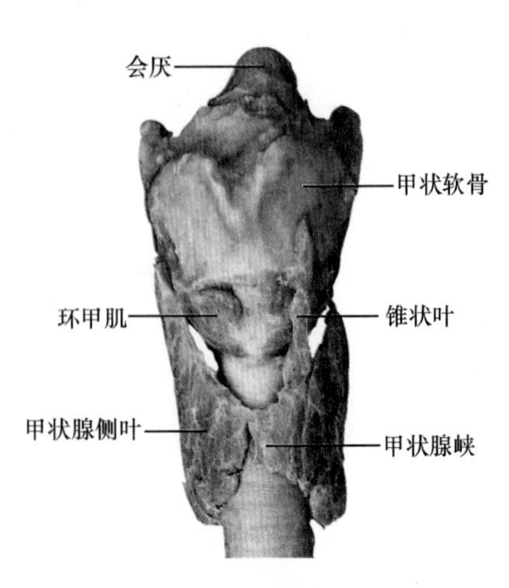

图 6-2　甲状腺(前面)

2. 甲状旁腺　贴附在甲状腺左、右叶的后面或埋在甲状腺组织中，为棕黄色的卵圆形小体，一般有上、下两对(示教)(图 6-3)。

3. 肾上腺　位于两肾的上端，腹膜之后左肾上腺呈半月形，右肾上腺约呈三角形(图 6-4)。

4. 垂体　呈椭圆形，位于垂体窝内，借漏斗连于下丘脑(图 6-5)。

5. 胸腺　在童尸上观察其位置与形态。

6. 松果体　位于背侧丘脑的上后方，颜色灰红(示教)。

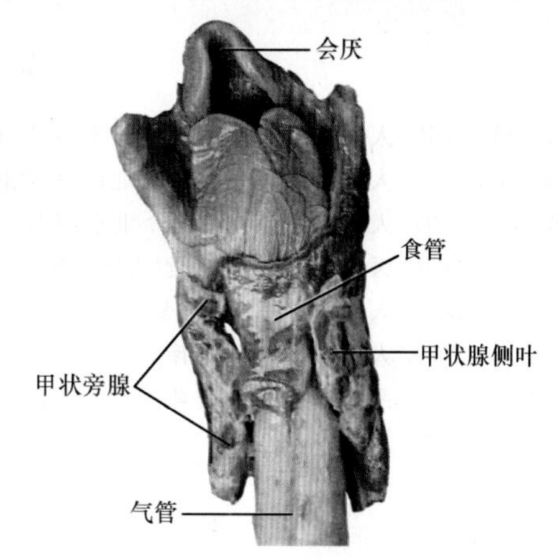

图 6-3　甲状腺和甲状旁腺(后面)

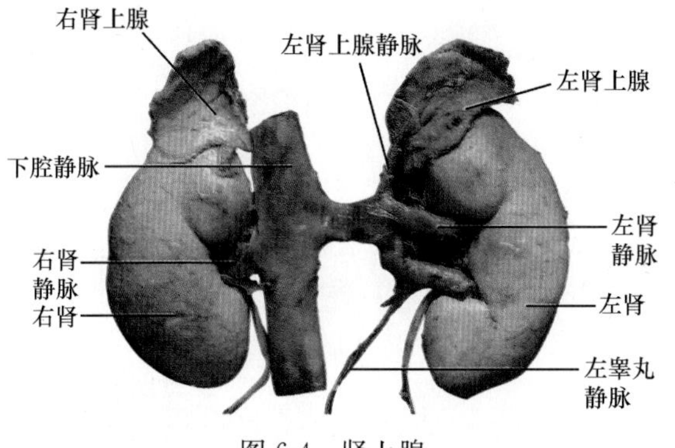

图 6-4　肾上腺

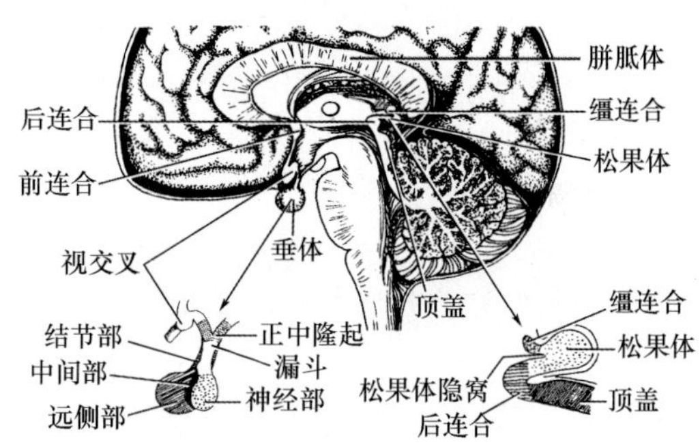

图 6-5　垂体和松果体

临床链接：

希恩综合征(Sheehan syndrome)是临床产科中因严重产后出血出现的严重并发症。产妇在分娩后若短时间内出现大量失血可迅速发生失血性休克，休克时间过长可引起脑垂体的缺血坏死，继发严重的腺垂体功能减退，患者会因腺垂体分泌的相应激素减少而产生相应的临床症状。

【注意事项】

1. 爱护模型。

2. 内分泌器官有的很小，又比较分散，故需要配合多个标本，细心寻找。同时内分泌器官又易损坏，故动作要轻巧。

【思考题】

1. 名词解释

(1) 激素　(2) 内分泌腺　(3) 甲状腺峡

2. 问答题

(1) 简述甲状腺的位置和形态。

(2) 简述肾上腺的位置和形态。

(九江学院基础医学院　徐　建)

参 考 文 献

江会勇 . 2010. 人体解剖学实验教程 . 武汉:华中科技大学出版社
孙善全 . 2008. 人体大体形态学实验 . 北京:科学出版社
熊艾君 . 2009. 人体解剖学实验教程 . 北京:人民军区出版社
张卫光 . 2008. 医学形态学实验教程(人体解剖学). 北京:北京大学医学出版社
郑黎明 . 2008. 人体解剖学 . 上海:复旦大学出版社
江会勇 . 2004. 人体解剖学考试指南 . 上海:复旦大学出版社
柏树令 . 2008. 系统解剖学 . 第 7 版 . 北京:人民卫生出版社

第二篇　局部解剖学

局部解剖学是在系统解剖学的基础上，着重研究人体各局部由浅入深的组成结构、形态特点及其层次和毗邻关系的解剖学。它是临床医学，特别是外科学、妇产科学等手术学科和影像诊断学的重要基础学科。它具有很强的实际应用意义。在理论的指导下，亲自动手进行尸体解剖操作是学习局部解剖学最重要的方法。通过尸体解剖操作，不仅获得人体结构、层次和器官毗邻关系的基本知识，而且还能培养学生动手、观察、思维、和创新能力。

第七章　头　　部

【实验目的】

掌握内容：颅顶软组织层次；头部的表面解剖、腮腺的形态、分部、腮腺鞘及穿过腮腺的结构；面动脉、面神经、三叉神经的位置、走行、分支、分布情况；海绵窦的位置、构成、穿行结构及交通。

熟悉内容：腮腺的毗邻，腮腺管、面动脉的体表投影。

【实验器材】

1. 尸体标本。
2. 头皮层次示教标本与模型。
3. 面部层次结构标本。
4. 开颅器械(电动开颅器、弓形锯、咬骨钳等)。

【实验内容】

(一) 面部

1. 皮肤切口　尸体仰卧，肩下垫木枕，使面部略抬高。皮肤切口如下：

(1) 从颅顶正中向前下经鼻背、人中至下颌体下缘做一正中切口。

(2) 从鼻根中点向外到眼内眦，沿睑裂两缘到眼外眦。

(3) 向外到耳前做一横切口。

(4) 在鼻孔和口裂周围各做一环形切口。

(5) 沿下颌体下缘至下颌角，再至乳突尖做一横切口。

然后将眼裂下方的皮片向后翻到耳郭根部，上方的皮片翻向上后。翻皮片时要细心，刀刃应向皮面，尽量使深面的肌肉少受损伤。

2. 面部浅层解剖(图 7-1)

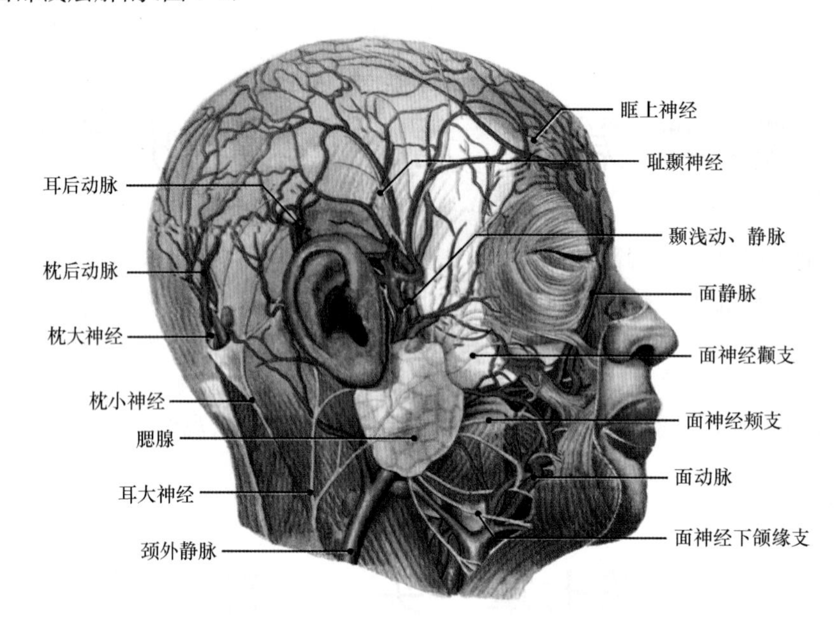

图 7-1 面部浅层结构

(1) 解剖面肌:依此解剖出眼轮匝肌、颅顶肌额腹、口轮匝肌等口周围肌以及覆盖面下缘颈阔肌。解剖时,尽可能注意保留穿面肌达浅层的血管和神经分支。

(2) 观察面动脉与面静脉的局部位置:在咬肌前缘与下颌支交点处找到面动脉,追踪并修洁其分支,逐一观察。在动脉的后方,解剖观察与之伴行的面静脉及其属支。

(3) 解剖眶上神经、眶下神经、颏神经:

1) 解剖穿出额肌纤维的滑车上神经和血管以及眶上神经和血管,前者在眶上缘内侧部的上方距正中线约一横指宽处,后者常有 2 支,位于较外侧。

2) 翻开眼轮匝肌下内侧份,找出穿出眶下孔的眶下神经和血管,修洁它们的分支。

3) 切断并向下翻起降口角肌,找出由颏孔穿出的颏神经。

3. 解剖腮腺区(图 7-2)

(1) 解剖腮腺咬肌筋膜:紧靠耳郭前面,自颧弓到下颌角切开腮腺表面的腮腺咬肌筋膜,向前、上、下三个方面逐渐翻起除去,修洁时可能见到一些小的淋巴结即腮腺淋巴结。

(2) 以腮腺管为起点解剖穿出腮腺前缘上份至上端的结构。

1) 先在腮腺前缘、颧弓下方约一指宽处找到腮腺管,追踪到咬肌前缘,在腮腺管上方寻找面横血管和面神经颧支。

2) 在腮腺的上端找出颞浅动脉和静脉,并在血管的后方找出三叉神经分出的耳颞神经,血管的前方找出面神经的颞支。

(3) 解剖穿出腮腺前缘下份及下端的结构:

1) 在腮腺管下方寻找面神经的颊支和下颌缘支。

2) 在腮腺的下端找出面神经的颈支和下颌后静脉的前支和后支。

在腮腺上、前、下三方向的结构依次有:耳颞神经、颞浅血管、面神经颞支、面横血管、面神经颧支、腮腺管、面神经颊支、面神经下颌缘支、面神经颈支、下颌后静脉的前支、下颌后静脉的后支。

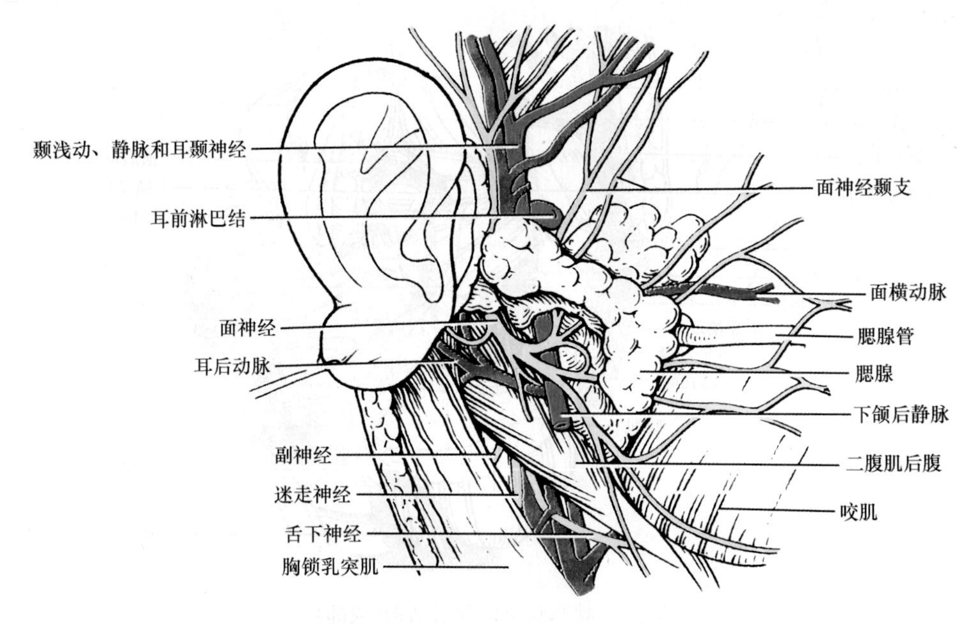

图 7-2　穿经腮腺的血管、神经

(4) 解剖面神经、颈外动脉和颞浅动脉，并观察其在腮腺内的排列。

1) 追踪面神经各支至进入面肌处。

2) 小心去掉咬肌前缘深面的颊脂体，追踪面神经的颊支到颊肌，找出与颊支的吻合的下颌神经的分支颊神经和与之相伴行的颊动脉，修洁颊神经并向后追踪到下颌支前缘。

3) 逐块除去腮腺浅部，追踪面神经各支向后至其本干，同时寻找耳颞神经。继续追踪面神经干至茎乳孔，找出面神经干进入腮腺前的分支耳后神经及到二腹肌后腹和茎突舌骨肌的肌支。

4)继续除去腮腺实质，找出并修洁下颌后静脉，颈外动脉和它们的分支。

5) 在面神经进入腮腺处切断面神经，向前翻起。除去下颌后静脉，在耳后动脉起点的上方切断颈外动脉，向上翻起。除去剩余的腮腺实质，修洁腮腺周围的结构。

(5) 解剖咬肌：修洁咬肌，观察其起止形态，向前翻起其后缘上部，寻找进入咬肌的神经和血管。

4. 解剖颞肌及颞下颌关节

(1) 解剖颞肌：修洁颞筋膜，尽量保留行于浅筋膜内的颞浅动、静脉和耳颞神经及其分支。沿上颞线切开颞筋膜，由前向后翻起，暴露颞肌。将刀柄经下颌切迹向前下方深入冠突深面，以保护深部的结构，斜行锯断冠突，用咬骨钳修平骨断面。将冠突连着的颞肌止端向上翻起，钝行剥离起自颞窝的颞肌纤维，找出经颞肌深面，贴颅骨表面上行的颞深血管及神经。

(2) 剖查颞下颌关节：修洁颞下颌关节的关节囊，观察颞下颌韧带，然后除去颞下颌韧带，显示关节盘及上、下两个关节腔。观察关节腔的组成。

5. 解剖面侧深区(颞下窝)(图 7-3、图 7-4)

(1) 解剖面侧深区浅部：

1) 在下颌孔处找到下牙槽神经和下牙槽动脉，向上追踪到翼外肌下缘。在下牙槽神经进入下颌孔的稍上方。

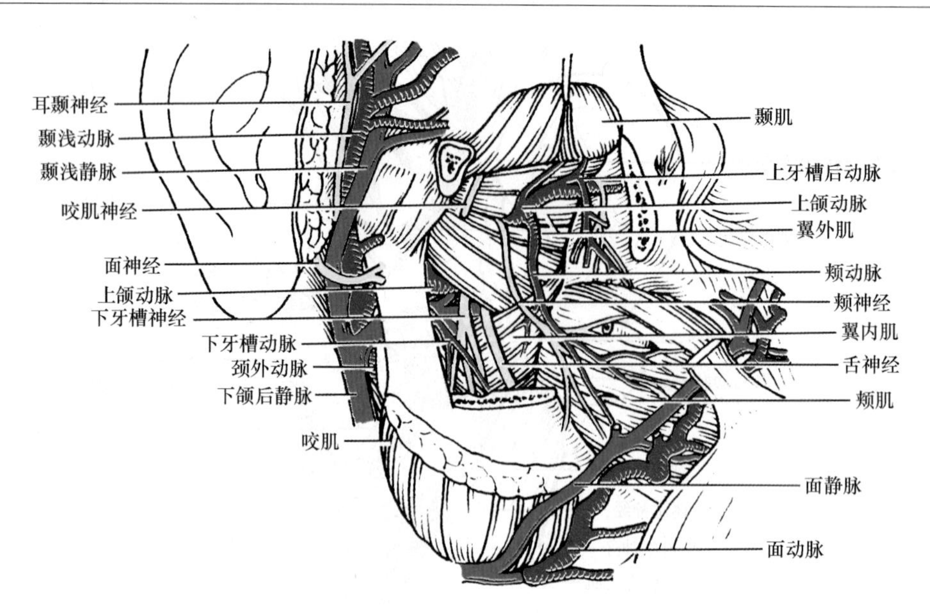

图 7-3 腮腺咬肌区深层结构(浅部)

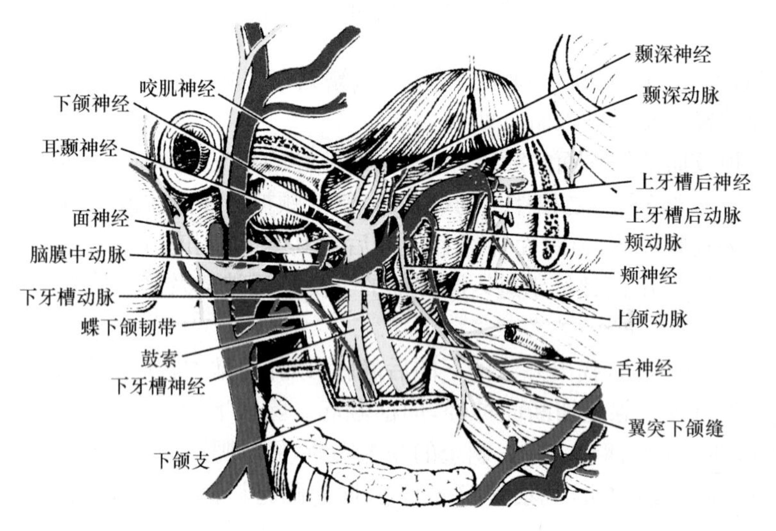

图 7-4 腮腺咬肌区深层结构(深部)

2）在下牙槽神经的前方,翼内肌表面找出舌神经。

3）追踪颊神经到翼外肌两头之间,颞深神经和咬肌神经下到翼外肌上缘。

4）修洁位于翼外肌表面的上颌动脉及其分支。有时上颌动脉位于翼外肌深面待以后再解剖。在修洁过程中遇到一些小静脉交织成网,即翼静脉丛。翼静脉丛向后下汇合成较大的静脉,即上颌静脉。

5）修洁翼外肌和翼内肌已暴露的部分,观察它们的起止和形态。

(2）解剖面侧深区深部:

1）用骨凿和咬骨钳除去由圆孔到棘孔连线外侧的蝶骨大翼前外侧部,打开翼腭窝的后壁和颞下窝的顶,注意保留圆孔和棘孔,不要损伤其下面的软组织。

2）自圆孔前方仔细分离上颌神经,在上颌神经干的下方找到蝶腭节和蝶腭节相连之支;向前追踪上颌神经,找出它分出的颧神经,上牙槽后神经和它本干延续的眶下神经。上牙槽后神经一般分为 2 支，在上颌结节附近穿入上颌骨内。

3）追踪上颌动脉第三段和它的终支。这些终支都与上颌神经的分支伴行。

（二）颅部

1. 解剖颅顶部软组织（图 7-5）

（1）皮肤切口与剥皮：将尸体头垫高，把颅顶正中矢状皮肤切口向后延续到枕外粗隆，并从颅顶正中做一冠状切口向下到耳根上方，再向下切开耳根前、后的皮肤、翻去头部所有剩余皮片。

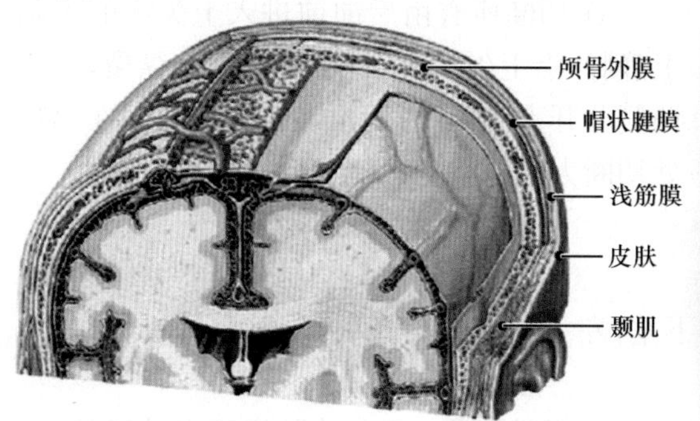

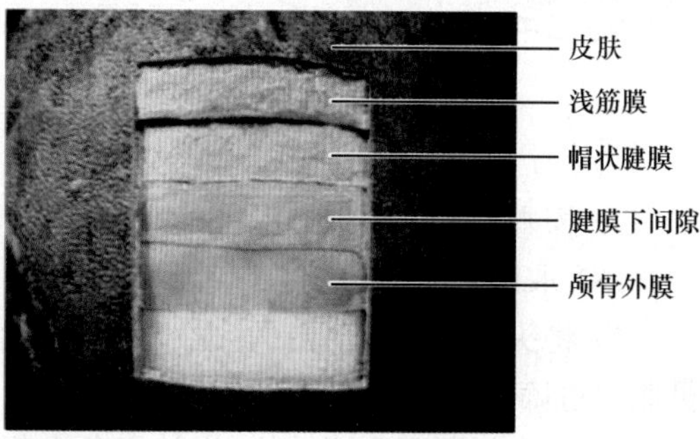

图 7-5　颅顶层次（额状面）

（2）解剖浅筋膜（图 7-6）：

1）在前额找到前已找出的滑车上神经和血管、眶上神经和血管，以及颅顶肌的额腹，向上追踪修洁直到颅顶。

2）向上追踪颞浅血管和耳颞神经。

3）在耳郭后面，追踪并修洁耳大神经、枕小神经、耳后血管、耳后神经。

（3）探查帽状腱膜、腱膜下疏松结缔组织、颅骨外膜：

1）从上向下，修洁颅顶腱膜的后部和颅顶肌的枕腹，注意不要损伤血管和神经。

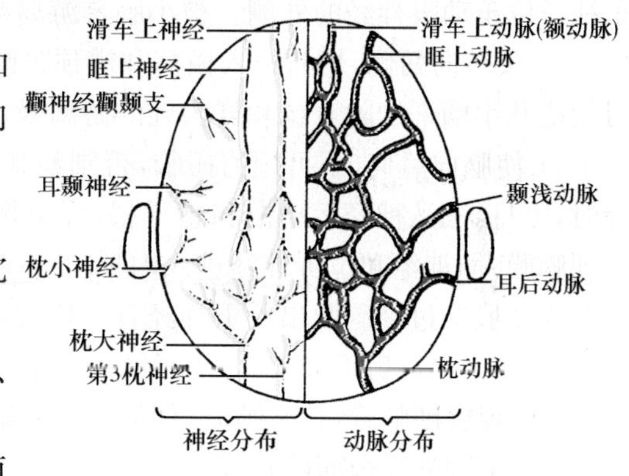

图 7-6　颅顶部血管、神经

2）在正中线切开颅顶腱膜，插入刀柄，检查其下面的疏松结缔组织和颅顶肌前、后、左、右相连情况。

3）分层仔细观察帽状腱膜、腱膜下疏松结缔组织和颅骨外膜。

2. 开颅取脑

（1）锯除顶盖：

1）从颞骨骨面上切断颞肌起点，除去颞肌。

2）锯颅顶盖的平面在眶上缘上方 1.5cm 和枕外隆凸上方 1.5cm 处。锯颅骨前，先用细绳扎在此平面上，用笔沿绳画一线，沿线切开骨膜，并向上、下剥离，可见骨膜紧连于骨缝，松贴于颅骨。

3）沿所画之线先锯一浅沟，以防深锯时锯偏。锯开外板进入板障时，锯屑呈红色，此时宜改用凿子凿开内板（取一锯开颅骨参考）并撬开颅顶盖，操作时注意不要被骨的锯面刺伤。

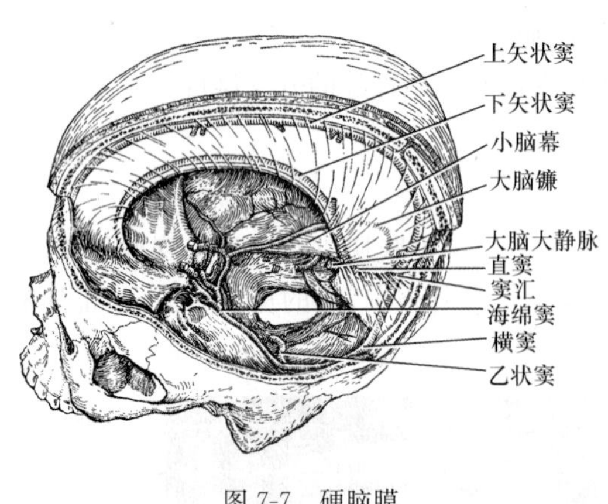

图 7-7 硬脑膜

(2) 解剖硬脑膜(图 7-7):

1) 沿正中线,由矢状切开硬脑膜,可见一条充有血块的上矢状窦,将血块除去,观察其内的蛛网膜粒。

2) 沿上矢状窦两旁,用钝头剪刀剪开硬脑膜,再由两侧耳郭处向上剪开硬脑膜,直到上矢状窦两旁,将四片硬脑膜翻往下。

3) 切断所有由后向前进入上矢窦的大脑上静脉,沿上矢状窦,将手伸入大脑纵裂,并向两侧分开大脑半球,即可显露大脑镰。在鸡冠处切断大脑镰,将其从大脑纵裂向后拉出。

4) 探查位于大脑纵裂深处的胼胝体。

(3) 取脑:

1) 将头部移至解剖台的一端,使脑自然下垂,左手扶脑,用刀柄将嗅球自筛板分离,由鼻腔穿过筛板的嗅神经也随之离断。

2) 依次切断下列诸结构:视神经色白粗大,进入视神经孔;颈内动脉位于视神经外侧;漏斗位于视神经后方的正中平面,连于丘脑下部和脑垂体之间;动眼神经位于鞍背两旁;滑车神经位于动眼神经的外侧。被小脑幕游离缘遮盖,用刀尖翻起此缘,可见滑车神经。

3) 头转向两侧,切断进入横窦和蝶顶窦的大脑下静脉,将颞极自蝶骨小翼深面分离,用刀尖切开小脑幕的附着缘和岩尖处的游离缘,不要切得过深,以免伤其深面的小脑。

4) 使脑向后仰(不可用刀搬脑,否则易在脑干处拉断),直到脑桥和延髓离开颅后窝前壁时,可见:三叉神经运动根和感觉根,在近颞骨岩部尖处穿硬脑膜;展神经在鞍背后面穿过硬脑膜;面神经和位听神经进入内耳门;舌咽、迷走、副神经从颈静脉孔离开颅腔;舌下神经分为 2 股穿过硬脑膜出舌下神经管。依次切断上述左右两侧诸神经。

5) 使头尽量后垂,轻轻取出延髓和小脑,离断延髓与脊髓,全脑即可移出。

(4) 观察硬脑膜:移开脑后,仔细观察硬脑膜形成的大脑镰、小脑幕、静脉窦等结构。

(5) 解剖颅底内面(图 7-8):

1) 颅前窝:仔细去除筛板表面的硬脑膜找寻由筛板外缘中份小孔入颅的嗅神经。

2) 颅中窝:

移出脑垂体:切开鞍膈前后缘,辨认海绵窦,切忌用镊子夹漏斗,以免损伤。切除鞍膈,由前向后将垂体由垂体窝用刀柄挑出。

自棘孔处划开硬脑膜,暴露脑膜中动脉及其分支。

解剖海绵窦(图 7-9):紧贴垂体窝两侧划开硬脑膜,找寻位于海绵窦腔内的颈内动脉、展神经、动眼神经和滑车神经。

自颞骨岩部尖的前面切除硬脑膜,暴露三叉神经节,节的下方有 3 个分支,即眼神经、上颌神经和下颌神经,追踪下颌神经到卵圆孔;上颌神经和眼神经位于海绵窦的外侧壁内,追踪上颌神经到圆孔,眼神经到眶上裂。

3) 颅后窝:

在一侧切开大脑镰下缘,观察下矢状窦。切开大脑镰附着小脑幕处,观察直窦。直窦前端接收大脑大静脉,后端一般通入左横窦,上矢状窦、直窦和左、右横窦可能汇合并扩大

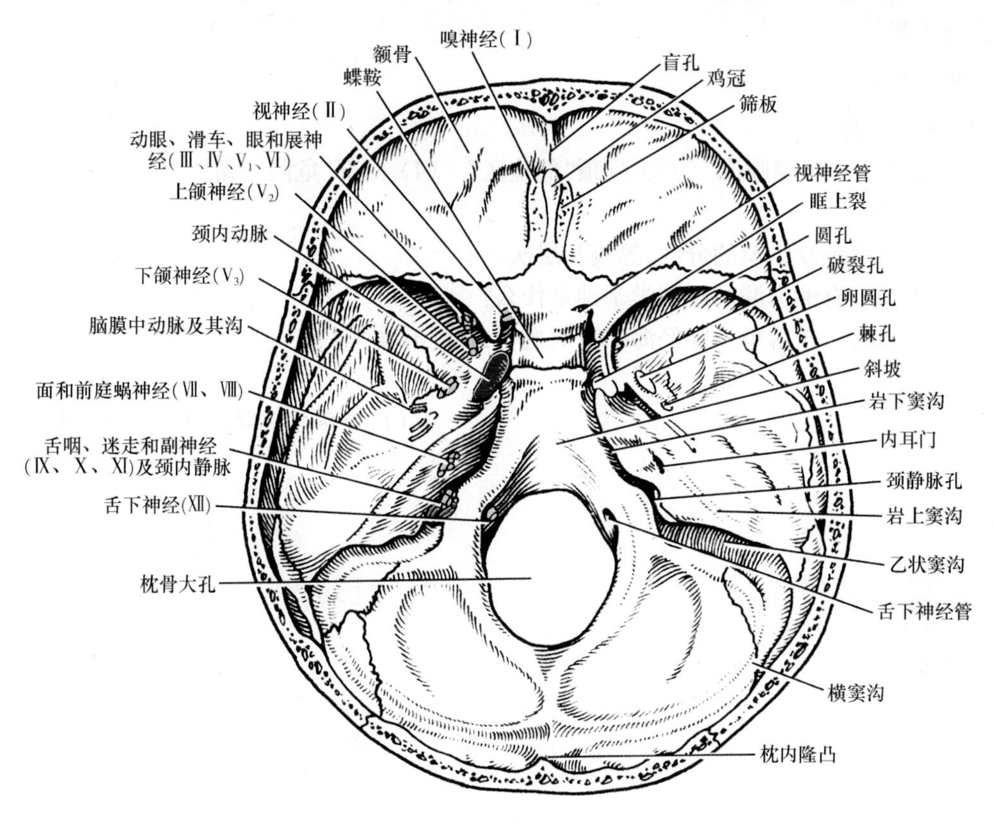

图 7-8 颅底内面

形成窦汇，位于枕内壁凸附近。

自枕内隆凸向外划开横窦，然后向下、向前内划开乙状窦到颈内静脉孔。去除遮盖颈静脉孔的硬脑膜，不要损伤舌咽、迷走、副神经。找出终于颈静脉前份的岩下窦，岩下窦位于颞骨岩部与枕骨基底部之间。

临床链接：

海绵窦内有许多结缔组织小梁，将窦腔分隔成许多小的腔隙，窦中血流缓慢，感染时易形成栓塞。海绵窦一旦发生病变，可出现动眼神经、滑车神经、眼神经与上颌神经麻痹与神经痛等临床表现，称海绵窦综合征。如复视、眩晕、上睑下垂、眼球外展障碍，眼球内收受限等。

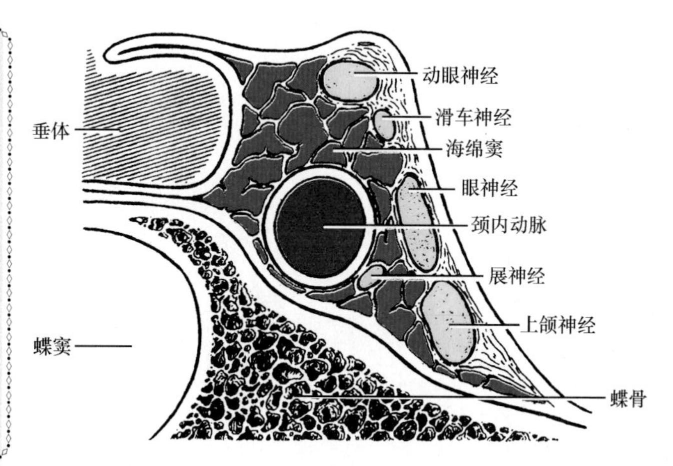

图 7-9 海绵窦(额状面)

【注意事项】

1. 面部皮肤很薄，皮肤切口要浅。
2. 面间浅筋膜少且疏松，而浅层结构细而多，解剖浅层特别仔细，操作完成后要保护好，防止干燥。

【思考题】

1. 名词解释

(1) 头皮 (2) 腮腺床 (3) 颅顶“危险区” (4) 面部“危险三角”

2. 问答题

(1) 简述颅顶软组织的分区、界线及层次。

(2) 出现脑脊液鼻漏的解剖学基础是什么？

(3) 海绵窦位于哪里？穿经海绵窦的血管、神经有哪些？

（广州医学院护理学院　涂腊根）

第八章　颈　　部

【实验目的】

掌握内容：颈筋膜的层次；颈动脉三角结构的毗邻；颈总动脉、颈内、外动脉、颈内静脉、迷走神经、舌下神经的毗邻关系。

熟悉内容：斜角肌间隙、甲状腺毗邻、颈动脉鞘、颈丛、颈交感干等结构的相互位置关系。副神经的行径；该神经与淋巴结的位置关系。

【实验器材】

1. 尸体标本。

2. 颈部层次示教标本。

3. 解剖器械：解剖刀、镊子、剪、血管钳等。

【实验内容】

(一) 皮肤切口

尸体仰卧位，项部垫高(或将头拉向解剖台边)，使头尽量后仰。皮肤切口如下：

(1) 沿颈前正中从颏部至胸骨柄上缘做一纵切口。

(2) 自正中切口上端沿下颌骨下缘向两侧至乳突做一横切口。

(3) 自正中切口下端沿锁骨向外至肩峰做一横切口。

(4) 自中线将皮肤剥离翻向外侧，显露颈阔肌。

(二) 解剖颈部浅层结构(图 8-1)

1. 观察颈阔肌　观察颈阔肌并沿锁骨切断(不可过深)，在尽量保留颈阔肌深面的浅筋膜原则下，将颈阔肌向上翻至下颌骨下缘处。

2. 观察浅静脉(图 8-2)

(1) 颈前静脉：位于正中线两侧的浅筋膜内，自上而下追踪其穿入深筋膜处，左、右颈前静脉间有吻合支，称颈静脉弓。

(2) 颈外静脉：位于胸锁乳突肌表面，斜向外下，至锁骨中点上方约 2cm 处穿入深筋膜，汇入锁骨下静脉或颈内静脉，颈外静脉周围有颈外浅淋巴结。

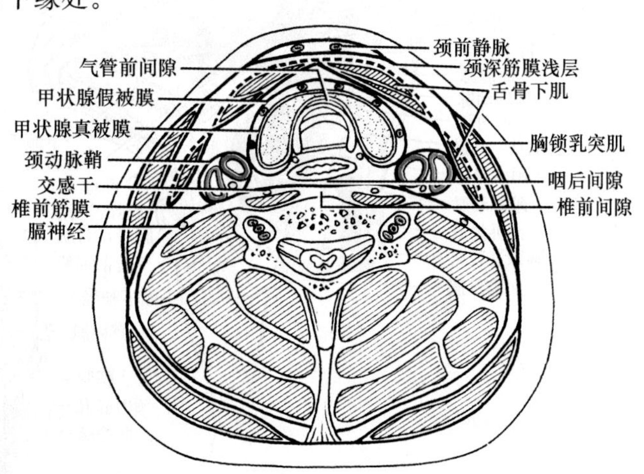

图 8-1　颈部横断面的结构

3. 寻找颈丛的 4 大皮支　在胸锁乳突肌后缘中点的浅筋膜内。

(1) 耳大神经：(较粗大)，沿胸锁乳突肌表面上行，追踪至耳郭及腮腺区。

(2) 颈横神经：横过胸锁乳突肌表面，分布于颈前区。

(3) 枕小神经:穿出点稍高,分布至枕区。注意勿损伤副神经。

(4) 锁骨上神经:分为 3 支,因穿出点位置较深,故可在锁骨外侧 2/3 浅筋膜内寻找,再向上追踪其主干。

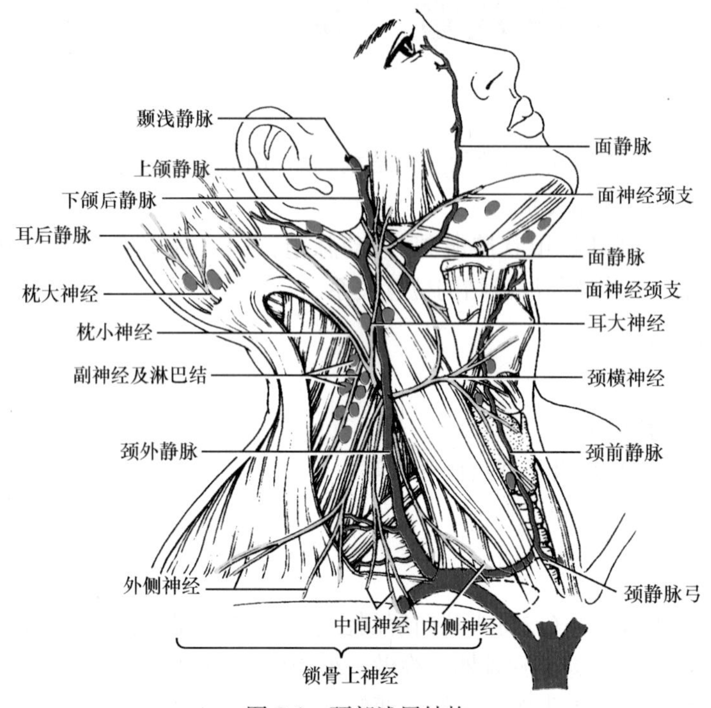

图 8-2 颈部浅层结构

(三) 解剖舌骨上区的深层结构(图 8-3)

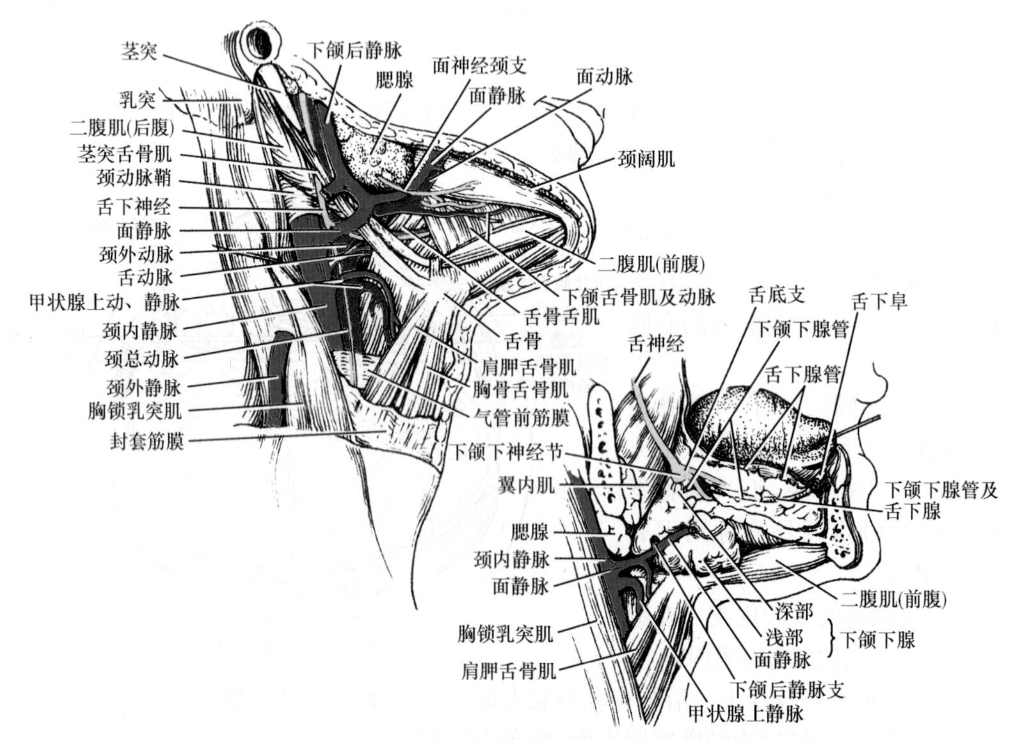

图 8-3 颏下三角及下颌下三角

1. 颏下三角　由左、右二腹肌前腹和舌骨体围成。剥除颈筋膜浅层，显露此三角底（下颌舌骨肌）。

2. 下颌下三角　由二腹肌前、后腹和下颌骨下缘围成。三角内有被颈筋膜浅层包裹的下颌下腺、下颌下淋巴结和面动脉、静脉；深部还有舌动脉、静脉、舌下神经和舌神经等。

3. 观察动脉　切开颈筋膜浅层，显露下颌下腺，在咬肌附着点、前缘，下颌下腺与下颌骨下缘之间寻找面动脉，并追踪至颈外动脉。

4. 舌下神经　切断二腹肌前腹的起端，翻向外下，修洁下颌舌骨肌，沿正中线及舌骨体切断该肌的附着点，将下颌舌骨肌翻向上，显露舌骨舌肌，并在该肌表面寻认舌下神经，沿舌下神经向上方追踪，寻找颈襻上根。

5. 寻找舌动脉及其伴行静脉　位于舌骨大角上方与舌下神经之间。

（四）解剖舌骨下区和胸锁乳突肌区的深层结构（图 8-4）

在保留颈丛诸皮支、颈外静脉前提下，剥除颈筋膜浅层，显露肌三角、颈动脉三角和胸锁乳突肌区。

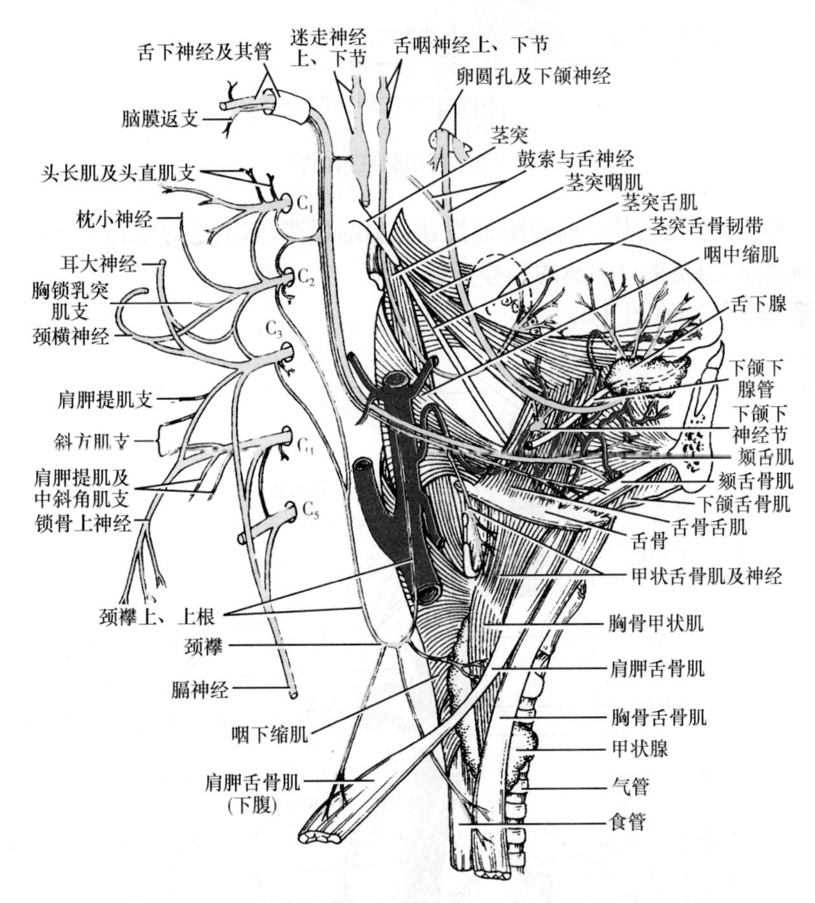

图 8-4　颈丛、颈襻及舌的神经、动脉

1. 解剖胸锁乳突肌（图 8-5）　从起点切断该肌，向外上翻至其上 1/3 的深面时，找出有分支进入该肌的副神经。将该肌翻至止点处，修洁颈丛及其分支。

2. 解剖颈动脉鞘　纵向切开颈动脉鞘，显露其内容。颈内静脉（位于外侧），颈内动脉和颈总动脉(位于内侧),迷走神经(位于两者后方)。

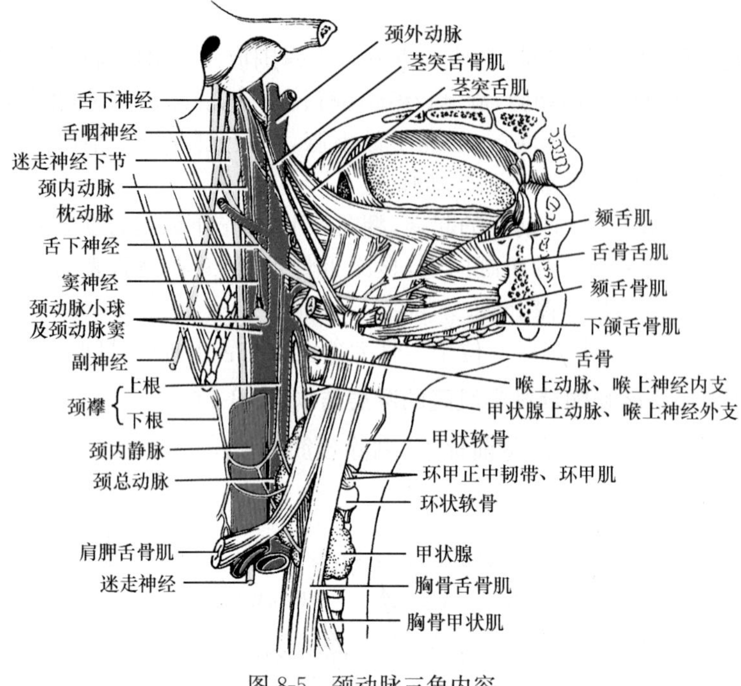

图 8-5　颈动脉三角内容

3. 解剖颈襻　在颈动脉鞘前壁附近找寻并追踪颈襻,向上追寻来自舌下神经的颈襻上根(即舌下神经降支)及来自颈丛的颈襻下根。

4. 解剖颈动脉三角(图 8-6)

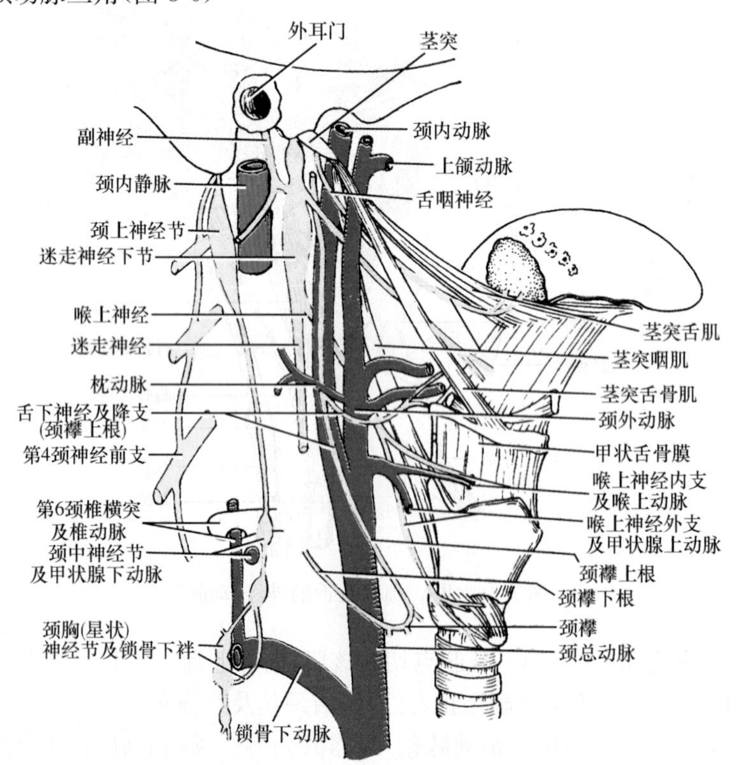

图 8-6　颈内、外动脉与末四对脑神经

(1) 向上修洁颈总动脉，约平甲状软骨上缘处，可见颈总动脉分为颈内动脉和颈外动脉，观察颈动脉窦以及颈动脉小球。

(2) 修洁颈外动脉并找出其分支，甲状腺上动脉、舌动脉、面动脉。

(3) 沿已解剖的喉上神经向上追寻至由迷走神经分出处为止（如位置太高应适可而止）。

5. 解剖肌三角　切断颈前静脉上端向下翻，修洁舌骨下诸肌，并注意在各肌下份外侧缘的筋膜中，寻找由颈襻分出至各肌的神经，并向上追踪颈襻。在胸骨柄上缘处切断胸骨舌骨肌翻至舌骨，修洁其深面的胸骨甲状肌和甲状舌骨肌，在胸骨甲状肌下端切断该肌并向上翻至甲状软骨。

(1) 观察甲状腺鞘（即假被膜）和甲状腺左、右侧叶的形态及峡的位置，在峡的上方有时向上伸出的锥状叶。

(2) 解剖甲状腺被膜，观察被覆于甲状腺实质表面的纤维囊（即真被膜），真、假被膜之间（又称外科间隙）是一些疏松结缔组织，内有甲状腺的血管和神经以及上、下甲状旁腺，注意观察甲状腺悬韧带。

(3) 寻找甲状腺周围的血管和神经：

1) 在甲状腺侧叶的上极附近寻找甲状腺上动、静脉，并在其内后方找出与其伴行的喉上神经外支，注意观察外支离开该动脉处距甲状腺上极的距离，进一步沿甲状腺上动脉向上寻找喉上动脉及与其伴行的喉上神经内支，并追踪至穿入甲状舌骨膜处。

2) 在甲状腺峡下方的气管前间隙内，寻找甲状腺最大动脉（有时缺如）及静脉丛。

3) 在甲状腺侧叶外侧缘中份，找出甲状腺中静脉，追踪至颈内静脉，观察后切断。

4) 甲状腺下极附近寻找甲状腺下动脉，并在气管、食管之间找出喉返神经，注意观察左、右侧喉返神经在行程上的区别及其与甲状腺下动脉的交叉关系。

（五）解剖颈外侧区

将胸锁乳突肌、颈丛皮支恢复原位，观察颈外侧区的范围、所包含的三角及境界。

1. 解剖枕三角　在胸锁乳突肌中上 1/3 交点处的颈筋膜浅层深面寻找副神经至斜方肌；清理颈丛皮支各分支；在前斜角肌外侧解剖臂丛的上、中、下干，向外下至锁骨上三角。

2. 解剖锁骨上三角　解剖锁骨下静脉和静脉角，锁骨下静脉沿前斜角肌向内侧与颈内静脉汇合成静脉角；并观察与锁骨下静脉伴行的锁骨下动脉。

（六）解剖颈根部（除去锁骨）（图 8-7、图 8-8）

1. 显露椎动脉三角　其范围内侧界为颈长肌外侧缘，外侧界为前斜角肌内侧缘，下界为锁骨下动脉第 1 段。三角内有椎动、静脉，胸膜顶，并在椎动脉的后方找到交感干的颈下（星状）神经节。

2. 观察锁骨下动脉行径与毗邻

(1) 锁骨下动脉第 1 段：位于前斜角肌内侧，该动脉上缘由内向外发出椎动脉、甲状颈干，自甲状颈干分出甲状腺下动脉；锁骨下动脉的下缘与椎动脉相对处发出胸廓内动脉；锁骨下动脉前方右侧有右迷走神经，左侧有左膈神经下行入胸腔；锁骨下动脉前下方有锁骨下静脉与其伴行；后方为胸膜顶。

(2) 锁骨下动脉第 2 段：位于前斜角肌后面，其后方有臂丛下干。

(3) 锁骨下动脉第 3 段：在前斜角肌与第 1 肋骨外侧。有时此段可发出颈横动脉或肩胛上动脉。

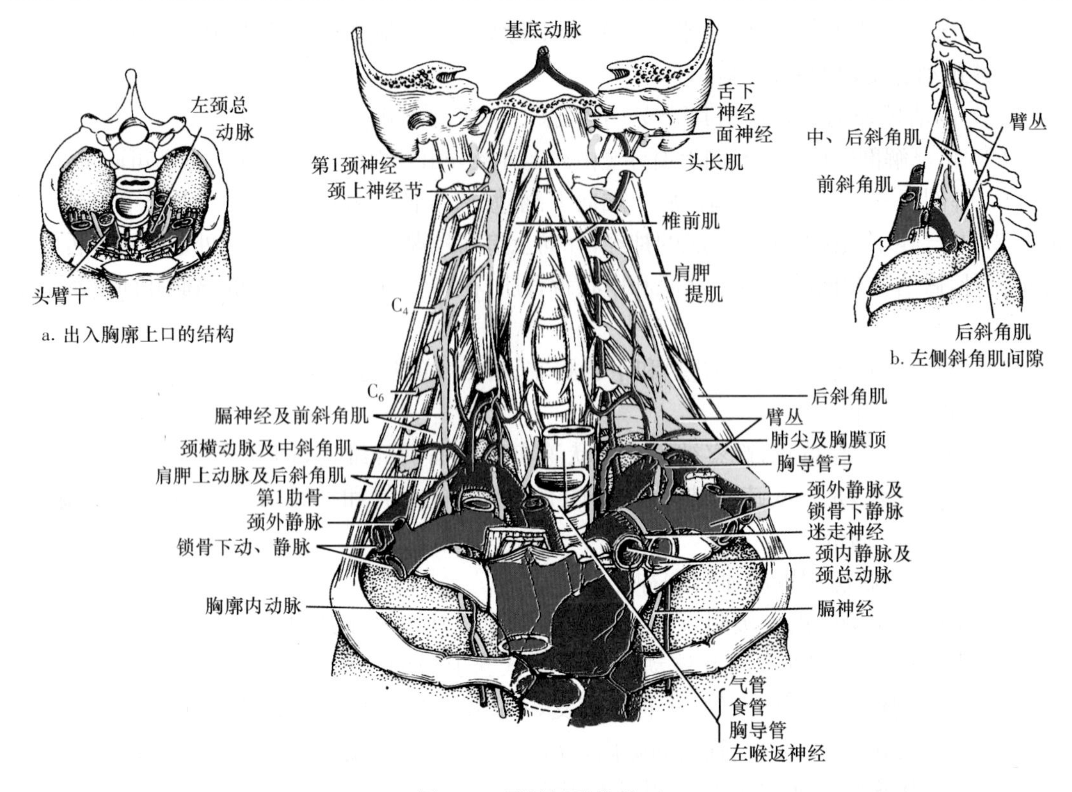

图 8-7 颈根部及椎前区

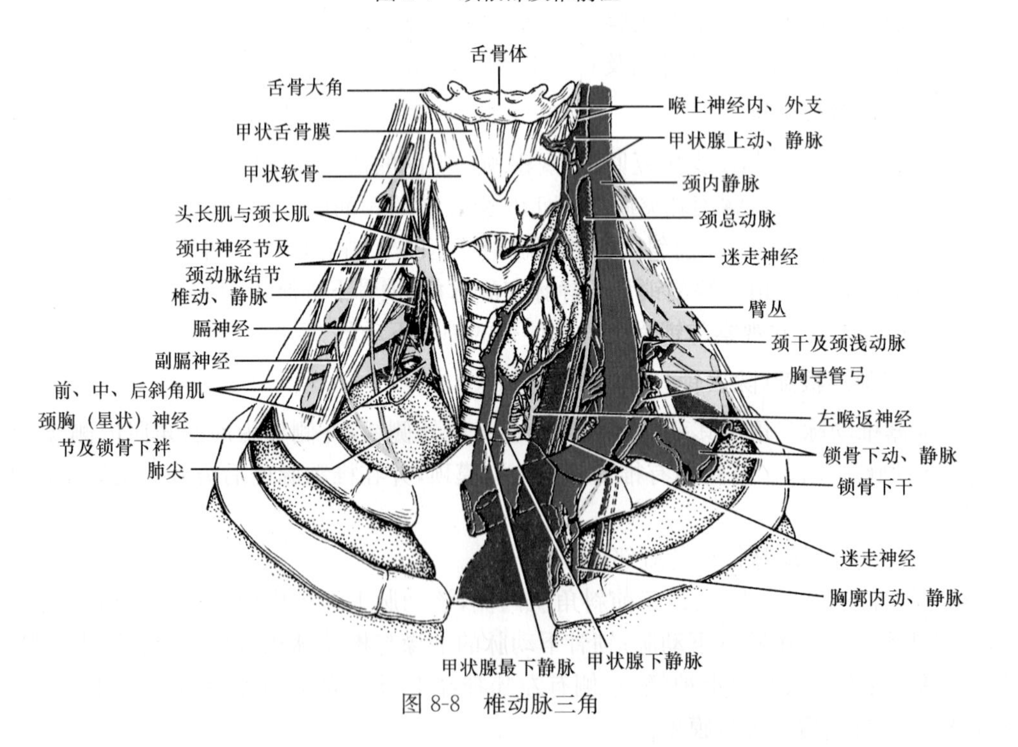

图 8-8 椎动脉三角

3. 寻找胸导管和右淋巴导管　在左颈根部，于颈内静脉末端或在静脉角处，可见胸导管呈串珠状，绕过颈动脉鞘后方跨过左锁骨下动脉前方注入静脉角，颜色较浅，很像小静脉。在右颈根部的静脉角附近，仔细辨认右淋巴导管。

4. 解剖颈交感干 于颈动脉鞘的后方，迷走神经内侧寻找颈交感干，沿颈交感干解剖出颈神经节。

临床链接：

甲状腺肿大时，如向后内侧压迫喉与气管，可出现呼吸、吞咽困难及声音嘶哑；如向后外侧压迫颈交感干，可出现霍纳(Horner)综合征，表现为瞳孔缩小、眼球内陷、上睑下垂及患侧面部无汗等。

【注意事项】

1. 颈部皮肤很薄，切口不宜过深。
2. 颈部结构多，各结构之间的毗邻关系复杂，解剖时应认真辨认。

【思考题】

1. 名词解释

(1) 颈动脉三角 (2) 颈动脉鞘 (3) 斜角肌间隙 (4) 甲状腺悬韧带

2. 问答题

(1) 试述颈动脉三角的境界及层次结构。

(2) 试述甲状腺的血管及手术结扎血管时应注意避免损伤的神经。

(3) 简述椎动脉三角的境界和内容。

(广州医学院护理学院 涂腊根)

第九章 胸 部

第一节 胸前外侧壁

【实验目的】

掌握内容：胸壁的构成和层次；肋间隙内容与胸膜腔穿刺关系。

熟悉内容：女性乳房的构造、淋巴回流；膈的裂孔及薄弱区。

【实验器材】

1. 完整尸体标本。
2. 解剖器械：手术刀、手术剪、手术镊、止血钳、肋骨剪、板锯、骨膜剥离器。
3. 胸部挂图、局解录像片。

【实验内容】

(一)皮肤切口及翻皮

尸体仰卧，皮肤切口如下：

(1) 沿胸部正中线自胸骨柄上缘向下至剑突做一纵切口。

(2) 自纵切口上端向外侧沿锁骨切至肩峰。

(3) 自纵切口下端向外下沿肋弓下缘切至腋后线。

(4) 自纵切口下端向外上方切至乳晕，环绕乳晕(如为女尸则环绕乳房)继续向外上方切至腋前壁上部转向臂内侧切至臂上、中1/3交界处，并在该处作一水平切口。

(5) 翻皮：沿上述切口将皮瓣由内向外翻，显露浅筋膜。

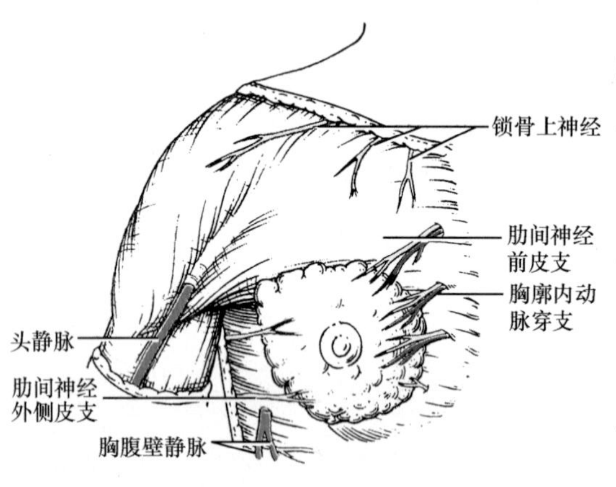

图 9-1 胸前、外侧区的浅血管和皮神经

(二) 解剖浅筋膜(图 9-1)

注意观察肋间神经前皮支和伴行的胸廓内动脉穿支，在腋中线附近观察肋间神经的外侧皮支及肋间臂神经，在锁骨中点处寻认锁骨上神经。

乳房(图 9-2)：儿童和男性不发达，女性的乳房呈半球形。位于第2～6肋骨高度，浅筋膜浅深2层之间，胸肌筋膜表面，自胸骨旁线向外可达腋中线。乳房内含乳腺和脂肪。乳腺被结缔组织分隔为15～20个腺叶，每个腺叶又分若干小叶。每一腺叶有一输乳管，以乳头为中心呈放射状排列，末端开口于乳头。乳腺脓肿切开引流时，宜做放射状切口，以免切断输乳管，并注意分离结缔组织间隔，以利引流。腺叶间结缔组织中有许多与皮肤垂直的纤维束，一端连于皮肤和浅筋膜浅层，一端连于浅筋膜深层，称乳房悬韧带或Cooper韧带。由于韧带两端固定，无伸展性，乳腺癌时，该处皮肤出现凹陷。浅筋膜深层与胸肌筋膜间有一间隙，称乳房后隙。内含疏松结缔组织、脂肪和淋巴管，后者收纳乳房深部的淋巴，乳腺癌时可自此向深部转移。此隙炎症时容易向下扩展，宜作低位切开引流术。

（三）解剖肌层及锁胸筋膜（图 9-3）

（1）显露胸大肌、三角肌，然后在三角肌胸大肌间沟切开深筋膜，找到头静脉末段，向近侧修洁至锁骨下窝处，细心剥离，避免损伤深部的锁胸筋膜及其穿经结构。

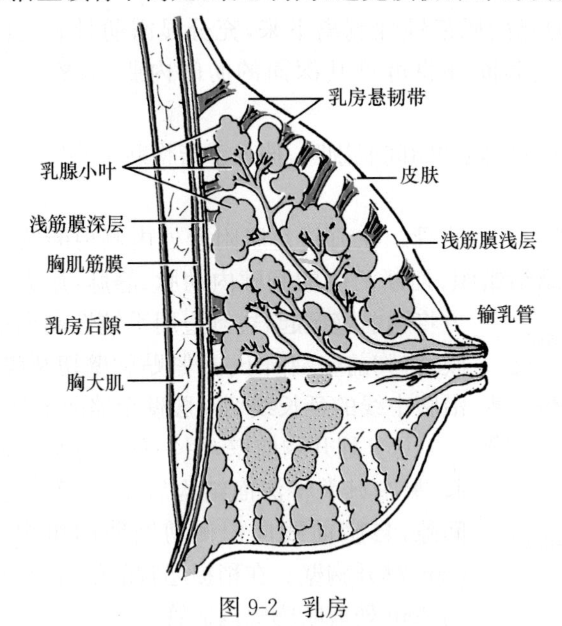

图 9-2 乳房

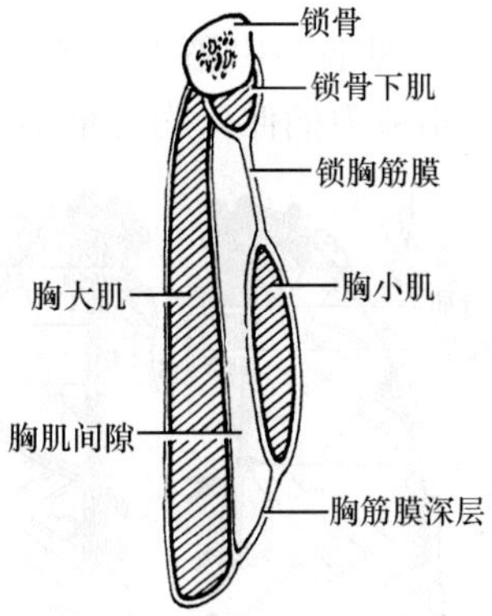

锁骨
锁骨下肌
锁胸筋膜
胸小肌
胸大肌
胸肌间隙
胸筋膜深层

图 9-3 胸前区深筋膜

（2）切断三角肌起端前部向外翻，紧贴肋骨、锁骨切断胸大肌，将胸大肌充分翻向外侧至其抵止处，注意保留进入胸大肌的胸肩峰血管和胸外侧神经（从锁胸筋膜穿出）。

（3）显露锁胸筋膜。位于锁骨、胸小肌、喙突之间。有胸肩峰血管、胸外侧神经和头静脉通过。锁胸筋膜的深面是腋静脉。

（4）切断胸小肌。靠近胸壁切断并向外翻至喙突处。保留进入胸小肌的胸内侧神经及伴行血管。

（四）解剖肋间肌（图 9-4）

在胸骨稍外侧，沿第 3 或第 4 肋软骨下缘剪肋间外膜宽约 2cm，可见深面的肋间内肌。沿腋前线第 4 或第 5 肋骨下缘，先后剪断肋间外肌和肋间内肌宽约 2cm，游离肋下缘的肋间后血管和肋间神经主干，并观察其排列关系。

（1）肋间外肌：位于肋间隙浅层，从肋结节至肋骨前端接肋间外膜。后者向内侧至胸骨侧缘。肌纤维斜向前下。

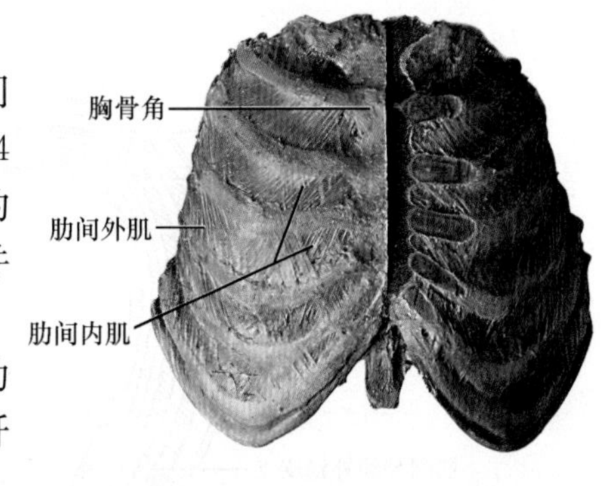

图 9-4 肋间肌

（2）肋间内肌：位于肋间外肌深面，肌纤维斜向前上。自胸骨侧缘向后至肋角处接肋间内膜，后者向内侧与脊柱相连。肋骨切除术时，应沿肋缘顺肋间内、外肌纤维方向剥离骨膜，即沿肋下缘从前向后，沿肋上缘从后向前剥离。

（3）肋间最内肌：位于肋间内肌深面，肌纤维方向与肋间内肌相同，两肌间有肋间血管神经通过。该肌薄弱不完整,仅存在于肋间隙中 1/3 部,而前、后部无此肌,故肋间血管神经与其内面的胸内筋膜相贴。当胸膜感染时,可刺激神经引起肋间神经痛。

(五) 开胸

(1) 离断胸锁关节,锯断时注意保护深部结构。

(2) 将前锯肌的起点自肋骨上剥离下来,翻至腋中线(注意保护在前锯肌表面下降的胸长神经、胸外侧血管)。再将腹外斜肌的起始肌齿钝性剥离下来,充分显露肋骨和肋间外肌。观察肌纤维走向及肋间外膜。透过肋间外膜可见其深面的肋间内肌,观察其纤维走向。

(3) 沿腋中线自上而下将第 1～9 肋骨间隙的肋间肌剔除,伸入手指将贴于胸壁内面的壁胸膜推开。

(4) 用肋骨剪沿腋中线依次剪断第 2～10 肋骨。在前斜角肌附着处内侧剪断第 1 肋骨,用手指或刀柄伸入胸骨柄后方分离结缔组织,切断两侧的胸廓内动脉、静脉,用力从上方将胸前壁掀起,边掀边用手钝性剥离壁胸膜,将胸前壁翻向下方,紧贴胸壁切断膈,并沿腋中线的延长线切断腹壁至髂前上棘处。

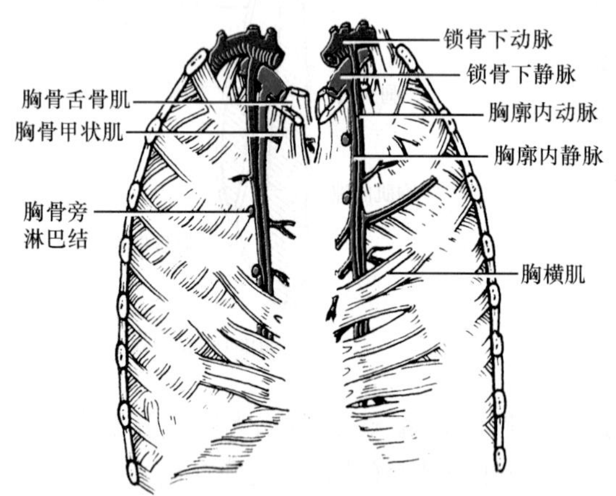

图 9-5 胸廓内血管和胸骨旁淋巴结

(5) 翻开胸前壁,用一只手将胸骨柄提起,另一只手将深面结构后压,至第 8 肋骨间隙,自腋前线向内侧剪断肋间组织 3～4cm,翻开胸壁。在稍提起胸前壁时,距起点约 2cm 处剪断胸廓内血管。

(六) 观察胸横肌,解剖胸廓内动脉、静脉(图 9-5)

透过胸内筋膜观察胸横肌。纵行剪开胸横肌,暴露胸廓内血管下段,追至肌膈动脉与腹壁上动脉分支处。

(七) 解剖肋间后血管和肋间神经(图 9-6、图 9-7)

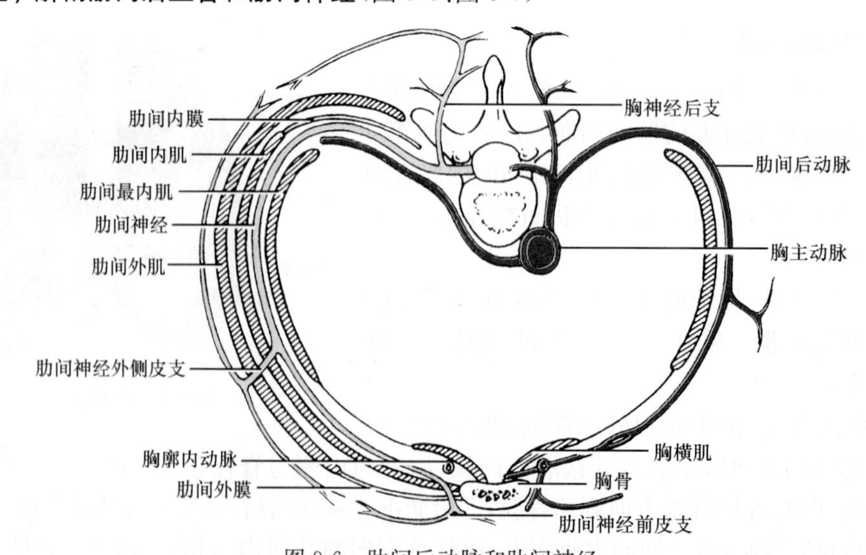

图 9-6 肋间后动脉和肋间神经

在第4或第5肋骨间隙，剪开肋胸膜和胸内筋膜，分离肋间后血管、肋间神经和主干及其内在肋角处发出的分支，观察其在肋沟处的排列顺序。

(八) 膈的裂孔及薄弱区

在解剖完腹腔后再来观察和解剖。

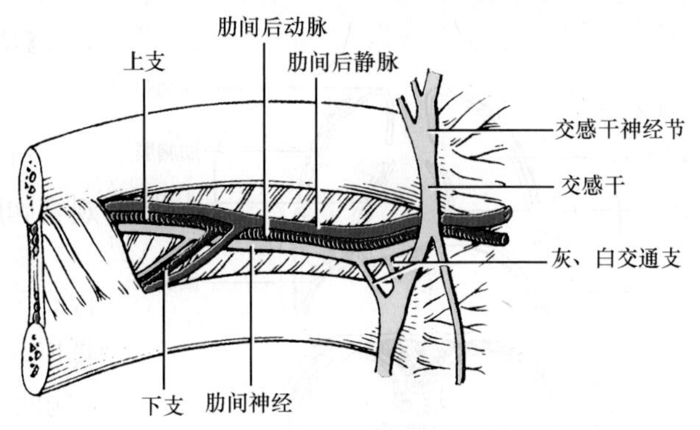

图9-7　肋间后血管和肋间神经

临床链接：

气胸是空气进入胸膜腔内积气的现象。胸膜腔位于壁层胸膜和脏层胸膜之间，为潜在的密闭腔隙。正常情况下，胸膜腔内没有气体只有少量液体使胸膜保持滑润，维持正常功能。靠肺脏内收和胸壁外展，胸膜腔内经常保持负压，当肺组织及其脏层胸膜破裂，或胸壁及壁层胸膜被穿透，空气进入胸膜腔，即形成胸膜腔内积气。主要症状为突发性的胸痛，并放射到患侧的肩部或臂部，伴呼吸困难。

【注意事项】

1. 在浅筋膜寻认肋间神经外侧皮支及前皮支，与其伴行血管可边翻浅筋膜边寻认。
2. 剪肋前要在肋间隙先游离壁胸膜，剪肋要尽量整齐。
3. 开胸时注意其深面的胸骨心包上、下韧带。

【思考题】

1. 名词解释

(1) 剑肋角　(2) 锁胸筋膜　(3) 腰肋三角

2. 问答题

(1) 简述在肩胛线作胸膜腔穿刺所经过的层次。

(2) 简述膈的3个裂孔的名称、穿经结构。

(3) 简述女性乳房的淋巴回流。

第二节　胸腔、胸腔脏器和纵隔

【实验目的】

掌握内容：胸膜腔的构成和胸膜的分部，纵隔的分部和各部结构的位置与毗邻。

熟悉内容：肺的分段。

【实验器材】

1. 已开胸的标本。
2. 解剖器械　手术刀、手术剪、手术镊(有齿、无齿)。
3. 胸部挂图、局解录像片。

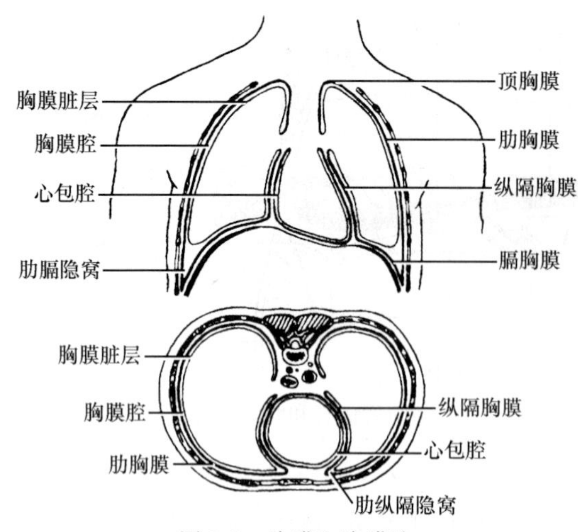

图 9-8　胸膜和胸膜腔

【实验内容】

(一) 探查胸膜腔(图 9-8)

(1) 剥除上纵隔前部的胸腺或其残遗，观察胸膜顶和胸膜前界的位置。

胸膜顶向上突入颈根部，在锁骨内侧 1/3 上方 2～3cm。两侧壁胸界均起自胸膜顶，经胸锁关节后方向内下方斜行至第 2 胸肋关节处，两侧靠拢并垂直向下。右侧在第 6 胸肋关节处转为下界。左侧在第 4 胸肋关节水平转向左下方呈弓状沿胸骨左缘外侧约 2.5cm 处向下斜行，至第 6 肋软骨中点处移行为下界，在胸骨体下半左侧及左侧第 4、5 肋间隙前份的后方。心包表面无壁胸膜覆盖，直接与胸前壁相贴，称为心包裸区(图 9-9)。

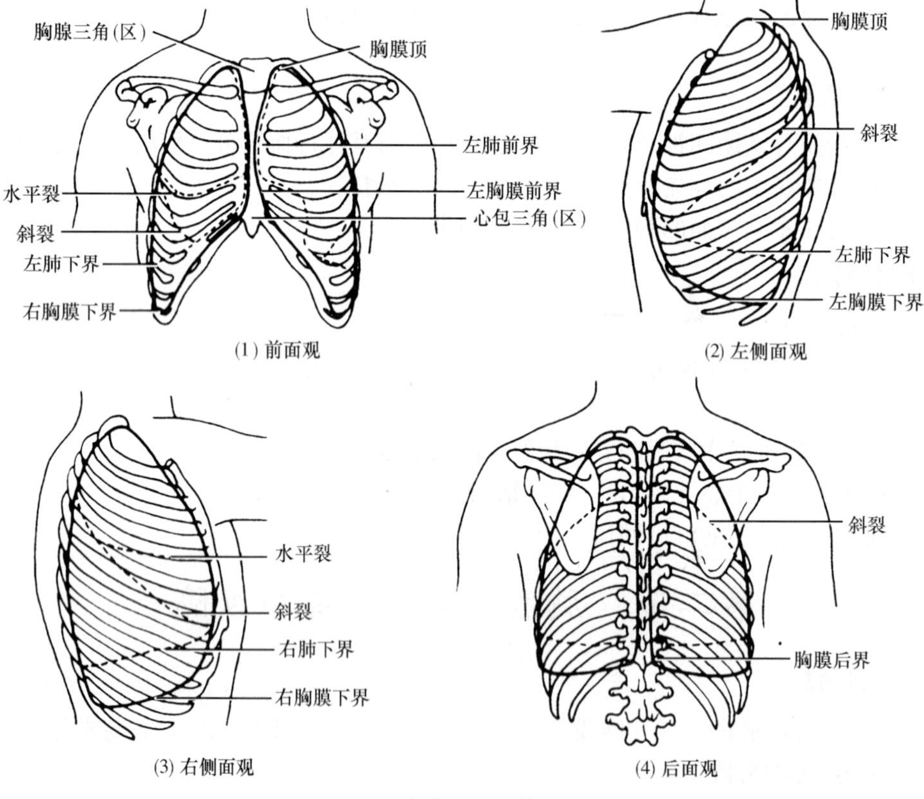

图 9-9　胸膜和肺的体表投影

(2) 在第 2～6 前肋骨高度之间将肋胸膜做“工”字形切口，打开胸膜腔。手伸入胸膜腔内向上、下方探查，以确认胸膜顶、肋膈隐窝、胸膜下界、肋纵隔隐窝和胸膜前界及肺韧带。

(二) 取肺(图 9-10)

(1) 解剖左肺根结构：分离肺根，观察肺根内结构排列关系。

1) 前有膈神经和心包膈血管。

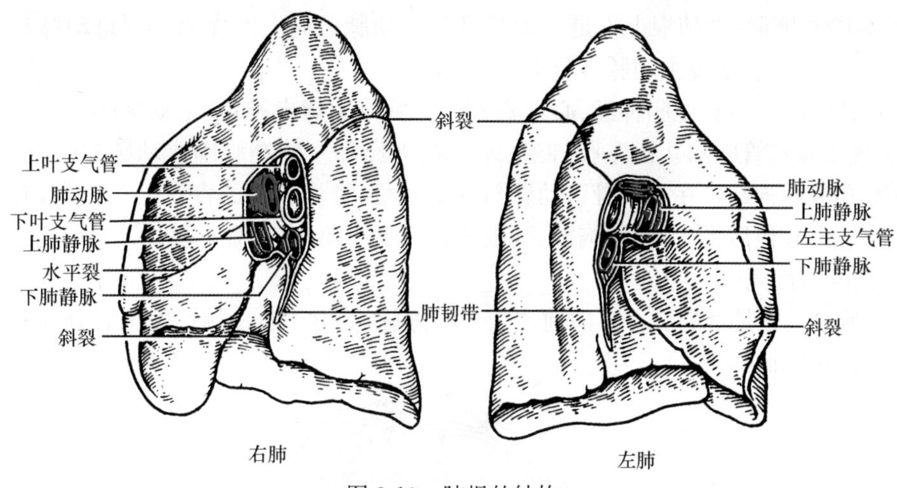

图 9-10 肺根的结构

2）后有迷走神经。

（2）取左肺：平肺门处切断肺根和肺韧带，取出肺。切断肺根时应尽量靠近肺门，以免损坏纵隔结构和肺组织。在离体肺上观察肺的分叶、斜裂和右肺水平裂的走行以及肺门结构的排列关系。

（3）解剖右肺根：

1）前有膈神经、心包膈血管。

2）后有迷走神经。

3）上方有奇静脉弓。

（4）取右肺：同取左肺。

（三）纵隔侧面观（图 9-11）

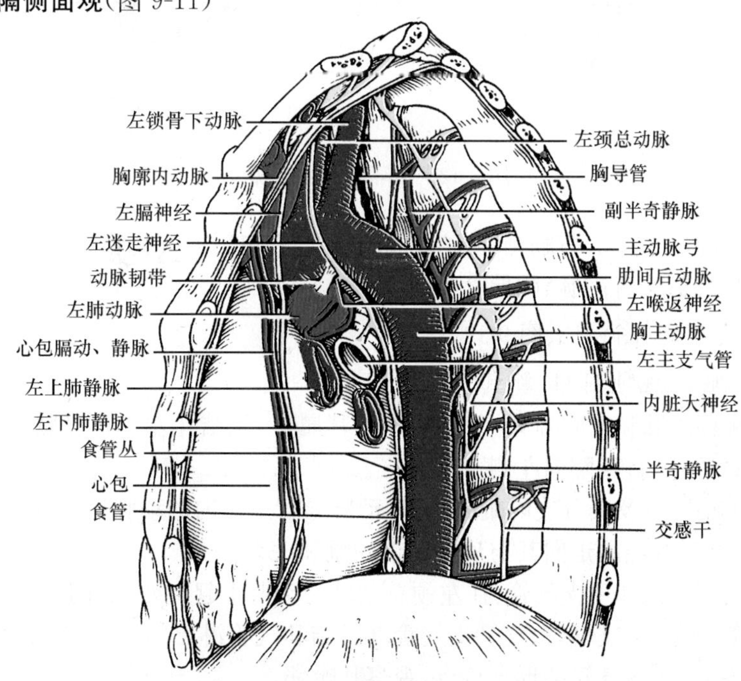

图 9-11 纵隔的左侧面观

（1）纵隔左侧面:左肺根上方是主动脉弓。主动脉弓向上发出的左颈总动脉和左锁骨下动脉。左头臂静脉横过主动脉弓分支的前方。

左肺根前方为心包、左膈神经、心包膈血管。后方为迷走神经，主动脉胸部。主动脉弓的后方为气管和食管胸部。由左膈神经、左迷走神经和左肺动脉围成动脉导管三角，内有动脉韧带、左喉返神经。在左锁骨下动脉与主动脉弓、脊柱围成的食管上三角内，有食管上段的胸导管；由心包后缘、主动脉胸部、膈围成食管下三角，有食管下段。

（2）纵隔右侧面（图 9-12）

1）右肺根上方是奇静脉弓。向前注入上腔静脉，头臂干自动脉弓发出后分为右颈总动脉和右锁骨下动脉。

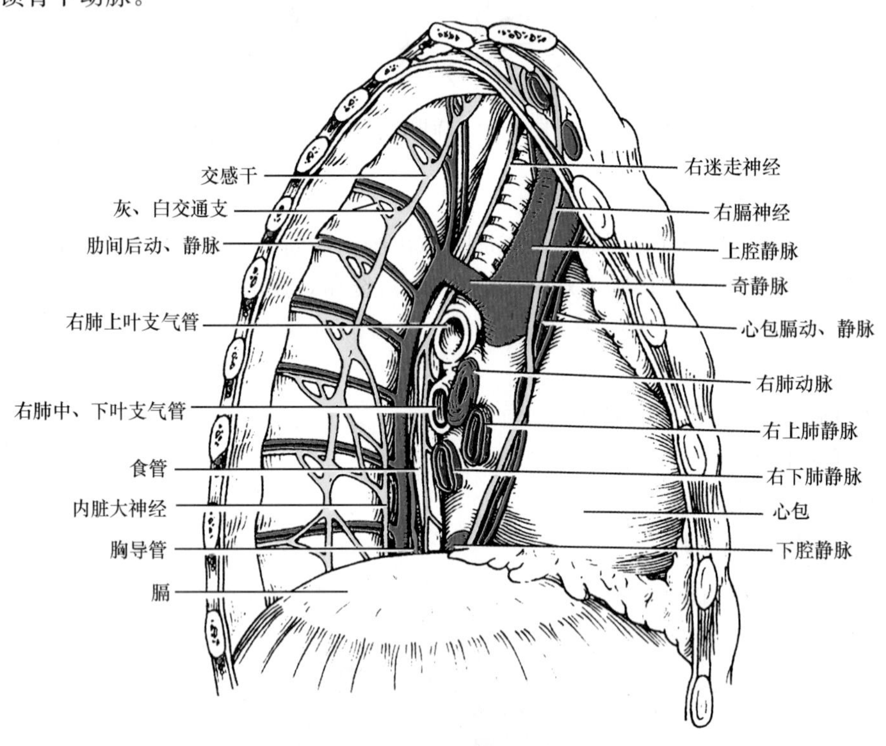

图 9-12　纵隔的右侧面观

2）右肺根前方为心包、右膈神经、心包膈血管。心包后方有食管胸部、主动脉胸部、右迷走神经、右侧交感干、奇静脉、胸导管等。

（四）解剖上纵隔（图 9-13、图 9-14）

（1）解剖胸腺:观察其毗邻，将其上翻。

（2）解剖头臂静脉和上腔静脉:分离主干及其属支，先结扎左头臂静脉，在靠近上腔静脉处剪断左头臂静脉，将其翻向左侧。

（3）解剖主动脉弓及其分支的毗邻:清理动脉导管三角内的动脉韧带、左喉返神经和心浅丛，并注意左喉返神经的走向其与动脉韧带的毗邻关系。

（4）解剖气管颈部和主支气管:在左颈总动脉与头臂干起点处剪断主动脉弓，将其翻向两侧。清理气管颈部、主支气管、气管支气管淋巴结和气管淋巴结，游离位于气管叉前方的心深丛。比较左、右主支气管的形态特点，观察其毗邻。

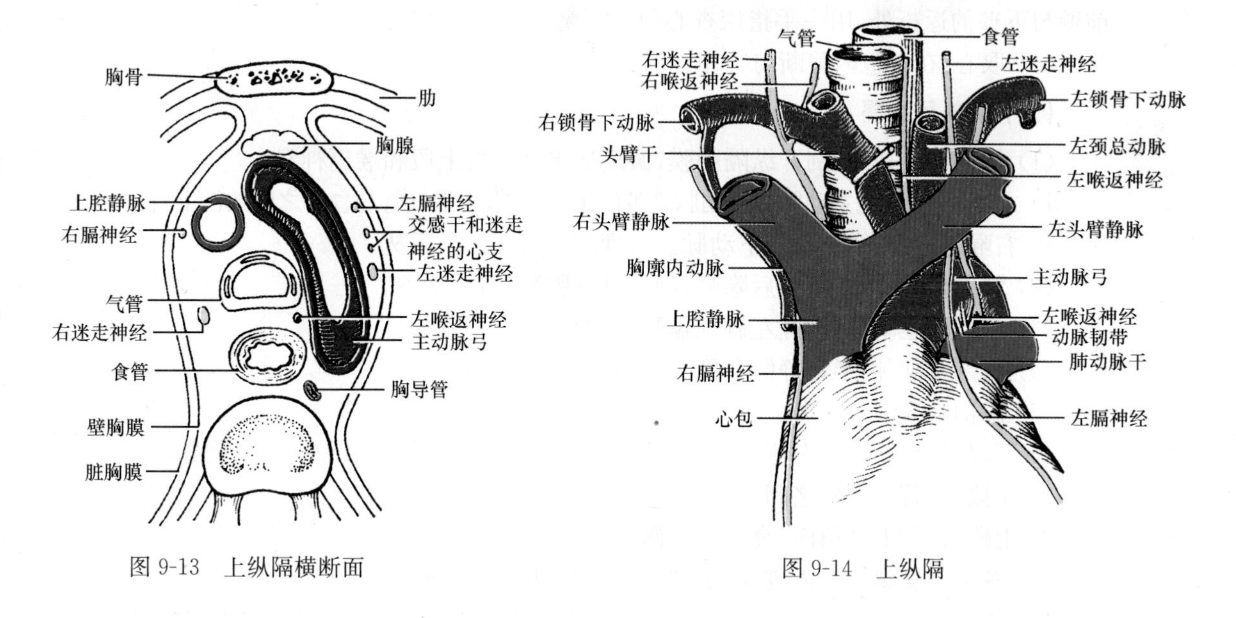

图 9-13　上纵隔横断面

图 9-14　上纵隔

（五）解剖中纵隔

（1）解剖膈神经和心包膈血管：先观察，再纵行剪开纵隔胸膜，分离膈神经和心包膈血管。

（2）切开心包(图 9-15)：观察心包前、侧壁的毗邻。于膈神经和心包膈血管的前方的膈上 1.5cm 处做“U”形剪口并上翻心包。

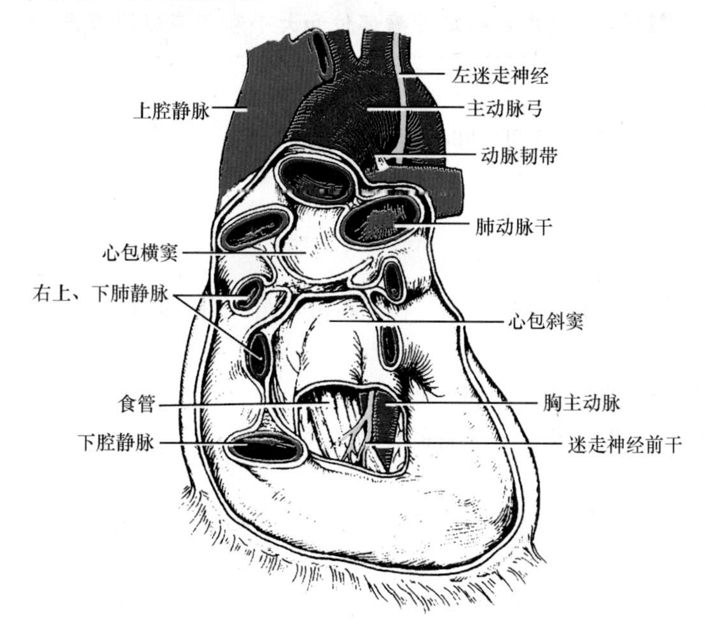

图 9-15　心包和心包窦

（3）探查心包窦：触摸浆膜性心包脏、壁两层的返折部位，观察与心相连的大血管。用示指伸入主动脉和肺动脉的后面与上腔静脉和左心房的前面之间，探查心包横窦。将手伸入左心房后壁与心包后壁之间，探查心包斜窦。向前托起心，观察心包斜窦境界。在心包前壁与下壁的返折处，用一手指探查心包前下窦。

（4）取心：在心包内剪断与心相连的大血管，取心。

（六）解剖后纵隔

（1）解剖迷走神经：剖开纵隔胸膜，游离迷走神经的上段和喉返神经。

1）左喉返神经：绕主动脉弓或动脉韧带的主动脉端，再沿气管与食管之间的沟上行至颈部。

2）右喉返神经，绕右锁骨下动脉。清理肺丛、食管前、后丛。

（2）解剖食管：探查食管后隐窝，剖开纵隔胸膜，清理食管。

（3）解剖胸主动脉：剖开左侧纵隔胸膜，观其分支及毗邻。

（4）解剖奇静脉、半奇静脉和副半奇静脉剖开肋胸膜。

（5）解剖胸导管：

1）下段：将食管推向左侧，在胸主动脉和奇静脉之间的结缔组织中分离胸导管下段。

2）中段：食管与脊柱之间。

3）上段：食管上三角内，食管壁左侧。

（6）解剖胸交感干及内脏大、小神经，清理肺丛，食管前、后丛。

临床链接：

纵隔内的组织器官多，可发生多种多样的肿瘤。即使肿瘤很小也会引起循环、呼吸、消化和神经系统的功能障碍。儿童纵隔肿瘤的发病率较成人低，但癌变机会大。约有2/3的患儿早期有咳嗽、低热、呼吸困难等症状，与儿童胸腔容量小有关。有些患儿在胸部X线检查时偶尔发现，如果是恶性肿瘤则有贫血和消瘦现象。发现上述症状应及早就医，通过胸部X线片来确定肿瘤部位和大小和超声波检查得知肿瘤的性质。

【注意事项】

1. 切断肺根时要稍靠肺门，取肺时先将肺稍做游离。
2. 心包窦要用手指进行探查。

【思考题】

1. 名词解释

（1）心包横窦　（2）动脉导管三角　（3）心包三角　（4）浆膜心包

2. 问答题

（1）试述气管胸部的位置和毗邻。

（2）简述上纵隔的界线及主要器官的位置关系。

（九江学院临床医学院　程功文）

第十章　腹　　部

第一节　腹前外侧壁

【实验目的】

掌握内容：腹前外侧壁的层次；腹股沟三角的围成；腹股沟管的形态及通过结构。

熟悉内容：腹白线；腹直肌鞘的形成；三层扁肌的肌纤维方向。

【实验器材】

1. 尸体标本；腹壁示教标本。
2. 腹股沟三角模型。
3. 腹股沟管标本。
4. 腹股沟管模型。

【实验内容】

(一) 腹前外侧壁的层次

观察腹壁标本，腹前外侧壁由浅入深一般有皮肤、浅筋膜、肌层、腹横筋膜和腹膜外筋膜和壁腹膜六层结构(图 10-1、图 10-2)。

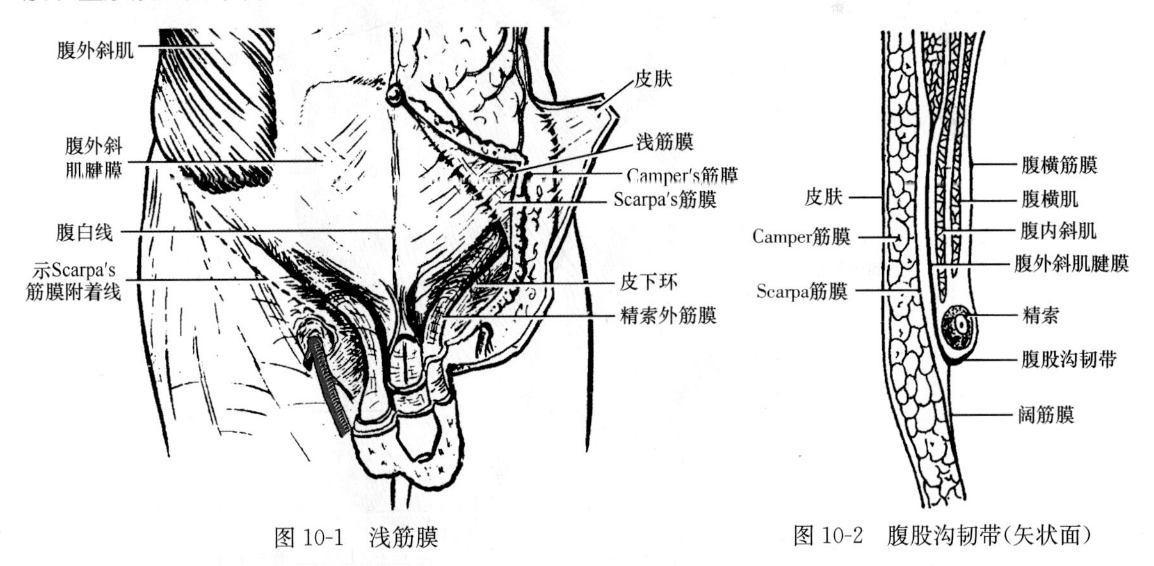

图 10-1　浅筋膜

图 10-2　腹股沟韧带(矢状面)

1. 皮肤　腹前外侧壁皮肤较薄而富有弹性，与皮下组织结合松弛，移动性大。

2. 浅筋膜　由疏松结缔组织构成。内含脂肪、腹壁的浅血管、浅淋巴管和皮神经(图 10-3)。

3. 肌层　腹前正中线两侧的腹直肌和位于外侧的腹外斜肌、腹内斜肌和腹横肌(图 10-4)。

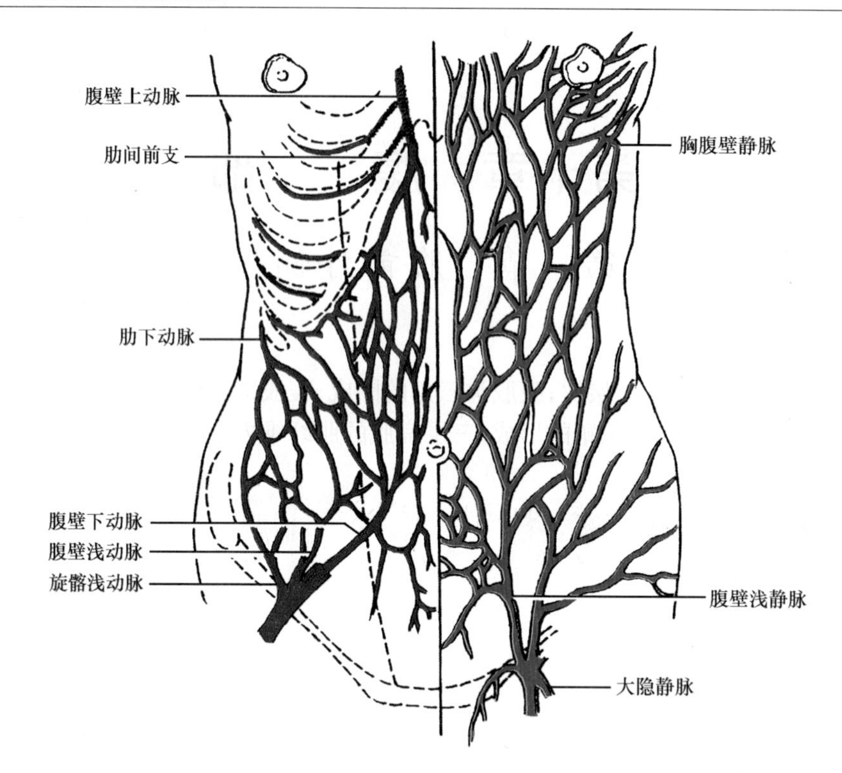

图 10-3 腹前外侧壁的血管

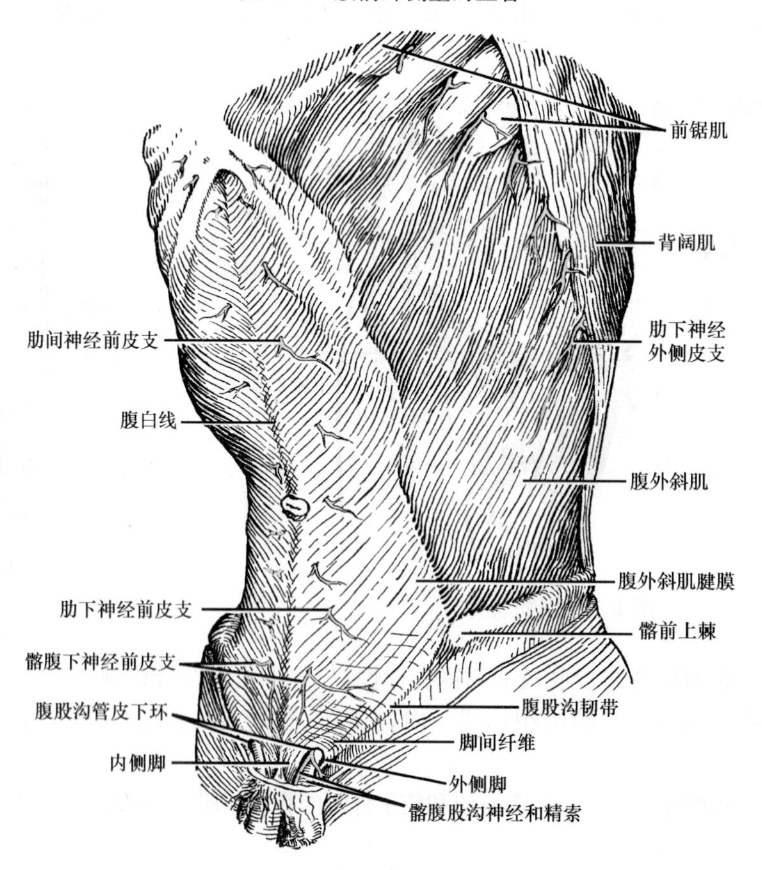

图 10-4 腹壁肌浅层

(1) 腹直肌(图 10-5):上宽下窄的带状肌,被腹直肌鞘包裹,肌纤维被腱划分割,腱划与腹直肌前鞘结合紧密,与后鞘结合疏松。

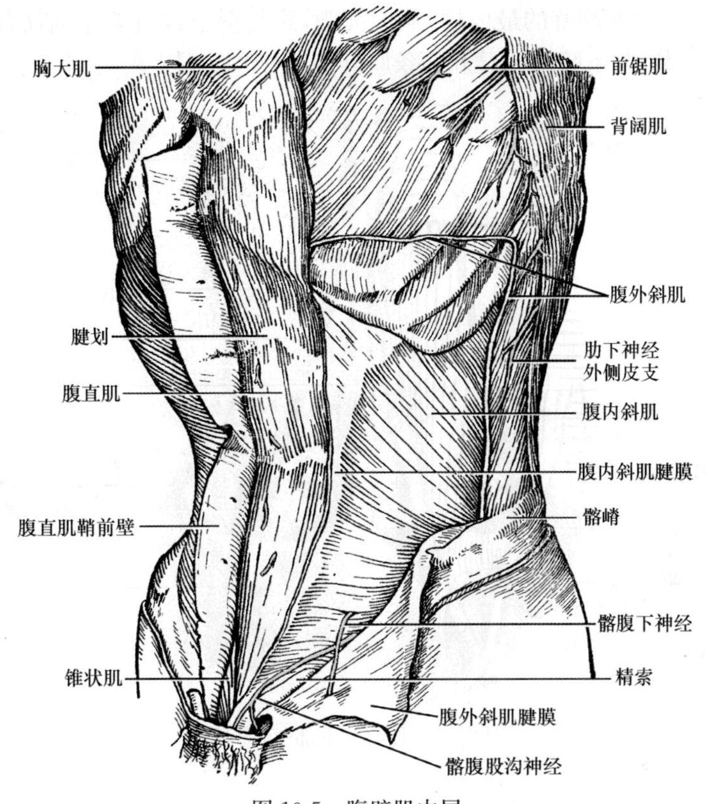

图 10-5　腹壁肌中层

(2) 腹外斜肌:位于腹前外侧壁的浅层,肌纤维自外上向内下斜行,在靠近腹直肌外侧缘和腹股沟时移行成腱膜,下部增厚张于髂前上棘至耻骨结节之间形成腹股沟韧带。

(3) 腹内斜肌:位于腹外斜肌的深面,肌纤维自外下斜向内上,呈扇形走行。在腹直肌外侧移行成腱膜,并分两层包绕腹直肌,止于腹白线。

(4) 腹横肌:位于腹横肌的深面,肌纤维自后向前内侧横行,在腹直肌外侧移行成腱膜。在腹直肌下部的外侧缘附近,腹横肌腱膜和腹内斜肌腱膜相互融合,构成腹股沟镰(联合腱)(图 10-6)。

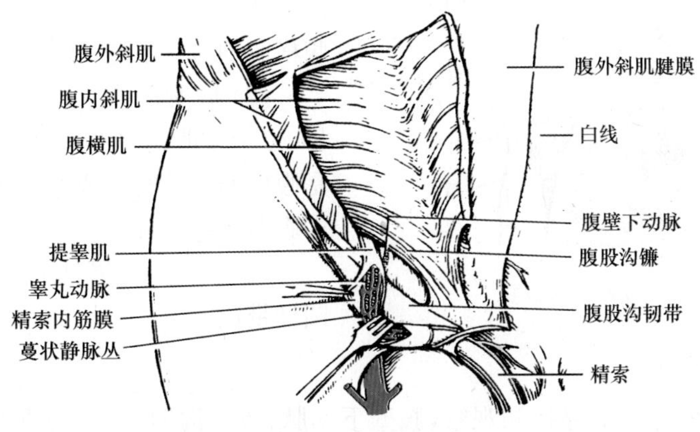

图 10-6　精索的被膜

4. 腹横筋膜　位于腹横肌深面，腹内筋膜的一部分。

5. 腹膜外筋膜　介于腹横筋膜与壁腹膜之间，为结缔组织构成。

6. 壁腹膜　腹前外侧壁的最内层，从内面观，腹前壁下部有5条向脐部集中的纵行皱襞，即一条脐正中襞、两条脐内侧襞和两条脐外侧襞(图10-7)。

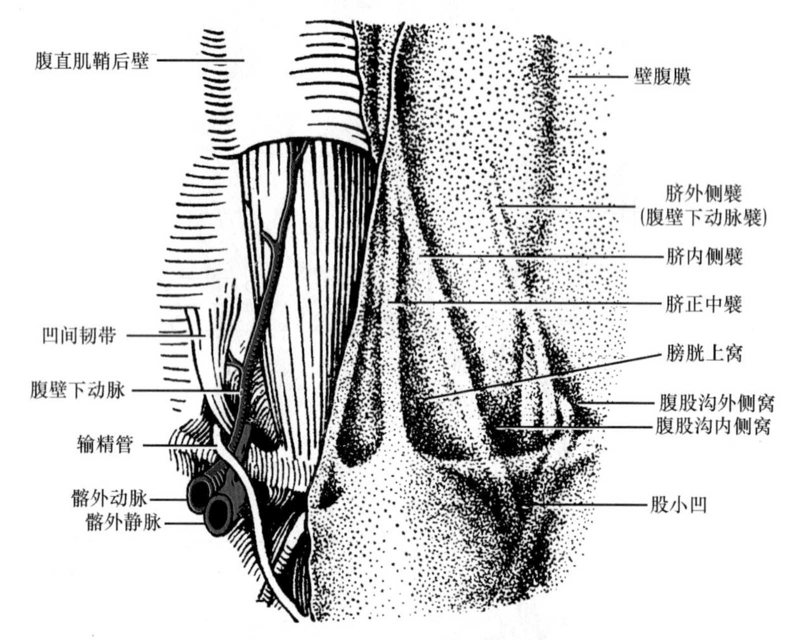

图10-7　腹前壁下部(后面观)

(二) 腹股沟管(图10-8)

1. 观察腹外斜肌腱膜　腹外斜肌腱膜下缘增厚形成腹股沟韧带。在耻骨结节外上方寻找和观察腹股沟管浅环。

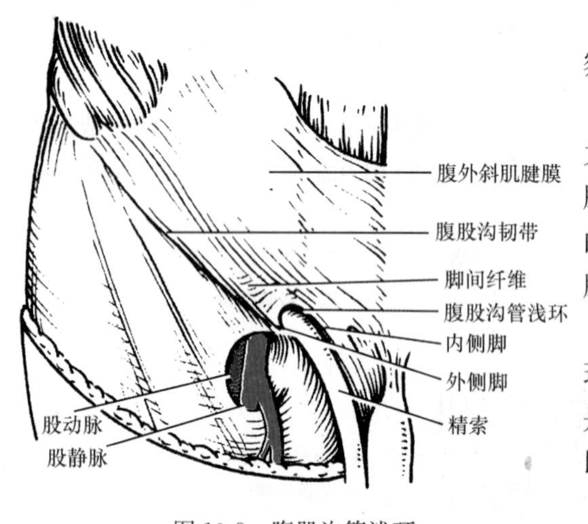

图10-8　腹股沟管浅环

2. 在尸体、腹股沟管标本及模型上观察以下结构

(1) 腹股沟管四壁(图10-9)：前壁浅层为腹外斜肌腱膜，深层在管的外侧1/3处有腹内斜肌的起始部；后壁为腹横筋膜，在管的内侧1/3处有联合腱，上壁为腹内斜肌与腹横肌的弓状下缘；下壁为腹股沟韧带。

(2) 腹股沟管两口：内口为腹股沟管深环，位于腹股沟韧带中点上方约一横指处，是腹横筋膜外突形成的一个卵圆形孔；外口即腹股沟管浅环。

(3) 内容物：男性有精索，女性有子宫圆韧带通过。

(三) 腹股沟三角

在尸体及腹壁标本上寻找和观察，腹壁下动脉、腹股沟韧带、腹直肌外侧缘，由三者围

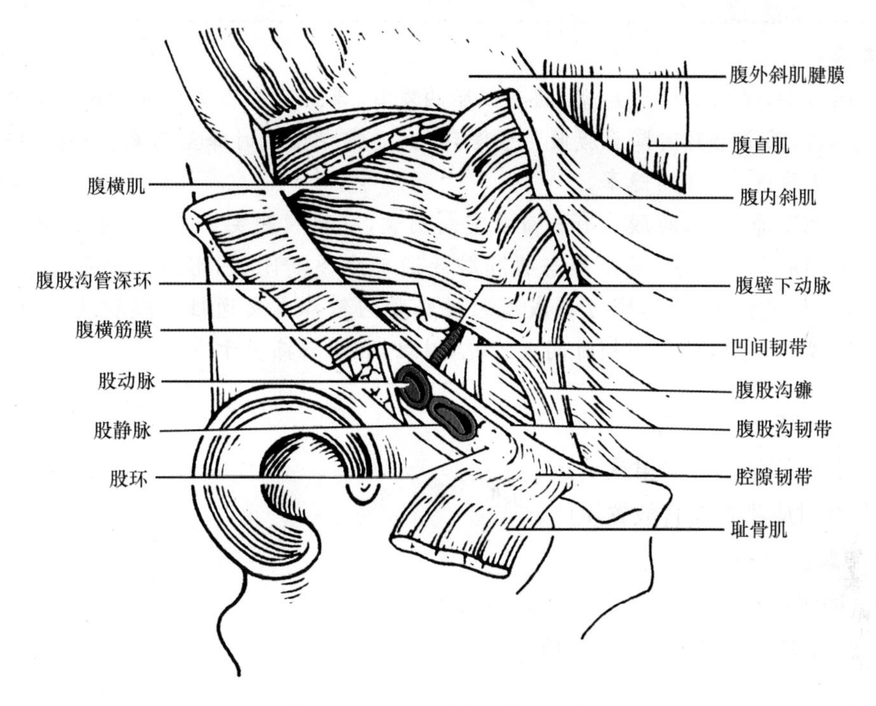

图 10-9 弓状下缘与腹股沟镰

成的三角形区域即腹股沟三角。

(四) 腹白线

在尸体上观察，位于腹前壁正中，由两侧腹直肌鞘纤维彼此交织而成腹白线，上宽下窄。

(五) 腹直肌鞘(图 10-10)

在尸体和腹壁标本上观察，在白线的两侧一指处纵向切开的腹直肌鞘前层，向两侧分离鞘前层，显露腹直肌。钝性分开腹直肌，检查其深面，在脐下 4～5cm 处，腹直肌鞘后层呈现弓形游离下缘，即弓状线。此线以下，腹直肌直接与腹横筋膜相贴。

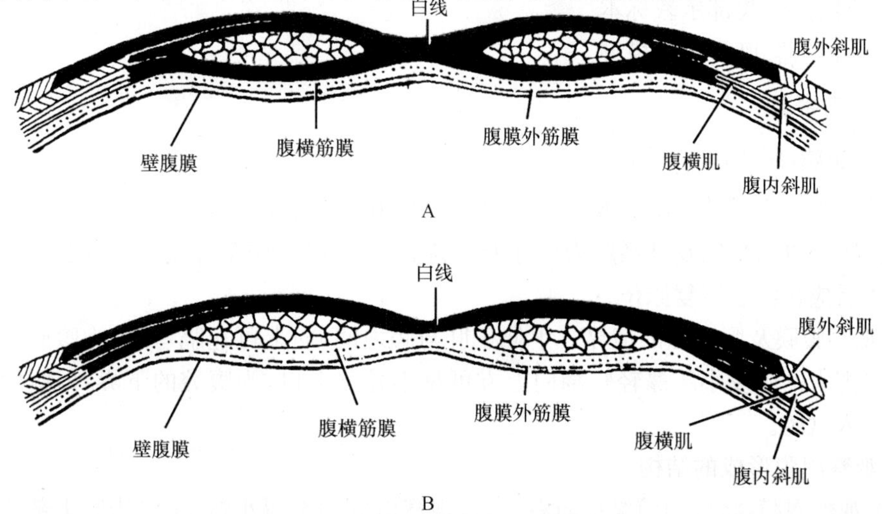

图 10-10 腹直肌鞘

A. 弓状线以上横切面；B. 弓状线以下横切面

临床链接：

胚胎时期，睾丸位于腹后壁，随着胚胎的发育，睾丸逐渐下降。胚胎第 3 个月时，睾丸降至髂窝，第 7 个月时降至腹股沟管深环处，通常在出生时降至阴囊。如出生时睾丸仍停留在下降途中，即为隐睾。

在睾丸下降之前，腹膜已有一盲囊突向阴囊，称腹膜鞘突。睾丸降至阴囊后，鞘突包绕睾丸形成睾丸鞘膜，其上部与腹膜腔连通部分逐渐闭锁，形成鞘韧带。如腹膜鞘突未闭，仍与腹膜腔相通，则可形成先天性腹股沟斜疝或交通性鞘膜积液。由于右侧睾丸下降较左侧慢，鞘突闭锁时间也较晚，因此，右侧斜疝多于左侧。

【注意事项】

1. 实验时同学们应严肃认真。
2. 观察时应将各器官放置原位。

【思考题】

1. 名词解释

(1) 腹股沟管　(2) 腹股沟三角

2. 问答题

(1) 试述腹前外侧群肌的位置关系。

(2) 经腹直肌切口、麦氏切口进入腹膜腔，分别需经过哪些层次结构?

第二节　腹膜、结肠上区

【实验目的】

掌握内容：胃、十二指肠、肝、肝外胆管、脾的位置、形态及动脉分布，肝门静脉的组成。

熟悉内容：腹膜形成结构，胃的神经分布，各器官的韧带配布。

【实验器材】

1. 尸体标本，腹部示教标本。
2. 腹腔脏器、肝门静脉模型。

【实验内容】

(一) 腹膜(图 10-11、图 10-12)

覆盖在脏器表面的是脏腹膜，在腹壁内面见到的是壁腹膜，它们相互延续所形成的腔隙称腹膜腔。以横结肠及其系膜为界分为结肠上、下两区。用手探查、扪摸腹膜及腹膜腔，观察完毕后应将内脏恢复原位。

1. 观察腹膜及腹膜腔的境界　手伸于肝与膈之间，向上可达膈穹隆，为腹腔及腹膜腔的上界。把大网膜及小肠襻轻轻翻向上方可见小骨盆上口，为腹腔的下界，但腹膜腔经小骨盆上口入盆腔。

2. 观察腹膜形成的结构

(1) 观察网膜：将肝的前缘提向右上方，观察由肝门至胃小弯、十二指肠上部之间的小网膜以及连于胃大弯的大网膜。

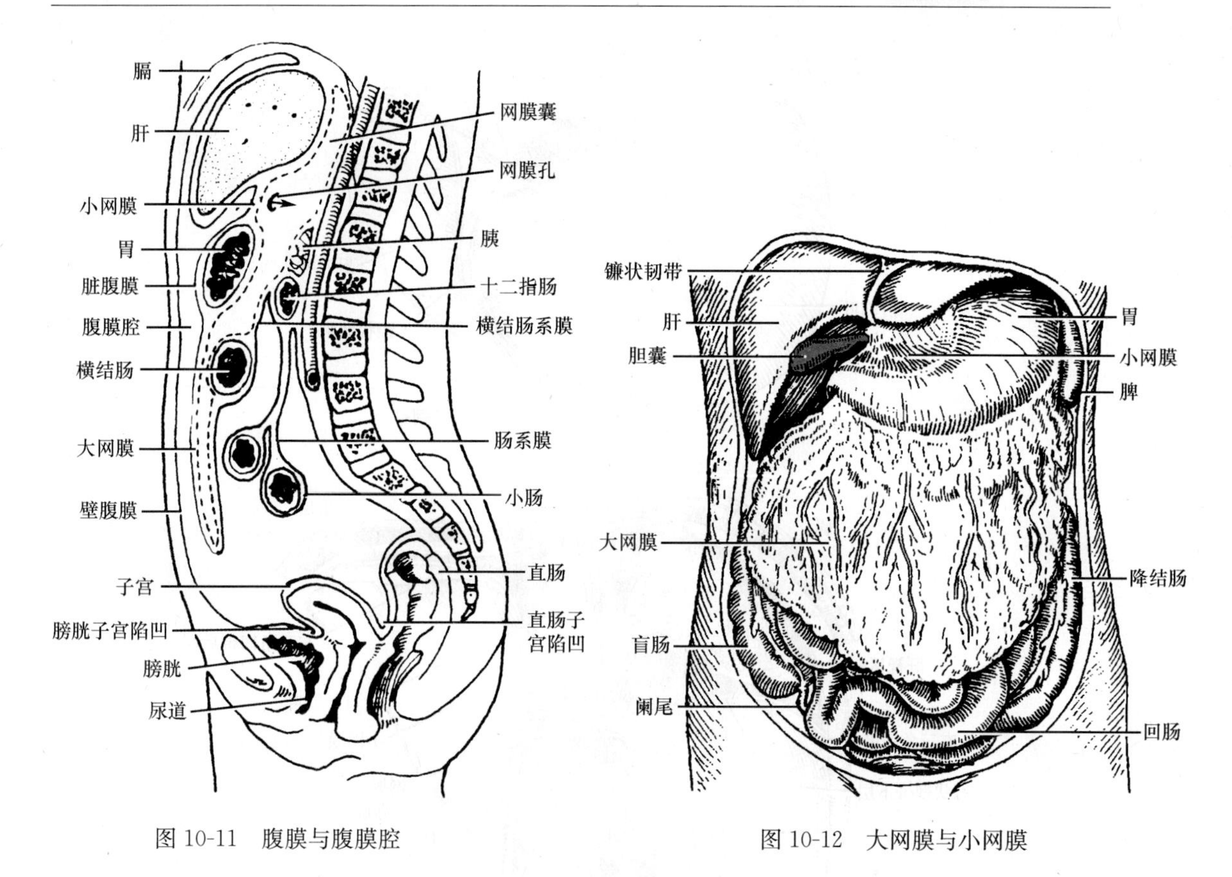

图 10-11　腹膜与腹膜腔

图 10-12　大网膜与小网膜

(2) 摸认肝的韧带(图 10-13):把右手放在肝右叶上面与膈之间,向左移动受阻即触及矢状位的镰状韧带,向后探查受阻触及的是呈横位的冠状韧带前层,自脐连至肝门行走于镰状韧带游离缘者为肝圆韧带。

(3) 摸认胃的韧带:将胃底推向右侧,暴露连于脾门和胃大弯左侧部之间的胃脾韧带。触摸连于胃底后面与膈之间的胃膈韧带,连于胃幽门窦后壁与胰头之间的胃胰韧带。

(4) 摸认脾的韧带:用手从左肾前面与脾门之间探入,触到的是脾肾韧带;在脾门端与结肠左曲之间可摸及脾结肠韧带。

(5) 观察系膜:将大网膜、横结肠及其系膜翻向上方。把小肠推向一侧,观察肠系膜的形态,辨认肠系膜根的附着。查找和观察阑尾系膜、横结肠系膜和乙状结肠系膜。

3. 探查腹膜腔内间隙

(1) 探查膈下间隙:介于横结肠及其系膜与膈之间,此间隙被肝分为肝上、肝下间隙。

1) 肝上间隙:借镰状韧带分为右肝上间隙和左肝上间隙、左肝上间隙又被左三角韧带分为左肝上前、后间隙。

2) 肝下间隙:被肝圆韧带分为左、右肝下间隙,右肝下间隙的后部即肝肾隐窝,左肝下间隙又被小网膜和胃分为左肝下前间隙和左肝下后间隙(网膜囊)。网膜囊借网膜孔与右肝下间隙相通。在小网膜右侧游离缘后方可找到网膜孔,将左手示指伸入此孔,进入网膜囊。

(2) 结肠下区的间隙:

1) 左、右结肠旁沟:在降、升结肠的外侧。左结肠旁沟上以膈结肠韧带为界,下通小骨盆腔;右结肠旁沟向上通右肝下间隙,向下可经髂窝通小骨盆腔。

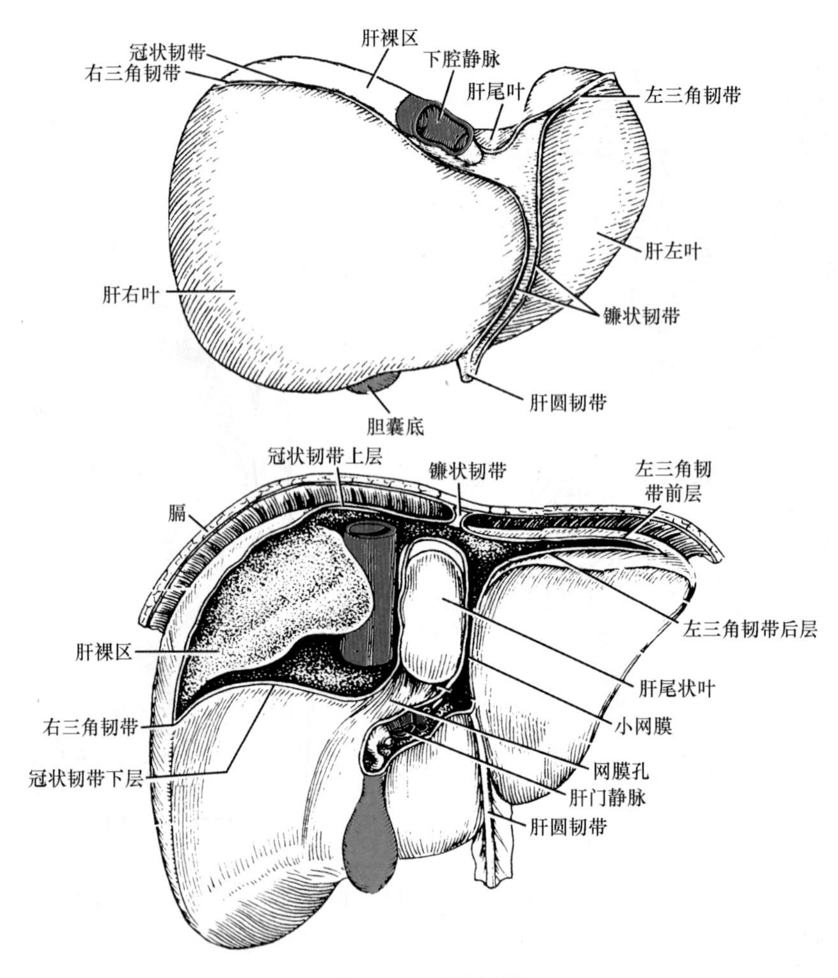

图 10-13 肝的韧带

2）左、右肠系膜窦：左肠系膜窦位于小肠系膜根与降结肠、乙状结肠及其系膜之间；右肠系膜窦位于小肠系膜根与升结肠、横结肠及其系膜之间。

4. 探查陷凹 在男尸探查直肠膀胱陷凹，在女尸探查直肠子宫陷凹和膀胱子宫陷凹。

（二）结肠上区

1. 观察胃的血管、淋巴结及神经（图 10-14、图 10-15、图 10-16、图 10-17）

（1）观察胃的位置与毗邻。

（2）观察淋巴、血管：沿镰状韧带左侧去除已切开的肝左叶，暴露小网膜，沿胃小弯向左上方寻找胃左动脉及伴行的胃冠状静脉，并至胃贲门处，追踪至其起自腹腔干处。沿胃小弯向右寻找出胃右动、静脉及沿两者排列的胃右淋巴结，经过胃的幽门上缘追踪胃右动脉直至肝固有动脉。

在距胃大弯中份的下方约 1cm 处，横行分开已剖开的大网膜，向右寻找胃网膜右动脉直至幽门下方，证实它发自胃十二指肠动脉；向左寻找胃网膜左动脉至其发自脾动脉处。在脾门处，找出由脾动脉发出的胃短动脉经胃脾韧带至胃底。

注意观察沿胃左、右血管排列的胃左、右淋巴结；沿胃网膜左、右血管排列的胃网膜左、右淋巴结；胰尾及脾门附近的脾淋巴结；在幽门下方辨认幽门下淋巴结。

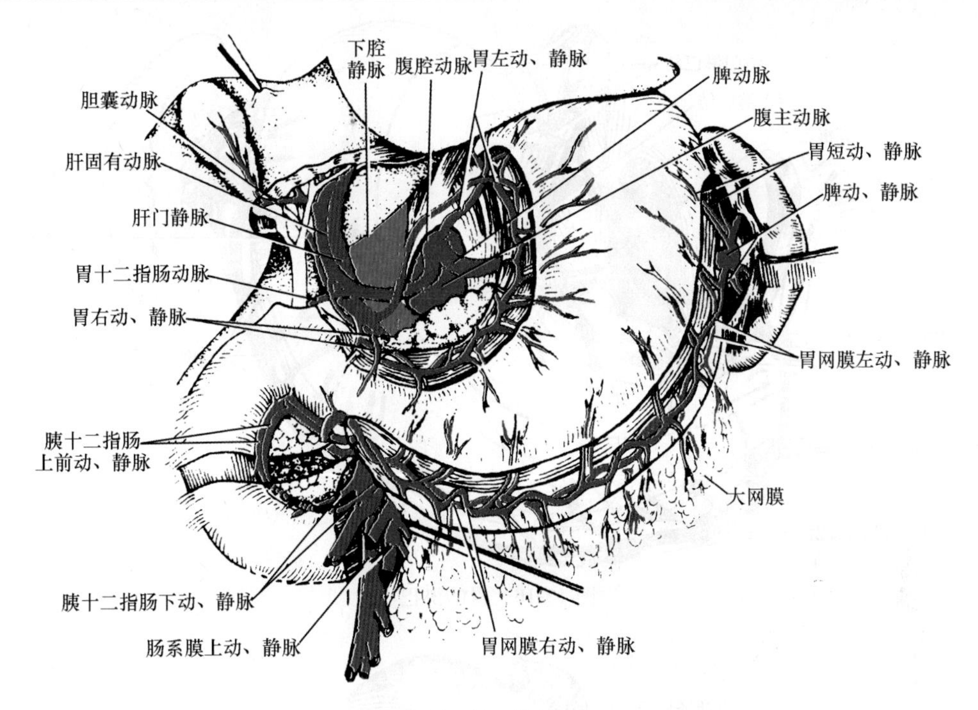

图 10-14　腹腔干

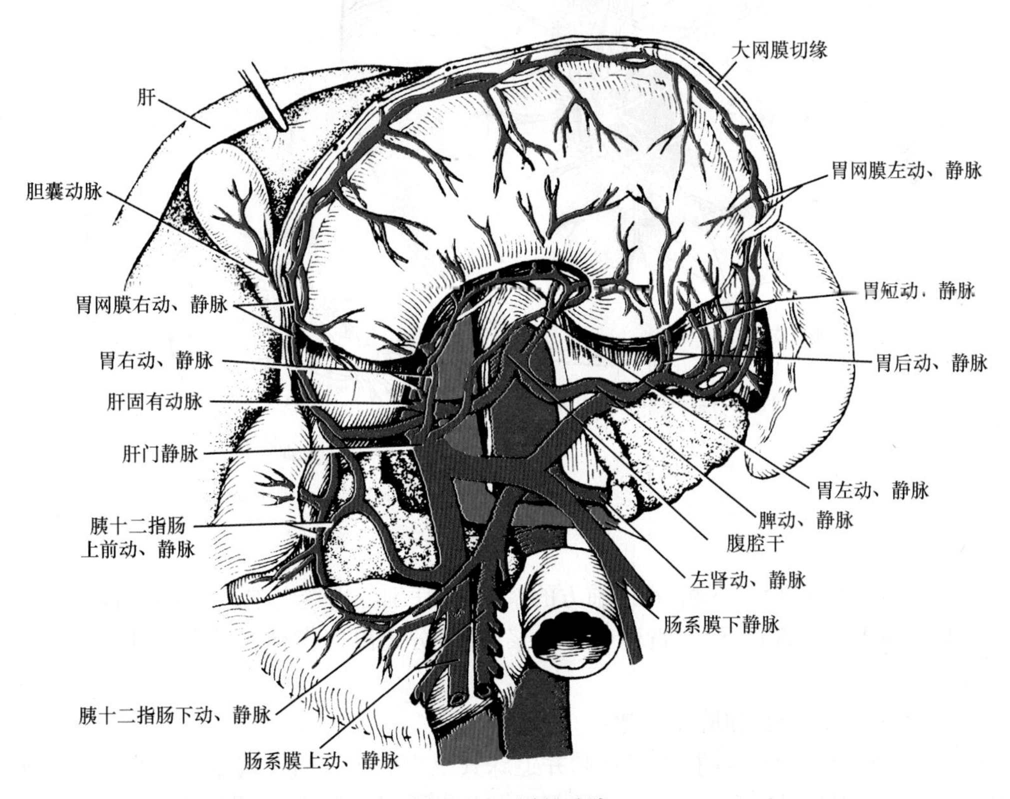

图 10-15　胃的动脉

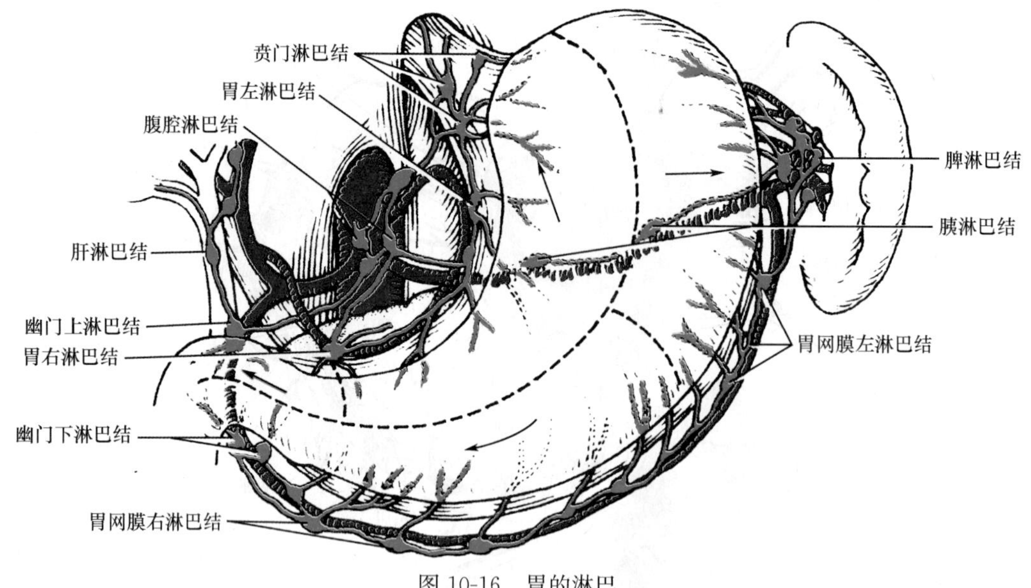

图 10-16　胃的淋巴

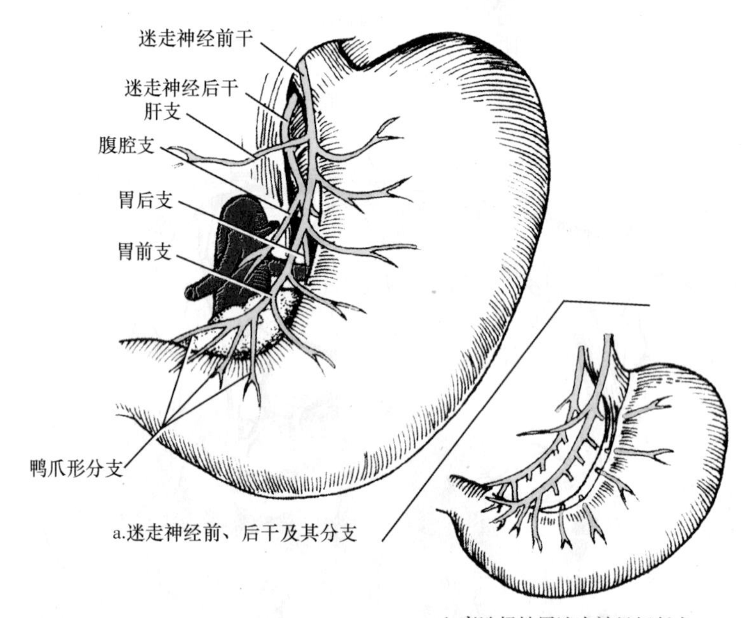

图 10-17　胃的神经

(3) 观察神经：在食管下端、贲门前方的浆膜下，仔细分出迷走神经前干，找出由其发出的肝支与胃前支。在食管下端、贲门后方的浆膜下，分离出迷走神经后干及其发出的腹腔支与胃后支。

2. 观察脾动脉、静脉和肝总动脉

(1) 脾动脉：在胰的上缘找出脾动脉并追踪其至腹腔干。向左观察脾动脉。它沿胰上缘左行，沿途分出胰支供给胰。在进入脾门以前分出胃网膜左动脉，沿胃大弯向右行。

(2) 脾静脉：在脾动脉下方，可见伴行的脾静脉，向右追踪脾静脉至胰颈的后方，见其与肠系膜上静脉汇合成肝门静脉。注意肠系膜下静脉的注入情况。

（3）肝总动脉：从腹腔干向右，清理肝总动脉，找出它的分支胃十二指肠动脉。它经十二指肠上部后方，胆总管的左侧下行，分为胃网膜右动脉及胰十二指肠上动脉。

3. 观察肝十二指韧带和肝外胆管（图10-18）

（1）肝门静脉：在纵行剖开的肝十二指肠韧带内观察，暴露左前方的肝固有动脉、右前方的胆总管和后方的肝门静脉。找出肝门静脉，观察其属支，并向上追踪至肝门外，分为左、右支进入肝门。

（2）肝固有动脉：追踪肝固有动脉至肝门处，分为肝左、右动脉。

（3）胆总管、胆囊动脉：向上追踪胆总管，可见它由肝总管和胆囊管合成。观察胆囊及胆囊三角，在此三角内找寻胆囊动脉。

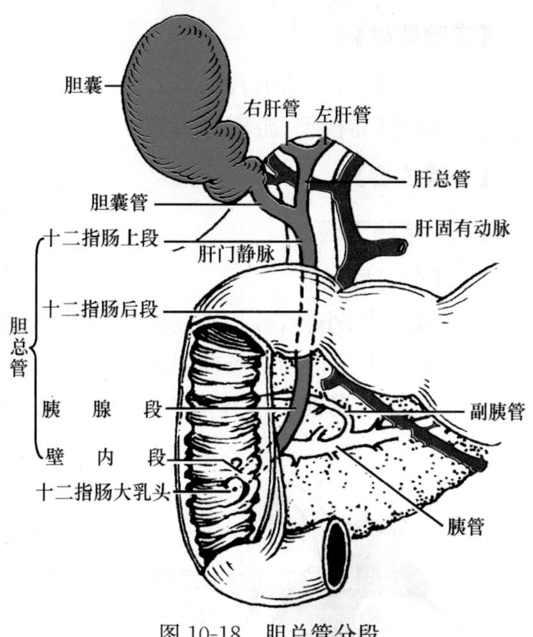

图 10-18　胆总管分段

临床链接：

腹膜具有较强的修复和愈合能力。因而在消化道手术中浆膜层的良好缝合可使接触面光滑，愈合速度加快，且减少粘连。由于腹膜具有这一特征，如果手术操作粗暴，腹膜受损则术后并发粘连。腹膜还具有防御功能，一方面其本身具有一些防御或吞噬功能的细胞；另一方面，当腹腔脏器感染时，周围的腹膜形成物尤其是大网膜可迅速趋向感染病灶，包裹病灶或发生粘连，使病变局限不致迅速蔓延。

【注意事项】

1. 实验时同学们应严肃认真。
2. 观察时应将各器官放置原位。

【思考题】

1. 名词解释

（1）肝门　（2）胆囊三角（Calot 三角）　（3）网膜囊

2. 问答题

（1）供应胃的动脉有哪些？试述其来源与分布。

（2）肝十二指肠韧带内有何重要结构？位置关系如何？术中怎样确认胆总管？

（3）脾切除术要切断哪些韧带，结扎哪些血管？

第三节　结肠下区、腹膜后隙

【实验目的】

掌握内容：空回肠动脉分布特点，结肠形态特征、阑尾的位置，肾的位置及毗邻。

熟悉内容：输尿管行程，腹主动脉分支，肾上腺的位置及形态，各器官的血管分布。

【实验器材】

1. 尸体标本，腹部示教标本。

2. 腹腔脏器模型、游离肾模型。

【实验内容】

(一) 结肠下区

1. 区分各段肠管

(1) 区别大、小肠：寻找结肠的结肠带、结肠袋和肠脂垂，以此区别大肠和小肠。

(2) 确认十二指肠空肠曲：将横结肠向上提起，摸到脊柱，小肠襻固定于脊柱处的肠管即为十二指肠空肠曲。将其拉紧，其与脊柱间的腹膜皱襞为十二指肠悬韧带(图 10-19)。

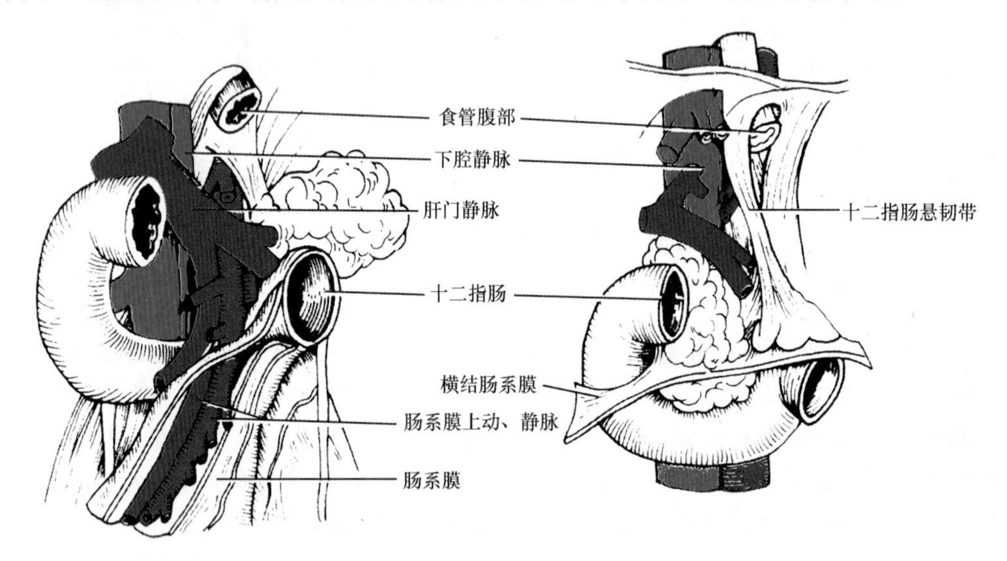

图 10-19 十二指肠的毗邻

(3) 区分空肠和回肠：以位置、管径大小和血管弓的多少等来区别。

(4) 辨别大肠各部：在右髂窝，回肠末端连于盲肠；以盲肠的结肠带为标志，向下追踪可找到阑尾。依次辨别升结肠、横结肠、降结肠和乙状结肠。乙状结肠下接直肠、肛管。

2. 寻找观察肠系膜上血管

(1) 将胰下缘向下翻起，暴露脾静脉和肠系膜下静脉。在肠系膜下静脉的右侧为十二指肠空肠曲，分开纵行切开的其右缘的腹膜，找到经胰与十二指肠水平部之间穿出的肠系膜上动脉。向上追踪至腹主动脉。肠系膜上静脉位于同名动脉右侧。

(2) 将大网膜、横结肠及其系膜翻向上方，将全部系膜小肠推向左侧，暴露肠系膜根，观察其附着在腹后壁的位置，观察肠系膜上动脉的分支(图 10-20)。在肠系膜上动脉左缘寻找并观察已解剖出一排空、回肠动脉；沿肠系膜上动脉右缘，自上而下，寻找并观察已解剖出中结肠动脉、右结肠动脉及回结肠动脉。观察阑尾动脉的起止及其与阑尾系膜的关系。

(3) 从十二指肠水平部的上缘，找寻胰十二指肠下前、下后动脉，追踪至肠系膜上动脉。

3. 寻找观察肠系膜下血管(图 10-21)

(1) 向上追踪肠系膜下动脉，可见其多汇入脾静脉。

(2) 平第 3 腰椎处，找出起自于腹主动脉的肠系膜下动脉，它发出左结肠动脉的上下两

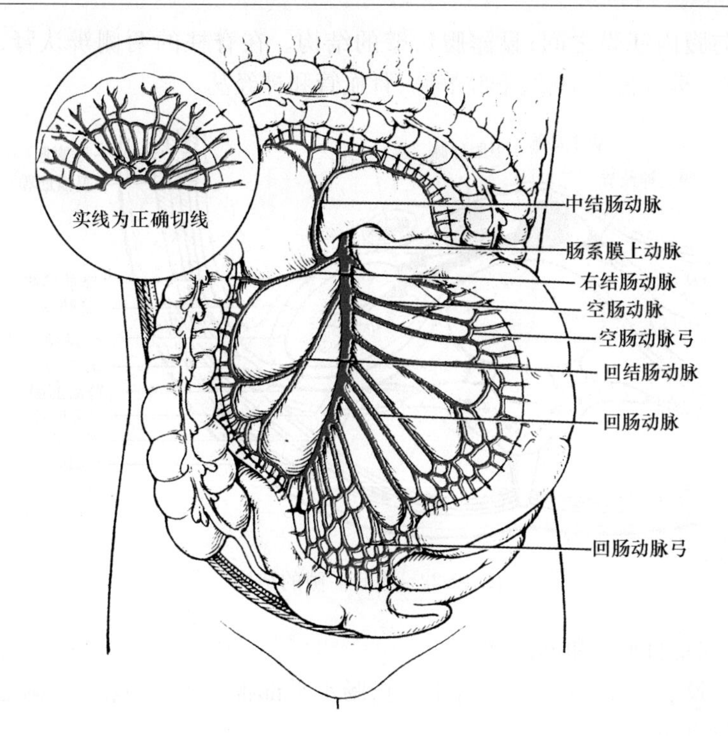

图 10-20 肠系膜上动脉

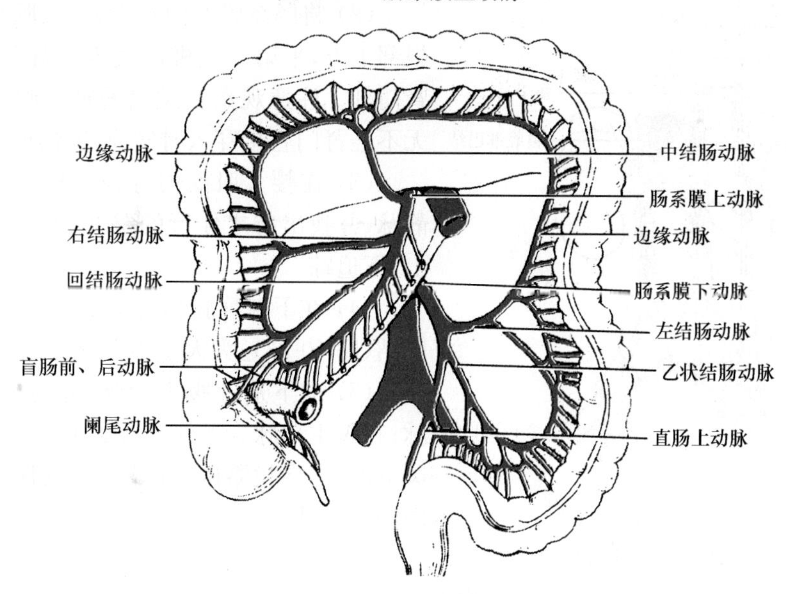

图 10-21 结肠的动脉

支、乙状结肠动脉和直肠上动脉。

(3) 清理腹主动脉，向下追踪到平第 4 腰椎处分为左、右髂总动脉。

(4) 清理左、右髂总静脉，两者在第 5 腰椎的右前方汇合成粗大的下腔静脉。

(二) 腹膜后隙(图 10-22)

1. 一般观察

显露并观察腹膜后间隙的境界、交通、内容及各结构的排列关系。观察腹膜后间隙介于腹后壁腹膜与腹内筋膜之间；显露腹后壁的结构。在脊柱的两侧辨认肾、肾上腺、输尿管；在脊柱的前方辨认腹主动脉、下腔静脉、肾血管和神经丛。

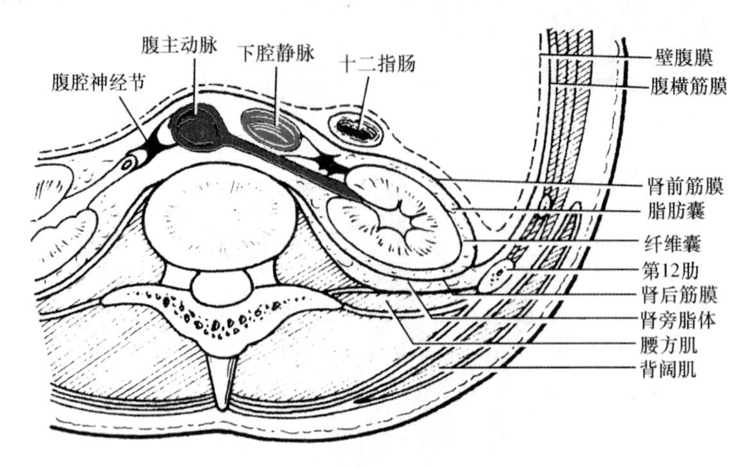

图 10-22 腹膜后隙的结构

2. 观察腹后壁的血管和淋巴结

(1) 将肠系膜下动脉推向左侧，将十二指肠水平部推向上，去除中线附近的肾筋膜，即可显露腹主动脉和下腔静脉。

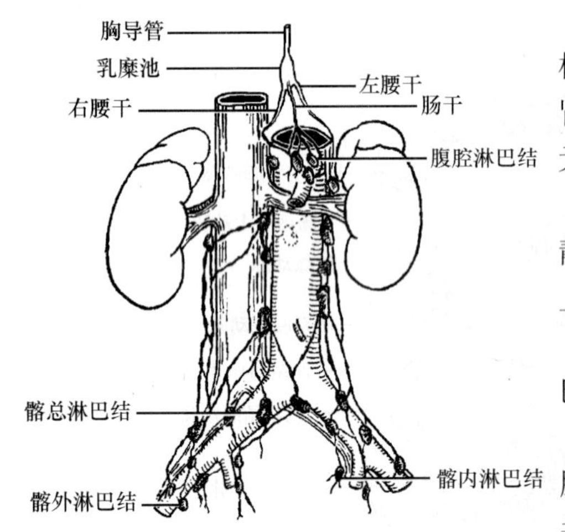

图 10-23 腹膜后隙的淋巴

(2) 将肠系膜翻向右上方，在肠系膜上动脉根部下方，平第 2 腰椎高度辨认肾动脉，追踪至肾门处。注意观察其发出的肾上腺下动脉和有无不经肾门直接穿入肾实质的肾副动脉。

(3) 在腰大肌前面寻找细长的睾丸（卵巢）静脉，并找出与之伴行的睾丸（卵巢）动脉，并向上、下追踪。

(4) 在下腔静脉和腹主动脉周围，寻找腰淋巴结（图 10-23），为大小不等的椭圆形结构。

(5) 向下追踪腹主动脉，分为左、右髂总动脉；在腹主动脉分叉处寻找骶正中动脉。在骶髂关节前方，寻找髂内、外动脉及其伴行静脉和周围的淋巴结。

3. 观察肾及其周围结构（图 10-24）

(1) 观察肾前、后筋膜和深面的脂肪囊。

(2) 将肾筋膜和脂肪囊去除，即可暴露肾。按顺序观察其形态、位置和毗邻。

(3) 暴露肾上腺，观察左、右肾上腺的差异。寻找发自腹主动脉的肾上腺中动脉，于肾上腺前面找出肾上腺静脉，沿此追踪至其注入下腔静脉和左肾静脉处。

(4) 清理肾蒂，观察肾动脉、肾静脉和肾盂三者的排列关系。肾盂向下延续为输尿管，暴露输尿管直至小骨盆上口处。

临床链接：

随着显微外科技术的进展和对排异反应的深入研究，肾移植已是较为成熟的技术。由于左肾静脉支数单一、恒定，血管长度比右肾长，肾移植供体多以左肾为易。右髂窝作为受区操作方便，因此，常将供着的左肾移植到受者的右髂窝。肾移植时行肾动脉与髂内动脉端端吻合，肾静脉与髂外静脉端端吻合，输尿管与输尿管端端吻合或输尿管与膀胱吻合。

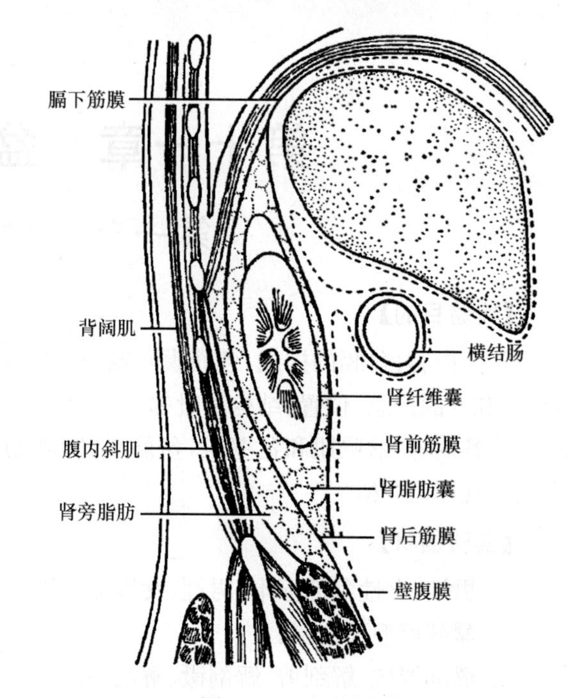

图 10-24　肾的被膜

【注意事项】

1. 实验时同学们应严肃认真。
2. 注意保护好血管、神经。
3. 观察后应将各器官放至原位。

【思考题】

1. 名词解释

（1）脊肋角　（2）肾蒂

2. 问答题

（1）阑尾的位置有哪些？术中如何寻找阑尾？

（2）从肾的位置及毗邻来考虑，施行肾切除术应该注意哪些问题？

（3）睾丸静脉曲张易发生在左侧，为什么？

（井冈山大学医学院　廖家万）

第十一章　盆部与会阴

第一节　盆　　部

【实验目的】

掌握内容：盆膈的构成，各筋膜间隙的位置及交通；膀胱的位置、毗邻及腹膜被覆情况；直肠、肛管的形态、位置、结构和毗邻。

熟悉内容：盆膈肌和盆壁肌，盆筋膜；膀胱的动脉、静脉和淋巴；直肠的动脉及静脉、淋巴引流规律，盆丛。

【实验器材】

1. 男性、女性盆部标本，男性、女性盆部正中矢状切标本。
2. 盆部模型及挂图。
3. 解剖器械：解剖剪、解剖镊、解剖刀。

【实验内容】

1. 盆腔脏器排列的观察（图 11-1、图 11-2）　从男性和女性尸体的盆腔正中矢状面上观察盆腔脏器及排列关系，辨认腹膜在脏器之间返折所形成的陷凹，以及腹膜形成的皱襞和系膜。观察完男性、女性盆腔内腹膜后，小心撕去盆侧壁的腹膜，暂时保留脏器表面的腹膜和子宫阔韧带的两层腹膜。

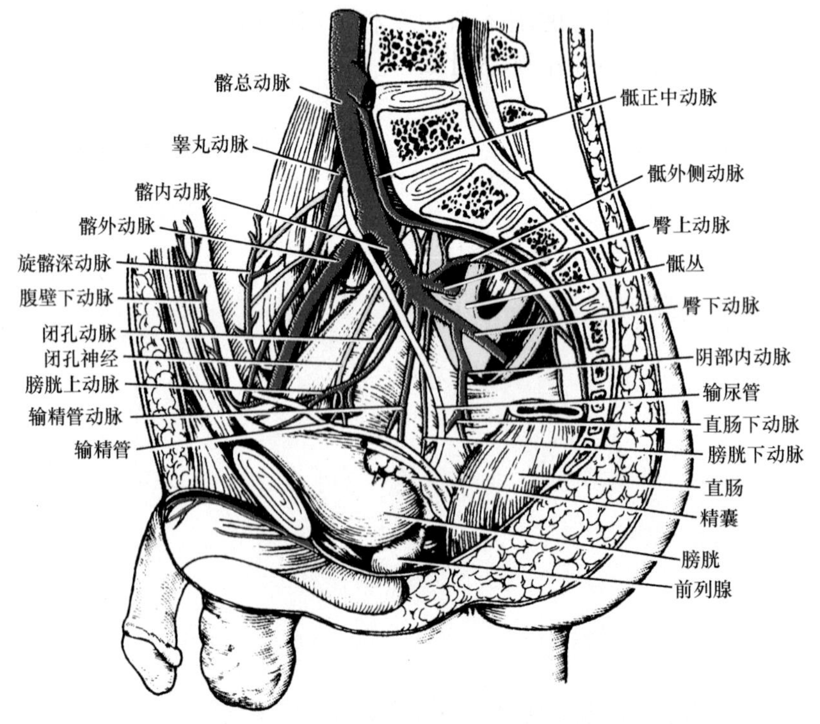

图 11-1　盆部的动脉及分支（男性）

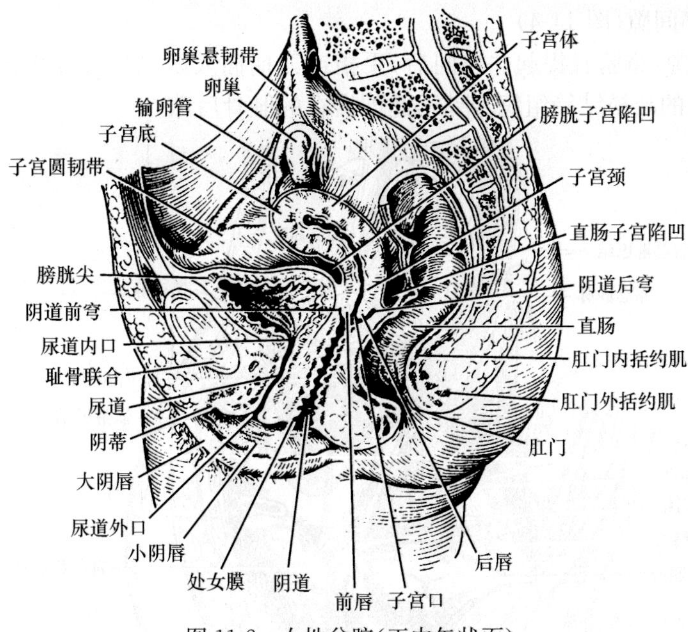

图 11-2 女性盆腔(正中矢状面)

2. 观察乙状结肠 在盆腔内部从乙状结肠与直肠交接处向上推挤内容物,间隔 1cm 用线绳双重结扎乙状结肠的下段。于两结扎绳之间切断乙状结肠,并切断乙状结肠系膜在盆腔内的附着,将乙状结肠推向上方。平第 4、5 腰椎间水平锯断躯干。

3. 追查输尿管(图 11-3) 在左髂总动脉下段和右髂外动脉其起始部的前方找到左、右输尿管,向下追踪至膀胱底。在男尸,观察它与输精管盆部的位置关系;在女尸,追至子宫颈外侧时注意勿损伤其前方跨过的子宫动脉。

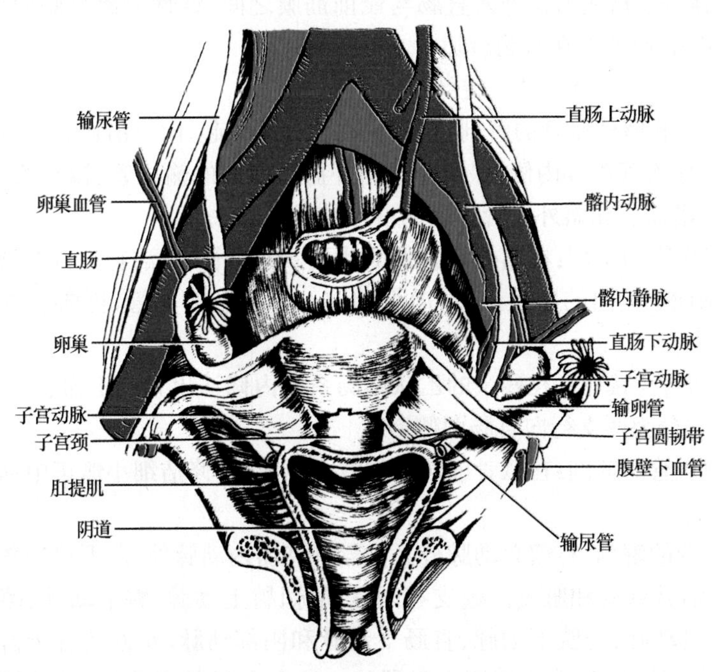

图 11-3 输尿管盆段与子宫动脉的关系

4. 探查盆筋间隙(图 11-4)

(1) 耻骨后隙:将膀胱提起并拉向后,手指或刀柄插入膀胱与耻骨联合后面之间,探查两者之间有大量的疏松结缔组织、脂肪,此即潜在的耻骨后隙。

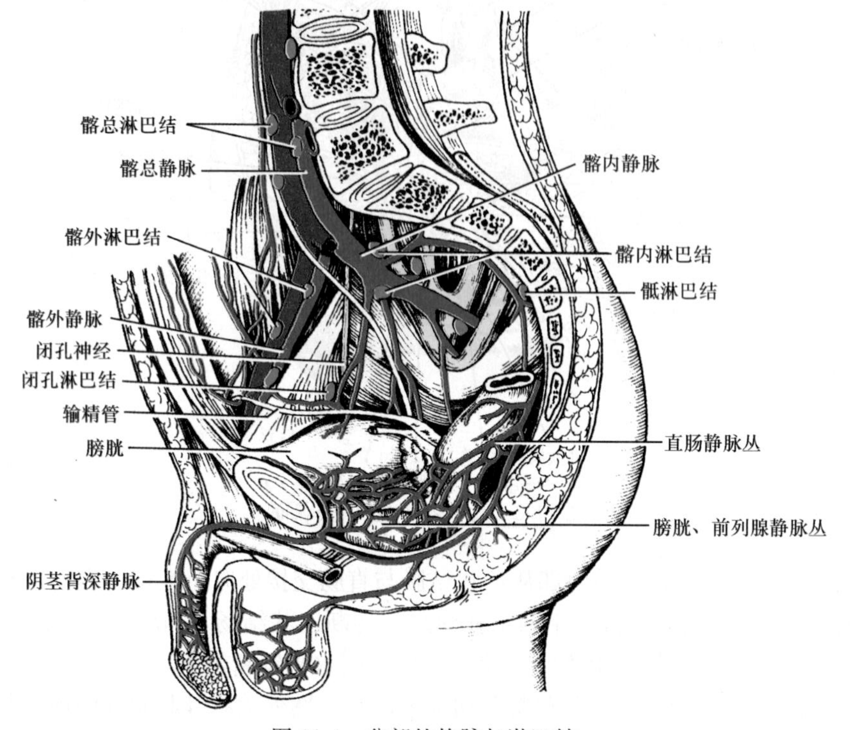

图 11-4 盆部的静脉与淋巴结

(2) 直肠后隙:手指或刀柄伸入直肠与骶前筋膜之间,钝性分离直肠向前,查证两者之间有疏松结缔组织,此即潜在直肠后隙。

5. 盆部血管、神经和淋巴结的解剖观察

(1) 髂总动脉和髂外血管的解剖:自腹主动脉分叉处起,向下沿血管走行修洁髂总动脉和髂外血管至腹股沟管深环内侧,保留跨越髂外血管前面的输尿管、输精管、子宫圆韧带和卵巢血管。找到沿髂总和髂外血管排列的淋巴结后可除去。

(2) 生殖腺血管的解剖:在髂外血管外侧找到睾丸血管,修洁它们直至到深环。在女尸卵巢悬韧带的深面剖露出的卵巢血管,向下追踪至卵巢和输卵管,再向上查看卵巢血管的起点和汇入点。

(3) 直肠上血管的解剖:在残余的乙状结肠系膜内修洁出直肠上血管,向下追踪到第 3 骶椎前方,证实它分为两支行向直肠两侧壁。

(4) 骶正中血管的解剖:在骶骨前面正中线上,寻找并修洁细小骶正中动脉及沿血管排列的骶淋巴结。

(5) 髂内血管的解剖:自髂总动脉分叉为髂外和髂内动脉处,向下清理髂内动脉至坐骨大孔上缘,再修洁其壁支和脏支。壁支有闭孔动脉、臀上动脉、臀下动脉、髂腰动脉和骶外侧动脉,脏支有脐动脉、膀胱下动脉、直肠下动脉和阴部动脉,女性还有子宫动脉。壁支清理至已剖出的远段接续,脏支清理至入脏器处。注意女尸子宫动脉与输尿管的交叉关系。髂内动脉分支常有变异,应细心辨认。各动脉的伴行静脉、脏器周围的静脉丛和髂内淋巴结可观察后结扎清除，注意保留神经丛。

(6) 盆腔神经的解剖观察(图 11-5、图 11-6)：于腰大肌内侧缘与第 5 腰椎、骶岬之间的深面寻找腰骶干。沿腰骶干向下，清理出位于髂内动脉深面、梨状肌前面的骶丛，追踪参与此丛的骶神经前支至骶前孔。在腰大肌下部的内侧缘和外侧缘找出闭孔神经和股神经，前者追至闭膜管，后者追至肌腔隙。

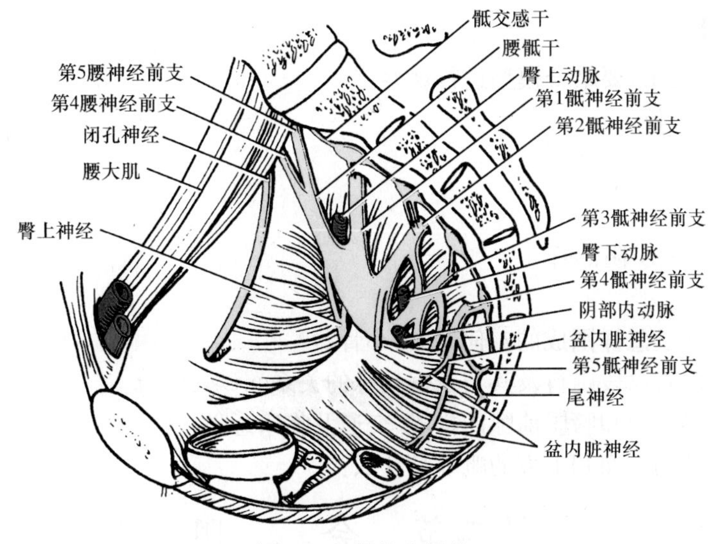

图 11-5 骶丛和尾丛

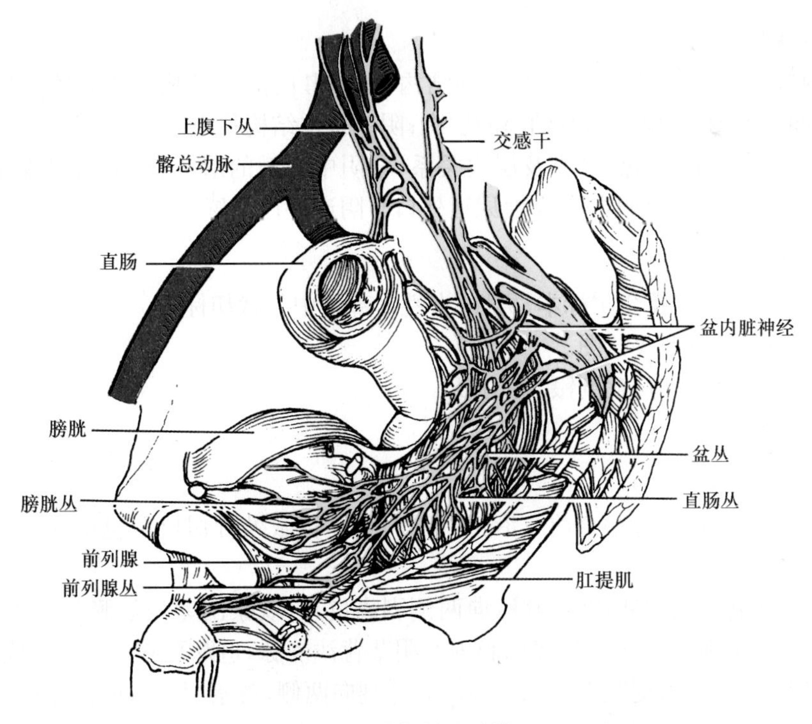

图 11-6 盆部的内脏神经

在第 5 腰椎前方、中线两侧用镊子分离出自腹主动脉丛向下延续的上腹下丛，向下跟踪至直肠两侧的盆丛(下腹下丛)。提起盆丛，清理观察第 2～4 骶神经前支各发一条细小的盆内脏神经,加入盆丛。在骶前孔内侧清理骶交感干和位于尾骨前方的奇神经节。

临床链接:

耻骨后隙是临床上常产生膀胱尿漏的地方。直肠后隙内是静脉丛较多的地方,临床做直肠手术时不要强求剥离直肠后隙,以免出现大出血。

【注意事项】

1. 盆部结构复杂,要结合模型进行观察。
2. 注意解剖方位。

【思考题】

1. 名词解释

(1) 闭膜管 (2) 阴部管

2. 问答题

(1) 骨盆界线是怎样围成的?何谓大、小骨盆?

(2) 简述输尿管盆段走行及其与子宫动脉的关系。

(3) 试述直肠后隙和膀胱前隙的构成、交通及临床意义。

(4) 男性膀胱的后面和下方的毗邻是什么?

第二节 会 阴

【实验目的】

掌握内容:肛三角区肛门外括约肌的结构,坐骨肛门窝的结构及内容物。尿生殖膈及会阴浅、深间隙的形成;睾丸固有鞘膜的层次;阴茎包皮结构特点。

熟悉内容:会阴的概念、境界及层次关系;会阴中心腱的形成;精索的组成和出皮下环的位置及其行程;男性阴囊层次;女性尿道外口与阴道外口位置。

【实验器材】

1. 男性、女性盆部及会阴标本,男性、女性盆部正中矢状切标本。
2. 盆部和会阴模型及挂图。
3. 解剖器械:解剖剪、解剖镊、解剖刀。

【实验内容】

1. 解剖阴茎(图 11-7)

(1) 皮肤切口:从耻骨联合前方沿正中线向阴茎背做纵行切口至包皮,阴茎皮肤薄,切口不易过深。

(2) 剖查浅筋膜和阴茎背浅静脉:向两侧剥离皮片,观察阴茎浅筋膜包裹阴茎,并向上与腹壁浅筋膜层相延续。游离出浅筋膜内的阴茎背浅静脉,追踪至它汇入股部浅静脉。

(3) 剖查深筋膜:沿皮肤切口切开浅筋膜并翻向两侧,观察阴茎深筋膜包裹阴茎的三条海绵体,并向上连于阴茎悬韧带。

(4) 剖查阴茎背深静脉、阴茎背动脉和神经(图 11-8):同样沿皮肤切口切开深筋膜并翻向两侧,寻找阴茎背面正中线上的阴茎背深静脉,以及两侧的阴茎背动脉和神经。追踪阴茎背深静脉到它通过耻弓状韧带与会阴横韧带之间的间隙进入盆腔。同时证实血管神经

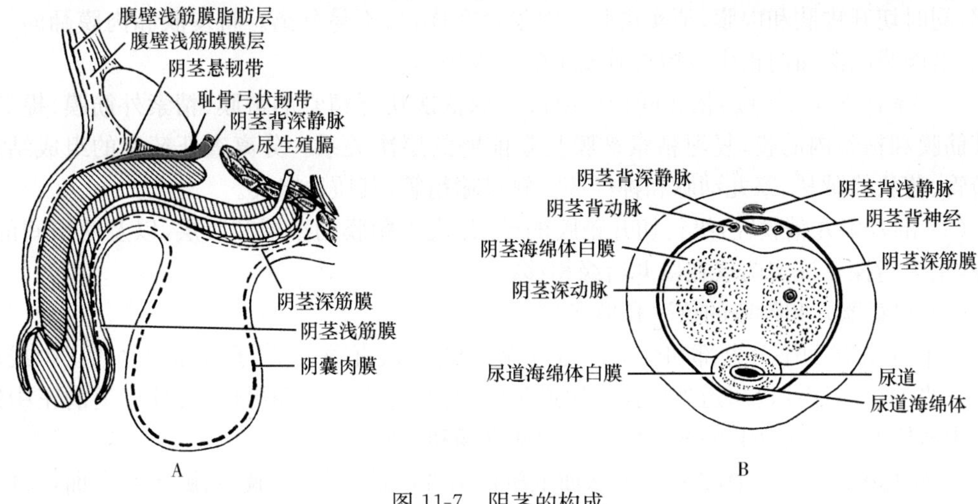

图 11-7　阴茎的构成

A. 纵切面；B. 横切面

的深面为包裹海绵体的白膜。

(5) 横断阴茎体：在阴茎体的中份、横行切断阴茎的三条海绵体，留尿道面的皮肤连接两端阴茎。在横断面上观察白膜、海绵样结构和尿道。将近侧端的尿道海绵体从阴茎海绵体上分离，证实两阴茎海绵体被阴茎中隔紧密连接，不能分离。

2. 解剖阴囊(图 11-9)

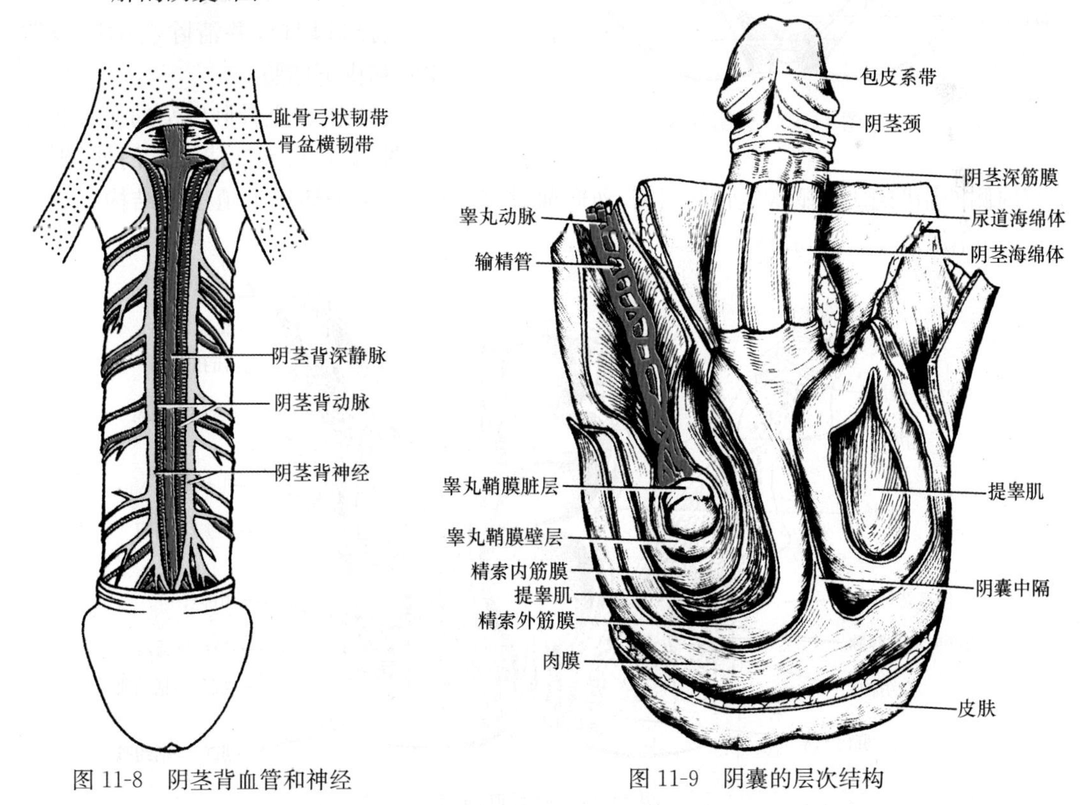

图 11-8　阴茎背血管和神经

图 11-9　阴囊的层次结构

(1) 切开皮肤和肉膜：自腹股沟浅环向下，沿阴囊前外侧做 5～6cm 的纵行切口至阴囊底部，同时切开皮肤和肉膜，证实皮肤与肉膜紧密连接，不易分离。将皮肤和肉膜翻向切口两侧，沿肉膜的深面向正中线探查其发出的阴囊中隔。

(2) 解剖精索及被膜：依相同切口由浅入深依次切开精索的被膜、精索外筋膜、提睾肌及其筋膜和精索内筋膜，复习精索被膜与腹前壁的层次关系。分离查证精索的组成结构、输精管、蔓状静脉丛、睾丸动脉和神经等。触摸输精管，其质地坚实。

(3) 剖查睾丸鞘膜腔：纵行切开鞘膜的壁层，观察鞘膜的壁层和脏层，以及两层间的鞘膜腔，用手指探查证实两层在睾丸后缘相移行。

(4) 观察睾丸和附睾的位置和形态。

3. 正中矢状面平分盆部和会阴　用刀背划准膀胱、直肠、女尸子宫和骨盆的正中线；用粗细适当的金属探针自尿道外口插入尿道于膀胱内，标志阴茎和男性、女性尿道的正中线，沿正中线锯开盆部、会阴、阴囊和阴茎。清洗直肠和膀胱。

4. 观察尿道　在尸体的正中矢状面上辨认男性尿道的分部、狭窄、膨大和弯曲，女性尿道的毗邻关系。

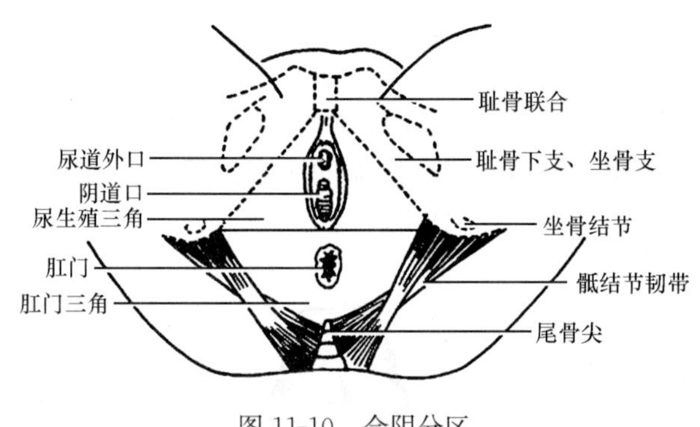

图 11-10　会阴分区

5. 解剖肛门三角和尿生殖三角（图 11-10）

(1) 皮肤切口：绕肛门做弧形切开周围皮肤，从坐骨结节向内横行切开皮肤至锯断面，剥离坐骨结节连线后的残余皮肤。绕阴囊（或女性阴裂）做弧形切口，并清除会阴区残留皮肤和皮下脂肪。

(2) 剖查坐骨肛门窝的血管和神经（图 11-11）：钝性清除肛门外、坐骨结节内侧的脂肪组织，显露坐骨肛门窝，勿向前过多剥离，以免破坏尿生殖三角结构。分离出横过此窝的肛血管和肛神经，追踪至肛门。

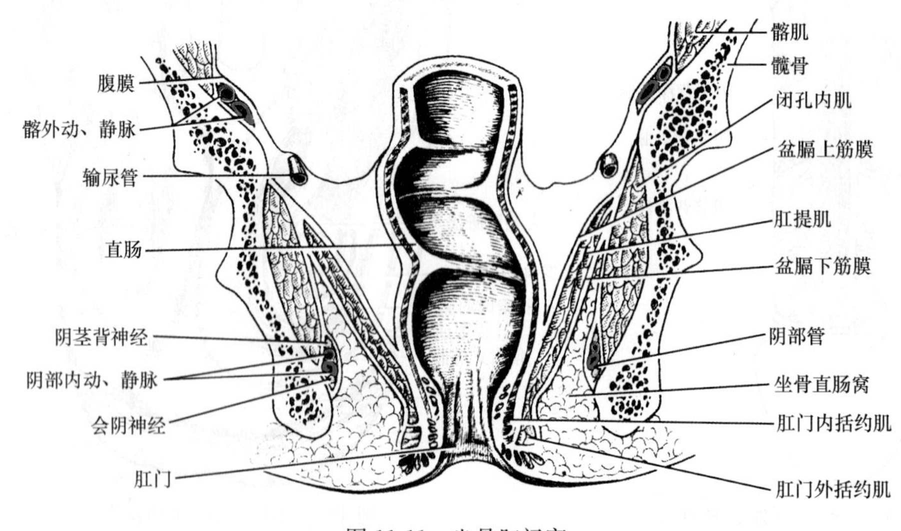

图 11-11　坐骨肛门窝

(3) 剖查会阴浅隙：在尿生殖区后缘横行切开会阴浅筋膜，将会阴浅筋膜翻向外侧，在坐骨结节内侧分离出阴部内血管和阴部神经发出的会阴血管和神经，追踪它们的分支至阴囊(唇)。清除浅隙内的结缔组织，显露覆盖两侧的坐骨海绵体肌、正中线上的球海绵体肌和后方的会阴浅横肌。剥离坐骨海绵体肌和球海绵体肌，暴露阴茎(蒂)脚和尿道球(前庭球和前庭大腺)。在尿生殖三角的后缘中点清理会阴中心腱，观察附着此处的肌。

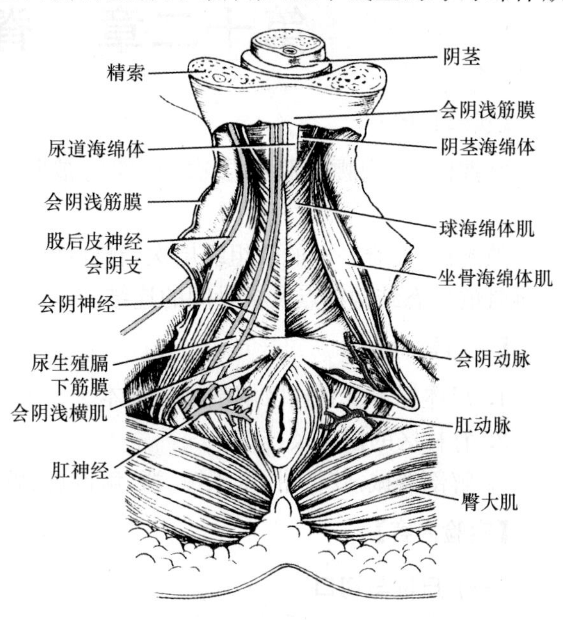

图 11-12　男性会阴浅隙的结构

(4) 显露尿生殖膈下筋膜(图 11-12)：将尿道球(前庭球和前庭大腺)自附着处清除，将两阴茎(蒂)脚附着处切断。翻起时注意观察阴茎(蒂)深血管自深面进入阴茎(蒂)海绵体。清除会阴浅横肌后，显露深面的尿生殖膈下筋膜。

(5) 剖查会阴深隙：沿尿生殖膈下筋膜的后缘和前缘切开筋膜，翻筋膜向外。清理后份的会阴深横肌和前份的尿道括约肌(尿道阴道括约肌)，在坐骨支附近寻找阴茎(蒂)背血管，在会阴深横肌浅面寻找尿道球腺。

(6) 显露尿生殖膈上筋膜：清除部分尿道括约肌(尿道阴道括约肌)，显露深面的尿生殖膈上筋膜。

临床链接：

阴部神经在坐骨肛门窝外侧壁上方通过，会阴部手术时，可在坐骨结节内侧进针扇形浸润，进行阻滞麻醉。

【注意事项】

1. 会阴结构复杂，要结合模型进行观察。
2. 注意解剖方位。

【思考题】

1. 名词解释

(1) 会阴深隙　(2) 坐骨肛门窝　(3) 会阴中心腱

2. 问答题

(1) 尿道球部破裂及尿道膜部破裂，尿液渗透范围有何不同？

(2) 什么称会阴？又是怎样分区？

(新疆维吾尔医学专科学校　温切木·买买提)

第十二章　脊　柱　区

【实验目的】

掌握内容：胸腰筋膜的层次，脊髓的被膜与腔隙的构成，脊髓的节段与椎骨的对应关系。

熟悉内容：脊柱区的软组织层次，脊柱区的三角；脊柱的组成；脊柱区的重要体表标志；各椎骨的形态结构特点及椎骨间的连结。

【实验器材】

1. 尸体标本及脊柱区解剖示教标本。
2. 脊柱区的模型及挂图。
3. 解剖器械：咬骨钳、木工锤、凿、解剖剪、解剖镊、解剖刀。

【实验内容】

（一）尸位与切口

尸体取俯卧位，颈下垫高，使颈项部呈前屈位。做5条皮肤切口。

（1）自枕外隆突沿正中线向下直到骶骨后面中部做背部中线切口。

（2）自枕外隆突沿上项线向外侧直到乳突做枕部横切口。

（3）自第7颈椎棘突向外侧直到肩峰，再垂直向下切至肱骨中段三角肌止点，然后向内侧环切上臂后面皮肤。

（4）平肩胛骨下角，自后正中线向外侧直到腋后线做背部横切口。

（5）自骶骨后面中部向外上方沿髂嵴弓状切至腋后线（此切口不可太深，以免损伤由竖脊肌外侧缘浅出在浅筋膜中跨髂嵴行至臀部的臀上皮神经）做髂嵴弓形切口。5条切口将背部两侧的皮肤分为上、中、下3片。

（二）层次解剖

1. 解剖浅层结构　将3片皮肤连同背部浅筋膜一起分别自内侧翻向外侧。上片翻至项部侧方；中片和下片翻至腋后线。在翻皮片的过程中，注意背部皮肤的厚薄、质地和活动度，并解剖和观察位于浅筋膜中的皮神经和浅血管。

解剖皮神经和浅血管（图12-1）：在背部正中线两侧的浅筋膜中，注意寻找从深筋膜穿出的脊神经后支的皮支及其伴随的细小的肋间后血管的穿支。在背上部，胸神经后支靠近棘突处穿出；在下部，胸神经后支在近肋角处穿出。第1～3腰神经后支从竖脊肌外侧缘浅出，越髂嵴至臀部，形成臀上皮神经，有细小的腰动脉分支伴行。第2胸神经后支的皮支最长，可平肩胛冈寻找和辨认。在枕外隆突外侧2～3cm处斜方肌的枕骨起始部，小心解剖出刚穿出的枕大神经，它上行至颅后，外侧有枕动脉伴行。

2. 解剖深层结构

（1）解剖背深筋膜浅层：背部深筋膜的浅层包裹斜方肌和背阔肌。在棘突、肩胛冈、肩峰和髂嵴等部位，深筋膜与骨面附着。在项部，清理到斜方肌外侧缘时要注意不能再向外

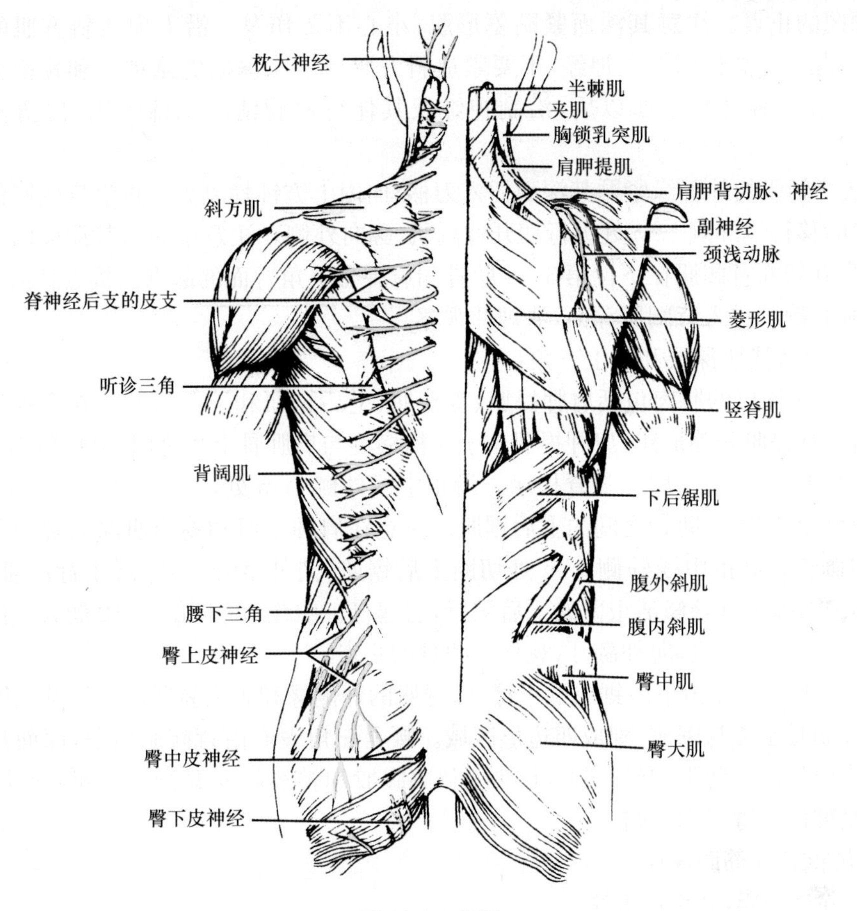

图 12-1　背肌

剥离，以免损伤副神经和颈丛的分支。在胸背部修洁背阔肌时，注意保留作为背阔肌起始部的腱膜——胸腰筋膜。在腰部外侧，背阔肌的前方，修出腹外斜肌的后缘。

（2）观察背浅肌及浅部肌间三角：首先，观察斜方肌和背阔肌。它们主要起自背部正中线，斜方肌在上方还起自枕骨的上项线。斜方肌止于肩胛冈、肩峰和锁骨。背阔肌止于肱骨小结节嵴。在斜方肌的外下缘、背阔肌的上缘和肩胛冈的脊柱缘之间，找到听诊三角。在背阔肌的外下缘、髂嵴和腹外斜肌的后缘之间，找到腰下三角（图 12-2），其深面是腹内斜肌。

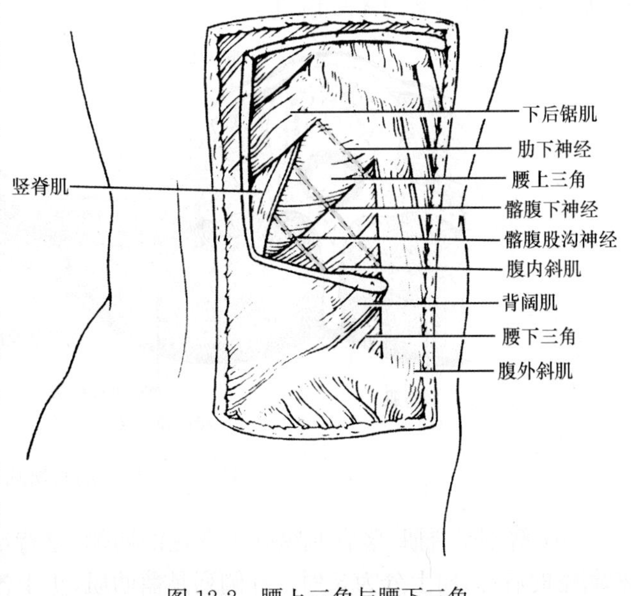

图 12-2　腰上三角与腰下三角

（3）解剖斜方肌和背阔肌：

1）从斜方肌的外下缘紧贴肌肉深面插入刀柄，钝性分离与胸椎棘突的起始。沿正中线外侧 1cm 处由下往上纵行切开斜方肌并向外侧翻起，直至肩胛冈的止点。注意其深面紧贴菱形肌,小心不要伤及。沿上项线斜方肌的枕部起点,向下翻起。注意保留枕大神经,不要紧追斜方肌外上缘深面的副神经和颈横血管的深支,以免损伤。翻开斜方肌以后,沿副神经及其伴行血管清除结缔组织,保留神经和小动脉。

2）从背阔肌的外下缘紧贴其深面插入刀柄,向内上方钝性剥离。再沿背阔肌的肌性部分与腱膜的移行线外侧 1cm 处纵行切开背阔肌,翻向外侧。注意小心与其深面的下后锯肌分开,观察并切断背阔肌在下位第 3～4 肋骨和肩胛骨下角背面的起点。接近腋区可见胸背神经、动脉和静脉进入背阔肌深面,清理并观察。

（4）观察背浅肌深层和腰上三角：

1）背浅肌深层的肌肉包括肩胛提肌、菱形肌、上后锯肌和下后锯肌。在肩胛骨上方和内侧修洁肩胛提肌和菱形肌,肩胛提肌位于颈椎横突与肩胛骨上角之间;菱形肌起自第 6 颈椎至第 4 胸椎棘突,止于肩胛骨脊柱缘。沿正中线外侧 1cm 处,切断菱形肌,下位翻开,显露位于棘突和第 2～5 肋骨之间的上后锯肌。注意在肩胛提肌和菱形肌深面解剖寻找肩胛背神经和血管。沿正中线外侧 1cm 处切断上后锯肌,向外翻开,显露属于背深肌的夹肌。在胸背部和腰部移行处修洁很薄的下后锯肌,它起自正中线,止于第 9～12 肋骨。沿背阔肌的切断线切开下后锯肌,向外翻开,观察其肋骨的止点。

2）体会腰上三角由下后锯肌的下缘、竖脊肌的外侧缘和腹内斜肌的后缘共同围成。有时第 1～2 肋骨也参与围成,则成四边形区域。腰上三角表面由背阔肌覆盖,深面是腹横肌腱膜,腹横肌深面有肋下神经、髂腹下神经和髂腹股沟神经斜向穿行。腹膜后脓肿常从此突出,也是腰区的肾手术入路。

（5）解剖背深筋膜深层：

1）切除项筋膜,并修洁夹肌。

2）解剖并观察胸腰筋膜(图 12-3):胸腰筋膜在腰区特别发达,覆盖竖脊肌,并分为 3 层。沿竖脊肌的中线,纵行切开胸腰筋膜后层,翻向两侧,显露竖脊肌;将竖脊肌拉向内侧,观察深面的胸腰筋膜中层,体会竖脊肌鞘的组成。在胸腰筋膜中层的深面,还有腰方肌和胸腰筋膜的前层,暂时不要解剖。

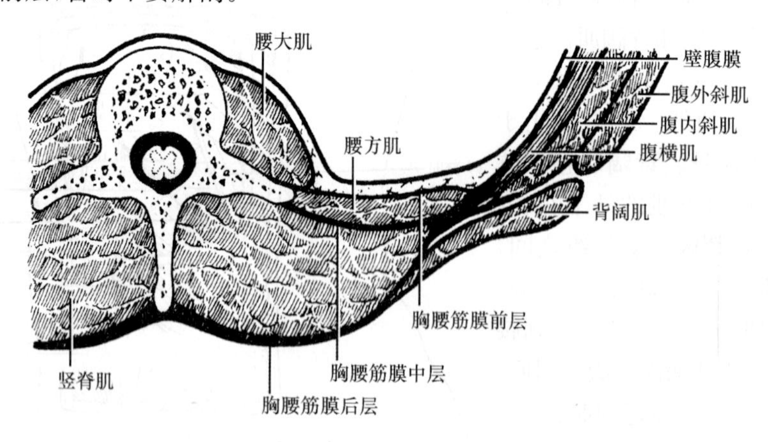

图 12-3　胸腰筋膜模式图

（6）解剖竖脊肌:竖脊肌纵列于脊柱的两侧,是背部深层的长肌,下方起自骶骨的背面和髂嵴的后部,向上分为 3 列。外侧列是髂肋肌,止于各肋;中间列为最长肌,止于脊椎的横突，上端止于乳突；内侧列为棘肌，止于椎骨的棘突。小心钝性分离竖脊肌的三列纤维。

(7) 解剖枕下三角(图 12-4)：在项部与胸背部的移行处沿中线外侧切断夹肌的起点，翻向外上方；再将其深面的半棘肌从枕骨附着部切断，翻向下方，清理枕下三角。注意观察其内上界是头后大直肌；外上界是头上斜肌；外下界为头下斜肌。枕下三角内有由外侧向内侧横行的椎动脉，其下缘有枕下神经穿出，支配枕下肌肉。

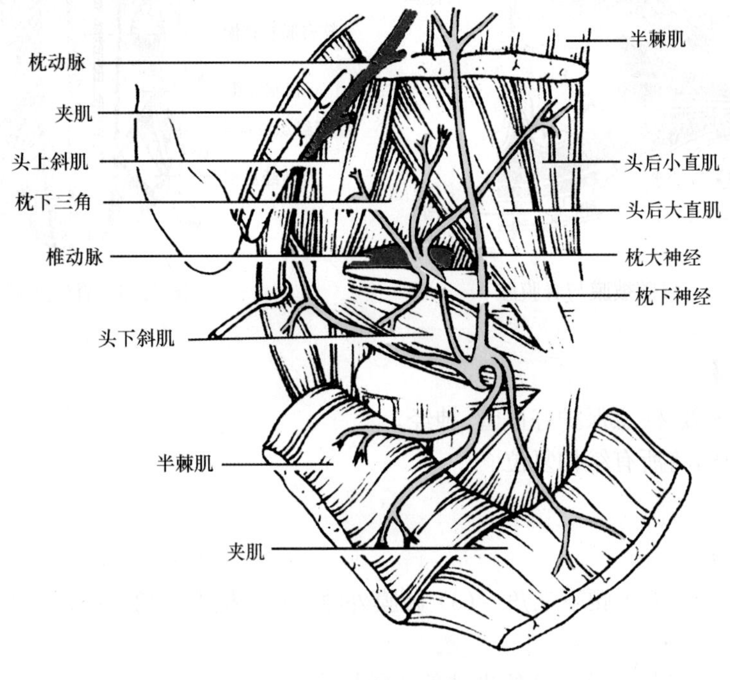

图 12-4　枕下三角

(8) 解剖椎管：

1) 打开椎管：使尸体的头部下垂，垫高腹部。清除各椎骨和骶骨背面所有附着的肌肉，保存一些脊神经的后支，留以后观察其与脊髓和脊神经的联系。在各椎骨的关节突内侧和骶骨的骶中间嵴内侧纵行锯断椎弓板，再从上、下两端横行凿断椎管的后壁，掀起椎管后壁，观察其内面椎弓板之间的黄韧带。

2) 观察椎管的内容物：椎管壁与硬脊膜之间是硬膜外隙(图 12-5)，小心清除隙内的脂肪和椎内静脉丛，注意观察有无纤维隔存在。沿中线纵行剪开硬脊膜，注意观察和体会硬脊膜与其深面菲薄透明的蛛网膜之间存在潜在的硬膜下隙。提起并小心剪开蛛网膜，打开蛛网膜下隙及其下端的终池。认真观察脊髓、脊髓圆锥、终丝和马尾等的结构特征。紧贴脊髓表面有软脊膜，含有丰富的血管。寻找并观察在脊髓的两侧由软脊膜形成的齿状韧带(图 12-6)，体会其作用和临床意义。

3) 用咬骨钳咬除几个椎间孔后间壁的骨质，认真分辨椎间盘、后纵韧带、脊神经节、脊神经根、脊神经干和脊神经的前、后支，体会其在临床的卡压因素。

临床链接：

硬膜外麻醉时，穿刺针经过——皮肤、浅筋膜、深筋膜、棘上韧带、棘间韧带、黄韧带、硬膜外隙。

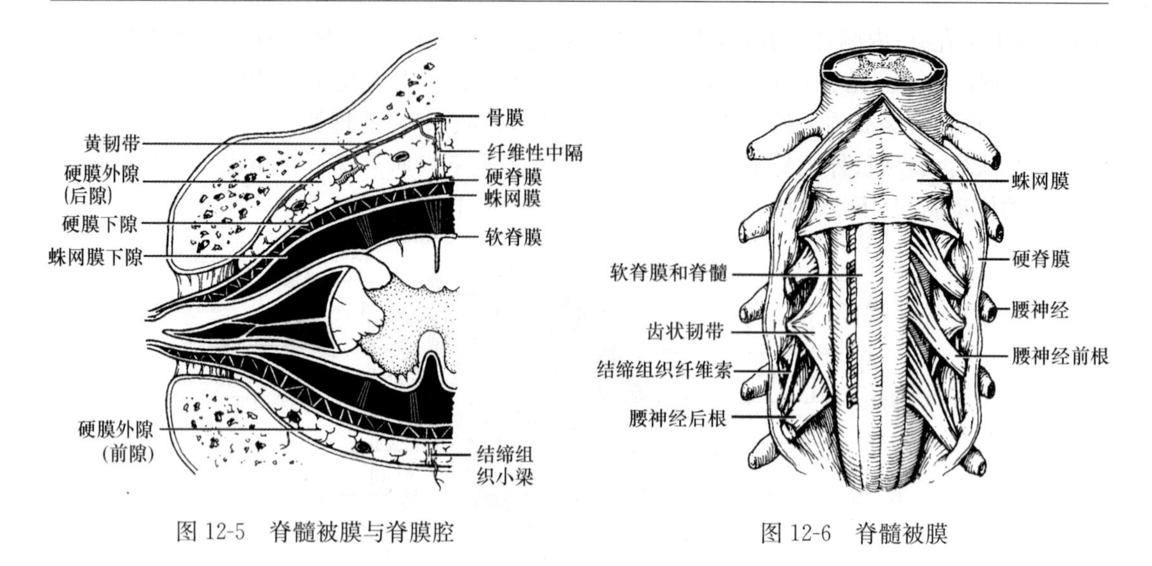

图 12-5 脊髓被膜与脊膜腔

图 12-6 脊髓被膜

【注意事项】

1. 先观察示教,注意保护好血管、神经。
2. 操作完毕,将所有结构复位。

【思考题】

1. 名词解释

(1) 听诊三角 (2) 腰下三角 (3) 硬膜外隙 (4) 枕下三角 (5) 胸腰筋膜

2. 问答题

(1) 椎管内穿刺抽取脑脊液的进针部位及层次。
(2) 腰上三角的构成、内容及临床意义。
(3) 简述脊肋角的位置和临床意义。
(4) 在腰上三角处做肾脏手术时由浅入深到肾脏的层次结构有哪些?
(5) 脊髓表面的被膜有哪些?各有何特点?

(九江学院基础医学院 王 琦)

第十三章　上　　肢

第一节　腋窝、肩部解剖

【实验目的】

掌握内容：腋窝各壁的构成、臂丛的主要分支及分布、各束与腋动脉的关系、腋淋巴结各群的位置、穿经三边孔和四边孔的结构。

熟悉内容：肩部周围肌的配布。

【实验器材】

1. 尸体标本与示教标本。

2. 解剖手术器械。

【实验方法】

肩部分腋区、三角肌区和肩胛区。腋区为肩关节下方、臂上段与胸前外侧壁上部之间的区域。其深面四棱锥形的腔隙称腋窝，有一尖、一底和四壁。尖朝上，底朝下外。三角肌区是指三角肌范围的区域。肩胛区是指位于肩胛骨后面的区域。两区之间有密切的联系。

(一) 皮肤切口

尸体仰卧位，沿腋前襞转到臂内侧面向下作纵行切口至臂上、中 1/3 交点处，然后在此切口下端环切臂部皮肤至臂外侧，向四周翻开肩部皮肤。

(二) 解剖腋区

1. 解剖腋窝前壁(图 13-1)

(1) 观察胸大肌边界：清理胸大肌表面的浅筋膜(注意要保留头静脉及肋间臂神经)，观察覆盖在胸大肌表面的胸筋膜浅层。清除浅、深筋膜。显露胸大肌的边界，仔细观察其形态、起止点及肌束方向。在距胸大肌腹部与胸部起点 1～2cm 处做弧形切口。并紧贴锁骨下缘切断胸大肌的锁骨头，将胸大肌从起点缓慢翻向止点，可见胸内侧神经穿过胸小肌支配胸大肌。注意勿损伤穿过锁胸筋膜的结构。

(2) 观察胸小肌的边界：观察胸小肌的起止点。在胸小肌上缘与锁骨之间的胸筋膜深层致密，称锁胸筋膜，头静脉、胸肩峰动脉及胸外侧神经穿过此膜。在胸小肌下缘，筋膜连于腋筋膜，称腋窝悬韧带。在该肌下缘附近可找到胸外侧动脉及胸肌淋巴结。用手指沿胸小肌深面钝性分离，然后将该肌在近起点部切断，外翻暴露腋血管神经束。

2. 解剖腋窝外侧壁　小心除去腋窝外侧壁的疏松结缔组织及外侧淋巴结群。解剖腋窝底，将上肢外展 90°清除腋筋膜及其深面的疏松结缔组织，观察中央淋巴结后清除之。从喙突向下修洁喙肱肌与肱二头肌短头。腋窝前壁已打开，在喙肱肌内侧可见到腋血管神经束。

3. 观察腋动脉及其分支　腋窝部的血管神经周围有大量的脂肪组织、淋巴结。为了显露动脉和神经，可剔除脂肪组织和淋巴结，对伴行的小静脉亦可切除。

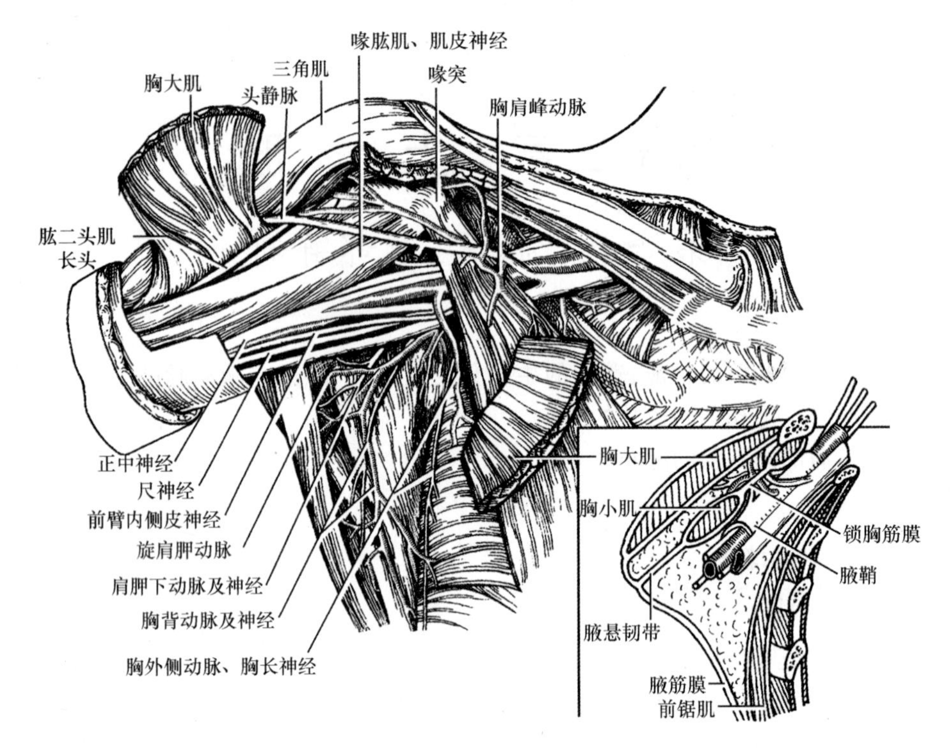

图 13-1 腋窝前壁

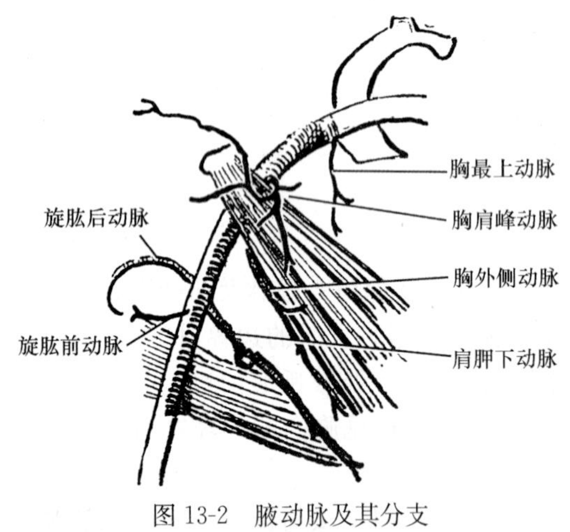

图 13-2 腋动脉及其分支

腋动脉以胸小肌为界分三段，剖出各段的分支(图 13-2、图 13-3)。腋动脉第一段发出细小的动脉，分布到第 1、2 肋骨间，有时缺如。第二段发出：胸肩峰动脉、胸外侧动脉；第三段发出：肩胛下动脉、旋肱后动脉、旋肱前动脉。

4. 观察腋静脉及属支 腋静脉位于腋动脉的内侧，其属支大多与同名动脉伴行。在腋静脉远侧段周围有腋淋巴结外侧群。

5. 观察臂丛及其分支 臂丛的内侧束、外侧束和后束先位于腋动脉第一段的后外侧，再位于第二段的内侧，外侧和后方。各束分支多围绕腋动脉的第三段。

将喙肱肌向外牵开，可见肌皮神经穿入喙肱肌，正中神经外侧根与正中神经内侧根在腋动脉的外侧合成正中神经。腋动脉内侧有腋静脉，两者间可找到臂丛内侧束发出的前臂内侧皮神经与尺神经，在腋静脉的内侧还可以找到臂内侧皮神经。在腋动脉的后方，可找到后束发出的肩胛下神经，至肩胛下肌和大圆肌；胸背神经与胸背动脉伴行入背阔肌；腋神经伴旋肱后动脉向后外穿四边孔至三角肌深面；桡神经最粗，向下入肱骨桡神经沟(图 13-4)。

6. 解剖腋窝内侧壁 在胸外侧动脉的后方，前锯肌的浅面，寻找沿腋中线下行的胸长神经，并辨认前锯肌各肌齿。

7. 辨认腋窝后壁的肌肉 从上向下有肩胛下肌、大圆肌和背阔肌。

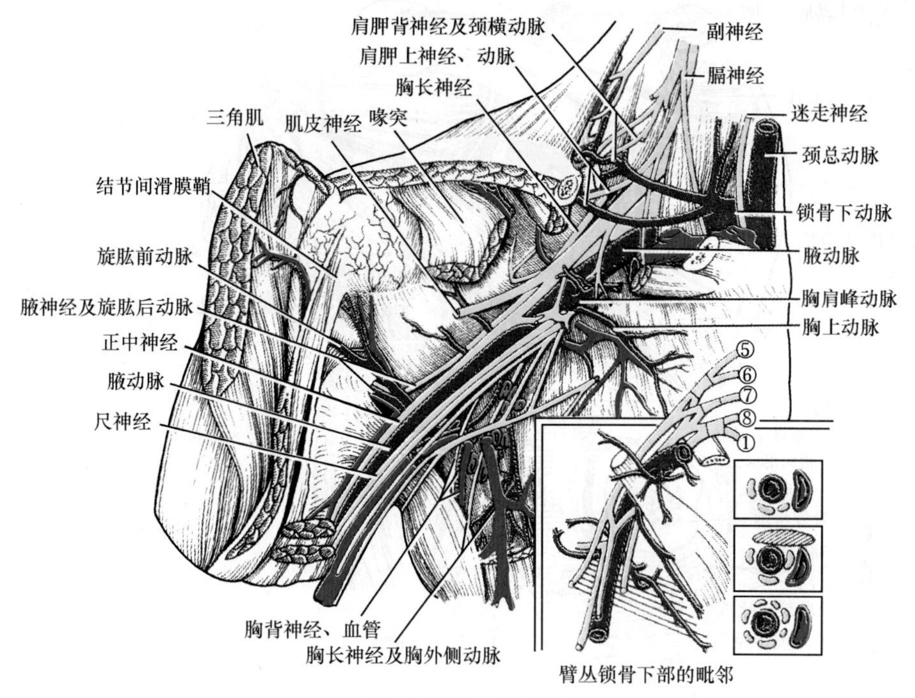

图 13-3　腋窝的内容

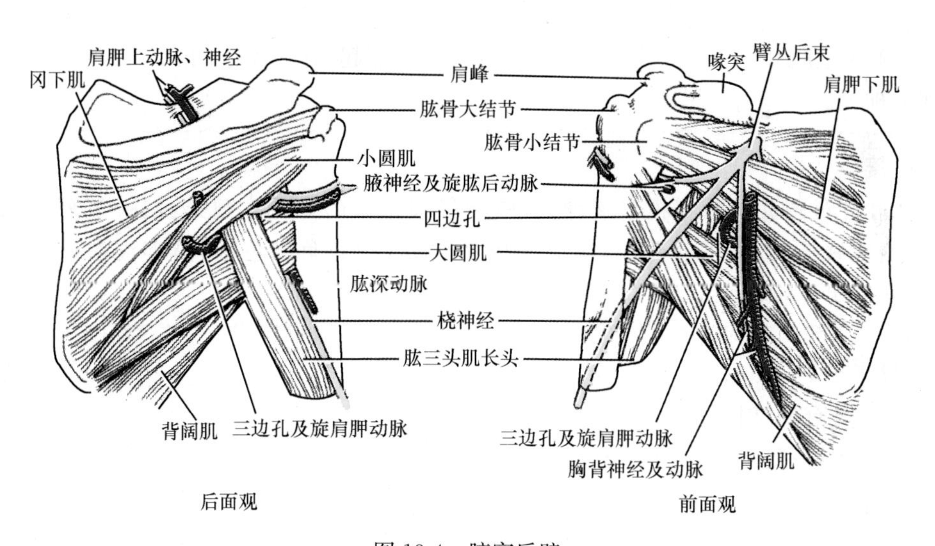

图 13-4　腋窝后壁

(三) 解剖三角肌区和肩胛区

(1) 清除三角肌表面的深筋膜，在三角肌后缘中点下方找到臂外侧皮神经，将手指自三角肌后缘探入，把肌肉与其深部的结构分开，沿肩胛冈和肩峰下缘切断三角肌起点，翻向外侧。观察进入三角肌的腋神经和旋肱后动脉。

(2) 清除斜方肌表面的浅、深筋膜，沿肩胛冈切断斜方肌的附着点，将该肌翻起。

(3) 修洁冈上肌、冈下肌、小圆肌、大圆肌、背阔肌和肱三头肌长头，从后方辨认三边孔与四边孔的边界，以及由孔内穿出的血管、神经(图 13-5)。

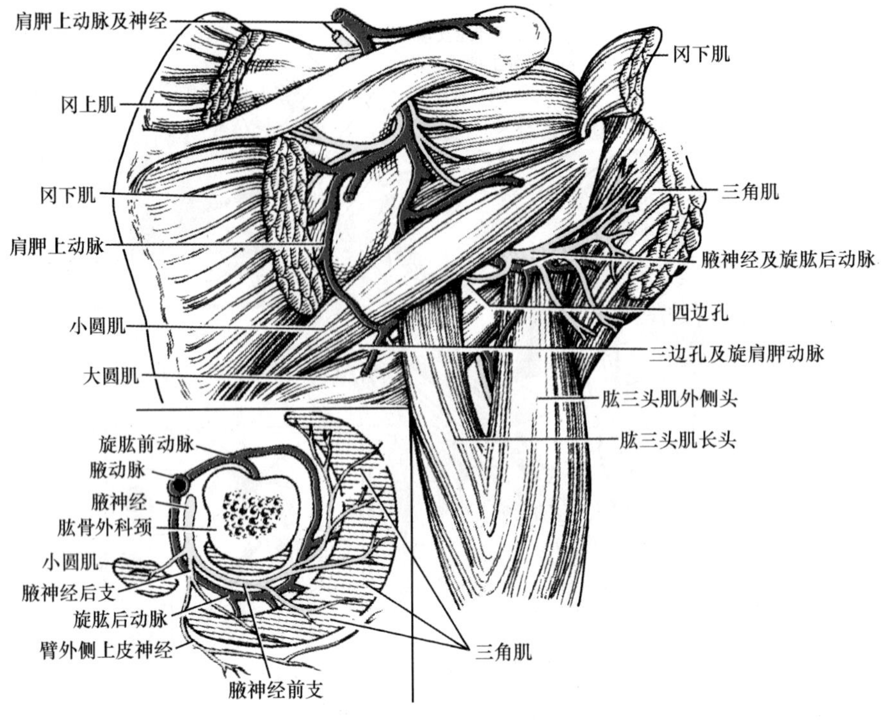

图 13-5　三角肌区与肩胛区

(4) 将冈上肌和冈下肌从起始部切断，紧贴骨面翻起，寻找位于两肌深面的肩胛上动脉和肩胛上神经。

临床链接：

肱骨外科颈骨折时可损伤腋神经，腋神经损伤后的主要表现是：肩关节外展幅度减小，不能做梳头、戴帽动作；三角肌皮肤感觉障碍；三角肌萎缩，肩部失去圆隆的外形，肩峰突出，形成“方形肩”。

【注意事项】

1. 经过腋窝的结构复杂，注意观察其毗邻关系。
2. 仔细观察穿经三边孔和四边孔的结构。

【思考题】

1. 名词解释

(1) 锁胸筋膜　(2) 三边孔　(3) 四边孔

2. 问答题

(1) 简述腋窝各壁的构成。

(2) 简述臂丛的主要分支及分布、各束与腋动脉的关系。

第二节　上肢前面的解剖

【实验目的】

掌握内容：臂前区与前臂前区的血管神经束、正中神经与肱动脉的毗邻关系及其临床意义。

熟悉内容：肘窝的境界，肘前区的血管、神经配布。

【实验器材】

1. 尸体标本。
2. 上肢示教标本。
3. 解剖手术器械。

【实验方法】

臂部介于胸大肌下缘和肱骨内、外上髁连线上方二横指之间，借深筋膜发出的内、外侧肌间隔，将臂部分成前、后两个肌室。臂前区即前肌室及其相应区域浅层结构的合称。肘部介于肱骨内、外上髁连线上、下二横指范围内，通过肱骨内、外上髁的冠状面可将其分为肘前区和肘后区。肘前区的层次结构：肘窝是指位于肘前区三块肌性隆起之间、略成三角形的凹陷区域。其内的结构主要包括肱血管和三条神经。前臂部介于肱骨内、外上髁连线下方二横指和桡、尺骨茎突连线之间，借桡、尺骨和前臂骨间膜分为前臂前区和前臂后区。前臂前区即前臂前肌群及其相应区域浅层结构的合称。

（一）皮肤切口

尸体仰卧位，上肢平置外展，切口如下：

（1）在臂前区、肘前区与前臂前区做一纵行切口。

（2）在肱骨内、外上髁之间的前面做一横切口。

（3）在腕部相当于腕横纹处做一横切口，分别与纵行切口交会。然后将上、下两部皮肤分别向内、外侧翻开。

（二）解剖浅层结构

在三角肌胸大肌间沟处找到头静脉（图13-6），修洁其全长到腕前区。在臂下部可找到与其伴行的前臂外侧皮神经。在臂部下段肱二头肌内侧沟处找出贵要静脉及与其伴行的前臂内侧皮神经，于臂中份两者一起穿入深筋膜的深面。在肘前区的浅筋膜内找到连接头静脉和贵要静脉肘正中静脉。在肱骨内上髁上方，贵要静脉附近可找到肘浅淋巴结。

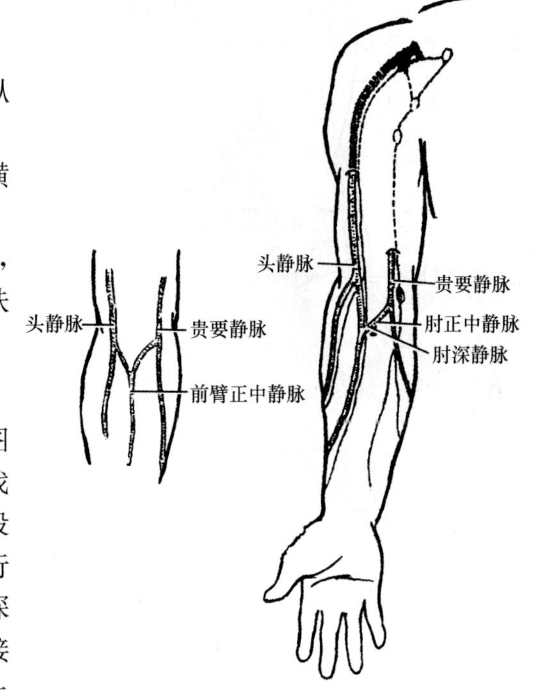

图 13-6　上肢浅层结构

（三）解剖深层结构

1. 解剖臂前区

（1）剥离臂部深筋膜：观察内侧肌间隔与外侧肌间隔。

（2）解剖肱二头肌内侧沟、外侧沟及臂下部结构：在肱二头肌内侧沟找出肱动脉，观察起自于肱动脉的肱深动脉。在肱动脉外侧，可找到正中神经，一般于臂中点处跨过肱动脉的前方行至其内侧。肌皮神经穿喙肱肌，行于肱二头肌与肱肌之间，至肱二头肌腱外侧缘穿出改名为前臂外侧皮神经（图13-7）。

(3) 桡神经：微屈肘关节，仔细分离肱肌和肱桡肌，在肘关节上方找出桡神经，该神经较粗，是从臂后区穿过外侧肌间隔到臂前区。注意桡神经与前臂外侧皮神经是以肱肌相隔的。

(4) 修洁尺神经：从臂丛内侧束分出，在肱动脉的内侧下行，至臂中部穿内侧肌间隔，向后下至肱骨内上髁后方。

2. 解剖肘窝

(1) 清理肘窝的境界：在尸体上摸认肱骨内、外上髁，然后修洁构成内侧界的旋前圆肌和构成外侧界的肱桡肌。旋前圆肌和肱桡肌在前臂上份前面围成一个夹角，两肌之间向深部嵌入形成凹，构成肘窝(图 13-8)。

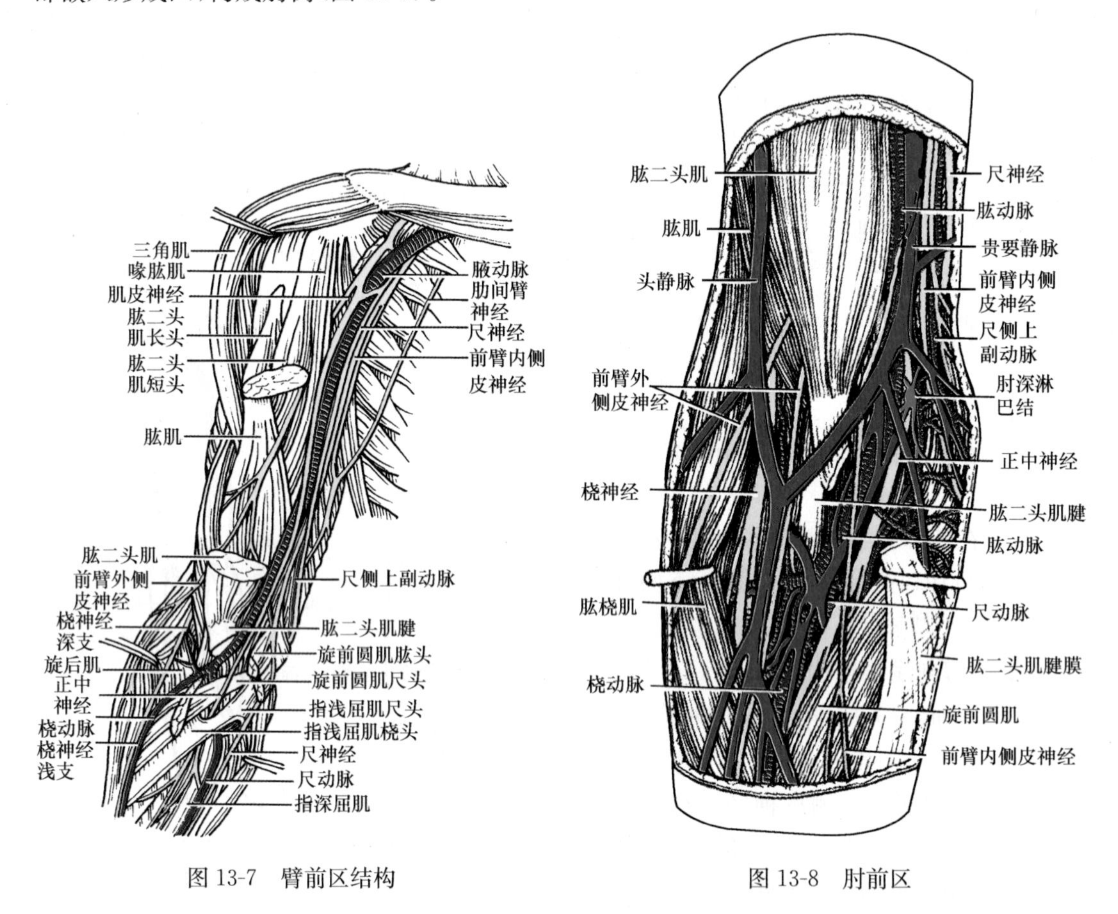

图 13-7　臂前区结构

图 13-8　肘前区

(2) 解剖肘窝内结构(图 13-9)：修洁肱二头肌肌腱，在其内侧找出肱动脉及其桡动脉、尺动脉的两个分支。在肱动脉的内侧修洁正中神经，拉开旋前圆肌，寻找正中神经发出的骨间神经和尺动脉发出的骨间总动脉。

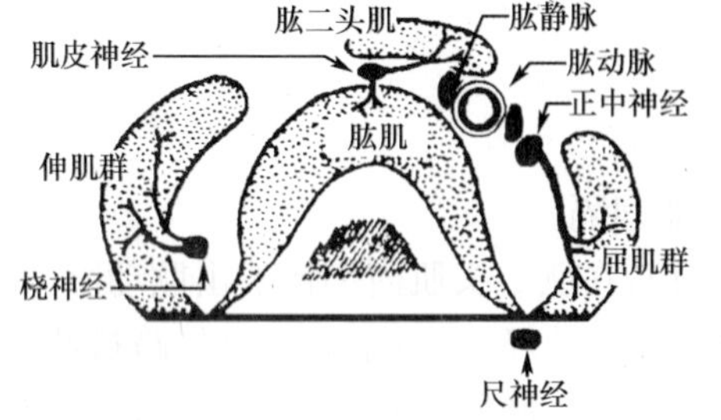

图 13-9　肘窝横断面模式图

3. 解剖前臂前区

(1) 解剖和辨认前臂浅层肌(图 13-10)。

(2) 解剖前臂血管与神经：将肱二头肌腱膜在其近肌腱处切断，在肱二头肌腱的内侧找出肱动脉和正中神经(图 13-11)。在肱二头肌腱膜下缘与旋前圆肌交界处，可见肱动脉分为桡动脉和尺动脉。桡动脉跨过肱二头肌腱的下端，进入肱桡肌前缘的深面，再跨过旋前圆肌止点而下行，其上部是位于肱桡肌与旋前圆肌之间，下部是位于肱桡肌与桡侧腕屈肌之间。尺动脉行于肱二头肌腱的内侧，正中神经穿入旋前圆肌，在穿过该肌之前先发出若干至浅层屈肌的肌支。这些分支均起自神经的内侧，清理时应从正中神经外侧缘进行。桡神经在肱骨外上髁前方分为深、浅2支，深支走行于肱桡肌深面，浅支为桡神经本干的延续，其行程大部分为肱桡肌前缘所覆盖。骨间总动脉发自尺动脉后即分为骨间前动脉和骨间后动脉。

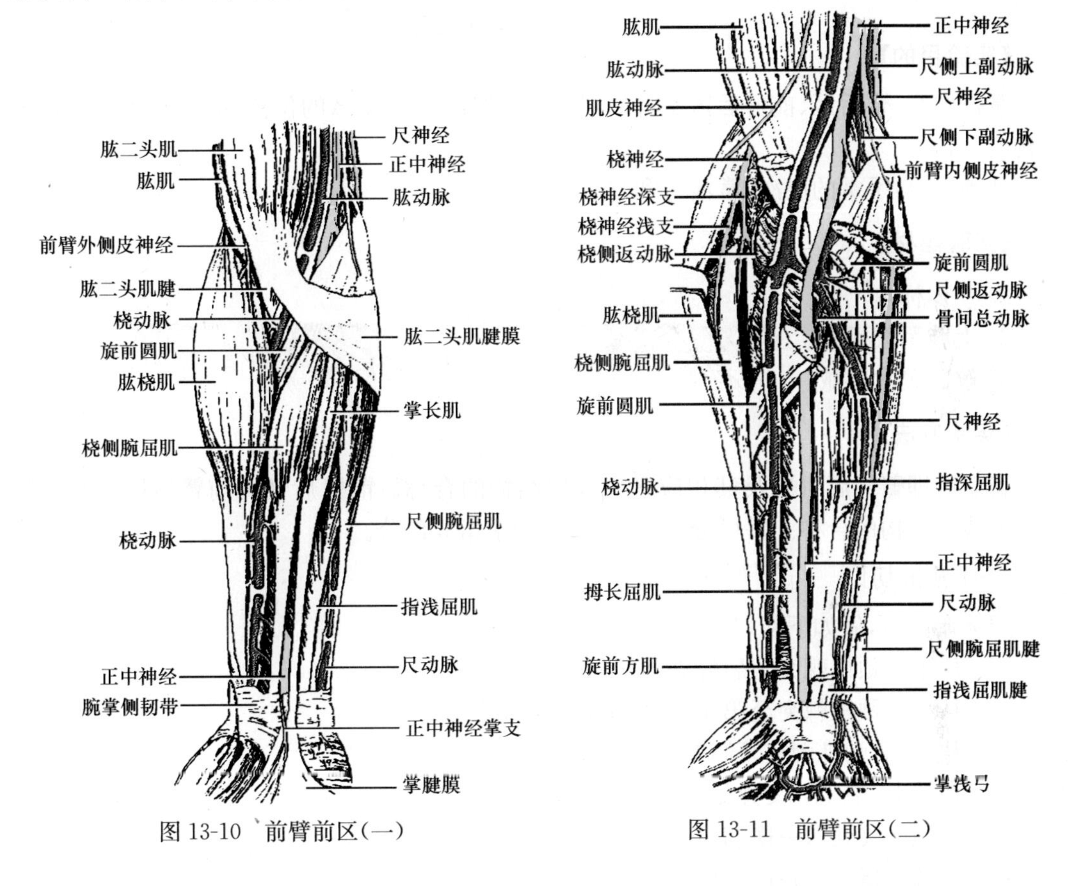

图13-10　前臂前区(一)　　图13-11　前臂前区(二)

(3) 剖查前臂前群肌深层：将指浅屈肌拉向内侧，观察深面的拇长屈肌、指深屈肌和旋前方肌。

临床链接：

正中神经损伤后的主要表现是：前臂不能旋前，屈腕力减弱，拇指、食指及中指不能屈曲；拇指不能作对掌运动，不能捏东西；其分布区感觉障碍；鱼际肌萎缩，手掌变平坦，称“猿手”。

【注意事项】

注意神经、血管在行程过程中的毗邻关系。

【思考题】

1. 名词解释

(1) 肘窝　(2) 提携角

2. 问答题

(1) 叙述肘窝的构成,其通过的结构如何排列?

(2) 简述肱动脉的来源、行程、分支和分部。

(3) 前臂前面浅层有哪几块肌? 分别由什么神经支配?

第三节 上肢后面及手部的解剖

【实验目的】

掌握内容:臂后区、前臂后区肌群的层次;桡神经、肱深动脉的位置和分布;腕管经过的结构。

熟悉内容:手掌的层次、掌浅弓和掌深弓的构成及分支。

【实验器材】

1. 尸体标本。

2. 上肢示教标本。

3. 解剖手术器械。

【实验方法】

臂后区即臂部后肌群及其相应区域浅层结构的合称。前臂后区即前臂后肌群及其相应区域浅层结构的合称。手可分为手掌、手背和手指3部分。

(一) 皮肤切口

尸体俯卧位,做如下切口:

(1) 从第7颈椎棘突至肩峰做横切口。

(2) 从第7颈椎棘突至第12胸椎椎棘突做纵切口。

(3) 从第12胸椎棘突至腋窝顶做斜切口。

(4) 在臂上、中1/3交界处后面做横切口与前面切口相接。

(5) 在腕横纹处做一横切口。

(6) 在各掌指关节各做一横切口。

(7) 在前面4、5两条横切口处做正中切口。

(8) 从中指根部至指尖做一纵切口。

(二) 解剖浅层结构

在臂后区中部找到臂后皮神经。在前臂后区找出贵要静脉、头静脉与前臂内、外侧皮神经,在中间部剖出前臂后皮神经。保留皮神经和浅静脉,除去所有浅筋膜,显露深筋膜。

(三) 解剖深层结构

1. 解剖桡神经、肱深动脉　清理肱三头肌及其筋膜,找出桡神经和肱深动脉(图13-12),并沿桡神经沟方向由相应孔裂插入镊子引导,进入肱骨肌管,沿管的方向切断肱三头肌外侧头。清理管内的桡神经及肱深动脉。追踪桡神经到臂中点以下处,直看到它穿过外侧肌间隔为止。肱深动脉的终末支伴同桡神经,穿到前臂前区,参与构成肘关节动脉网。

2. 解剖尺神经　在肱骨内上髁的后方,清理出自上臂前区穿出至后区的尺神经及它伴行的动脉。尺神经到肱骨尺神经沟后转至前臂的前面。

3. 解剖前臂背侧深层结构　清理并切开前臂后区的深筋膜，保留腕背侧韧带，清理前臂背侧肌并切断指伸肌，分离前臂背侧各肌（图 13-13）。

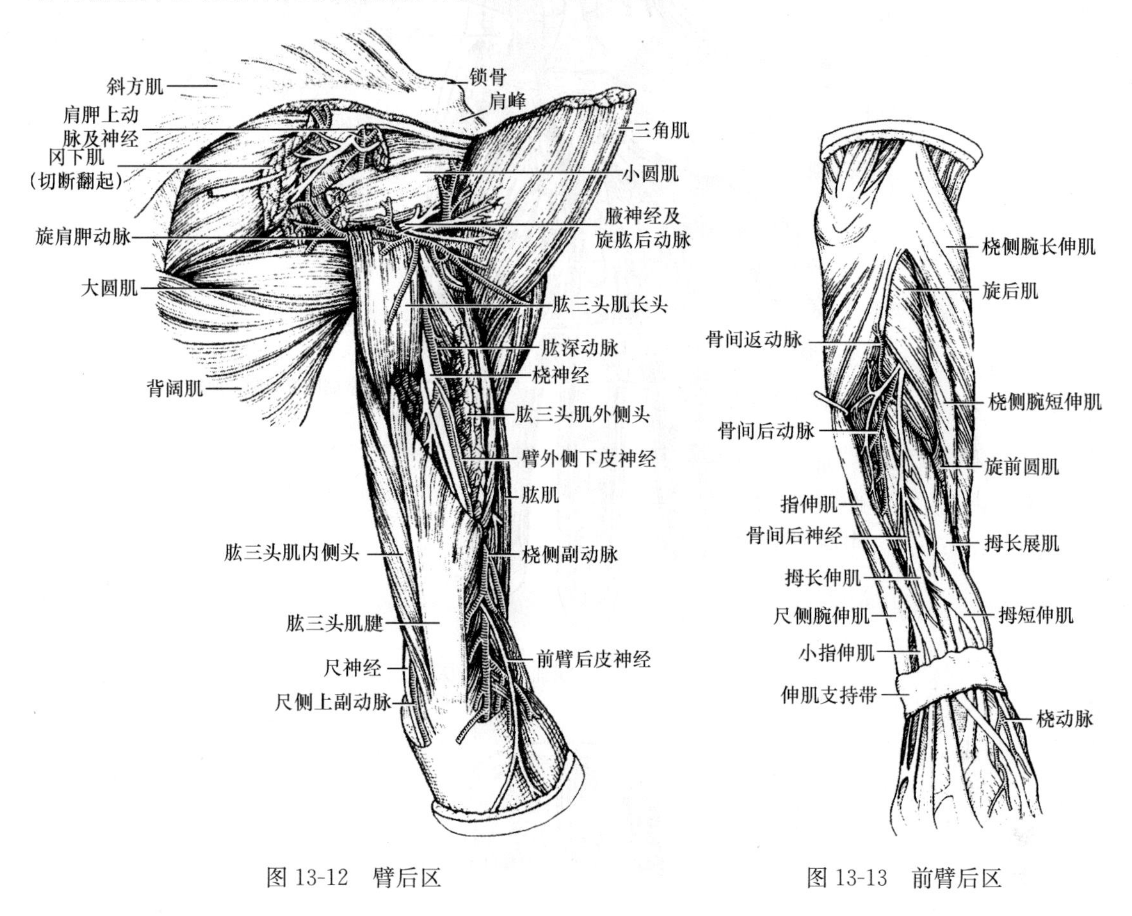

图 13-12　臂后区　　图 13-13　前臂后区

（四）手部解剖

1. 手掌解剖　分离皮肤与浅筋膜，找到尺神经、正中神经与桡神经。观察屈肌支持带，找到腕管。观察其构成及下方通过的结构，循尺动脉与桡动脉找到掌浅弓和掌深弓，观察其构成与分支；清理手掌的骨骼肌，位于外侧的鱼际，内侧的小鱼际，位于中间的蚓状肌和骨间肌，并分离指浅屈肌腱、指深屈肌腱；探查手掌的筋膜间隙；解剖中指掌侧，观察中指两侧的血管与神经（图 13-14）。

2. 手掌后面　除去手背浅筋膜，修洁静脉网，桡神经与尺神经的手背支，掌背动脉、神经，前臂后肌群的肌腱、手背肌，观察手背腱膜、腱间结合（图 13-15）。

临床链接：

肱骨干骨折时易损伤桡神经，其损伤后的主要表现为：不能伸腕和伸指，拇指不能外展，前臂旋后功能减弱；前臂背侧及手背桡侧半皮肤感觉迟钝，“虎口”区皮肤感觉丧失；因伸肌瘫痪，出现“垂腕征”。

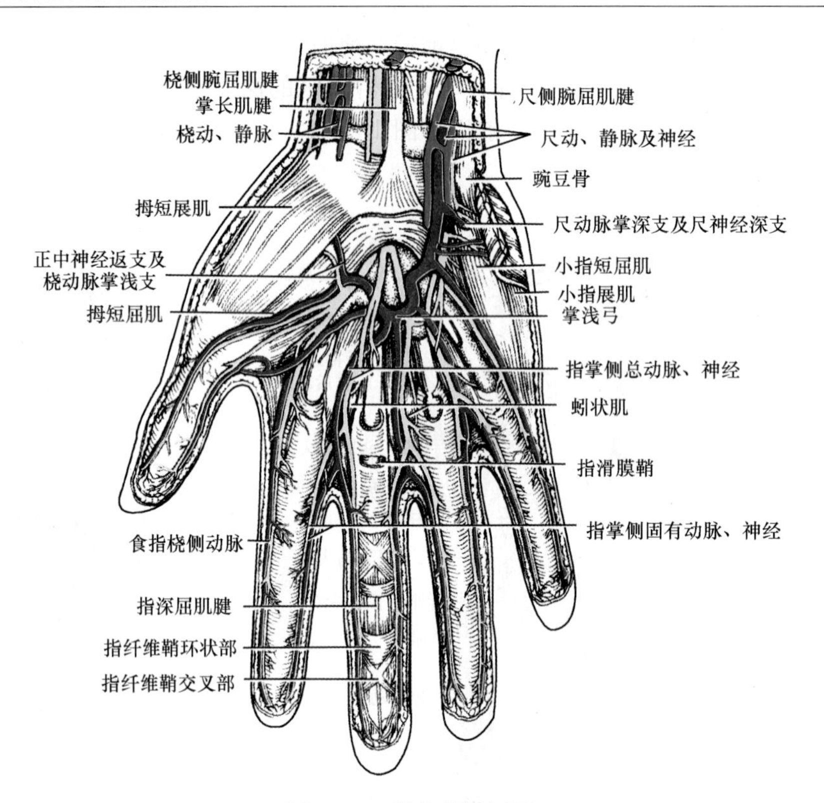

图 13-14　浅血管神经层

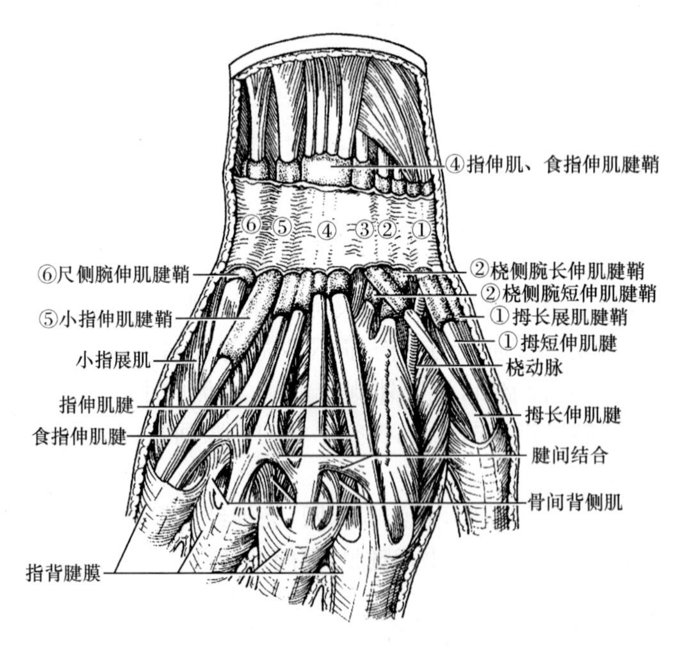

图 13-15　手背

【注意事项】

1. 腕管通过的结构复杂，注意观察其毗邻关系。
2. 手掌结构复杂，仔细逐层解剖，尽可能保留解剖的结构。

【思考题】

1. 名词解释

（1）腕管　（2）鼻烟窝　（3）肱骨肌管

2. 问答题

（1）叙述腕管的构成及其内容物的排列和临床意义。

（2）叙述桡神经与什么动脉伴行？走行如何？当肱骨中份骨折时可能损伤哪些神经和血管？病人会出现哪些临床症状？

（九江学院基础医学院　余修贵）

第十四章　下　　肢

第一节　臀部、股后区、腘窝解剖

【实验目的】

掌握内容：经过梨状肌上、下孔的血管和神经，以及它们的位置关系。

熟悉内容：腘窝的境界、内容及血管、神经的位置关系。

【实验器材】

1. 尸体标本与示教标本。
2. 解剖操作台与解剖手术器械。

【实验方法】

臀部的境界：臀部的上界为髂嵴；下界为臀襞；内侧界由骶、尾骨的外侧缘构成；外侧界是髂前上棘至大转子的连线。股后区为大腿后肌群及其相应区域浅层结构的合称。腘窝为膝后区的菱形凹陷。主要内容有胫神经、腓总神经、腘血管及腘淋巴结。

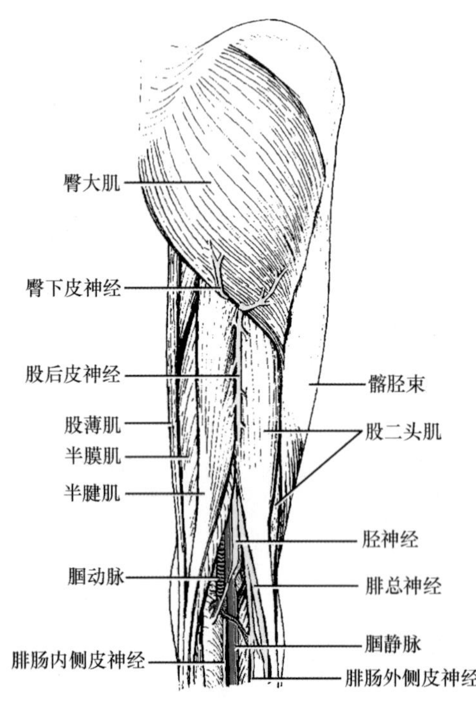

图 14-1　臀区与股后区浅层结构

（一）皮肤切口

尸体俯卧，做如下切口：

（1）从髂前上棘起沿髂嵴切到髂后上棘。

（2）由骶部正中线切至尾骨尖，再绕肛门至臀沟转斜向外下到大腿外侧中点做一斜切口。

（3）然后把臀部和股后部皮肤向外侧剥离翻开。

（二）解剖浅层结构

解剖浅筋膜中的皮神经，但有时这些神经不易找到，不必用过多时间去找。在清除腘窝的浅筋膜时，应注意在腘窝下角正中线附近的浅筋膜内找出小隐静脉的近侧段；在腘窝下外侧、腓骨头的后内方找出腓总神经发出的腓肠外侧皮神经（图 14-1）。

（三）解剖深层结构（图 14-2）

1. 解剖臀大肌　沿臀大肌纤维走行方向，剥离并除去深筋膜。沿股后部中线处轻轻切开深筋膜，直达腘窝，向两侧翻开。在未切断臀大肌之前，先用手指或刀柄沿臀大肌下缘中点处向上伸入，再用手指从臀大肌上缘中份向下伸入臀大肌深面，尽可能使臀大肌与其深面的结构分离，再沿臀大肌起点约 2cm 处弧形切开臀大肌，边分边切。注意不要损伤其深面的血管神经，同时注意不要在切断臀大肌的同时切断臀中肌，臀大肌在其外上部未覆盖臀中肌,注意观察分离。

注意臀大肌有部分纤维起自骶结节韧带,需用刀尖将肌纤维由韧带上剥离。将臀大肌翻向外下,在臀大肌深面有臀上、下血管和臀下神经。修洁后,可在靠近臀大肌处切断进入该肌的血管和神经。在大转子处探查臀大肌深面的滑膜囊,切开此囊即可将该肌止端充分翻向外下。此时应确认臀大肌止于股骨和髂胫束的情况。

2. 解剖臀部中层肌 从上向下依次找出臀中肌、梨状肌、上孖肌、闭孔内肌腱、下孖肌和股方肌。

3. 解剖梨状肌上、下孔的穿行结构 在梨状肌上缘和臀中肌之间,将臀中肌与其深面的臀小肌做钝性分离。然后在臀中肌的中部切断并翻开,观察其深面的臀小肌。在梨状肌上缘清理并辨认臀上血管和臀上神经,在梨状肌下缘从外向内依次辨认:坐骨神经、股后皮神经、臀下神经、臀下血管、阴部内血管、阴部神经等。

4. 解剖股后区及坐骨神经 坐骨神经由臀大肌深面下行,经股二头肌长头的深面,至腘窝上角处分为胫神经和腓总神经。

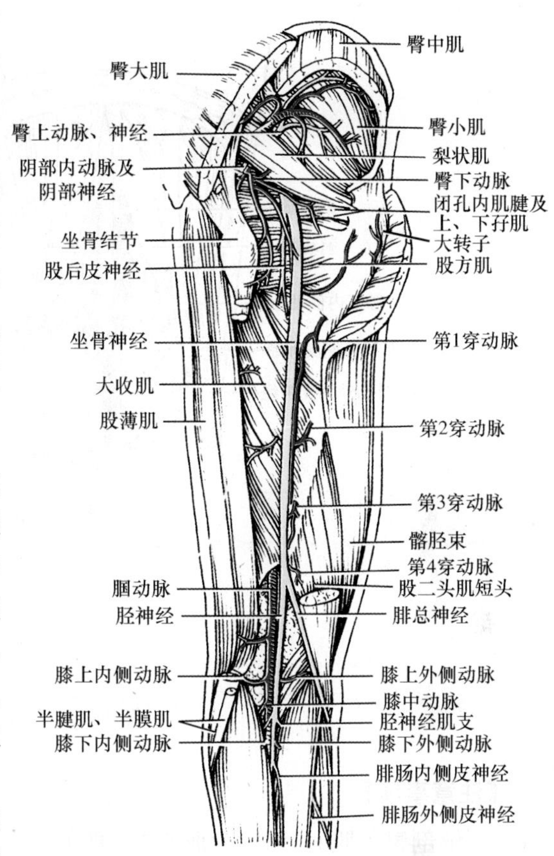

图 14-2 臀区与股后区深层血管神经

坐骨神经在臀部无分支,在股后区发出分支支配大腿后群诸肌,除自坐骨神经外侧发出分支至股二头肌短头外,其余均自内侧发出。观察半腱肌、半膜肌和股二头肌长头均起自坐骨结节。

5. 解剖腘窝(图 14-3) 清除腘窝内的脂肪,找出腓总神经及其发出的腓肠外侧皮神经,再沿腘窝正中线找出胫神经及其发出的腓肠内侧皮神经,腓肠内侧皮神经常随小隐静脉行于腓肠肌内、外侧头之间的沟内,并常被肌覆盖。

将胫神经修洁后拉向外侧,显露其深面的包裹腘动、静脉的血管鞘及沿血管排列的腘淋巴结。切开血管鞘,修洁腘静脉,观察小隐静脉的注入部位。在腘静脉的深面找出腘动脉。循腘动、静脉向上,查看它们经收肌腱裂孔处续为股动、静脉的情况。辨认腘动脉发出的肌支及 5 条小关节支。

临床链接:

臀肌之间,由于血管神经的穿行或疏松组织的填充,形成许多臀肌间隙。这些间隙沿血管神经互相连通,是感染蔓延的通道。其中臀大肌深面的间隙较广泛,可沿梨状肌上、下孔通盆腔,借坐骨小孔通坐骨肛门窝,沿坐骨神经通至大腿后面。

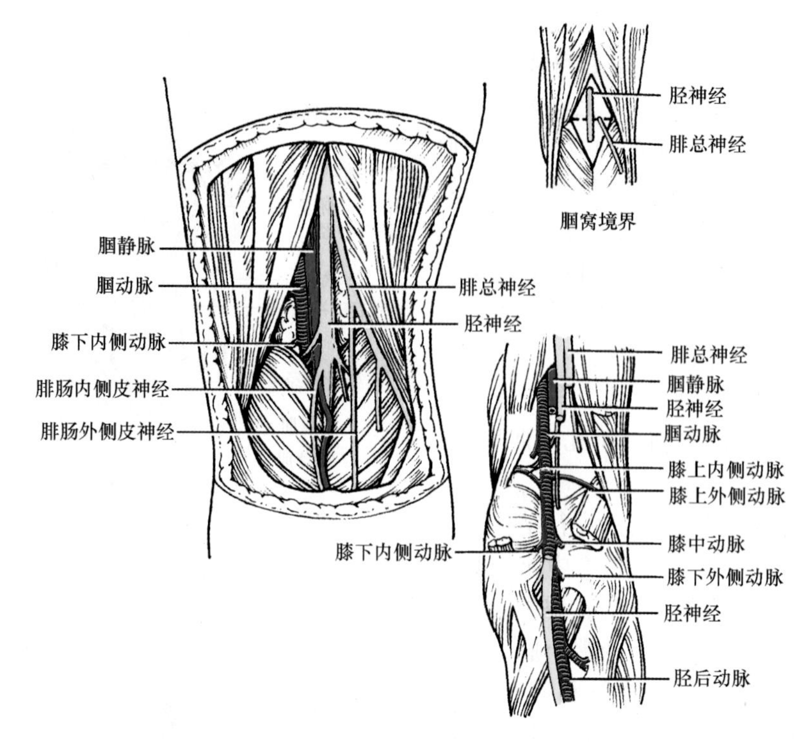

图 14-3 腘窝及其内容

【注意事项】

1. 解剖臀大肌时，因臀大肌肥厚，要注意保护深层的结构。
2. 因穿梨状肌上、下孔神经和血管较多，需仔细辨认它们的排列关系。

【思考题】

1. 名词解释

(1) 坐骨小孔 (2) Kaplan 点 (3) 股环

2. 问答题

(1) 叙述梨状肌上、下孔穿行的结构及位置关系。

(2) 叙述腘窝的境界以及腘窝内结构的位置关系。

第二节 股前内侧区、小腿前外侧区及足背解剖

【实验目的】

掌握内容：腹股沟浅淋巴结的分群、位置，阔筋膜及其所形成的髂胫束，隐静脉裂孔的形态特征，股三角组成及内容，收肌管的组成及内容物。

熟悉内容：股前、内侧肌的分群；股外侧皮神经、隐神经的行程及分布；肌腔隙、血管腔隙、股鞘的组成及内容。

【实验器材】

1. 尸体标本与示教标本。
2. 解剖操作台与解剖手术器械。

【实验方法】

股前内侧区为大腿前肌群和内侧肌群及其相应区域浅层结构的合称。小腿前外侧区包括小腿前肌群和外侧肌群及其相应区域浅层结构的合称。足背深层结构有腓深神经以及与其伴行的足背动脉、静脉，䟴长伸肌腱、趾长伸肌腱等。

（一）皮肤切口

尸体仰卧，做如下切口：

(1) 从髂前上棘到耻骨结节，沿腹股沟做一斜形切口。

(2) 从耻骨结节沿外阴根部切至大腿内侧，再向下沿股内侧，小腿内侧切至踝部。

(3) 在胫骨粗隆稍下方从上述切口开始，横行向外切至腓骨小头下方。

(4) 在内、外踝之间做一横切口。

(5) 在足背趾根部做一横切口。

(6) 在足背中线做一纵切口与(4)、(5)的横切口相连。

(7) 沿趾骨中线做一纵切口。

（二）解剖浅层结构

1. 解剖腹股沟浅淋巴结　在腹股沟韧带的下方，可找到 4～5 个腹股沟浅淋巴结(图 14-4)，排列成上群；其余沿大隐静脉近侧段排列成下群。

2. 解剖大隐静脉及其属支　在股骨内侧髁后内缘处找到大隐静脉，向下修洁至足背内侧缘，向上追踪到耻骨结节外下方穿筛筋膜处为止。寻找大隐静脉近侧段的属支，腹壁浅静脉、旋髂浅静脉、阴部外静脉、股内侧浅静脉与股外侧浅静脉。

3. 分离皮神经　寻找股外侧皮神经、隐神经、股神经前皮支和闭孔神经的皮支等。

（三）解剖深层结构

1. 解剖阔筋膜和隐静脉裂孔　清除浅筋膜，修洁并观察其深面的阔筋膜。附于髂嵴前部与胫骨外侧髁之间的阔筋膜显著增厚，称髂胫束。在耻骨结节外下方，大隐静脉穿经深筋膜的部位，可找到隐静脉裂孔，又称卵圆窝。该孔表面覆盖有筛筋膜。剥去筛筋膜，观察隐静脉裂孔的形态、大小和位置，以及大隐静脉穿裂孔进入深部的情况。自髂前上棘稍下方向下沿髂胫束前缘做纵行切口，将阔筋膜从外上方向内下方翻开，暴露深层结构。

2. 解剖股三角　修洁并观察构成股三角(图 14-5)边界的缝匠肌内侧缘、长收肌内侧缘以及腹股沟韧带。观察位于股三角内的股鞘(图 14-6)，自大隐静脉汇入股静脉处向上做一纵行切口，切开股鞘前壁，并翻向两侧。可看到股鞘被分成 3 个腔隙，股静脉居中间，内侧的腔隙为股管，股动脉位于外侧。修洁股动脉，股深动脉在股三角内有 2 条主要分支，即旋股内侧动脉和旋股外侧动脉。保留大隐静脉及股深静脉主干。在股鞘外侧，显露股神经，向下追踪并修洁股神经。股神经最长的分支称隐神经，在股三角内于股动脉的外侧下行，追踪至穿入收肌管处。

3. 解剖收肌管　将缝匠肌游离后，向外侧牵拉，即可见其深面有光泽的大收肌腱板，构成收肌管的前壁(图 14-7)。切开收肌管前壁，查看管内股动脉、股静脉、隐神经以及三者的位置关系。

4. 观察股四头肌　切断股直肌中部，翻向两端，可见其深面有股中间肌，后者的内、外侧分别有股内侧肌和股外侧肌。股四头肌的 4 个头向下合成一个腱，包绕髌骨前面和两侧，向下延伸为髌韧带，止于胫骨粗隆。

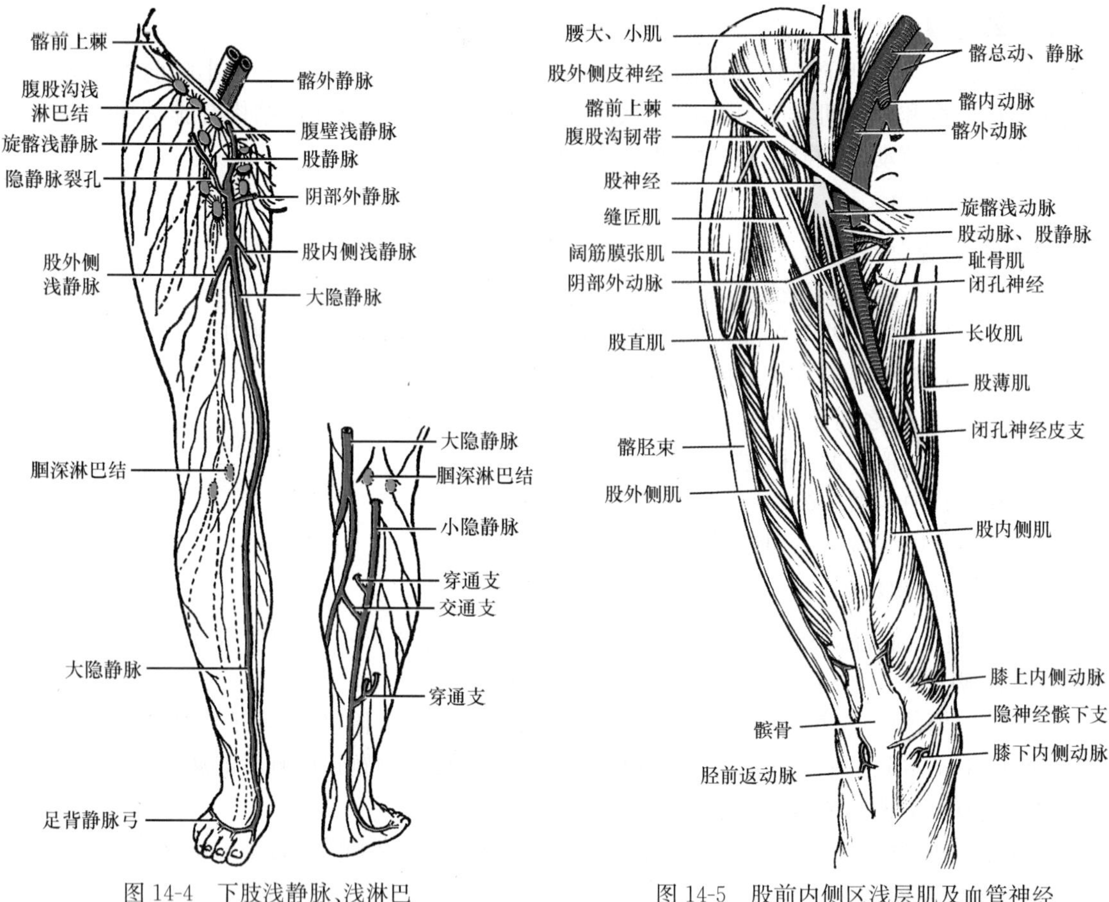

图 14-4　下肢浅静脉、浅淋巴

图 14-5　股前内侧区浅层肌及血管神经

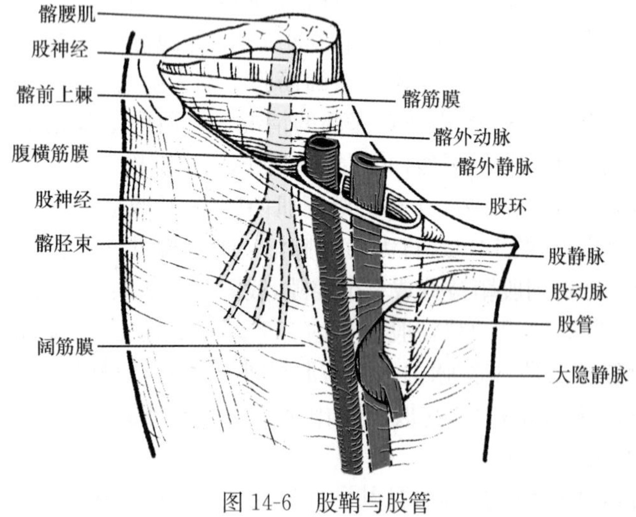

图 14-6　股鞘与股管

5. 解剖股内侧区的肌肉、血管和神经　修洁并观察浅层的耻骨肌、长收肌和股薄肌。最内侧为股薄肌，股薄肌外侧为长收肌。切断长收肌，暴露其深面的短收肌和闭孔神经前支。短收肌向前拉起，可见其深面的大收肌和闭孔神经后支。

6. 解剖腓深神经和腓浅神经（图 14-8）　分离胫骨前肌与趾长伸肌的上段，解剖出胫前血管及其伴行的腓深神经。观察腓总神经绕过腓骨颈前面，穿入腓骨长肌深面，分出腓浅神经和腓深神经。按腓总神经走行方向，切断该肌，暴露腓总神经及 2 条终支。腓浅神经在腓骨长、短肌之间下行至小腿前外侧中、下 1/3 交界处穿出深筋膜成为皮神经，下行分成足背内侧皮神经和足背外侧皮神经，直达足背。

7. 解剖足背深层结构（图 14-9）　清理踇长伸肌腱、趾长伸肌腱，在趾长伸肌腱的深面找出蹞短伸肌与趾短伸肌，在距小腿关节前方找出腓深神经以及与其伴行的足背动脉、静脉。

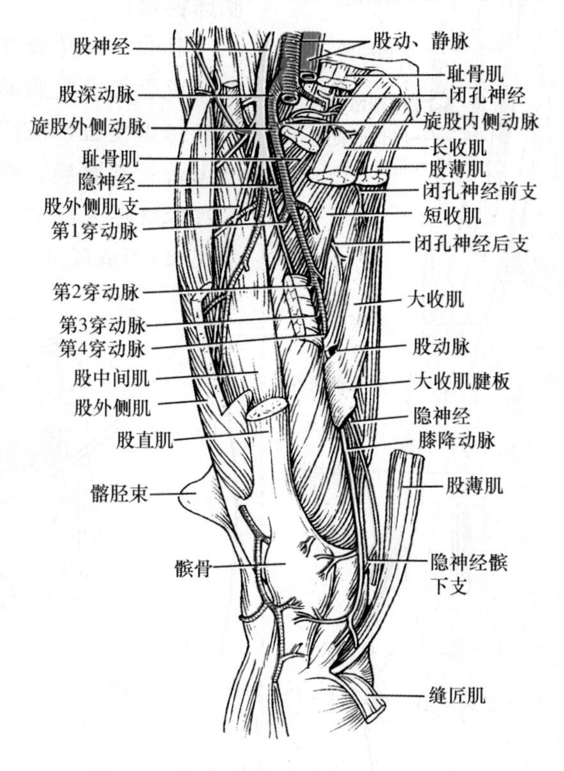

图 14-7　股前内侧区深层肌及血管神经

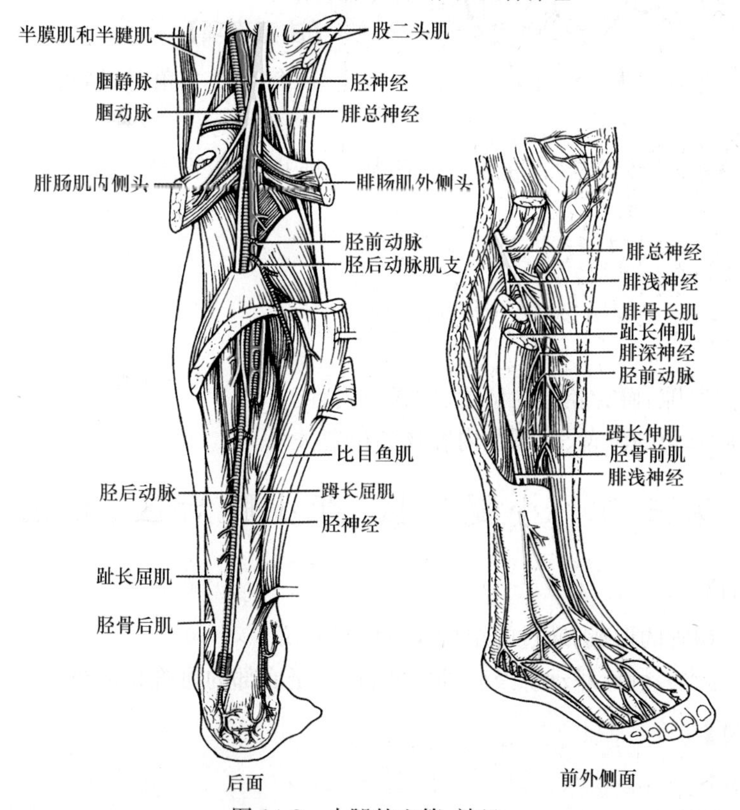

图 14-8　小腿的血管、神经

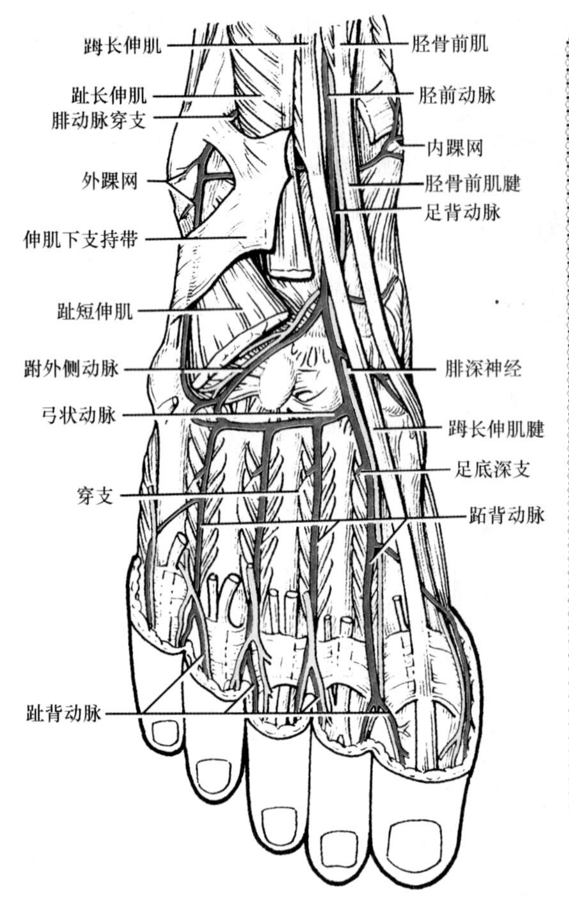

图 14-9　踝前区及足背

临床链接：

股管上口称股环，下端为盲端。股环是股管上通腹腔的通道，被薄层疏松结缔组织覆盖，称股环膈或内筛板。膈的上面衬有腹膜。腹压增高时，腹腔脏器可经股环至股管，最后由隐静脉裂孔处突出，形成股疝(图 14-10)。

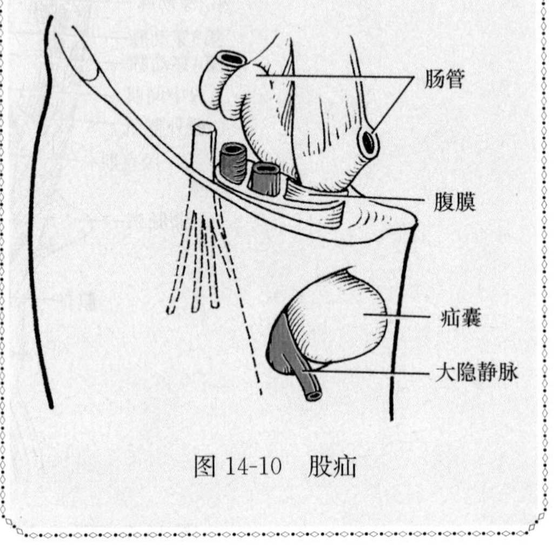

图 14-10　股疝

【注意事项】

1. 解剖股三角时，结构较多，仔细辨认各结构间的毗邻关系。

2. 足背结构位置较浅，做皮肤切口不宜太深，防止损伤深层结构。

【思考题】

1. 名词解释

(1) 股鞘　(2) 隐静脉裂孔　(3) 收肌管

2. 问答题

(1) 简述肌腔隙、血管腔隙的位置、境界及内容。

(2) 叙述股三角的位置、境界及内容物的位置关系。

第三节　小腿后区、距小腿后区、足底

【实验目的】

掌握内容：踝管的形成，通过的结构及其临床意义。

熟悉内容：胫后动脉、腓动脉及胫神经的行程，足底部的血管和神经。

【实验器材】

1. 尸体标本。

2. 足底示教标本。

3. 解剖操作台与解剖手术器械。

【实验方法】

小腿后区即小腿后肌群及其相应区域浅层结构的合称。距小腿后区上界为内、外踝后面的连线，下界为足跟下缘。正中线深面有跟腱附着于跟结节，跟腱与内、外踝之间各有一浅沟。内侧浅沟深部有小腿屈肌腱及小腿后区的血管、神经穿入足底；外侧浅沟内有小隐静脉、腓肠神经及腓骨长、短肌腱通过。足底深层结构有足底内、外侧神经及血管；足底肌等。

（一）皮肤切口

尸体俯卧，做如下切口：

（1）在腘窝下缘做一横切口。

（2）在内、外踝水平过距小腿关节后方做一横切口。将小腿皮肤向外侧翻开。

（3）在脚掌沿趾根部做一横切口达足背内、外侧缘，再沿足底正中做一纵切口。将皮肤向两侧翻起。

（二）解剖浅层结构

在浅筋膜内分离出小隐静脉与伴行的腓肠神经。注意小隐静脉穿过腘筋膜的位置，沿腓肠神经向上，找到腓肠内侧皮神经与腓肠外侧皮神经。小心清除小腿后面的浅筋膜。

（三）解剖深层结构

1. 解剖小腿后区的肌及血管和神经　修洁比目鱼肌。仔细解剖穿过其上缘的胫神经、胫后动脉、胫后静脉。沿比目鱼肌的起点切断其内侧份，翻向外侧。可见该肌深面为小腿深筋膜隔，分隔小腿后面浅、深两群肌肉，观察后将此筋膜清除。再辨认深层肌，胫骨上端的后面有三角形的腘肌，它的下方是三条长肌，分别为胫骨后肌（中间）、趾长屈肌（胫侧）、䟡长屈肌（腓侧）并修洁之。注意三者在内踝上、下位置关系的变化。

在胫骨后肌表面清理胫后动、静脉及胫神经。在腘肌下缘，观察腘动脉分成胫前动脉、胫后动脉。解剖胫前动脉及伴行静脉直至穿骨间膜为止。清理胫后动脉与胫神经，追踪至屈肌支持带深面。在腘肌下缘胫后动脉起点稍下方寻找发出的腓动脉及伴行的静脉，沿腓骨内侧缘向下追踪于腓骨肌支持带深面。

2. 解剖踝管及其内容（图 14-11、图 14-12）　在内踝与跟骨之间横切屈肌支持带，打开踝管，观察支持带向深面发出的纤维隔和形成的四个骨纤维管。解剖踝管内结构，注意观察踝管内结构排列，自前向后 4 个管分别容纳胫骨后肌腱及其腱鞘、趾长屈肌腱及其腱鞘、胫后血管和胫神经、䟡长屈肌腱及其腱鞘。

3. 足底解剖　修去足底浅筋膜，暴露足底腱膜。切开足底腱膜，找寻足底血管、神经与骨骼肌。

（1）解剖足底浅层肌及血管的神经：在跟骨前方 5cm 处，横断足底腱膜，割断内、外侧肌间膈，向远处翻起，注意勿损伤深面的结构。从内向外修洁䟡展肌、趾短屈肌、小趾展肌，解剖出其间的足底内、外侧神经及血管。

（2）解剖足底中层肌及血管和神经：在中部切断趾短屈肌，翻向远侧，暴露䟡长屈肌腱及趾长屈肌腱。观察两肌腱在足底内侧相互交叉。进一步辨认足底方肌及四个蚓状肌。观察走在足底方肌浅面的足底外侧神经、血管及其分支；观察走在䟡展肌与趾短屈肌之间的足底内侧神经、血管及其分支。

（3）解剖足部深层肌及血管和神经：在跟结节前方切断足底方肌、趾长屈肌及䟡长屈肌

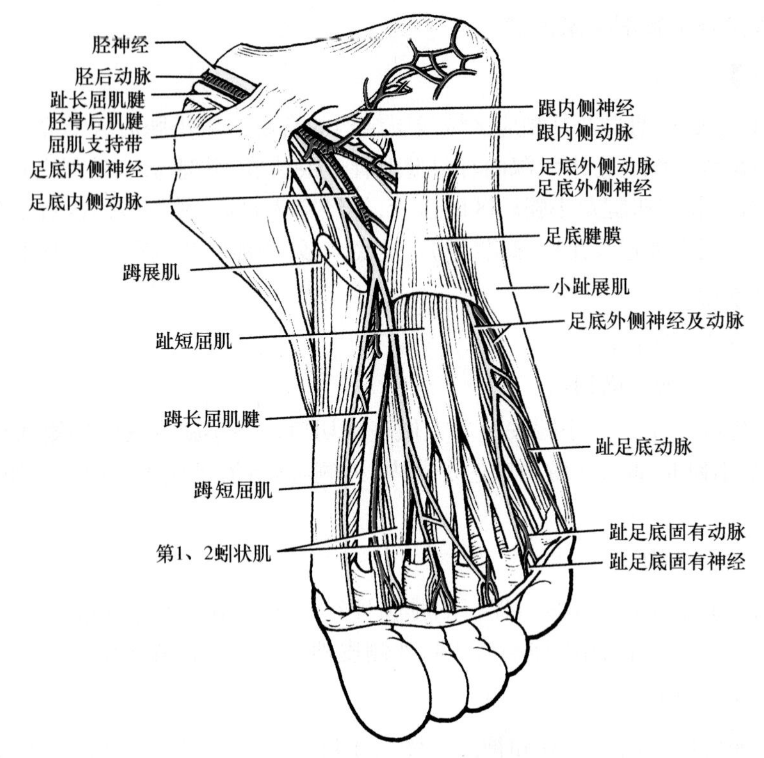

图 14-11　踝后区内侧面及足底

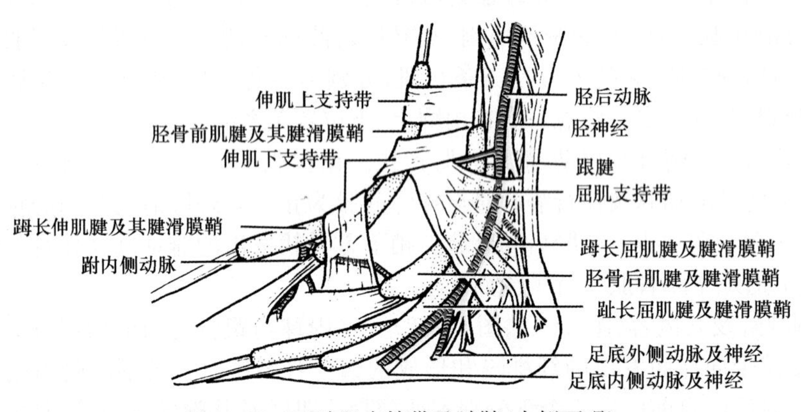

图 14-12　下肢肌支持带及腱鞘(内侧面观)

腱,翻向远侧,暴露踇短屈肌、踇收肌、小趾短屈肌。在足底内侧切断踇展肌起端,翻向远侧,露出胫骨后肌腱。在足底外侧切断小趾展肌止端,翻向近侧,露出腓骨长肌腱。检查二肌腱止点。切断踇收肌斜头及横头起端,翻向远侧,露出足底动脉弓、足底外侧神经深支,以及 3 个骨间足底肌和 4 个骨间背侧肌。

临床链接:

腓总神经为坐骨神经的一个终支,越腓肠肌外侧头表面至腓骨头下方绕腓骨颈,在此分成腓浅神经和腓深神经。腓骨颈骨折或此部外伤时,易损伤此神经,引起小腿前外侧群肌瘫痪,导致足下垂。

【注意事项】

足底结构比较多，而且层次结构经固定后，连结比较致密。解剖时必须小心仔细。

【思考题】

1. 名词解释

(1) 踝管　(2) 三角韧带　(3) 屈肌支持带

2. 问答题

(1) 踝关节的韧带主要有哪些？

(2) 简述胫后动脉、静脉和胫神经的行程、分支和分布。

（九江学院基础医学院　余修贵）

参考文献

江会勇. 2010. 人体解剖学实验教程. 武汉：华中科技大学出版社
孙善全. 2008. 人体大体形态学实验. 北京：科学出版社
彭裕文. 2008. 局部解剖学. 第7版. 北京：人民卫生出版社
熊艾君. 2009. 人体解剖学实验教程. 北京：人民军医出版社
张卫光. 2008. 医学形态学实验教程(人体解剖学). 北京：北京大学医学出版社
江会勇. 2004. 人体解剖学考试指南. 上海：复旦大学出版社

第三篇　断面解剖学

人体断面解剖学是研究正常人体不同方位层面上器官结构的位置、形态及其相互关系的科学，是随着CT(电子计算机X线体层摄影)、MRI(磁共振成像)等影像技术发展而出现的一门新兴学科，与系统解剖学和局部解剖学相比，具有保持机体结构于原位状态下而准确显示器官结构的形态及变化规律，并可连续追踪观察的特点，为临床影像诊断、介入放射和外科手术等的提供定位服务。它是医学影像学专业的重要医学基础课程，是学习医学影像学的必修课及其他后续课程的选修课。

实验教学是人体断面解剖学教学的重要环节。学生通过实验观察，进一步巩固课堂讲授的理论内容，掌握人体各断面主要的形态结构，增强对断面结构的直观、感性认识。实验时，应配合系统解剖学和局部解剖学模型、挂图、图谱和标本，逐一观察各个断面标本，在建立立体结构的基础上，理解并记忆各部断面结构特点及层次毗邻关系，为以后的学习和临床工作奠定基础。

第十五章　头　　部

【实验目的】

掌握内容：大脑的外形、内部结构，脑室的位置、形态结构特点；脑动脉的主要分支及其分布；头部各水平断面的主要结构；经胼胝体膝和侧脑室前角、经视神经颅内段或视交叉、经视交叉与卵圆孔冠状断面；头部正中矢状断面的主要结构。

熟悉内容：脑池的位置、意义；脑深部静脉的组成、分布及连通；头部其他冠状断面、矢状断面的主要结构。

【实验器材】

1. 脑、脑膜、脑血管标本。
2. 头部的连续水平断面标本，层厚10mm。
3. 头部冠状断面与矢状断面标本，层厚10mm。
4. 模型：脑室铸型；基底神经核；内囊及外囊。
5. 头部断面解剖图谱，CT、MRI照片。

【实验内容】

(一) 脑的解剖

(1) 首先观察脑的位置、形态及分部，大脑半球的主要沟回及间脑和脑干外形；基底核、内囊及外囊的组成、形态、位置、胼胝体、前连合、穹隆的位置和形态。

（2）观察侧脑室、第三脑室、第四脑室的位置、形态和分部。

（3）观察颈内动脉颅内段的分段，大脑动脉环的组成、位置，颈内动脉、椎动脉的行径及分布概况；大脑前、中、后动脉起始、行径及分支概况；大脑内静脉、大脑大静脉的起始、行径。

（4）观察脑的三层被膜，重点是硬脑膜形成的大脑镰、小脑幕、硬脑膜窦。

（二）头部水平断面的观察

1. 头上部水平断面

（1）第一水平断面：先观察软组织的五层结构，识别额骨、顶骨各骨的外板、内板与板障。两半球间的大脑纵裂内有大脑镰，其前、后端为上矢状窦的断面；大脑半球外侧面最深的脑沟为中央沟，中央沟前方有中央前沟、中央前回及额上回，中央沟后方有中央后沟、中央后回及顶上小叶。在半球内侧面辨认中央旁小叶（图 15-1）。

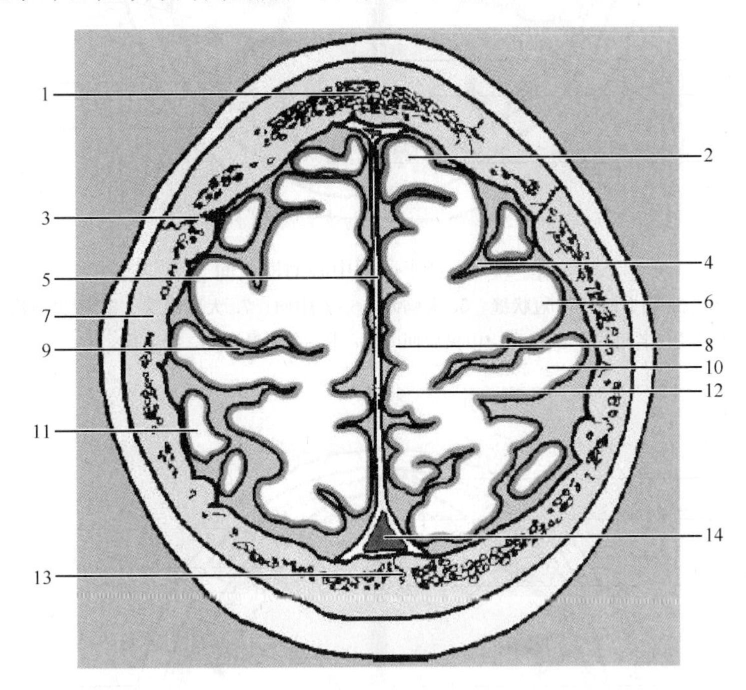

图 15-1　经中央旁小叶中份横断面

1. 额骨　2. 额上回　3. 冠状缝　4. 中央前沟　5. 大脑镰　6. 中央前回　7. 顶骨　8. 中央旁小叶　9. 中央沟　10. 中央后回　11. 顶上小叶　12. 楔前叶　13. 矢状缝　14. 上矢状窦

（2）第 2 水平断面：与上一断面基本相似，面积更大。在额叶，额上回后方出现额中回。

（3）第 3 水平断面：与上一断面相似，顶上小叶在此断面后部的内侧，顶上小叶外侧为顶下小叶，其中前份为缘上回，后份为角回。

（4）第 4 水平断面：中央旁小叶已消失，半球内侧面中部、大脑镰两侧为扣带回，其后方为楔前叶、顶枕沟与楔叶。上外侧面的中央沟位置已经前移，观察在其前方的额上、中、下回，在其后方的中央后回、缘上回、角回与顶上小叶。髓质面积进一步扩大，即半卵圆中心（图 15-2）。

2. 头中部水平断面　包括第 5～11 水平断面，共 7 个断面，各断面均可见到脑室。

（1）第 5 个水平断面：显露侧脑室上部为该断面的特点。首先在断面上辨认位于中央部的呈“八”字形的侧脑室中央部上份，两侧脑室间为透明隔，其前为胼胝体断面；以胼胝体前后两断面区分断面的前、中、后部（图 15-3）。

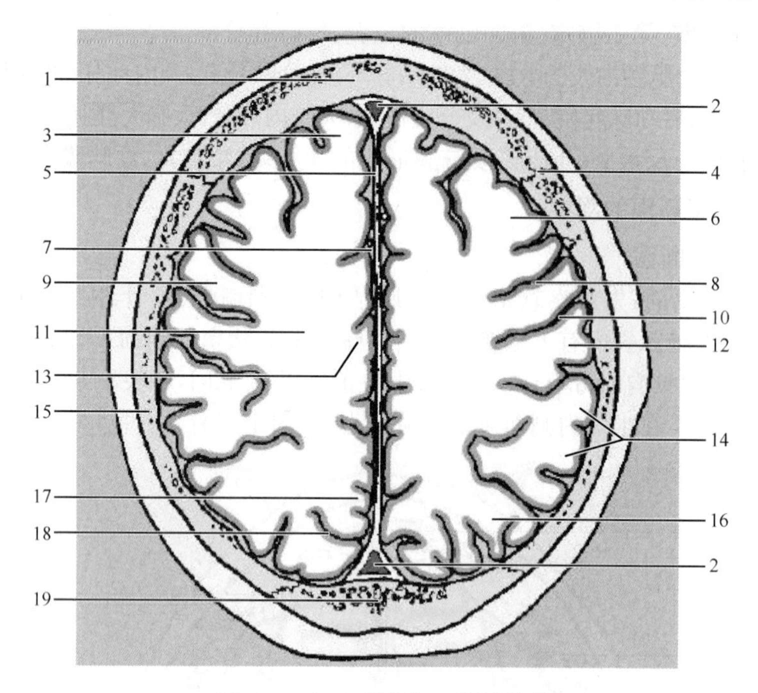

图 15-2 经半卵圆中心的横断面

1. 额骨 2. 上矢状窦 3. 额上回 4. 冠状缝 5. 大脑镰 6. 额中回 7. 大脑纵裂 8. 中央前沟 9. 中央前回 10. 中央沟 11. 大脑髓质(半卵圆中心) 12. 中央后回 13. 中央旁小叶 14. 缘上回 15. 顶骨 16. 顶下小叶 17. 楔前叶 18. 顶枕沟 19. 枕骨

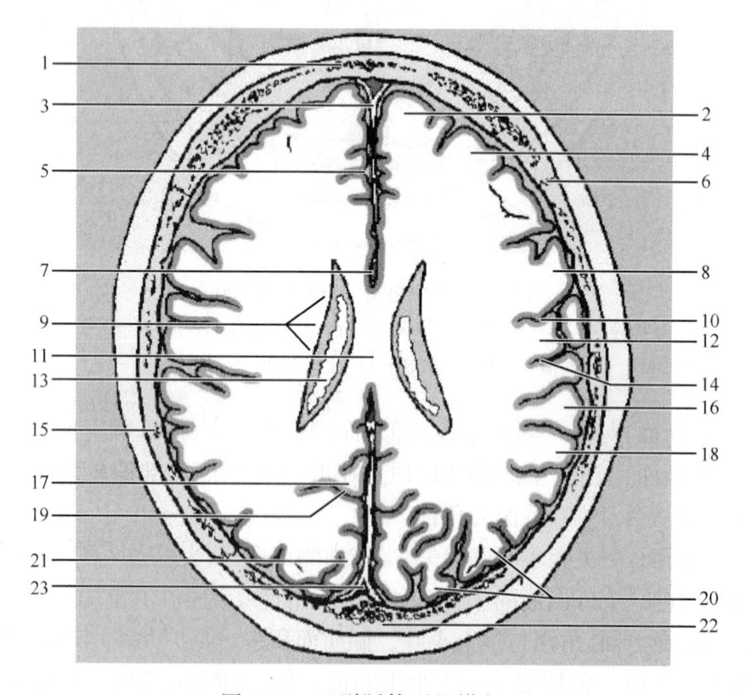

图 15-3 经胼胝体干的横断面

1. 额骨 2. 额上回 3. 大脑镰 4. 额中回 5. 扣带沟 6. 冠状缝 7. 胼胝体周动脉 8. 中央前回 9. 放射冠 10. 中央沟 11. 胼胝体干 12. 中央后回 13. 侧脑室(脉络丛) 14. 中央后沟 15. 顶骨 16. 缘上回 17. 楔前叶 18. 角回 19. 顶枕沟 20. 枕回 21. 楔叶 22. 枕骨 23. 上矢状窦

1）前部：观察大脑纵裂、大脑镰及上矢状窦，半球内侧面的额上回、扣带回及两者之间的扣带沟，半球上外侧面的额上、中、下回。

2）中部：辨认构成脑室外壁的尾状核体，观察尾状核外侧的辐射冠、岛盖及中央前、后回。

(2) 第 6 水平断面：显露侧脑室前角、后角与三角区。分为前、后、中部。

1）前部：位于胼胝体膝以前，结构与上一断面基本相似。

2）中部：位于胼胝体膝与压部之间。在中线上识别透明隔与穹隆，其两侧为侧脑室在其外侧确认尾状核头、丘脑与豆状核以及它们之间的内囊。在豆状核外侧依次认出外囊、屏状核、最外囊、岛叶、岛盖与中央前后回。

3）后部：为胼胝体压部后方的部分。半球的沟、回、叶等与上一断面基本相同，胼胝体压部与直窦之间有大脑大静脉。

(3) 第 7 水平断面：经室间孔，以胼胝体分为前、中、后部(图 15-4)。

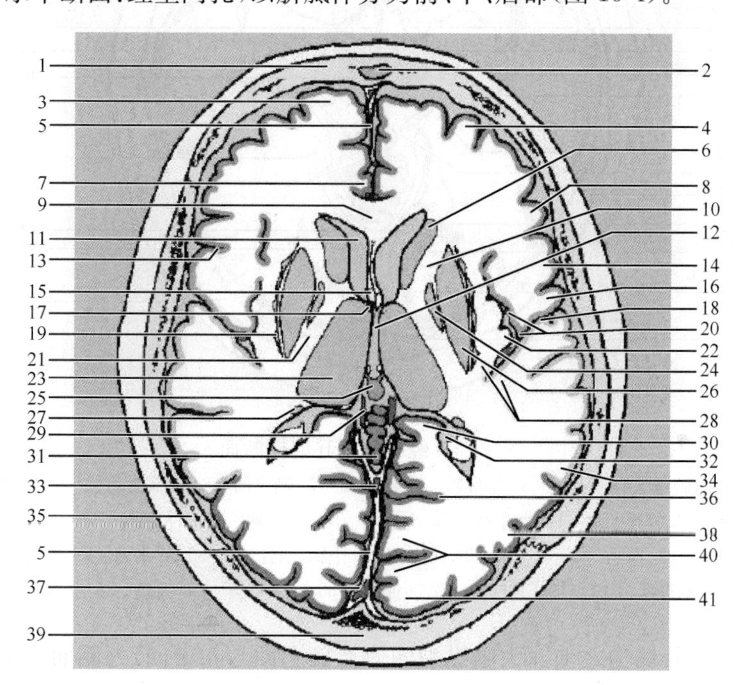

图 15-4　经室间孔的横断面

1. 额骨　2. 额窦　3. 额上回　4. 额中回　5. 大脑镰　6. 尾状核(头)　7. 扣带回　8. 额下回　9. 胼胝体(膝)　10. 内囊(前肢)　11. 侧脑室(前角)　12. 第三脑室　13. 中央沟　14. 中央前回　15. 穹隆　16. 中央后回　17. 室间孔(Monro)　18. 外侧裂　19. 屏状核　20. 岛池动脉　21. 内囊(后肢)　22. 岛叶　23. 丘脑　24. 苍白球　25. 松果体　26. 壳核　27. 尾状核(尾)　28. 颞横回　29. 大脑内静脉　30. 海马　31. 小脑蚓部　32. 侧脑室(三角区与脉络丛)　33. 直窦　34. 颞中回　35. 顶骨　36. 顶枕沟　37. 上矢状窦　38. 枕回　39. 枕骨　40. 视皮质　41. 枕极

1）前部：位于胼胝体膝与外侧沟以前。

2）中部：位于胼胝体膝与压部之间。在中线上辨认透明隔、穹隆柱与第三脑室；第三脑室两侧为丘脑，丘脑前方有尾状核头、侧脑室前角，侧脑室前角经室间孔通第三脑室；第三脑室后部两侧有大脑内静脉；丘脑外侧依次为内囊、苍白球、壳、外囊、屏状核、最外囊与岛叶；岛叶与岛盖之间有大脑外侧沟(大脑外侧窝池)，内有大脑中动脉；颞盖主要有颞横回与颞上回，皮质深面有听辐射。中部后份，胼胝体压部外侧可见侧脑室三角区及其内的脉络丛、前壁内的尾状核尾。

3）后部：位于胼胝体压部后方。中线上仍为大脑镰及直窦、上矢状窦的断面，但在直窦前方出现"V"形的小脑幕断面。半球内侧面由前向后为扣带回峡、距状沟、舌回与楔叶。半球上外侧面为颞中回、颞下回、枕颞外侧回。

（4）第8水平断面：经中脑下丘与前连合，可分为前、中、后部(图15-5)。

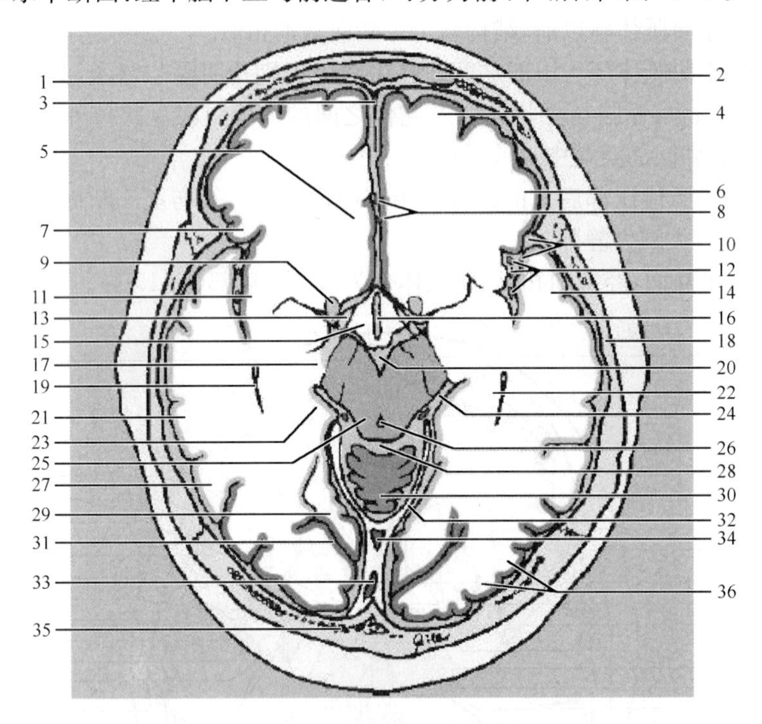

图15-5 经中脑下丘的横断面

1. 额骨 2. 额窦 3. 大脑镰 4. 额上回 5. 扣带回 6. 额中回 7. 额下回 8. 大脑前动脉 9. 纹状体 10. 外侧裂 11. 岛叶 12. 岛动脉 13. 视神经束 14. 颞上回 15. 下丘脑 16. 第三脑室 17. 大脑脚 18. 顶骨 19. 侧脑室(颞角) 20. 脚间池 21. 颞中回 22. 海马 23. 海马回 24. 环池 25. 中脑(四叠体) 26. 导水管 27. 颞下回 28. 四叠体池 29. 枕颞外侧回 30. 小脑蚓部(上份) 31. 顶枕沟 32. 小脑幕 33. 上矢状窦 34. 直窦 35. 枕骨 36. 枕回

1）前部：位于外侧沟之前。大脑纵裂两侧有额上回与扣带回，外侧面有额上、中、下回，外侧沟内为宽大的大脑外侧窝池。

2）中部：位于大脑外侧沟与四叠体池之间。前连合位于中线最前端，为一弧形纤维束，通过正中平面后行向后外连于两侧颞叶。前连合后方为第三脑室，中脑下丘前方为中脑水管。在中线两侧，由前向后可见中脑大脑脚底、黑质、红核及下丘。在豆状核外侧依次可见外囊、屏状核、最外囊与岛叶、外侧沟与颞盖，颞盖表面有颞上回与颞中回。在下丘后方有略似"W"形的四叠体池，该池外侧可见侧脑室下角与其底壁的海马，海马后内侧为海马旁回。

3）后部：位于四叠体池后方。可见小脑幕围绕的小脑蚓、直窦、大脑镰、上矢状窦，大脑镰两侧有枕颞内侧回、枕颞沟与枕颞外侧回。

（5）第 9 水平断面：经过视交叉，可分为前、中、后部及两侧部（图 15-6）。

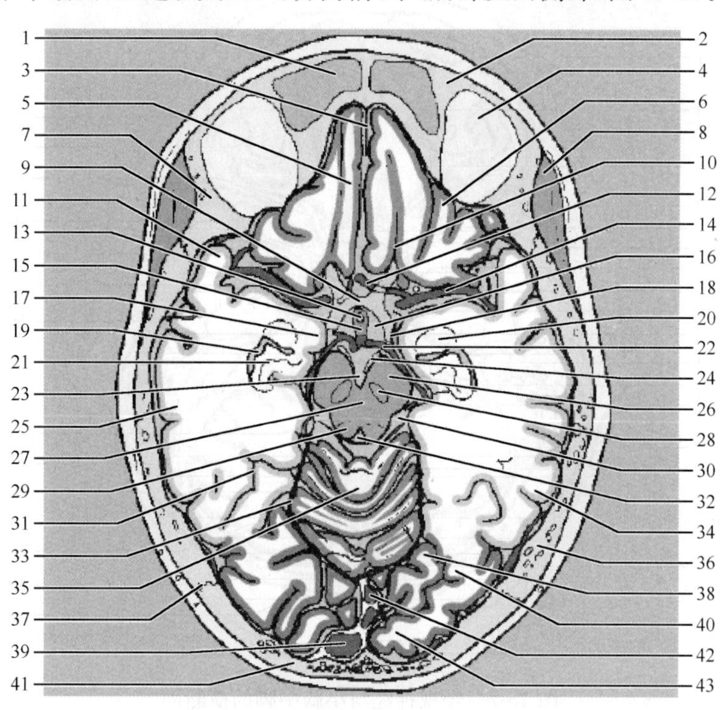

图 15-6　经视交叉的横断面

1. 额窦　2. 额骨　3. 大脑镰　4. 眶顶　5. 直回　6. 眶回　7. 蝶骨　8. 颞肌　9. 视交叉　10. 嗅束沟　11. 颞上回　12. 大脑前动脉　13. 漏斗隐窝　14. 大脑中动脉　15. 下丘脑　16. 交叉池　17. 海马旁回钩　18. 后交通动脉　19. 侧脑室颞角　20. 杏仁体　21. 海马　22. 大脑后动脉　23. 脚间池　24. 动眼神经　25. 颞中回　26. 大脑脚　27. 中脑被盖　28. 黑质　29. 下丘　30. 环池　31. 侧副沟　32. 导水管　33. 小脑幕　34. 颞下回　35. 小脑前叶　36. 颞骨　37. 人字缝　38. 枕颞内侧回　39. 上矢状窦　40. 枕颞外侧回　41. 枕骨　42. 直窦 43. 枕回

1）前部：为视交叉以前的部分。先观察中线上的鸡冠、大脑纵裂与交叉池，再观察中线两侧的结构，在鸡冠前外侧确认额窦，在大脑纵裂两侧识别直回与眶回。眶内可见眼球、眶脂体与眼球外肌。

2）中部：为蝶鞍及其周围的结构。前为视交叉，后达脑桥基底部前缘。观察视交叉与鞍背之间的漏斗、蝶鞍两侧的鞍上池、鞍背后方的桥池、脚间池内的基底动脉、动眼神经。

3）后部：为桥池以后、两侧小脑幕之间的部分。主要结构为脑桥、小脑及两者之间的第四脑室上部。小脑蚓后方为直窦入窦处，向两侧为横窦。

4）两侧部：为蝶鞍与小脑幕外侧部分。主要为大脑颞叶、侧脑室下角及其内侧的海马旁回与钩。小脑后方有枕颞外侧回。

（6）第 10 水平断面：经视神经与小脑中脚，亦分为前、中、后部及两侧部（图 15-7）。

1）前部：蝶鞍以前的部分。此断面已在颅前窝以下，主要结构是鼻腔与眶腔。观察鼻中隔及其两侧的筛窦，鼻腔外侧为眶腔，眶内可见眼球，视神经，内、外直肌与眶脂体。

2）中部：位于前床突与鞍背之间。观察蝶鞍中央的垂体及其前外侧的颈内动脉，蝶鞍两侧的海绵窦、窦内的动眼神经与滑车神经。

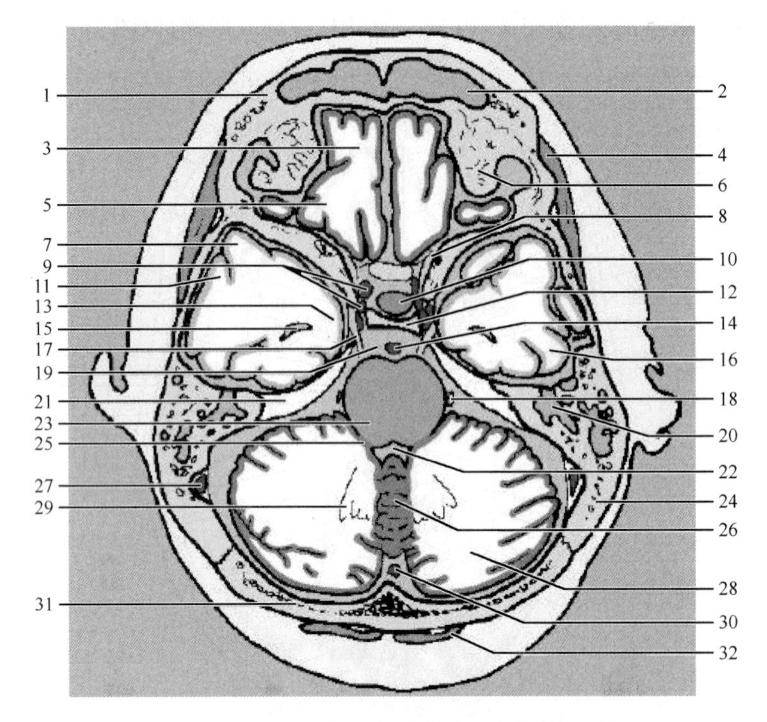

图 15-7　经视神经与小脑中脚的横断面

1. 额骨　2. 额窦　3. 直回　4. 颞肌　5. 眶回　6. 眶底　7. 颞上回　8. 视神经　9. 颈内动脉　10. 垂体　11. 颞中回　12. 鞍背　13. 海马回　14. 基底动脉　15. 侧脑室颞角　16. 颞下回　17. 三叉神经　18. 滑车神经　19. 脑桥池　20. 乳突小房　21. 小脑幕　22. 第四脑室　23. 脑桥　24. 颞骨　25. 小脑脚　26. 小脑蚓部　27. 乙状窦　28. 小脑半球　29. 齿状核　30. 枕大池　31. 枕骨　32. 头半棘肌

3）后部：位于鞍背后方、两侧小脑幕之间。主要结构是桥池、脑桥与小脑。在桥池内可见基底动脉，辨认脑桥、小脑及小脑中脚、第四脑室，观察小脑蚓与半球、小脑皮质与髓质及髓质内的齿状核。三叉神经根附着在脑桥基底部与小脑中脚相连处。

4）两侧部：位于蝶鞍外侧部分。小脑幕前外侧部分，主要结构为颞叶下部。在此断面侧脑室下角已经消失，小脑幕后端有横窦的断面。

（7）第 11 水平断面：通过眶耳线，可分为前、中、后部（图 15-8）。

1）前部：位于蝶窦以前，主要结构为鼻腔与眶腔。在鼻中隔两侧有上鼻甲与中鼻甲；再外侧仍为筛窦、眶腔，眶底部可见眼球下壁，眶后部有眶脂体、眼外肌与眼静脉。

2）中部：为蝶窦及其两侧部分。其中部为蝶窦，两侧为颞极，窦后外侧有颈内动脉与三叉神经节。

3）后部：位于颞骨岩部以后，主要结构有桥池、脑桥小脑三角池、脑干与小脑。观察桥池、脑桥小脑三角池的位置，池内通过的基底动脉与面神经、前庭蜗神经、迷路动脉、小脑下前动脉。分辨延髓与小脑之间有第四脑室下部。在颞骨岩部内可见鼓室及室内的听小骨，鼓室后外侧的乳突小房；乙状窦位于乳突小房后方。

3. 头下部水平新面　包括 12～18 水平断面。从眶耳线向下至第 3、4 颈椎间的椎间盘，共 7 个断面。主要显示鼻腔、口腔、咽腔及涎腺、咀嚼肌与项部肌，各断面均分为前、中、后部。

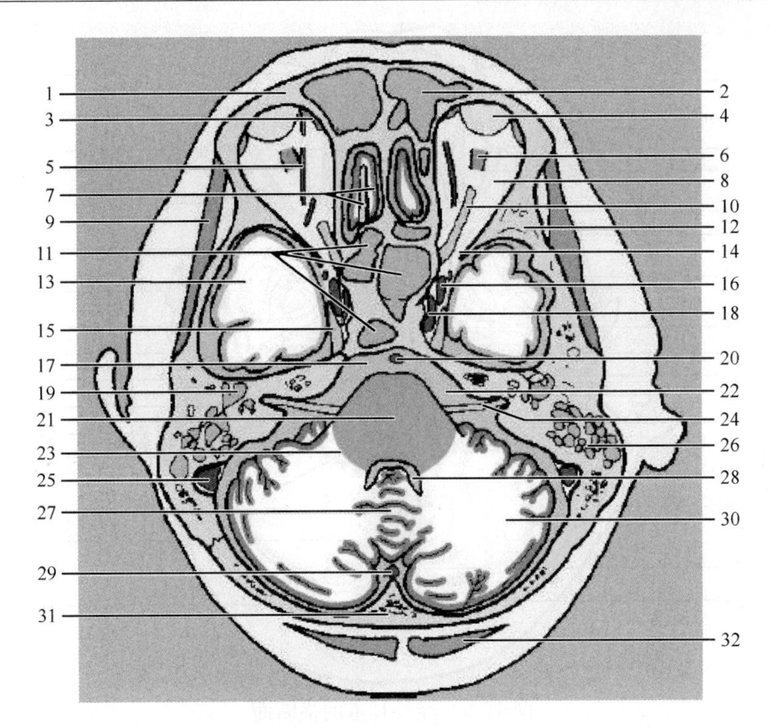

图 15-8　经内耳门的横断面

1. 额骨　2. 额窦　3. 上斜肌　4. 眼球　5. 眼静脉　6. 上直肌　7. 直回与嗅沟　8. 球后脂肪组织　9. 颞肌　10. 视神经　11. 蝶窦　12. 蝶骨　13. 颞下回　14. 眶上裂　15. 三叉神经节　16. 颈内动脉　17. 脑桥池　18. 海绵窦　19. 鼓窦　20. 基底动脉　21. 脑桥　22. 脑桥小脑池　23. 小脑中下脚　24. 内耳内的面神经与听神经　25. 乙状窦　26. 乳突小房　27. 小脑蚓部　28. 第四脑室　29. 枕大池(窦)　30. 小脑半球　31. 枕骨　32. 头半棘肌

(1) 第 12 水平断面:经外耳道,并显示颞下颌关节(图 15-9)。

1) 前部:位于翼腭窝以前的部分,主要结构为鼻腔与上颌窦。观察鼻中隔与外侧壁,辨认外侧壁上的下鼻甲与鼻泪管,注意上颌窦与鼻腔的位置关系。

2) 中部:位于上颌体后壁以后、外耳道前壁以前。其中份为鼻腔的后部,辨认鼻后孔内侧界梨骨与外侧界蝶骨翼突,识别翼腭窝与窝内的上颌动脉、翼腭神经节的断面,观察翼突外侧板及起于该板的翼外肌、翼外肌,外侧的颞肌、咬肌与颧弓。观察颧弓、关节结节与下颌骨骨髁突构成下颌关节的情况,辨认关节内的关节盘。在下颌关节后内侧寻认颈动脉管及管内的颈内动脉、颈内动脉前方的脑膜中动脉。

3) 后部:在外耳道和枕骨大孔后方,主要显示颞骨岩部与颅后窝的结构。在外耳道内侧端侧确认颈内动脉,在颈内动脉后方确认颈静脉孔与颈内静脉,在颈静脉孔外侧辨认乳突小房与乙状窦,注意乙状窦与乳突小房的位置关系。在两侧颈静脉之间观察枕骨大孔、延髓、小脑扁桃体与椎动脉。

(2) 第 13 水平断面:通过枕关节,主要显示鼻腔与上颌窦、鼻咽部与翼腭窝、颞下窝的结构(图 15-10)。

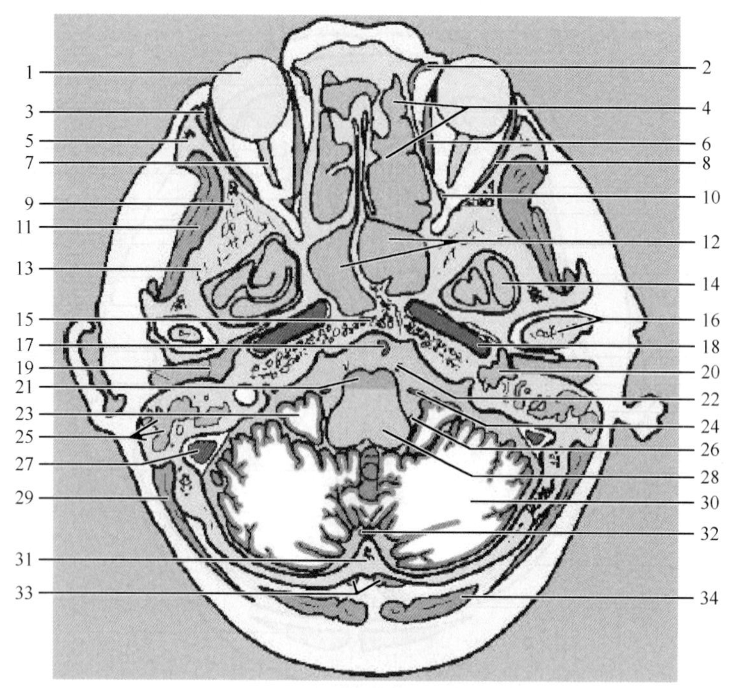

图 15-9　经外耳道的横断面

1. 眼球　2. 上斜肌　3. 泪腺　4. 筛房　5. 颧骨　6. 内直肌　7. 视神经　8. 外直肌　9. 蝶骨　10. 眶上裂　11. 颞肌　12. 蝶窦　13. 颞骨　14. 颞叶(底)　15. 斜坡　16. 颞下颌关节与下颌头　17. 基底动脉　18. 颈内动脉　19. 外耳道与鼓膜　20. 鼓室腔　21. 脑桥　22. 展神经　23. 小脑绒球　24. 小脑前下动脉　25. 乳突小房　26. 舌咽神经与迷走神经　27. 乙状窦　28. 延髓　29. 头夹肌　30. 小脑半球　31. 枕骨　32. 枕窦　33. 头后小直肌　34. 头半棘肌

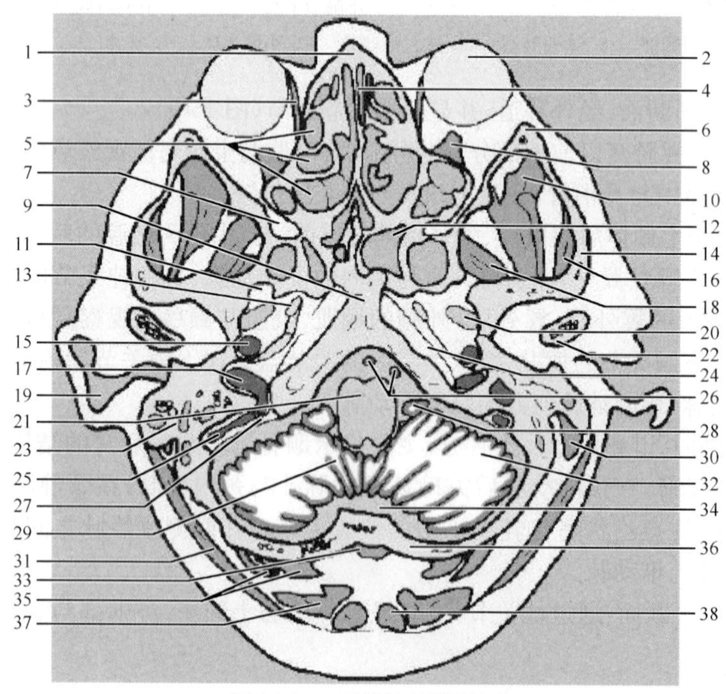

图 15-10　经颧弓的横断面

1. 鼻骨　2. 眼球　3. 内直肌　4. 鼻中隔　5. 筛房　6. 颧骨　7. 翼腭窝　8. 下直肌　9. 枕骨基底部　10. 颞肌　11. 卵圆孔与下颌神经　12. 蝶窦　13. 颞骨岩部　14. 颧弓　15. 颈内动脉　16. 咬肌　17. 颈静脉壶腹　18. 翼外肌上头　19. 外耳道　20. 内耳门　21. 延髓　22. 下颌头　23. 乳突　24. 破裂孔　25. 乙状窦　26. 椎动脉　27. 岩枕沟　28. 小脑绒球　29. 小脑扁桃体　30. 二腹肌　31. 头夹肌　32. 小脑半球　33. 头后小直肌　34. 小脑延髓池　35. 头后大直肌　36. 枕骨　37. 头半棘肌　38. 斜方肌

1）前部：位于上颌骨体后壁以前的部分，显示鼻腔上颌窦。

2）中部：位于上颌窦后壁以后，主要显示鼻咽部及翼腭窝、颞下窝内的结构。咽侧壁上有咽鼓管圆枕、咽鼓管咽口与咽隐窝；在咽鼓管咽口外侧为腭帆张肌，后内侧为腭帆提肌；腭帆张肌外侧有翼外肌、颞肌、下颌骨冠突与咬肌。观察翼外肌与颞肌之间的上颌动、静脉与翼丛及颊神经、翼外肌与腭帆提肌之间的下颌神经、脑膜中动脉。翼外肌所在的间隙为颞下间隙，位于上颌体后壁，下颌支与腮腺之间，翼外肌周围的血管神经均在此间隙之内。下颌颈表面与后内侧为腮腺。

3）后部：位于下颌颈与鼻咽后壁后方，该部结构以寰椎为中心。在寰椎前方有椎前肌、椎前筋膜与椎前间隙；在寰椎外侧有头外侧直肌与颈部大血管神经及腮腺。注意观察寰椎前方的头长肌、头前直肌，肌前方的椎前筋膜、椎前间隙，椎前筋膜前方的咽后间隙。在寰椎后方观察项部各肌：头后小直肌、头后大直肌、头上斜肌、头半棘肌、头最长肌、头夹肌及二腹肌后腹、胸锁乳突肌。在寰椎外侧观察、识别头外侧直肌与颈内动静脉、椎动静脉及寰枕关节的关节腔；在两侧寰枕在节之间为枢椎齿突；在寰枕关节及齿状突后方识别椎管内的脊髓、硬膜囊、蛛网膜下隙与椎内静脉丛。

（3）第14水平断面：经寰椎后弓，分为前、中、后三部（图15-11）。

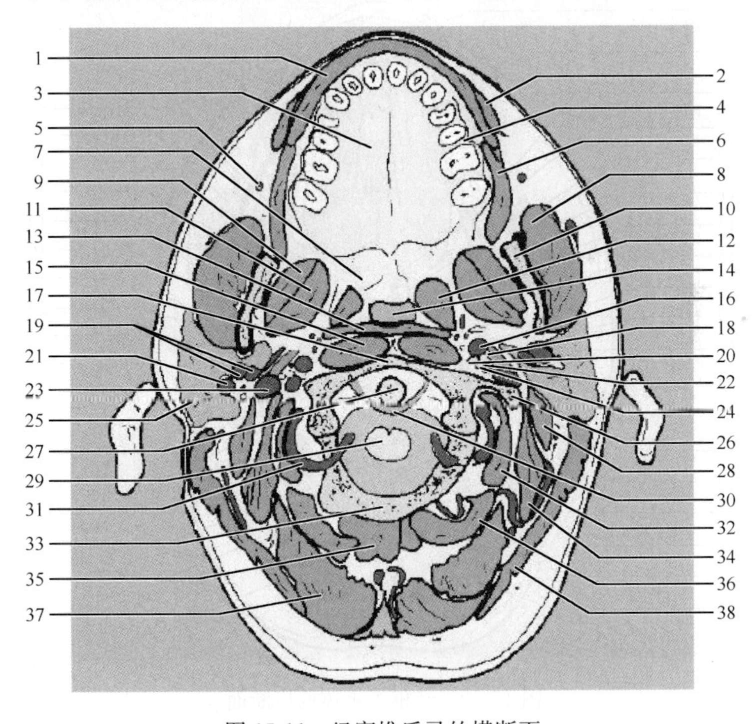

图15-11　经寰椎后弓的横断面

1. 口轮匝肌　2. 提口角肌　3. 硬腭　4. 齿槽突　5. 面动脉　6. 颊肌　7. 软腭　8. 咬肌　9. 翼外肌　10. 下颌支　11. 翼内肌　12. 腭帆张肌　13. 咽上缩肌　14. 喉咽　15. 头长肌　16. 颈内动脉　17. 寰椎前弓　18. 舌咽神经　19. 上颌动静脉　20. 迷走神经　21. 下颌后静脉　22. 舌下神经　23. 茎突咽肌　24. 副神经　25. 腮腺　26. 寰椎横突　27. 枢椎齿突　28. 二腹肌后腹　29. 延髓　30. 寰椎横韧带　31. 椎动脉　32. 头外侧直肌　33. 寰椎后弓　34. 头上斜肌　35. 头后小直肌　36. 头下斜肌　37. 头半棘肌　38. 头夹肌

1）前部：主要显示上颌牙槽及口腔顶。牙槽前方为口轮匝肌，两侧为颊肌与颊脂体。

2）中部：以鼻咽为中心。前部为软腭及软腭内的腭帆张肌与腭帆提肌，在此两肌外侧有翼内肌、颞肌、下颌支与咬肌。翼内肌与下颌牙槽血管、下牙槽神经与舌神经。观察咽缩肌及其表面的颊咽筋膜、下颌支表面及后内侧的腮腺，腮腺与咽壁之间的咽旁间隙，此间隙内有颈内动、静脉和第Ⅸ、Ⅹ、Ⅺ对脑神经。观察腮腺前缘深部外的颈外动脉与下颌后静脉。

3）后部：以寰椎为中心。注意观察椎前肌前方的椎前筋膜及肌与筋膜之间的椎前间隙，椎前筋膜与颊咽筋膜之间的咽后间隙。观察椎前肌外侧的迷走神经下节与颈交感干之颈上节、两节后外侧的颈内动脉、静脉及第Ⅸ～Ⅻ对脑神经的断面。在颈内动脉、静脉外侧识别茎突及起于茎突的各肌和二腹肌后腹，注意它们同腮腺的位置关系。在寰椎后方仍为项部各肌，但此断面头后小直肌已消失，头下斜肌代替了头上斜肌，并开始出现胸锁乳突肌。寰椎前、后弓两侧块均被显示，观察两侧块之间的枢椎齿突、寰椎横韧带及寰枢正中关节。侧块与横突之间椎动脉、静脉，椎管内有脊髓及其被膜、脊神经根和椎内静脉丛。

（4）第15水平面断面：显示枢椎上半部，分为前、中、后三部（图15-12）。

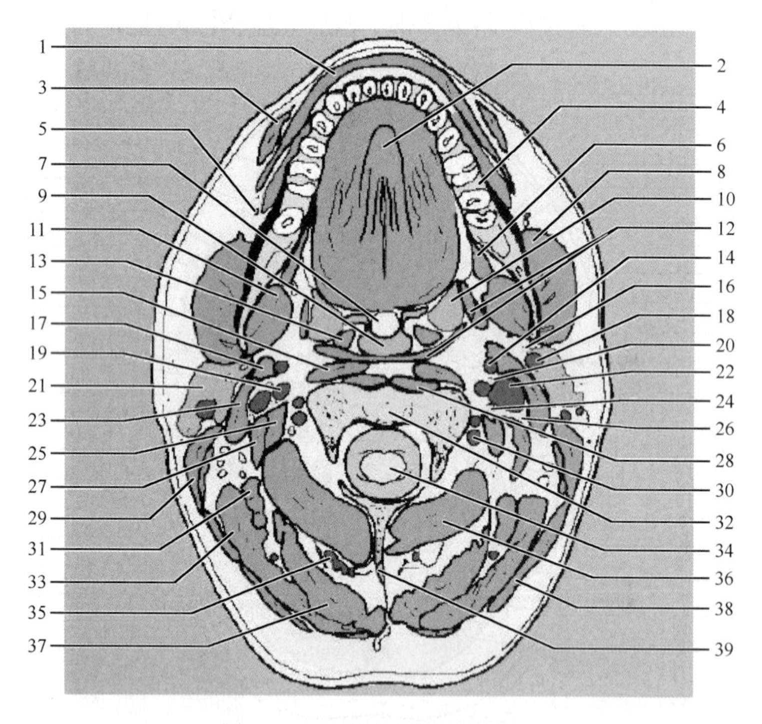

图15-12 经枢椎椎体的横断面

1. 口轮匝肌 2. 舌（颏舌肌） 3. 提口角肌 4. 上腭 5. 面动脉 6. 舌下肌 7. 悬雍垂 8. 咬肌 9. 口咽 10. 腭扁桃体 11. 翼内肌 12. 咽上缩肌 13. 腭咽肌 14. 颈外动脉 15. 头长肌 16. 面神经 17. 茎突舌骨肌 18. 下颌后静脉 19. 颈内动脉 20. 舌下神经 21. 腮腺 22. 颈内静脉 23. 二腹肌后腹 24. 迷走神经 25. 颈最长肌 26. 副神经 27. 肩胛提肌 28. 颈长肌 29. 胸锁乳突肌 30. 椎动脉 31. 头最长肌 32. 枢椎椎体 33. 头夹肌 34. 脊髓 35. 颈深静脉 36. 头下斜肌 37. 头半棘肌 38. 斜方肌 39. 项韧带

1）前部：前部为固有口腔，可见上颌牙槽及其前外侧的颊肌、颊脂体。

2）中部：以口咽为中心。前方有软腭及腭扁桃体，后方为咽后壁。咽两侧前份可见翼内肌、下颌支与咬肌，后份有腮腺及其内侧的茎突、起于茎突的各肌、二腹肌后腹、肌与腮腺之间的颈外动脉与下颌后静脉。咽侧壁与翼内肌、腮腺之间为咽旁间隙。

3）后部：以枢椎为中心。其前方为椎前肌、交感神经颈上节，颈上节后外侧有二腹肌后腹及颈内动脉、静脉，血管后内侧还有第Ⅸ～Ⅺ对脑神经，两血管之间有舌下神经。椎体两侧横突孔的肩胛提肌与中斜角肌。椎体后方为椎管，内有脊髓及其被膜、椎内静脉丛。椎弓后方为项部各肌。

（5）第16水平断面：经枢椎椎体下半部，分前、中、后三部。除下颌骨代替上颌骨、软腭与腭扁桃体以及头后直肌消失外，所显示的结构及其配布与上一断面基本相同。

（6）第17水平断面：经第3颈椎椎体，显示的结构与上一断面基本相似，但下颌支、翼内肌、咬肌、腮腺及头下斜肌均消失，可见舌内肌与颏舌肌、舌骨舌肌、茎突舌肌、下颌舌骨肌。出现舌下间隙，内有舌下腺（图15-13）。

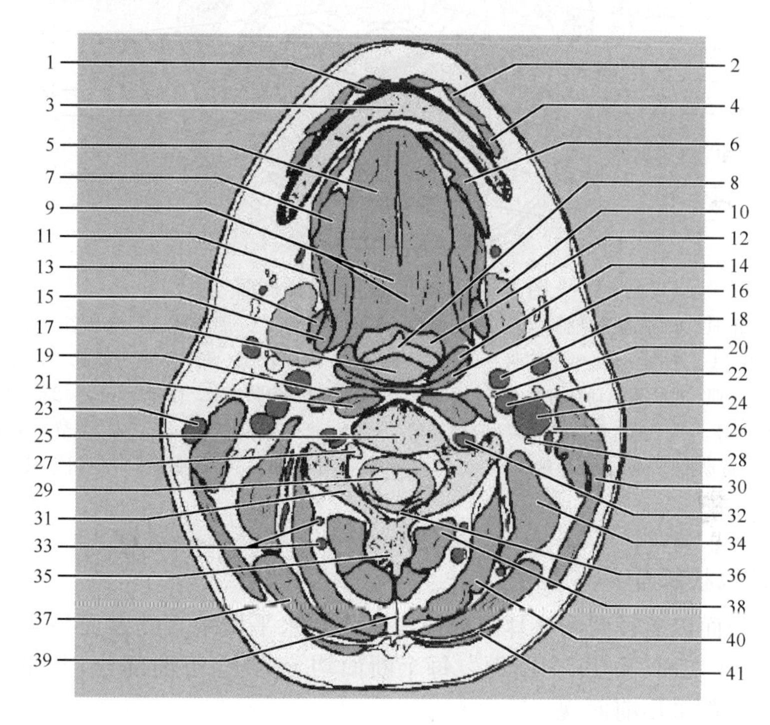

图15-13　经C3椎体的横断面

1. 颏肌　2. 降口角肌　3. 下腭　4. 颈阔肌　5. 颏舌肌　6. 下颌舌骨肌　7. 舌骨舌肌　8. 会厌　9. 舌根　10. 下颌（下）腺　11. 茎突舌肌　12. 口咽　13. 茎突舌骨肌　14. 腭咽肌　15. 二腹肌后腹　16. 咽中缩肌　17. 喉咽　18. 颈外动脉　19. 头长肌　20. 喉上神经　21. 颈长肌　22. 颈内动脉　23. 颈外静脉　24. 颈内静脉　25. C_3 椎体　26. 副神经　27. C_4 脊神经根　28. 迷走神经　29. 脊髓　30. 胸锁乳突肌　31. C_3 椎板　32. 椎动脉　33. 颈深静脉　34. 肩胛提肌　35. 棘突　36. 黄韧带　37. 头夹肌　38. 颈棘肌　39. 项韧带　40. 头半棘肌　41. 斜方肌

（7）第18水平断面：经第3、4颈椎间的椎间盘，分前、中、后三部。与上一断面有以下不同：茎突与茎突舌肌、茎突咽肌消失，舌骨大角与甲状软骨上角出现，口咽代之以喉咽，出现会厌、舌会厌正中襞与襞两侧的会厌谷（图15-14）。

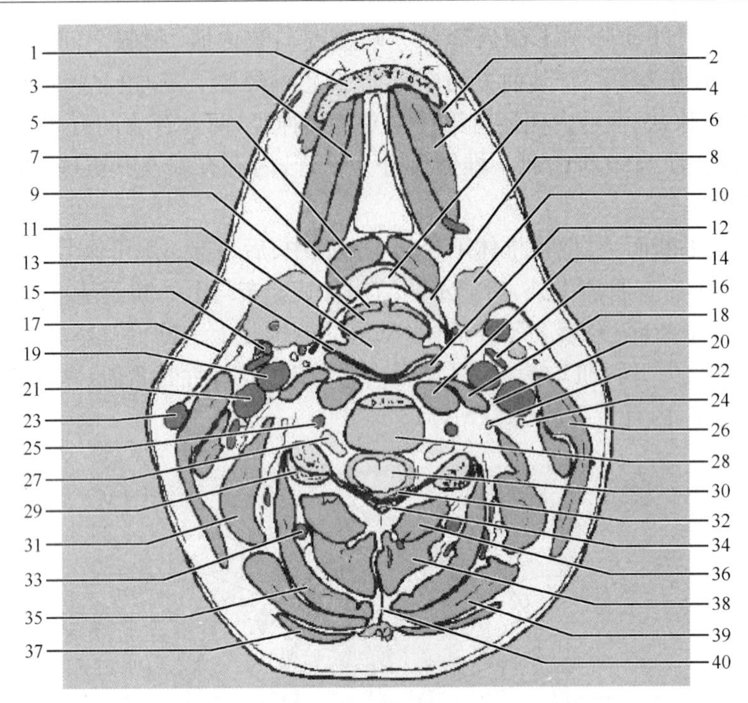

图 15-14 经 $C_{3/4}$ 椎体的横断面

1. 下颌骨 2. 降口角肌 3. 下颌舌骨肌 4. 二腹肌前腹 5. 颏舌骨肌 6. 舌骨体 7. 会厌谷 8. 舌骨大角 9. 会厌 10. 下颌(下)腺 11. 喉咽 12. 咽下缩肌 13. 梨状隐窝 14. 颈长肌 15. 下颌后静脉 16. 甲状腺上动脉 17. 颈阔肌 18. 头长肌 19. 颈总动脉分叉 20. 迷走神经 21. 颈内静脉 22. 脊神经(C_3) 23. 颈外静脉 24. 脊神经(C_2) 25. 椎动脉 26. 胸锁乳突肌 27. 脊神经根 (C_4) 28. 椎间盘($C_{3/4}$) 29. 关节突关节 30. 脊髓 31. 肩胛提肌 32. 黄韧带 33. 颈深静脉 34. C_3 后弓 35. 头半棘肌 36. 颈棘肌 37. 斜方肌 38. 颈半棘肌 39. 头夹肌 40. 项韧带

(三) 头部冠状断面

头部冠状断面以通过两侧外耳门的连线所作与水平面垂直的断面为标准平面，从标准平面向前、后作切面，共 15 个断面。每个断面均分为上、下两部分，上部为脑颅，下部为面颅。各断面都采用前面观。

1. 第 1 冠状断面　经鸡冠前部(图 15-15)。

(1) 上部：有大脑镰分隔两侧半球，其上、下端分别连于上矢状窦与鸡冠。两侧半球可见额上回与额中回，半球下面可见嗅球的断面。

(2) 下部：主要显示眶腔、鼻腔与口腔。

观察左右眶腔，可见眼球后壁及其周围的上、下、内、外直肌，上、下斜肌与上睑提肌，眶外上方有泪腺，眶内充填眶脂体。

观察鼻腔及筛窦、额窦，可见鼻中隔、鼻腔外侧壁上的中鼻甲、下鼻甲与中鼻道、下鼻道，中鼻道侧壁上的筛泡。鼻腔两侧、眶腔下方为上颌窦。

观察口腔，上方有硬腭，下方有舌、下颌骨，两侧有颊肌与口轮匝肌。

2. 第 2 冠状断面　经鸡冠后部。

(1) 上部：此断面中线结构与上一断面相同。两大脑半球断面面积增大。半球上外侧面除显示额上、中回外，已出现额下回；半球内侧面中份出现扣带回及大脑前动脉；半球下面嗅束沟处有嗅束，其两侧分别为直回与眶回。

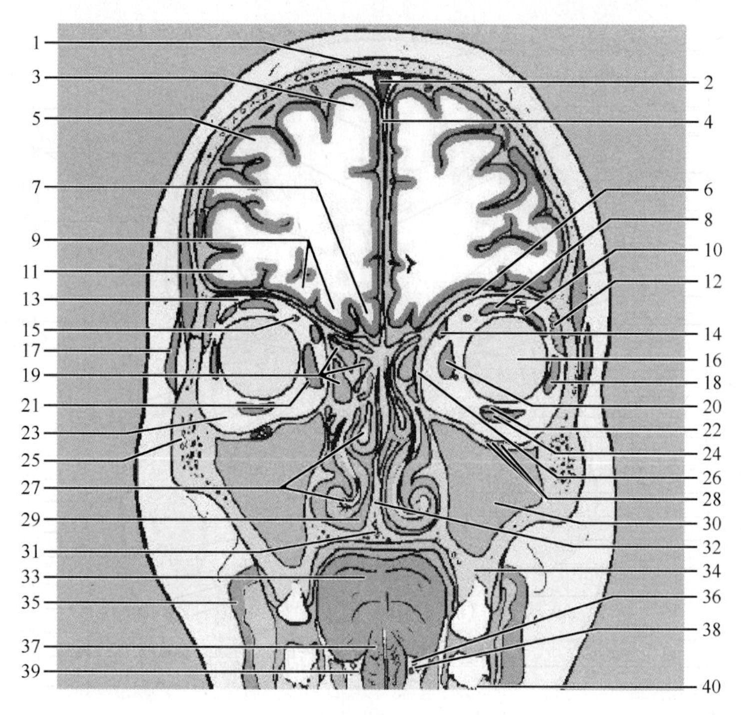

图 15-15　经鸡冠的冠状断面

1. 额骨　2. 上矢状窦　3. 额上回　4. 大脑镰　5. 额中回　6. 眶顶　7. 直回　8. 上睑提肌　9. 眶回　10. 上直肌　11. 额下回　12. 泪腺　13. 眶上神经　14. 上斜肌　15. 眼上静脉　16. 眼球　17. 眼轮匝肌　18. 外直肌　19. 筛窦　20. 内直肌　21. 眼动脉　22. 下直肌　23. 眶腔(球后脂肪)　24. 下斜肌　25. 颧骨　26. 筛骨外侧板　27. 中、下鼻甲　28. 眶下动静脉和神经　29. 鼻窦　30. 上颌窦　31. 硬腭　32. 鼻中隔　33. 舌　34. 上颌骨牙槽突　35. 降口角肌　36. 舌神经　37. 颏舌肌　38. 舌下神经　39. 下颌下腺管　40. 下颌体

(2) 下部:眼球已消失,视神经出现,神经周围仍有各眼外肌的断面。上睑提肌上方出现额神经,上直肌下方有眼动脉、眼上静脉。泪腺位于外上部。眶腔外侧出现颧弓、颞窝及窝内的颞肌。鼻腔、筛窦、上颌窦、口腔的结构与上一断面基本相同,仅舌的断面加大,并出现颏舌肌、二腹肌前腹,舌下还出现舌下腺。下颌体位于口底两侧,额窦已消失。

3. 第 3 冠状断面　经胼胝体膝前方(图 15-16)。

(1) 上部:大脑半球的断面面积有所增大,大脑纵裂内仅上半部存在大脑镰,镰下缘游离,但上端仍与上矢状窦相连。其余结构与上一断面基本相同。

(2) 下部:眶腔、鼻腔、口腔配布情况与上一断面基本相同,但眶腔断面面积缩小;在眶内、外直肌内侧面出现展神经、睫状神经节;下直肌外下方出现动眼神经与眼下静脉,泪腺消失。鼻腔外侧壁出现上鼻甲,上颌窦缩小。口腔内舌断面加大,颏舌肌下方构成口底的结构有颏舌骨肌、下颌舌骨肌与二腹肌前腹。口底两侧有下颌体的断面,注意观察下颌体内的下颌管及管内的下槽血管与下牙槽神经。下颌体与颏舌肌、颏舌骨肌之间有舌下腺。眶腔与上颌窦外侧有颞肌、颧弓与咬肌。

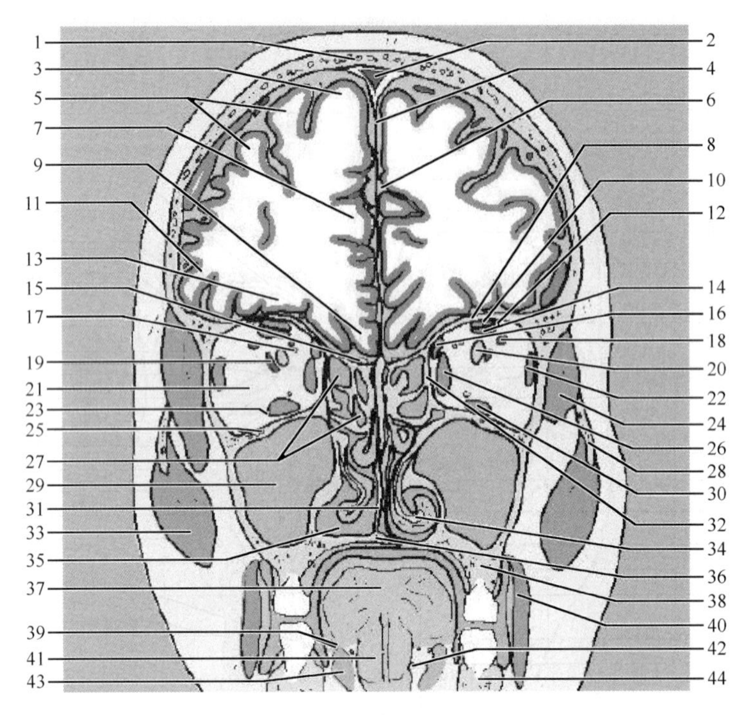

图 15-16 经上颌窦后份的冠状断面

1. 额骨 2. 上矢状窦 3. 额上回 4. 大脑镰 5. 额中回 6. 大脑纵裂 7. 扣带回 8. 眶顶 9. 直回 10. 上睑提肌 11. 额下回 12. 眶上神经 13. 眶回 14. 上直肌 15. 嗅球 16. 上斜肌 17. 鼻睫神经 18. 眼上静脉 19. 眼动脉 20. 视神经 21. 眶腔 22. 外直肌 23. 动眼神经水平部 24. 颞肌 25. 眶下神经、动静脉 26. 内直肌 27. 筛窦小房 28. 颧骨 29. 上颌窦 30. 下直肌 31. 鼻中隔 32. 眶板 33. 咬肌 34. 下鼻甲 35. 鼻腔 36. 硬腭 37. 舌 38. 牙槽突 39. 舌神经与舌下神经 40. 降口角肌 41. 颏舌肌 42. 下颌下腺管 43. 下颌下腺 44. 下颌体

4. 第 4 冠状断面 经胼胝体膝和侧脑室前角(图 15-17)。

(1) 上部:大脑半球断面面积更大,大脑纵裂中份出现连接两侧半球的胼胝体膝;膝的上方,大脑纵裂内有大脑镰,其上端连于上矢状窦,下端游离;胼胝体膝上、下方各有大脑前动脉的断面。观察胼胝体的纤维伸入两侧半球的情况并注意其两端外侧为侧脑室前角。大脑额叶在上外侧面与内侧面的沟、回基本同上一断面。在此断面已显示颅中窝、位于颅前窝两侧部下方、蝶窦两侧,内有大脑颞极。

(2) 下部:眶尖位于颞极内侧与蝶窦之间。观察眶尖处的视神经与视神经管、视神经外下方的眼动脉与眼上静脉、外侧的滑车神经、动眼神经、眼神经与展神经。观察两眶尖之间的蝶窦,在其下方观察鼻腔,辨认鼻中隔、外侧壁上的中鼻甲、下鼻甲。观察蝶窦与眶尖之间的筛窦断面。口腔的断面与第 3 冠状断面基本相同,注意观察在舌下腺内侧的舌动、静脉,颊肌表面的颊动脉、静脉、颊神经的断面。观察眶尖与上颌窦之间稍外侧处的翼腭窝,其内有上颌动脉、静脉与上颌神经的断面。在翼腭窝与上颌窦外侧观察颞肌、翼内肌、颧弓与下颌支、咬肌,颞肌同翼内肌之间有上颌动脉。

5. 第 5 冠状断面 经视神经颅内段或视交叉(图 15-18)。

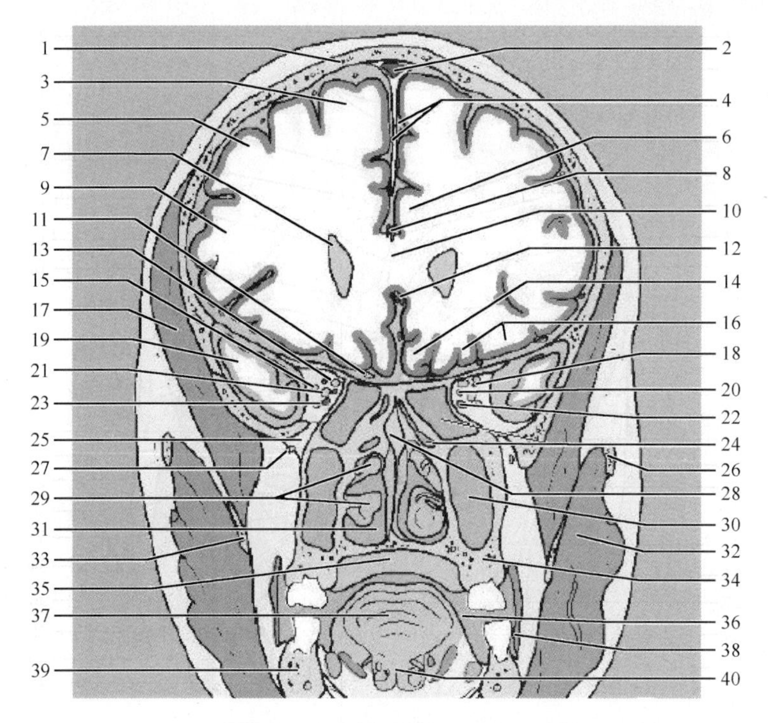

图 15-17　经胼胝体膝的冠状断面

1. 额骨　2. 上矢状窦　3. 额上回　4. 大脑镰与纵裂　5. 额中回　6. 扣带回　7. 侧脑室前角　8. 胼周动脉　9. 额下回　10. 胼胝体膝部　11. 嗅束　12. 大脑前动脉　13. 视神经　14. 直回　15. 动眼神经　16. 眶回　17. 颞肌　18. 滑车神经　19. 颞极　20. 眼动脉　21. 眼神经(三叉神经的第一分支)　22. 眼上静脉　23. 展神经　24. 筛窦小房　25. 翼腭窝　26. 颧弓　27. 上颌神经(三叉神经的第二分支)　28. 鼻中隔　29. 中、下鼻甲　30. 上颌窦　31. 鼻窦　32. 咬肌　33. 下颌支　34. 齿槽突　35. 软腭　36. 口腔　37. 舌　38. 颊肌　39. 下颌体　40. 颏舌肌

(1) 上部:大脑半球断面面积明显增大,大脑纵裂内有大脑镰。胼胝体被显示的部位为干的最前份与嘴,两者之间有透明隔相连。胼胝体上、下方均有大脑前动脉的横断面。大脑额叶内侧面仍显示扣带沟与扣带回,上外侧面由上向下有额上、中、下回与中央前回。在额叶深部,首先观察胼胝体与透明隔两侧的侧脑室前角,然后观察其外下壁尾状核头及其外下方的豆状核壳。观察额叶外下方的颞叶前份,显示颞上回、颞上沟、颞中回。观察外侧沟及沟内的大脑中动脉。外侧沟内侧端有前床突,在其内上方、额叶直回下方确认视神经末段的断面,后者向后与视交叉相连。注意视神经与前床突之间有颈内动脉的断面,此断面位于海绵窦内,辨认动脉外下方的展神经以及海绵窦外侧壁内的动眼神经、滑车神经、眼神经与上颌神经。

(2) 下部:由鼻咽部、颞下窝与口腔组成。观察鼻咽侧壁上的咽鼓管圆枕与咽鼓管咽口,确认分隔鼻咽部与口腔的软腭及其内的腭帆提肌与腭帆张肌。观察口腔内的舌及口底部的颏舌肌、颏舌骨肌、下颌舌骨肌与二腹肌前腹,注意下颌舌骨肌与下颌体内面相附。该肌与舌之间有舌下腺以及舌动脉、静脉,该肌与下颌体之间有下颌下腺与面动脉、静脉。观察口腔两侧壁之下颌体与下颌支、下颌骨内的下颌管及管内的下牙槽动、静脉与下牙槽神经。在鼻咽部外侧、蝶骨大翼下方为颞下窝,分辨窝上部内的翼外肌、内下份的翼内肌;观察翼内、外肌外侧的颞肌与下颌支,颞肌与翼外肌之间的上颌动脉、静脉,下颌支与翼内肌之间的下牙槽动脉、静脉及下牙槽神经。

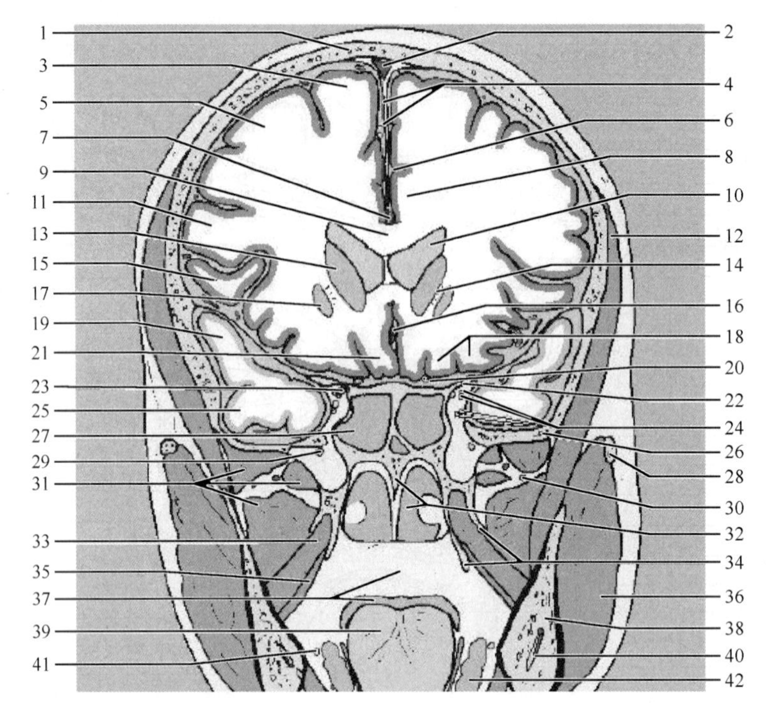

图 15-18　经视神经颅内段的冠状断面

1. 额骨　2. 上矢状窦　3. 额上回　4. 大脑镰与纵裂　5. 额中回　6. 扣带回　7. 侧脑室前角 8. 扣带回　9. 胼胝体干　10. 侧脑室前角　11. 额上回　12. 颞肌　13. 尾状核头　14. 内囊前肢　15. 岛盖额部　16. 大脑前动脉　17. 壳核　18. 眶回　19. 颞上回　20. 嗅束　21. 直回　22. 蝶骨小翼　23. 视神经　24. 滑车、动眼和展神经　25. 颞中回　26. 颞骨　27. 蝶窦　28. 颧弓　29. 翼腭窝的上颌神经　30. 上颌动脉　31. 颞下窝的翼外肌　32. 鼻中隔、鼻窦　33. 翼内肌　34. 翼突中外侧板　35. 腭帆张肌　36. 咬肌　37. 软腭、口腔　38. 下颌支　39. 舌　40. 下颌管内的下牙槽动静脉和神经　41. 舌神经　42. 下颌下腺

6. 第 6 冠状断面　经视交叉与卵圆孔(图 15-19)。

(1) 上部:中线结构从上矢状窦往下至透明隔,均与上一断面相同。在透明隔下方依次显示隔核、视交叉、漏斗、鞍上池、鞍隔、垂体、蝶骨体与蝶窦。大脑半球内侧面仍显示扣带回、扣带沟;上外侧面外侧沟非常显著,观察沟上方的额上回、额中回、中央前回与中央后回,沟下方的颞上、中、下回,沟内的大脑中动脉,沟底的岛叶皮质。从岛叶皮质向内侧依次辨认最外囊、屏状核、外囊、豆状核壳、内囊与尾状核头。观察尾状核头内上方的侧脑室前角,注意尾状核头及其内下方的伏隔核构成其外下壁,胼胝体干构成其上壁,透明隔与隔核构成其内侧壁。垂体位于蝶鞍的垂体窝内,蝶骨体的外侧有海绵窦,窦内有颈内动脉横切面与纵切面。辨认动脉横切面外侧的动眼神经、滑车神经、眼神经与上颌神经,在动脉纵切面外侧识别展神经及三叉神经节,确认自三叉神经节经卵圆孔下行的下颌神经,观察垂体与视交叉之间的鞍上池及由颈内动脉发出行向内上的大脑前动脉与行向外侧的大脑中动脉。

(2) 下部:显示鼻咽部、颞下窝与口腔。

1) 鼻咽部:观察蝶骨体与破裂孔下方的鼻咽部后壁与侧壁,注意侧壁上的咽鼓管软骨部、管内下方的腭帆提肌、管外侧的腭帆张肌,在它们外侧则为行于颞下窝内的下颌神经与翼外肌。

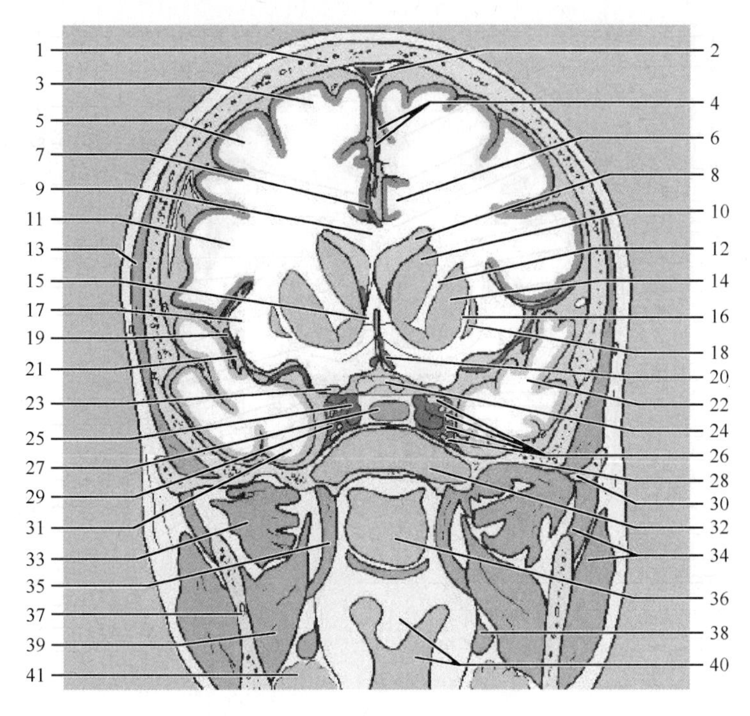

图 15-19　经视交叉的冠状断面

1. 额骨　2. 上矢状窦　3. 额上回　4. 大脑镰与纵裂　5. 额中回　6. 扣带回　7. 胼周动脉　8. 侧脑室前角　9. 胼胝体干　10. 尾状核头　11. 额下回　12. 内囊前肢　13. 颞肌　14. 壳核　15. 胼胝下回　16. 外囊　17. 岛叶　18. 屏状核　19. 岛动脉　20. 大脑前动脉　21. 外侧沟　22. 颞上回　23. 嗅束　24. 视交叉　25. 颈内动脉虹吸段　26. 滑车、动眼、眼和展神经　27. 垂体　28. 颞骨　29. 海绵窦　30. 颧骨　31. 颞中回　32. 蝶窦　33. 翼外肌　34. 咬肌　35. 腭帆张肌　36. 鼻咽　37. 下颌支　38. 茎突舌肌　39. 翼内肌　40. 悬雍垂与口咽　41. 下颌下腺

2）颞下窝：分辨颞下窝内的翼内外肌，从卵圆孔下行的下颌神经，翼外肌与下颌支之间的上颌血管，翼内肌与咽壁之间的咽升动脉、咽静脉及脑膜中动、静脉，翼内肌与下颌支之间的下牙槽神经。下颌支外侧有咬肌，咬肌表面为腮腺。

3）口腔：观察自软腭行向舌根的腭舌肌、腭舌肌下方的茎突舌肌、舌骨舌肌。观察舌体下方的颏舌骨肌、呈“U”形环绕舌体的下颌舌骨肌，下颌舌骨肌外下方的下颌下腺、面动脉及和面静脉。

7. 第 7 冠状断面　经两侧颞下颌关节(图 15-20)。

(1) 上部：中线结构包括大脑纵裂、裂内的大脑镰、上矢状窦、大脑前动脉、胼胝体干、透明隔等及半球内侧面的沟、回与前一断面基本相同，但透明隔下方的隔核已消失，代之以穹隆柱。穹隆柱上面与透明隔相连，下方为第三脑室，再下方为桥池、脑桥、基底动脉。颅底结构为枕骨基底部代替蝶骨体。半球上外侧面的沟回也基本同上一断面，仅额中回消失。半球下面枕颞沟出现，注意识别枕颞内、外侧回，枕颞内侧回内上方的海马。确认外侧沟沟底的岛叶皮质，自此向内依次为最外囊、屏状核、外囊、豆状核、内囊与丘脑。尾状核体已显示，尾状核与豆状核之间为内囊前肢。此断面显示侧脑室中央部，断面呈三角形，上壁为胼胝体，内侧壁为透明隔与穹隆柱，外下壁由尾状核与丘脑共同构成。丘脑与穹隆柱之间的间隙为室间孔。颞叶内显示侧脑室下角，注意观察其底壁上有海马的断面。丘脑与脑桥之间的间隙为桥池的最上部即与脚间池相连续部，在池内寻认基底动脉、大脑后动脉起始部

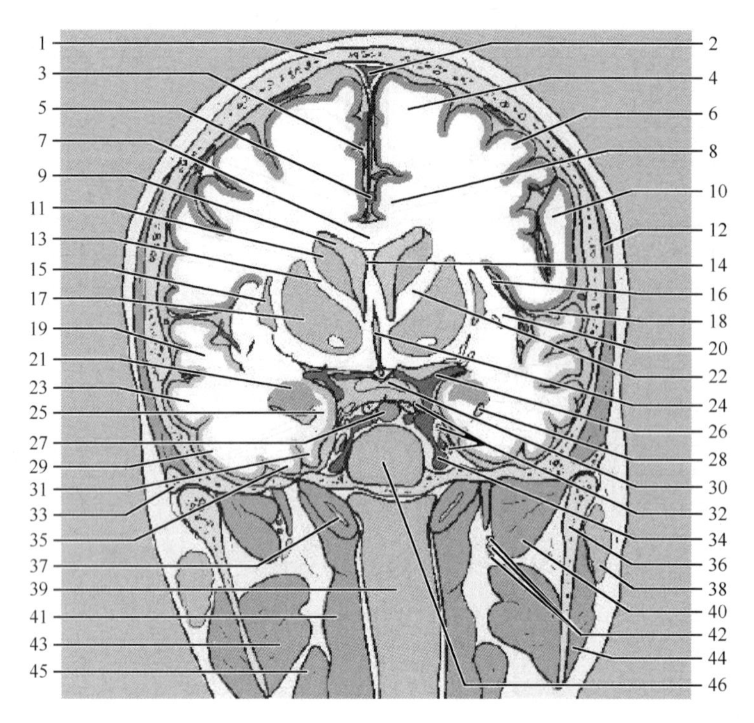

图 15-20 经颞下颌关节的冠状断面

1. 额骨 2. 上矢状窦 3. 大脑镰与纵裂 4. 额上回 5. 胼周动脉 6. 额中回 7. 胼胝体干 8. 扣带回 9. 侧脑室前角 10. 额下回 11. 尾状核头 12. 颞肌 13. 外囊 14. 透明隔 15. 屏状核 16. 岛动脉 17. 壳核 18. 外侧沟 19. 颞上回 20. 脑岛 21. 杏仁核 22. 内囊前肢 23. 颞中回 24. 大脑纵裂 25. 海马 26. 大脑中动脉 27. 垂体 28. 侧脑室颞角 29. 颞下回 30. 视交叉 31. 海马回 32. 滑车、动眼、展神经，三叉神经节 33. 颞骨颧突 34. 颈内动脉虹吸段 35. 枕颞外侧回 36. 下颌头 37. 咽鼓管 38. 腮腺 39. 喉咽 40. 翼外肌 41. 咽上缩肌 42. 下牙槽动静脉神经 43. 翼内肌 44. 咬肌 45. 茎突舌肌 46. 蝶窦

及动眼神经的断面，并在丘脑两侧同颞叶之间寻认视束。脑桥与枕骨基底部之间为桥池的下份，寻认基底动脉及主干及小脑下前动脉。在脑桥与颞叶的海马旁回之间确认小脑幕，在海马旁回下方的硬脑膜内有三叉神经节。在颞骨岩部骨质内确认颈动脉管及管内的颈内动脉。

(2) 下部：在枕骨基底部外侧显示颞骨岩部和颞下颌关节。注意观察颞骨岩部内的颈动脉管及管内的颈内动脉断面、颞骨岩部外侧份下面的下颌窝、窝下方的关节盘与下颌头，自下颌头向下为下颌颈、下颌支与下颌角。在下颌支内侧面观察附于下颌颈的翼外肌、附于下颌角内侧面的翼内肌，两肌之间的上颌动脉、静脉，两肌与头长肌之间的颈内动脉、静脉。在翼内肌内侧面观察行向内下附于舌骨的茎突舌骨肌与二腹肌前腹。下颌支外侧面为腮腺与咬肌。下颌角与舌骨大角之间有下颌下腺、面动脉。枕骨基底部下方有头长肌，在头长肌下方观察口咽部后壁的咽上缩肌与咽中缩肌、咽缩肌外侧的茎突咽肌；观察咽缩肌下方的口咽部的咽腔，注意咽腔下方的会厌断面；观察会厌外下方的舌骨大角及附于舌骨的胸骨舌骨肌、甲状舌骨肌。

8. 第 8 冠状断面 经外耳道与鼓室。

(1) 上部：以小脑幕与为界分为幕上部与幕下部。

1) 幕上部：与上一断面基本相同。不同点为大脑半球上外侧面外侧沟以上的部分显示的脑回从上向下为中央前回、中央后回、顶上小叶与顶下小叶的缘上回；外侧沟下壁、颞上回的上面显示颞横回；豆状核断面明显缩小，丘脑面积增大，中脑代替了脚间池；大脑脚的脚底、黑质、被盖均清晰可辨。观察被盖内的红核、红核外上方的底丘脑核。

2）幕下部：主要结构为脑桥基底部、延髓及桥池。在脑桥的断面上确认呈倒“八”字形的锥体束，从中脑的大脑脚底行经脑桥至延髓。观察自脑桥基底部延入小脑的小脑中脚，附于小脑中脚与脑桥移行处的三叉神经根。在脑桥延髓移行处确认面神经根及与之伴行的前庭蜗神经与迷路血管，它们相伴行向内耳门。在脑桥下方同枕骨基底部之间确认桥池及池内的椎动脉、小脑下前动脉，注意桥池与其外侧的脑桥小脑三角池相连通。

（2）下部：主要显示寰枕关节、寰枢关节与颞骨岩部。

1）颞骨岩部：观察岩部内的鼓室、室内的镫骨；观察鼓室与其外侧的外耳道相连通的情况，两者之间已无鼓膜分隔。在鼓室内侧的骨质内辨别3个骨半规管与颈动脉管，注意管内的颈内动脉；观察颈内动脉外下方的颈内静脉及静脉内侧的舌咽神经、迷走神经和副神经。

2）寰枕关节与寰枢关节：注意观察枕骨基底部及其下面的枕髁，枕髁与寰椎的上关节面构成寰枕关节。观察两侧块之间的枢椎齿突，齿突两侧有寰枢关节，关节外侧有颈内动脉、静脉、颈内静脉外侧有二腹肌后腹及腮腺。

9．第9冠状断面　经枢椎椎体、齿突及寰枢、寰枕关节(图15-21)。

（1）上部：

1）幕上部：显示的结构与第8冠状断面基本相同。不同之处为穹隆体下方出现大脑内静脉，显示第三脑室最后份，可见横行的后连合，丘脑断面进一步缩小；红核、豆状核已消失，尾状核体的断面更小；丘脑外下方已出现内侧膝状体与外侧膝状体。

2）幕下部：仍显示脑桥与延髓，但脑桥被显示的为被盖部，其两侧的小脑中脚明显增大；延髓断面增大，注意观察通过锥体束及锥体。观察脑桥、延髓外侧的小脑半球，注意脑桥、小脑中脚同小脑的续连关系。辨认小脑幕、枕骨大孔和椎体两侧的椎动脉、观察宽阔的脑桥小脑三角池及池内的舌咽、迷走、副神经。

（2）下部：在正中部可见枢椎椎体、齿突、枢椎上关节突及其上方的寰椎侧块，观察寰枕、寰枢关节，枕髁外侧有颈静脉孔。观察颈静脉孔外侧的颞骨岩部，注意其内的乳突窦与乳突小房；辨认经枢椎椎体外侧上行、穿枢椎横突孔出现于寰枢外侧关节外侧的椎动脉；观察椎动脉外侧的二腹肌后腹、胸锁乳突肌与腮腺、颈内静脉、颈内-颈总动脉。

10．第10冠状断面　经胼胝体压部、侧脑室三角区与第四脑室(图15-22)。

（1）上部：

1）幕上部：显示的结构与第9冠状断面基本相同。不同之处为显示胼胝体压部，透明隔与穹隆体均已消失，胼胝体压部外侧出现侧脑室三角区；中央前回已消失，外侧沟上方最上的脑回是中央后回；丘脑也已消失，间脑仅显示松果体；中脑仅显示上丘与下丘。观察上、下丘两侧的四叠体池。

2）幕下部：主要显示小脑蚓、小脑半球与第四脑室。脑桥已消失，小脑半球切面明显增大，并可清楚分辨小脑上、中、下脚，小脑髓质内齿状核清晰可辨。观察小脑扁桃体、第四脑室、延髓两侧的椎动脉与副神经脊髓根、小脑半球外下方的乙状窦。

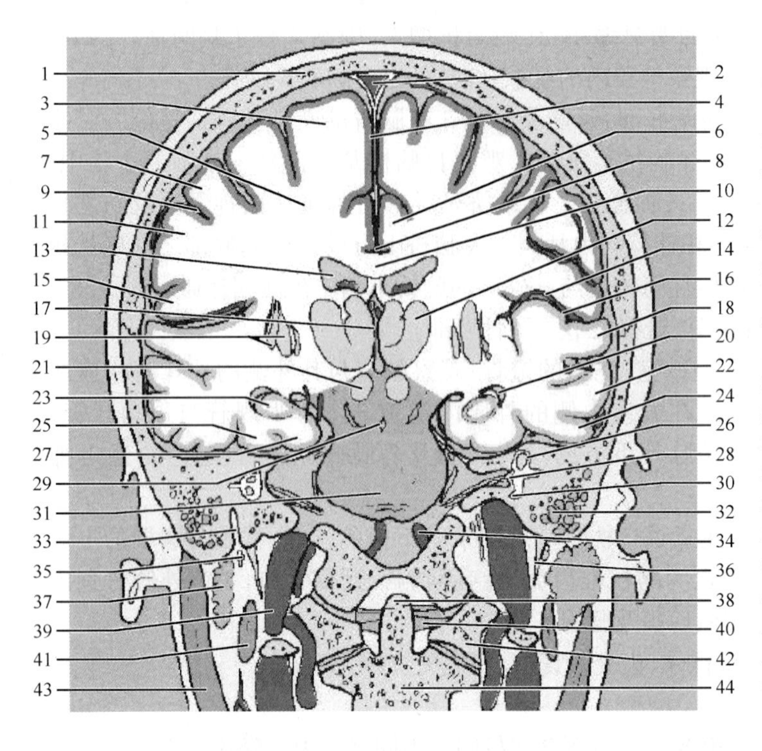

图 15-21　经寰枢、寰枕关节的冠状断面

1. 顶骨　2. 上矢状窦　3. 额上回　4. 大脑镰　5. 大脑白质　6. 扣带回　7. 中央前回　8. 胼周动脉　9. 中央沟　10. 胼胝体干　11. 中央后回　12. 丘脑　13. 侧脑室　14. 岛动脉　15. 顶叶岛盖　16. 外侧沟　17. 第三脑室　18. 颞上回　19. 豆状核　20. 侧脑室颞角　21. 红核　22. 颞中回　23. 海马　24. 颞下回　25. 枕颞外侧回　26. 上部半规管　27. 海马回　28. 内耳道前庭蜗神经与面神经　29. 脚间池　30. 耳蜗　31. 脑桥　32. 乳突小房　33. 茎乳孔　34. 椎动脉　35. 面神经　36. 茎突　37. 腮腺　38. 齿状突　39. 颈内静脉　40. 寰椎横韧带　41. 二腹肌后腹　42. 寰椎侧块　43. 胸锁乳突肌　44. 枢椎

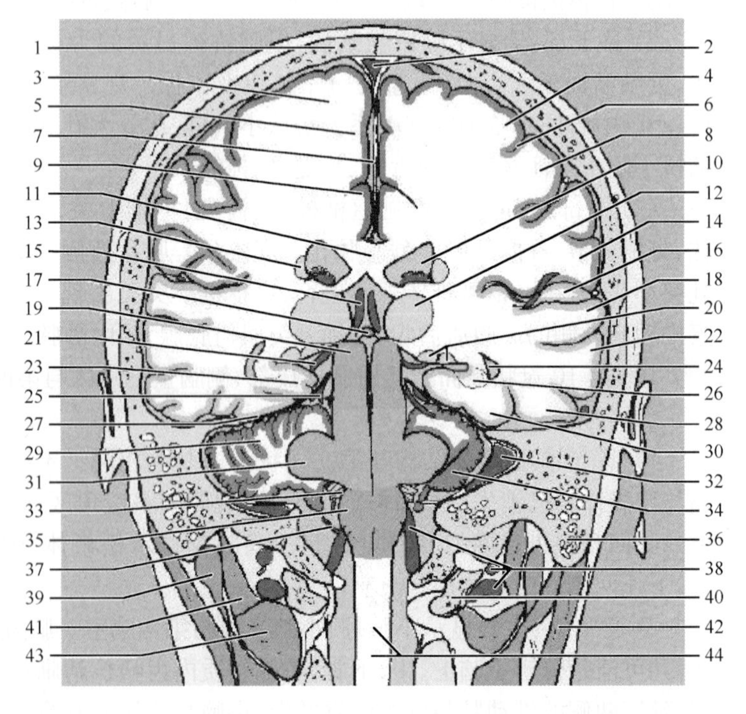

图 15-22　经胼胝体压部的冠状断面

1. 顶骨　2. 上矢状窦　3. 额上回　4. 中央前回　5. 中央旁小叶　6. 中央沟　7. 大脑镰　8. 中央后回　9. 扣带回　10. 侧脑室　11. 胼胝体　12. 丘脑　13. 尾状核　14. 缘上回　15. 大脑内静脉　16. 颞横回　17. 松果体　18. 颞上回　19. 上丘(四叠体)　20. 内外侧膝状体　21. 枕动脉　22. 颞中回　23. 海马回　24. 侧脑室颞角　25. 小脑上动脉　26. 海马　27. 小脑幕　28. 颞下回　29. 小脑前叶　30. 枕颞外侧回　31. 小脑中脚　32. 乙状窦　33. 面神经、前庭蜗神经、舌咽神经　34. 小脑绒球　35. 下橄榄复合体　36. 乳突及小房　37. 小脑后下动脉　38. 椎动静脉　39. 二腹肌后腹　40. 寰椎侧块　41. 头上斜肌　42. 胸锁乳突肌　43. 头下斜肌　44. 脊髓及正中裂

(2) 下部:观察枕骨大孔及椎动脉与副神经脊髓根入颅的情况。枕髁外侧有颈静脉窝。观察枢椎、第3颈椎的关节突与横突及穿经横突孔的椎动脉,椎管内的脊髓、脊神经根、副神经脊髓根。寰椎横突末端有头上斜肌与头下斜肌附着,第2、3颈椎外侧有头长肌、斜角肌、肩胛提肌,第3颈椎外侧有颈内动脉、静脉,动脉外侧有胸锁乳突肌。

11. 第11冠状断面 主要显示侧脑室后角与小脑齿状核(图15-23)。

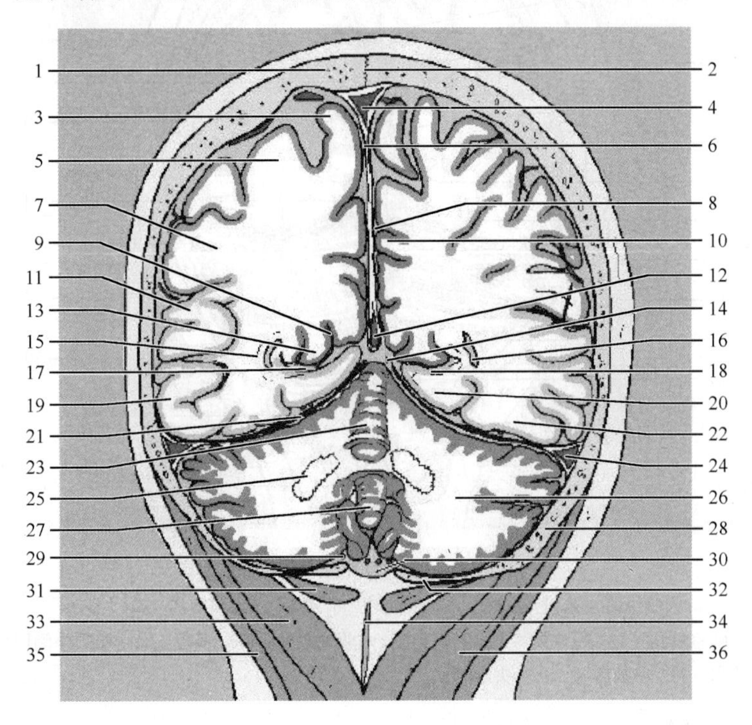

图15-23 经齿状核的冠状断面

1. 顶骨 2. 矢状缝 3. 中央前回 4. 上矢状窦 5. 中央后回 6. 大脑镰 7. 缘上回 8. 大脑纵裂 9. 顶枕沟 10. 楔前叶 11. 颞中回 12. 直窦 13. 楔叶 14. 小脑上动脉 15. 视辐射 16. 侧脑室枕角 17. 距状沟 18. 视皮质 19. 颞下回 20. 枕颞内侧回 21. 小脑幕 22. 枕颞外侧回 23. 小脑蚓部 24. 横窦 25. 齿状核 26. 小脑后叶 27. 蚓垂 28. 颞骨 29. 小脑后下动脉 30. 小脑延髓池 31. 头后小直肌 32. 枕骨 33. 头后大直肌 34. 项韧带 35. 头夹肌 36. 头半棘肌

(1) 上部:

1) 幕上部:不同于第10冠状断面之处为大脑镰下缘内出现下矢状窦;胼胝体压部变薄,其上方的大脑前动脉已消失,其下方为大脑大静脉池,池内有大脑大静脉,静脉下方有小脑上动脉;显示侧脑室后角,其内侧壁上有后角球与禽距。

2) 幕下部:小脑幕两侧与横窦相连,小脑幕切迹上方与胼胝体压部下方之间有大脑大静脉池。幕下方几乎全被小脑占据,延髓已消失。可见小脑蚓,两侧小脑半球髓质内齿状核大,半球内下部的小脑扁桃体突向枕骨大孔,小脑扁桃体与枕骨间为小脑延髓池。

(2) 下部:位于枕骨下方。向下显示寰椎后弓、枢椎的椎弓板、下关节突与关节突关节。注意在第3颈椎椎体已消失,仅显示椎管内的脊髓及其被膜与脊神经。再往下显示第4颈椎椎体后份。寰椎后弓两侧有头后大直肌与头上斜肌,后弓外下方为头下斜肌,从头下斜肌向外下依次有头半棘肌、头夹肌与肩胛提肌与胸锁乳突肌。

12. 第 12 冠状断面　显示侧脑室后角、直窦、顶枕沟及距状沟(图 15-24)。

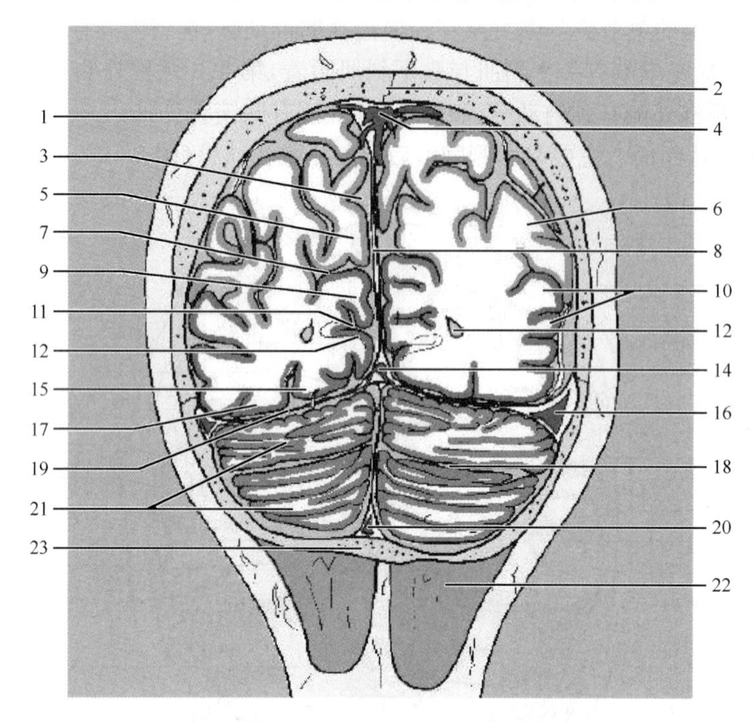

图 15-24　经枕叶的冠状断面

1. 顶骨　2. 矢状缝　3. 大脑纵裂　4. 上矢状窦　5. 楔前叶　6. 角回　7. 顶枕沟　8. 大脑镰　9. 楔叶　10. 枕回　11. 距状沟　12. 侧脑室后角　13. 视皮质　14. 直窦　15. 枕颞内侧回　16. 横窦　17. 枕颞外侧回　18. 小脑水平裂　19. 小脑幕　20. 枕窦　21. 小脑后叶　22. 头半棘肌　23. 枕骨

(1) 上部:

1) 幕上部:小脑幕已与大脑镰相连,在连接处有直窦的断面。半球内侧面上份出现顶枕沟,下份出现距状沟,分辨楔前叶、顶枕沟、楔叶、距状沟与舌回。半球上外侧面中央后回与缘上回、颞中回与颞下回。半球深部仅见侧脑室后角的最后端,在其内侧壁仍可见禽距。半球下面海马旁回消失,从外侧向内侧为枕颞外侧回、枕颞内侧回与舌回。

2) 幕下部:小脑幕成“人”字形结构,观察幕下的小脑与小脑延髓池。

(2) 下部:在枕骨下方显示第 2、3 颈椎的棘突。注意分辨头后小直肌、头后大直肌、头下斜肌、头半棘肌、头夹肌与胸锁乳突肌。

13. 第 13 冠状断面

(1) 上部:

1) 幕上部:与前一断面比较,侧脑室、颞叶已消失;在大脑半球内面仍显示楔前叶、顶枕沟、楔叶、距状沟与舌回,距状沟位置上移;半球下面为枕颞外侧回、枕颞内侧回与舌回。

2) 幕下部:小脑幕连于直窦与横窦之间,接近水平位。小脑半球面积已缩小,小脑蚓已消失,两半球间可见小脑镰与枕窦的断面。

(2) 下部:枕骨下方中线结构显示头后小直肌与头后大直肌,第 2、3、4 颈椎棘突及止于棘突的颈半棘肌,在它们的外侧有头半棘肌、头夹肌、胸锁乳突肌。

14. 第 14 冠状断面

(1) 上部:观察大脑镰,其上端连上矢状窦,下端附于枕内嵴,并有小脑幕相附。小脑幕自大脑镰下端水平行向外侧，连于横窦。大脑半球内侧面中份有距状沟，其上、下方分别为楔叶与舌回；半球上外侧面主要有枕外侧回；下面有枕颞内、外侧回。小脑半球面积已极小。

(2) 下部：枕骨下方，主要显示头半棘肌与其外侧的头夹肌。

15. 第15冠状断面

(1) 上部：观察大脑镰，其上、下端均连上矢状窦。显示枕极部的沟回。

(2) 下部：枕骨下方仅有项部皮肤。

(四) 头部矢状断面

头部矢状断面以正中矢状断面为标准断面，在其左右侧各切5个矢状断面。观察正中矢状断面和左侧的5个断面。每个断面分为颅内部与颅外部两部。

1. 第1矢状断面　经下颌骨髁突与外侧沟(图15-25)。

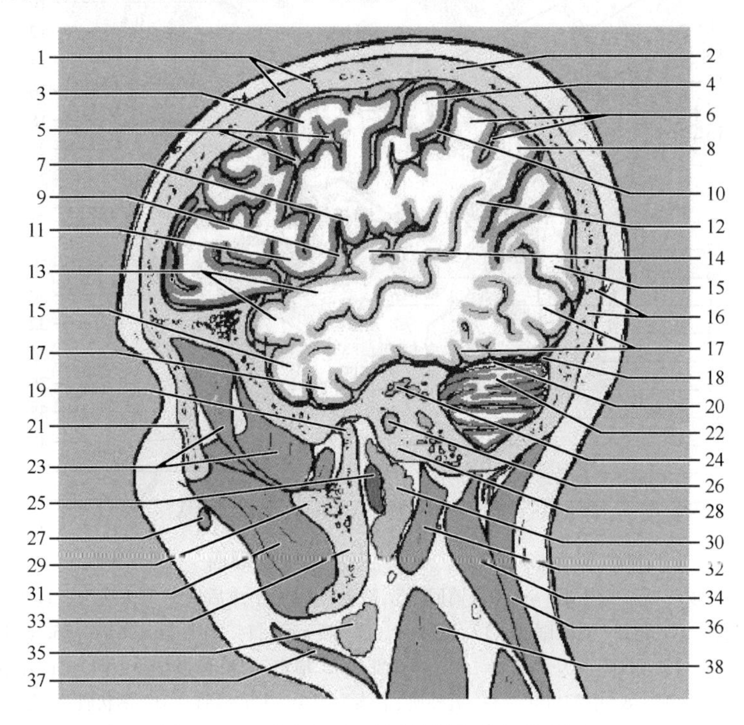

图15-25　头部经左下颌骨髁突的矢状断面

1. 额骨与冠状缝　2. 顶叶　3. 额中回　4. 中央前回　5. 额下沟　6. 中央后回与中央后沟　7. 额下回与岛叶皮质　8. 缘上回　9. 外侧沟　10. 中央沟　11. 额下回岛盖部　12. 角回　13. 颞上回　14. 颞横回　15. 颞中回　16. 枕骨与人字缝　17. 颞下回　18. 横窦　19. 下颌髁突　20. 小脑幕　21. 颧骨　22. 小脑后叶　23. 颞肌　24. 乳突窦　25. 下颌后静脉　26. 外耳道　27. 颧大肌　28. 乳突　29. 冠状突　30. 腮腺　31. 咬肌　32. 二腹肌后腹　33. 下颌支　34. 头半棘肌　35. 下颌下腺　36. 颈阔肌　37. 头夹肌　38. 胸锁乳突肌

(1) 颅内部：

1) 幕上部：先辨认将断面分为上、下两部分的外侧沟。在上部，观察从半球断面上缘中点开始的中央沟。以此两沟为标志确认额叶、顶叶与颞叶；辨认额叶的中央前回，顶叶的中央后回与顶下小叶，颞叶的颞横回与颞上、中、下回。

2) 幕下部：观察小脑幕及幕后端的横窦、下方的乙状窦，辨认为乙状窦环绕的小脑半球外侧断面。

(2) 颅外部:以下颌骨髁突后缘为标志将颅外部分为前、后两部。

1) 前部:在下颌头前下方辨认下颌支及其冠突、下颌颈,观察冠突前上方的颞肌和附于下颌颈的翼外肌、下颌支前下方的咬肌。观察下颌头上方的关节窝及与之相连的关节结节、关节盘。

2) 后部:依次观察外耳道与乳突小房的断面、乳突后面的头夹肌与胸锁乳突肌,在下颌支后方、外耳道下方有腮腺。

2. 第 2 矢状断面　显示鼓室(图 15-26)。

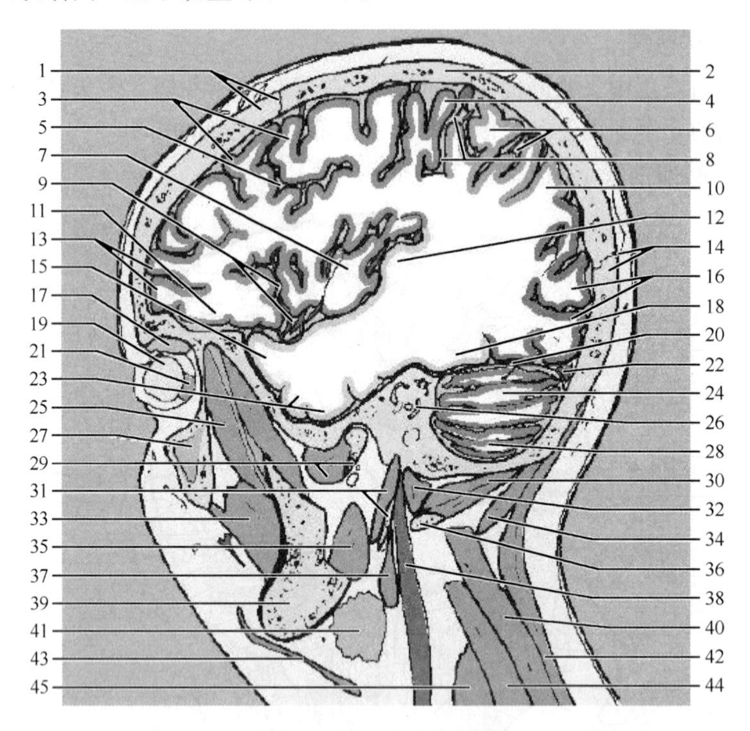

图 15-26　头部经茎突的矢状断面

1. 额骨与冠状缝　2. 顶叶　3. 额中回　4. 中央前回　5. 额下沟　6. 中央后回与中央后沟　7. 岛回　8. 中央沟　9. 外侧裂池与岛动脉　10. 角回　11. 眶回　12. 颞横回　13. 额下回　14. 枕骨与人字缝　15. 颞上回　16. 枕回　17. 泪腺　18. 颞下回　19. 眼球　20. 小脑幕　21. 外直肌　22. 横窦　23. 颞极与颞中回　24. 小脑前叶　25. 颞肌　26. 后半规管　27. 上颌窦　28. 小脑后叶　29. 翼外肌、下颌头　30. 头上斜肌　31. 茎状肌、茎突　32. 头外侧直肌　33. 颊肌　34. 头半棘肌　35. 翼内肌　36. 寰椎横切面　37. 二腹肌后腹　38. 颈内静脉　39. 下颌骨　40. 肩胛提肌　41. 下颌下腺　42. 头夹肌　43. 颈阔肌　44. 颈夹肌　45. 后斜角肌

(1) 颅内部:

1) 幕上部:先辨认外侧沟及沟内的大脑中动脉,观察岛叶的沟回。在外侧沟上方辨认中央沟、中央前回与额中回、中央后回,在外侧沟下方辨认颞叶。观察后下部的枕叶。

2) 幕下部:小脑幕前端附于颞骨岩部上缘,后端连于横窦。小脑半球的断面增大,下方有乙状窦。在颞骨岩部内,观察位于前下方的鼓室、后上方的内耳、后下方的乳突小房。

(2) 颅外部:以颞骨岩部前缘为界,分为前部与后部。

1) 前部:观察前上部的眶腔、后下部的下颌支、下颌支与眶后下界之间的颞下窝。在颞下窝,观察颞肌与翼外肌,在两肌之间有上颌动、静脉及其分支或属支;在翼外肌后下方有脑膜中动、静脉与下牙槽动脉、静脉;在翼外肌下方、下颌支后方辨认翼内肌。该肌后下方有下颌下腺与下颌下淋巴结，后方有腮腺，下颌后静脉，颈内动脉、静脉和茎突舌骨肌。

2）后部：辨认寰椎横突后上方的头上斜肌、下方的头下斜肌及后方的头半棘肌、头最长肌与头夹肌。

3. 第3矢状断面　主要显示豆状核壳、侧脑室下角及岛叶(图15-27)。

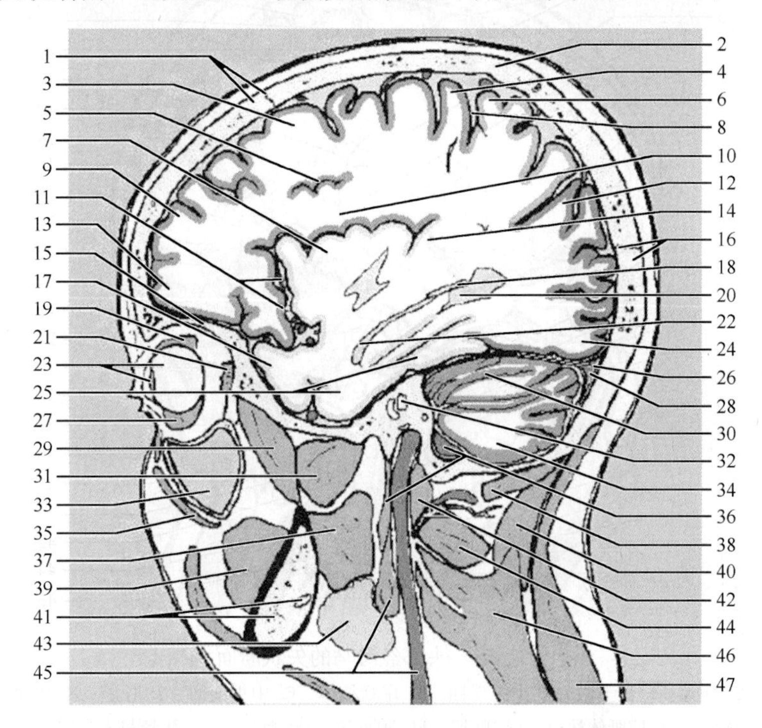

图15-27　头部经侧脑室下角及岛叶的矢状断面

1. 额骨与冠状缝　2. 顶叶　3. 额中回　4. 中央前回　5. 额下沟　6. 中央后回　7. 额下回　8. 中央沟　9. 岛回　10. 岛盖额部　11. 大脑外侧裂池(岛池)和岛动脉　12. 楔前叶　13. 眶回　14. 颞横回　15. 眶上壁　16. 枕骨和人字缝　17. 颞极　18. 尾状核尾　19. 上睑提肌　20. 侧脑室后角　21. 外直肌　22. 侧脑室下角　23. 眼球与晶状体　24. 枕回　25. 枕颞内侧回　26. 小脑幕　27. 眼下斜肌　28. 横窦　29. 颞肌　30. 小脑前叶　31. 翼外肌　32. 内耳道　33. 上颌窦　34. 小脑后叶　35. 眼轮匝肌　36. 乙状窦与茎突咽肌　37. 翼内肌　38. 头后大直肌　39. 颊肌　40. 头半棘肌　41. 下颌骨下颌管　42. 寰椎与头直肌　43. 下颌下腺　44. 头下斜肌　45. 颈内静脉　46. 肩胛提肌　47. 头夹肌

(1) 颅内部：

1）幕上部：在外侧沟内辨认大脑中动脉的主干。在上部确认中央沟，在下部辨认颞叶与枕叶，并确定颞极、侧脑室下角与枕极。在岛叶皮质深面观察屏状核与豆状核的壳，壳周的白质为外囊，屏状核与岛叶皮质之间的白质为最外囊。

2）幕下部：主要为小脑半球占据，其面积进一步扩大，在其前下方仍有乙状窦。辨认颞骨岩部骨质内前部的颈动脉管，内有颈内动脉，颈动脉管后上方有内耳道面，颞骨岩部前方为棘孔，有脑膜中动、静脉通过。

(2) 颅外部：以颈动脉管为标志，分为前部、后部。

1）前部：先观察眶内的眼球及上睑提肌，上、下、外直肌与眶脂体。眶腔下方，从上向下有上颌窦及上、下颌牙与下颌体。上颌窦后方观察翼外肌与翼内肌，在翼外肌后方有上颌动、静脉与脑膜中动脉、静脉；在翼内肌下方有下颌下腺，在肌后方辨认茎突咽肌、茎突舌肌、茎突舌骨肌及二腹肌。颞骨岩部前下方有颈内动脉，后下方有颈内静脉。

2）后部：向后依次有头后大直肌与头下斜肌、头半棘肌、头夹肌与斜方肌。

4. 第 4 矢状断面　主要显示侧脑室三角区、海马、豆状核与内囊(图 15-28)。

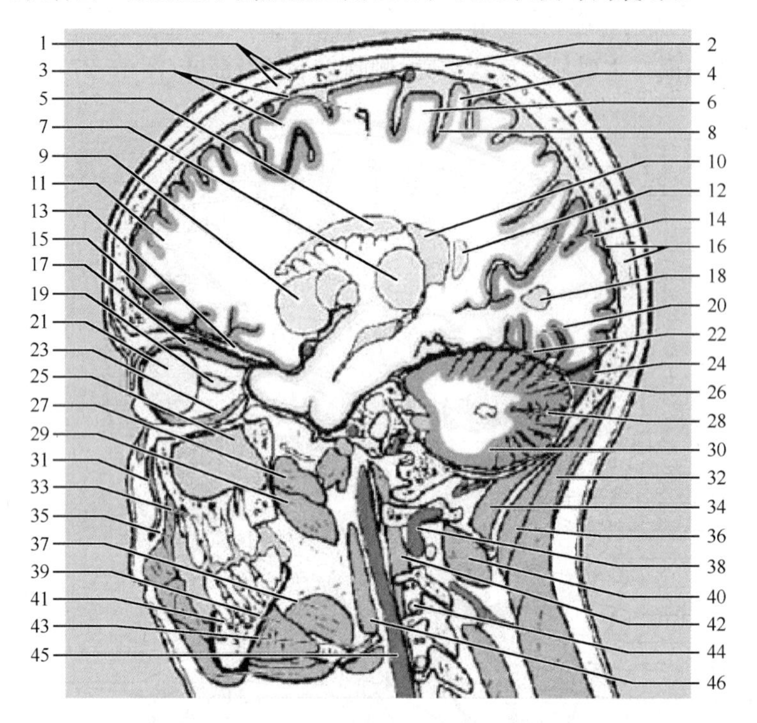

图 15-28　头部经海马的矢状断面

1. 额骨与冠状缝　2. 顶骨　3. 额上回　4. 中央后回　5. 尾状核体　6. 中央前回　7. 丘脑　8. 中央沟　9. 基底核　10. 侧脑室　11. 额中回　12. 胼胝体枕钳　13. 眶顶　14. 顶枕沟　15. 眶回　16. 枕骨与人字缝　17. 上直肌　18. 侧脑室后角　19. 视神经　20. 枕颞内侧回　21. 眼球　22. 小脑幕　23. 下直肌　24. 横窦　25. 上颌窦　26. 小脑前叶　27. 岩悬雍垂肌　28. 小脑水平沟　29. 翼内肌　30. 小脑后叶　31. 提上唇肌　32. 头夹肌　33. 腭骨　34. 头后大直肌　35. 眼轮匝肌　36. 头半棘肌　37. 舌下肌　38. 椎动脉　39. 下颌舌骨肌　40. 头下斜肌　41. 下颚　42. 头长肌　43. 舌骨　44. C_3 神经根　45. 颈内动脉　46. 二腹肌

(1) 颅内部：

1）幕上部：在外侧沟上方，观察中央沟、额叶与顶叶，辨认额叶的中央前回与额上、中、下回，顶叶的中央后回与顶上小叶、缘上回、角回。在外侧沟上方的白质内辨认豆状核、内囊、丘脑枕、侧脑室三角区。在外侧沟下方，观察颞叶及侧脑室下角、下角底壁上的海马、下角前方的杏仁体、海马前方的海马旁回与钩。颞叶后方为枕叶。

2）幕下部：小脑幕后端与横窦相连，前端直达颅中窝底。在小脑半球前方辨认三叉神经根与面神经、前庭蜗神经、迷走神经，三叉神经根向前与三叉神经节相连。三叉神经根与小脑半球之间为脑桥小脑三角池。三叉神经节下方为颈动脉管，内有颈内动脉。

(2) 颅外部：以颈椎椎体前缘为标志，分为前部、后部。

1）前部：前上部为眶腔，前份显示眼球，近眶尖处有视神经与眼外肌。眶腔下方为上颌窦。观察口腔上壁之上颌内牙槽突与上颌牙、硬腭及软腭，口腔下壁的下颌骨牙槽突与下颌牙、舌、舌下腺、颏舌骨肌、下颌舌骨肌、二腹肌、颏舌骨肌，后方有舌骨。

2）后部：依次观察枕髁、寰椎侧块、寰枕关节和寰枢关节，辨认项部的头后大直肌、头下斜肌、头半棘肌与头夹肌。

5. 第 5 矢状断面　主要显示额窦、海绵窦、丘脑、尾状核及内囊前肢(图 15-29)。

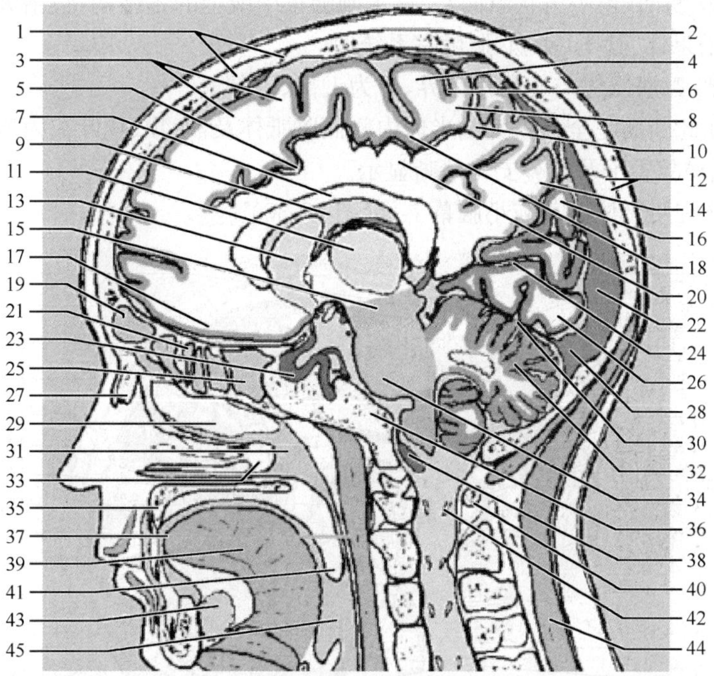

图 15-29　头部经胼胝体的矢状断面

1. 额骨与冠状缝　2. 顶骨　3. 额上回　4. 中央前回　5. 扣带回　6. 中央沟　7. 胼胝体　8. 中央后回　9. 侧脑室中央　10. 中央后沟　11. 丘脑　12. 枕骨与人字缝　13. 尾状核头　14. 楔前叶　15. 大脑脚　16. 楔叶　17. 直回　18. 中央旁小叶　19. 额窦　20. 扣带回　21. 筛窦　22. 上矢状窦　23. 颈内动脉虹吸段　24. 距状沟　25. 蝶窦　26. 枕颞内侧回　27. 鼻骨　28. 窦汇　29. 中鼻甲　30. 小脑幕　31. 鼻咽　32. 小脑　33. 下鼻甲　34. 桥脑　35. 硬腭　36. 斜坡　37. 头长肌　38. 椎动脉　39. 舌　40. 后弓　41. 悬雍垂　42. 神经根　43. 舌下腺　44. 头半棘肌　45. 口咽

(1) 颅内部:

1) 幕上部:显示大脑和间脑。观察位于脑底中份上方的丘脑,在其前方有内囊前肢与尾状核,胼胝体呈弓形环绕尾状核、内囊与丘脑。辨认在胼胝体背侧的扣带沟及其缘支,在缘支前方的中央沟,在胼胝体压部后方的顶枕沟,分辨大脑的额叶、顶叶、枕叶。丘脑与胼胝体之间有侧脑室。观察中脑大脑脚内的黑质、中脑大脑脚前方的海马旁回钩、钩上方的视束及视束前上方的前连合、钩前方的颈内动脉。

2) 幕下部:小脑幕向前在中脑背侧形成小脑幕切迹,向后连横窦。幕下主要有小脑半球与脑桥,两者以小脑中脚相连。观察小脑髓质内的齿状核、半球前下部突向枕骨大孔的小脑扁桃体、扁桃体前下方的副神经脊髓根。观察脑桥基底部,在其前方的斜坡及两者之间的桥池,池内有基底动脉。桥池前方有海绵窦,海绵窦前上方有视神经。

(2) 颅外部:以椎体前缘为界分为前部、后部。

1) 前部:上份由前向后为额窦、筛窦与蝶窦。辨认鼻腔外侧壁上的中鼻甲与下鼻甲。观察固有口腔内的舌与舌下腺,口底各肌及舌骨、舌根后方的会厌,会厌后下方即为喉腔。鼻腔、口腔、喉腔后方为咽腔。

2) 后部:主要显示颈椎及其椎管。观察已经剖开的椎管,辨别椎管前壁的寰椎前弓、枢椎与第 3 颈椎椎体等;椎管后壁有寰椎后弓、枢椎棘突。椎管后方为项肌,可见头后小、大直肌、头下斜肌与头半棘肌、头夹肌。

6. 第6矢状断面(正中矢状断面)　显示颅脑正中线上的各结构,包括大脑镰、胼胝体、视交叉、垂体、松果体、脑干、小脑蚓、脑室系统等。

(1) 颅内部:以胼胝体与小脑幕为界,分为上部、下部。

1) 上部:在此断面完全显露大脑半球内侧面胼胝体及额、顶、枕叶在内侧面的沟、回,上矢状窦、大脑前动脉主干及其分支均清晰显示。

2) 下部:分为胼胝体下部与小脑幕下部(图15-30)。

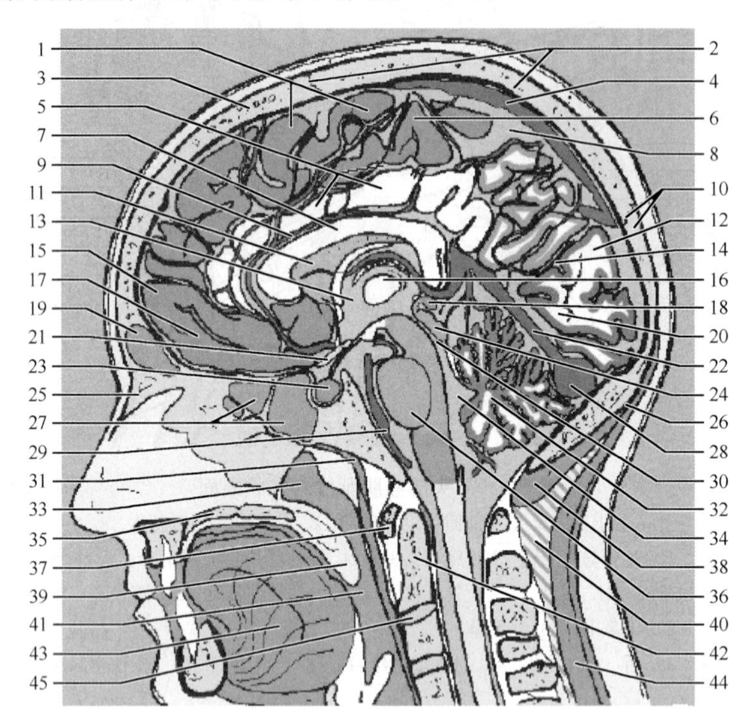

图15-30　头部正中矢状断面

1. 额上回　2. 顶骨与冠状缝　3. 额骨　4. 上矢状窦　5. 扣带回、沟　6. 中央前回　7. 胼胝体干　8. 大脑镰　9. 胼周动脉　10. 枕骨、人字缝　11. 透明隔　12. 楔叶　13. 第三脑室　14. 顶枕沟　15. 额极　16. 丘脑间粘合　17. 直回　18. 松果体　19. 额窦　20. 舌回　21. 视神经　22. 直窦　23. 垂体　24. 四叠体板　25. 鼻骨　26. 导水管　27. 筛窦、蝶窦　28. 窦汇　29. 基底动脉　30. 枕外隆突　31. 咽上缩肌　32. 小脑　33. 鼻咽　34. 第四脑室　35. 硬腭　36. 桥脑　37. 前弓　38. 头后小直肌　39. 悬雍垂　40. 项韧带　41. 口咽　42. 枢椎齿突　43. 舌　44. 头半棘肌　45. 椎间盘($C_{2/3}$)

胼胝体下部:胼胝体分为嘴、膝、干与压部,在胼胝体后半部的下方有穹隆体、穹隆柱及丘脑,辨认穹隆与胼胝体之间的透明隔、穹隆柱与丘脑之间的室间孔,室间孔前方有前连合。观察丘脑后方的松果体,中脑内的中脑水管。室间孔与中脑水管之间有丘脑下沟,沟前下方为下丘脑,可见视交叉、漏斗与乳头体、丘脑,下丘脑内侧面为第三脑室。观察视交叉与胼胝体嘴之间的终板。

观察中脑的大脑脚、顶盖、顶盖表面上、下丘清晰可辨。辨认中脑下方的脑桥、脑桥下方的延髓及两者背侧的第四脑室。观察大脑脚之间脚间窝、脚间池及池内的动眼神经,脚间池向前通交叉池,向下与桥池相通,后者内有基底动脉上行。观察顶盖背侧的四叠体池,此池向上通松果体上隐窝,向后下与小脑上池交通。

小脑幕下部:小脑幕位于大脑半球枕叶与小脑之间,与水平面成45°,向后下连于窦汇。小脑半球前下突出部为小脑扁桃体。观察位于枕骨大孔上方的小脑延髓池，小脑上面与小脑幕之间的小脑上池及其与四叠体池的交通，小脑前下面与脑桥、延髓背侧的菱形窝构成第四脑室。

(2) 颅外部：以椎体前缘为界分为前部、后部。

1) 前部：主要显示鼻腔、口腔与咽腔。鼻腔内可见鼻中隔和鼻腔外侧壁上的鼻甲、鼻道，观察额窦与蝶窦。观察口腔的硬腭与软腭，舌根与会厌连接处下方为舌骨体，有口底肌附着。观察咽腔侧壁上的咽鼓管圆枕、咽鼓管咽口、咽隐窝和腭扁桃体。

2) 后部：主要显示椎管、项肌。观察寰椎、枢椎、寰枢关节及第3、4颈椎椎体，椎管内有脊髓及其被膜。项肌主要为头后小直肌与头半棘肌。

临床链接：

当循流于脑室的脑脊髓液因通路阻碍无法顺流，以致液压增高使得脑干膨胀，压迫到脑部，而引起脑部功能障碍，即称为脑水肿。

小脑扁桃体是小脑蚓两侧的较膨出部分，其靠近枕骨大孔的外上方。正常小脑扁桃体也可以延伸至枕骨大孔平面以下，MRI T1 加权像上观测认为 3mm 以内均属正常范围。颅内压增高压迫延髓引起症状者称枕骨大孔疝或小脑扁桃体疝。

【注意事项】

结合教材内容，对照脑、脑膜、脑血管标本，分组进行头部断面标本的观察。

【思考题】

1. 名词解释

(1) 椎-基底动脉系　(2) 半卵圆中心　(3) 大脑动脉环　(4) 大脑外侧窝池　(5) 环池

2. 问答题

(1) 成对的脑池和不成对脑池各有哪一些?

(2) 第五脑室概念?

(3) 列出头部5个常用的标志性结构及其意义。

(4) 在断面上如何识别中央沟?

第十六章　胸　　部

【实验目的】

掌握内容：上、中、后纵隔各器官的位置和形态，主要纵隔间隙的位置与内容；肺的位置、外形，肺叶支气管、肺段支气管的分布，支气管肺段分段情况；心的位置、外形与结构；经主动脉弓水平断面、经肺动脉干及左、右肺动脉水平断面、经心四腔水平断面、经心室水平断面所显示的主要结构。

熟悉内容：胸部的其他水平断面和胸部正中矢状断面的主要结构。

【实验器材】

1. 胸部、纵隔标本，气管、支气管、肺、心的游离标本。

2. 游离左、右肺(示肺门结构)，在体肺(示胸膜、肺韧带和肋膈隐窝)，支气管树。

3. 肺动脉和肺静脉的管道铸型标本。

4. 胸部的连续水平断面、冠状断面与矢状断面标本，层厚 10mm。

【实验内容】

(一) 胸部的解剖

(1) 在整体标本上观察胸部器官的配布、位置及其毗邻关系。

(2) 观察纵隔的位置、分区及其内容。

(3) 观察肺的外形，肺内支气管、肺动脉、肺静脉的分布，支气管肺段分段情况。

(4) 观察心的位置、外形与各腔结构。

(二) 胸部水平断面的观察

1. 第 1 水平断面　为颈根部的断面。以第 7 颈椎椎体为中心，分为椎体前部、椎体后部、椎体侧部与肩胛区。

(1) 椎体前部：在椎体前方辨认气管，在气管前方观察胸骨甲状肌、胸骨舌骨肌与胸锁乳突肌；在气管后方辨认稍偏左侧的食管，在气管两侧观察甲状腺侧叶及其外侧的颈动脉鞘。

(2) 椎体侧部：观察椎体与椎前肌外侧的椎动、静脉。在椎血管外侧寻认前、中、后斜角肌，注意在前、中斜角肌之间有臂丛断面，外侧有肩胛舌骨肌下腹。

(3) 椎体后部：有椎管、椎弓板、棘突及项背肌。观察椎管与管内的脊髓及其被膜、脊神经根。横突末端有肋凹，同第 1 肋骨肋结节构成肋横突关节。在椎弓板及棘突后外侧附有横突棘肌与竖脊肌，辨认附于棘突末端的背肌浅层肌，浅面是斜方肌，其深面为菱形肌，菱形肌外侧端前方有前后方向的肩胛提肌及其外侧的前锯肌。

(4) 肩胛区：观察肩关节。在肱骨头断面前方辨认肱二头肌长头腱，在肱骨头内侧有肩胛骨喙突及肩胛冈，辨认肩关节周围的三角肌、肩胛冈前方的冈上肌、后方的冈下肌。注意观察锁骨、喙突、冈上肌、前锯肌之间的三角形区即为腋窝顶，内有臂丛与腋血管。在锁骨前内侧寻认颈外静脉。

2. 第 2 水平断面　显示第 1 胸椎体，两侧为肩关节。此断面亦分为椎体前部、椎体侧部、椎体后部和肩胛区 4 部(图 16-1)。

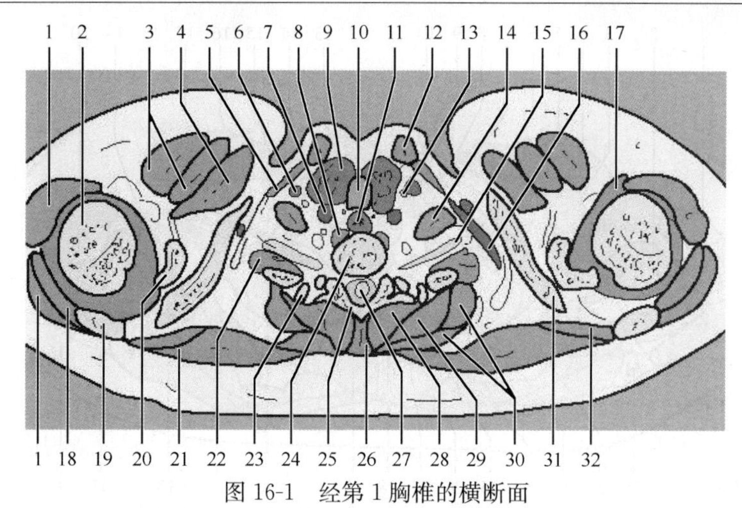

图 16-1　经第 1 胸椎的横断面

1. 三角肌　2. 肱骨头　3. 胸大肌　4. 胸小肌　5. 胸骨甲状肌　6. 颈内静脉　7. 颈内动脉　8. 颈长肌　9. 甲状腺　10. 气管　11. 食管　12. 胸锁乳突肌　13. 迷走神经　14. 前斜角肌　15. 臂丛　16. 锁骨下动脉　17. 关节囊　18. 冈下肌　19. 肩胛冈　20. 肩胛骨喙突　21. 斜方肌　22. 中、后斜角肌　23. 肋椎关节(1 肋)　24. 第 1 胸椎　25. 椎弓板　26. 棘上韧带　27. 脊髓　28. 竖脊肌　29. 前锯肌　30. 菱形肌　31. 锁骨　32. 冈上肌

(1) 椎体前部:显示的结构及其配布情况同上一断面。

(2) 椎体侧部:椎体两侧有第 1 肋头与椎体构成的肋头关节,其前外侧有椎动脉、静脉,在第 1 肋颈与椎动脉之间辨认颈胸神经节。在第 1 肋骨外前方观察前、中斜角肌及臂丛。

(3) 椎体后部:显示的结构及其配布同上一断面。

(4) 肩胛区:肩胛冈、冈下肌、肩胛下肌断面增大,冈上肌、肩胛提肌断面缩小。肩关节的断面结构显示清晰,分辨关节盂、肱骨头、肱二头肌长头腱。辨认锁骨断面后方的锁骨下肌及锁骨前面横向外侧的胸大肌。观察前锯肌、肩胛下肌、锁骨与胸大肌之间的腋窝及窝内的腋血管、臂丛、淋巴结。锁骨前内方有颈外静脉。

3. 第 3 水平断面　经第 1、2 胸椎椎体及两者之间的椎间盘,分为椎体前部、胸部及胸膜肺区、椎体后部与肩胛区(图 16-2)。

(1) 椎体前部:仍以气管断面为中心,甲状腺峡得以显示。在椎体前外侧、颈动脉鞘后方可见锁骨下动、静脉,静脉位于动脉前内侧。

(2) 胸壁及胸膜肺区:观察右肺的尖段与左肺的尖后段。在第 1 肋骨断面前方分辨前、中斜角肌及两肌之间的臂丛与锁骨下动脉,动脉前内侧为锁骨下静脉。前锯肌呈弧形贴于第 1、2 肋骨表面,向后附于肩胛骨内侧缘。

(3) 椎体后部:显示第 2 胸椎的椎弓板与棘突,其他同上一断面。

(4) 肩胛区:显示的结构基本同上一断面。肩胛区、冈上肌已消失,冈下肌与肱骨头之间有小圆肌出现。观察锁骨与锁骨下肌外侧、胸大肌深面的胸小肌、喙肱肌与肱二头肌短头,观察腋窝内的腋血管、臂丛与淋巴结。

4. 第 4 水平断面　经第 2 胸椎椎体。

(1) 椎体前部:甲状腺已消失,两侧颈总动脉、颈内静脉后方可见迷走神经,胸锁乳突肌外侧有锁骨。

(2) 胸壁及胸膜肺区:显示两肺的肺尖(尖段与尖后段)与胸膜顶,左肺尖前内侧有左锁骨下动脉紧邻,胸腔侧壁可见第 1～3 肋骨的断面,肋的表面有前锯肌,第 1 肋骨断面前方有

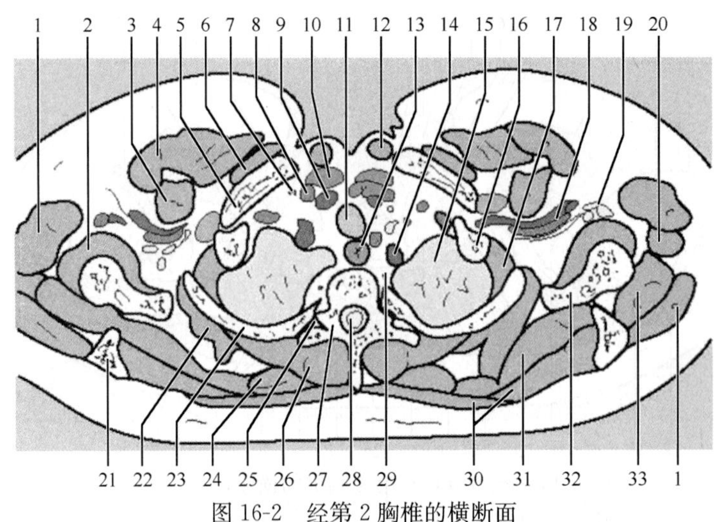

图 16-2 经第 2 胸椎的横断面

1. 三角肌 2. 肩胛下肌 3. 胸小肌 4. 胸大肌 5. 锁骨 6. 锁骨下肌 7. 迷走神经 8. 颈内静脉 9. 颈内动脉 10. 甲状腺 11. 气管 12. 胸锁乳突肌 13. 食管 14. 锁骨下动脉 15. 左肺 16. 第 1 肋骨 17. 肋间肌 18. 锁骨下动静脉 19. 臂丛 20. 大圆肌与背阔肌 21. 肩胛冈 22. 前锯肌 23. 第 2 肋骨 24. 菱形肌 25. 肋椎关节 26. 竖脊肌 27. 第 2 胸椎 28. 脊髓 29. 交感干 30. 斜方肌 31. 冈上肌 32. 肩胛骨 33. 冈下肌

腋动脉。

（3）椎体后区：观察肋头关节、肋横突关节。

（4）肩胛区：开始出现肱三头肌长头，其他与上一断面相似。

5. 第 5 水平断面　经第 3 胸椎体，分为纵隔区、椎体及椎体后区、胸壁及胸膜区、肩胛区等 4 部（图 16-3）。

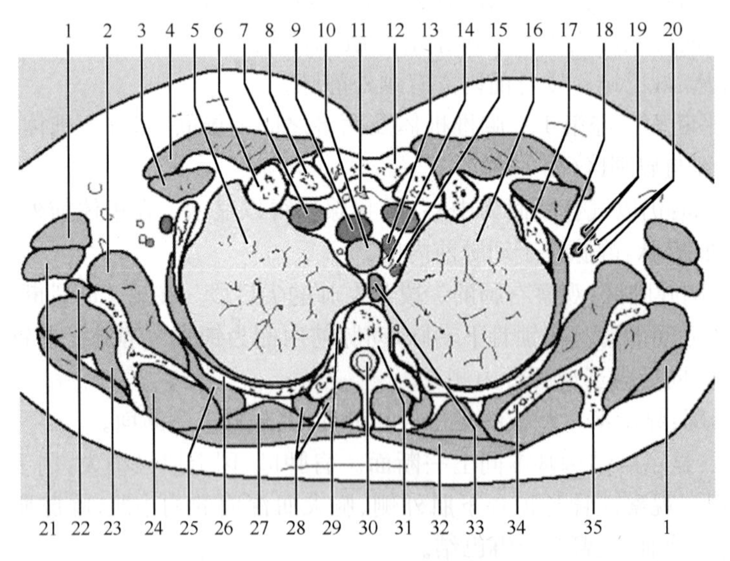

图 16-3 经第 3 胸椎的横断面

1. 三角肌 2. 肩胛下肌 3. 胸小肌 4. 胸大肌 5. 右肺 6. 第 1 肋骨 7. 头臂静脉 8. 锁骨 9. 头臂干 10. 气管 11. 胸腺 12. 胸骨柄 13. 左颈总动脉 14. 喉返神经 15. 左锁骨下动脉 16. 左肺 17. 第 2 肋骨 18. 肋间肌 19. 腋动静脉 20. 臂丛 21. 大圆肌与背阔肌 22. 肱三头肌长头 23. 冈下肌 24. 冈上肌 25. 前锯肌 26. 第 3 肋骨 27. 菱形肌 28. 竖脊肌 42. 食管周围淋巴结 29. 交感神经干 30. 脊髓 31. 胸椎 32. 斜方肌 33. 食管 34. 肩胛骨 35. 肩胛冈

（1）纵隔区：观察两侧锁骨的胸骨端，其间有胸锁乳突肌及胸骨舌骨肌、胸骨甲状肌的起始部。辨认气管，在气管前右侧至气管左后方、食管外侧分辨主动脉弓发出的三大分支即头臂干、左颈总动脉与左锁骨下动脉。在气管与椎骨之间有食管，在胸锁关节后方可见头臂静脉。

（2）椎体及椎体后区：显示第3胸椎体及第2～3胸椎之间的椎间盘，椎体后区结构与上一断面相似。

（3）胸壁及胸膜肺区：由第1～3肋骨和肋间肌构成胸壁，胸壁外侧有前锯肌。椎体前方、气管食管两侧有纵隔胸膜。观察右肺的前、尖、后段与左肺的前段及尖后段。

（4）肩胛区：与上一断面结构基本相同。开始出现大圆肌、肱骨干的断面。

6．第6水平断面 经第4胸椎椎体（图16-4）。

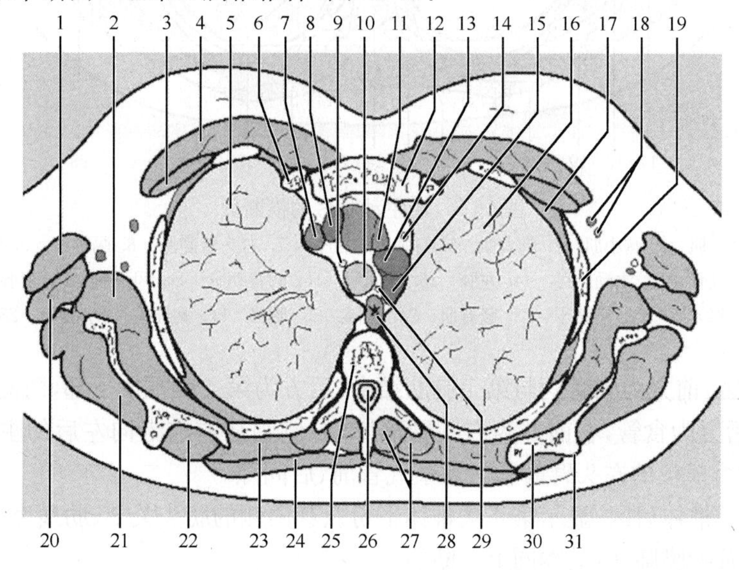

图16-4 经第4胸椎椎体的横断面

1．三角肌 2．肩胛下肌 3．胸小肌 4．胸大肌 5．右肺 6．肋骨 7．右头臂静脉 8．头臂干 9．迷走神经 10．气管 11．左头臂静脉 12．胸骨柄 13．左颈总动脉 14．膈神经 15．左锁骨下动脉 16．左肺 17．肋间肌 18．腋动静脉 19．肋骨 20．大圆肌与背阔肌 21．冈下肌 22．冈上肌 23．菱形大肌 24．斜方肌 25．胸椎 26．脊髓胸段 27．竖脊肌 28．食管 29．喉返神经 30．肩胛骨 31．肩胛冈

（1）纵隔区：前方为胸骨柄及隔胸膜。气管仍居纵隔中部，其后方有食管。从气管前方向左至食管左侧，可见头臂干、左颈总动脉和左锁骨下动脉，此3条动脉间的距离明显缩小。注意观察头臂干前方的左头臂静脉为斜切面，右胸锁关节后方的右头臂静脉为横切面。

（2）椎体及椎体后区：显示第3～4胸椎椎间盘和第4胸椎椎体及其两侧的肋头关节等。

（3）胸壁及胸膜肺区：胸壁由胸骨柄、第1～4肋骨、胸椎以及肋间肌、前锯肌、胸大肌、胸小肌等组成 。纵隔两侧显示左右肺的上叶，右肺从前到后为前段、尖段与后段，左肺为前段与尖后段。

（4）肩胛区：出现背阔肌，其他结构与上一断面相似。

7．第7水平断面（主动脉弓层面） 经第4胸椎体下部（图16-5）。

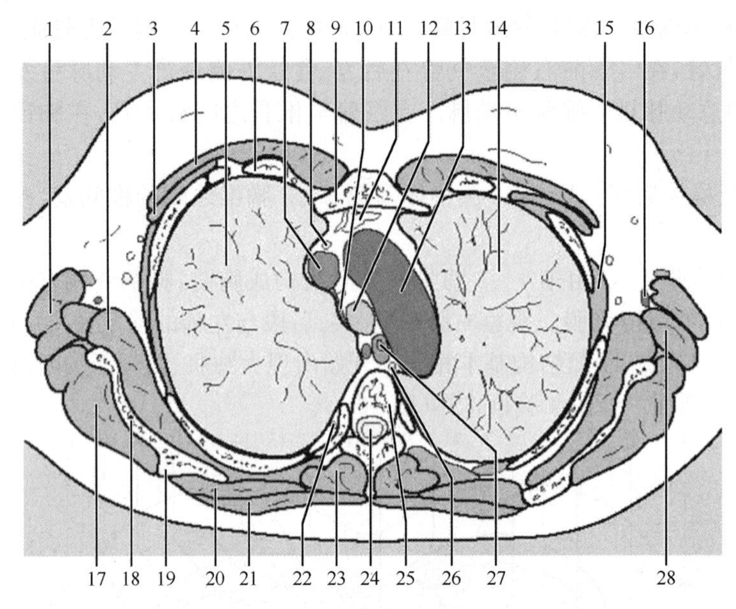

图 16-5 经主动脉弓的横断面

1. 背阔肌 2. 肩胛下肌 3. 胸小肌 4. 胸大肌 5. 右肺 6. 肋骨 7. 右头臂静脉 8. 膈神经 9. 胸骨柄 10. 奇静脉 11. 胸腺 12. 气管 13. 主动脉弓 14. 左肺 15. 肋间肌 16. 胸背动脉 17. 冈下肌 18. 肩胛骨 19. 肩胛冈 20. 菱形大肌 21. 斜方肌 22. 交感干 23. 竖脊肌 24. 脊髓 25. 胸椎 26. 胸导管 27. 食管 28. 大圆肌

(1) 纵隔区:前方为胸骨柄与第 1 胸肋结合,后方为第 4 胸椎体下部,两侧为纵隔胸膜。气管居中,其后方为食管,右前方为右头臂静脉,左侧为从右前走向左后的主动脉弓,主动脉弓前端前方为横位的左头臂静脉。观察气管前、后间隙。

(2) 椎体及椎体后区:显示第 4 胸椎体下份及其两侧的肋头关节、肋横突关节等。

(3) 胸壁及胸膜肺区:基本同上一断面。

(4) 肩胛区:背阔肌断面增大。

8. 第 8 水平断面(主动脉肺动脉窗层面) 也是奇静脉弓注入上腔静脉的层面,经第 4～5 胸椎椎间盘和第 5 胸椎体上部。

(1) 纵隔区:前方仍为胸骨柄,后方为第 4、5 胸椎间的椎间盘与第 5 胸椎体上份,两侧为纵隔胸膜。观察主动脉弓下缘,其两端分别与升主动脉及胸主动脉相续,升主动脉右侧为上腔静脉。胸骨柄与大血管之间的间隙为血管前间隙,内有胸腺;大血管与气管之间的间隙为气管前间隙;内有淋巴结;气管与胸椎之间的间隙为气管后间隙,内有食管等。

主动脉肺动脉窗是 CT 图像上的一低密度间隙,位于主动脉弓下缘以下、左肺动脉上缘以上,其左侧界为左纵隔胸膜,右侧界为气管下端与食管。

(2) 椎体及椎体后区:显示第 4、5 胸椎间的椎间盘与第 5 胸椎等。

(3) 胸壁及胸膜肺区:尖段已消失,两肺上叶前部为前段,后部为后段;下叶的上段开始显现。食管右侧出现奇静脉,观察奇静脉同椎体之间纵隔胸膜向左侧深陷形成的奇静脉食管隐窝。

(4) 肩胛区:臂部已与胸部分离。观察肩胛骨前方的肩胛下肌、后方的冈下肌,外侧的大圆肌、背阔肌。

9. 第9水平断面(气管隆嵴层面)　经第5胸椎体下部。

(1) 纵隔区:观察气管叉与气管隆嵴,气管分为左、右主支气管。在气管叉前方观察从右向左的上腔静脉、升主动脉和左肺动脉。大血管前方与胸骨柄之间的间隙为血管前间隙,内有胸腺。观察气管叉后方从右向左的奇静脉、食管与胸主动脉,三者与椎体之间有胸导管。观察气管叉同上腔静脉、升主动脉之间的气管前间隙,内有淋巴结。

(2) 胸壁及胸膜肺区:胸壁的构成同前一断面,但第6肋骨出现。肺断面进一步增大,两肺下叶之上段扩大,斜裂前移。

(3) 椎体及椎体后区:显示第5胸椎体下部等。

(4) 肩胛区:同上一断面。

10. 第10水平断面(肺动脉叉层面)　经第5胸椎体下部和第5～6胸椎椎间盘(图15-6)。

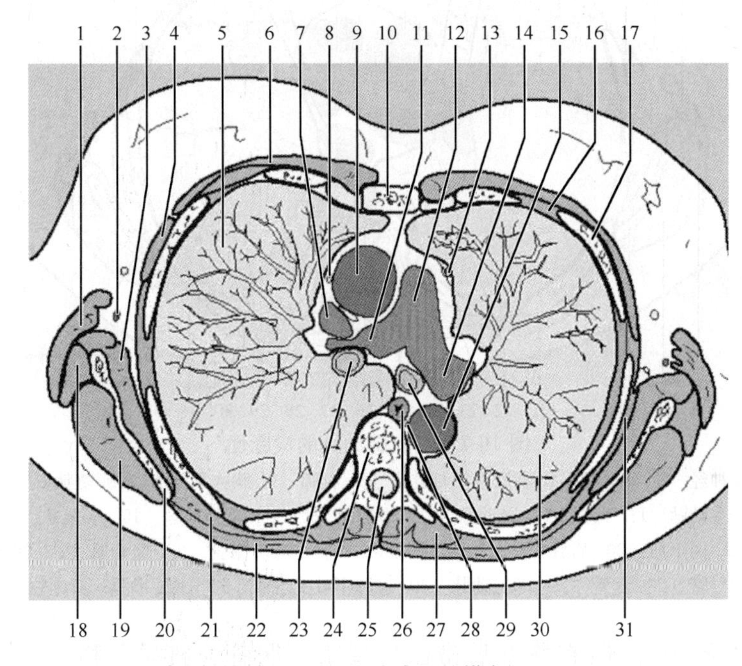

图16-6　经肺动脉叉的横断面

1. 背阔肌　2. 胸背动脉　3. 肩胛下肌　4. 胸小肌　5. 右肺　6. 胸大肌　7. 上腔静脉　8. 膈神经　9. 升主动脉　10. 胸骨　11. 右肺动脉　12. 肺动脉干　13. 喉返神经　14. 左肺动脉　15. 降主动脉　16. 肋间肌　17. 肋骨　18. 大圆肌　19. 冈下肌　20. 肩胛骨　21. 大菱形肌　22. 斜方肌　23. 右主支气管　24. 胸椎　25. 脊髓　26. 食管　27. 竖脊肌　28. 胸导管　29. 左主支气管　30. 左肺　31. 前锯肌

(1) 纵隔区:观察左、右主支气管,在其前方从右向左有上腔静脉、升主动脉、肺动脉干。肺动脉干在升主动脉左后方分为左右肺动脉,左肺动脉行向左后,右肺动脉在升主动脉、上腔静脉与左右主支气管之间向右侧横行,在大血管前方辨认胸腺。观察食管后方的奇静脉、胸导管及胸主动脉。

(2) 胸壁及胸膜肺区:胸壁构成与上一断面相似。斜裂进一步前移,肺下叶面积增大。辨认上叶支气管,在支气管后方观察右上肺静脉。在左肺动脉外侧,前方有左上肺静脉,后方有尖后段支气管和前段支气管。

（3）椎体及椎体后区：显示第5胸椎体下部及其前下方的椎间盘等。

（4）肩胛区：与上一断面基本相同，肩胛骨的断面更小。

11. 第11水平断面　即左上叶支气管层面或右肺动脉层面。经第6胸椎体下部及第6～7胸椎椎间盘。

（1）纵隔区：左肺动脉已消失，右肺动脉经右肺门进入右肺。左主支气管分为上、下叶支气管，在左主支气管分叉处前方可见左上肺静脉自肺门走出（图16-7）。

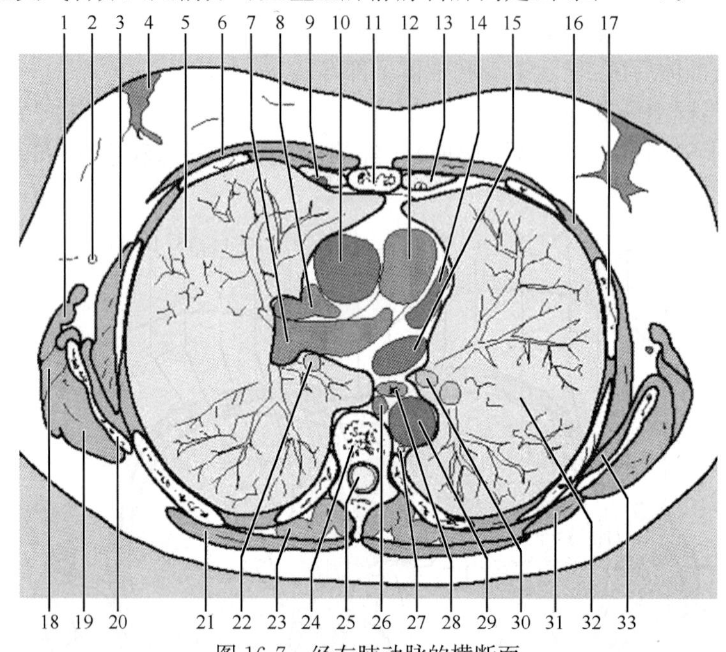

图16-7　经右肺动脉的横断面

1. 背阔肌　2. 胸长神经　3. 前锯肌　4. 乳腺组织与乳头　5. 右肺　6. 胸大肌　7. 右肺动脉　8. 上腔静脉　9. 胸廓内动静脉　10. 升主动脉　11. 胸骨　12. 肺动脉干　13. 肋（软）骨　14. 左肺动脉　15. 左心房　16. 肋间肌　17. 肋骨　18. 大圆肌　19. 冈下肌　20. 肩胛骨　21. 斜方肌　22. 右肺下叶支气管　23. 竖脊肌　24. 胸椎　25. 脊髓　26. 奇静脉　27. 胸导管　28. 食管　29. 降主动脉　30. 左肺下叶支气管　31. 大菱形肌　32. 左肺　33. 肩胛下肌

（2）胸壁及胸膜肺区：在胸壁后份已出现第7肋骨。斜裂前移，下叶断面继续增大。在右肺斜裂前方有一个乏血管区，为上叶与中叶的分界线。在乏血管区后方有一横行的肺静脉段间部，分隔中叶内侧段与外侧段。在左主支气管分叉前方，辨认出肺门行向内侧的左上肺静脉，其左侧端有从后外行向前内的肺静脉段间部，分隔上叶前段和尖后段。

（3）椎体及椎体后区：显示第6胸椎体下部及第6～7胸椎椎间盘等。

（4）肩胛区：肩胛骨断面已很小。

12. 第12水平切面　即主动脉窦层面，经第7胸椎体上部。肩胛骨消失，出现心与心包。分为三区（图16-8）。

（1）纵隔区：主要为心与心包，胸腺已经消失。观察心的各腔，前部为右心室，后部为左心房，右心室右后方为右心房。左心房的右侧端有右上肺静脉汇入，左侧端有左上、下肺静脉汇入。在左心房与右心室之间辨认升主动脉的起始部，可见主动脉窦和3个主动脉瓣；主动脉窦右侧为右心房。心包后方即后纵隔，其内有食管、胸主动脉、奇静脉和胸导管。

（2）胸壁及胸膜肺区：胸壁构成同上一断面，女性标本可见乳腺。右肺水平裂明显，从

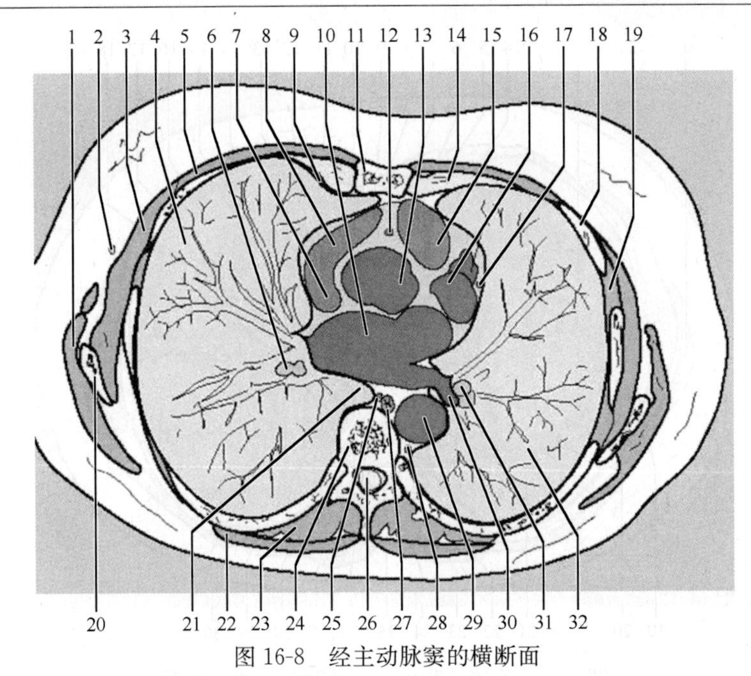

图 16-8　经主动脉窦的横断面

1. 背阔肌　2. 胸长神经　3. 前锯肌　4. 右肺　5. 胸大肌　6. 右肺下叶支气管　7. 上腔静脉　8. 右心耳　9. 胸廓内动静脉　10. 左心房　11. 胸骨　12. 右冠状动脉　13. 升主动脉　14. 肋软骨　15. 动脉圆锥　16. 左心室　17. 左冠状动脉　18. 肋骨　19. 肋间肌　20. 肩胛骨　21. 食管后的右肺　22. 斜方肌　23. 竖脊肌　24. 胸椎　25. 奇静脉　26. 脊髓　27. 食管　28. 胸导管　29. 降主动脉　30. 左肺静脉　31. 左肺下叶支气管　32. 左肺

前向后辨认上叶、中叶与下叶，前部为前段，中部为外侧段和内侧段，后部为上段。辨认左肺的斜裂及上、下叶，前部为前段和上舌段，后部为上段。在斜裂前方，辨认舌叶支气管与左上肺静脉舌支的段间部，该支是前段与上舌段的分界。在斜裂后方，确认上段支气管及与左肺动脉下叶上支。

（3）椎体及椎体后区：基本同上一断面，显示第 7 胸椎体上部等。

13. 第 13 水平断面　即四腔心层面，经第 7 胸椎体下部(图 16-9)。

（1）纵隔区：分辨心的四腔。右心房、右心室位于右前方，左心房、左心室位于左后方，心房、心室之间有房室口。左右心房之间有房间隔，左、右心室之间有室间隔。寻认心房与心室交界处的左、右冠状动脉。心包后方为后纵隔，辨认食管、胸主动脉、奇静脉与胸导管，观察食管前缘与右肺下叶之间的右肺韧带、胸主动脉前方与左肺下叶之间的左肺韧带。

（2）胸壁及胸膜肺区：胸壁上出现第 8 肋骨，上段已消失，出现四个底段。右肺水平裂前方为前段，在水平裂后方分辨分隔外侧段、内侧段的右肺中叶静脉段间支；斜裂后方为前底段，内侧部为内侧底段，外侧部为外侧底段，后部为后底段。

左肺前方小部分为前段，在上叶寻认从心左缘左侧向外侧横行的左上肺静脉舌支的段间部，分隔前段与上舌段，上舌段之后为下舌段。斜裂后方同样有四个底段。

（3）椎体及椎体后区：显示第 7 胸椎体等。

14. 第 14 水平断面　经第 7～8 胸椎椎间盘。

（1）纵隔区：仍为 4 腔心，在左、右房室口分别可见左房室瓣(二尖瓣)和右房室瓣(三尖瓣)。后纵隔内结构与上一断面基本相似，但食管从胸主动脉右侧移到动脉右前方。

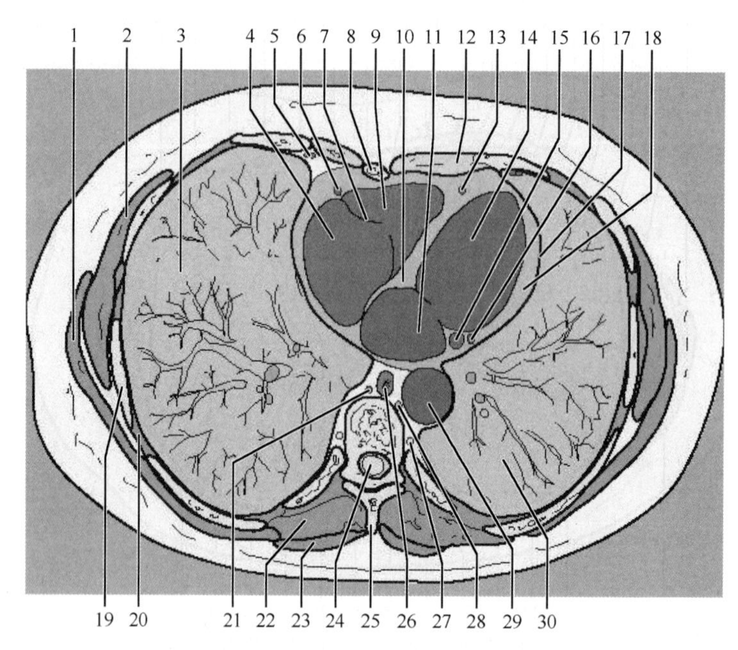

图 16-9 经第 7 胸椎下部(四腔心)的横断面

1. 背阔肌 2. 前锯肌 3. 右肺 4. 右心房 5. 胸廓内动静脉 6. 右冠状动脉 7. 右房室瓣 8. 胸骨体 9. 右心室 10. 室间隔 11. 左心房 12. 肋软骨 13. 左冠状动脉前室间支 14. 左心室 15. 冠状窦 16. 左冠状动脉回旋支 17. 膈神经与心包 18. 心肌 19. 肋骨 20. 肋间肌 21. 奇静脉 22. 竖脊肌 23. 斜方肌 24. 脊髓 25. 棘突 26. 食管 27. 交感干 28. 胸导管 29. 降主动脉 30. 左肺

(2) 胸壁及胸膜肺区：胸壁上出现腹直肌。斜裂前移，上叶的断面缩小，两肺下叶及右肺中叶不断扩大，下叶的 4 个基底段明显。左肺上叶的上舌段已消失。

(3) 椎体及椎体后区：显示第 7～8 胸椎椎间盘等。

15. 第 15 水平断面　经第 8 胸椎体中部。

(1) 纵隔区：为三腔心，左心房已消失。后纵隔内结构与上面的断面相似。

(2) 胸壁及胸膜肺区：同上一断面。

(3) 椎体及椎体后区：显示第 8 胸椎体等。

16. 第 16 水平断面　经第 9 胸椎体上部(图 16-10)。

(1) 纵隔区：为 3 腔心，右心房与左心室变小，右心室增大，右心房右后方为下腔静脉口。后纵隔内结构与上面的断面相似。

(2) 胸壁及胸膜肺区：上叶消失，左肺上叶仅见下舌段的一小部分。

(3) 椎体及椎体后区：显示第 9 胸椎体上部和部分椎间盘等。

17. 第 17 水平断面　即食管裂孔层面，经第 9～10 胸椎椎间盘。

(1) 纵隔区：仅有左、右心室两腔，下腔静脉与右心房分离。后纵隔内，食管从胸主动脉右前方移到动脉前方，此处为膈的食管裂孔。

(2) 胸壁及胸膜肺区：胸壁由第 5～6 肋软骨、第 5～10 肋骨和肋间肌构成。在右胸膜肺区，出现膈和肝右叶断面。

(3) 椎体及椎体后区：显示第 9～10 胸椎椎间盘等。

(三) 胸部冠状断面的观察

胸部的冠状断面以腋中线平面为标准平面，以层厚 20mm 向前后切割。各断面均从前

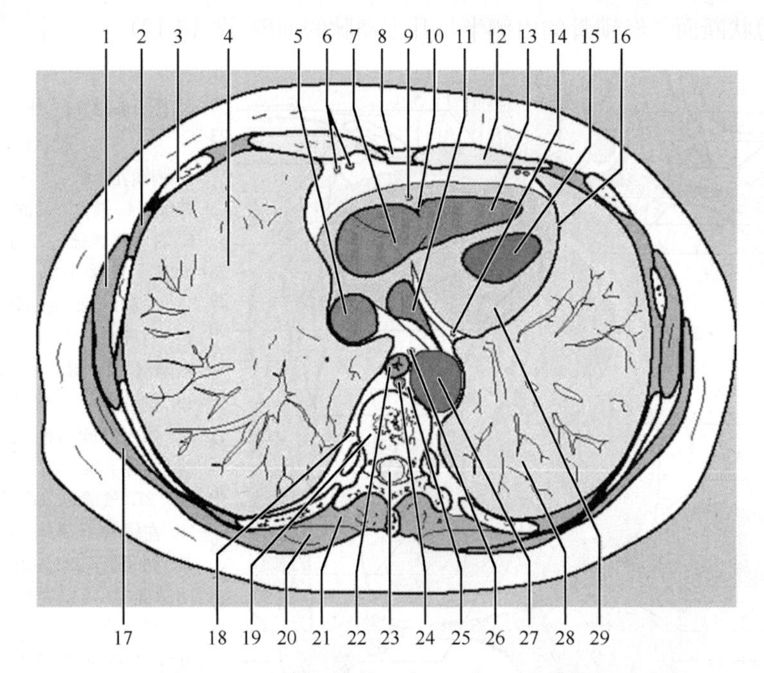

图 16-10　经第 9 胸椎上部(三腔心)的横断面

1. 背阔肌　2. 肋间肌　3. 肋骨　4. 右肺　5. 下腔静脉　6. 胸廓内动静脉　7. 右心房　8. 剑突　9. 右冠状动脉　10. 右房室瓣　11. 冠状窦　12. 肋软骨　13. 右心室　14. 冠状动脉旋支　15. 左心室　16. 膈神经与心包　17. 前锯肌　18. 交感干　19. 胸椎　20. 斜方肌　21. 竖脊肌　22. 食管　23. 脊髓　24. 奇静脉　25. 胸导管　26. 迷走神经　27. 降主动脉　28. 左肺　29. 左室心肌

面观察。

1. 第 1 冠状断面　经胸骨柄。主要观察左、右心室，右肺上叶与中叶，左肺上叶与下叶(图 16-11)。

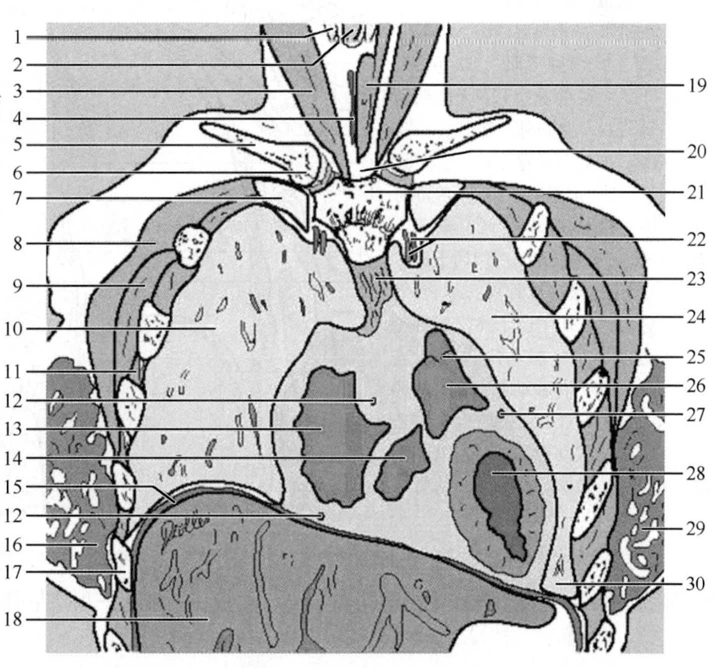

图 16-11　经胸骨柄的冠状断面

1. 甲状软骨　2. 气管　3. 胸锁乳突肌　4. 甲状腺下动脉　5. 锁骨　6. 胸锁关节　7. 第 1 肋骨　8. 胸大肌　9. 胸小肌　10. 右肺　11. 肋间肌　12. 右冠状动脉　13. 右心房　14. 右心室　15. 横膈　16. 右乳腺　17. 第 6 肋骨　18. 肝脏　19. 肩胛舌骨肌、胸骨甲状肌与胸骨舌骨肌　20. 颈静脉切迹　21. 胸骨　22. 胸廓内动静脉　23. 胸骨心包韧带　24. 左肺　25. 肺动脉瓣　26. 动脉圆锥　27. 左冠状动脉旋支　28. 左心室　29. 左乳腺　30. 膈纵隔隐窝

2. 第 2 冠状断面　经锁骨的内侧半与升主动脉的前壁(图 16-12)。

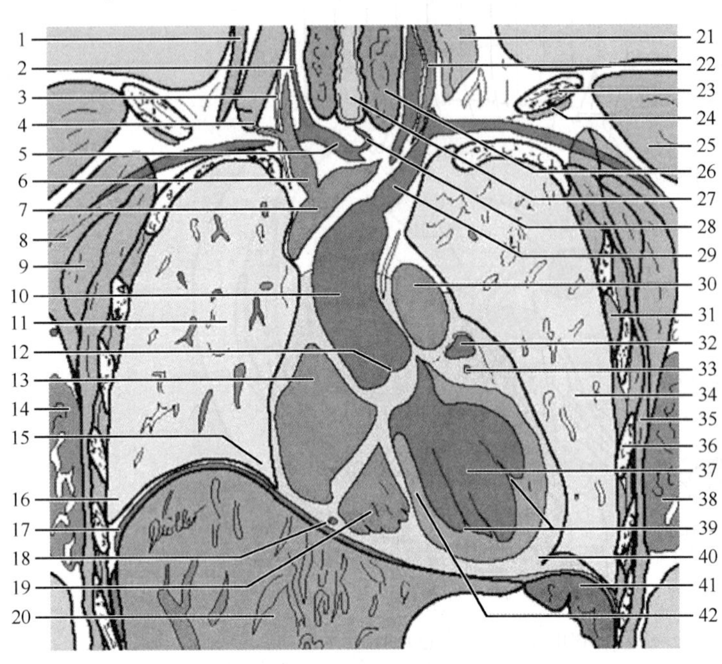

图 16-12　经升主动脉前壁的冠状断面

1. 胸锁乳突肌　2. 右颈总动脉　3. 膈神经　4. 锁骨下动静脉　5. 头臂干　6. 右头臂静脉　7. 上腔静脉　8. 胸大肌　9. 胸小肌　10. 升主动脉　11. 右肺　12. 主动脉球　13. 右心房　14. 右乳腺　15. 膈纵隔隐窝　16. 肋膈隐窝　17. 横膈　18. 右冠状动脉　19. 右心室　20. 肝脏　21. 前斜角肌　22. 颈内静脉与椎动脉　23. 锁骨　24. 锁骨下肌　25. 三角肌　26. 甲状腺　27. 气管　28. 甲状腺下动脉　29. 左锁骨下动脉　30. 肺动脉干　31. 肋间肌　32. 左心耳　33. 左冠状动脉旋支　34. 左肺　35. 前锯肌　36. 第 5 肋骨　37. 左心室　38. 左乳腺　39. 左心室乳头肌　40. 心尖　41. 脾　42. 室间隔

主要观察心包、心室、房室瓣、腱索与乳头肌、右心房、升主动脉、肺动脉干、左头臂静脉、右肺水平裂、左肺斜裂。

3. 第 3 冠状断面　经升主动脉与上腔静脉。主要观察气管、甲状腺侧叶、颈总动脉、上腔静脉、升主动脉、右肺的三叶、左肺的上下两叶(图 16-13)。

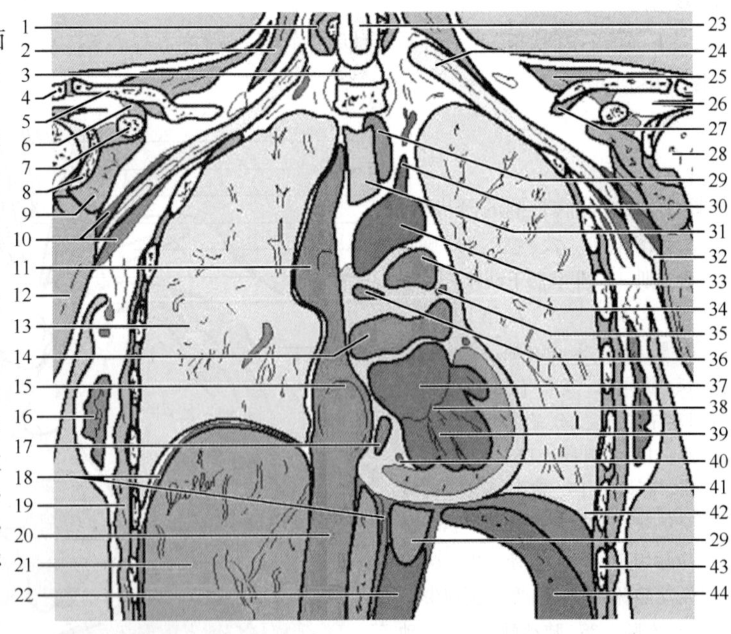

图 16-13　经上腔静脉的冠状断面

1. 颈长肌　2. 中、后斜角肌　3. 椎间盘与前纵韧带　4. 肩胛骨　5. 锁骨　6. 喙锁韧带　7. 肩胛骨喙突　8. 肩关节关节窝　9. 肩胛下肌　10. 腋动、静脉　11. 上腔静脉　12. 大圆肌　13. 右肺　14. 肺静脉　15. 右心房及卵圆窝　16. 右乳腺　17. 冠状窦　18. 横膈　19. 前锯肌　20. 下腔静脉　21. 肝脏　22. 腹主动脉　23. 脊髓　24. 颈丛　25. 斜方肌　26. 冈上肌　27. 锁骨下肌　28. 肱骨头　29. 食管　30. 颈总动脉　31. 气管　32. 腋神经　33. 主动脉弓　34. 肺动脉干　35. 左冠状动脉　36. 右肺动脉　37. 左心房　38. 左房室(二尖)瓣　39. 左心室　40. 右冠状动脉　41. 膈纵隔隐窝　42. 肋膈隐窝　43. 第 6 肋骨　44. 脾

4. 第 4 冠状断面　通过肺动脉叉及上腔静脉纵轴。主要观察左右心房、左心室、左房室瓣、肺动脉叉、主动脉弓、上腔静脉、气管、食管、右肺的三叶、左肺的上下两叶(图 16-14)。

图 16-14　经肺动脉叉的冠状断面

1. 颈长肌　2. 后斜角肌　3. 颈丛　4. 肩锁关节　5. 冈下肌　6. 冈上肌　7. 前锯肌　8. 肩胛下肌　9. 气管　10. 奇静脉　11. 主肺动脉窗　12. 右肺动脉　13. 右肺静脉　14. 左心房　15. 肱三头肌　16. 右肺　17. 第 7 肋骨　18. 肋膈隐窝　19. 横膈　20. 前纵韧带　21. 下腔静脉　22. 肝脏　23. 肋间肌　24. 脊髓　25. 斜方肌　26. 肺尖　27. 肱骨头　28. 肩关节关节窝　29. 食管　30. 左肺　31. 主动脉弓　32. 正中神经　33. 肱二头肌　34. 喙肱肌　35. 贵要静脉　36. 左肺静脉　37. 左心室　38. 膈纵隔隐窝　39. 横膈　40. 迷走神经与胸导管　41. 腹主动脉　42. 脾　43. 肾

5. 第 5 冠状断面　经气管叉并切经左心房后半部。主要观察左心房、左心室、肺静脉、气管叉、奇静脉、主动脉弓、食管、气管、右肺的三叶、左肺的上下两叶。

6. 第 6 冠状断面　经胸主动脉。主要观察胸主动脉、奇静脉弓、椎体、椎间盘、椎管、左右肺的上叶与下叶(图 16-15)。

7. 第 7 冠状断面　经胸主动脉后壁。主要观察胸主动脉、椎管、左右肺的上叶与下叶。

8. 第 8 冠状断面　通过胸椎体后半部。主要观察椎体、椎间盘、椎管、两肺下叶(图 16-16)。

(四) 胸部矢状断面的观察(图 16-17)

胸部矢状断面以正中矢状面为标准平面，以层厚 20mm 向左、右两侧断层，每一断面均从左侧面观察。

1. 第 1 矢状断面　主要观察左肺上下两叶、腋动脉、腋静脉和臂丛等。

2. 第 2 矢状断面　主要观察左肺上下两叶和头静脉等。

3. 第 3 矢状断面　主要观察左肺上下两叶、左右心室、左锁骨下动静脉等(图 16-18)。

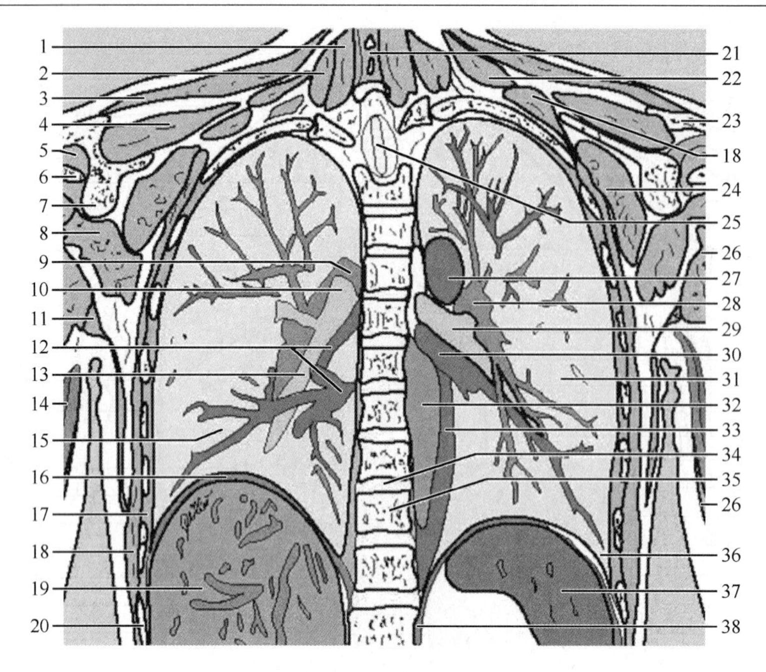

图 16-15　经胸主动脉后壁的冠状断面

1. 多裂肌　2. 颈半棘肌　3. 斜方肌　4. 冈上肌　5. 肩关节　6. 肱骨头　7. 肩关节关节窝　8. 小圆肌　9. 右肺动脉　10. 右主支气管　11. 背阔肌　12. 右肺静脉　13. 右肺下叶支气管　14. 支气管动、静脉　15. 右肺　16. 横膈　17. 肋间肌　18. 前锯肌　19. 肝脏　20. 第 10 肋骨　21. 棘突与棘间韧带　22. 肩胛提肌　23. 肩胛冈　24. 肩胛下肌　25. 脊髓　26. 肱三头肌　27. 主动脉弓　28. 左肺动脉　29. 左主支气管　30. 左肺静脉　31. 左肺　32. 食管　33. 胸主动脉　34. 椎间盘($T_{9/10}$)　35. 椎体(T_{10})　36. 肋膈隐窝　37. 脾　38. 横膈

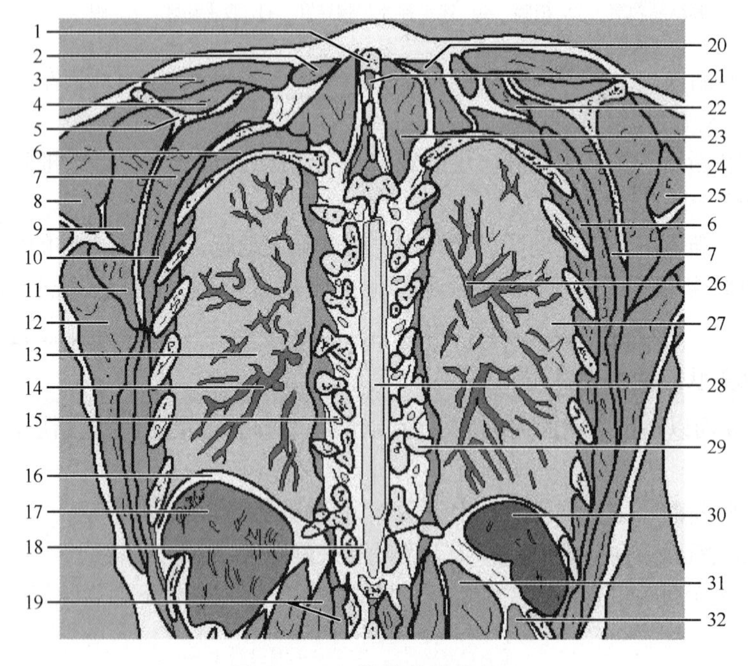

图 16-16　经椎管的冠状断面

1. C_7 棘突　2. 颈夹肌　3. 斜方肌　4. 冈上肌　5. 肩胛骨　6. 肋间肌　7. 肩胛下肌　8. 三角肌　9. 冈下肌　10. 前锯肌　11. 大圆肌　12. 背阔肌　13. 右肺　14. 右肺静脉　15. 脊神经(T_9)　16. 横膈　17. 肝脏　18. 黄韧带　19. 横突棘肌　20. 上后锯肌　21. 棘间韧带　22. 肩胛提肌　23. 竖脊肌　24. 第 3 肋骨　25. 小圆肌　26. 肺动脉　27. 左肺　28. 脊髓　29. 第 9 肋骨　30. 脾　31. 最长肌　32. 髂肋肌

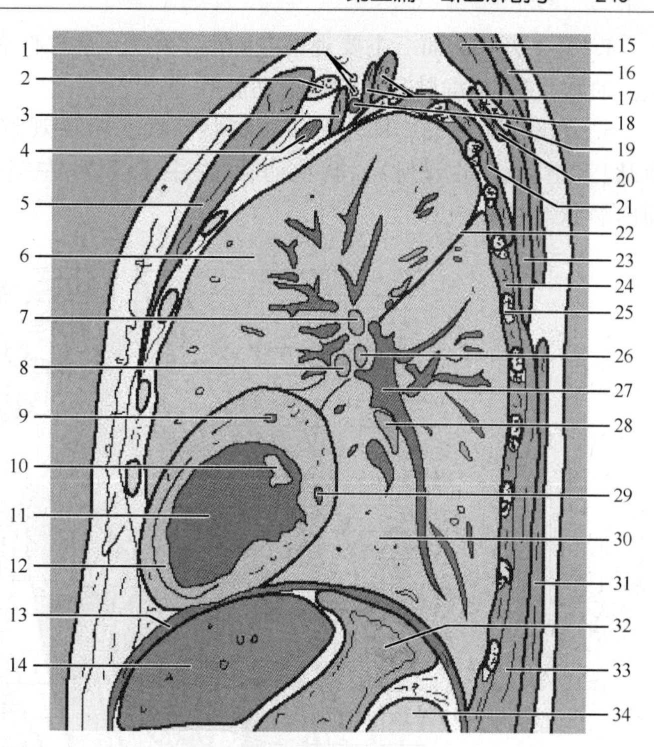

图 16-17 胸部经前室间沟上份的矢状断面

1. 臂丛 2. 锁骨 3. 前斜角肌 4. 锁骨下静脉 5. 胸大肌 6. 左肺上叶 7. 左上叶支气管 8. 下舌段支气管 9. 左冠状动脉前室间支 10. 前乳头肌 11. 左心室 12. 室间隔 13. 横膈 14. 肝脏 15. 肩胛提肌 16. 斜方肌 17. 中、后斜角肌 18. 锁骨下动脉 19. 肩胛骨 20. 后锯肌 21. 前锯肌 22. 斜裂 23. 大菱形肌 24. 肋间肌 25. 第6肋骨 26. 上舌段支气管 27. 左下肺静脉 28. 左肺下叶支气管 29. 左冠状动脉回旋支 30. 左肺下叶 31. 背阔肌 32. 胃 33. 颈半棘肌与多裂肌 34. 左肾

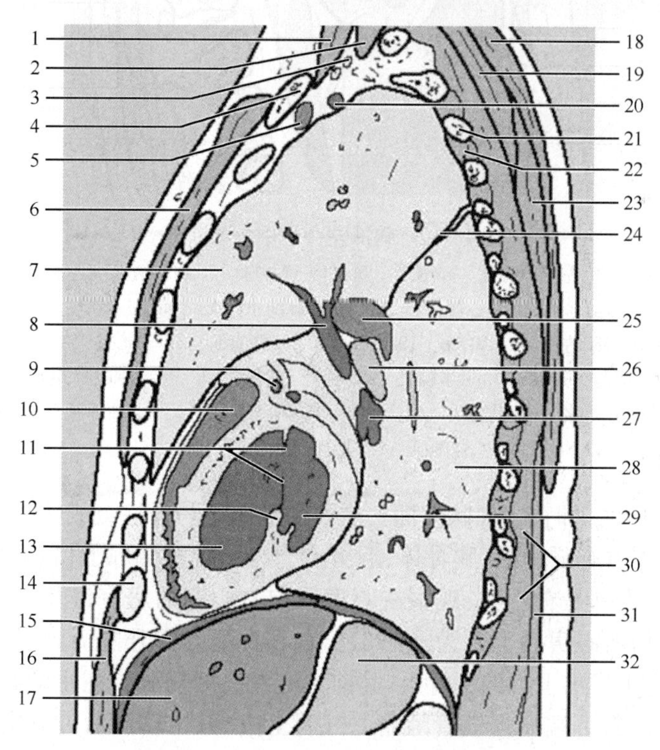

图 16-18 胸部经左肺门的矢状断面

1. 前斜角肌 2. 后斜角肌 3. 臂丛 4. 锁骨 5. 锁骨下静脉 6. 胸大肌 7. 左肺上叶 8. 左肺静脉 9. 左冠状动脉 10. 右心室 11. 左房室(二尖)瓣 12. 后乳头肌 13. 左心室 14. 肋软骨(7肋) 15. 横膈 16. 腹直肌 17. 肝脏 18. 斜方肌 19. 颈夹肌与头夹肌 20. 锁骨下动脉 21. 第3肋骨 22. 肋间肌 23. 上后锯肌与大菱形肌 24. 斜裂 25. 左肺动脉 26. 左主支气管 27. 左下肺静脉 28. 左肺下叶 29. 左心房 30. 胸半棘肌与多裂肌 31. 背阔肌 32. 胃

4. 第 4 矢状断面　主要观察左肺上下两叶、左右心室、左肺上叶支气管、左上肺静脉 、左肺动脉、左下肺静脉和左锁骨下动静脉等。

5. 第 5 矢状断面　即左旁正中矢状断面。主要观察右心室、左心房、肺主动脉、左肺静脉、升主动脉、主动脉弓、胸主动脉、左主支气管、左锁骨下静脉、甲状腺、左颈总动脉和颈内静脉等(图 16-19)。

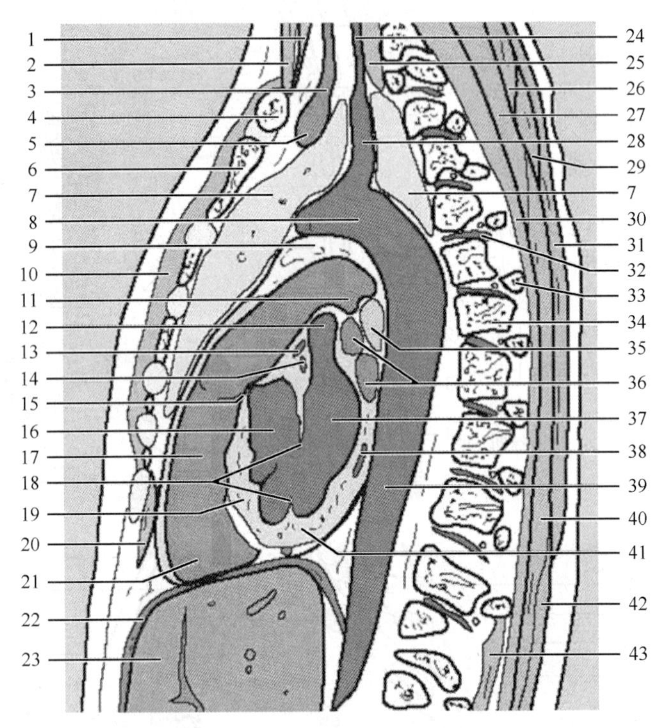

图 16-19　胸部左旁正中矢状断面

1. 甲状腺　2. 胸锁乳突肌　3. 左颈内静脉　4. 锁骨　5. 左头臂静脉　6. 胸骨柄　7. 左肺　8. 主动脉弓　9. 主肺动脉窗　10. 胸大肌　11. 左肺动脉　12. 左心耳　13. 左冠状动脉前室间支　14. 左冠状动脉回旋支　15. 左肺动脉壁　16. 左心室　17. 动脉圆锥　18. 左房室(二尖)瓣　19. 室间隔　20. 腹直肌　21. 右心室　22. 横膈　23. 肝脏　24. 椎动脉　25. 颈长肌　26. 颈夹肌与头夹肌　27. 颈半棘肌　28. 锁骨下动脉　29. 上后锯肌与大菱形肌　30. 胸半棘肌与多裂肌　31. 斜方肌　32. 肋间后动脉　33. 肋骨头　34. 胸椎　35. 左支支气管　36. 肺静脉　37. 左心房　38. 冠状窦　39. 降主动脉　40. 竖脊肌　41. 心肌　42. 背阔肌　43. 肋间肌

6. 第 6 矢状断面　即正中矢状断面。主要由纵隔区与脊柱组成(图 16-20)。

(1) 纵隔区:前方有胸骨柄、胸骨体、后方有脊柱。观察胸廓上口,可见气管、食管经此进入胸腔。心前面大部是右心房、观察右心房通向右心室的房室口及右房室瓣;辨认右房室口前上方的心耳;右心房后上方为左心房。右心房上方有升主动脉,其上端与主动脉弓相连续。主动脉弓上发出上行的头臂干,其前方有左头臂静脉。在主动脉弓与头臂干后上方有气管的纵切面,其下端显露气管隆嵴。气管上方、升主动脉后方有右肺动脉。观察气管下方的气管支气管下淋巴结。食管位于气管与脊柱之间,其前方有左、右心房,后方有奇静脉。

(2) 脊柱:观察各椎骨的椎体、棘突、椎骨之间的韧带有前纵韧带、后纵韧带、棘间韧带和棘上韧带。脊髓及其被膜位于椎管内。

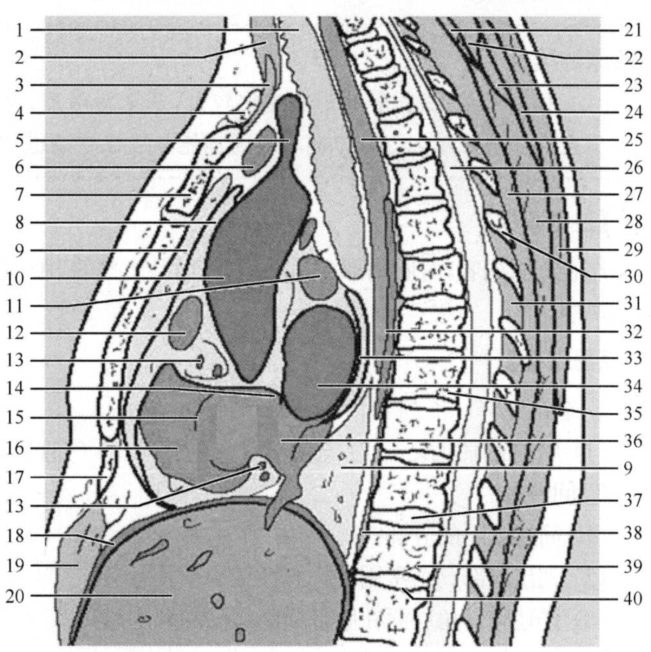

图 16-20　胸部正中矢状断面

1. 气管　2. 胸锁乳突肌　3. 胸骨舌骨肌、胸骨甲状肌与肩胛舌骨肌　4. 锁骨　5. 头臂干　6. 左头臂静脉　7. 胸骨柄　8. 心包　9. 右肺　10. 升主动脉　11. 右肺动脉　12. 右心耳　13. 右冠状动脉　14. 房间隔　15. 右房室瓣　16. 右心室　17. 剑突　18. 横膈　19. 腹直肌　20. 肝脏　21. 头半棘肌　22. 颈夹肌与头夹肌　23. 上后锯肌　24. 菱形大肌　25. 食管　26. 脊髓　27. 胸半棘肌与多裂肌　28. 竖脊肌　29. 斜方肌　30. T6 棘突　31. 黄韧带　32. 奇静脉　33. 心包窦　34. 左心房　35. 胸椎(T_9)　36. 右心房　37. 椎间隙　38. 前纵韧带　39. 椎体下缘(T_{12})　40. 椎体上缘(L_1)

7. 第 7 矢状断面　即右旁正中矢状断面。主要观察右心房、上腔静脉口、下腔静脉口、左头臂静脉、奇静脉弓、升主动脉、右主支气管、右肺动脉和右肺静脉等(图 16-21)。

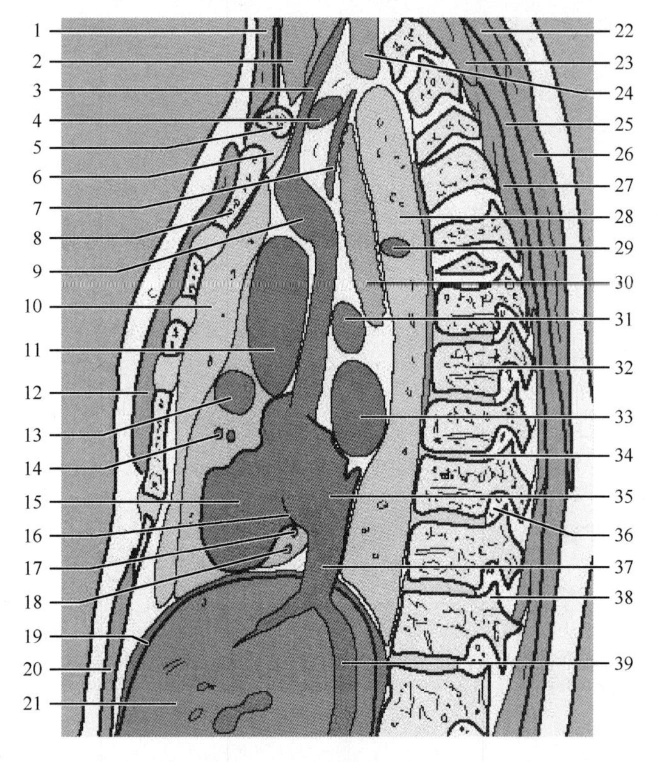

图 16-21　胸部右旁正中矢状断面

1. 胸锁乳突肌　2. 胸骨舌骨肌、胸骨甲状肌与肩胛舌骨肌　3. 颈内静脉　4. 锁骨下动脉　5. 锁骨　6. 胸锁关节　7. 头臂干　8. 膈肌　9. 上腔静脉　10. 右肺　11. 升主动脉　12. 胸大肌　13. 右心耳　14. 右冠状动脉　15. 右心室　16. 右房室瓣　17. 右冠状动脉后室间支　18. 右冠状动脉终末支　19. 膈肌　20. 腹直肌　21. 肝脏　22. 颈夹肌与头夹肌　23. 头半棘肌　24. 颈长肌　25. 竖脊肌　26. 斜方肌　27. 胸半棘肌　28. 右肺　29. 奇静脉　30. 气管　31. 右肺动脉　32. 椎体　33. 左心房　34. 椎间隙　35. 右心室　36. 椎间孔　37. 下腔静脉　38. 上关节突　39. 肝静脉

8. 第 8 矢状断面　主要观察斜裂、右上肺静脉和右肺动脉等。

9. 第 9 矢状断面　主要观察斜裂、水平裂、锁骨下动脉和臂丛等。

10. 第 10 矢状断面　主要观察右肺上、中、下三叶等。

11. 第 11 矢状断面　主要观察右肺上、中、下三叶等。

临床链接：

在横断层面上，气管的形态变化较大，多呈马蹄形，也可呈卵圆形或梨形等。如前后径大于左右径一倍以上，呈“刀鞘状”，则可能与慢性呼吸道梗阻性病变有关。

【注意事项】

结合教材内容，对照胸部、纵隔标本、气管、支气管、肺、心的游离标本，分组进行胸部断面标本的观察。

【思考题】

1. 名词解释

（1）周围间隙现象　（2）奇静脉食管隐窝　（3）气管后间隙

2. 问答题

（1）简述纵隔的分部。

（2）列出胸部5个常用的标志性结构及其意义。

（3）详述胸骨角层面在胸部横断层面的解剖意义。

第十七章　腹　　部

【实验目的】

掌握内容：掌握肝的位置和形态，肝的韧带，第一、第二肝门的位置和通过的结构；肝正中裂、左右中间裂的定位，Couinaud 肝段划分法：熟悉肝门静脉的形成及分支；肝静脉主要属支的行径；胰的位置和形态；肾前间隙、肾周间隙、肾后间隙的位置与交通；经第二肝门水平断面，经肝门静脉左、右支水平断面，经第一肝门水平断面，经肝右叶、胆囊、胰体水平断面，经肝右叶、胆囊、胰颈水平断面，经肝右叶下部、肾门水平断面的主要结构。

熟悉内容：腹部其他水平断面的主要结构。

【实验器材】

1. 腹部局部解剖标本。
2. 腹腔器官游离标本。
3. 腹部水平断面标本。
4. 腹部断面解剖图谱。
5. 腹部断面 CT、MRI 图像。
6. 肝、胆、肾的超声图像。

【实验内容】

（一）腹部的解剖

（1）观察腹腔器官的配布及其毗邻关系。

（2）观察肝、肝外胆道、胰、脾、肾、肾上腺、胃、小肠与大肠的位置和形态。

（3）观察腹膜后间隙的组成及其交通。

（二）腹部水平断面的观察

1. 第 1 水平断面　即第二肝门层面。平第 10 胸椎体。

在胸腔内，观察右肺的中叶与下叶，左肺的舌叶与下叶。在左肺舌叶与右肺中叶之间有右心室，其左侧为心尖。观察胸椎椎体左前方的胸主动脉，辨认其后方与右侧的半奇静脉与奇静脉，奇静脉与主动脉之间有胸导管。

辨认紧贴于心、肺内面的膈肌断面，在主动脉前方可见膈肌的食管裂孔和食管。腹腔内，左侧约 1/3 为胃底断面，右侧 2/3 为肝的断面。在肝断面后缘近中点处辨认下腔静脉，在下腔静脉右前方可见肝中静脉，肝中静脉至下腔静脉左缘连线为肝的正中裂，将肝分为左半肝与右半肝。辨认紧邻下腔静脉左缘的尾状叶，在右半肝辨认由后外汇入下腔静脉的肝右静脉，此静脉与下腔静脉右缘的连线为右叶间裂，将右半肝分为右前叶与右后叶。

观察胸壁后部，可见第 10 胸椎及其后面的竖脊肌、斜方肌，斜方肌外侧有背阔肌与前锯肌；椎体两侧有第 10 肋骨的肋头及肋头关节、肋横突关节。观察胸壁前部，辨认胸骨体下端与第 6、7 肋软骨，由前向后辨认第 5～9 肋骨。

2. 第 2 水平断面　平第 10～11 胸椎椎间盘。

(1) 胸壁:经第 10～11 胸椎椎间盘,前部显示胸骨剑突与第 5～7 肋软骨。

(2) 胸腔:肺断面变得很小,心、食管已消失。胸主动脉、奇静脉、半奇静脉、胸导管等结构同上。

(3) 腹腔:肝、胃断面增大。辨认脊柱前方偏右的下腔静脉和开口于下腔静脉右侧壁的肝右静脉,在肝的断面中部有由前外斜向后内的肝中静脉,在下腔静脉前方有肝左静脉,以肝中静脉与下腔静脉左缘连线划分左、右半肝。在左半肝辨认尾状叶,该叶左侧有静脉韧带裂;在左半肝断面前缘辨认肝圆韧带裂;该裂与腹前壁之间有镰状韧带相连。以肝镰状韧带与静脉韧带裂的连线为左叶间裂,划分肝左内叶与左外叶。观察胃,其右侧缘明显突向右侧的部分为贲门。

3. 第 3 水平断面　平第 11 胸椎体。

(1) 胸腔:肺已消失,显示肋膈隐窝。胸主动脉、奇静脉、胸导管等结构同上。

(2) 腹腔:主要显示肝与胃各占腹腔断面的一半。肝的断面主要观察下腔静脉、肝左静脉、肝右静脉、肝中静脉、静脉韧带裂与肝圆韧带裂。在下腔静脉右后方处辨认右肾上腺。观察胃体。

4. 第 4 水平断面　即第一肝门层面。平第 12 胸椎体(图 17-1)。

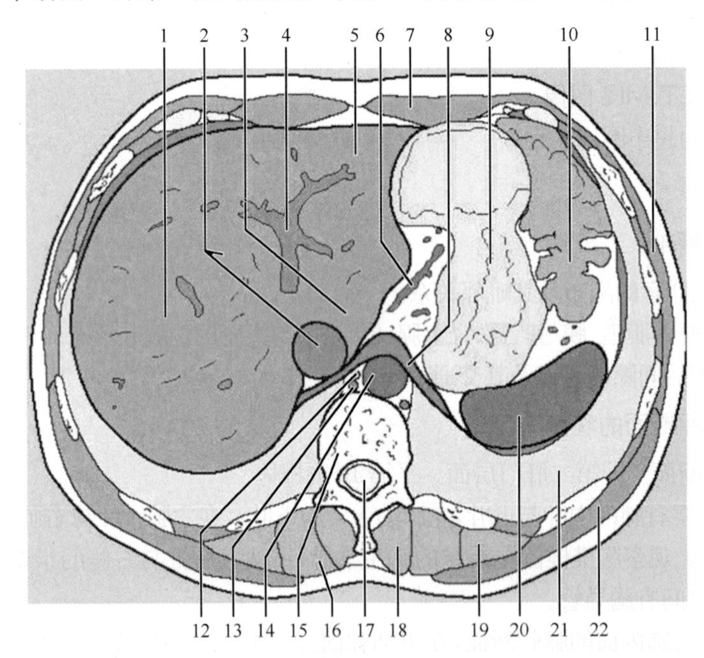

图 17-1　经第 12 胸椎体的横断面

1. 肝右叶　2. 下腔静脉　3. 肝尾状叶　4. 肝门静脉　5. 肝左叶　6. 胃左动脉　7. 腹直肌　8. 横膈　9. 胃　10. 结肠左曲　11. 腹外斜肌　12. 胸导管　13. 奇静脉　14. 腹主动脉　15. 第 12 胸椎　16. 胸最长肌　17. 椎管与脊髓　18. 棘肌　19. 髂肋肌胸段　20. 脾　21. 左肺　22. 背阔肌

胸壁显示第 12 胸椎和第 7～12 肋骨,出现腹直肌。膈与脊柱之间仍见胸主动脉的断面。腹腔内主要显示肝、胃、脾与右肾上腺。确认下腔静脉,在其前方找出呈“U”字形的肝门静脉及其左、右支,左支进入肝圆韧带裂,为矢状部。在“U”字形前方辨认肝中静脉,以此划分左、右半肝。在右半肝内，肝门静脉右支后方有肝右静脉，以此划分右前叶与右后叶。在左半肝内，以肝门静脉左支之矢状部为标志，划分左内叶与左外叶。下腔静脉与静脉韧带裂之间为尾状叶。

5. 第 5 水平断面　平第 12 胸椎与第 1 腰椎间的椎间盘。出现胆囊、胰、十二指肠、肾等器官(图 17-2)。

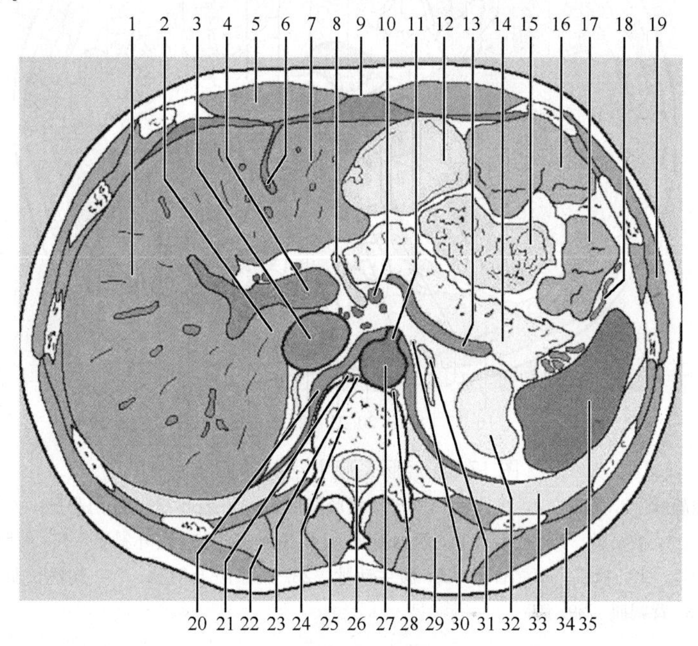

图 17-2　经腹腔干的横断面

1. 肝右叶　2. 肝尾状叶　3. 下腔静脉　4. 肝门静脉　5. 腹直肌　6. 肝圆韧带　7. 肝左叶　8. 十二指肠降部　9. 腹白线　10. 肠系膜上动脉　11. 腹腔干　12. 胃　13. 脾静脉　14. 胰腺　15. 空肠　16. 横结肠　17. 降结肠　18. 左结肠静脉　19. 腹外斜肌　20. 横膈　21. 奇静脉　22. 髂肋肌胸段　23. 胸导管　24. 胸椎　25. 棘肌　26. 椎管与脊髓　27. 腹主动脉　28. 半奇静脉　29. 胸最长肌　30. 肾上腺动脉　31. 左肾上腺　32. 左肾　33. 左肺　34. 背阔肌　35. 脾

(1) 肝的断面已明显缩小。在下腔静脉右前方辨认胆囊，从胆囊窝中点至下腔静脉左缘连线为肝正中裂，划分左、右半肝。辨认肝右静脉，划分肝右前、后叶；辨认肝圆韧带裂，划分左内叶、外叶，左外叶几乎消失。

(2) 胃位于断面前部右侧，在胃、胆囊之间辨认十二指肠上部、降部。胃后方长条形器官为胰，大部为胰体；观察横行于胰体后面的脾静脉。辨认位于下腔静脉前面的肝门静脉，在肝门静脉右侧辨认胆总管。

(3) 肾位于脊柱两侧，紧贴在腹后壁上。右肾左前方邻下腔静脉，左肾前面有脾静脉横过。在脊柱前外侧辨认左、右膈脚，两膈脚之间有腹主动脉，此处为膈的主动脉裂孔。肾与膈脚之间有肾上腺。

(4) 脾位于左肾外侧，呈新月形，内侧面与胰毗邻。

6. 第 6 水平断面　平第 1 腰椎体(图 17-3)。

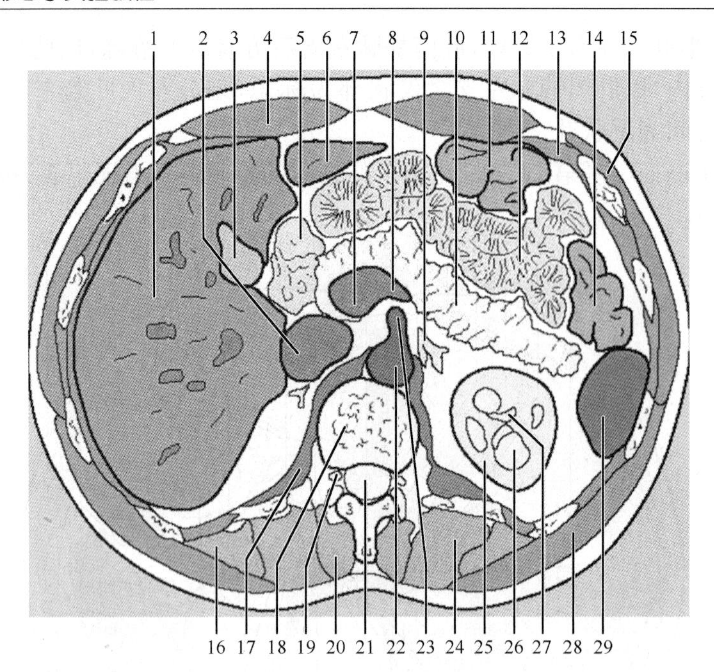

图 17-3　经肠系膜上动脉的横断面

1. 肝右叶　2. 下腔静脉　3. 胆囊　4. 腹直肌　5. 十二指肠降部　6. 肝左叶　7. 肝门静脉　8. 脾静脉　9. 左肾上腺　10. 胰腺体部　11. 横结肠　12. 空肠　13. 腹内斜肌　14. 降结肠　15. 腹外斜肌　16. 髂肋肌胸段　17. 横膈　18. 胸椎　19. 脊神经　20. 棘肌　21. 椎管　22. 腹主动脉　23. 肠系膜上动脉　24. 胸最长肌　25. 左肾　26. 肾锥体　27. 肾窦　28. 背阔肌　29. 脾

(1) 前部:可见横位的胃与其右侧的胆囊,辨认胃的幽门括约肌。

(2) 中部:右侧为肝,左侧为脾,两者之间为十二指肠降部与胰。肝仅剩右半肝下份,脾变缩小,十二指肠降部位于肝与胰头之间,胰腺横列于胃体后面。观察胰头形成的钩突及钩突前方的肠系膜上动、静脉,肠系膜上动脉左侧为十二指肠空肠曲。

(3) 后部:主要为左、右肾,两肾内侧缘为肾上腺的断面。在膈脚前方,右侧有下腔静脉及左、右肾静脉,左侧有腹主动脉及左、右肾动脉。

观察腹前壁的腹直肌、三层扁肌,腹后壁的腰大肌、腰方肌。椎管内显示脊髓圆锥和马尾。

7. 第 7 水平断面　平第 2 腰椎体。脾断面消失,结肠左曲与右曲出现(图 17-4)。

(1) 腰椎位置前移,脊髓已消失。腹主动脉和下腔静脉并列于腰椎椎体前方,椎体两侧分别有左、右肾贴于腰大肌、腰方肌前方,可见有肾血管出入肾门。

(2) 腹腔前部中份为胃体,两侧分别为结肠左曲、右曲。腹腔中部右侧仍为肝右叶,呈三角形;左侧为降结肠。在肝与降结肠之间依次有十二指肠降部、胰头的钩突及空肠。在钩突前方有肠系膜上动、静脉,脾静脉横过肠系膜上动脉的前方。

8. 第 8 水平断面　平第 2～3 腰椎椎间盘。

显示器官及其配布与上一断面基本相同。胰腺已消失,横结肠出现。在两侧腰大肌与肾的内侧缘间注意观察输尿管。

9. 第 9 水平断面　平第 3 腰椎体(图 17-5)。

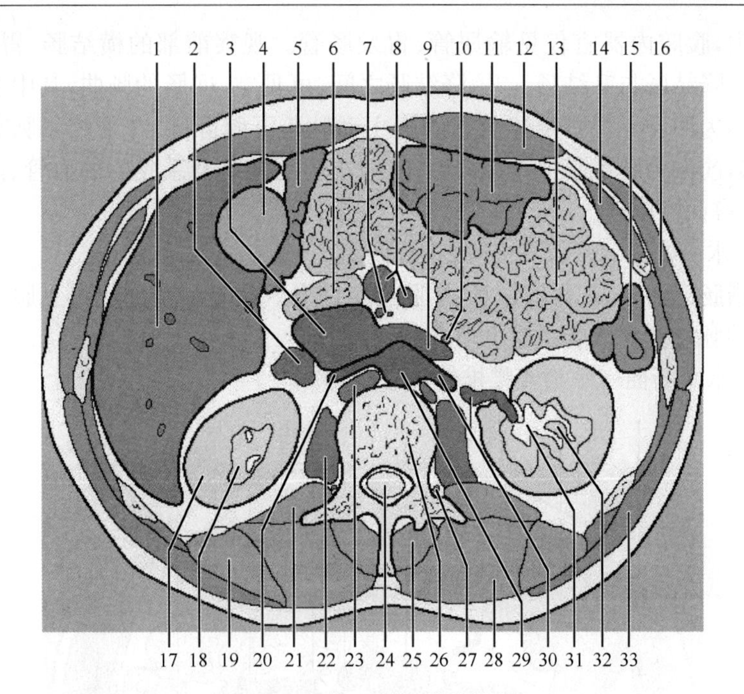

图 17-4　经第 2 腰椎体的横断面

1. 肝脏　2. 右肾静脉　3. 下腔静脉　4. 胆囊　5. 结肠右曲　6. 十二指肠　7. 胰十二指肠下动静脉　8. 肠系膜　9. 左肾静脉　10. 肠系膜下静脉　11. 横结肠　12. 腹直肌　13. 空肠　14. 腹内斜肌　15. 降结肠　16. 腹外斜肌　17. 右肾　18. 肾锥体　19. 髂肋肌胸段　20. 右肾动脉　21. 腰方肌　22. 腰大肌　23. 横膈　24. 椎管　25. 棘肌　26. 第 2 腰椎　27. 腰升静脉　28. 胸最长肌　29. 腹主动脉　30. 左肾动脉　31. 肾窦　32. 肾盏　33. 背阔肌

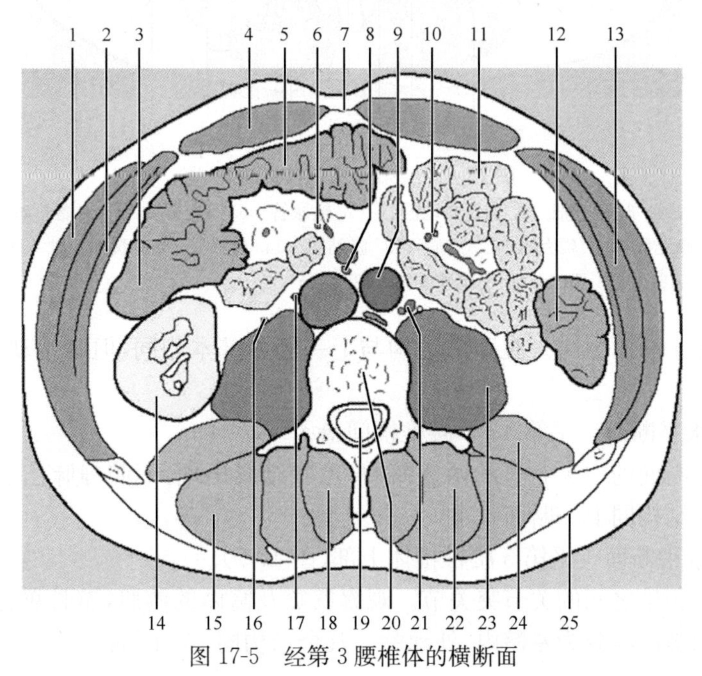

图 17-5　经第 3 腰椎体的横断面

1. 腹外斜肌　2. 腹横肌　3. 升结肠　4. 腹直肌　5. 横结肠　6. 右结肠动静脉　7. 腹白线　8. 肠系膜上动静脉　9. 腹主动脉　10. 空肠动静脉　11. 空肠　12. 降结肠　13. 腹内斜肌　14. 右肾　15. 腰髂肋肌　16. 输尿管　17. 右睾丸动脉　18. 棘肌　19. 椎管　20. 第 3 腰椎　21. 左睾丸动静脉　22. 胸最长肌　23. 腰大肌　24. 腰方肌　25. 胸腰筋膜

肝、肾消失，腹腔内器官仅见输尿管、胃及肠管。观察前部的横结肠、胃，在它们后方左、右侧分别为降结肠与升结肠。升、降结肠之间，可见空、回肠的肠曲，其中左侧半多为空肠，右侧半则多为回肠。观察椎体前方的腹主动脉与下腔静脉，在下腔静脉右前方可见十二指肠水平部，前方为肠系膜根，观察肠系膜与小肠的关系及系膜内的血管、淋巴结。在腰大肌前缘前方辨认输尿管。

10. 第10水平断面　平第3～4腰椎椎间盘。

胃、十二指肠已消失，观察输尿管、结肠与空回肠。在脊柱前面仍可见腹主动脉与下腔静脉，在腹主动脉左侧寻认肠系膜下动脉。

11. 第11水平断面　平第4腰椎体(图17-6)。

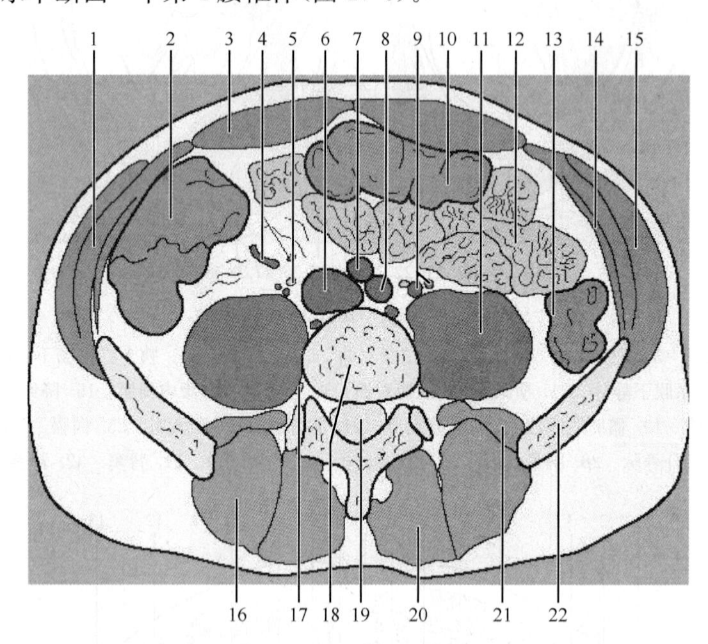

图17-6　经第4腰椎体的横断面

1. 腹内斜肌　2. 升结肠　3. 腹直肌　4. 右结肠动静脉　5. 输尿管　6. 下腔静脉　7. 右髂总动脉　8. 左髂总动脉　9. 睾丸动静脉　10. 横结肠　11. 腰大肌　12. 空肠　13. 降结肠　14. 腹横肌　15. 腹外斜肌　16. 胸最长肌　17. 股神经　18. 第4腰椎　19. 椎管　20. 棘肌　21. 腰方肌　22. 回肠

椎体几乎位于断面中央。腹腔内结构与上一断面基本相同，但腹主动脉已分为左、右髂总动脉。

12. 第12水平断面　平第4～5腰椎椎间盘。

椎间盘位于断面的中央。显示两侧髂嵴，乙状结肠出现，下腔静脉已消失，出现左、右髂总静脉。其余结构同上一断面。

13. 第13水平断面　平第5腰椎椎体上部(图17-7)。

显示第4、5腰椎之间的关节突关节。观察髂窝及窝内的髂肌，髂骨翼背面有臀中肌起始部。左髂总动脉已经分为左髂内、外动脉。其余结构同上一断面。

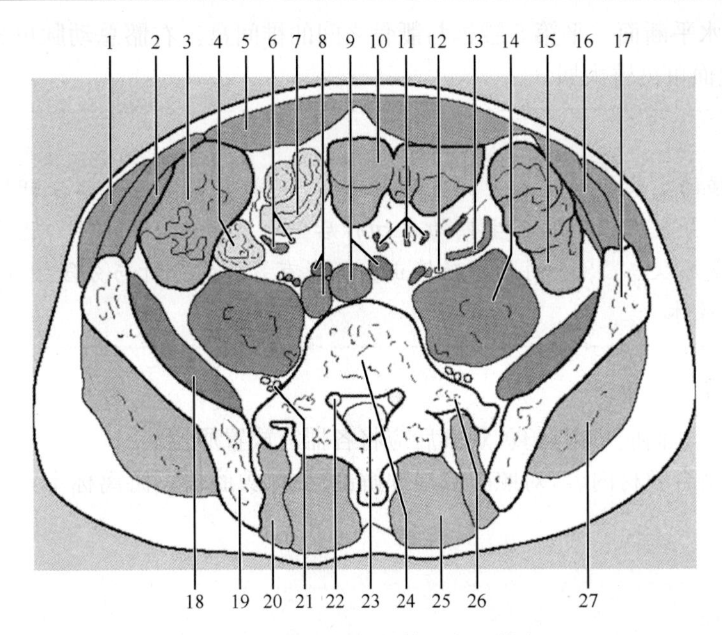

图 17-7　经第 5 腰椎椎体上部的横断面

1. 腹外斜肌　2. 腹横肌　3. 升结肠　4. 回肠末端　5. 腹直肌　6. 回肠动静脉　7. 回肠　8. 右髂总动静脉　9. 左髂总动静脉　10. 横结肠　11. 结肠中动静脉　12. 输尿管、睾丸动静脉　13. 左结肠动静脉　14. 腰大肌　15. 降结肠　16. 腹内斜肌　17. 髂骨翼　18. 髂肌　19. 髂骨　21. 腰丛　22. 第五腰神经　23. 椎管　24. 第五腰椎　25. 棘肌　26. 腰椎横突　27. 臀中肌

14. 第 14 水平断面　平第 5 腰椎体下部，右髂窝内可见盲肠和阑尾的断面(图 17-8)。

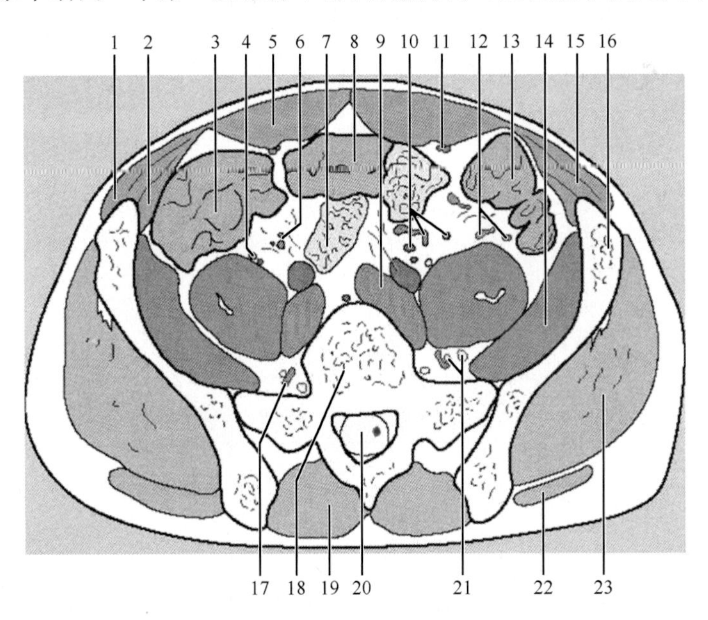

图 17-8　经第 5 腰椎椎体下部的横断面

1. 腹外斜肌　2. 腹横肌　3. 盲肠　4. 输尿管　5. 腹直肌　6. 右结肠动静脉　7. 回肠　8. 横结肠　9. 左髂总动静脉　10. 回肠动静脉　11. 腹壁动静脉　12. 左结肠动静脉　13. 降结肠　14. 髂肌　15. 腹内斜肌　16. 髂骨翼　17. 腰升静脉　18. 第五腰椎　19. 棘肌　20. 椎管　21. 腰丛　22. 臀大肌　23. 臀中肌

15. 第15水平断面　平第5腰椎与骶骨之间的椎间盘。右髂总动脉也分为髂内、髂外动脉，臀中肌浅面可见臀大肌。

临床链接：

肝有较强的生长和增殖能力。当肝因感染、化学物质损伤或部分肝切除后，存留肝细胞则快速分裂增殖。其再生期约在切肝后一个月开始，存留肝细胞明显增加，半年后能够恢复原状态，13个月后增殖停止。肝还有另外的分叶与分段方法，据此，可做肝叶、肝段切除术。

【注意事项】

1. 实验时同学们应严肃认真，观察后应将各器官放置原位。

2. 观察时结合教材内容，对照腹部局部解剖标本、腹腔器官游离标本，分组进行腹部断面标本的观察。

【思考题】

1. 名词解释

(1) Glisson系统　(2) 第二肝门平面　(3) 肝段和肝裂

2. 问答题

(1) 简述肝门平面的位置、特征及其在断层解剖学上的标志性意义。

(2) 简述在横断面上鉴别肝内门静脉和肝静脉的方法。

第十八章　盆　　部

【实验目的】

掌握内容:盆部各脏器的位置和毗邻。

【实验器材】

1. 局部解剖标本。
2. 男、女性盆部及会阴正中矢状切面标本。
3. 盆腔器官游离标本。
4. 盆部水平断面标本。
5. 盆部的断面解剖图谱,CT、MRI 图像。
6. 前列腺、子宫、卵巢的超声图像。

【实验内容】

(一) 大体观察

观察盆腔器官的配布及其毗邻,重点观察前列腺、子宫、卵巢、直肠和膀胱的位置和形态。

(二) 盆部水平断面的观察

盆部水平断面从骶岬开始,以 1cm 层厚向下切割至坐骨结节下方。女性一般有 14 个断面,男性有 18 个断面。每一断面均从下面向上观察。

1. 女性的水平断面

(1) 第 1 水平断面:平第 1 骶椎上份。主要观察第 1 骶椎椎体、骶岬、骶管、骶髂关节、髂内动脉、髂外动脉、髂总静脉、盲肠、阑尾、乙状结肠和输尿管等(图 18-1)。

(2) 第 2 水平断面:平第 1 骶椎下份。主要观察骶前孔、髂内外静脉、髂内动脉和臀大肌等。

(3) 第 3 水平断面:平第 2 骶椎体。主要观察卵巢和髂内外血管等(图 18-2)。

(4) 第 4 水平断面:平第 3 骶椎体。主要观察髂内外血管、臀上血管、梨状肌和乙状结肠等。

(5) 第 5 水平断面:平第 4 骶椎体。主要观察髂内外血管、坐骨大孔、梨状肌、乙状结肠等。

(6) 第 6 水平断面:平第 5 骶椎体。主要观察髂骨体、坐骨大孔、闭孔内肌、闭孔血管与神经、输尿管、膀胱尖、乙状结肠、直肠和子宫底等(图 18-3)。

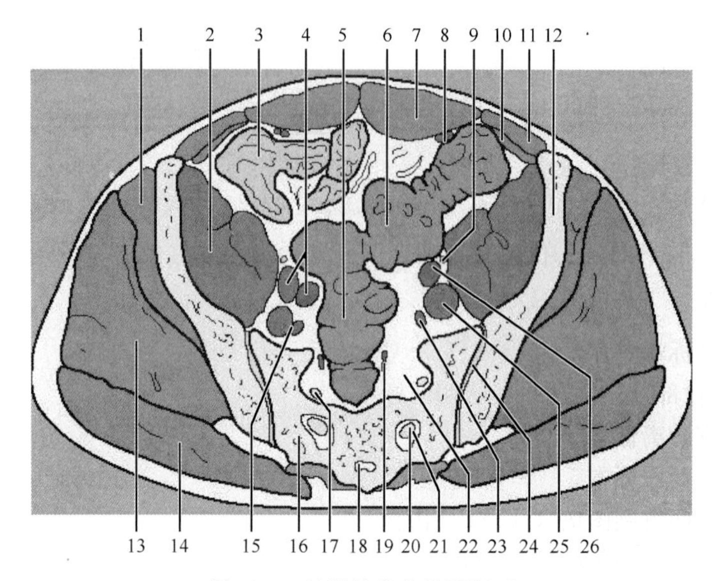

图 18-1 经骶髂关节的横断面

1. 臀小肌 2. 髂腰肌 3. 空肠 4. 右髂外动静脉 5. 直肠 6. 乙状结肠 7. 腹直肌 8. 腹壁动静脉 9. 输尿管 10. 腹横肌 11. 腹内斜肌 12. 髂骨翼 13. 臀中肌 14. 臀大肌 15. 右髂内动静脉 16. 骶骨 17. 第二骶神经 18. 骶管 19. 直肠上动脉 20. 第三骶神经 21. 第三骶骨孔 22. 第二骶骨孔 23. 左髂内动脉 24. 骶髂关节 25. 髂总静脉 26. 左髂外动脉

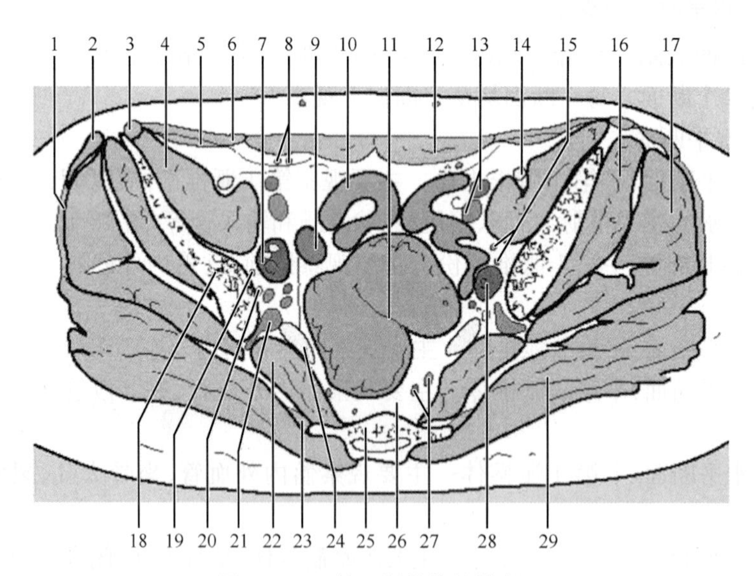

图 18-2 经第 2 骶椎体的横断面

1. 臀肌腱膜 2. 阔筋膜张肌 3. 缝匠肌 4. 髂肌 5. 腹横肌 6. 腹内斜肌 7. 右卵巢 8. 腹壁下动静脉 9. 子宫 10. 回肠 11. 乙状结肠远端 12. 腹直肌 13. 髂外动静脉 14. 股神经 15. 卵巢动静脉 16. 臀小肌 17. 臀中肌 18. 髂骨 19. 闭孔神经 20. 输尿管 21. 臀上静脉与髂内动脉 22. 梨状肌 23. 骶结节韧带 24. 坐骨神经 25. 第 2 骶椎 26. 骶前间隙 27. 直肠上动静脉 28. 左卵巢 29. 臀大肌

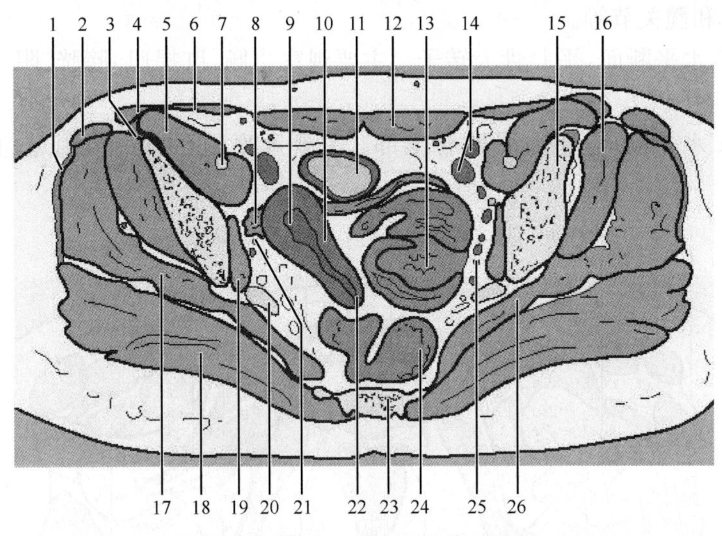

图 18-3　经第 5 骶椎体的横断面

1. 臀肌腱膜　2. 阔筋膜张肌　3. 股直肌　4. 缝匠肌　5. 髂腰肌　6. 腹内斜肌与腹横肌　7. 股神经　8. 子宫圆韧带　9. 子宫腔　10. 子宫底　11. 膀胱　12. 腹直肌　13. 小肠　14. 髂外动静脉　15. 髂骨　16. 臀小肌　17. 臀中肌　18. 臀大肌　19. 闭孔内肌　20. 坐骨神经　21. 输尿管　22. 子宫颈　23. 第 5 骶椎　24. 直肠　25. 闭孔神经　26. 梨状肌

(7) 第 7 水平断面：平骶尾联合。主要观察髋关节、坐骨神经、髂外动脉、臀下血管、膀胱、子宫体、直肠、乙状结肠和输尿管等。

(8) 第 8 水平断面：平第 1 尾椎体。主要观察膀胱、子宫颈、坐骨神经和股动脉等(图 18-4)。

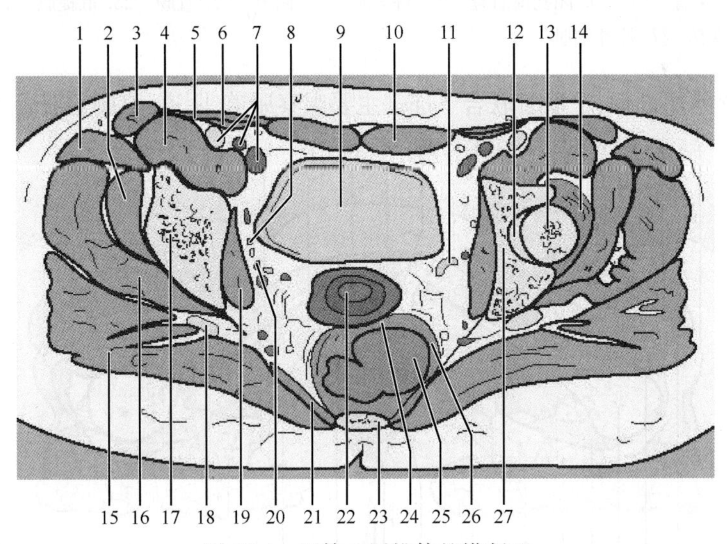

图 18-4　经第 1 尾椎体的横断面

1. 阔筋膜张肌与股直肌　2. 臀小肌　3. 缝匠肌　4. 髂腰肌　5. 腹内斜肌　6. 腹横肌　7. 股神经与髂外动静脉　8. 闭孔动脉　9. 膀胱　10. 腹直肌　11. 输尿管　12. 髋关节　13. 股骨头　14. 关节囊　15. 臀大肌　16. 臀中肌　17. 髋臼顶　18. 坐骨神经　19. 闭孔内肌　20. 髂内动静脉　21. 骶棘韧带　22. 子宫　23. 第 1 尾椎　24. 直肠子宫陷凹　25. 直肠　26. 子宫骶韧带　27. 髂骨

(9) 第 9 水平断面：平尾骨下端。主要观察直肠、肛提肌、坐骨肛门窝、膀胱、阴道、子宫颈阴部道、直肠和髋关节等。

(10) 第 10 水平断面:平股骨大转子。主要观察直肠、肛提肌、膀胱、阴道、直肠和股骨大转子等。

(11) 第 11 水平断面:平耻骨联合上部。主要观察闭孔、尿道、阴道、直肠和股骨等(图 18-5)。

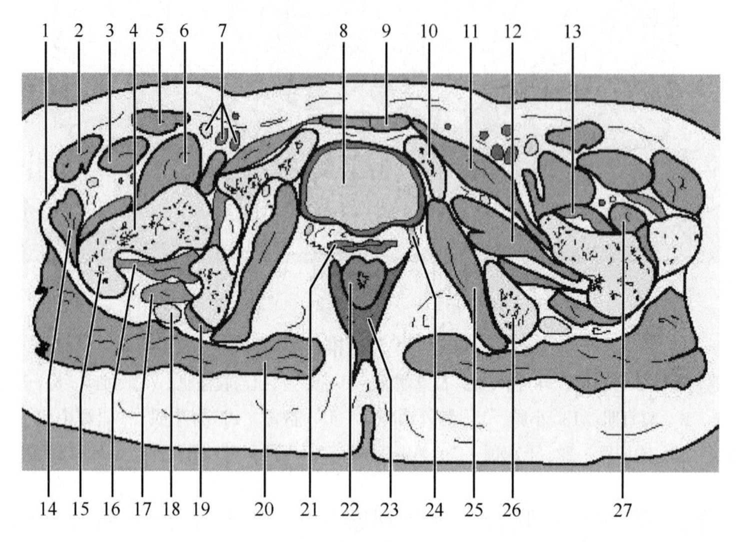

图 18-5 经耻骨联合上部的横断面

1. 髂胫束 2. 阔筋膜张肌 3. 股直肌 4. 股骨头 5. 缝匠肌 6. 髂腰肌 7. 股动脉、静脉与神经 8. 膀胱 9. 腹直肌 10. 耻骨上支 11. 耻骨肌 12. 闭孔外肌 13. 髂股韧带 14. 臀中肌 15. 大转子 16. 闭孔外肌腱 17. 股方肌与下孖肌 18. 坐骨神经 19. 闭孔内肌腱 20. 臀大肌 21. 阴道 22. 直肠 23. 肛提肌 24. 输尿管 25. 闭孔内肌 26. 坐骨结节 27. 股外侧肌

(12) 第 12 水平断面:平耻骨联合下部。主要观察尿道、阴道、直肠与股骨等(图 18-6)。

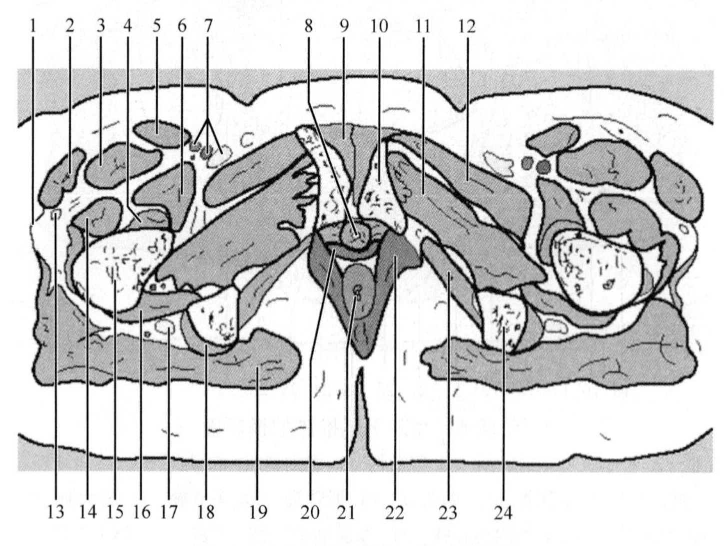

图 18-6 经耻骨联合下部的横断面

1. 髂胫束 2. 阔筋膜张肌 3. 股直肌 4. 股中间肌 5. 缝匠肌 6. 髂腰肌 7. 股动脉、静脉与神经 8. 尿道 9. 耻骨联合 10. 耻骨 11. 闭孔外肌 12. 耻骨肌 13. 股外侧皮神经 14. 股外侧肌 15. 股骨 16. 股方肌 17. 坐骨神经 18. 股二头肌、半腱肌与半膜肌总腱 19. 臀大肌 20. 阴道 21. 直肠 22. 肛提肌 23. 闭孔内肌 24. 坐骨结节

(13) 第 13 水平断面:平坐骨结节下部。主要观察阴蒂、大阴唇、坐骨结节、尿道、阴道和肛管等。

(14) 第 14 水平断面:平股骨小转子。主要观察阴蒂、大阴唇和肛门等。

2. 男性盆部的水平断面　男性盆部髋关节以上的结构以及髋关节以下的断面外侧部的结构与女性断面基本相同,故选择男性盆部水平断面的 8 个断面,观察其中间部的结构即可。

(1) 第 1 水平断面:平髂骨翼下部,相当于女性盆部的第 8 水平断面。主要观察膀胱、乙状结肠、直肠、回肠、输尿管和输精管等(图 18-7)。

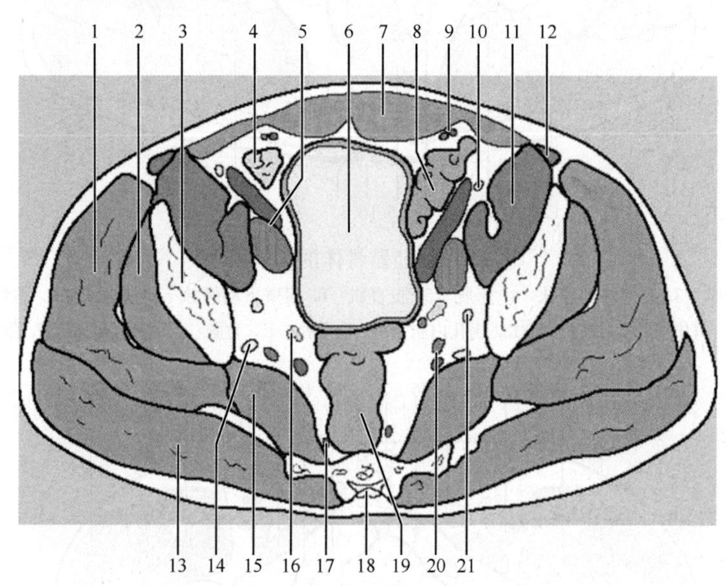

图 18-7　经髂骨翼下部的横断面

1. 臀中肌　2. 臀小肌　3. 髂骨翼　4. 回肠　5. 右髂外动静脉　6. 膀胱　7. 腹直肌　8. 乙状结肠　9. 腹壁下动静脉　10. 股神经　11. 髂腰肌　12. 缝匠肌　13. 臀大肌　14. 骶丛　15. 梨状肌　16. 精囊腺　17. 直肠上动脉　18. 骶管　19. 直肠　20. 左髂内动静脉　21. 输尿管

(2) 第 2 水平断面:平髂骨体。主要观察膀胱、乙状结肠、直肠、回肠、输尿管和输精管等(图 18-8)。

(3) 第 3 水平断面:平尾骨下部。主要观察腹股沟管、精索、膀胱、直肠和输精管壶腹等。

(4) 第 4 水平断面:平股骨颈上部,相当于女性的第 10 水平断面。主要观察膀胱、直肠、输精管壶腹、精囊和肛提肌等(图 18-9)。

(5) 第 5 水平断面:平股骨颈下部:主要观察闭孔、膀胱、输精管壶腹、精囊和肛提肌等。

(6) 第 6 水平断面:平耻骨联合上部。主要观察闭孔、前列腺、尿道和直肠等。

(7) 第 7 水平断面:平耻骨联合下部。主要观察结骨结节、前列腺、尿道和直肠等。

(8) 第 8 水平断面:平坐骨结节下方。主要观察阴茎、阴囊、尿道球、尿道和肛管等。

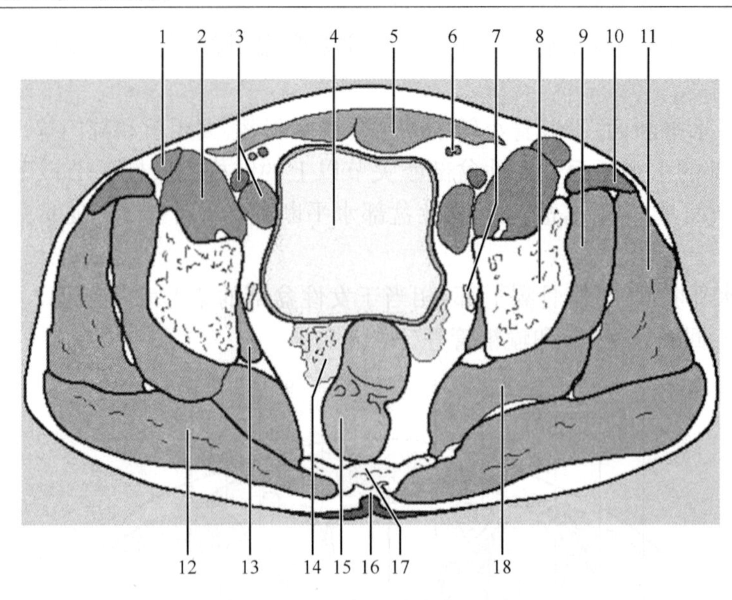

图 18-8 经髂骨体的横断面

1. 缝匠肌 2. 髂腰肌 3. 右髂外动静脉 4. 膀胱 5. 腹直肌 6. 腹壁下动静脉 7. 输尿管 8. 髂骨体 9. 臀小肌 10. 阔筋膜张肌 11. 臀中肌 12. 臀大肌 13. 闭孔内肌 14. 精囊腺 15. 直肠 16. 骶骨裂孔 17. 骶骨 18. 梨状肌

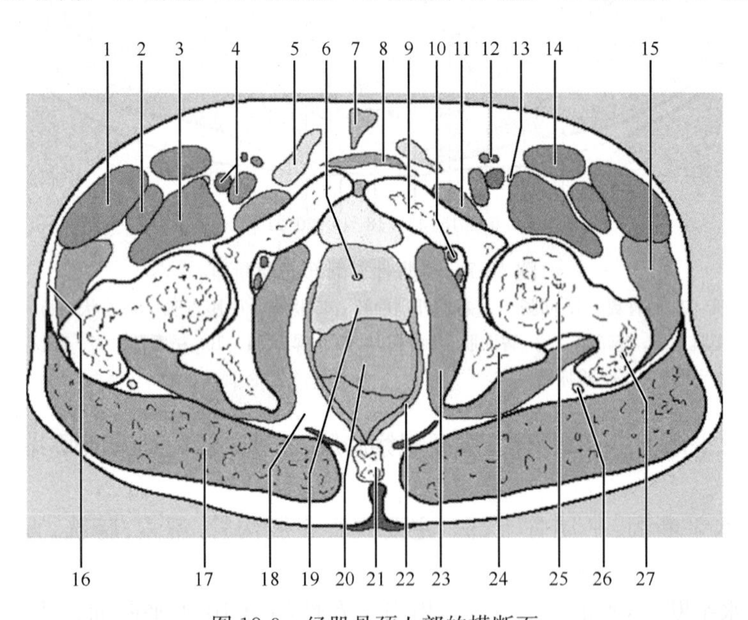

图 18-9 经股骨颈上部的横断面

1. 阔筋膜张肌 2. 股直肌 3. 髂腰肌 4. 右髂外动静脉 5. 精索 6. 尿道 7. 阴茎悬韧带 8. 腹直肌 9. 耻骨 10. 闭孔动脉 11. 闭孔外肌 12. 腹壁浅动静脉 13. 股神经 14. 缝匠肌 15. 臀小肌 16. 阔筋膜 17. 臀大肌 18. 坐骨直肠窝 19. 前列腺 20. 直肠壶腹 21. 尾骨 22. 肛提肌 23. 闭孔内肌 24. 坐骨 25. 股骨头 26. 大转子 27. 坐骨神经

临床链接：

肛周脓肿是肛管、直肠周围软组织内或其周围间隙内发生急性化脓性感染，并形成脓肿，称为肛管、直肠周围脓肿。其特点是自行破溃，或在手术切开引流后常形成肛瘘。是常见的肛管直肠疾病，也是肛管、直肠炎症病理过程的急性期，肛瘘是慢性期。

【注意事项】

1. 实验时同学们应严肃认真,观察后应将各器官放置原位。

2. 观察时结合教材内容,对照局部解剖标本、盆腔器官游离标本,分组进行断面标本的观察。

【思考题】

1. 名词解释

阴道穹

2. 问答题

女性盆部第1骶椎体上份断面(第一水平断面)的主要结构。

(九江学院基础医学院　李立新)

第十九章 脊 柱 区

【实验目的】

掌握内容:脊柱区的基本结构。

【实验器材】

1. 局部解剖标本。

2. 脊柱区的断面解剖图谱,CT、MRI 照片。

【实验内容】

(一)大体观察

观察脊柱区的基本结构。

(二)脊柱区断面的观察

1. 脊柱区颈段

(1)水平断面:

1)第 1 颈椎无椎体,仅有两个侧块与前弓、后弓(图 19-1);第 2 颈椎有一向上的齿突。其余颈椎形态结构大致相似,椎体较小,水平断面呈椭圆形。第 3～7 颈椎体上面侧缘均有向上的椎体钩,在第 2～6 颈椎体下面相对应的部位则有斜坡样唇缘。椎体钩与唇缘相接即构成钩椎关节,其后方为脊髓及其被膜、椎内静脉前丛;后外侧构成椎间孔前壁,邻近脊神经;外侧邻近椎动、静脉与交感神经丛。观察切经椎体上部的水平断面,可见椎弓根同矢状面大致成 45°。椎弓发出的上、下关节突,其关节面接近水平位,注意上关节面朝向后上方,下关节面朝向前下方。观察横突,上有横突孔,有椎动、静脉通过。

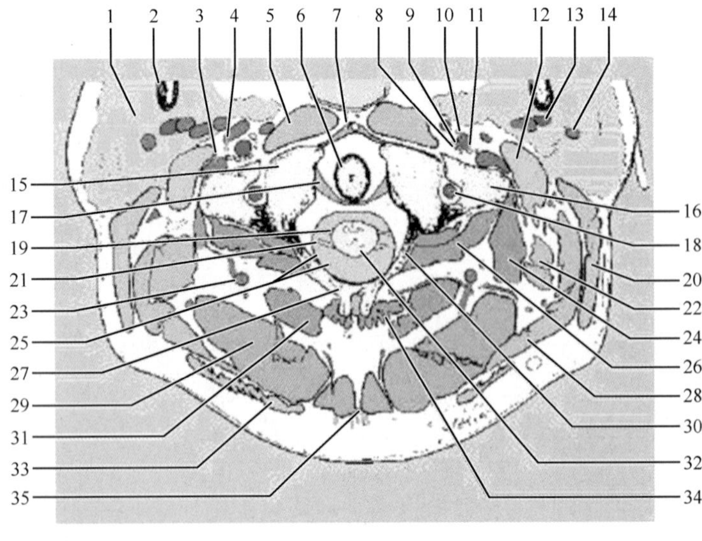

图 19-1 经寰椎的横断面

1. 腮腺 2. 下颌支 3. 颈内静脉 4. 舌咽神经 5. 头长肌 6. 枢椎齿突 7. 前纵韧带 8. 迷走神经 9. 舌下神经 10. 颈内动脉 11. 副神经 12. 二腹肌后腹 13. 上颌动脉 14. 下颌后静脉 15. 寰椎侧块 16. 寰椎横突 17. 寰椎横韧带 18. 椎动脉 19. 前根 20. 胸锁乳突肌 21. 后根 22. 头最长肌 23. 颈深静脉 24. 头上斜肌 25. 硬脊膜与脑脊液 26. 头下斜肌 27. 棘突 28. 头夹肌 29. 头半棘肌 30. 寰椎后弓 31. 头后大直肌 32. 脊髓 33. 斜方肌 34. 头后小直肌 35. 项韧带

2）观察椎管，大致为三角形，其内容为脊髓及其被膜与脊神经根、椎内静脉丛、脂肪等。其中脊髓椭圆形硬脊膜很清晰，其与椎管管壁间为硬膜外隙，内有椎内静脉与脂肪。硬脊膜、蛛网膜同脊髓之间为蛛网膜下隙，其前后径与脊髓前后径的比例为 2∶1。

3）椎间孔位于相邻椎弓根之间，从后内向前外，与冠状面成 45°，有相应颈神经向前下外穿出。

（2）矢状断面：

1）正中矢状断面（图 19-2）：辨认第 2～7 颈椎的椎体及椎间盘。第 2 颈椎向上突出齿突，断面上可见齿突同寰椎前弓后面及寰椎横韧带形成的寰枢正中关节。观察椎管，后纵韧带参与构成椎管前壁，椎管后壁由椎弓板及黄韧带构成，观察管内的脊髓及脊髓的被膜与被膜间隙。在椎管后方，观察各椎骨的棘突与棘间韧带、项韧带。

2）旁正中矢状断面：可见椎体、椎间盘、椎体钩共同构成椎间孔的前壁，相邻椎弓根的椎上切迹、椎下切迹分别构成椎间孔的上、下壁，上、下椎骨的下、上关节突构成关节突关节，此关节构成椎间孔后壁（图 19-3）。

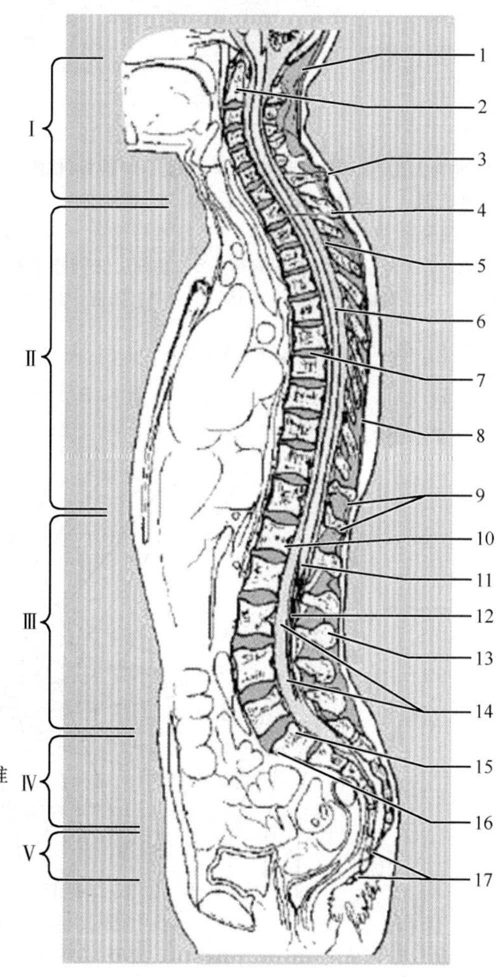

图 19-2 正中矢状断面

右：1. 项韧带 2. 枢椎齿突 3. C_7 棘突 4. T_1 椎体 5. 椎管 6. 胸髓 7. 椎间盘 8. 棘上韧带 9. 棘突间韧带 10. L_1 椎体 11. 脊髓圆锥 12. 马尾 13. 棘突 14. 骶囊 15. 骶骨 16. 骶骨岬 17. 尾骨

左：Ⅰ. $C_{1\sim7}$ Ⅱ. $T_{1\sim12}$ Ⅲ. $L_{1\sim5}$ Ⅳ. 骶椎 Ⅴ. 尾椎

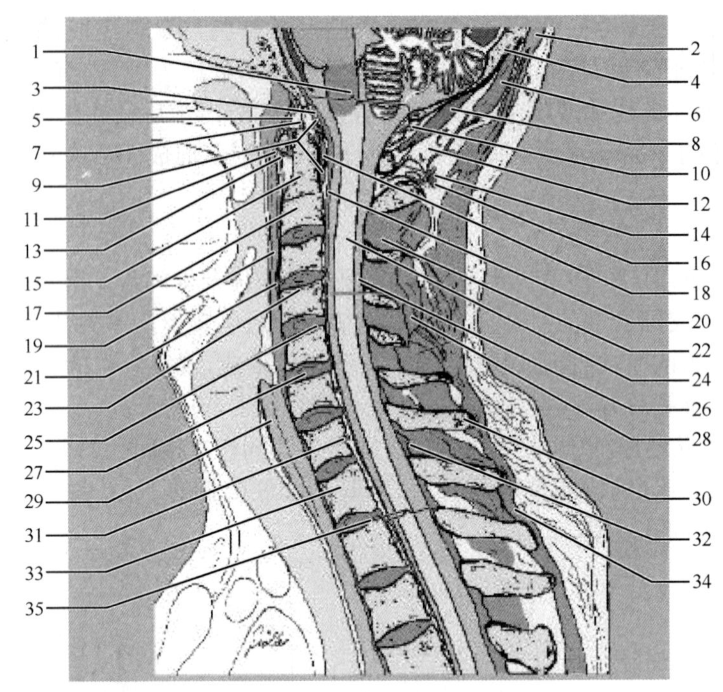

图 19-3 颈部旁正中矢状断面

1. 枕骨大孔 2. 斜方肌降部 3. 覆膜 4. 枕骨(枕内隆突) 5. 寰枕前膜 6. 头半棘肌 7. 枢椎齿突尖韧带 8. 头后小直肌 9. 纵束 10. 寰枕后膜 11. 寰椎前弓 12. 枕骨下脂肪组织 13. 正中寰枢关节 14. 寰椎后弓 15. 齿突 16. 颈深静脉 17. 枢椎椎体 18. 寰椎横韧带 19. 头长肌 20. 后纵韧带 21. C_3 下终板 22. 椎间韧带 23. C_4 上终板 24. 颈髓 25. 前纵韧带 26. 髓前后蛛网膜下腔 27. 椎间盘 28. 棘间肌 29. 食管 30. C_7 棘突 31. 椎体静脉 32. 黄韧带 33. T_1 椎体 34. 棘上韧带 35. 骨性椎管

2. 脊柱区胸段(图 19-4)

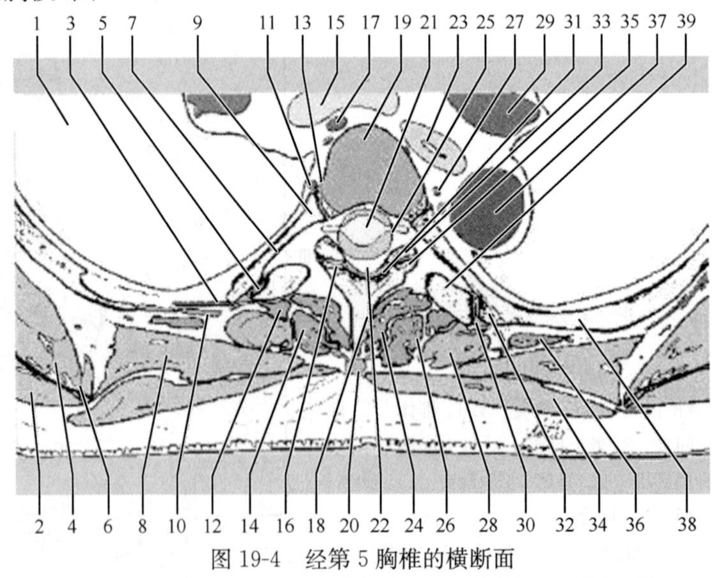

图 19-4 经第 5 胸椎的横断面

1. 右肺 2. 冈下肌 3. 肋间动脉 4. 肩胛下肌 5. 肋横突关节 6. 肩胛骨 7. 肋骨(颈) 8. 大菱形肌 9. 第 5 肋骨 10. 肋间肌 11. 肋头辐状韧带 12. 胸回旋肌 13. 肋头关节 14. 胸半棘肌 15. 气管分叉 16. $T_{4/5}$椎间关节 17. 奇静脉 18. 棘突 19. $T_{4/5}$椎间盘 20. 棘上韧带 21. 胸髓 22. 硬膜外脂肪 23. 食管 24. 胸棘肌 25. 脊神经节 26. 多裂肌 27. 副半奇静脉 28. 背阔肌 29. 左肺动脉 30. 肋横突韧带 31. 黄韧带 32. 第 5 肋骨结节 33. T_5 上关节突 34. 斜方肌 35. T_4 下关节突 36. 胸髂肋肌 37. 降主动脉 38. 第 5 肋骨 39. T_5 横突

（1）水平断面：椎体呈心形，相邻椎体的肋凹与肋头形成肋头关节，横突肋凹与肋结节构成肋横突关节。关节突关节面近冠状位，上关节面朝向后方，下关节面朝向前方。椎管近圆形，管内的脊髓断面较小，呈圆形。椎间孔前壁为椎体与椎间盘后外缘，后壁为关节突关节，前外侧有肋颈与肋椎关节。通过椎间孔的胸神经从相同序数胸椎下方的椎间孔突出。

（2）矢状断面：

1）正中矢状断面(图 19-5)：椎体从上向下逐渐增大，椎体前薄后厚，与椎间盘构成胸曲；椎体后部见椎体静脉。棘突较长，向后下明显倾斜，呈叠瓦状。椎管内可见脊髓的腰骶膨大，下续为脊髓圆锥。

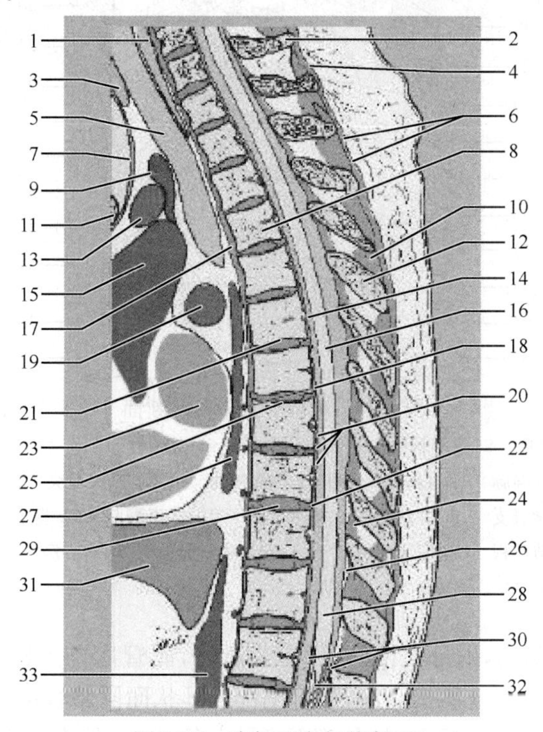

图 19-5　胸部正中矢状断面

1. 食管　2. C_7 隆椎　3. 甲状腺　4. 颈椎棘突间肌　5. 气管　6. 棘上韧带　7. 胸骨舌骨肌　8. 胸椎椎体　9. 头臂干　10. 棘间韧带　11. 胸骨柄　12. 棘突　13. 左头臂静脉　14. 椎体静脉　15. 升主动脉　16. 胸髓　17. 前纵韧带　18. 肋间后动脉　19. 肺动脉　20. 后纵韧带　21. T_5 下缘终板　22. $T_{9/10}$椎间盘(纤维环)　23. 左心房　24. 黄韧带　25. T_7 上缘终板　26. 硬膜外脂肪　27. 奇静脉　28. 脊髓圆锥　29. $T_{9/10}$椎间盘(髓核)　30. 马尾　31. 肝脏　32. 终丝　33. 降主动脉

2）旁正中矢状断面：可见椎体与椎间盘外侧份的断面，其后缘构成椎间孔前壁，关节突关节构成椎间孔后壁。椎间孔上下径较大，前后径较小，胸神经经孔上部穿出椎管(图 19-74)。

3. 脊柱区腰骶段(图 19-6)

（1）水平断面：

1）椎体明显增大，呈肾形，椎体中部有椎体静脉。关节突关节面近矢状位(上位的与矢状面约成 45°)，上关节突位于前外方，下关节突位于后内方。第 1、2 腰椎的椎管近圆形或椭圆形，第 3、4 腰椎的呈三角形，第 5 腰椎的呈 3 叶形。注意椎管的侧隐窝位于椎体后外侧部、椎弓根内面与上关节突、黄韧带之间，腰神经根经此出椎间孔。观察椎管内容物，脊髓下端平第 1 腰椎下缘，第 1 腰椎以下仅有终丝与马尾。

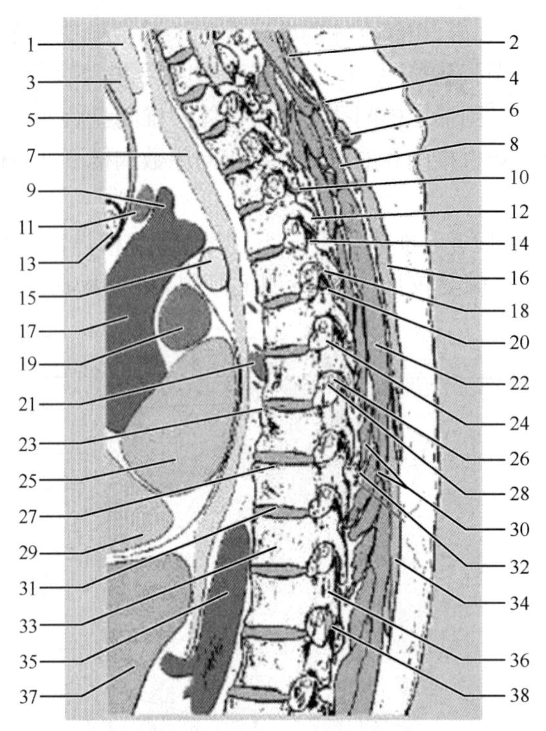

图 19-6　胸部旁正中矢状断面

1. 气管　2. 颈夹肌　3. 甲状腺　4. 头半棘肌　5. 胸骨舌骨肌　6. 上后锯肌　7. 食管　8. 菱形大肌　9. 头臂干　10. $T_{3/4}$椎间关节　11. 左头臂静脉　12. T_4 下关节突　13. 胸骨柄　14. T_5 上关节突　15. 左主支气管　16. 斜方肌　17. 升主动脉　18. 肋间后动脉脊支　19. 肺动脉　20. 椎间静脉　21. 半奇静脉　22. 竖脊肌　23. $T_{7/8}$椎间盘　24. 椎间孔　25. 左心房　26. 脊神经节后根　27. T_9 上缘终板　28. 脊神经节前根　29. 右心房　30. 多裂肌与半棘肌　31. T_9 下缘终板　32. 椎体外后静脉丛　33. T_{10}椎体　34. 背阔肌　35. 降主动脉　36. 椎弓根　37. 肝脏　38. 黄韧带

2）观察骶骨水平断面，前部是椎体，后方为骶管，骶管后方为椎弓板、关节突关节融合形成的骶管后壁。在第1～3骶椎高度，骶骨侧部的耳状面同髂骨构成骶髂关节。骶管经骶前孔、骶后孔通向骶骨前面与后面；骶骨背面可见5条纵嵴，即棘突融合形成的骶正中嵴，其外侧是关节突融合形成的骶内侧嵴，再外侧是横突融合形成的骶外侧嵴，骶内、外侧嵴间有骶后孔开口。骶管两侧是侧隐窝，内有第1骶神经根。

（2）矢状断面：

1）正中矢状断面（图19-7）：椎体大，呈方形，后部有椎体静脉。椎间盘向下增厚，且前厚后薄。棘突呈长方形板状，水平后伸。骶骨与尾骨分别由骶椎、尾椎融合形成，骶管后壁完整者约为53%。第1腰椎处的椎管内有脊髓圆锥，第1腰椎以下椎管内仅有马尾与终丝。

2）旁正中央断面：与胸段脊柱基本相同。

临床链接：

颈腰部椎间盘的纤维环前厚后薄，纤维环破裂时，髓核容易向后外侧脱出，突入椎管或椎间孔，压迫脊髓和脊神经，临床上称为椎间盘脱出症，其中腰部较为常见。

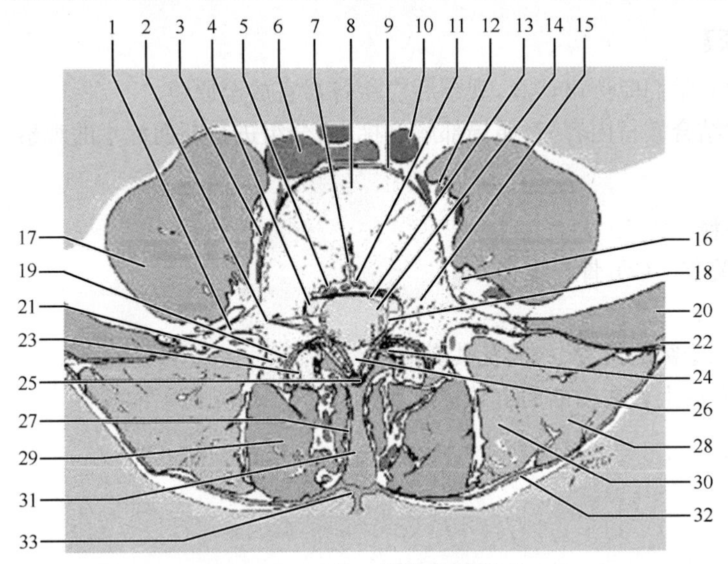

图 19-7　经第 4 腰椎的横断面

1. 肋突　2. 神经终丝　3. 腰动脉　4. L_4 横突侧脊神经根　5. 椎体前内静脉丛　6. 下腔静脉　7. 滋养孔　8. L_4 椎体　9. 前纵韧带　10. 左髂总动脉　11. 椎体静脉　12. 腰升静脉　13. 后纵韧带　14. 腰池　15. L_4 关节　16. L_3 脊神经节　17. 腰大肌　18. 硬脊膜　19. 椎间关节　20. 腰方肌　21. 上关节突　22. 胸腰筋膜前层　23. 下关节突　24. 黄韧带　25. 椎弓　26. 硬膜外脂肪　27. 椎体后外静脉丛　28. 竖脊肌(外侧束:腰髂肋肌)　29. 竖脊肌(内侧束:多裂肌)　30. 竖脊肌(外侧束:最长肌)　31. 椎间韧带　32. 胸腰筋膜后层　33. 棘上韧带

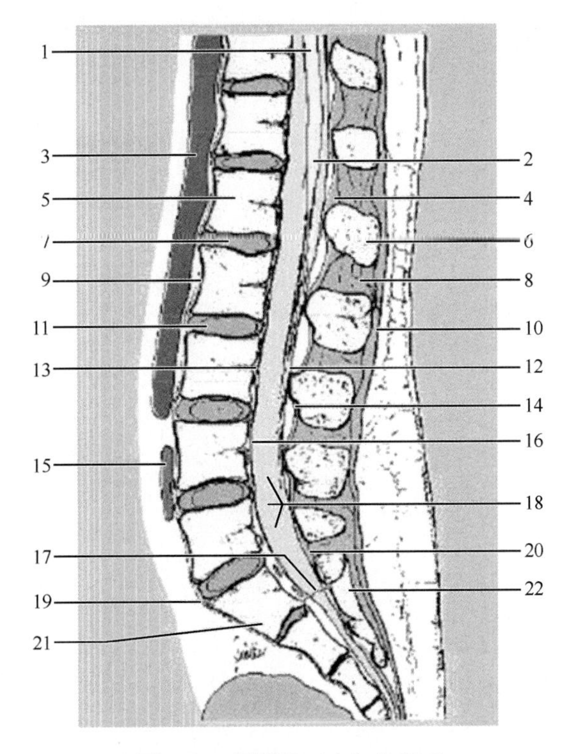

图 19-8　腰骶部正中矢状断面

1. 脊髓　2. 脊髓圆锥　3. 腹主动脉　4. 黄韧带　5. L_1 椎体　6. L_1 棘突　7. L_1/L_2 椎间盘(髓核)　8. 棘间韧带　9. 前纵韧带　10. 棘上韧带　11. L_2/L_3 椎间盘(纤维环)　12. 马尾　13. 椎体静脉　14. 硬膜外脂肪　15. 左侧髂总动脉　16. 后纵韧带　17. 骶管　18. 腰池　19. 骶骨岬　20. 硬脊膜　21. 骶骨(S1)　22. 骶正中嵴

【注意事项】

1. 实验时同学们应严肃认真，观察后应将各器官放至原位。
2. 观察时结合教材内容，对照局部解剖标本，分组进行断面标本的观察。

【思考题】

1. 名词解释

(1) 钩椎关节 (2) 骨纤维管

2. 问答题

(1) 简述侧隐窝的位置、构成及其变化。

(2) 简述髂后上棘在横断面上的标志意义。

第二十章　四　肢

【实验目的】

掌握内容：四肢大关节的主要结构。

【实验器材】

1. 局部解剖标本。
2. 四肢六大关节标本。
3. 四肢水平断面标本。
4. 四肢的断面解剖图谱，CT、MRI 图像。

【实验内容】

（一）大体观察

观察四肢六大关节的主要结构。

（二）四肢部分断面的观察

1. 经肱尺关节的水平断面　平肱骨内、外上髁，显露肱尺关节（图 20-1）。

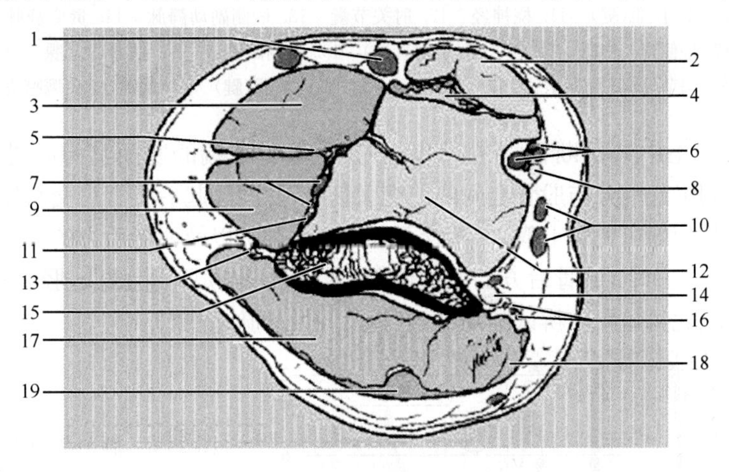

图 20-1　经肱尺关节的水平断面

1. 头静脉 2. 肱二头肌短头　3. 肱桡肌　4. 肱二头肌长头与肌腱　5. 桡神经　6. 肱动静脉　7. 肱深动静脉　8. 正中神经　9. 桡侧腕长、短伸肌　10. 贵要静脉　11. 中副动脉　12. 肱肌　13. 前臂后皮神经　14. 尺神经　15. 肱骨干　16. 尺动静脉　17. 肱三头肌外侧头　18. 肱三头肌内侧头　19. 肱三头肌肌腱

辨认肱骨，观察肱肌、肱桡肌、桡侧腕伸肌、旋前圆肌、肱二头肌腱与腱膜，桡侧腕长伸肌后方出现桡侧腕短伸肌。肱二头肌腱外侧可见桡神经与桡侧返血管。旋前圆肌、肱桡肌之间为肘窝，肱肌为此窝的底，辨认窝内的前臂外侧皮神经，肱肌为此窝的底，辨认窝内的前臂外侧皮神经，肱动、静脉与正中神经；浅筋膜内可见头静脉、贵要静脉和肘正中静脉等。在肱骨后面辨认尺骨鹰嘴、肱尺关节的关节腔、肱三头肌腱与肘肌。观察肱骨内上髁后方的尺神经。

2. 经桡尺近侧关节的水平断面(图 20-2) 辨认尺骨鹰嘴的断面及其外侧的桡骨头,观察两者之间的关节腔及环绕桡骨头的桡骨环状韧带与关节囊。在肘关节囊前面辨认肱肌、肱桡肌与桡侧腕伸肌、旋前圆肌,其配布情况同上一断面。观察肘窝,内有肱二头肌腱、肱动脉、肱静脉与正中神经,腱外侧可见桡神经与桡侧返血管。观察附于鹰嘴表面的肱三头肌腱。在尺骨鹰嘴内侧面辨认指深屈肌的起始部,在桡骨头前面辨认旋后肌的止端。在尺侧腕屈肌与尺骨之间辨认尺神经与伴行血管。

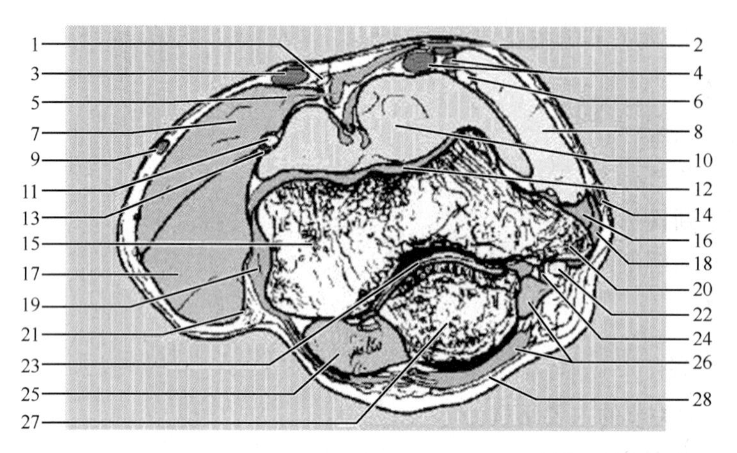

图 20-2 经桡尺近侧关节的水平断面

1. 前臂皮神经 2. 肱二头肌腱膜 3. 肘正中动脉 4. 肱动、静脉 5. 肱二头肌(腱) 6. 正中神经 7. 肱桡肌 8. 旋前圆肌 9. 头静脉 10. 肱肌(腱) 11. 桡神经 12. 肘关节囊 13. 桡侧副动静脉 14. 贵要静脉 15. 肱骨小头 16. 桡侧腕屈肌 17. 桡侧腕长伸肌 18. 掌长肌(腱附着处) 19. 外侧副韧带 20. 肱骨内上髁 21. 前臂后皮神经 22. 尺神经 23. 肱尺关节 24. 尺上副动静脉 25. 肘肌 26. 肱三头肌(腱) 27. 鹰嘴 28. 鹰嘴皮下囊

3. 膝关节的正中矢状断面(图 20-3) 辨认股骨下端的髁间窝与胫骨上端的髁间隆起,观察连于髁间隆起前方与股骨之间的前交叉韧带,髁间隆起后方有后交叉韧带。髌骨上连股四头肌腱,肌腱深面可见髌上囊;在髌骨下方观察髌韧带以及两者后方的翼状襞。观察股骨前面的股直肌、股中间肌,股骨后方的股内侧肌、大收肌、半膜肌、半腱肌,胫骨后面的腘肌、胫骨后肌及腓肠肌、比目鱼肌。辨认腘动脉、静脉及胫后动脉、静脉。

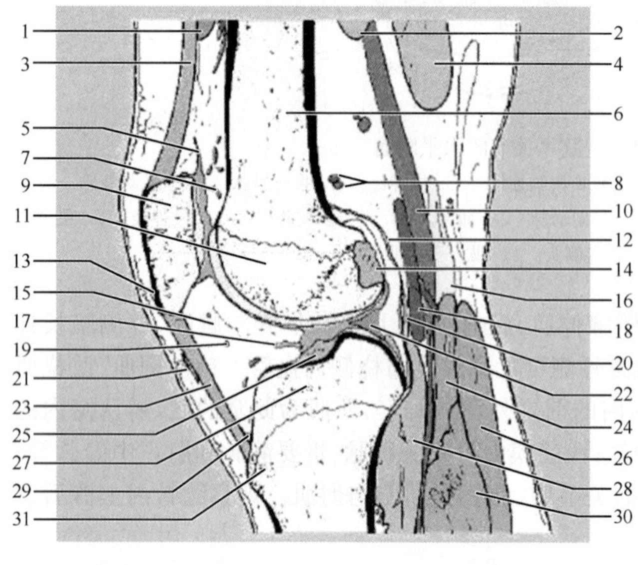

图 20-3 膝关节的正中矢状断面

1. 股内侧肌 2. 股二头肌 3. 四头肌腱 4. 半膜肌 5. 髌上囊 6. 股骨干 7. 髌上吻合 8. 膝上外侧动静脉 9. 髌骨 10. 腘静脉 11. 股骨外侧髁 12. 关节囊 13. 髌前皮下囊 14. 前交叉韧带(股骨附着处) 15. 髌下脂肪垫 16. 胫神经 17. 膝横韧带 18. 腘动脉 19. 膝下外侧动静脉 20. 腘斜韧带 21. 髌下皮下囊 22. 外侧半月板后角(内部附着处) 23. 髌韧带 24. 跖肌 25. 后交叉韧带 26. 腓肠肌外侧头 27. 胫骨头 28. 腘肌 29. 髌下深囊 30. 比目鱼肌 31. 胫骨结节

4. 膝关节冠状断面 股骨、胫骨的内、外侧髁显示清晰，股骨内、外侧髁之间为髁间窝，胫骨内、外侧髁之间为髁间隆起。髁间窝与髁间隆起间可见前、后交叉韧带。靠近内、外侧髁连接处，可见内、外侧半月板。在股内侧肌内侧出现缝匠肌，胫骨外侧髁外下方出现胫骨后肌，缝匠肌腱与股薄肌腱消失；关节囊外侧可见膝下外侧血管（图20-4）。

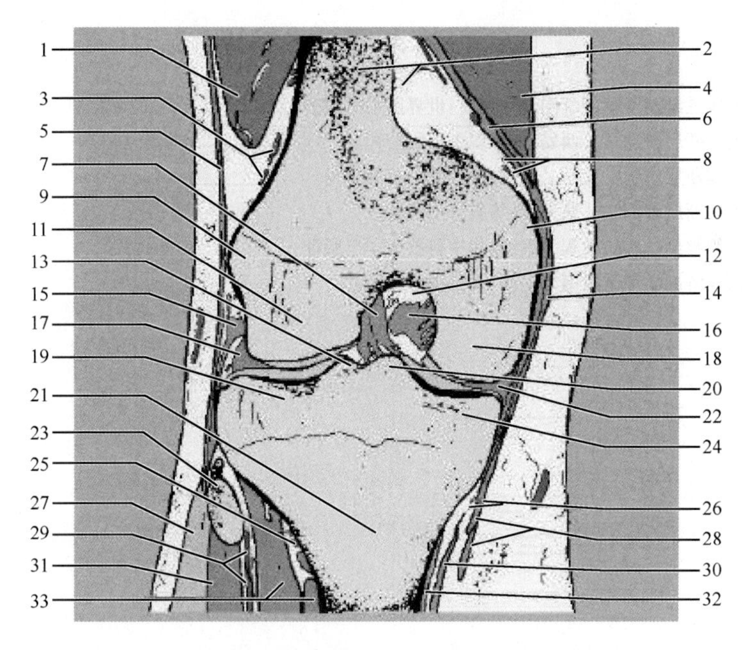

图 20-4 膝关节的冠状断面

1. 股外侧肌 2. 股骨干 3. 膝上外侧动脉 4. 股内侧肌 5. 髂胫束 6. 大收肌腱 7. 前交叉韧带 8. 膝上内侧动脉 9. 外上髁 10. 内上髁 11. 股骨外侧髁 12. 髁间窝 13. 髁间外侧结节 14. 内侧副韧带 15. 腘肌腱 16. 后交叉韧带 17. 外侧半月板中份 18. 股骨内侧髁 19. 胫骨外侧髁 20. 髁间内侧结节 21. 胫骨干 22. 内侧半月板中份 23. 腓骨头 24. 胫骨内侧髁 25. 膝下外侧动脉 26. 膝下内侧动脉 27. 腓骨长肌 28. 浅鹅足 29. 胫前返动静脉 30. 半膜肌(胫骨附着处，深鹅足) 31. 趾长伸肌 32. 腘肌胫骨附着处 33. 胫骨前结节

临床链接：

骨筋膜室综合征是由骨、骨间膜、肌间隔和深筋膜形成的骨筋膜室内肌肉和神经因急性缺血、缺氧而产生的一系列症状和体征。又称急性筋膜间室综合征、骨筋膜间隔区综合征。最多见于前臂掌侧和小腿。常由创伤骨折的血肿和组织水肿使其室内内容物体积增加或外包扎过紧，局部压迫使骨筋膜室容积减小而导致骨筋膜室内压力增高所致。

【注意事项】

1. 实验时同学们应严肃认真，观察后应将各器官放至原位。
2. 观察时结合教材内容，对照局部解剖标本，分组进行断面标本的观察。

【思考题】

1. 名词解释

(1) 前臂骨间膜 (2) 腕管

2. 问答题

(1) 手部远排腕骨与神经的关系如何?

(2) 小腿后骨筋膜鞘的主要结构。

(九江学院临床医学院　张腊喜)

参考文献

1. 付升旗. 2007. 人体三维断层解剖学图谱. 西安:世界图书出版公司
2. 付升旗. 2007. 人体断层解剖学. 西安:世界图书出版公司
3. 付升旗. 2007. 人体断层解剖实验学. 西安:世界图书出版公司
4. 刘树伟. 2005. 人体断层解剖学. 北京:高等教育出版社
5. 江会勇. 2010. 人体解剖学实验教程. 武汉:华中科技大学出版社
6. 江会勇. 2004. 人体解剖学考试指南. 上海:复旦大学出版社

第四篇　口腔解剖学

口腔解剖学是研究口腔、颅、面、颈部诸部位的正常形态结构、功能活动规律及其临床应用为主要内容的口腔专业基础学科。本实验教程在人体系统解剖的基础上，通过对口腔、颅、颌面及颈部等区域的解剖操作，并结合标本、图片和教科书，辨识其结构特点及毗邻关系，进而熟悉其功能活动原理、发生条件及其影响因素，建立起一定的感性解剖认识，从而为学习口腔临床医学奠定必要的基础。

第二十一章　上下颌骨及相关颅骨

【实验目的】

掌握内容：上颌骨的位置及形态结构与临床有关的标志。下颌骨的位置及形态结构与临床有关的标志。

熟悉内容：鼻骨、颧骨、腭骨、蝶骨、舌骨、颞骨的位置及形态结构。

【实验器材】

1. 完整的颅骨标本及模型。

2. 成套游离的上颌骨、下颌骨、鼻骨、颧骨、腭骨、蝶骨、舌骨、颞骨标本。

3.《口腔解剖生理学》教科书，有关上、下颌骨、颞下颌关节、颧骨、蝶骨及颅底等部分内容及图谱。

【实验方法】

在整体颅骨和分离的颅骨标本上观察其位置及形态结构(图 1-13，图 1-14)。

颌面部的骨性支架由 15 块骨组成，其中除单一的下颌骨、舌骨及犁骨外，其余均成双对称排列，有上颌骨、鼻骨、泪骨、颧骨、腭骨及下鼻甲骨。上述相邻诸骨互相连接，构成颌面部的基本轮廓，并作为软组织的支架。本节主要叙述与口腔临床关系密切的颌面骨：上颌骨、下颌骨、腭骨，以及脑颅骨中的蝶骨和颞骨。

(一) 上颌骨

上颌骨是面中部最大的骨结构，其中包含上颌窦，左右各一，互相对称。它与颧骨、鼻骨、犁骨、蝶骨、泪骨、额骨、腭骨等连接，参与眼眶底、口腔顶、鼻腔底及侧壁、颞下窝、翼上颌裂及眶下裂的构成。上颌骨的解剖形态不规则，大致可分为一体和四突。

1. 上颌体　分为前、后、上、内四面。

(1) 前面：境界——上界眶下缘，内界鼻切迹，下方移行于牙槽突，后界为颧突及其伸向上颌第一磨牙的颧牙槽嵴与后面分界。结构——在眶下缘中点下方约 0.5cm 处有椭圆形的眶下孔，孔内有眶下神经、血管通过。在眶下孔下方，骨面有一深窝，称尖牙窝(犬齿窝)。

上颌窦手术常由此开窗进入窦内。

(2) 后面:又称颞下面,参与颞下窝及翼腭窝前壁的构成。重要结构为颧牙槽嵴,为上牙槽后神经阻滞麻醉的重要标志。后面中部有数小孔,称牙槽孔。向下通入上颌窦后壁之牙槽管,有上牙槽后神经、血管通过。上牙槽后神经阻滞麻醉时将麻药注人此处。后面的下部,有粗糙的圆形隆起,称上颌结节。为翼内肌浅头之起始处。

(3) 上面:又称眶面,光滑呈三角形,构成眶下壁的大部。其后份中部有眶下沟,向前、内、下通眶下管,该管以眶下孔开口于上颌体的前外面。其中有上牙槽前、上牙槽中神经通过,故眶下管麻醉可同时麻醉上牙槽前、中神经及眶下神经。针尖刺入不可太深,以免伤及眼球。

(4) 内面:又称鼻面,参与鼻腔外侧壁的构成。鼻面有一三角形的上颌窦裂孔通向鼻腔,此孔被筛骨钩突、腭骨、下鼻甲及黏膜所掩盖,仅留有上颌窦口开口于中鼻道。上颌窦裂孔之后方,有翼腭管,管内有腭降动脉及腭神经通过。临床上可通过它施行上颌神经阻滞麻醉。

2. 四突　上颌骨的四突分别称为额突、颧突、腭突和牙槽突。

(1) 额突:耸立于上颌体的内上方,外侧面组成眶内缘及鼻背一部分,内侧面形成鼻腔侧壁的上份。

(2) 颧突:是位于上颌体前、后面之间向外上方的粗短突起,呈三角形,与颧骨相连接。

(3) 腭突:为前厚后薄的水平骨板,在中线与对侧腭突相连接,形成腭正中缝,并构成口腔顶及鼻腔底的大部分。腭正中缝的前端有切牙孔,向后上方形成通向两侧鼻底的切牙管,有鼻腭神经的终末支通过。可通过它施行腭前神经阻滞麻醉。

(4) 牙槽突:又称牙槽骨,为上颌体下方呈弧形包围牙根的突起,是上颌骨最厚的部分。牙槽突形成蹄铁状的牙槽骨弓,其中容纳牙根的部分称牙槽窝。窝的数目、形状、大小及深度与所容纳的牙根一致,牙槽窝的游离缘称为牙槽嵴。筛状板包被于牙周膜的外围骨面的数小孔。

(二) 下颌骨(图 1-18)

在整体颅骨标本上观察其位置,取分离下颌骨观察形态结构。

下颌骨位于面部下 1/3,是颌面骨中最坚实和唯一能活动的骨,可分为下颌体(水平部)和下颌支(垂直部),体与支的交接处为下颌角。

1. 下颌体　呈弓形,具有内外两面及牙槽突和下缘。

(1) 外面:正中处可见正中联合。其近下颌体下缘处左右各有一隆起称颏结节。从颏结节向下颌角后上延伸至下颌支前缘相连的骨嵴,称外斜线或外斜嵴。有降下唇肌及降口角肌附着。外斜线之下,有颈阔肌附着。在外斜线上方,下颌第二前磨牙的下方或第一、二前磨牙之间的下方,下颌骨上、下缘之间处有颏孔,孔内有颏神经、血管通过,成人颏孔多朝向后、上、外方。颏神经麻醉颏孔注射法时应注意此方向。

(2) 内面:在下颌正中处之下份有骨突称为颏棘,此棘有四个小突起。上两者为颏舌肌附着处,下两者为颏舌骨肌附着处。自下颏棘下方斜向上外的骨嵴,称内斜线或下颌舌骨线。附着下颌舌骨肌起端。内斜线上方、颏棘两侧有舌下腺窝(与舌下腺相连);内斜线下方,前有二腹肌窝(为二腹肌前腹起点),该窝后上方有颌下腺窝(与颌下腺相连)。

(3) 牙槽突:下颌骨牙槽突与上颌骨牙槽突相似,但牙槽窝较上颌骨牙槽窝小。由比上颌骨厚的骨密质构成,除切牙区外,很少有小孔通向其内的骨松质。下颌拔牙及牙槽骨手术时,除切牙区可采用浸润麻醉外,一般均采用阻滞麻醉。

(4) 下缘:或称下颌底。外形圆钝,是骨质最致密处,常作为下颌下区手术切口的标志。

2. 下颌支　或称下颌升支。为一几乎垂直的长方形骨板,分为喙突、髁突二突及内、外两面。

(1) 喙突:或称冠突。呈扁三角形,有颞肌和咬肌附着。颧骨骨折时,骨折片可压迫喙突,影响下颌运动。

(2) 髁突:或称关节突。上端有关节面,与颞下颌关节盘相邻;其下方缩细的部分称下颌颈。下颌颈前内侧方有小凹陷,称关节翼肌窝。为翼外肌下头之附着处。喙突与髁突之间,借"U"形的下颌切迹(或乙状切迹)分隔。

(3) 内面:其中央稍偏后上方处有下颌孔,在其前方有锐薄的小骨片,名下颌小舌,为蝶下颌韧带附着处。下颌孔之后上方有下颌神经沟,下牙槽神经、血管通过此沟进入下颌孔。在下颌孔的前上方,有一隆起称下颌隆凸。此处由前往后有颊神经、舌神经及下牙槽神经过,下颌孔向前下通入下颌管。下颌小舌的后下方,骨面粗糙,称为翼肌粗隆。为翼内肌附着处。

(4) 外面:外面下部粗糙,称咬肌粗隆。为咬肌附着处。上中部的突起为下颌支外侧隆突,是下颌支手术的标志。下颌支后缘与下颌体下缘的移行处为下颌角,有茎突下颌韧带附着。

下颌骨内部主要结构为下颌管,是位于下颌骨骨松质之间的骨密质管道。在下颌支内,该管行向前下,于下颌体内侧向前几乎呈水平位,当其经过下颌诸牙槽的下方时,沿途发出小管至各牙槽,以通下牙槽神经、血管,并在前方与颏孔相连,以通颏神经、血管。

下颌骨的正中联合、颏孔区、下颌角及髁突颈是薄弱区域,是下颌骨骨折的好发部位。

(三) 鼻骨

鼻骨呈长方形,左右各一,两骨向中线隆起并联合形成鼻背,上缘窄而厚,下缘宽而薄,构成梨状孔上缘,外侧邻近上颌骨额突。

(四) 颧骨

颧骨左右各一,近似菱形,构成面部主要支架。颧骨由体部和三个突起构成。体部有三面:颊面隆突朝前外侧;颞面凹陷向后内侧,为颞窝的前外侧壁;眶面平滑内凹,构成眶的外下壁。三个突起:额蝶突向上,邻接额骨颧突和蝶骨大翼;上颌突向内下方,与上颌骨的颧突相连接;颞突向后,与颞骨颧突相接构成颧弓。颧骨与颧弓均位于面部较突起的部位,易受损伤发生骨折。颧弓骨折常出现张口困难。

(五) 腭骨

腭骨位于上颌骨的后方,呈"L"形。位于鼻腔后部,并参与硬腭构成。分为水平部和垂直部。水平部构成硬腭的后 1/3,其外侧缘与上颌骨牙槽突共同构成腭大孔;两侧水平部的内缘在中线处相连。垂直部构成鼻腔的后外侧壁,其外侧面有翼腭沟与上颌体内面和蝶骨翼突前面的沟,围成翼腭管。垂直部上缘有蝶突和眶突。在水平部与垂直部连接处有锥突,锥突后面的中部构成翼突窝底,为翼内肌的起始处。

(六) 蝶骨

用颅底内面观标本,观察蝶骨的位置。形似蝴蝶,属颅骨,位于颅底中部,为不成对的骨。它包括体部、小翼、大翼和翼突四部分。

1. 蝶骨体　居蝶骨中部,近似立方体。体内不规则的空腔称为蝶窦。体上面为蝶鞍,蝶鞍中部有凹陷的垂体窝。

2. 小翼　为成对的三角形薄骨板，构成眶顶的一部分。两根间为视神经孔，有视神经和眼动脉通过。

3. 大翼　由蝶骨体向两侧伸出的较大三角形骨板。大翼有四个面：

(1) 大脑面：三叉神经的上颌神经由圆孔出颅，三叉神经的下颌神经经卵圆孔出颅，脑膜中动脉由棘孔入颅。

(2) 颞面：构成颞窝的一部分，其下界为颞下嵴，为颞肌的起始处。

(3) 颞下面：在颞下面亦可见卵圆孔和棘孔。颞下面的后端有突向下方的蝶棘，为蝶下颌韧带的起点。

(4) 眶面：光滑呈四边形，朝向前内方，构成眶外侧壁的后部。眶面下缘与上颌骨体眶面后缘之间的裂隙，为眶下裂。翼腭窝借此通向眶腔，主要有眶下动脉、上颌神经及眼下静脉经过。蝶骨大、小翼之间的裂隙为眶上裂，动眼神经、滑车神经、展神经、三叉神经的眼神经及眼上静脉经此裂进入眶腔。

4. 翼突　为一对从体和大翼连接处伸向下方的突起，由外板和内板构成。内、外板的前上部融合，两板间的窝称为翼突窝。为翼内肌的起始处。

(1) 外板宽而薄，构成颞下窝的内侧壁，为翼外肌下头的起始处，亦作为上、下颌神经阻滞麻醉定位的骨性标志。

(2) 内板窄而长，其下端较尖并弯向外下方，形成翼突钩。

(3) 翼突上部前面与上颌体后面间的裂隙称翼突上颌裂，翼突下部前面与上颌骨体下部后面相接，形成翼突上颌缝。

(七) 颞骨

用颅底标本与颞骨模型观察。颞骨为参与构成颅底及颅腔侧壁的成对的骨，内部藏有味觉及听觉器官。颞骨以外耳门为中心，分为颞鳞、乳突部、岩部和鼓板四部分。

1. 颞鳞　为鳞片状骨板，分为内、外两面。

(1) 外面：又称颞面。颞鳞下面颧弓根部内侧、鼓部前方有关节窝，为颞下颌关节组成部分。关节窝的前界为关节结节。

(2) 内面：又称大脑面。其下界与岩部之间为岩鳞裂。此裂幼年比较明显，且与鼓室相通。成年人有时也有不愈合者，为中耳炎侵及颅内的途径之一。

2. 乳突部　位于颞骨的后份有一尖朝下的乳突，为胸锁乳突肌的附着处，乳突内侧的深沟为乳突切迹，为二腹肌后腹起始。

3. 岩部　又称颞骨锥体。呈锥体形，构成颅底的一部分。岩部的大脑面有三叉神经压迹，容纳三叉神经节，小脑面有内耳门。岩部下面有颈动脉管外口，岩尖有颈动脉管内口。岩部内有面神经通过。

4. 鼓板　参与外耳门及外耳道的构成。鼓板后方与乳突之间的骨缝为鼓乳裂，与颞鳞之间为鳞鼓裂，其内侧因有岩部嵌入，将鳞鼓裂分为前方的岩鳞裂和后方的岩鼓裂。鼓板后内侧有细长的伸向前下方的茎突。茎突与乳突之间有茎乳孔。

(八) 舌骨

舌骨呈“U”形，位于甲状软骨上方，分为体部及成对的大角与小角。

1. 舌骨体　为中部似椭圆形的扁骨板，与下颌角处于同一水平。

2. 舌骨大角　自体的外侧端伸向后上方，与舌动脉起始处同一水平。

3. 舌骨小角　起于舌骨体和大角的连接处。

临床链接：

上颌窦的底壁盖过第二前磨牙至第三磨牙的根尖，与上述牙根尖之间以较薄的骨板相隔。这些牙的根尖感染可累及上颌窦，引起上颌窦炎症。拔除上述各牙时，应避免将牙根推入上颌窦内或穿透窦壁造成上颌窦瘘。此外，在行上颌窦手术时，也应避免伤及牙根尖。

【注意事项】

1. 颅骨某些部位的结构薄而易碎，要轻拿轻放。

2. 观察分离颅骨时，先观察各骨的位置与毗邻关系，然后在分离的颅骨上观察其结构。

【思考题】

1. 名词解释

(1) 尖牙窝　(2) 牙槽窝　(3) 外斜线　(4) 髁状突。

2. 问答题

(1) 详述上颌骨的一体四突，各位于何处？有何临床意义？

(2) 下颌骨形态和分部？

第二十二章　颞下颌关节和头部肌

【实验目的】

掌握内容:颞下颌关节的解剖特点。面部表情肌、咀嚼肌的位置、附着特点。

熟悉内容:颞下颌关节的毗邻关系及临床意义。

【实验器材】

1. 颅骨标本。
2. 颞下颌关节标本。
3. 头肌的标本与模型。

【实验方法】

(一) 颞下颌关节(图 1-56)

复习分离下颌骨的相关结构,用完整颅骨底外面观察标本,复习颞骨的下颌窝与下颌骨关节突的形态结构。

1. 观察颞下颌关节的结构特点　颞下颌关节可简称下颌关节。是颌面部唯一的左右双侧联动关节,具有一定的稳定性和多方向的活动性。在肌肉作用下产生与咀嚼、吞咽、语言及表情等有关的各种重要活动。颞下颌关节由下颌骨髁突、颞骨关节面、居于两者之间的关节盘、关节周围的关节囊、关节韧带所组成

(1) 下颌骨髁突:髁突呈椭圆形,髁突颈部略为变细,并稍弯向前,是下颌骨骨折好发部位之一。其顶部借横嵴分为前后两个斜面,前斜面较小为功能面,关节的负重区,许多关节病最早破坏此区。

(2) 颞骨关节面:分为关节窝和关节结节。关节窝形似三角形。它比髁突大,这使髁突无论在向前,或侧方运动时都非常灵活,能在较大的窝内作回旋运动。

(3) 关节盘:关节盘呈椭圆形,周缘增厚附着于关节囊纤维层,并借较粗大的纤维组织,内、外侧连于髁突的内、外极。关节盘各部厚度不同,从前到后分为前带、中间带、后带、双板区四部分关节盘大于髁突,却又小于关节窝,这样就弥补了由于关节窝明显大于髁突可能产生的在运动中的不稳定性。使关节运动既灵活又稳定。

(4) 关节囊和关节腔:关节囊为结缔组织构成的韧性强而松薄的纤维囊。上腔大而松弛,便于关节盘和髁突作滑移运动,形成滑动关节;下腔小而紧密,使髁突只能在关节盘下作转动,成为铰链关节。两侧下颌关节的滑移、铰链和旋转等协调运动都受到附于下颌骨的肌肉控制。

(5) 关节韧带:颞下颌关节有三条韧带。

(1) 颞下颌韧带:在关节的外侧,主要起悬吊下颌骨的作用。

(2) 蝶下颌韧带:保护进入下颌孔的血管和神经作用。

(3) 茎突下颌韧带:上端附着于茎突尖,下端附着于下颌角和下颌支后缘,有固定下颌角以防止过度前移的作用。

2. 在颞下颌关节的标本上示演 3 种基本功能运动方式

(1) 开闭运动中的下颌关节运动:

1) 开颌运动:呈“↓”型的开口型(分3个阶段)。小开颌运动为髁突仅转动,下颌下降2cm;大开颌运动为下颌下降2cm以上,髁突作转动-滑动的混合运动;最大开颌运动如打哈欠。

2) 闭颌运动:循开颌运动原轨迹做相反方向运动。

(2) 前后运动中的颞下颌关节运动。

1) 前伸运动:两侧髁状突的对称性运动,沿关节结节后斜面向前下方滑动。

2) 后退运动:循前伸运动原轨迹做相反方向运动。

(3) 侧方运动中的颞下颌关节运动:是一种不对称运动。一侧髁状突滑动,另一侧基本上做转动运动。咀嚼时工作侧髁状突为转动运动,非工作侧髁状突为滑动运动。

(二) 肌

口腔颌面颈部的肌群包括表情肌、咀嚼肌、腭咽部肌和颈部肌。本节主要叙述与口腔颌面颈部密切关系的表情肌、咀嚼肌、颈部肌这三个重要肌群。

1. 表情肌(面肌)(图1-63) 用面部表情肌的标本及模型观察。表情肌位置较浅,起自骨面或筋膜,止于皮肤,协同运动时可表达喜、怒、哀、乐各种表情。分为口、鼻、眶、耳、颅顶5群。

(1) 口周围肌上组:笑肌起自腮腺咬肌筋膜,在皮下组织中,腮腺筋膜的浅面,向前下越过咬肌止于口角部皮肤。颧肌起自颧骨颧颞缝前方,止于口角部皮肤。上唇方肌有3个起始头:①颧头,又称颧大肌。起自颧骨外侧面的颧颌缝后,止于口角内侧的上唇皮肤。②眶下头,又称提上唇肌。起自上颌骨眶下缘,止于上唇外侧的皮肤。③内眦头,起自上颌骨额突,内侧束止于鼻大翼软骨和皮肤,外侧束斜向下与眶下头共同参与口轮匝肌的组成。尖牙肌又称提口角肌,起自上颌骨尖牙窝。前三肌的作用是牵引口角向外上。尖牙肌上提口角。

(2) 口周围肌下组:降口角肌,起自下颌骨外斜线,止于口角皮肤。下唇方肌或称降下唇肌,起自下颌骨外斜线,止于下唇皮肤和黏膜。颏肌,位于下唇方肌深面,止于颏部皮肤。降口角肌和降下唇肌的主要作用是降口角与下唇。颏肌使下唇靠近牙龈并前伸下唇。

(3) 口轮匝肌:口轮匝肌由围绕口裂数层不同方向的肌纤维组成。主要作用是闭唇,并参与咀嚼、发音等。

(4) 颊肌:颊肌位于颊部,呈四边形,位置深,牵引口角向后,参与咀嚼、吮吸。

(5) 眼周围肌:眼周围肌包括眼轮匝肌和皱眉肌。

1) 眼轮匝肌。眼轮匝肌围绕眼裂,位于眼睑、眼眶部皮下,由三部分组成:①眶部,位于眼眶皮下为最外层部分。②睑部,在眼睑皮下。③泪囊部,位于泪囊后方。眼轮匝肌的主要作用:保护眼球;眶部牵拉眉及颊部皮肤;睑部使眼睑闭合;泪囊部使泪囊扩张。

2) 皱眉肌。作用:向内下方牵引眉,使鼻根上方的额部产生纵行皱纹。

(6) 鼻部肌:鼻部肌包括鼻肌、降鼻中隔肌和鼻根肌。主要作用是开大或缩小鼻孔。

(7) 耳周围肌:人类耳周围肌群已基本退化,对耳郭的作用不大。但在面部整容除皱术中,具有重要意义。

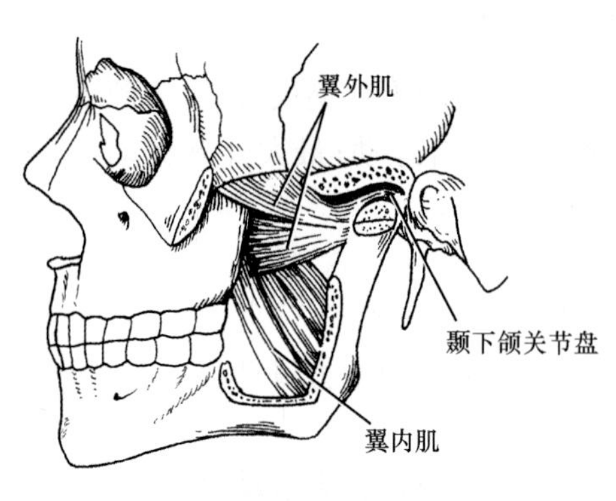

图 22-1 翼内肌和翼外肌

(8) 颅顶肌：主要包括额肌、枕肌、枕肌 帽状腱膜。

2. 咀嚼肌 重点观察咬肌、颞肌、翼内肌、翼外肌，舌骨上肌群的位置和形态(图 1-64，图 1-65 和图 22-1)。

(1) 咬肌又称嚼肌为长方形的厚肌。可分浅、中、深三层。作用：收缩时上提下颌骨并使下颌微伸向前，且参与下颌侧方运动。

(2) 颞肌位于颞窝，呈扇形。作用：上提下颌、闭口，也参与下颌的侧方运动。后份纤维收缩有后退下颌的功能。

(3) 翼内肌是咀嚼肌中最深的一块。浅头起自腭骨锥突和上颌结节，深头起自翼外板的内面和腭骨锥突。止于下颌角内侧面的翼肌粗隆。作用：上提下颌，并辅助下颌前伸和侧方运动。

(4) 翼外肌位于颞下窝。上头起于蝶骨大翼的颞下面及颞下嵴，下头起于翼外板的外面。作用：在开闭口过程中，稳定和协调盘-髁突复合体。

(5) 舌骨上肌群位于舌骨与下颌骨、颅底之间，包括二腹肌、下颌舌骨肌、颏舌骨肌、和茎突舌骨肌。

临床链接：

颞下颌关节内有关节盘使关节窝变浅，其前方关节囊薄弱，如果突然张口过大(如大笑、打呵欠、或因张口过久)，使髁状突脱离了关节面、易向前脱位。老年人肌肉张力失常、韧带松弛时也可发生复发性脱位。

【注意事项】

1. 实验时紧密配合骨标本进行观察。
2. 注意爱护标本，不得用力拉扯，标本看完后用湿布盖好，或放入保护液浸好。

【思考题】

1. 名词解释

(1) 颞下颌关节 (2) 翼下颌韧带 (3) 大开颌运动

2. 问答题

(1) 咀嚼肌有哪些？主要功能如何？

(2) 颞下颌关节周围分布有哪些韧带，其主要作用如何？

第二十三章　颌面口腔主要血管、神经和腮腺

【实验目的】

掌握内容:颌面口腔部主要动脉、静脉的走行。面神经、三叉神经、舌咽神经、迷走神经、副神经、舌下神经及颈丛神经皮支的走行分部。腮腺的境界及解剖层次。

熟悉内容:面神经和腮腺的关系;面神经和面后静脉的关系;联系临床暴露面神经总干与下颌缘支的方法。

【实验器材】

1. 颌外动脉、舌动脉、颌内动脉标本。
2. 腮腺及腮腺导管标本。
3. 面神经、三叉神经、舌咽神经、迷走神经、副神经、舌下神经及颈丛神经皮支标本。
4. 面后静脉标本。
5. 颌面口腔相关模型。

【实验方法】

(一) 动脉(图 3-11)

口腔颌面颈部的血运十分丰富,动脉来源于颈总动脉和锁骨下动脉。颈总动脉在颈部分为颈内动脉及颈外动脉。颈内、外动脉之间、两侧动脉之间,及其与锁骨下动脉之间均有大量的吻合。

1. 颌外动脉(面动脉)　在颌面口腔颈部的血管标本上观察。起于颈外动脉的前壁,行向前内上方,进入下颌下三角,穿下颌下腺鞘达腺的上缘,在咬肌附着处前缘,绕过下颌骨体的下缘上行至面部,经口角及鼻翼外侧至眼内眦,易名为内眦动脉。面动脉的土要分支有:

(1) 腭升动脉:起自面动脉起始部,行达颅底,分布于软腭及腭扁桃体等处。

(2) 颏下动脉:面动脉即将转至面部时发出,分支分布于舌下腺、颏部各肌、皮肤以及舌骨上区的前部,临床用的颈阔肌皮瓣在舌骨上区部分的血供主要来自颏下动脉。

(3) 下唇动脉:起自面动脉近下唇口角处,下唇动脉分布于下唇黏膜、腺体和肌。

(4) 上唇动脉:于口角附近发出后进入上唇,两侧上、下唇动脉行至中线,互相吻合成围绕口裂的动脉环。以手指捏住上唇或下唇的边缘,可扪及动脉环的搏动。

(5) 内眦动脉:为面动脉的末段,分支供应鼻背和鼻翼、眼内眦。

2. 上颌动脉　又称颌内动脉。于下颌颈的内后方起于颈外动脉。颌内动脉依其行径与骨和肌的关系可分为三段,各段均有重要分支。

(1) 第一段(下颌段):由起始处至翼外肌下缘。其分支有脑膜中动脉,经棘孔入颅,供应硬脑膜。下牙槽动脉穿下颌孔入下颌管供应下颌骨、颏部、下唇。

(2) 翼肌段:为最长的一段,通常经翼外肌,行于颞肌深面。该段的分支主要供应咀嚼肌、颊肌以及颞下颌关节囊等结构。

(3) 翼腭段:为上颌动脉的末段,经翼上颌裂进入翼腭窝。翼腭段的分支有:

1）上牙槽后动脉:分布于上颌磨牙和上颌窦黏膜。

2）眶下动脉:经眶下裂进入眶腔,沿眶下沟、眶下管前行,出眶下孔至面部,供应颊的前部、上唇根部及唇侧牙龈。在眶下管内发出上牙槽前动脉,上牙槽前后动脉在上颌窦前及后外侧壁内互相吻合。

3）腭降动脉:在翼腭窝内发出,发出腭大动脉出腭大孔,分支供应硬腭黏膜及上颌腭侧牙龈;腭大动脉的末段即鼻腭支。

3. 舌动脉　舌动脉在平舌骨大角处起于颈外动脉,在行程中以舌骨舌肌分为3段。

(1) 第一段:位于颈动脉三角上部略呈向上弓形,从起点至舌骨舌肌后缘处,位置表浅。

(2) 第二段:在舌骨舌肌深面。此段发出舌背动脉,供应舌根部肌肉。

(3) 第三段:自舌骨舌肌前缘至其终支分叉处。此段发出舌下动脉至舌下腺、口底黏膜、舌肌;舌深动脉至舌尖、舌黏膜。临床将舌动脉起始部作为结扎颈外动脉的标志。

4. 蝶腭动脉　为上颌动脉的终支。经蝶腭孔至鼻腔,分支供应鼻腔外侧壁、鼻旁窦及鼻中隔。

5. 咽升动脉　为颈外动脉最小的分支。自颈外动脉起始部内侧壁分出,沿咽侧壁上行达颅底,分支分布于咽、软腭、腭扁桃体和颈深肌群等。

6. 枕动脉　与面动脉同高度起于颈外动脉的后外壁,沿二腹肌后腹的下缘行向后上,经乳突根部内侧向后,在斜方肌与胸锁乳突肌附着点之间穿出筋膜至枕部皮下。分支分布于胸锁乳突肌、耳郭背面及乳突。

7. 耳后动脉　于下颌后窝内,二腹肌后腹和茎突舌骨肌上缘。起自颈外动脉后壁,在腮腺深面沿茎突舌骨肌上缘向后上行,经面神经主干浅面,至外耳道软骨与乳突之间,分布于耳郭后部肌和皮肤。耳后动脉与枕动脉和颞浅动脉均有吻合。

8. 颞浅动脉　系颈外动脉另一终支。在下颌颈的平面,于腮腺深面,由颈外动脉发出,经外耳道软骨前上方,与颞浅静脉和耳颞神经伴行,于腮腺上缘穿出,在颧弓上方约3cm处分为额顶两终支,供应颅顶部软组织。颞浅动脉较大的分支为:

(1) 面横动脉:在腮腺内发自颞浅动脉的开始部位,向前越过咬肌的浅面而横过于面部,经颧弓与腮腺导管之间水平前行,终于眼外侧角下方,与面动脉及眶下动脉分支吻合。其分支供应腮腺、颞下颌关节、咬肌和邻近皮肤。面横动脉位置较为恒定,横行越过颊部与邻近动脉又有丰富的吻合,是面部皮瓣的营养血管。

(2) 额支:为颞浅动脉的前终支。斜行向前上,迂曲行于额部皮下组织内,分支供应额部,并与眼动脉的分支相吻合。

(3) 顶支:较额支大,系颞浅动脉的后终支。经颞筋膜浅面行向上后,与对侧同名动脉、耳后动脉、枕动脉以及同侧的额支相吻合,分支供应颅顶部。颞浅动脉在颧弓根部上方,解剖位置恒定,位居表浅,于此能扪到动脉搏动,常用以测脉搏和压迫止血;并有静脉伴行。为常采用的受区部吻合血管之一,亦为动脉插管进行化疗与造影术常选用的部位。

(二) 静脉(图3-28)

口腔颌面颈部的静脉分为浅静脉和深静脉两类。浅静脉接受口腔颌面颈部之浅层组织的血液,汇入深静脉;静脉血主要通过颈内静脉和颈外静脉向心回流。静脉的行径、分布大多与动脉一致,但分支多而细,变异较多,吻合更丰富,常呈现网状。

1. 浅静脉　在颌面口腔颈部的血管标本和模型上观察口腔颌面部浅静脉。

(1) 面前静脉起始于内眦静脉,循面动脉与下颌后静脉汇合成面总静脉,于舌骨大角附近注入颈内静脉。

(2) 颞浅静循颞浅动脉的后方，于下颌颈后方与上颌静脉合成面后静脉。

2. 深静脉　在颌面口腔颈部的血管标本和模型上观察口腔颌面部浅静脉。

(1) 翼静脉丛简称翼丛。位于颞下窝内，颞肌与翼内肌、翼外肌之间，相当于上颌结节后上方，为稠密的静脉丛。翼丛与颅内外静脉有广泛的交通。

(2) 上颌静脉即颌内静脉，起始于翼丛的后端，于下颌支后缘附近处汇入面后静脉。

(3) 面后静脉为颞浅静脉的延续，前支与面前静脉汇合成面总静脉；后支向后下与耳后静脉汇合而成颈外静脉。

(4) 面总静脉：由面静脉和下颌后静脉前支汇合而成，汇入颈内静脉。

(三) 面神经(图 5-38)

在颌面口腔颈部的神经标本和模型上观察，面神经为混合性神经，含有三种纤维。面神入内耳门，穿内耳道底入面神经管，再下行出茎乳孔向前穿过腮腺，呈扇形分布于面部表情肌。因此，以茎乳孔为界，可将面神经分为面神经管段和颅外段。

1. 面神经管段的分支

(1) 岩浅大神经：主要含有副交感节前纤维，起自面神经膝状神经节，分布泪腺、鼻和腭黏膜的腺体。

(2) 镫骨神经支配镫骨肌。

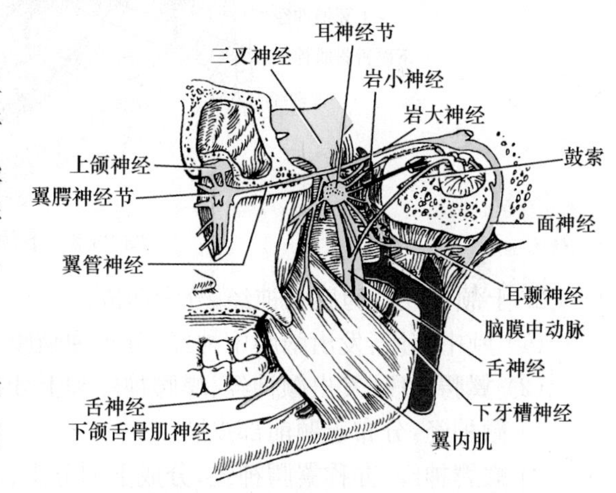

图 23-2　鼓索、翼腭神经节与耳神经节

(3) 鼓索含有两种纤维：①味觉纤维，分布于舌前 2/3 的味觉；②副交感纤维，在下颌下神经节内交换神经元，节后纤维至下颌下腺及舌下腺，支配上述腺体的分泌。

2. 面神经颅外段及其分支　面神经颅外段。从茎乳孔出颅底过茎突根部、入腮腺峡部，分为颞面干和颈面干，由两干发出 9～12 条神经，形成五组分支，再经腮腺上缘穿出。分布至表情肌。其分支有：

(1) 颞支：常为 2 支，从腮腺上缘穿出，分布于额肌及眼轮匝肌上份、耳上肌和耳前肌。

(2) 颧支：多为 2～3 支，经腮腺上缘和前缘穿出。分布于上、下睑之眼轮匝肌。

(3) 颊支：常为 3～5 支，出腮腺前缘行向口角。颊支一般较粗，位置较恒定，平行于腮腺导管之上方，因而腮腺手术可以腮腺导管作为寻找颊支的标志。颊支分布于颧肌、笑肌、上唇方肌、尖牙肌、切牙肌、口轮匝肌、鼻肌及颊肌等。

(4) 下颌缘支：可为 1～3 支，从腮腺前缘或下端穿出 。分布于三角肌，下唇方肌。

(5) 颈支：1～2 支，从腮腺下端穿出，分布于颈阔肌。

(四) 三叉神经(图 5-37)

在颌面口腔颈部的神经标本和模型上，首先观察位于颞骨岩部尖端前面的呈新月形的半月神经节，再观察其凸面发出的 3 个分支。

1. 眼神经　为感觉神经，起自半月神经节之前内侧，向前经眶上裂入眶，分布于泪腺、眼球、眼睑、前额皮肤及一部分鼻腔黏膜。

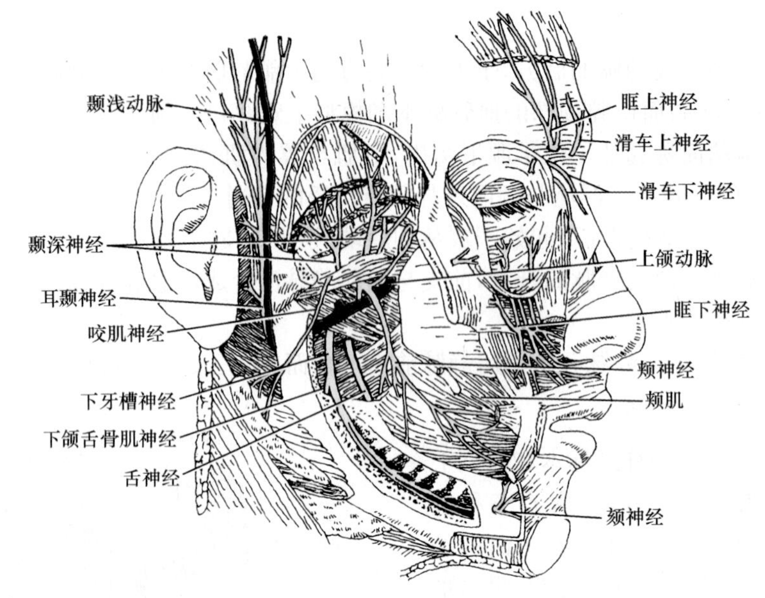

图 23-3　下颌神经

2. 上颌神经　为感觉神经，分为四段。

(1) 颅中窝段：发出脑膜中神经，分布硬脑膜。

(2) 翼腭窝段：发出颧神经、蝶腭神经和上牙槽后神经。

1) 颧神经：分布于颞前部皮肤。

2) 蝶腭神经：亦称翼腭神经，分成下列分支：

鼻支：经蝶腭孔入鼻腔，分布至鼻甲、鼻中隔黏膜。

腭神经：分为前、中、后三支，分布口腔顶、软腭及腭扁桃体。

上牙槽后神经：分布于磨牙的腭根、远中颊根及其牙周膜、牙槽骨和上颌窦的黏膜。

(3) 眶内段：上颌神经进入眶下裂后改称眶下神经，其分支如下：

1) 上牙槽中神经：在眶下管的后段起自眶下神经、分布于上颌前磨牙颊侧及第一磨牙的近中颊根及其牙周膜、牙槽骨、颊侧牙龈及上颌窦黏膜。

2) 上牙槽前神经：发自眶下神经，分布于上颌前牙及其牙周膜、牙槽骨、唇侧牙龈及上颌窦黏膜。

(4) 面段：于眶下孔分出睑支、鼻支和上唇支。睑支分布睑下皮肤，鼻支分布鼻侧部及鼻前庭皮肤。上唇支分布上唇皮肤。

3. 下颌神经　下颌神经在上颌神经的外侧，穿卵圆孔出颅，分为前、后两干。在分干之前，发出棘孔神经和翼内肌神经，分布于硬脑膜与翼内肌。

(1) 下颌神经前干：

1) 颞深神经：前后各一，分别称颞深前神经和颞深后神经，分布于颞肌。

2) 咬肌神经：常与颞深后神经共干，分布于咬肌。

3) 翼外肌神经：分布于翼外肌上下头。

4) 颊神经或称颊长神经：分布于下颌前磨牙的颊侧牙龈及颊部的黏膜和皮肤。

(2) 下颌神经后干：

1) 耳颞神经：以两根包绕脑膜中动脉后复合成一干，绕下颌颈的内侧至其后方进入腮腺，在此分为几乎相等的上、下两支，分布于颞下颌关节、耳郭之前上部及外耳道、腮腺、颞区皮肤。

2）舌神经：分布于同侧下颌舌侧牙龈、舌前 2/3 及口底黏膜和舌下腺。舌神经在经过翼外肌下缘时，收纳由面神经分出的鼓索，将面神经的味觉纤维分布于舌前 2/3 的味蕾。

3）下牙槽神经：沿下颌神经沟下行，伴随下牙槽血管经下颌孔人下颌管，沿途分支在下颌骨牙槽突基底部吻合成下牙槽神经丛，出颏孔称为颏神经。

（五）舌咽神经（图 5-40）

在颌面口腔颈部的神经标本和模型上观察，舌咽神经经颈静脉孔出颅，至咽部分支：

（1）鼓室神经：其终支至耳神经节，节后纤维伴耳颞神经至腮腺。

（2）咽支布于咽黏膜。

（3）颈动脉支布于颈动脉窦和颈动脉体，传导颈动脉窦和颈动脉体所感受的刺激人脑以调节心率、血压和呼吸。

（4）舌支司理舌后 1/3 的味觉和一般感觉。

（5）扁桃体分布于腭扁桃体、舌腭弓和咽腭弓。

（6）茎突咽肌支至茎突咽肌。

（六）迷走神经（图 5-41）

在颌面口腔颈部的神经标本和模型上观察，迷走神经连延髓，经颈静脉孔出颅，下行于颈鞘，经胸廓上口入胸腔，穿膈的食管裂孔入腹腔，沿途分支至颈部、胸腔、腹腔（现观察颈部的分支）。

1. 咽支　与舌咽神经和交感神经的分支共同构成咽丛，支配咽缩肌，软腭肌。

2. 喉上神经　向前下分内、外侧支。喉上神经外支布于环甲肌（属于喉肌），起于环状软骨弓，止甲状软骨下缘，作用紧张声带，内支穿甲状舌骨膜入喉，分布于舌根中部及声门裂以上喉黏膜。

3. 喉返神经　左侧绕主动脉弓，右侧绕锁骨下动脉上行，行于食管与气管之间的沟内，布于喉肌及声门裂以下的喉黏膜。此外还发出心下支组成心丛，分布胸腔脏器。

（七）副神经

在颌面口腔颈部的神经标本的模型上观察，副神经连延髓，出颈静脉孔，分内侧支和外侧支。

1. 内侧支　支配咽喉肌。

2. 外侧支　与内侧支共同组成副神经，支配斜方肌，胸锁乳突肌。

（八）舌下神经

在颌面口腔颈部的神经标本或模型上，观察舌下神经连延髓，舌下神经为舌的运动神经。穿舌下神经管出颅，弓形向前，越过颈内外动脉的前面，经颌下腺的深面，分布于舌外诸肌，至舌骨舌肌前缘分支深入舌内肌群。

（九）颈丛（图 5-27）

颈丛由第 1 至第 4 颈神经前支组成，位于中斜角肌与肩胛肌前侧，胸锁乳突肌深面，其分支为浅支（皮神经）与深支（膈神经）。

1. 浅支　从胸锁乳突肌后缘中点穿出，分支有：枕小神经，耳大神经，颈横神经，锁骨上神经，分布于枕部、耳部、腮腺区、肩部及胸上部的皮肤。

2. 深支　主要膈神经，自上外向下内斜行，进入胸上部的皮肤。

（十）腮腺

在头中正中矢状切标本或模型上观察腮腺的位置形态及穿经的结构（图 23-4）

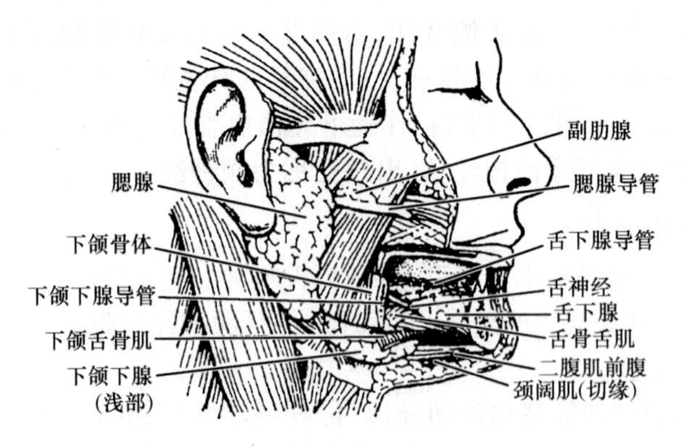

图 23-4 涎腺

1. 腮腺的形态、结构 形似倒置的锥体(外包腮腺鞘),以下颌支后缘为界分浅叶和深叶。腮腺鞘伸入腮腺实质内,形成许多纤维间隔,分隔腮腺成许多小叶;腮腺管自浅叶前缘发出,在颧弓下 1.5cm 处穿出腮腺鞘,与颧弓平行前行,在咬肌前缘处近直角向内穿过颊肌,开口于上颌第 2 磨牙牙冠颊面相对应的颊黏膜上。

2. 腮腺的位置 位于颜面两侧部,颧弓下方,外耳道前下方。

3. 腮腺的毗邻 上达颧弓和外耳道软骨(耳郭)下面。向后至胸锁乳突肌上端的前缘。向下在下颌角后下方。

4. 腮腺的内容物 纵行有颈外动脉(颌外动脉),颞浅动脉、静脉,下颌后静脉(面后静脉),耳颞神经。横行有上颌动脉、静脉(颌内动脉),面横动、静脉,面神经。

临床链接:

面神经麻痹是以面部表情肌群运动功能障碍为主要特征的一种常见病。可能与面部受凉或病毒感染有关。表现为患侧口角下垂,眼睑不能闭合。周围性面神经麻痹,为面部上下表情肌均瘫痪;而中枢性面神经麻痹为眼裂以下的表情肌瘫痪。

【注意事项】

1. 注意爱护标本,不得用力拉扯,标本看完后用湿布盖好或放入保护液浸好。
2. 面侧区层次结构不明显,教师可边操作,边示演。操作时紧密配合标本和模型进行观察。

【思考题】

1. 名词解释

(1) 鼓索 (2) 下颌后静脉 (3) 腮腺鞘

2. 问答题

(1) 面神经颅外段经腮腺上缘穿出后,分布至表情肌。简述其主要分支和分布。

(2) 简述舌动脉分段及分布。

(九江学院临床医学院 张学军)

第二十四章　颌面口腔局部解剖

【实验目的】

掌握内容：唇的解剖结构特点；舌的解剖结构特点。

熟悉内容：腭的结构特点。

【实验器材】

1. 颌面口腔部的相关标本。

2. 颌面口腔部的相关模型。

【实验方法】

(一) 唇的表面标志

活体观察唇的境界及表面解剖标志上界为鼻底，下界为颏唇沟，两侧以唇面沟为界，其中部有横行的口裂将唇分为上唇和下唇两部。口裂两端为口角。上、下唇的游离缘系皮肤与黏膜的移行区，称为唇红。唇红与皮肤交界处名唇红缘。

上唇的全部唇红缘呈“M”形弓背状称唇弓，“M”形唇弓在正中线最低点，称为人中点(人中切迹)，在其两侧的“M”形唇弓最高点称为唇峰(唇弓峰)。唇正中唇红呈珠状地向前下方突出名唇珠(上唇结节)。上唇皮肤表面，正中有由鼻小柱(鼻中柱)向下至唇红缘的纵行浅沟称为人中。人中的两侧各有一条与其并行的皮肤嵴，自鼻孔底内下方伸延至唇峰称为人中嵴。

(二) 腭(图 2-2)

在颌面口腔部的标本和模型上观察腭的境界和结构，腭为口腔上界，分隔口腔与鼻腔。前 2/3 为硬腭，后 1/3 为软腭，参与发音、言语及吞咽等活动。

1. 硬腭

(1) 硬腭表面解剖标志：

1) 腭中缝：为硬腭中线上纵行的黏膜隆起。

2) 切牙乳头或称腭乳头：位于腭中缝前端，左右上颌中切牙间之腭侧，其深面为切牙孔，鼻腭神经、血管经此孔穿出。

3) 腭皱襞 ：位于硬腭前部，为自腭中缝前部向两侧略呈辐射状、不规则的软组织嵴。

4) 上颌硬区及上颌隆突：在硬腭中央部分，黏膜薄而缺乏弹，称为上颌硬区。在硬区前部有时可出现不同程度的骨质隆起即上颌隆突。(义齿制作的缓冲区)

5) 腭大孔：位于硬腭后缘前方约 0.5cm 处，上颌第三磨牙腭侧，此处黏膜稍显凹陷，其深面即腭大孔。

6) 翼钩：位于上颌第三磨牙后内侧约 1～1.5cm 处，触摸此处有一骨质隆起即翼钩。

(2) 层次及结构特点：硬腭表面覆以软组织，除腭中缝无黏膜下层外，其余部分均覆以黏膜及黏膜下层。硬腭软组织具有下列特点。

1) 黏膜下层在硬腭前后部各不相同，前部含有少量脂肪，无腺体；后部则有较多的腭腺。

2）硬腭骨膜具有附于黏膜和黏膜下层较附于骨面更为紧密的特性，腭裂手术时常将黏膜、黏膜下层及骨膜视为一整层而称粘骨膜从骨面分离，以便形成一个血运充足的组织瓣，用以修复腭裂。

3）黏骨膜不易移动，能耐受摩擦和咀嚼压力。

2. 软腭　软腭为一能动的肌肉膜样隔，厚约1cm，附着于硬腭后缘并向后延伸。

（1）表面解剖标志：

1）腭小凹：软腭前端中线两侧的黏膜，左右各有一对称的腭凹，可作为总义齿基托后缘的参考标志。

2）腭帆：软腭后缘游离，斜向后下，呈帆状。

3）腭垂：腭帆中央伸向下方的指状突起，称腭垂或称悬雍垂。

4）软腭后部向两侧形成前后两条弓形皱襞，前方者向下移行于舌，称腭舌弓。

5）软腭后方者移行于咽侧壁。称腭咽弓。

6）腭舌弓、腭咽弓间的三角形凹陷，名扁桃体窝，容纳腭扁桃体。

（2）层次结构：软腭主要是黏膜。

1）此处黏膜与硬腭黏膜相延续。

2）黏膜下层：黏膜下层中含有较多的黏液腺。黏膜下层在腭垂、腭舌弓及腭咽弓处特别疏松，炎症时易于水肿。

3）腭腱膜及腭肌：腭腱膜位于软腭前1/3，构成软腭的支架，向前附于硬腭后缘，实质上它主要由腭帆张肌的腱膜组成。

4）腭肌：位于软腭的后2/3，前续腭腱膜，肌肉细小，共有腭帆张肌、腭帆提肌、腭舌肌、腭咽肌、腭垂肌5对。腭肌与咽肌协调运动，控制腭咽闭合。对呼吸、吞咽、言语等功能起重要作用。

（三）舌

在颌面口腔部的标本和模型上观察。在颌面口腔部的标本和模型上观察。为口腔内重要器官，在参与言语、协助咀嚼、吞咽、吮吸、感受味觉和一般感觉等功能活动中起重要作用。

1. 上面　上面拱起称舌背，按其形态结构和功能区分为前2/3与后1/3两部分。两部以“∧”形界沟分界。舌前2/3为舌体，舌后1/3为舌根。舌背黏膜粗糙与舌肌紧密相连。舌前2/3遍布乳头，计有下列四种。

（1）丝状乳头：数目最多，但体积甚小，呈天鹅绒状，布于舌体之上面，司一般感觉。

（2）菌状乳头：数目较少，色红，分散于丝状乳头之间而稍大，有味蕾，司味觉。

（3）轮廓乳头：一般为7～9个，体积最大，排列于界沟前方沟内有味蕾，司味觉。

（4）叶状乳头：为5～8条并列皱襞，位于舌侧缘后部，含味蕾，司味觉。

舌后1/3黏膜无乳头，但有许多结节状淋巴组织，称舌扁桃体。

2. 下面（图2-3）

（1）舌系带：舌腹黏膜薄而平滑，返折与舌下区的黏膜相延续，并在中线形成舌系带。舌系带两侧的口底黏膜各有一小突起，称舌下肉阜。为舌下腺、颌下腺的导管开口。

（2）舌系带两侧各有一条黏膜皱襞名伞襞，向前内方行向舌尖。

3. 肌层　舌肌为横纹肌，位于舌上下面之间，分为舌内肌和舌外肌两部分。

（1）舌内肌起止均在舌内。它们是舌上纵肌、舌下纵肌、舌横肌及舌垂直肌。肌纤维纵横交织，收缩时改变舌的形态。

（2）舌外肌分别称为颏舌肌、舌骨舌肌、茎突舌肌及腭舌肌。颏舌肌收缩，使舌伸向前下,单侧收缩可使舌尖伸向对侧。如一侧颏舌肌瘫痪,因该侧颏舌肌不能收缩,舌尖偏向瘫痪侧。

临床链接:

唇腭裂是口腔颌面部常见的先天性疾病,发病率为0.162%。形成唇腭裂的原因有:遗传、感染、药物、营养、妊娠期呕吐、厌食、创伤等。唇腭裂序列治疗是目前国际上通用的治疗手段,是一种多学科进行的系统治疗,包括口腔颌面外科、口腔正畸科、口腔内科、口腔修复科、神经外科、耳鼻咽喉科、语言病理学、儿科、护理学、遗传学及社会工作者等。

【注意事项】

1. 注意爱护标本,不得用力拉扯,标本看完后用湿布盖好或放入保护液浸好。
2. 学生在观察时应紧密配合标本和模型进行观察。教师注意临组指导。
3. 观察标本、模型的同时,应结合活体观察。

【思考题】

1. 名词解释

(1) 腭小凹 (2) 腭 (3) 黏骨膜

2. 问答题

(1) 舌乳头的位置及作用。

(2) 硬腭的表面解剖标志有哪些?

第二十五章　颈部局部解剖

【实验目的】

掌握内容:颈部的分区。颈动脉三角的境界和内容物。

熟悉内容:颈部的表面解剖标志。颈前三角的境界和内容物。胸锁乳突肌区与颈后三角的境界和内容物。

【实验器材】

1. 头颈部的侧面和正面标本;头矢状切标本。

2. 整体人体骨骼标本。

【实验方法】

(一) 颈部的表面解剖

在完整的骨骼标本上,并结合活体观察。

1. 境界

(1) 上:下颌骨下缘、乳突、上项线、枕外隆突(与头部分界)。

(2) 下:胸骨颈静脉切迹,胸锁关节、锁膏、肩峰、第 7 胸椎棘突(前与胸部、两侧与上肢、后与背部分界)。

2. 颈部的体表标志

(1) 舌骨:相当第 3 颈椎平面,观察舌骨大角,为寻找和结扎舌动脉的标志。

(2) 甲状软骨:位于舌骨的下方,在成人男性形成明显的喉结上缘有甲状软骨切迹。颈总动脉分叉处约平甲状软骨上缘。

(3) 环状软骨:位于甲状软骨的下方,约相当于第 6 颈椎平面。甲状软骨下缘与环状软骨之间有环甲膜相连,可作为抢救窒息的紧急措施之一。

(4) 气管颈段:可在环状软骨下缘至胸骨颈静脉切迹之间触及,其正常位置居正中。

(5) 胸骨上窝:为位于胸骨颈静脉切迹上方的凹陷。

(6) 胸锁乳突肌:为颈侧区重要的肌性标志,又是某些手术的切口标志。

(7) 锁骨上窝:位于锁骨上方。在此窝的锁骨上缘处,可扪及锁骨下动脉的搏动。

3. 颈部主要血管、神经干、胸膜顶的体表投影

(1) 颈总动脉及颈外动脉:投影于下颌角与乳突尖连线的中点至右侧胸锁关节的连线,或左侧胸锁乳突肌两脚间的连线。该线被通过甲状软骨上缘的水平线分为上、下两段。下段为颈总动脉的投影;上段为颈外动脉的投影。

(2) 锁骨下动脉:投影于胸锁关节至锁骨中点处凸向上方的弧形线,该线的最高点距锁骨上缘处约 1cm。

(3) 颈外静脉:投影于下颌角至锁骨中点的连线。

(4) 副神经:投影于下颌角与乳突尖连线的中点、经胸锁乳突肌后缘中点稍上方至斜方肌前缘中、下 1/3 交点的连线。

(5) 胸膜顶:投影于胸锁关节至锁骨内、中 1/3 交点处凸向上的弧形线,该线之最高点

在锁骨上方 2～3cm 处。

（二）颈部的分区（图 25-1）

在头颈部的侧面和正面标本及模型上观察其境界分区和各区的结构。以斜方肌的前缘为界。

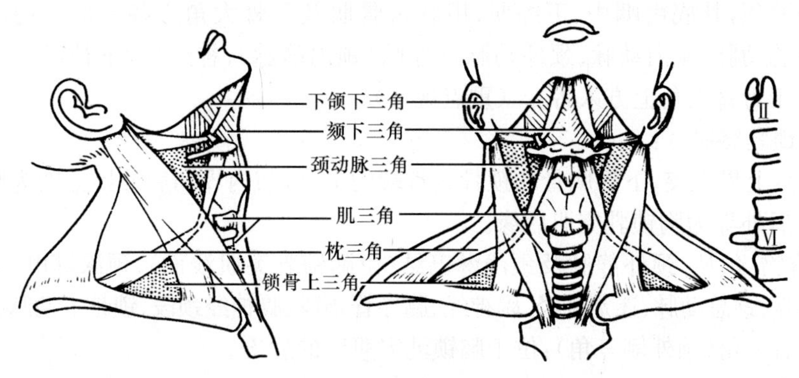

图 25-1　颈部分区及体表标志

1. 颈部的境界和分区　颈部的上界即头部的下界，下颌骨下缘、乳突尖、上项线及枕外隆突的连线；下界为胸骨颈静脉切迹、胸锁关节、锁骨上缘、肩峰和第 7 颈椎棘突的连线。与胸部、上肢和背部分界。

颈部又以斜方肌前缘为界，将颈部分为前、后两部。后部称为项部，前部称为狭义的颈部。前部又以胸锁乳突肌的前、后缘为界，将每侧分为三部。由前向后依次为颈前（颈内侧）三角、胸锁乳突肌区和颈后（颈外侧）三角。两侧颈前三角合称颈前区；胸锁乳突肌区及颈后三角合称颈侧区。

（1）颈前区（图 25-2）：以舌骨为界，将颈前区分为舌骨上区和舌骨下区。舌骨上区包括颏下三角和左、右下颌下三角；舌骨下区包括左、右颈动脉三角和左、右肌三角。

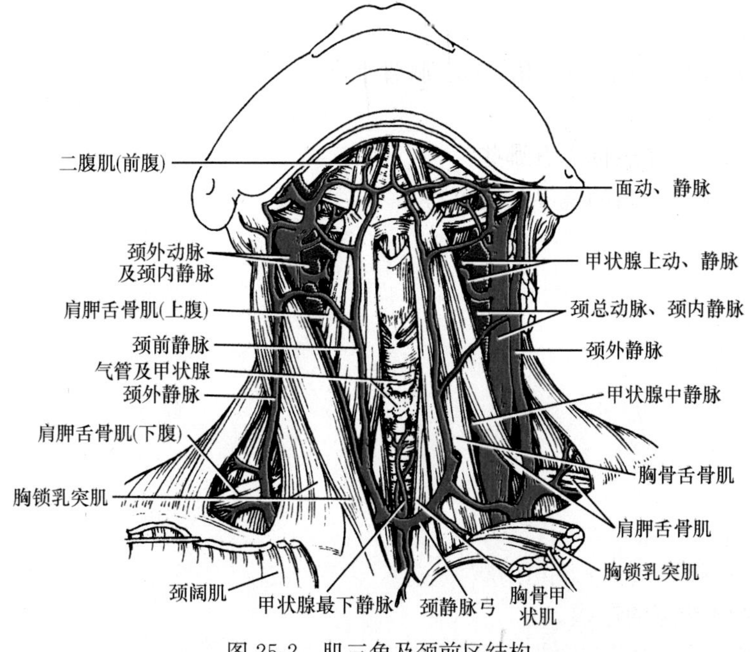

图 25-2　肌三角及颈前区结构

1）颏下三角：由两侧颈前三角之一部分组成，介于两侧二腹肌前腹与舌骨之间。

2）下颌下三角：又称二腹肌三角。介于二腹肌前、后腹与下颌骨下缘之间。

3）肌三角：介于胸锁乳突肌、肩胛舌骨肌上腹及颈前正中线之间。

4）颈动脉三角：介于胸锁乳突肌、二腹肌后腹及肩胛舌骨肌上腹之间。颈深筋膜浅层形成该三角的顶，其底由咽中、下缩肌、甲状舌骨肌及舌骨大角之各一部分构成。内容物有：动脉（颈总动脉、颈内动脉、颈外动脉）；静脉（颈内静脉）；神经（舌下神经呈弓形跨过颈内、外动脉，于舌骨大角上方入舌）。（重点观察）

（2）胸锁乳突肌区：

1）境界：上界乳突，下界胸骨和锁骨胸骨端的上缘，前内界和后外界分别为胸锁乳突肌的前后缘。后外界为胸锁乳突肌后缘。

2）内容物：颈丛、颈外静脉及颈浅淋巴结（位胸锁乳突肌浅面）、颈深淋巴结（沿颈鞘排列）、颈内静脉、颈总动脉、迷走神经、副神经、胸导管颈段、膈神经颈段、锁骨下动脉第一段。

（3）颈后三角（颈外侧三角）：位于胸锁乳突肌区的后方。

临床链接：

当头面部大出血时，可在胸锁乳突肌前缘，平喉的环状软骨高度，向后内将颈总动脉压向第6颈椎的颈动脉结节，进行压迫止血。颈部肌肉分布多而密，主要有浅层的颈阔肌、胸锁乳突肌、舌骨上下肌群和深层的肌群。颈部运动对人的生命活力起着积极的作用，它能促进头部血液畅通，对大脑和头发都有益处。

【注意事项】

1. 观察颈部标本时，请首先注意将标本按解剖姿势放好，然后按一定顺序仔细观察。
2. 颈部器官多，血管、神经分布丰富，易破坏，注意轻拿轻放。

【思考题】

1. 名词解释

（1）肌三角　（2）下颌下三角　（3）胸骨上窝

2. 问答题

（1）简述颈部的体表标志有哪些？

（2）简述颈动脉三角的境界及内容物。

第二十六章　颌面部表面解剖标志与应用

【实验目的】

掌握内容：面部的境界和表面解剖标志。

熟悉内容：面部表面解剖标志的临床应用（颌面部美容和临床应用）。

【实验器材】

1. 面部测量圆规、直尺及量角器等器械。
2. 头面部模型和相关标本。

【实验方法】

用头面部模型或标本进行观察。

面部又称颜面部。所谓颜面部系指上起发际，下达下颌骨下缘，两侧至下颌支后缘之间的部位。通常以经过眉间点及鼻下点的两水平线为界，将颜面部分为上1/3、中1/3和下1/3三等分。

颌面部系由颜面部的中1/3和下1/3两部组成。随着现代口腔医学的迅速发展，尤其是美容整形专业的发展，口腔临床范围已由面中1/3和面下1/3向面上1/3和颅部拓宽和加深。面部为人体外露的敏感部位，是外形美的重要代表区之一。也是多学科的交叉部位，具有眉、眼、鼻、唇、颏部重要器官；在功能、形态及外观上均具有重要意义。手术时既要注意视、嗅、呼吸、咀嚼、吞咽、言语及面部表情等功能，又不要影响颜面美。

本节的目的在于描述面部局部解剖形态，以便临床医生运用医学的手段和颜面美的意识，在注意面部解剖生理功能的前提下，对有疾病或有缺陷的面容进行治疗。

（一）面部表面解剖标志

面部具有许多临床常用的表面解剖标志。

1. 睑裂　为上睑和下睑之间的裂隙，常用以作为面部垂直比例的标志。正常睑裂的宽度和高度分别约为3.5cm和1.0～1.2cm。

2. 睑内侧联合和睑外侧联合　为上、下睑在内侧和外侧的结合处。

3. 内眦和外眦　分别为睑内侧联合和睑外侧联合处所成的角。外眦较内眦高3～4mm，为面部垂直比例作垂线的标志。

4. 鼻根、鼻尖和鼻背　外鼻上端连于额部者称为鼻根；前下端隆起处称鼻尖；鼻根与鼻尖之间称为鼻背。

5. 鼻底和鼻孔　锥形外鼻之底称鼻底。鼻底上有左、右卵圆形孔，称为鼻孔，又称鼻前孔。

6. 鼻小柱和鼻翼　两侧鼻孔之间的隆嵴称鼻小柱；鼻孔外侧的隆起称鼻翼。

7. 鼻面沟　为鼻外侧之长形凹陷。沿鼻面沟做手术切口，愈合后瘢痕不明显。

8. 唇面沟　为上唇与颊部之斜行凹陷。沿唇面沟做手术切口，愈合后瘢痕不明显。在矫治修复时，唇面沟常用以作为判断面容恢复情况的指征。

9. 鼻唇沟　鼻面沟与唇面沟合称为鼻唇沟。

10. 口裂　为上唇与下唇之间的横形裂隙。

11. 口角　口裂两端为口角，其正常位置约相当于尖牙与第一前磨牙之间，施行口角开大或缩小时，应注意此关系。

12. 唇红　为上、下唇的游离缘，系皮肤与黏膜的移行区。

13. 唇红缘　为唇红与皮肤之交界处。

14. 人中　上唇皮肤表面正中，由鼻小柱（鼻中柱）向下至唇红缘的纵行浅沟称为人中。

15. 人中嵴　人中的两侧各有一条与其并行的皮肤嵴，自鼻孔底内下方伸延至唇峰称为人中嵴。

16. 颏唇沟　为下唇与颏部之间的横形凹陷。

17. 耳屏　为外耳道前方之结节状突起，临床常在其前方，颧弓根部之下，检查下颌骨髁突的活动情况。在耳屏前方约1cm可触及颞浅动脉的搏动。

（二）面部常用测量点及体表投影

1. 眉间点　为左右眉头间的正中点。

2. 鼻根点　为额鼻缝（额骨与鼻骨相交之处）与正中矢状面的交点，位于鼻根最凹处的稍上方。

3. 鼻尖点　为鼻尖部的最突点。

4. 鼻下点　为鼻小柱与上唇的连接点。

5. 鼻翼点　为鼻翼外缘的最突点。

6. 颏上点　为颏唇沟与正中矢状面之交点。

7. 颏前　为颏部正中的最前点。

8. 颏下点　为颏部正中的最低点，常用以作为测量面部距离的标志。

9. 眶下孔　位于眶下缘中点下约0.5cm，其体表投影为自鼻尖至睑外侧联合连线的中点。眶下孔是眶下神经阻滞麻醉的进针部位。

10. 颏孔　位于下颌体外侧面，成人多位于下颌第二前磨牙或下颌第一、二前磨牙之间的下方，下颌体上、下缘中点微上方，距正中线2～3cm。颏孔为颏神经阻滞麻醉的进针部位。

11. 腮腺管　投影于耳垂至鼻翼与口角间中点连线的中1/3段。颊部手术时，了解腮腺管的体表投影，将有助于避免腮腺管的损伤。

（三）面部比例及其他关系

以器官为长度单位，眼宽为同一水平面宽的3/10；下颌体高为面长的1/5。然而，最简明又符合我国人面部五官分布的一般规律者仍属我国古代画论中的“三停五眼”之说，这一精辟的概括，至今仍不失其参考和实用价值。

1. 面部水平比例　系指面部长度的比例，即三停。又可分为大三停、小三停和侧三停（图26-1）。

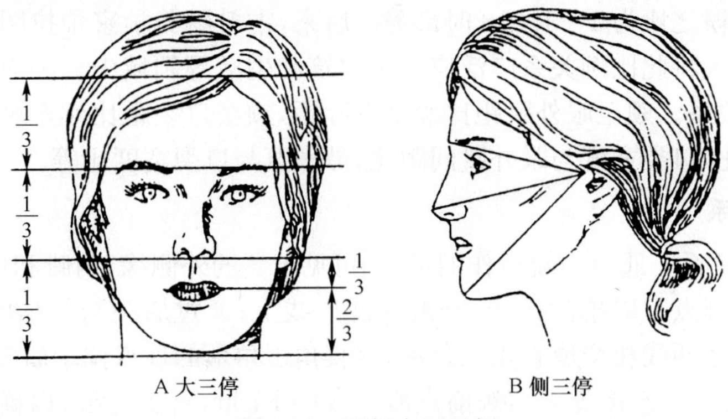

A 大三停　　B 侧三停

图 26-1　面部水平比例

(1) 大三停：即我国古代画论中所称之“三停”。沿眉间点（鼻下点）作横线，可将面部分成水平三等分。发际至眉间点为面上 1/3；眉间点至鼻下点为面中 1/3；鼻下点至颏下点为面下 1/3。眼鼻位于面中 1/3，口腔位于面下 1/3。颅面畸形主要表现为面上 1/3 及面中 1/3 比例失调；牙颌面畸形主要为面中 1/3 及面下 1/3 比例异常。

(2) 小三停：系指鼻下点至口裂点（口裂的正中点）、口裂点至颏上点（颏唇沟正中点）、颏上点至颏下点。又将面下 1/3 分为三个基本相等部分，其中 1/3 为上唇高度，下 1/3 为下唇及颏的高度。男性上唇高度约为 20mm，下唇及颏高度约为 50mm。女性约少 4mm。

(3) 侧三停：以耳屏中心为顶点，分别向发际中点、眉间点、鼻尖点和颏前点做连线，形成 3 个夹角，其夹角差小于 10°才符合颜面美的要求。

2. 面部垂直比例　系指面部正面宽度的比例（图 26-2）。

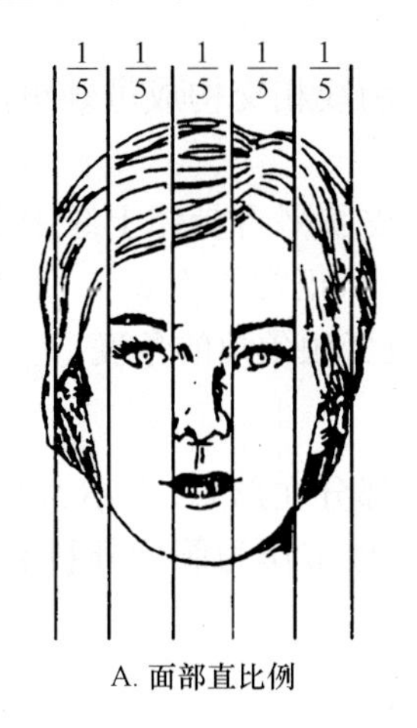

A. 面部直比例

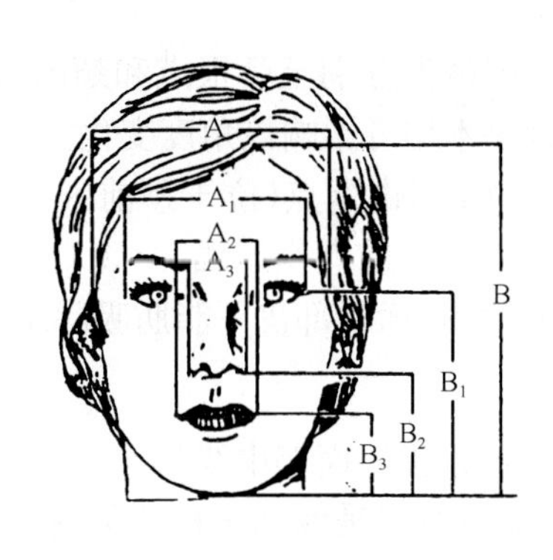

B. 面部黄金分割比例

图 26-2

沿两眼内外眦作垂线，可将面部在眼裂水平分为五等份。每一等份的宽度与一个睑裂的宽度相等，即两眼内眦间距。两睑裂宽度和左右外眦至耳轮间距相等，称为“五眼”。正常睑裂宽度平均为 3.5cm，两外眦宽度平均为 9.5cm。此外，鼻翼的宽度与两眼内眦间的距离相等，即 3.5cm。鼻的长度和宽度比例约为 1∶0.7。闭口时口角的大小与眼平视时角膜内缘之间的距离相等。

3. 面部黄金比　黄金比又称黄金分割。

公元前 6 世纪，古希腊哲学家、数学家毕达哥拉斯将木棒按不同比例折断，多次进行比较,发现短段与长段之比为 1∶1.618 时最美。后来,古希腊美学家柏拉图将此比称为黄金分割。此后,欧洲人将此比例关系广泛应用于建筑和生活等领域中。头面部各器官和部位间也存在着这种关系。颏至眼外眦距比颏至发际距,颏至口裂距比颏至鼻翼间距。眼外眦距与面宽度间距比,口裂宽度与眼外眦间距比,鼻底宽与口裂宽度比等。

(四) 其他关系

1. 鼻、眼、眉关系　通过内眦所作的垂线,可见鼻翼的外侧缘、内眦和眉头内侧缘,在同一直线上;通过鼻翼点与眉梢的连线,外眦在此连线上;通过眉头与眉梢的连线,该线通常呈一水平线;与上述两线相交成直角三角形,该直角三角形的顶点位于眉头下方。

2. 鼻、唇颏关系　连接鼻尖与颏前点所构成的 Ricketes 美容线,以确定下唇是否位于该线上。若超前或后退,则视为容貌欠,但存在种族差异。

3. 颏唇沟深度　为颏唇沟至下唇突点与颏前点连线的垂线距离。正常约为 4mm,下颌前份根尖截骨术可影响颏唇沟的形态。

(五) 美容角

在颜面的局部与器官之间、器官与器官之间,或者局部与局部之间形成一定的角度,该角度与颜面美的关系密切,故称为美容角。从侧面观察较为明显,现分述如下:

1. 鼻额角　由鼻根点分别与眉间点和鼻尖点作连线,两线相交构成鼻额角,正常为 125°～135°,鼻额角的大小决定于额部形态和鼻尖突度。

2. 鼻面角　沿眉间点至颏前点画线,沿鼻尖至鼻根点画线,两线相交构成鼻面角。鼻面角的正常范围是 36°～40°。颏部、下颌骨的正颌手术常可造成该角度的变化。

3. 鼻唇角　为鼻小柱与上唇构成的夹角,正常为 90°～100° 。上颌骨手术对鼻唇角的影响较明显。

4. 鼻颏角　由鼻尖分别至鼻根点和颏前点连线,两线相交构成鼻颏角,正常为 120°～132°。上、下颌骨手术均可影响该角度变化。

5. 颏颈角　测量时由颈点(位于颈前区上部中线皮肤平舌骨体上缘中点处)至颏下点作连线,再沿眉间点向颏前点作连线,两线相交成颏颈角,正常约为 85°。下颌骨、颏部的正颌手术、整形外科手术、面颈部皮下脂肪吸除术等,可改变颏颈角的角度。

(六) 对称

在面部,"对称"系指以面部中线为准,面部左右两部分在形态、大小为对应的关系。以面部中线为轴的左右对称是颜面美的重要标志之一。也常作为颌面外科和整形外科手术前诊断和手术后评价的标准。

(七) 协调

协调系指面部与其局部之间,或面部局部与器官之间,配合恰当的和谐关系。如上所述,无论是"三停五眼"及其他关系,还是对称或美容角,均集中地体现在协调关系上。无论种族或民族的不同、性别的差异以及个体的特点,颜面美均不能离开协调这一准则。

临床链接:

鼻根至两口角的连线组成的三角形区域称危险三角区。此处的静脉瓣发育不完善,血液易逆流至颅内。因此,此处的感染切忌挤压,以免细菌栓子随血液逆流至颅内,造成严重的化脓性血栓性海绵窦炎。

【注意事项】

1. 注意确定好面部的表面解剖标志再做测量。

2. 观察时 2～3 人为一小组。互相轮流做活体被测量对象，并记录好数据。

3. 注意用圆规、直尺等器械，测量时注意安全。

4. 进行活体观察测量时，态度要严肃认真。

【思考题】

1. 名词解释

(1) 唇面沟　(2) 鼻额角　(3) 五眼(古代时称)

2. 问答题

(1) 简述颜面部的境界。

(2) 简述面部“大三停”和“小三停”的含义。

(九江学院临床医学院　张学军　梁向新)

参 考 文 献

1. 江会勇. 2010. 人体解剖学实验教程. 武汉：华中科技大学出版社
2. 孙善全. 2008. 人体大体形态学实验. 北京：科学出版社
3. 熊艾君. 2009. 人体解剖学实验教程. 北京：人民军医出版社
4. 皮昕. 2009. 口腔解剖生理学. 第 6 版. 北京：人民卫生出版社
5. 郑黎明. 2008. 人体解剖学. 上海：复旦大学出版社
6. 张卫光. 2008. 医学形态学实验教程(人体解剖学). 北京：北京大学医学出版社
7. 王嘉德. 2008. 口腔颌面颈部应用解剖实验教程. 第 2 版. 北京：人民卫生出版社